国家哲学社会科学成果文库

NATIONAL ACHIEVEMENTS LIBRARY
OF PHILOSOPHY AND SOCIAL SCIENCES

中国古代文体观念研究

党圣元 著

人民出版社

责任编辑：姜　虹
封面设计：石笑梦
版式设计：周方亚

图书在版编目（CIP）数据

中国古代文体观念研究 / 党圣元 著．— 北京：人民出版社，2023.4
（国家哲学社会科学成果文库）
ISBN 978 – 7 – 01 – 022804 – 4

I. ①中…　II. ①党…　III. ①中国文学 – 古典文学 – 文体论 – 研究
IV. ① I206.2

中国版本图书馆 CIP 数据核字（2020）第 249064 号

中国古代文体观念研究
ZHONGGUO GUDAI WENTI GUANNIAN YANJIU

党圣元　著

人民出版社 出版发行
（100706　北京市东城区隆福寺街 99 号）

北京中科印刷有限公司印刷　新华书店经销

2023 年 4 月第 1 版　2023 年 4 月北京第 1 次印刷
开本：710 毫米 ×1000 毫米 1/16　印张：26
字数：350 千字

ISBN 978 – 7 – 01 – 022804 – 4　定价：100.00 元

邮购地址 100706　北京市东城区隆福寺街 99 号
人民东方图书销售中心　电话（010）65250042　65289539

《国家哲学社会科学成果文库》
出版说明

为充分发挥哲学社会科学优秀成果和优秀人才的示范引领作用，促进我国哲学社会科学繁荣发展，自 2010 年始设立《国家哲学社会科学成果文库》。入选成果经同行专家严格评审，反映新时代中国特色社会主义理论和实践创新，代表当前相关学科领域前沿水平。按照“统一标识、统一风格、统一版式、统一标准”的总体要求组织出版。

全国哲学社会科学工作办公室

2023 年 3 月

目　录

CONTENTS

绪 论

中国古代文化语境中的"文体"是一个深具民族性与本土性的概念。它与西方文化中的 genre、form、style、type 等概念存在交集，同时又有自身独特而丰富的内涵和鲜明的民族文化特点。魏晋南北朝以来，"文体"的概念正式形成，文体理论批评蔚为大观，成为中国古代文学理论批评的重要组成部分。进入 20 世纪之后，中西文学观念的碰撞，给传统文体理论批评带来巨大的危机，同时也为现代意义的中国古代文体学的建立创造了契机[1]。尤其是 21 世纪以来，中国古代文体学研究队伍不断壮大，成果迭出，成为当下人文研究领域的重要学术增长点。[2]

此前学者对中国古代文体学的研究，更多关注魏晋南北朝以来的文体理论批评。而在成熟的文体理论批评出现之前，已有文体创作的实践以及相应的文体观念。因而有必要扩大研究视野，将文体观念研究作为中国古代文体学的一个重要方向进行拓展与深掘。文体观念研究除了关注文体理论批评，也致力于

---

1 关于现代意义的中国古代文体学的理论思考，可参见钱志熙：《论中国古代的文体学传统——兼论古代文学文体研究的对象与方法》，《北京大学学报》（哲学社会科学版）2004 年第 5 期，第 92 页；钱志熙：《再论古代文学文体学的内涵与方法》，《中山大学学报》（社会科学版）2005 年第 3 期，第 21 页；吴承学、沙红兵：《中国古代文体学学科论纲》，《文学遗产》2005 年第 1 期，第 22 页；吴承学：《中国文体学：回归本土与本体的研究》，《学术研究》2010 年第 5 期，第 125 页；吴承学：《建设具有现代意义的中国文体学》，《文学评论》2015 年第 2 期，第 208 页；郭英德：《中国古代文体学论稿》，北京大学出版社，2005；曾枣庄：《论古代文体学研究的基础和对象》，《清华大学学报》（哲学社会科学版）2012 年第 6 期，第 75 页。

2 参见张慕华：《20 世纪 80 年代以来的中国古代文体学研究》，《文史哲》2013 年第 4 期，第 148 页；李南晖、伏煦、陈凌编：《中国古代文体学论著集目（1900—2014）》，北京大学出版社，2016；吴承学：《中国文体学研究的百年之路》，《华东师范大学学报》（哲学社会科学版）2019 年第 4 期，第 17 页。

揭示文体观念的形成发展与社会政治、历史文化、哲学观念、学术思想、文学思潮、文艺创作等因素的关系，从而对中国古代文体衍生发展的内部因素与外部影响作出深度阐释。

一、“文体观念”界说

首先需要讨论“文体观念”的概念。“文体观念”一词在中国古代文体学研究的相关论著中颇为常见，但鲜有学者对其加以界定。吴承学、李冠兰在论述中国早期文体观念的发生时，提出了他们对“文体观念”的认识：

> 本文所谓“文体观念”是与“文体理论”相对而言的。“观念”特指那些尚未形成比较完整系统的理论形态和明确的理论表述的意识或感觉。这种文体观念或意识可能表现在具体的文体文本的形式之中，也可能超出文本之外，比如体现在文体的运用、制度的设置、文体的分工、礼制的约束之上。[1]

据此，“文体观念”与“文体理论”是相对的关系，与理论化、系统化的文体理论相比，“文体观念”特指未形成较系统理论形态、未形成明确理论表述的意识或感觉。这是一种狭义的“文体观念”概念。

姚爱斌则分析了中国古代文体论与中国古代文体思想或中国古代文体意识的区别：

> 中国古代文体论并不等于中国古代文体思想或中国古代文体意识。二者之间的差异可以归结为两点：其一，从性质上看，中国古代文体思想或文体意识既可以是对文体的一种自觉的理性认识，也可以是一种对文体的潜意识经验和无意识的习惯传承。其二，从存在形式上看，中国古代文体思想或文体意识不仅存在于各种抽象的文论话语中，更广泛存在于历代作

1 吴承学、李冠兰：《论中国早期文体观念的发生》，《文艺理论研究》2016 年第 6 期，第 102 页；另参见吴承学：《中国早期文体观念的发生》，三联书店（香港）有限公司，2019，第 25 页。

者具体的写作、阅读活动以及作为文本形式存在的无数古代文章中；而中国古代文体论则主要是指对进入理性认识层面的文体思想和文体意识的理性表述。[1]

他所说的“文体思想”和“文体意识”，与本书的“文体观念”大致相当。他还指出古代文体思想或文体意识既可以是自觉的理性认识，也可以是对文体的潜意识经验和无意识的习惯传承；既可以存在于文体论的直接表达之中，也可以存在于写作、阅读活动以及文章的文本之中。这种“文体观念”（或称“文体思想”“文体意识”）的概念，是广义的。

此外，也有学者对“文体观念”作过简要的界定。如吕红光指出，“文体观”是指“具体历史时期的人们对‘文体’方面问题的看法与观念”。[2] 张玄认为：“所谓的‘文体观念’，简而言之，便是特定时期和文化环境下人们对于一种文体的认识和看法。”[3] 严春华则就“小说”文体观念加以界定：“‘小说’文体观念是人们在小说创作、阅读、传播实践的基础上形成的对小说本体的认识和见解。”[4] 可见，论者多将“文体观念”看作一种与文体有关的认识或看法。

本书倾向于使用广义的“文体观念”的概念，之所以如此，出于三点考虑：一是认为广义的“文体观念”涵括了狭义的文体观念和文体理论，持广义的文体观念，可以兼及这两者，从而拓展文体观念研究的畛域；二是文体观念与文体理论虽然有形态不同之界分，但这一界分又不是绝对的，相对性是很明显的；三是可以更加有效地将各类文体写作、文体分类、总集选本类书等集文编纂、诗文评之外的经子史中与文体问题相关涉的思想和理论、文体理论批评等置于一个平台上融会贯通审视之，形上形下兼顾，可以更加全面系统地梳理阐述传统文体观念生成、发展演进的轨迹和内涵特质。如吴承学、李冠兰所说，

1 姚爱斌：《中国古代文体论思辨》，北京大学出版社，2012，第 5 页。

2 吕红光：《唐前文体观念的生成与发展》，浙江大学出版社，2014，第 7 页。

3 张玄：《笔记小说文体观念考索》，《明清小说研究》2020 年第 1 期，第 36 页。

4 严春华：《风俗文化与唐代文体关系研究》，南开大学出版社，2019，第 167 页。

"'文体理论'是在'文体观念'的基础上形成和发展起来的"[1]，观念不等同于理论，理论是在一定文体观念基础上的理论化、系统化表达。而在"文体理论"出现之后，"文体观念"并没有消失，它可以存在于文体理论批评之中，也可以体现于创作实践、文献编纂、礼乐仪式、政治制度等层面。由于文体理论批评与狭义的文体观念之间不能相互包含，因而容易导致研究和言说之中顾此失彼。从观念与理论的界分来看，文体观念是一个范围较广的概念，它并不能涵括文体理论批评；文体理论批评可以蕴含一定的文体观念，但文体理论批评并不等同于文体观念之全部，理论批评是文体观念的一种存在形态。于此，我们有必要对前言之本著研究采用广义文体观念态度作进一步的分说：

其一，"观念"的词义。"观念"是一个具有多义性的词，在不同的语境中被赋予不同含义。《汉语大词典》中"观念"一词有三个义项：(1) 佛教语，指对特定对象或义理的观察思维和记忆；(2) 思想意识；(3) 观念，概念。[2]鲁克俭将"观念"的常见用法分为：作为常识理性的观念、作为社会意识的观念、作为默会知识的观念、作为人的活动形式的"观念的东西"、作为赋予意义和价值评价的观念、作为"思想具体"的观念。[3]此外值得注意的还有"观念史"这一术语，一些学者所讨论的"观念史"，实际上是"概念史"。[4]将"观念"等同于"概念"，是一种狭义、老派的用法，徐复观论《文心雕龙》文体论时提到的"文体观念"[5]其实是指"文体"这一"概念"，与现在学者的普遍用法不同。在更多时候，"观念"指思想意识，是"思想""意识""认识"等词汇的同义语。

---

1 吴承学、李冠兰：《论中国早期文体观念的发生》，《文艺理论研究》2016 年第 6 期，第 102 页。

2 汉语大词典编辑委员会、汉语大词典编纂处编纂：《汉语大词典》第 10 卷，上海辞书出版社，1986，第 361 页。

3 鲁克俭：《论内化于行动的观念》，《现代哲学》2020 年第 2 期，第 1 页。

4 如金观涛、刘青峰所著《观念史研究：中国现代重要政治术语的形成》（法律出版社，2009）一书。关于"观念史"的含义，可参见曹意强：《什么是观念史?》，《新美术》2003 年第 4 期，第 50 页；高瑞泉：《观念史何为?》，《华东师范大学学报》（哲学社会科学版）2011 年第 2 期，第 1 页。

5 徐复观：《〈文心雕龙〉的文体论》，见《中国文学论集》，九州出版社，2014，第 1—2 页。

从“观念”一词的词义以及通常用法看，也可以支持广义的“文体观念”概念。无论是自觉的文体理论批评，还是体现于文本创作、阅读、传播实践等方面的潜意识，都蕴含着一定的文体“观念”。

其二，“文体观念”一词的实际应用。在“文体观念”的实际应用中，大多学者默认“文体观念”指的便是与文体有关的思想观念，是一个相对宽泛的概念。刘勰的《文心雕龙》的文体论部分，自然属于真正意义上的“文体理论”，但有学者还是会从“文体观念”的角度对其加以讨论[1]。贾奋然的《文体观念与文化意蕴：中国古代文体学美学论集》[2]一书，冠以“文体观念”之名，书中所收论文基本围绕六朝展开，这已经是成熟文体理论批评出现的时代了。吕红光《唐前文体观念的生成与发展》[3]一书的研究对象，既包括先秦两汉处于发生期的文体观念，也包括魏晋南北朝的文体理论批评。可见，从概念的实际应用层面看，广义的“文体观念”更符合学者的术语习惯。

其三，中国古代文体学研究的需要。自觉的文体理论批评，在魏晋南北朝才真正形成。但在这之前，文体观念业已经过长期的酝酿。我们显然无法将魏晋南北朝之前的文体观念称作“文体理论批评”，先秦两汉也无所谓有“文体学”。以“文体观念”为切入点，则可以有效贯通整个中国历史时期。吕红光《唐前文体观念的生成与发展》一书以“文体观念”为线索，对先秦两汉至魏晋南北朝的文体观念进行总体研究，便是这方面的尝试。魏晋以来自觉的文体理论批评可以表达一定的文体观念，魏晋之前未经理论化的思想意识也可以反映某种文体观念。而且，即便是魏晋南北朝之后，真正意义上的文体理论批评并不多见，总集、类书等文献所反映的只能叫“文体观念”，而非所谓文体理论批评。吴承学在《宋代文章总集的文体学意义》中便指出，“宋代文章总集具体

1 杨东林：《开放的文体观——刘勰文体观念探微》，《文史哲》2008 年第 4 期，第 122 页。

2 贾奋然：《文体观念与文化意蕴：中国古代文体学美学论集》，中国社会科学出版社，2016。

3 吕红光：《唐前文体观念的生成与发展》，浙江大学出版社，2014。该书原为浙江大学博士学位论文，2010，原题为《先秦汉魏晋南北朝文体观的生成与发展》。

而准确地反映出宋人的文体观念以及相关的文学观念”[1]。何诗海《明代类书与文体学》强调，明代类书体现了明人对文体范围、分类、序次及各种文体在这一谱系中的价值、地位、特征等的认识和理解，并体现出富有时代特色的文化背景、文学思潮和文体观念。[2]吴承学《论〈古今图书集成〉的文学与文体观念——以〈文学典〉为中心》讨论类书《古今图书集成》，也是用的“文体观念”一词。[3]以广义的“文体观念”为线索，可将诸如“文体意识”“文体思想”“文体学思想”之类的研究对象纳入同一层面进行考察。

那么，为什么不将“文体观念”称作“文体思想”或“文体意识”呢？前面提到姚爱斌使用的便是“文体思想”和“文体意识”，杨东林在论述“文体观念”时，有时又称之为“文体意识”[4]。任竞泽认为：“文体学思想则是一种内蕴更为丰富的文体学理论范型，在涉及文体学之方方面面的同时，更多关注文体观念的形成发展与社会政治、历史文化、哲学思想及文学思潮的关系。”[5]他所说的“文体学思想”，亦与本书的“文体观念”相接近。诚然，“观念”“思想”“意识”等词汇很多时候是可以相互替换的，但“思想”和“意识”更多在表达一种自觉的认识，“观念”则可以是自觉的，也可以是体现于潜意识之中的。尤其是在追溯先秦两汉的文体观念时，“文体思想”“文体学思想”之类的概念就很难适用了。

总之，从“观念”的词义、“文体观念”一词的实际应用以及中国古代文体学研究的需要看，基于广义“文体观念”概念的中国古代文体观念研究不但具有合理性，而且还有必要性。如果要对“文体观念”下一个简单的定义，那

---

1 吴承学：《宋代文章总集的文体学意义》，《中国社会科学》2009年第2期，第190页。

2 何诗海：《明代类书与文体学》，《安徽大学学报》（哲学社会科学版）2015年第1期，第68页。

3 吴承学：《论〈古今图书集成〉的文学与文体观念——以〈文学典〉为中心》，《文学评论》2012年第3期，第29页。

4 杨东林：《汉代文体观念论略》，《济南大学学报》（社会科学版）2016年第5期，第52页。

5 任竞泽：《中国古代文体学思想论纲》，《中国社会科学院研究生院学报》2018年第3期，第106页。

便是：通过理论批评直接表达或通过创作实践、文献编纂、礼乐仪式、政治制度等间接反映的有关文体的认识。

二、中国古代文体观念的表现形式及相关研究概述

在前述文体观念定义的基础上，以下试讨论中国古代文体观念的表现形式，并对既有的研究成果加以回顾与梳理。

（一）中国古代文体观念的直接表达

文体观念可以通过诗文评、目录学著作、经书、史书、子书、诗文等文本形式直接表达。

1. 诗文评

诗文评中，《文心雕龙》是较早对文体进行系统性总结的著作，学者对其文体观念多有关注。徐复观发表于1959年的《〈文心雕龙〉的文体论》一文曾引发学术论争[1]，徐氏所用"文体观念"一词虽然指的是"文体"的概念或范畴，但他在文中已经对刘勰有关文体的认识作了较深入的阐发。[2] 其他如何诗海、刘湘兰《〈文心雕龙〉的文体学思想》[3]，张少康《〈文心雕龙〉的文体分类论——和〈昭明文选〉文体分类的比较》[4]，杨东林《汉代文体观念论略》[5] 等文，则对《文心雕龙》的文体源出五经、文体分类等观念加以讨论。

除了《文心雕龙》，其他诗文评亦往往涉及文体问题。任竞泽《钟嵘〈诗品〉之文体学思想》[6] 讨论了《诗品》的文体观念，吴承学、李晓红《任昉〈文章缘

1　参见李建中：《龙学的困境——由"文心雕龙文体论"论争引发的方法论反思》，《文艺研究》2012年第4期，第51页。

2　参见徐复观：《〈文心雕龙〉的文体论》，见《中国文学论集》，九州出版社，2014，第1—78页。

3　何诗海、刘湘兰：《〈文心雕龙〉的文体学思想》，《江淮论坛》2005年第3期，第122页。

4　张少康：《〈文心雕龙〉的文体分类论——和〈昭明文选〉文体分类的比较》，《江苏大学学报》（社会科学版）2007年第1期，第50页。

5　杨东林：《汉代文体观念论略》，《济南大学学报》（社会科学版）2016年第5期，第52页。

6　任竞泽：《钟嵘〈诗品〉之文体学思想》，《云南社会科学》2012年第3期，第139页。

起〉考论》[1]讨论了《文章缘起》的文体分类等观念，郑天熙《明代黄佐〈六艺流别〉的文体学思想及其意义》[2]讨论了黄佐《六艺流别》的文体观念，任竞泽《元代诗话的文体观念》[3]、党圣元《明代诗话的文体观念》[4]则论析了诗话中的文体观念。

2. 其他文献

除了诗文评，目录学著作、经书、史书、子书、诗文、序跋、书信等各类文献亦可表达零散的、未必系统的文体观念。

目录学著作是研究中国古代文体观念的一种重要文献。从《汉书·艺文志》开始，辨章学术、考镜源流的目录学著作便对文体源流、文体分类、文体价值序列等内容多有涉及。吕海龙从东汉迄北宋的官修目录（如《汉书·艺文志》《隋书·经籍志》《旧唐书·经籍志》《新唐书·艺文志》《崇文总目》等）入手，讨论了"小说家"文体观念的转变。[5]吴承学、何诗海《论〈四库全书总目〉的文体学思想》指出，《四库全书总目》所体现的文体批评观念，如文体谱系与文体分类、文体渊源与文体本色、骈文与散文文体、史传与小说文体等理论，都比较集中地反映了清代前中期的文体学思想与认识水平。[6]莫山洪从《四库全书总目》出发，讨论了清代中叶的骈文文体观念。[7]

魏晋之前由于缺乏真正意义上的诗文评，故文体观念的直接表达主要散见于经书、史书、子书、诗文各类文献。如《礼记·曾子问》谈到诔时说："贱不诔贵，幼不诔长，礼也。唯天子称天以诔之。诸侯相诔，非礼也。"《左传》

1 吴承学、李晓红：《任昉〈文章缘起〉考论》，《文学遗产》2007 年第 4 期，第 14 页。

2 郑天熙：《明代黄佐〈六艺流别〉的文体学思想及其意义》，《中国文学研究》2020 年第 4 期，第 108 页。

3 任竞泽：《元代诗话的文体观念》，《青海社会科学》2020 年第 2 期，第 113 页。

4 党圣元：《明代诗话的文体观念》，《厦门大学学报》（哲学社会科学版）2020 年第 4 期，第 39 页。

5 吕海龙：《东汉迄北宋官修目录"小说家"文体观念之转变——兼论〈史通·杂述〉对〈新唐书·艺文志〉的影响》，《文艺理论研究》2017 年第 1 期，第 152 页。

6 吴承学、何诗海：《论〈四库全书总目〉的文体学思想》，《北京大学学报》（哲学社会科学版）2007 年第 4 期，第 85 页。

7 莫山洪：《从〈钦定四库全书总目〉看清代中叶的骈文文体观念》，《东方丛刊》2007 年第 2 期，第 125 页。

哀公十六年记载子贡之语："生不能用，死而诔之，非礼也。"这实际上是从"礼"的角度对文体进行论说。《左传》襄公十九年臧武仲之语，提到铭时也说"非礼也"。上述关于诔、铭的观念散见于人物对话和儒家典籍中，并非自觉的文体理论批评，它们更多受到"礼"的观念的影响，李冠兰《先秦礼学与文体批评》[1]对此已有充分讨论。再如关于赋，扬雄"诗人之赋丽以则，辞人之赋丽以淫"[2]之论，见于其《法言·吾子》。《汉书·扬雄传》对扬雄的赋体观念亦有记载："雄以为赋者，将以风也，必推类而言，极丽靡之辞，闳侈钜衍，竞于使人不能加也。"[3]《汉书·艺文志》则从诗赋关系、赋体源流的角度对赋加以论说。汉人亦在赋中论赋，见于班固《两都赋》、张衡《二京赋》等篇。[4]桓谭、王充、王符等东汉思想家，也涉及赋体批评。[5]《法言》《汉书》《两都赋》《论衡》等并非诗文评著作，但通过它们的记录可以从不同侧面拼凑出汉人的赋体观念。序跋和书信等文体，更是古人用以议论评说文章和为文心迹之具，而对文体方面的问题多有涉及，因此其中包含有相当丰富的文体观念，比如我们上面引述的那些汉赋的序，其中所包含的作者的赋体观念便相当丰富，值得我们在梳理整合赋体观念源流和发展演变轨迹时深究之。此外，历代笔记小说，以及小说、戏曲评点中也包含了大量的文体思想观念，也是考察研究传统文体批评和文体观念演变的富矿，如王卫波《宋人视域下的笔记小说文体观念考察——以宋人所作笔记小说序跋为中心》[6]一文，则从宋人所作笔记小说序跋入手，对宋人的笔记小说文体观念进行了钩沉抉隐。

---

1 李冠兰：《先秦礼学与文体批评》，《南京大学学报》（哲学·人文科学·社会科学）2015 年第 5 期，第 103 页。

2 汪荣宝撰，陈仲夫点校：《法言义疏》，中华书局，1987，第 49 页。

3（汉）班固：《汉书》卷 87 下《扬雄传》，中华书局，1962，第 3574 页。

4 冷卫国：《赋中论赋：汉代赋学批评的另一种形式》，《文学遗产》2008 年第 3 期，第 133 页。

5 冷卫国：《东汉思想家赋学批评的文学史意义——以桓谭、王充与王符为例》，《河南师范大学学报》（哲学社会科学版）2021 年第 5 期，第 110 页。

6 王卫波：《宋人视域下的笔记小说文体观念考察——以宋人所作笔记小说序跋为中心》，《宁夏大学学报》（人文社会科学版）2022 年第 4 期，第 56 页。

（二）中国古代文体观念的间接反映

除了诗文评等古人著述的直接表达，文体观念也可以通过创作实践、文献编纂、礼乐仪式、政治制度、文体概念、文献称引、语言文字等得到间接反映。

1. 创作实践

罗宗强在讨论古代文学思想史与中国古代文论的区别时指出："文学思想史还要研究文学创作所反映出来的文学思想，这是不同的地方。"[1] 作者在诗文创作实践中对篇章体制的安排，自可流露出一定的文体观念。如韩愈"以文为诗"的创作实践，体现了文与诗交融的文体观念。而创作实践又往往会引出文体观念的直接表达，如司空图、欧阳修等人便投入到"以文为诗"的讨论之中。[2] 此外，诗与词、词与曲、戏曲与诗等文体之间也会相互渗透，"尊体"与"破体"的观念可通过创作实践流露展现。有学者讨论胡祇遹"词曲有别"的文体观念，这种观念实际上是通过词、曲的创作实践反映的。[3] 杨东林总结了汉人在创作实践中流露出的文体意识，包括四言雅颂体正体地位的确立及其在诸种文体中的渗透、模拟文风的盛行、在辞赋创作中对"丽"的追求等方面。[4] 其中模拟文风的盛行值得重视，文体的模拟表明一种文体的成熟和稳定，也就说明人们对某一文类有了明确的观念和认识。吕逸新对汉代拟作的文体学意义也进行过讨论，他认为汉代拟作（如拟骚、拟七体等）促进了文体的定型，也促进了文体的革新，是一个"尊体"与"破体"相互交织的过程。[5] 此外，刘青海《论李商隐今古文创作经历及其

---

1 罗宗强：《路越走越远——研究中国古代文学思想史的体会》，《文史知识》1990 年第 10 期，第 3 页。

2 参见刘磊：《"以文为诗"之争：唐宋诗文文体观念衍变的个案》，《湘潭大学学报》（哲学社会科学版）2012 年第 2 期，第 127 页。

3 韩波：《胡祇遹的散曲创作及"词曲有别"的文体观念》，《齐鲁学刊》2016 年第 2 期，第 131 页。

4 杨东林：《汉代文体观念论略》，《济南大学学报》（社会科学版）2016 年第 5 期，第 52 页。

5 吕逸新：《汉代拟作的文体意义》，《山东师范大学学报》（人文社会科学版）2010 年第 4 期，第 41 页。

文体观念》[1]从李商隐的今古文创作讨论其文体观念，张玄《笔记小说文体观念考索》[2]从创作者的角度论析笔记小说文体观念，皆是从创作实践出发的研究。

2. 文献编纂

先秦时期《诗》《书》等典籍的编纂，已反映出一定的文体分类观念和文体命名观念。魏晋南北朝时期，挚虞、李充、萧统、任昉等的集文举措，以及所编集的总集，更是在一定的文体观念导引下所为，推动了其时文体观念和文体批评之发展演进及至成熟，并且为后世奠定了坚实的基础。唐宋以来，总集（包括选本）、类书等文献的编纂，亦可通过其目录的设定、文本的分类取舍窥见文体观念，尤其是有关文体分类、文体价值序列的观念。

总集与文体观念的关系，学界有较多关注。[3]吴承学、何诗海《文章总集与文体学研究》[4]一文对文章总集与文体学研究的关系进行了总的论述。吴承学《宋代文章总集的文体学意义》讨论了宋代文章总集在认识宋人文体观念方面的独特价值，指出从新、旧文体的衍生、变迁来看，唐宋新文体的出现、定名、传播和接受，正是通过宋代文章总集的编录得以集中体现；一些文体的边缘化、演变、增殖以及文体内涵的变化，也在文章总集的编纂中反映出来。[5]何诗海《从文章总集看清人的文体分类思想》[6]则从文章总集出发，讨论清人的文体分类观念。除了总论某一时期的总集，学者也从总集专书入手予以考察。如《文选》，曹道衡《关于〈文选〉的篇目次第及文体分类》[7]、胡大雷《从〈文选〉

1 刘青海：《论李商隐今古文创作经历及其文体观念》，《北京大学学报》（哲学社会科学版）2013 年第 5 期，第 80 页。

2 张玄：《笔记小说文体观念考索》，《明清小说研究》2020 年第 1 期，第 36 页。

3 参见蒋旅佳：《中国古代总集文体分类研究的历史、现状与展望》，《中南民族大学学报》（人文社会科学版）2015 年第 4 期，第 145 页。

4 吴承学、何诗海：《文章总集与文体学研究》，《古典文学知识》2013 年第 4 期，第 121 页。

5 吴承学：《宋代文章总集的文体学意义》，《中国社会科学》2009 年第 2 期，第 190 页。

6 何诗海：《从文章总集看清人的文体分类思想》，《中山大学学报》（社会科学版）2012 年第 1 期，第 31 页。

7 曹道衡：《关于〈文选〉的篇目次第及文体分类》，《齐鲁学刊》1996 年第 3 期，第 18 页。

的文体观念论〈文选〉赋“序”》[1]、陈翀《萧统〈文选〉文体分类及其文体观考论——以“离骚”与“歌”体为中心》[2]、刘宁《文体与形名——从作家排序之“自相矛盾”再探〈文选〉文体观》[3]等均有所讨论；如《文章流别集》，收有赋、诗、七、设论、颂、符命、史述、箴、铭、诔、哀（含哀辞、哀策）、碑、图谶等文体，陈君指出其裒集众作、区判文体、追溯源流、辨析风格的文体学意义[4]；如《文章正宗》，任竞泽对其文体分类观念进行了论析[5]；如《文章辨体》《文体明辨》《文章辨体汇选》三种明代文章总集，吴承学、何诗海对其文体学价值有深入阐发[6]。总集的编纂体例也是论者关注的一个方向。如郭英德《论“文选”类总集文体排序的规则与体例》一文，揭示了“文选”类总集遵循先文后笔、先源后流、先公后私、先生后死、先雅后俗等基本规则，并指出这样的体例体现出中国古代“因文立体”的文体分类意识。[7]再如吴承学认为，文章总集目录或卷首简述文体渊源流变的小序应定名为“序题”，并指出序题作为批评文体的主要特色与理论价值有三点：以辨体为核心，追求理论之系统性，注重理论与文本的密切关联。[8]吴承学、何诗海还对《古文辞类纂》的编纂体例进行考察，指出《古文辞类纂》的“序目”首次明确融序言、序题、目录于一体，在介绍

1 胡大雷：《从〈文选〉的文体观念论〈文选〉赋“序”》，《惠州学院学报》（社会科学版）2007年第2期，第42页。

2 陈翀：《萧统〈文选〉文体分类及其文体观考论——以“离骚”与“歌”体为中心》，《中华文史论丛》2011年第1辑，第301页。

3 刘宁：《文体与形名——从作家排序之“自相矛盾”再探〈文选〉文体观》，《北京大学学报》（哲学社会科学版）2015年第5期，第48页。

4 陈君：《〈文章流别集〉与挚虞的文体观念》，《广西师范大学学报》（哲学社会科学版）2015年第5期，第122页。

5 任竞泽：《〈文章正宗〉“四分法”的文体分类史地》，《北方论丛》2011年第6期，第1页；《真德秀的文体学思想》，《兰州学刊》2011年第2期，第129页。

6 吴承学：《明代文章总集与文体学——以〈文章辨体〉等三部总集为中心》，《文学遗产》2008年第6期，第84页；吴承学、何诗海：《贺复征与〈文章辨体汇选〉》，《学术研究》2005年第5期，第123页。

7 郭英德：《论“文选”类总集文体排序的规则与体例》，《北京师范大学学报》（社会科学版）2005年第3期，第62页。

8 吴承学：《论“序题”——对中国古代一种文体批评形式的定名与考察》，《文艺理论研究》2012年第6期，第4页。

体例、列举目录的同时开展文学批评，不仅确立了一种书籍编纂新形式，也确立了一种新的文学批评体式。[1]

类书与文体观念的关系，吴承学、何诗海《类书与文体学研究》[2]已有较全面的总结。党圣元、任竞泽《唐宋类书“文部”的文体文献学价值》指出类书的编纂方法与总集文体分类有密切关系，其指导写作的目的与文体学著作和文体总集的功能是相通的，唐宋类书“文部”胪列评论文体的体例在中国古代文体纂述体例上具有承前启后的独特地位。[3]何诗海对唐代《北堂书钞》《艺文类聚》《初学记》《白孔六帖》四大类书与文体学的关系、明代类书与文体学的关系进行了专门讨论。[4]吴承学从《文学典》出发，论述了《古今图书集成》的文学与文体观念。[5]孙津华则对《四库全书》子部类书的文体学价值作了专题讨论。[6]王应麟《玉海・艺文》是以类书的形式进行目录学辑录，任竞泽对其文体学价值有过分析。[7]

此外，戴路讨论了作为史官的陆游在诏令文献的编纂中反映出的诏令文体观念[8]，张敏通过宋代奏议文集的编纂探讨文体观念的新变[9]，张玄在讨论笔记小说文体观念时，也涉及了书籍刊刻的情况与文体观念的关系[10]。以上所述，均是

---

1 吴承学、何诗海：《〈古文辞类纂〉编纂体例之文体学意义》，《北京大学学报》（哲学社会科学版）2015年第3期，第147页。

2 吴承学、何诗海：《类书与文体学研究》，《古典文学知识》2014年第1期，第117页。

3 党圣元、任竞泽：《唐宋类书“文部”的文体文献学价值》，《中国文化研究》2010年冬之卷，第30页。

4 何诗海：《四大类书与唐代文体学》，《古代文学理论研究》第25辑（中国文论的情与体），华东师范大学出版社，2008，第337—346页；何诗海：《明代类书与文体学》，《安徽大学学报》（哲学社会科学版）2015年第1期，第68页。

5 吴承学：《论〈古今图书集成〉的文学与文体观念——以〈文学典〉为中心》，《文学评论》2012年第3期，第29页。

6 孙津华：《〈四库全书〉子部类书的文体学价值》，《中州学刊》2020年第4期，第153页。

7 任竞泽：《王应麟的文体学思想》，《济南大学学报》（社会科学版）2011年第1期，第38页。

8 戴路：《论陆游的诏令文体观念》，见《古代文学理论研究》第54辑（诗学思维与批评范式），华东师范大学出版社，2022，第323—345页。

9 张敏：《宋代奏议文集的编纂与文体观念新变》，见《华中学术》第36辑，华中师范大学出版社，2021，第84—94页。

10 张玄：《笔记小说文体观念考索》，《明清小说研究》2020年第1期，第36页。

从文献编纂活动入手考察文体观念。

3. 其他

除了创作实践与文献编纂这两项重要的文化活动，文体观念还可以通过其他线索得到反映。吴承学、李冠兰对早期文体观念进行过较为深入而系统的讨论，认为“中国早期文体谱系观念的发生是基于礼仪、政治及制度建构之上的”[1]。他们从篇章和篇题的形成、先秦礼学、文辞称引、中国早期文字、先秦文体并称、先秦文体的同体异名与异体同名现象、职官设置等多个方面入手，讨论早期文体观念的发生与发展[2]，相关论文大多收入吴承学《中国早期文体观念的发生》[3]一书。

商周时期，礼乐仪式扮演着重要角色，并在很大程度上影响了早期的文体命名观念、文体体式观念、文体分类观念。如四言诗体的形成，受到乐曲形式的影响。甲骨卜辞高度程式化，是由占卜仪式的程序所决定的。册命文书的文体，也与册命仪式的程序密切相关。铜器铭文依附于青铜礼器，陈设于宗庙之中，是礼乐仪式的组成部分。对于礼乐仪式与文体观念的关系，已有学者关注并开展研究。李冠兰《君子观于铭——两周铜器铭文的阅读方式与文体观念之变》指出，西周时期对书史类铭文的观看是凝视式的审读，春秋以后对铭文的观看则趋向浏览而非细阅，通过礼乐仪式的转变可揭示铭文文体功能及其所蕴含文体观念的转变。[4]贾奋然《六朝文体与儒家礼教文化》指出中国古代许

---

1 吴承学、李冠兰：《论中国早期文体观念的发生》，《文艺理论研究》2016 年第 6 期，第 107 页。

2 吴承学、李冠兰：《命篇与命体——兼论中国古代文体观念的发生》，《中国社会科学》2015 年第 1 期，第 161 页；李冠兰：《先秦礼学与文体批评》，《南京大学学报》（哲学·人文科学·社会科学）2015 年第 5 期，第 103 页；吴承学、李冠兰：《文辞称引与文体观念的发生——中国早期文体观念发生研究》，《北京大学学报》（哲学社会科学版）2016 年第 4 期，第 66 页；吴承学：《中国早期文字与文体观念》，《文学评论》2016 年第 6 期，第 14 页；李冠兰：《论先秦的文体并称与文体观念》，《文学遗产》2017 年第 3 期，第 33 页；李冠兰：《论先秦文体的同体异名与异体同名现象》，《中山大学学报》（社会科学版）2017 年第 4 期，第 1 页；吴承学、张润中：《秦汉的职官与文体》，《北京大学学报》（哲学社会科学版）2018 年第 3 期，第 33 页。

3 吴承学：《中国早期文体观念的发生》，三联书店（香港）有限公司，2019。

4 李冠兰：《君子观于铭——两周铜器铭文的阅读方式与文体观念之变》，《文学评论》2020 年第 6 期，第 124 页。

多文体萌生、发展于礼教的需要中，如颂、赞、祝、盟等文体便服务于吉礼。[1] 叶国良《礼仪与文体》亦关注礼乐仪式与文体的关系。[2] 上述这些研究成果，对于我们深入认识礼乐仪式与早期文体观念之生成与推进，均不无裨益。

商周时期的王官职分与文体的分化密切相关，这一现象一直延续到秦汉，对比吴承学、张润中《秦汉的职官与文体》[3] 已有详细论说。秦汉时期实行"文书行政"，对官文书的文体称名、格式与用语、运行制度、字体、用字、尺寸、字数、载体材质等都作了规定。蔡邕《独断》作为早期的辨体批评著作，是建立在秦汉官文书体系完备的基础上的。作为典章制度研究的产物，《独断》的文体观念在很大程度上受到政治制度的制约。

先秦时期文献的称引也是探索文体观念的重要线索。通过文献称引，"诗""书"这种有文体意味的文献名称深入人心，尤其是《书》类文献的不少篇题已属于以体命题，通过称引这些篇题，相应的文体观念也得以被不断强化。相关研究除了吴承学、李冠兰《命篇与命体——兼论中国古代文体观念的发生》，尚有郭英德《由行为方式向文本方式的变迁——论中国古代文体分类的生成方式》[4]、于雪棠《〈尚书〉文体分类及行为与文本的关系》[5] 等文值得重视。

此外，文体观念还可以通过其他形式呈现，更多的探索方向，有待学界共同努力开拓。

三、中国古代文体观念研究的内容、意义及路径

在厘清中国古代文体观念的内涵及表现形式之后，以下从内容、意义及研

1 贾奋然：《六朝文体与儒家礼教文化》，《孔子研究》2003 年第 5 期，第 35 页。

2 叶国良：《礼仪与文体》，《中国文化研究》2015 年夏之卷，第 104 页。

3 吴承学、张润中：《秦汉的职官与文体》，《北京大学学报》2018 年第 10 期。

4 郭英德：《由行为方式向文本方式的变迁——论中国古代文体分类的生成方式》，《陕西师范大学学报》（哲学社会科学版）2005 年第 1 期，第 90 页。

5 于雪棠：《〈尚书〉文体分类及行为与文本的关系》，《北方论丛》2006 年第 2 期，第 8 页。

究路径入手，对中国古代文体观念研究这一中国古代文体学的研究方向略作阐发。

（一）中国古代文体观念的内容

中国古代文体观念研究是中国古代文体学的重要组成部分，其具体研究可以从以下几个方面展开：

1. 中国古代文体观念史研究

中国古代文体观念史关注的是文体观念的发生与演变，通常在一个较长的时段内展开。可以是断代的研究，也可以是通史的研究。中国古代文体观念史研究与同属于中国古代文体学研究的文体史研究、文体理论批评史研究等方向存在密集的交织关系，同时又在内涵与外延以及视角和阐释方法等方面存在着一定的差异。文体史的主要研究对象是文体形态及其演变，文体理论批评史则主要研究理论化、系统化的文体理论以及自觉的文体批评，并且尤重于深究文体形态和文体分类，以及文体辨识后面的文体观念呈现及其作用与意义。文体观念研究可以通过文体形态以及文体理论批评抽绎出一定的文体观念，但又不限于文体形态和文体理论批评。与文体理论批评史相比，文体观念史的研究对象时间跨度更大，在长时段研究方面有天然的优势。

吴承学《中国早期文体观念的发生》一书主要关注先秦两汉早期文体观念的发生，吕红光《唐前文体观念的生成与发展》一书则从先秦两汉延及魏晋南北朝。从现有的成果看，有两个薄弱点有待深掘：一是中国早期文体观念的研究，目前吴承学、李冠兰等学者对中国早期文体观念已有深入的研究，但总的来说还有较大的研究空间；二是跨越中国古代文体观念整个发展历程的中国古代文体观念史，尚付阙如。因而，对早期文体观念进行进一步的探究，以及贯通不同历史时段对文体观念的发生、发展予以考察，也是本书所致力的方向。

2. 分体文体观念研究

针对诗、词、赋、小说、戏曲各类文体的文体观念研究，此前已有较多的研究成果，尽管这些成果未必冠以“文体观念”之名。从诗文评和创作实践入手加以探讨，是目前分体文体观念研究的主要研究路径。中国古代相对比较重要、但随西方文体分类观念传入而边缘化的文体，如颂、赞、箴、铭等，相应的文体观念研究则较少。至于文书类文体，同样未引起学者足够关注。这种情况的产生与现代纯文学观念的确立和现代“四分法”文体观的流行，及其对传统文论研究、传统文体学研究起到的选择、过滤及至形塑作用，有着密切的、决定性的关系，而实现上，中华五千年文明之传承，中华文学、文体大国之根魂形成、成就取得和品貌呈现，源远流长、形态多样、内涵丰赡的传统文体思想观念之生成与发展演变，均离不开前述被今人研究所轻视甚至完全忽略了的这两个方面文类的浸润和支撑，故应在今后的研究中充分重视之。

3. 专人文体观念研究

目前的专人文体观念研究主要围绕重要的理论批评家展开，如对蔡邕、刘勰、挚虞、吴讷、徐师曾等人的文体观念研究。对一些影响相对较小的文论家的文体观念的研究，关注度小，而对比进行研究有利于更加全面系统地认识和梳理传统文体思想发展的轨迹和内涵物质，因此有待进一步加强。历代都不乏一些工诗善文而又能行批评之事的文人，从创作实践和批评理路两个层面对他们的文体观念进行总结阐发，亦是传统文体观研究的一个重要论域，一些研究者在这方面已经进行了卓有成效的个案探析，如任竞泽所论黄庭坚[1]，梁结玲所论袁枚、厉鹗[2]；对那些主要以经学家、思想家身份名世的学者们的文体观念之梳理与抉发，也产生了一些相当结实的研究成果，如任竞泽所论朱熹[3]、

1 任竞泽：《黄庭坚的文体学思想》，见《文化与诗学》第 19 辑，生活·读书·新知三联书店，2016，第 75—95 页。

2 梁结玲：《袁枚的古文文体观念》，《西华师范大学学报》（哲学社会科学版）2020 年第 4 期，第 82 页；《厉鹗的文体观念》，《宁夏大学学报》（人文社会科学版）2022 年第 2 期，第 7 页。

3 任竞泽：《辨体与变体：朱熹的文体学思想论析》，《厦门大学学报》（哲学社会科学版）2016 年第 6 期，第 21 页。

何诗海所论郝经[1]。除此之外，刘青海通过李商隐的今古文创作实践讨论其文体观念[2]，任竞泽通过创作实践考察杜甫、周邦彦的文体观念[3]，这些研究均值得充分重视，实际上是已经有所固化的研究范式之外开启了另一条值得探索的研究路径。

4. 专书文体观念研究

目前的专书文体观念研究，主要围绕诗文评著作展开，如《文心雕龙》《诗品》《文章缘起》等书的文体观念研究；以及围绕总集、类书展开，如《文选》《文章流别集》《文章正宗》《文章辨体》《文体明辨》《文章辨体汇选》《古文辞类纂》等总集，《北堂书钞》《艺文类聚》《初学记》《白孔六帖》《古今图书集成》等类书。至于别集等文献所体现的文体观念，研究则相对较少。

5. 具体文体观念研究

学界较为关注的文体观念，有辨体观念、文体分类观念、尊体观念、破体观念等。在追溯早期文体观念时，文体命名观念、文体体式观念亦值得注意。此外，体制观念、体貌观念、体性观念等文体观念也有必要作进一步发掘。

6. 文体观念与政治、社会、文化等因素互动的研究

文体观念作为一种思想观念，离不开政治、社会、文化等因素的影响。尤其是未形成理论化表述的观念，为文体理论批评史所忽略，却是文体观念研究的重要观察对象。近年来，一些学者已经注意从文献编纂、礼乐仪式、政治制度、文体概念、文献称引、语言文字等方面去探究文体观念与政治、社会、文化等因素的互动，这方面研究的学术空间颇大，可以展开深入探析的问题域相当多，而且研究之深广度直接影响制约着传统文体观念研究之进路和思想、学

1 何诗海：《经史一体与文体谱系——郝经文体学思想初探》，《学术研究》2007 年第 8 期，第 140 页。

2 刘青海：《论李商隐今古文创作经历及其文体观念》，《北京大学学报》（哲学社会科学版）2013 年第 5 期，第 80 页。

3 任竞泽：《杜甫的文体学思想》，《广东社会科学》2015 年第 2 期，第 167 页；《周邦彦的文体学思想——兼与杜甫、黄庭坚的文体论进行比较》，《西南交通大学学报》（社会科学版）2019 年第 3 期，第 16 页。

术含量，因此，根据近年来学界这方面研究展开的情况，我们有理由期待更深入的研究成果产生以及更多的研究视角之呈现。

（二）中国古代文体观念研究的意义

中国古代文体观念研究的意义主要体现在以下几个方面：

其一，彰显中国古代文体学研究的学科意义。经过学界的共同努力，中国古代文体学研究已取得长足进展。而中国古代文体学与古代文学史、古代文学理论批评史之间的关系如何，中国古代文体学是否具有独特的学科意义，也有待进一步论证。由于古代文体观念史的研究不限于纯文学的文体观念，还包括官文书等实用文体的文体观念，而一般的古代文学史并不涉及官文书等实用文体，古代文体观念史自然不能为一般的古代文学史所涵盖。由于文学理论批评史的研究对象通常诉诸文字，并经过理论化表述，而文体观念研究则可以通过文献编纂、礼乐仪式、政治制度等反映，因此文学理论批评史并不能涵盖文体观念研究。文体观念研究是中国古代文体学的重要组成部分，以文体观念为视角的中国古代文体学研究可以进一步彰显本学科的独特价值和地位。

其二，贯通文体观念发生、发展的各个历史时期。由于成熟的文体理论批评是在魏晋南北朝时期才出现的，如果局限于文体理论批评，那么魏晋南北朝之前的文体观念漫长的演进历程便很容易被忽视，魏晋之前与之后两个阶段也容易被割裂。吴承学、李冠兰等学者近年来致力于考察中国早期文体观念，便是考虑到这方面的缺失。如果以文体观念为切入点，则有助于打通各个时段，从而更清楚地窥见文体观念的发生与演变。

其三，拓展中国古代文体学的研究范围。由于古代文体观念的研究并不局限于理论批评性质的文字，而是可以通过政治、社会、文化等因素发掘背后的深层观念，可以有效地与其他研究领域进行交叉结合，从而拓展中国古代文体学的研究范围，发掘新的学科、学术增长点。

左东岭在论述中国文学思想史研究时曾指出：“中国文学思想史研究的主

要优点，就是把文学批评史的平面研究变成立体的研究。所谓立体，指的是在纵向上注重过程性的研究，不把文学思想理解成静止不变的固定形态；在横向上是注重形成文学思想的复杂原因，诸如政治的、经济的、哲学的、宗教的、风俗的等等，也就是文学思想史更重视对于文学观念的深层原因的把握。”[1] 这一言说，可以给我们思考中国文体观念史研究和学科塑形带来启发，当然，中国古代文体观念研究与中国文学思想史研究有相似和交叉之处，同时也有自身的独特研究对象与学术定位。

（三）中国古代文体观念的研究路径

关于中国古代文体观念研究之路径问题，我们认为需要重点关注以下几个方面：

其一，以唯物史观为指导。研究中国古代文体观念，需要以马克思主义唯物史观为指导，将文体观念置于其所产生、演变的社会历史语境中，只有这样我们才能充分认识中国古代文体观念发生发展的实际历程和真实面貌，并认识文体观念与政治、社会、文化等因素的互动。

其二，以文献分析为基础。无论是研究诗文评、目录学著作、经书、史书、子书、诗文等文本形式直接表达的文体观念，还是研究创作实践、文献编纂、礼乐仪式、政治制度、文体概念、文献称引、语言文字等间接反映的文体观念，都离不开对文献的梳理与分析。除了传世文献，丰富的出土文献材料，如甲骨卜辞、铜器铭文、简牍帛书等，对于探索中国早期文体观念有独特价值。

其三，多学科交叉综合。文体观念受到政治、社会、文化等因素的影响，与哲学观念、学术思想、文学思潮存在互动，并与书法、绘画、音乐等艺术门类的观念相互渗透，因而在具体研究中，不可避免要结合文学史、政治史、思

---

1 左东岭：《中国文学思想史研究方法的再思考》，《中国人民大学学报》2014 年第 4 期，第 20 页。

想史、文化史、社会史、艺术史等方面的线索进行综合考察。

其四，实证和理论相结合。首先是基于文献分析的实证研究，从中国古代文体观念史的实际出发，再现和还原文体观念的存在状态与演进历程。以此为基础，借鉴西方文体学理论和中国现当代文体学思想对中国古代文体观念进行合理的现代阐释，并通过比较来认识中西方文体观念的差异。

其五，宏观与微观相结合。在具体研究中，既需要注意梳理文体观念演变的基本脉络，也需要注意个案的考察探索，做到二者的相互支撑与补充。

（四）本书的思路与设想

目前的中国古代文体学研究取得了丰硕的学术成果，研究的范围涵盖了文体生成、文体演变、文体形态、文体理论批评、文体分类、文体文献资料汇编等诸多方面。同时，中国古代文体学研究尚有值得继续开拓之处，如：早期文体观念的研究刚刚起步，仍有广阔的研究空间；历代文体观念的研究并不均衡，魏晋南北朝和明清这两个文体集大成时段研究较为集中，其他朝代则相对遭到冷落；与先秦文体观念的发生遥相呼应，近代文体观念的转型和裂变同样是文体观念史的节点性问题，目前研究还很薄弱；一些在古代比较重要的文体，如颂、赞、箴、铭等韵文，以及文书类文体，相应的文体观念研究较少；中国古代文体观念研究的理论探索以及综合性、整体性研究，更是有必要作进一步的推进。我们期待通过文体观念文献整理、历史源流考察、理论阐发三者并重的研究手段，对中国古代文体观念进行系统性强、理论化程度高的整体性研究，以促进中国古代文体学研究的学术创新和学科发展。本书在对中国古代文体学研究状况进行学术史回顾的基础上，思考与阐述中国古代文体观念研究这一学术论题的研究方法、学术价值和理论意义，进而以问题意识为导向，围绕若干相互关联但又各自构成问题域的个案展开论析。

本书主要从早期文体观念研究、古代文献与文体观念研究、分体文体观念研究、具体文体观念的研究这四方面展开，既有文体观念史的梳理，也有具体专题的阐论。通过专题论域与整体视域相结合、个案分析与通观圆照相结合，将文献学方法手段有效地引入文体观念研究之中，以问题意识为导向统领中国古代文体学观念研究，这是我们开展这项研究工作的学术初衷和着力点。每个专题论域的研究坚持史论结合，避免那种徒有其表的宏大叙事和体系建构，而是时时以问题意识为导向，对每个板块、每个论域中最能集中突出反映中国古代文体观念鲜明特点的文体现象和文化现象做具体而微的个案实证研究。

本书是我们探索中国古代文体观念的一个阶段性成果，一些讨论还很初步。更为综合、系统的研究，譬如中国古代文体观念发展史、中国古代辨体批评史、中国古代文体分类史、出土文献与中国古代文体观念等专题研究，留待进一步的探索。

第一章
“文”“体”的词义演变与“文体”概念的形成

何谓“文”？何谓“体”？何谓“文体”？“文体”的概念是如何产生的？均是中国古代文体学研究首先需要面对的基本问题。出于古今词义的不同、中西术语的互动，一时歧说迭出。本章结合传世文献与出土文献，对“文”“体”以及“文体”诸概念的嬗变加以爬梳，以期呈现“文”“体”词义的演变脉络以及“文体”这一概念肇端的历史背景。

第一节 “文”的词义演变

关于“文”字的造字原理，据《说文》：“文，错画也。文象交文。”[1] 徐灏注笺云：“象分理交错之形。”[2] 马叙伦亦指出“文”“象绣之交逪为文章也”。[3] 是为“错画”说。朱芳圃则于《殷周文字释丛》中指出“马说非也”，他认为“文即文身之文，象人正立形，胸前之丿乂、∪ ♉ ∪即刻画之文饰也……文训错画，

1（汉）许慎：《说文解字》，中华书局，1963，第 185 页。

2（清）徐灏：《说文解字注笺》，见《续修四库全书》第 226 册，上海古籍出版社，1996，第 221 页。

3 马叙伦：《说文解字六书疏证》卷 17，上海书店，1985，第 37 页。

引伸之义也”。[1]是为“文身”说。目前而言此说最为流行，不少论著认同此说。[2]而涉及古代文论的论著，亦多依从这一观点。[3]“文身”说的可疑之处在于，商周王朝贵族没有文身的文化，周人更是将文身视为蛮夷之俗。[4]

根据《新甲骨文编》整理的字形材料[5]，殷墟卜辞中的“文”约有一半的字形写作（《合集》34088）[6]，属于周人的周原甲骨则一概写作。而同样属于商代晚期的丁鼎（《集成》2318）[7]，“文”字亦写作。这一字形应来自人形，从著名的沧源岩画（距今约2700—3800年）看，先民将人形塑造为、[8]，极为接近此类“文”字。

在甲骨卜辞中，还有另一类“文”字，即所谓胸前有错画的“文”。如宾组的（《合集》18682）、（《合集》36534）、（《合集》947反）等。这一字形，人形之内正作交错的笔画，这也成为“文身说”的重要依据。但从前两例字形看，“文”内显然是“心”。[9]朱芳圃分析出了“文”中的、、等构件，但并没有识别出它们实为“心”形，而是将它们看作文身的纹饰。也有的学者意识到它们表示的是“心”，但囿于旧说，认为这些心形部件由“错画”

1 朱芳圃：《殷周文字释丛》卷中，中华书局，1962，第67—68页。

2 不少权威性的古文字综合论著均从此说，参见于省吾主编：《甲骨文字诂林》，中华书局，1996，第3266页；黄德宽主编：《古文字谱系疏证》，商务印书馆，2007，第3808页；李学勤主编：《字源》，天津古籍出版社、辽宁人民出版社，2012，第790页。

3 如李建中：《中华元典关键词的原创意蕴与现代价值——基于词根性、坐标性和转义性的语义考察》，《江海学刊》2014年第2期，第177页。

4 刘源：《从文邑到文神——甲骨、金文中“文”字内涵再探》，见《甲骨文与殷商史》第6辑（罗格斯商代与中国上古文明国际会议论文专辑），上海古籍出版社，2016，第186页。又见于李学勤、冯克坚主编：《第五届中国文字发展论坛论文集》，中州古籍出版社，2015，第34页。

5 刘钊、洪飏、张新俊：《新甲骨文编》，福建人民出版社，2009，第504页。

6 本书凡标明《合集》者，均出自郭沫若主编，胡厚宣总编辑，中国社会科学院历史研究所编，《甲骨文合集》编辑工作组编：《甲骨文合集》，中华书局，1978—1982。以下不一一说明。本书所引出土文献，尽量使用宽式释文。

7 本书凡标明《集成》者，均出自中国社会科学院考古研究所编：《殷周金文集成》，中华书局，1984—1994。以下不一一说明。

8 汪宁生：《云南沧源崖画的发现与研究》，文物出版社，1985，第23页。

9 甲骨文中“心”作（《合集》7182），铸刻的金文由于更容易掌握笔画，故“心”之笔道更为圆润，如师望鼎（《集成》2812，西周中期）作，史墙盘（《集成》10175，西周中期）作，“心”中或有圆点，或无。

而来。[1]

一般认为，甲骨卜辞的书体实际上是当时的俗体[2]，商代金文以及竹书文字更能反映当时的正体书写形式。商代所见金文中，除了丁鼎所见，其他一概作“文”内有心之形，如小子簋（《集成》4138）所见、仲子觥（《集成》9298）所见，所谓的“错画”或者“文身”很可能只是因为甲骨契刻不便（尤其不适合刻写弯笔道）的线条简化[3]。西周早期和中期的金文，与商代金文一样，仍是大多作“文”内有心形，如旂鼎（《集成》2670，西周早期）所见、师酉簋（《集成》4288，西周中期）所见；或者心形简化为圆点等形，如史墙盘（《集成》10175，西周中期）所见[4]。西周晚期开始，无心形的“文”字趋多，到了春秋战国的金文或竹书则以没有心形的“文”字为主了，如楚简所见“文”字基本便作（包山 2.42）之形[5]。

可见，古文字中的“文”虽然看似纷繁复杂，实际上主要有两条线索：

一是从殷墟甲骨卜辞所见到楚简所见以迄于今的字形[6]，从造字原理看，“文”字象人体之形[7]，《说文》诸书由于未涉及较早的古文字材料，从而导致以“错画”释“文”的误解。

二是在人形的胸口位置增益心形构件（是商周金文的主流），至于、

---

1 于省吾主编：《甲骨文字诂林》，中华书局，1996，第 3266 页。

2 裘锡圭：《从文字学角度看殷墟甲骨文的复杂性》，见《裘锡圭学术文集》第 1 卷（甲骨文卷），复旦大学出版社，2012，第 416 页。

3 王齐洲则认为心形是由文身错画讹变而来，见《中国古代文学观念发生史》，人民文学出版社，2014，第 399 页。王齐洲也强调心形构件的人文取向，但将其视作后出的讹变，恐尚有讨论的余地。

4 金文中“文”的用例，可参见容庚：《金文编》，中华书局，1985，第 635—638 页；周法高主编：《金文诂林》，香港中文大学，1974，第 5523—5528 页。

5 楚简亦有增益饰笔作“彣”“吝”等形者。此外，楚简中的“旻”字，亦可读作“文”。

6 距今 4000 多年的山西襄汾陶寺遗址发现有一个扁壶，上有写作的朱书，不少学者认为即“文”字。参见李建民：《陶寺遗址出土的朱书“文”字扁壶》，《中国社会科学院古代文明研究中心通讯》第 1 期（2001 年 1 月）。

7 也有的“文”字人形有讹变，如西周晚期师害簋（《集成》4116）所见、伯家父簋（《集成》4156）所见。早期金文对“文”的人形框架有较明显的强调，而东周以后“文”字简化，遂有《说文》“错画”之论。

十、· 等形，均应为心形的简化或者其他饰笔[1]，“文身”说正是误读了这些简化的符号所致。

殷墟之前的材料并不足征，从商代金文和西周金文的材料看，第二种写法即“文”内有心的写法更为常见，而金文的写法实际上代表了当时正体的写法。只不过到了东周，第一种写法逐渐成为主流，反映了简化的趋势。

在商末和周初，“文”内有心之形当是更为完整、正规且更为常见的写法[2]，而这一系的字形并不是先民“文身”说所能解释的。刘源曾质疑“文身说”，并指出“文”“大”源于一字[3]，颇具启发意义。“文”与“大”的字形均象人形，且常常用于称美之辞，意义上有相通之处。但严格来说，“文”与“大”终究是两个不同的字，二者有各自的音义脉络，似不可相混。同样是借自人形，一者强调身形的伟岸，一者对人体中的心这一器官予以特别强调，亦相区别。

先秦文献中的“文”有美善、文采、纹理、文饰、礼文、文德、文辞、文字、文籍等义项，虽看似繁复多歧，但仍有内在理路可寻。“文”与“质”“朴”相对，“质”“朴”是原初的、自然的状态，“文”则是在此基础上的审美再创造。“文”又与“武”相对，强调道德意义上的文德与制度上的礼文。有“文”者，均是人类主观能动性改造的结果，是人类智慧的结晶。从“文”字的字形看，以人形为主体，并对人之心予以特别强调。古人将心视作人的思维器官[4]，

1 传抄古文所见“忞”也应属于这一系，参见徐在国：《传抄古文字编》，线装书局，2006，第 890 页。

2 按古文字中有加心旁繁化的现象，参见刘钊：《古文字构形学》，福建人民出版社，2006，第 342 页。但“文”字加“心”，已不是简单的繁化部件了。

3 刘源：《从文邑到文神——甲骨、金文中“文”字内涵再探》，《甲骨文与殷商史》第 6 辑（罗格斯商代与中国上古文明国际会议论文专辑），上海古籍出版社，2016，第 183—193 页。刘源认为清华简《厚父》的“前文人”、《论语 · 八佾》“郁郁乎文哉”的“文”均理解作“大”，笔者有不同意见，详见下文的讨论。

4 根据《黄帝内经 · 素问》，“心者，君主之官也，神明出焉。心藏神”，“神明”指意识。而大脑所扮演的角色则是：“泣涕者，脑也，脑者阴也。髓者，骨之充也。故脑渗为涕。”与现代医学的认识差异较大。实际上，西方人最初也将 heart 视作人类情感的支配器官。至于大脑，西方人同样误解甚深，亚里士多德便认为大脑是排热器官。不过古希腊的医学家已经注意到大脑的作用，如希波克拉底认为大脑可以控制情感，希洛菲利斯指出大脑是智慧的中心。中国古书中，“脑”字较早的用例见诸《左传》僖公二十八年。

认为它是人的核心，如《荀子·解蔽》云：“心者，形之君也，而神明之主也。”另据《荀子·天论》，心“居中虚以治五官”，是统领目、耳、鼻、口等“天官”的“天君”。此类“心君同构”的观念[1]，亦见于清华简《心是谓中》：“心，中，处身之中以君之，目、耳、口、足四者为相，心是谓中。”[2]《孟子·告子上》亦云：“心之官则思。”“文”字的构形，不难看出造字者有意强调人类主观能动性之于“文化”或“文明”的创造。也正由于此，广义的“文”相当于无所不包的“文化”。再如“文”之文字义、礼仪义，均被古人视作“野蛮”与“文明”的分野。从目前所见材料的义项链条中，我们可以寻绎出“文”字一脉相承的人文取向。

在《文心雕龙·原道》中，人作为“三才”之一、“有心之器”，“为五行之秀，实天地之心”，并且存在“心—言—文”这样的递进关系，即所谓“心生而言立，言立而文明”。[3]“人文”与“天文”相对，为人类所独具，关键正在于人之心的发挥。徐复观指出：“儒道两家的思想，皆落实于人的心上。道德是由心而发，文学艺术也是由心而发。”[4]以此说明“文”与“心”的关系。过去学者对“文”字的讨论或拘泥于《说文》的“错画”说，或全盘接受“文身”说，而忽视了“文”字中最重要的心形构件。实际上，如若寻绎出古文字中“文”字字形的发展脉络，可知人体有心正是“文”字造字的基本着眼点，由此也便不难把握“文”字繁复词义的枢纽了。

在先秦，“文”是一个常见且富于多义性的词。[5]其词义繁复多歧，不同的

---

1 参见刘畅：《心君同构——中国古代政治思想史的一种原型范畴分析》，南开大学出版社，2009。

2 清华大学出土文献研究与保护中心编，李学勤主编：《清华大学藏战国竹简》（捌），中西书局，2018，第 149 页。

3（南朝梁）刘勰著，范文澜注：《文心雕龙注》卷 1《原道》，人民文学出版社，1958，第 1 页。

4 徐复观：《〈文心雕龙〉的文体论》，《中国文学论集》，九州出版社，2014，第 76 页。

5 季镇淮：《“文”义探原》，《来之文录》，北京大学出版社，1992，第 19—36 页；Stephen Owen, *Readings in Chinese Literary Thought*, Cambridge, Ma: Council on East Asian Studies, Harvard University, 1992, p. 594; Martin Kern, “Ritual, Text, and the Formation of the Canon: Historical Transitions of *Wen* in Early China”, *T'oung Pao*, Vol.87, No.1–3（2001）, pp.43–91; 陈飞：《古“文”实义说略》，《中国社会科学》2007 年第 4 期，第 172 页。

词义之间似乎有较大的差距，同时不同的词义又存在交叉的情形，乃至于在许多语境中很难通过现代汉语诠解。前文从字形出发解释了“文”字的造字原理，以下试从传世文献与出土文献的辞例入手，从汉语史的角度梳理其词义变迁。

殷墟、周原等地甲骨所见“文”字，最常见的是用于“文武丁”和“文武帝”等庙号，如“丙午卜，贞：文武丁升祊其牢”(《合集》36115)、“丙午卜，贞：翌日丁亥王其又彳于文武帝正，王受又又”（《合集》36168），其例不胜枚举[1]。其中“文武丁”，罗振玉率先指出即《竹书纪年》所见“文丁”，《史记》作“太丁”误[2]，王国维从此说[3]。或以为“文武帝”亦为太丁，陈梦家则主张“文武帝”是帝乙[4]。此外，“文”在卜辞中亦用作其他人名，如《合集》946 正：“文由王事。”或用作地名，如《合集》27695：“贞：于文室。”在商代金文中，四祀𠨘其卣（《集成》5413）有“尊文武帝乙”，可与卜辞相参证。此外，商代金文的“文”多用于“文父丁”“文父甲”“文父辛”“文父乙”等辞例，均为对祖先的美称。在西周金文中，多见“文王”之辞，此外，“文”还见诸“前文人”“文祖”“文考”“皇文考”“文父”“文辟”“文母”“文姑”等辞例，也都是对先祖、先辈的美称[5]。

由于殷墟、周原甲骨和商周金文是能够明确将时代限定于商代晚期至西周的材料，故它们成为我们了解早期“文”字意涵的关键线索。我们知道，无论是商代的甲骨文、金文，还是西周的金文，“文”都主要用诸“文武丁”“文武帝”“文王”这样的先王名号，或者用于修饰先祖的名号。在后世，“文”仍是重要的谥号。[6] 据《逸周书・谥法解》，“文”为美谥：“经纬天地曰文”“道德博

1《甲骨文合集》中涉及“文武丁”的有 31 条，涉及“文武帝”的有 5 条。

2 罗振玉：《增订殷虚书契考释》，《殷虚书契考释三种》，中华书局，2006，第 344 页。

3 王国维：《古史新证——王国维最后的讲义》，清华大学出版社，1994，第 36 页。

4 陈梦家：《殷虚卜辞综述》，中华书局，1988，第 422 页。

5 张再兴：《“文”“皇”考辨》，见《中国文字研究》第 9 辑，大象出版社，2007，第 100—107 页。

6 王国维曾指出谥法起源于西周共王、周懿王之后，之前的“文”“武”“成”“康”等均为美称，见《遹敦跋》，《观堂集林》卷 18，中华书局，1961，第 895 页。不过目前更多的学者相信周初已有谥法。

厚曰文”“学勤好问曰文”“慈惠爱民曰文”“愍民惠礼曰文”“锡民爵位曰文”。《论语·公冶长》载：“子贡问曰：‘孔文子何以谓之文也？’子曰：‘敏而好学，不耻下问，是以谓之文也。’”总之，“文”之谥号偏于对教化、礼仪、道德、学问等人文事项的表彰，周文王、孔文子以“文”为谥即为著例。

单从甲骨文和金文看，早期“文”字的词义可以说极度单一，这可能与其特殊的文体性质有关。总体而言，主要是对先王或先祖的美称。因此，吴其昌认为“文”其实是亡者之尸的象征[1]，许进雄认为“文”字源自丧葬的放血释魂仪式[2]。但这些说法难以解释其与“文”字其他含义之间的关联。根据前文对“文”的字形的分析，可知关键在于心之构件。人心既能产生善，也能创造美。因此，“文”本身便有美、善的意思。《礼记·乐记》郑玄注：“文，犹美也、善也。”孔颖达疏：“文谓美善之名。”[3]《广韵·文韵》：“文，美也，善也。”[4]《尚书·文侯之命》伪孔传将“前文人”之“文”解释作“文德”。[5]以上虽然是晚出的解释，但能提供重要的启发。我们虽然不能确切究明晚商西周“文”的意涵，但可以知道一点，那便是至迟在晚商周初，“文”开始与“武”相对，文德、武功二元对立的政治观当时应已出现。

由于卜辞和铭文的文体比较特殊，它们未必反映当时“文”的全部用法。传世材料中，以《书》《诗》相对较早。据笔者统计，今文《尚书》中“文”总共出现50例，其中用于“文王”一词或者指涉周文王的有36例[6]；用于“文祖”“文考”“前文人”等形容先祖的有6例；《立政》出现4例“文”字，用

1 吴其昌：《殷虚书契解诂》，《吴其昌文集》（1），三晋出版社，2009，第226页。

2 许进雄编撰：《简明中国文字学》（修订版），中华书局，2009，第126页。

3（唐）孔颖达：《礼记正义》卷39《乐记第十九》，见（清）阮元校刻：《十三经注疏》，中华书局，1980，第1544页。

4 赵少咸著，余行达、易云秋、赵吕甫整理：《广韵疏证》，巴蜀书社，2010，第696页。

5（唐）孔颖达：《尚书正义》卷20《文侯之命》，见（清）阮元校刻：《十三经注疏》，中华书局，1980，第254页。

6 此外，《大诰》出现6例“寧王”，《君奭》出现2例“寧王”，实际上即“文王”，清儒吴大澂、孙诒让早已指出。将“文”误释作“寧”，正由于“文”内有心之故。

于“文子文孙”，也是美善之义；此外，表示文采的有2例，表示文德的有2例，另有2例当读作“紊”。今文《尚书》中的大部分“文”，也是美善之义，与甲骨文、金文一样主要用于先王、先祖的名号[1]。再看《诗经》。据笔者统计，《诗经》中的“文”凡55例，其中用于“文王”的有47例，“文人”1例，表示文采的有2例，表示文德的有5例。同样的，以“文王”居多。

出土的《书》类文献，“文”字出现并不多。清华简《程寤》简8所见“何怀非文”[2]，表示文德。清华简《祭公之顾命》出现8次“文”，均用于“文王”。清华简《厚父》简1提及“前文人”[3]。值得注意的是，目前所见可靠的《书》类文献，与《商书》有关的均不见“文”，结合商代的金文与卜辞，或许可说明当时“文”的确尚未分化出较多的含义。清华简《周公之琴舞》与《诗》有关，它出现了2次“文人”[4]，另有2处表示文德。

《书》《诗》的文体同样具有特殊性，但无论是传世文献还是出土文献所见早期辞例中“文”的词义都极单一，已经很能说明问题。我们不妨根据已知材料作一推想：“文”在早期有美、善之义，往往用于称颂先王、先祖的德行，后逐渐用来形容其他事物。在较早的材料中，“文”之文采义和文德义初现端倪。事实上，“文”的多种意义，基本是从美、善两个维度派生的。文采由美而来，与“质”对言；文德自善而出，与“武”对言。

在很多时候，“文”是“礼”的同义语。“文”被赋予“礼文”的含义，可能很早便已经出现。“文”“武”并举至迟可以追溯到商代，礼文义的“文”是

1 值得注意的是，表示文采、文德的4例，有3例出现于《尧典》和《禹贡》，这两篇是公认多追述之辞、定型较晚的文献。

2 清华大学出土文献研究与保护中心编，李学勤主编：《清华大学藏战国竹简》（壹），中西书局，2010，第136页。

3 清华大学出土文献研究与保护中心编，李学勤主编：《清华大学藏战国竹简》（伍），中西书局，2015，第110页。

4 清华大学出土文献研究与保护中心编，李学勤主编：《清华大学藏战国竹简》（叁），中西书局，2012，第133页。

从制度层面而言的，与“武”相对。“文”之所以表示“礼”，应是文采义与文德义相融合的产物。“礼”强调等级化与制度化，如礼器追求繁缛的纹饰和形制，礼器是否有文采，甚至成为判断某文化是“文”还是“质”的标准。此外，“礼”与政教相统一，与“德”有内在的联系[1]。由此，以“文”释“礼”也便不难理解了。《论语·八佾》载孔子云“周监于二代，郁郁乎文哉！吾从周”，便是从礼乐文明的角度而言的。《论语·子罕》载孔子语：“文王既没，文不在兹乎？天之将丧斯文也，后死者不得与于斯文也；天之未丧斯文也，匡人其如予何？”朱熹注云：“道之显者谓之‘文’，盖礼乐制度之谓。”[2]此处的“文”也是就“礼”而言的。孔子所向往的，正是文王、周公所开创的宗周礼乐制度。据《礼记·表记》记载，孔子曾说“虞夏之质，殷周之文，至矣。虞夏之文，不胜其质。殷周之质，不胜其文”，夏代尚且“朴而不文”，而“逮及商周，文胜其质”（《文心雕龙·原道》）[3]。河南偃师二里头遗址所出铜器尚且缺乏纹饰，商周铜器的纹饰则愈趋繁缛典丽，正是“虞夏之质，殷周之文”的写照。郭沫若指出：“商人气质倾向艺术，彝器之制作精绝千古，而好饮酒，好田猎，好崇祀鬼神，均其超现实之证，周人气质则偏重现实，与古人所谓‘殷尚质，周尚文’者适得其反。”[4]实际上殷亦以“文”为表征。更何况，周人“尚文”，政治教化的一面显然更为重要。[5]

1《左传》僖公七年：“德礼不易，无人不怀。”《左传》僖公二十七年：“礼、乐，德之则也。”《左传》文公七年：“义而行之，谓之德礼。”郭沫若指出：“德不仅包括着主观方面修养，同时也包括着客观方面的规模——后人所谓‘礼’。”见《先秦天道观之进展》，《郭沫若全集·历史编》第1卷，人民出版社，1982，第336页。

2（宋）朱熹：《论语集注》卷5《子罕第九》，《四书章句集注》，中华书局，1983，第110页。

3（南朝梁）刘勰著，范文澜注：《文心雕龙注》卷1《原道》，人民文学出版社，1958，第2页。

4 郭沫若：《两周金文辞大系图录考释·序文》，《郭沫若全集·考古编》第8卷，科学出版社，2002，第16页。

5 周人尚文传统及其对中国古代文学的影响，可参见杨九诠：《先秦“文”论》，《东方丛刊》1993年第4辑，第123页；罗新慧：《尚“文”之风与周代社会》，《中国社会科学》2004年第4期，第173页；夏静：《“尚文”与中国文论的教化传统》，《首都师范大学学报》（社会科学版）2012年第6期，第106页；杨赐：《“尚文”与周代文学的文化演进》，《北方论丛》2012年第2期，第14页。

春秋时期虽然周天子的势力不复如昔，但“礼”的纽带作用并没有瓦解，甚至在某些方面得到加强。《左传》《国语》二书对“文”之礼文、文德诸义予以强调，正反映了这一时代特征。《论语·宪问》云：“文之以礼乐。”强调以礼乐文饰自身。郭店简《语丛·二》云：“文生于礼。”[1]可见“文”与“礼”的密切联系。《国语·周语下》韦昭注：“文者，德之总名也。”[2]“文”之文德义，重在教化。《国语·周语上》：“以文修之。”韦昭注云：“文，礼法也。”[3]韦昭以“礼法”训“文”，但这里的“文”是就教化而言的，理解作文德应更为适宜。

在春秋时期，礼乐文明复兴的一个重要标志是赋诗言志之风的盛行。宗周文明礼、乐、诗三位一体，诗是礼乐文明的重要表现，因而赋诗也便成为“文”的表现。在此基础上，言辞是否有“文”，成为判定“君子”或“大夫”的重要标准。“文”与“言”“辞”得以结合，如《周易·系辞》记载孔子称《易》“其辞文”。《诗经·鄘风·定之方中》传曰：“故建邦能命龟，田能施命，作器能铭，使能造命，升高能赋，师旅能誓，山川能说，丧纪能诔，祭祀能语，君子能此九者，可谓有德音，可以为大夫。”[4]所谓“言之无文，行而不远”[5]，“文辞以行礼也”[6]，围绕“礼”展开的文辞是春秋卿士协调人际、国际关系的重要手段。郑国在创制外交辞令时，“裨谌草创之，世叔讨论之，行人子羽修饰之，东里子产润色之”[7]，可见时人对言语修辞的重视。其中世叔即子大叔，《左传》

1 荆门市博物馆编：《郭店楚墓竹简》，文物出版社，1998，第203页。

2 徐元诰撰，王树民、沈长云点校：《国语集解》，中华书局，2002，第88页。

3 徐元诰撰，王树民、沈长云点校：《国语集解》，中华书局，2002，第3页。

4（唐）孔颖达：《毛诗正义》卷3《鄘风·定之方中》，见（清）阮元校刻：《十三经注疏》，中华书局，1980，第316页。

5（唐）孔颖达：《春秋左传正义》卷36《襄公二十五年》，见（清）阮元校刻：《十三经注疏》，中华书局，1980，第1985页。

6（唐）孔颖达：《春秋左传正义》卷52《昭公二十六年》，见（清）阮元校刻：《十三经注疏》，中华书局，1980，第2115页。

7（宋）邢昺：《论语注疏》卷14《宪问第十四》，见（清）阮元校刻：《十三经注疏》，中华书局，1980，第2510页。

襄公三十一年称其“美秀而文”，“文”指有文辞之才，是春秋时代人们对卿士极高的评价。在外交场合中，言辞是否妥当、文雅，是否熟稔经典，便成为卿士能力的重要标准。子犯自以为“吾不如衰之文也”[1]，便将赋诗的机会让给赵衰，赵衰可谓“文”。如果说东周以前的言辞、文字为王官所垄断，那么春秋时期卿士的角色得以凸显，他们是言辞文雅化的实践者，为战国辞赋、诸子论说的涌现奠定了基础。

春秋晚期，在孔子的推动下，六经的经典化过程趋于完成。在《论语》中，孔子所称的“文”大多是就文籍而言的。《诗》《书》《易》《春秋》等，可以说是三代礼乐文明的结晶。在礼乐文明转型的背景下，先王圣典得到空前的重视，它们的整理、结集为战国时期“哲学的突破”乃至“文体的突破”提供了思想资源与文体资源。《礼记·王制》云“顺先王《诗》、《书》、礼、乐以造士”，《左传》僖公二十七年云“说礼乐而敦《诗》《书》”，以六艺“造士”渊源有自。“文”的涵育，正来自于《诗》、《书》、礼、乐的熏陶。孔门四科，“文学”一科以子游、子夏为代表(《论语·先进》)，“文学”即是研究这些经典的学问[2]。《荀子·大略》云：“子赣、季路，故鄙人也。被文学，服礼义，为天下列士。”“文学”与“礼义”对举，前者偏文本记录，后者偏道德伦理。《论语》的《雍也》和《颜渊》均有“博学于文，约之以礼”，《子罕》则谓“博我以文，约我以礼”，“文”即指文籍，“文”与“礼”互为补充，均为君子修习的科目。

儒家尚“文”，同时又追求“文”“质”的统一，即《论语·雍也》所谓“质胜文则野，文胜质则史。文质彬彬，然后君子”、《论语·颜渊》“文犹质也，质犹文也”。与此形成反差的是墨家与道家，可以说是坚定的反“文”主义者。

1（唐）孔颖达：《春秋左传正义》卷 15《僖公二十六年》，见（清）阮元校刻：《十三经注疏》，中华书局，1980，第 1816 页。

2 余来明《“文学”概念史》（人民文学出版社，2016）一书对“文”“文学”“小说”“戏”等概念的发展及中西之别做了细致的考述。这种概念上的古今借用与歧异，亦突出表现于“文体”。

如清华简《汤处于汤丘》旨趣近于道家，即强调“不服过文，器不雕镂”[1]。

还需要注意的是“文”的文字义。许慎在《说文解字叙》中说：“仓颉之初作书，盖依类象形，故谓之‘文’；其后形声相益，即谓之‘字’。”[2]但目前尚未见先秦以“字”表示文字的记录。《管子·君臣上》：“书同名，车同轨。”所谓“书同名”即《礼记·中庸》所谓“书同文”。可见，“名”即文字。[3]此外，文字又作“书”，《荀子·解蔽》《韩非子·五蠹》《吕氏春秋·君守》提及仓颉造字，均谓“字”为“书”。“书”由书写义转变而来[4]，“名”当是从对语言的表述借鉴而来，“文”则基于其“象”义。《说文解字叙》云：“文者，物象之本。”[5]《淮南子·天文训》高诱注：“文者，象也。”[6]文字或作“文象”：“夫文象列而结绳移，鸟迹明而书契作。”[7]陈梦家认为大约较古时文字称为“文”，如《左传》《国语》；较晚称为“名”，如《仪礼》《周礼》；秦和秦以后称为“文字”或“字”[8]。秦以后确实流行“文字”“字”的表述，但“名”与“文”孰先孰后未能遽定。

刘师培指出：“三代之时，一字数用，凡礼乐、法制、威仪、言辞、古籍所载献谓之文。”[9]“文”的复杂意义网络，构成了中国古代思想发生期的基本历

---

1 清华大学出土文献研究与保护中心编，李学勤主编：《清华大学藏战国竹简》（伍），中西书局，2015，第136页。

2（汉）许慎：《说文解字》，中华书局，1963，第314页。

3《周礼·秋官·大行人》：“九岁属瞽史，谕书名，听声音。”郑玄注云：“书名，书之字也，古曰‘名’。”《周礼·春官·外史》：“掌达书名于四方。”郑玄注云：“古曰‘名’，今曰‘字’。”见《十三经注疏》，第892、820页。孙诒让指出：“审声正读则谓之‘名’，察形究义则谓之‘文’，形声孳乳则谓之‘字’，通言之则三者一也。”见（清）孙诒让撰，王文锦、陈玉霞点校：《周礼正义》，中华书局，1987，第2139页。《仪礼·聘礼》：“百名以上书于策，不及百名书于方。”郑玄注云：“名，书文也，今谓之‘字’。”见《十三经注疏》，中华书局，1980，第1072页。

4 英文write是表示书写的动词，writing为名词，有文字的意思。与此相似的是法文的écrire，表示书写，écriture则相当于writing，可用来表示文字。这与中文的“书”有异曲同工之处。

5 郦承铨：《说文解字叙讲疏》，商务印书馆，1935，第4页。

6 何宁：《淮南子集释》，中华书局，1998，第165页。

7（南朝梁）刘勰著，范文澜注：《文心雕龙注》卷8《练字》，人民文学出版社，1958，第623页。

8 陈梦家：《中国文字学》，中华书局，2006，第24页。

9 刘师培：《文说·耀采篇第四》，见《刘申叔遗书》，江苏古籍出版社，1997，第1283页。

史文化情景。[1]“文”之词义虽然纷繁复杂，但并非没有脉络可寻。先秦的“文”，作为形容美、善的褒义词，最初多用来称颂先王、先祖。由其美、善之义，引申出与“质”对言的文采义和与“武”对言的文德义，并出现了礼文义。文采义又引申出纹理义，相关的还有作为“象”的意义；引申出文饰义，作动词解；引申出文辞义，将文采落实到言辞。“文”与“言”“辞”的结合，是重要的转折点，马银琴认为这一现象发生于春秋后期[2]。在春秋时期，“文”之文德义、礼文义得到广泛运用，文辞义也趋于普遍，文字义也已然出现。春秋末期以来，“文”之文籍义不断凸显。总体而言，“文”由较抽象的称美之词，逐渐落实到语言，并最终落实到文字以及由文字书写的文本，亦即柯马丁（Martin Kern）所说的“文”“从仪式性向文本性表达的整体迁移”[3]。

春秋时期，人们将对器物的文采的强调，转移到了对文辞的文采的强调，是文学观念的一大突破。而随着六经经典化过程的完成、私人著述的普遍，对文辞的文采的强调，进而扩大到对书写文本的文采的强调。虽然在先秦没有具备后世“文学”或“文章”的狭义概念[4]，但“文”的文辞义、文字义、文籍义为此奠定了基础。正是“文”由虚转实的词义变迁，使得“文”与“体”的结合成为可能。

1 夏静：《礼乐文化与中国文论早期形态研究》，中华书局，2007，第 211 页。

2 马银琴：《“文”名的确立与“文的自觉”》，《中原文化研究》2016 年第 5 期，第 82 页。

3 Martin Kern, “Early Chinese Literature, Beginnings through Western Han,” in: Stephen Owen, ed. *The Cambridge History of Chinese Literature*（*volume 1*）, Cambridge: Cambridge University Press, 2011, p. 6.

4《论语·泰伯》：“大哉，尧之为君也！……焕乎，其有文章！”这里的“文章”指礼文。章太炎指出：“盖君臣朝廷尊卑贵贱之序，车舆衣服宫室饮食嫁娶丧祭之分，谓之文；八风从律，百度得数，谓之章。文章者，礼乐之殊称矣。”见《国故论衡》中卷《文学总略》，上海古籍出版社，2003，第 50 页。《诗经·小雅·六月》“织文鸟章”、《国语·周语中》“文章比象”、《周礼·冬官·考工记》“青与赤谓之文，赤与白谓之章”，则是就文采而言的。上博简《用曰》简 18 云：“人无文，言以为章。”见马承源主编：《上海博物馆藏战国楚竹书》（七），上海古籍出版社，2008，第 304 页。“文”“章”并举，且以“章”修饰“言”，值得注意。《汉书·公孙弘卜式兒宽传》称“文章则司马迁、相如”“刘向、王褒以文章显”，《汉书·地理志下》谓“及司马相如游宦京师诸侯，以文辞显于世，乡党慕循其迹。后有王褒、严遵、杨雄之徒，文章冠天下”，此时“文章”已有后世通行的意义。

第二节 “体”的词义演变

与“文”相比，“体”的意义相对单纯。但这并不意味着“体”便没有疑义，由于“体”由具象而抽象（这与“文”恰相反），甚至成为哲学概念，这为讨论“文体”之“体”的意涵带来了不小的干扰。

“体（體）”在古文字中只能追溯到战国文字，然而这并不能说明在此之前没有相应的词存在[1]。西周的县妃簋（《集成》4269）所见“珏”，或认为即“豊”，读作“体”[2]。在战国文字中，始有较明确的“体”及相关字：

1. 写作“體”。见郭店简《缁衣》简 8、9，郭店简《穷达以时》简 10，郭店简《性自命出》简 17，上博简《慎子曰恭俭》简 2、《王居》简 3、《兰赋》简 5，清华简《赤鹄之集汤之屋》简 9、《汤处于汤丘》简 2、《汤在啻门》简 17、《心是谓中》简 2，新蔡简甲三简 189 等。

2. 写作“豊”。见郭店简《语丛・一》简 46，上博简《凡物流形》甲本简 1、3、6 以及乙本简 1、2、5 等。

3. 写作“膿”。见上博简《性情论》简 10，《民之父母》简 5、7、11、12、13，睡虎地秦简《日书》甲种简 115 反叁、《日书》乙种简 246、《法律答问》简 79 等，马王堆帛书《十六经・顺道》138 上、《五行》242，马王堆竹书《十问》简 44，张家山汉简《二年律令》简 476，北大汉简《周训》简 185 等。

4. 写作“僼”。见上博简《缁衣》简 5 等。

---

1 宋华强认为“𡆥”字是兆体之“体”的表义初文，或假借“戾”表示“体”，参见《释甲骨文的“戾”和“体”》，《语言学论丛》第 43 辑，商务印书馆，2011，第 338—348 页。其说聊备一解。《诗经・卫风・氓》：“体无咎言。”毛传云：“体，兆卦之体。”即指兆体。《尚书・金縢》所见“体”，伪孔传释作兆体。见《十三经注疏》，中华书局，1980，第 324、196 页。钱志熙认为，以文体论文很可能是从以体论卦发展而来的，参见《论中国古代的文体学传统——兼论古代文学文体研究的对象与方法》，《北京大学学报》（哲学社会科学版）2004 年第 5 期，第 92 页。

2 黄德宽主编：《古文字谱系疏证》，商务印书馆，2007，第 3092 页。

5. 写作“軆”。见中山王厝方壶（《集成》9735）等。

上述文字均从“豊”得声，形旁或作“骨”，或作“月（肉）”，或作“亻”，或作“身”，均是义近形旁的替换。同样是《缁衣》，上博简本作“僼”，郭店简本作“体”；上博简《性情论》所见“膿”，在郭店简《性自命出》的对应处则作“体”。可以看出同一文本在不同批次的竹书中存在不同的用字习惯。而“軆”的写法仅见于晋系铜器，秦简以及受到秦文字直接影响的汉初简帛多用“體”，与楚系竹书相比，不但有时代特点，还应当存在用字上的地域差异。

结合战国楚简的内容，有必要强调以下三点：

从“体”相关字的各形旁看，“身体”确是“体”之本义。《说文》云：“体，总十二属也。”[1]所谓“十二属”，据段玉裁注：“首之属有三：曰顶，曰面，曰颐；身之属有三：曰肩，曰脊，曰尻；手之属有三：曰厷，曰臂，曰手；足之属有三：曰股，曰胫，曰足。”[2]指的是头部、躯干和四肢的总和。因此，“体”虽偶用于表示部分肢体[3]，但总体而言是身体整体的意思。此其一。

“体”之“总十二属”，并不包括内脏[4]。上博简《缁衣》云：“民以君为心，君以民为体。心好则体安之，君好则民欲之。”[5]“心”与“体”对举。在很多时候，“体”并不能涵盖“心”，“体”受“心”统摄[6]。此其二。

上博简《凡物流形》云：“凡物流形，奚得而成？流形成体，奚得而不死？”[7]马王堆竹书《十问》亦有类似表述：“民始敷淳流形，何得而生？流形成体，

1（汉）许慎：《说文解字》，中华书局，1963，第86页。

2（汉）许慎撰，（清）段玉裁注：《说文解字注》，上海古籍出版社，1981，第166页。

3 如《论语·微子》：“四体不勤，五谷不分。”

4 李学勤主编：《字源》，天津古籍出版社、辽宁人民出版社，2012，第352页。

5 马承源主编：《上海博物馆藏战国楚竹书》（一），上海古籍出版社，2002，第179页。亦可参见郭店简《缁衣》及《礼记·缁衣》。

6 陈民镇：《清华简〈心是谓中〉首章心论的内涵与性质》，《中国哲学史》2019年第3期，第14页。

7 马承源主编：《上海博物馆藏战国楚竹书》（七），上海古籍出版社，2008，第223页。

何失而死?”[1]“形”“体”对言，可见“形”与“体”不是一回事。[2]“形”指形状，“体”为实体。此其三。

明人沈承《文体》云：“文之有体，即犹人之有体也。”[3]由于“文体”之“体”是直接从“体”的本义移植而来的[4]，可谓“艺术性的形相”[5]，我们不妨在此基础上审视关于“文体”认识的得失。

由于“体”是实体，因此在“文”的含义由虚转实并最终落实到书写文本上之前，“文”与“体”的结合是不具备充分条件的。正是春秋战国以来“文”的文辞义、文字义和文籍义相互渗透并交融，使得以“文”指代文学成为可能，也使得以“体”论文成为可能。耐人寻味的是，“文”“体”的字形均与人体有关，前者脱胎自人形，后者以“身”“骨”“亻”等为形旁；它们又都与“礼”有关，“文”是“礼”的同义语，而“体”“礼”有共同的声旁，《礼记·礼器》称“礼也者，犹体也”。但不必过分强调这种巧合，因为“文”的词义早已与人体无关，“体”在具体运用中也与“礼”没有直接关联。[6]

一些学者批评将“文体”割裂为若干部分的观点，并强调“文体”之“体”

1 裘锡圭主编，湖南省博物馆、复旦大学出土文献与古文字研究中心编纂：《长沙马王堆汉墓简帛集成》（陆），中华书局，2014，第 143 页。

2“形”“体”的意义仍有其交叉之处，且文体的形式、内容、功能三要素中，以形式最为关键，故有学者强调中国古代文体的形相性，参见徐复观：《〈文心雕龙〉的文体论》，《中国文学论集》，九州出版社，2014，第 2 页；龚鹏程：《中国文学批评史论》，北京大学出版社，2008，第 127 页。“形”与“体”二者有时可以相互替换。《庄子·天地》：“物成生理，谓之形；形体保神。”中国古代的形神之论，对“文体”概念的形成亦有影响。

3（明）沈承：《文体》，见阿英编，晗实、玉铮标点：《晚明二十家小品》，河北人民出版社，1989，第 405 页。

4《文心雕龙》中以“解散”（《论说》）、“偏枯”（《附会》）等语形容文体，《附会》以“骨髓”“肌肤”“声气”等表示文体构成（《颜氏家训·文章》有类似说法），即为明证。钱锺书认为中国古代文学批评有“把文章通盘的人化或生命化”的特点，见《中国固有的文学批评的一个特点》，《文学杂志》第 1 卷第 4 期（1937 年 8 月），第 4 页。另参见钱锺书：《谈艺录》，中华书局，1986，第 40 页；吴承学：《生命之喻——论中国古代关于文学艺术人化的批评》，《文学评论》1994 年第 1 期，第 53 页。

5 徐复观：《〈文心雕龙〉的文体论》，《中国文学论集》，九州出版社，2014，第 2 页。

6 关于“体”与“礼”关系的讨论，参见吴承学：《“文体”与“得体”》，《古典文学知识》2013 年第 1 期，第 126 页；何建军：《礼者体也：先秦典籍中关于身体与礼的讨论》，见《文化与诗学》第 17 辑，北京大学出版社，2014，第 89—106 页。

指的是整体[1]，这是合乎“体”的意义流变以及中国古人的思维习惯的[2]。不少研究《文心雕龙》的论著将论“体”的相关篇章分割为文体（体裁）论与风格论[3],《文心雕龙》中的“体”相对复杂，曾引发学者的热烈讨论[4]。罗根泽将“体”分为体派之体与体类之体两方面[5]，即所谓“二分阐释模式”[6]，这一看法影响较大。此外，徐复观将文体分为体裁、体要、体貌三个层次[7]，童庆炳分为体裁、语体、风格三个层次[8]，陈伯海分为体貌、体式、体格[9]，汪涌豪分为体制体裁、语体语势和风格特征三个层次[10]，郭英德分为体制、语体、体式、体性四个层次[11]，李士彪分为体裁、风格和篇章体制三个方面[12]，曾枣庄分为体裁、体格、体类[13]，马建智分为体类、语体、体貌[14]，不一而足。将文体进行层次或要素的分解有助于我们认识中国古代文体概念的层次性，但却有可能消解“体”的整体

1 钱志熙:《论中国古代的文体学传统——兼论古代文学文体研究的对象与方法》,《北京大学学报》（哲学社会科学版）2004年第5期，第92页；姚爱斌:《中国古代文体论思辨》，北京大学出版社，2012，第31—74页；吕红光:《唐前文体观念的生成与发展》，浙江大学出版社，2014，第3页；党圣元:《体貌与文相》,《贵州社会科学》2016年第12期，第41页。

2 有学者认为:“整体性思维方式一直是中国传统思维方式的最根本的特征。”参见高晨阳:《中国传统思维方式研究》，山东大学出版社，2000，第30页。

3 王运熙:《文心雕龙探索》，上海古籍出版社，1984。

4 参见李建中:《龙学的困境——由“文心雕龙文体论”论争引发的方法论反思》,《文艺研究》2012年第4期，第51页；张健:《〈文心雕龙〉的组合式文体理论》,《北京大学学报》（哲学社会科学版）2017年第5期，第31页。

5 罗根泽:《中国文学批评史》，上海书店出版社，2003，第147页。

6 姚爱斌:《中国古代文体论思辨》，北京大学出版社，2012，第19页。

7 徐复观:《〈文心雕龙〉的文体论》,《中国文学论集》，九州出版社，2014，第21页。

8 童庆炳:《文体与文体的创造》，云南人民出版社，1994，第10—39页。

9 陈伯海:《说“文体”》,《文艺理论研究》1996年第1期，第62页。

10 汪涌豪:《中国古代文学理论体系·范畴论》，复旦大学出版社，1999，第188—189页。

11 郭英德:《中国古代文体学论稿》，北京大学出版社，2005，第5页。

12 李士彪:《魏晋南北朝文体学》，上海古籍出版社，2004，第2页。

13 曾枣庄:《中国古代文体学史》上卷，上海人民出版社、上海书店出版社，2012，第7页。

14 马建智:《中国古代文体分类研究》，中国社会科学出版社，2008，第40页。

性。中国古代所说的“文体”，实则包括西方所说的genre[1]与style[2]两方面，由此对应Genology（文类学）与Stylistics（语体学）两种学科，但“1+1”是否等于“2”实际上是值得怀疑的。在具体研究中，Genology与Stylistics通常都被称作“文体学”。它们二者的简单叠加，是否便完全等同于中国古代文体学呢？答案显然是否定的。有鉴于此，吴承学等学者倡导建设具有民族特色的中国古代文体学。[3]人体是一个有机的整体，这一概念也移植到“文体”中，文体是形式、内容、功能三者的有机统一体。正由于“体”表示整体，一些割裂卜辞、《左传》等材料而试图从中抽绎出多种文体的做法，便很难说合乎实际。

值得注意的是，“体”固然有整体的意思，但它偏向的是外在的躯壳或载体，一般不包括“心”“神”（对应思想、情感等）[4]。从“体”之本义引申而出的“文体”之“体”，表现为形式、内容和功能的内在统一，虽然强调“形神合一”，但其中形式始终是最重要的因素。宋人李廌指出：“凡文章之不可无者有四：一曰体，二曰志，三曰气，四曰韵。”[5]可见“体”与“志”“气”“韵”对举，“体”并不包括内蕴的思想。

1 一般译作“体裁”或“文类”。genre实际上是一个法语词汇，参见J. A. Cuddon, *A Dictionary of Literary Terms*, London: André Deutsch Limited, 1979，p.285. 在英语词汇中，并无合适的对应词，form庶几近之，参见Roger Fowler, *A Dictionary of Modern Critical Terms*, London & New York: Routledge, 1999, p.104. 这一窘境，亦体现于中国古代的“文体”概念。

2 一般译作“语体”或“风格”，与语言学关系更为密切。关于其定义的歧异，参见刘世生：《什么是文体学》，上海外语教育出版社，2016，第1—2页。

3 吴承学、沙红兵：《中国古代文体学学科论纲》，《文学遗产》2005年第1期，第22页。

4 姚爱斌认为，当“体”用于描述人自身时，多指与心相对的肉身性躯体；当“体”引申指人生命以外的其他事物（如文章）时，则是对事物具体存在的整体呈现。见《“体”：从文化到文论》，《学术论坛》2014年第7期，第93页。

5（宋）李廌：《济南集》卷8《答赵士舞德茂宣义论宏词书》，见《宋集珍本丛刊》第30册，线装书局，2004，第727页。

有不少学者以“体用不二”论探讨文体[1]，以“体”“用”论文体，顾尔行《刻文体明辨序》为其中代表：

> 文有体，亦有用。体欲其辨，师心而匠意，则逸辔之御也。用欲其神，拘挛而执泥，则胶柱之瑟也。《易》曰：“拟议以成其变化。”得其变化，将神而明之，会而通之，体不诡用，用不离体。[2]

此类论述，在古代文献中既找不到较早的依据，也绝非文体论的主流，系将哲学上的“体”“用”之辨嫁接到文体的讨论之中[3]。在魏晋玄风的劲吹之下，本末之论兴起，王弼主张“崇本举末”“崇本息末”，“本”“母”“体”与“末”“子”“用”成为相对立又统一的概念[4]。在《老子》的基础上，王弼阐发“体”“用”之辨：“以无为用，不能舍无以为体也。”[5]这实际上是“本”“末”之辨的延伸。这里的“体”相当于“本”，即“本体”[6]。但这个“体”已然是抽象的终极概念，距离“体”之本义甚远。“文体”之“体”，借用的是“体”之身体、整体义，而非玄学的本体义。之所以一些当代学者希望从“体用一如”的角度探讨文体，很大程度上是他们发现了功能、行为对于文体发生和早期发展的特殊意义[7]。这一发现固

---

1 刘明今：《中国古代文学理论体系·方法论》，复旦大学出版社，2000，第215—253页；钱志熙：《论中国古代的文体学传统——兼论古代文学文体研究的对象与方法》，《北京大学学报》（哲学社会科学版）2004年第5期，第92页；郭英德：《中国古代文体学论稿》，北京大学出版社，2005，第41页；姚爱斌：《论中国古代文体论研究范式的转换》，《文学评论》2006年第6期，第42页；姚爱斌：《中国古代文体论思辨》，北京大学出版社，2012，第76—83页；李建中：《文体学研究的路径与前景》，《江海学刊》2011年第1期，第190页。

2 （明）吴讷、徐师曾撰，于北山、罗根泽校点：《文章辨体序说·文体明辨序说》，人民文学出版社，1962，第75页。明人范应宾于陈懋仁《文章缘起注》的《题辞》中也引用了《周易》“拟议以成其变化”一语，并指出：“不有体，何以拟议？不知体之所从出，何以为体，而极之无所不变？”见（南朝梁）任昉撰，（明）陈懋仁注：《文章缘起注》，中华书局，1985，第1页。

3 吴承学亦强调顾尔行是“借用”哲学的范畴，见《中国古代文体学研究》，人民出版社，2011，第125—126页。

4 党圣元、陈民镇：《王弼著述的性质及其思想来源的再审视》，《中原文化研究》2017年第5期，第67页。

5 （魏）王弼注，楼宇烈校释：《老子道德经注校释》，中华书局，2008，第94页。

6 中国古代所说的“本体”，与西方哲学中的“本体”并不是一回事，参见张岱年：《中国古代本体论的发展规律》，《社会科学战线》1985年第3期，第52页。

7 参见郭英德：《中国古代文体学论稿》，北京大学出版社，2005，第35—36页。清人王棻也论及“体”“用”，用法与今人较为接近，见《柔桥文钞》卷3《论文》，《清代诗文集汇编》707，上海古籍出版社，2010，第640页。

然重要，但并不能据此追溯古人也有此认识，进而依附哲学概念。“文体”之“体”与其“用”（功能）确是相统一的[1]，但此“体”非彼“体”，此“用”亦非彼“用”，“体用一如”有其特定的语境。前面提到，“身体”之“体”实际上是将“心”排除在外的，“文体”之“体”也一样，它是形式、内容、功能三者的统一体，而以形式为核心；而且，它也是与思想、情感相对的概念，并不包括“心”在内。文体论中的“体”是与“道”对立的，这意味着它是与本体相对而言的。

如果非要与“体”“用”之论联系，“文体”之“体”实际上是“用”，而非“体”。曹丕《典论·论文》云“夫文本同而末异”[2]，“末”实际上指的是“体”，与“本”相对。挚虞《文章流别论》称诗以“情志为本，而以成声为节”[3]，再如明末清初的姜宸英指出：“盖诗者，本古之乐章。以志为本，以声为用，志见于言而为诗。”[4]“声”作为文体的构成，它实际上是“用”，与“本”相对。

第三节 “文体”概念的形成

“文”与“体”的最早结合，不少学者追溯到伪古文《尚书·毕命》的“辞尚体要”一语。如马士远指出：

> 《尚书·毕命》篇的“政贵有恒，辞尚体要，不惟好异”之说。《毕命》篇属于东晋梅赜所献《古文尚书》中的篇目，有晚出的嫌疑，近年来杨善

1 之所以将文体与“体”“用”相联系，抑或与“六义”“六诗”之说有关，参见郭绍虞：《六义说考辨》，见《中华文史论丛》第 7 辑，上海古籍出版社，1978，第 227 页。但这里的“体”“用”毕竟与哲学上的“体”“用”不是一回事。

2 （三国魏）曹丕：《典论·论文》：见（南朝梁）萧统编，（唐）李善注：《文选》卷 52，上海古籍出版社，1986，第 2271 页。

3 （晋）挚虞：《文章流别论》，见（清）严可均编：《全上古三代秦汉三国六朝文》，中华书局，1958，第 1905 页。

4 （明）姜宸英：《湛园藏稿》卷 1《汪中允秦行诗略序》，见《清代诗文集汇编》107，上海古籍出版社，2010，第 249 页。

群、郑杰文、张岩等一批学者就梅赜所献《古文尚书》问题提出了不少非伪证据，在学界已引起一定反响，即使《毕命》篇确为魏晋时期的伪作，但此处文辞亦有渊源于先秦时期同义语料的可能性，其在我国古代文艺理论生成中亦应占有重要地位。[1]

马士远意识到《毕命》的可疑，但仍强调“辞尚体要”有源自先秦语料的可能性。更多的学者则未能究明《毕命》的出处，将其视作文体论的最早依据。[2]伪古文《尚书》经过清儒的考证，其非先秦真本的认识已然深入人心。随着清华简“书”类文献的刊布，伪古文《尚书》中《咸有一德》《说命》《冏命》进一步被证伪[3]，同时也影响到学术界对伪古文《尚书》的总体性认识。不可否认的是，“辞尚体要”这一命题对魏晋以来的文体论产生较大影响，这在《文心雕龙》中有诸多体现[4]，是为“文章以体制为先”论的重要来源[5]。但由于这一命题出自伪古文《尚书》，性质颇为可疑，在目前所见可靠的先秦文献中，尚未有将“辞”与“体”相联系的例子，《毕命》属于孤例，因此我们在引用这一说法时应该持更为谨慎的态度。“辞尚体要”的表述与汉语史的发展规律不尽相合，而如若《毕命》只是东晋好事者所为，“辞尚体要”的命题恰恰反映了时代风气。

《左传》昭公二十年的一段话值得注意：

先王之济五味，和五声也，以平其心，成其政也。声亦如味，一气，二体，三类，四物，五声，六律，七音，八风，九歌，以相成也；清浊，

1 马士远：《古代文论视域中一个亟待深化的研究命题》，《光明日报》2007 年 11 月 30 日。

2 如童庆炳认为“辞尚体要”很可能是中国文体论的起源，见《文体与文体的创造》，云南人民出版社，1994，第 11 页。

3 李学勤：《清华简与〈尚书〉〈逸周书〉的研究》，《史学史研究》2011 年第 2 期；马楠：《清华简〈摄命〉初读》，《文物》2018 年第 9 期，第 46 页。

4 贾学鸿：《从法学命题到文学理论的历史演变——论〈尚书〉和〈文心雕龙〉中的“辞尚体要”》，《扬州大学学报》（人文社会科学版）2014 年第 6 期，第 54 页；任竞泽：《刘勰〈文心雕龙〉的辨体理论体系——兼论其辨体观的开创意义和深远影响》，《学术论坛》2015 年第 6 期，第 93 页。

5 任竞泽：《“文章以体制为先”的辨体论源流》，《求索》2016 年第 5 期，第 114 页。

大小，长短，疾徐，哀乐，刚柔，迟速，高下，出入，周疏，以相济也。

这段话是围绕音乐展开的，过去学者关注不足。《文心雕龙·情采》云：“故立文之道，其理有三：一曰形文，五色是也；二曰声文，五音是也；三曰情文，五性是也。五色杂而成黼黻，五音比而成韶夏，五性发而为辞章，神理之数也。”[1]《左传》中这段话所论即为“声文”。据杜注，“二体”指的是“舞者有文武”，“三类”指的是“风雅颂”[2]。这段话不但涉及文艺的分类意识，而且有可能是将“体”与文艺相挂钩的最早实例。

若置诸东汉以来的思想史发展脉络，“文”“体”的联姻并不突兀。作为乡举里选的产物，东汉初期以来人物评论之风兴起，中期之后臻于极盛，尤其侧重于士人之言与形，此即东汉以来兴起的“人伦鉴识”之术。对人的言论及形体的评论，注重审美意趣，甚至直接关注“体”，如《论衡·骨相》云：“相或在内，或在外，或在形体，或在声气。察外者遗其内，在形体者亡其声气。”[3]《人物志·九征》云：“虽体变无穷，犹依乎五质。故其刚柔明畅，贞固之征，着乎形容，见乎声色，发乎情味，各如其象。”[4]这些思潮无疑会对后来的文体论产生影响，尤其是文体论中的体貌之论。

至迟在魏晋，“体”已有文体义[5]，这在曹丕《典论·论文》、桓范《世要论》、傅玄《连珠序》、挚虞《文章流别论》、陆机《文赋》、陆云《与兄平原书》等著述中得到反映。《典论·论文》所见“文非一体，鲜能备善”“唯通才能备其体”[6]，是较早的明确以“体”论“文”的论述。《连珠序》云：“其文体辞丽而言约，

1（南朝梁）刘勰著，范文澜注：《文心雕龙注》卷7《情采》，人民文学出版社，1958，第537页。

2（唐）孔颖达：《春秋左传正义》卷49《昭公二十年》，见（清）阮元校刻：《十三经注疏》，中华书局，1980，第2093页。

3（汉）王充著，黄晖校释：《论衡校释》卷3《骨相》，中华书局，1990，第123页。

4 梁满仓译注：《人物志》，中华书局，2009，第15—16页。

5 姚爱斌列举了汉代的一些有关“文体”的记载，参见《中国古代文体论思辨》，北京大学出版社，2012，第32页。但这些记载中的“文体”多指字体等其他含义，与文体无涉。

6（三国魏）曹丕：《典论·论文》，见（南朝梁）萧统编，（唐）李善注：《文选》卷52，上海古籍出版社，1986，第2270—2771页。

不指说事情，必假喻以达其间。”[1]可见“文体”一词已然确立，后世的文体义与其一脉相承。再如《文章流别论》中一再提及“体意相类”“纯为今赋之体”“古诗率以四言为体”“备曲折之体”等表述。[2]正式有“文体”名目的文体论或文体学，自此渐成声势。其后的《文章缘起》《文心雕龙》《诗品》则进一步强化了“体”之文体义，“文体”一词成为文论术语。

魏晋以降，中国古代文体学的基本研究对象得以确立，它有自身的演进脉络，与单纯的体裁研究或者西方的文体语体学研究不能同日而语。但自觉的文体研究，显然要追溯到更早的时期，如东汉蔡邕的《独断》和《铭论》已是较为成熟的文体理论批评著作。这是与“文章各体，至东汉而大备”[3]的总体趋势相适应的，“体愈众，故辨当愈严”[4]，随着文体的增繁、辨体的深入，对文体的分类与归纳也愈加严密，自觉的文体论成为可能。但这并不意味着文体形态与文体观念也是从这一阶段才开始出现。姜亮夫指出：“文体未立以前，我们决不能说便无这体文章，并且也不是说‘一切文体不是从衍变而来，是无所依傍而发生’的。”[5]文体形态的历史几乎与人类文明史相始终，相应的文体观念亦发轫甚早。至迟在汉末，已有自觉的文体论，在此之前，文体观念已然存在。文体观念闪现于文本之中，也体现于文本之外（如物质载体、礼仪制度），它的成熟与自觉是文体论产生的重要前提。中国古代文体的基本框架在东汉时期完全确立，“文体”概念以及文体论的产生，实际上是文体框架成熟之后的必然结果。

---

1 （唐）欧阳询撰，汪绍楹校：《艺文类聚》卷 57，上海古籍出版社，1982，第 1035 页。

2 （晋）挚虞：《文章流别论》，见（清）严可均编：《全上古三代秦汉三国六朝文》，中华书局，1958，第 1905—1906 页。

3 刘师培：《中国中古文学史》，《中国中古文学史 · 论文杂记》，人民文学出版社，1959，第 23 页。

4 （明）吴讷、徐师曾撰，于北山、罗根泽校点：《文章辨体序说 · 文体明辨序说》，人民文学出版社，1962，第 78 页。

5 姜亮夫：《文学概论讲述》，《姜亮夫全集》第 21 册，云南人民出版社，2002，第 100 页。

第二章
商周礼乐仪式与早期文体观念

相对于系统的文体理论，文体观念的历史更为悠远，其存在的范围也更广。在文体理论尚未产生之际，事实上的文体观念早已存在。然而探究文体观念的发轫，并不能无限上溯。如巫术咒语和诗歌的产生，远在文字创制之前，但由于文献不足征，且文体类别有限，难以对史前的文体观念作具体的讨论。商代晚期甲骨卜辞和铜器铭文是目前所见东亚地区最早的成批成熟文字材料，因而商代晚期可作为探讨早期文体观念的上限。在商周崇尚礼乐的背景下[1]，文体的运用与分工往往与礼乐仪式密切相关。本章便主要从仪式性（rituality）的角度去理解文体的生成与早期发展，探讨商周[2]礼乐仪式对早期文体观念的影响。

这里有必要交代商周时期的史料和文体类别。若以“同时史料”和“后时

---

1 西人多将“礼”译作 ritual，凸显其仪式性。事实上，中国古代的“礼”内涵丰富，至少涉及制度、仪式诸方面。礼与乐又密不可分，共同构成中国古代的礼乐文明。古书称周公制礼作乐，创立西周礼乐文明。《论语・为政》曰：“殷因于夏礼，所损益可知也；周因于殷礼，所损益可知也。”古代礼书又往往以虞、夏、商、周四代之礼并提，谓周礼因袭自虞、夏、商之礼，礼乐制度及仪式具有继承性，又有因革损益。从考古发现看，早在新石器时代，已经初步奠定了后来的礼乐制度及仪式。由于直接文字的缺乏，本章暂不涉及商代晚期之前的情况。

2 本章所论“商周”，主要指商代晚期至西周。至于春秋时期，作为礼乐逐渐崩坏但又极富礼乐精神的过渡阶段，堪称宗周礼乐文明的回光返照，亦在某些情况下纳入讨论。

史料”分[1]，商周时期的同时史料（相当于出土文献）主要有商代晚期至西周初年的甲骨卜辞，以及商代晚期至西周时期的铜器铭文，后时史料（相当于传世文献）则包括《尚书》《逸周书》《诗经》《周易》等文献中的部分篇章。这些史料所反映的文体，则有甲骨卜辞、铜器铭文、《周易》繇辞、《诗经》中的诗以及《尚书》所载录的“命”“诰”“誓”等。这些文体，都与特定的礼乐仪式有关。当然，商周时期实际上存在的文体，远比现存史料所反映的要丰富。如商代的同时史料仅有甲骨卜辞和铜器铭文，其中铜器铭文篇幅普遍较短，信息量有限；卜辞虽然数量丰富，但文体单一，只是当时的一种文体。目前虽未发现商代简册的实物，但结合《尚书·多士》“惟殷先人，有册有典”的记述、甲骨文所见“册”字、直下书写习惯以及动物字形的“纵变”倾向等线索看，商代已有简册的使用[2]，商代的文体不限于卜辞与铭文。无论是出土文献还是传世文献，皆有其局限性，现有的史料未必能反映商周文体的全貌。本章综合考察与商周文体有关的同时史料和后时史料，以期勾勒出商周文体形态及观念的概貌。

第一节　礼乐仪式类别、王官职分与文体分类观念

关于文体的生成与分化，过去大抵有“文章原出五经”“文学出于巫祝之官”“文体出于王官”诸说。

“文章原出五经”之论，以《文心雕龙·宗经》《颜氏家训·文章》为代表，

1　史料可分为“同时史料”与“后时史料”，参见日本学者太田辰夫《中国语历史文法》（蒋绍愚、徐昌华译，北京大学出版社，2003）一书之跋。

2　参见郭沫若：《古代文字之辩证的发展》，《考古》1972年第3期，第2页；陈梦家：《殷虚卜辞综述》，中华书局，1988，第46页；陈炜湛：《战国之前竹简蠡测》，《中山大学学报》（哲学社会科学版）1980年第4期，第106页；裘锡圭：《文字学概要》（修订本），商务印书馆，2013，第47页；李学勤：《简帛佚籍与学术史》，江西教育出版社，2001，第4页。

此说基于"宗经"的本位，将五经视作诗文各体的源头。[1]但在溯源的过程中，不无主观比附之弊。五经是早期文体发展的一次重要总结，对春秋战国以来的文体发展有深远影响。但在五经形成之前，已有文体的具体运用，因此很难将其视作文体的根源所在。

刘师培则倡"文学出于巫祝之官"说，将"文学"（专指韵文）的产生追溯至巫祝之官：

> 古代祠祀之官，惟祝及巫。……盖古代文词，恒施于祈祀，故巫祝之职，文词特工。今即《周礼》祝官执掌考之，若六祝六祠之属，文章各体，多出于斯。又颂以成功告神明，铭以功烈扬先祖，亦与祠祀相联。是则韵语之文，虽匪一体，综其大要，恒由祭祀而生。欲考文章流别者，曷溯源于清庙之守乎？[2]

刘师培所言"巫祝"，不同于一般所说的巫觋，而是专指属于王官之列的巫官和祝官。刘氏特别强调清庙之守（亦即巫祝之官）之于"文章流别"的特殊意义。刘氏认为，古代韵文（即所谓"文词"）多运用于祭祀仪式，而祭祀由巫祝之官职掌，故巫祝之官工于韵文。

在《周末学术史序·文章学史序》一文中，刘师培对王官与文体生成分化的关系有更为充分的论述：

> 吾观成周之制，宗伯掌邦礼，于宗庙鬼神之典，叙述尤详。而礼官协辅宗伯者，于祭祀之典，咸有专司，如巫、史、祝、卜是也。试观《周礼》太祝掌六祈以司鬼神，即后世祭文之祖也。殷史辛甲作《虞箴》以箴王缺，即后世官箴之祖也。又太祝所掌六词，命居其次，诔殿其终命也者，后世哀册之祖也，诔也者，后世行状诔文之祖也。颂列"六义"之一，以成功告于神明，屈平《九歌》，其遗制也。铭为勒器之词，以称扬先祖功烈，

1 参见吴承学、陈赟：《对"文本于经"说的文体学考察》，《学术研究》2006 年第 1 期，第 119 页。

2 刘师培：《左盦集》卷 8《文学出于巫祝之官说》，见《刘申叔遗书》，江苏古籍出版社，1997，第 1283 页。

汉魏墓铭，其变体也。且古重卜筮，咸有繇词，遂启《易林》《太玄》之体。古重盟诅，咸有誓诰，遂开绝秦诅楚之先。况古代祝宗之官类，能辨姓氏之源，以率遵旧典，由是后世有传志、叙记之文。德刑礼义，记于史官，由是后世有典志之文。文章流别，夫岂无征？[1]

根据刘师培的说法，祝官掌六祈以司鬼神，又掌六词，为后世祭文、哀册、行状诔文之祖；史官作箴、记德刑礼义，为后世官箴、典志之文的源头。其他如颂、铭、卜辞、盟诅、誓诰等，刘氏虽未指明与具体王官的关联，但从全篇的语境看，他显然也是认为这些文体出自王官，并启导了后世墓铭、传志等文体。总之，刘氏将“文章流别”系之于王官，此说可归纳为“文体出于王官”说。

商周时期的知识与文字书写主要为王官所垄断，因此不难理解王官在早期文体的生成与分化过程中所扮演的重要角色。先秦传世古书，以《周礼》记载职官最为详备。《周礼》又称《周官》，它所描述的对象是西周官制。《周礼》中的职官制度与西周金文确有相合之处[2]，但仍有不少出入。有学者认为《周礼》所记官制与春秋时期的官制更为接近[3]，《周礼》一书的成书，则多被系于战国时期[4]。因此，《周礼》虽是认识早期官制的重要参考资料，却很难被直接用来说明西周的职官制度。《周礼》共分天官、地官、春官、夏官、秋官、冬官六部分，每部分的开端皆有“惟王建国，辨方正位，体国经野，设官分职，以为民极”之语。盖国家的创立，“设官分职”为其题中之义。这种职官及司职的

1 刘师培：《周末学术史序·文章学史序》，见《刘申叔遗书》，江苏古籍出版社，1997，第526—527页。

2 张亚初、刘雨：《西周金文官制研究》，中华书局，1986，第140页；李学勤：《从金文看〈周礼〉》，《寻根》1996年第2期，第4页。

3 李晶、沈长云：《春秋官制与〈周礼〉比较研究——〈周礼〉成书年代再探讨》，《历史研究》2004年第6期，第3页。

4 钱穆：《〈周官〉著作时代考》，《燕京学报》第11期（1933年6月），第2191页；杨向奎：《周礼的内容分析及其著作时代》，《山东大学学报》（哲学社会科学版）1954年第4期，第1页；顾颉刚：《“周公制礼”的传说和〈周官〉一书的出现》，见《文史》第6辑，中华书局，1979，第1—40页；刘起釪：《〈周礼〉真伪之争及其书写成的真实依据》，见《古史续辨》，中国社会科学出版社，1991，第619—653页。

分类观念，自然可以强化文体分类观念。[1] 王官职分确与文体分化存在一定的对应关系，如祝官负责祝告之文，卜官负责卜筮的卜辞和繇辞。古书对王官与早期文体的对应关系亦多有称述：

（1）史为书，瞽为诗，工诵箴谏，大夫规诲，士传言。（《左传》襄公十四年）

（2）故天子听政，使公卿至于列士献诗，瞽献曲，史献书，师箴，瞍赋，蒙诵，百工谏，庶人传语，近臣尽规，亲戚补察，瞽史教诲，耆艾修之，而后王斟酌焉，是以事行而不悖。（《国语·周语上》）

（3）在舆有旅贲之规，位宁有官师之典，倚几有诵训之谏，居寝有亵御之箴，临事有瞽史之导，宴居有师工之诵。史不失书，蒙不失诵，以训御之。（《国语·楚语上》）

（4）鼓史诵诗，工诵正谏，士传民语。（《大戴礼记·保傅》）[2]

（5）古者天子听朝，公卿正谏，博士诵诗，瞽箴师诵，庶人传语，史书其过，宰彻其膳。（《淮南子·主术训》）[3]

（6）王泽流而诗作，成功臻而颂兴，德勋立而名著，嘉美终而诔集，祝史陈辞，官箴王阙，《周礼》太师掌教六诗。（《文章流别论》）[4]

可见，王官职分确与文体分类存在呼应，“文体出于王官”说自有其合理之处。不过“文体出于王官”说尚不能完全解释早期文体的生成与分化，一个很重要的原因是，文体与王官职分并非严格的对应关系。如刘师培所论王官与文体的对应关系，祝官和史官便分别职掌多种文体。至于祝官和史官的具体职

1 吴承学、张润中对秦汉职官与文体分类的关系已有讨论，参见《秦汉的职官与文体》，《北京大学学报》（哲学社会科学版）2018 年第 3 期，第 33 页。

2 黄怀信主撰，孔德立、周海生参撰：《大戴礼记汇校集注》卷 3《保傅》，三秦出版社，2005，第 348—350 页。

3 何宁：《淮南子集释》卷 9《主术训》，中华书局，1998，第 691 页。

4（晋）挚虞：《文章流别论》，见（清）严可均编：《全上古三代秦汉三国六朝文》，中华书局，1958，第 1905 页。

掌，有必要结合出土文献与传世文献加以辨析。《周礼・春官・大祝》载大祝“掌六祝之辞”，以“事鬼神示，祈福祥，求永贞”，并作“六辞”以“通上下、亲疏、远近”，所谓“六辞”，分别为“辞”“命”“诰”“会”“祷”“诔”。另据《周礼・春官・诅祝》，诅祝“掌盟、诅、类、造、攻、说、禬、禜之祝号。作盟诅之载辞，以叙国之信用，以质邦国之剂信”。据此，祝官与命、告、祷、盟诅等文体有关，无怪乎刘师培将巫祝之官视作“文学”的渊薮。除了刘师培，其他学者亦据《周礼》的记载强调祝官之于早期文学的重要意义。[1] 但商代甲骨卜辞与铜器铭文虽有作为行为方式的“祝”[2]，但并未出现祝官的官职。“大祝（太祝）”的官职在西周铜器铭文则有出现，但仅见于大祝禽鼎（《集成》1937，西周早期）与伯大祝追鼎（《铭图》2396，西周晚期）[3]。商周时期的祝官地位似乎并不显著，且出土文献未见祝官与文辞相关联的记录。与此相对的是，史官（如史、作册、内史等）在商周时期的文辞活动中扮演重要角色。如西周中晚期频繁出现的册命铭文，记载册命文书由史官宣读。《尚书・洛诰》载“王命周公后，作册逸诰”，史官亦负责“诰”。上述“命”“诰”二体，均属于《周礼》的太祝“六辞”，但铜器铭文和《尚书》却表明这两种文体实际上由史官所职掌。即便是一般认为由祝官负责的祝告之辞，一些文献也记载它由史官负责宣读，如《尚书・洛诰》载：“王命作册逸祝册，惟告周公其后。”《尚书・金縢》载：“史乃册祝曰……”《逸周书・世俘》载：“武王降自车，乃俾史佚繇（读）书于天号。”“册祝”即史官以预先写就的简册祝告，正如“册命”指史官以预先写就的简册授命。从《洛诰》《金縢》《世俘》等《书》类文献的记载看，负责书写、

1 除了刘师培，邓国光对祝官的文学贡献亦有较多关注，见邓国光：《〈周礼〉六辞初探》，《中华文史论丛》第 51 辑，上海古籍出版社，1993，第 137—158 页。修订稿收入邓国光：《文章体统：中国文体学的正变与流别》，上海古籍出版社，2013。另参见邓国光：《中国文化原点新探——以〈三礼〉的祝为中心研究》，广东人民出版社，1993，第 50—76 页。

2 如《甲骨文合集》787：“祝于祖辛。”

3 本书凡标明《铭图》者，均出自吴镇烽编著：《商周青铜器铭文暨图像集成》，上海古籍出版社，2012。以下不一一说明。

宣读祝告之辞的，实际上是史官，而非祝官。[1]不过，《逸周书·尝麦》却说是太祝作册："太祝以王命作筴，筴告太宗。""筴"即"策""册"。这便需要考虑到祝官与史官的"官联"[2]，在很多时候"祝史"连言，甚至不分彼此[3]。浑言之，祝、史无别，如《论衡·别通》所言"太史太祝，职在文书"[4]；析言之，则史官倾向于文字记录和宣读文书，祝官负责祝祷与仪式组织。《左传》昭公十七年载："日过分而未至，三辰有灾，于是乎百官降物；君不举，辟移时；乐奏鼓，祝用币，史用辞。"则"用辞"是史官之职。可见，史官作为商周时期的主要文字记录者[5]，即《左传》襄公十四年所谓"史为书"、《礼记·曲礼上》所谓"史载笔"，负责"命""诰""祝"等文体的记录、书写和宣读。《周礼》的记载与可靠出土文献及传世文献所反映的信息相比照，其间存在一定的错位。在早期文体的发展过程中，史官更为活跃，职掌多种文体。由此亦可见王官虽对文体的生成与分化有重要影响，但王官职分并不能真正解决文体分类观念的产生。[6]

与早期文体相关的乐官、史官、祝官、卜官，均在《周礼》的"春官"之列。究其缘由，在于"春官"负责"帅其属而掌邦礼，以佐王和邦国"，是六官系

---

1 刘师培指出"太祝掌作诔，太史则掌读诔也"，认为"诔"这种文体由祝官负责写作，史官负责宣读。见《周末学术史序·文章学史序》，《刘申叔遗书》，江苏古籍出版社，1997，第526页。祝官与史官是否存在这样的职能区分，颇值得怀疑。

2 据《周礼·天官·大宰》，治官府的"八法"之中，有"官联"之法，亦即职官联合治事。祝、史共同参与各类仪式，当属于"官联"的现象。

3 据《左传》所载，在祝告仪式上，祝官与史官往往一道出现，故"祝史"往往并提。如《左传》桓公六年："祝史正辞，信也。"襄公二十七年："其祝史陈信于鬼神无愧辞。"昭公十七年："祝史请所用币。"昭公二十年："其祝史祭祀，陈信不愧。"昭公二十六年："祝史之为。"此外，哀公二十五年所见"祝史挥"，其官职兼有"祝""史"。

4（汉）王充著，黄晖校释：《论衡校释》卷13《别通》，中华书局，1990，第603—604页。

5 商周时期的史官与后来的史家不同，西人通常将其译作 scribe（书吏）。

6 吴承学、李冠兰认为，特定的官职掌握特定的技能，其中当然也包括礼仪或政治文体写作的技能；先秦职官与文体之间并非都是一对一的关系，一些典籍材料之所以将职官与文体一一对应，反映出先秦时人对文体分类的认知来源于制度的职官设置以及由职官分工而衍生出来的分类意识。见《论中国早期文体观念的发生》，《文艺理论研究》2016年第6期，第101页。

统中直接职掌礼乐仪式的王官，往往需要文辞参与。《礼记·曲礼下》云："天子建天官，先六大：曰大宰、大宗、大史、大祝、大士、大卜，典司六典。"所谓"六大"，便包括属于"春官"的祝、宗、卜、史，他们"典司六典"，主要服务于礼乐仪式。《周礼·春官·大史》称史官"以书协礼事""读礼书而协事"，《礼记·王制》云"大史典礼，执简记"，《左传》闵公二年谓"我大史也，实掌其祭"，在文本创作中最活跃的史官主要为礼乐仪式服务。"春官"基本由巫觋分化而来，但商周时期作为王官的乐官、史官、祝官、卜官与一般所说的巫觋已不可同日而语。前述刘师培所云"礼官协辅宗伯者，于祭祀之典，咸有专司，如巫、史、祝、卜是也"，实际上已经点明巫、史、祝、卜等王官的设置以及相应的文体是配合礼乐仪式而产生的。他之所以主张"文学出于巫祝之官"，也是由于巫祝之官在礼乐仪式中扮演重要角色。

早期文体的分化及区分，以及文体分类观念的产生，对其影响更为直接、更深层次的因素应是礼乐仪式。[1] 商周时期的主要文体均与礼乐仪式关系密切：

1. 诗

《墨子·公孟》云："诵诗三百，弦诗三百，歌诗三百，舞诗三百。"《诗经·郑风·子衿》毛传亦云："古者教以诗乐，诵之歌之，弦之舞之。"[2] 可见诗有诵、弦、歌、舞等多种表现形式。商周时期的诗多入乐，服务于礼乐

1 贾奋然曾指出："古代许多文类萌生、发展于礼制、礼教的需要中，不同礼仪有不同功用目的和实施领域，故由此生发的文类及其名称也各不相同，它们各自表现特定形式的礼仪内容。"见《六朝文体与儒家礼教文化》，《孔子研究》2003 年第 5 期，第 36 页。叶国良有类似的看法："中国文学中，有不少因礼仪而产生的文体。此种文体的类别众多，是中国文学的特色之一。"见《礼仪与文体》，《中国文化研究》2015 年夏之卷，第 112 页。吴承学也强调："有些早期仪礼对于后来的文体形态产生了直接或间接的影响。"见《建设具有现代意义的中国文体学》，《文学评论》2015 年第 2 期，第 214 页。在商周这一文体发生的阶段，尤其如此。此外，吴承学、李冠兰认为中国早期文体观念的发生受到礼制、礼学的影响，见《论中国早期文体观念的发生》，《文艺理论研究》2016 年第 6 期，第 101 页。礼制偏于制度，礼学则是关于礼制观念的总结。中国古代的"礼"包括制度、仪式等层面，与中国文体形态及观念的发生关系更为密切的应为"礼"的仪式层面。东周时期的早期文体批评，则体现出礼学的影响。

2（唐）孔颖达：《毛诗正义》卷 4《郑风·子衿》毛传，见（清）阮元校刻：《十三经注疏》，中华书局，1980，第 345 页。

仪式，由乐官所职掌。据《周礼·春官》所载，乐官可细分为大司乐、乐师、大师、小师、瞽矇等，其中大师“教六诗，曰风，曰赋，曰比，曰兴，曰雅，曰颂”，瞽矇则“掌九德、六诗之歌，以役大师”。所谓“六诗”，即“风”“雅”“颂”“赋”“比”“兴”，有学者强调《周礼》“六诗”指的是从乐诗角度出发划分的六种诗体[1]，有学者认为“六诗”之中，“雅”“颂”为诗之体[2]。但其中较为明确的诗体，只有颂。“赋”“比”“兴”三者，偏于诗歌的表现手法。“风”“雅”“颂”之别则应如前贤所言，“当于声求之”[3]，“风土之音曰风，朝廷之音曰雅，宗庙之音曰颂”[4]，在乐曲风格、表现内容、演绎场合等方面均有差异。仪式情境的区别为“风”“雅”“颂”的分化奠定了基础。其中，“颂”在形式、内容及功能上有相对统一的特征：形式上，“颂”表现为诗乐舞相结合[5]，尤其是舞蹈，非一般诗歌所有[6]，具有强烈的仪式性；内容上，“颂”主要为歌颂祖先的盛德；功能上，“颂”主要为祭祀先祖而作，对应“五礼”中的吉礼，具有肃穆的宗教感。“颂”为“容貌”之“容”的本字，战国竹书中“颂”“容”

1 郭绍虞：《六义说考辨》，见《中华文史论丛》第7辑，上海古籍出版社，1978，第207—238页；《文论札记三则》，《武汉大学学报》（哲学社会科学版）1980年第5期，第1页。

2 马昕：《〈诗经〉六义新解：风赋·比兴·雅颂》，见朱万曙等编：《中国古代文学研究：视野与方法论集》（上），中国人民大学出版社，2016，第193页。

3 王国维：《说周颂》，见《观堂集林》卷2，中华书局，1959，第111页。

4（宋）郑樵撰，王树民点校：《通志二十略》卷75《昆虫草木略》，中华书局，1995，第1980页。

5 姜亮夫：《北邨老人文辑·〈诗经〉的体类》，《姜亮夫全集》第21册，云南人民出版社，2002，第533页；李守奎：《清华简〈周公之琴舞〉与周颂》，《文物》2012年第8期，第72页；江林昌、孙进：《由清华简论“颂”即“容”及其文化学意义》，《中国高校社会科学》2013年第3期，第97页。

6 并非所有的诗都合舞，合舞之诗以颂为代表，参见邓佩玲：《〈雅〉〈颂〉与出土文献新证》，商务印书馆，2017，第29页。清华简《周公之琴舞》有“周公之琴舞”的篇题，另有“周公之颂诗”的篇题误书于《芮良夫毖》简1的简背，见清华大学出土文献研究与保护中心编，李学勤主编：《清华大学藏战国竹简》（叁），中西书局，2012，第132页。“颂诗”即“琴舞”，可反映颂诗的乐舞性质。乐舞的肇端，上承原始宗教，参见刘师培：《舞法起于祀神考》，《刘申叔遗书》，江苏古籍出版社，1997，第1640页。

相通的现象习见[1]。郑玄《诗谱·周颂谱》云："颂之言容。"[2]颂诗之"颂"，即"容"。《诗大序》："颂者，美盛德之形容，以其成功告于神明者也。"[3]《释名·释言语》："颂，容也。叙说其成功之形容也。"[4]《礼记·乐记》："诗，言其志也。歌，咏其声也。舞，动其容也。""颂"(容)就舞容而言，强调乐舞之盛。《诗经》的《周颂》，一般认为是西周颂诗，清华简《周公之琴舞》所记诗篇亦属周颂。《诗经》的《商颂》是否作于商代，则尚有分歧。[5]与颂诗不同，风诗、雅诗在形式、内容、功能各方面并不统一，故很难称得上诗体。颂诗之外，《诗经》中的其他诗篇亦多服务于礼乐仪式，如雅诗中不少诗歌为宴飨而作，对应"五礼"中的嘉礼。早期诗歌的作者身份难以确定，风诗与雅诗之中，至少有一部分篇章来自贵族阶层及民间，乐官主要负责采集和改编的工作。至于颂诗，则当由乐官直接参与创作。

2. 命

甲骨文中有"令"无"命"，"令""命"二字同源，"命"系在"令"的基础上增益"口"形。故朱骏声称"在事为令，在言为命"，"令当训使也，命当训发号也"[6]，二者浑言之则同，析言之则别。广义上的"命"泛指一切自上而下的命令，"上古王言同称为'命'"[7]。狭义的"命"，尤其是西周时期作为文体

---

1 郭店简《老子》甲本"是以为之颂"，即今本《老子》的"故强为之容"。见荆门市博物馆：《郭店楚墓竹简》，文物出版社，1998，第111页；裘锡圭主编，湖南省博物馆、复旦大学出土文献与古文字研究中心编纂：《长沙马王堆汉墓简帛集成》(肆)，中华书局，2014，第41页。

2 (唐)孔颖达：《毛诗正义》卷19《周颂谱》，见(清)阮元校刻：《十三经注疏》，中华书局，1980，第581页。

3 (唐)孔颖达：《毛诗正义》卷1《诗大序》，见(清)阮元校刻：《十三经注疏》，中华书局，1980，第272页。

4 (汉)刘熙：《释名》卷4，中华书局，1985，第53页。

5 杨公骥、公木：《论商颂》，《文学遗产增刊》1956年第2辑，第9页；陈桐生：《〈诗经·商颂〉研究的百年巨变》，《文史知识》1999年第3期，第117页；江林昌：《〈商颂〉的作者、作期及其性质》，《文献》2000年第1期，第18页；姚小鸥：《诗经三颂与先秦礼乐文化》，北京广播学院出版社，2000，第6—44页。

6 (清)朱骏声：《说文通训定声》，中华书局，1984，第845页。

7 (明)吴讷、徐师曾撰，于北山、罗根泽校点：《文章辨体序说·文体明辨序说》，人民文学出版社，1962，第111页。

的“命”，专指“册命”[1]的文书，西周铜器铭文称之为“命书”或“命册”，亦即后世“策书”的前身。但“册命”之“命”，当理解为授予、指派，而非指一般意义上的命令。所谓“册命”，指在宗庙举行册命的仪式，由史官宣读在简册上预先写就的册命文书，文书的内容包括所授职分、赏赐品清单、勉励之辞等要素，以此授官分职、分封诸侯。此即《文心雕龙·诏策》所谓“命喻自天，故授官锡胤”[2]。在西周中晚期的铜器铭文中，册命铭文是常见的内容。从西周中期开始，贵族热衷于将册命仪式的程序及册命文书的内容转录到铜器之上，并将铜器供奉于宗庙，从而实现向祖先汇报勋绩、向子孙昭示功业的目的。《尚书·文侯之命》以及清华简《封许之命》，亦属于册命文书。宣读册命文书是册命仪式的重要环节，这也决定了“命”作为仪式性文本的性质。[3]

3. 诰

“告”“诰”二字同源，浑言之则同，析言之则别，《列子·杨朱》注称：“告上曰告，发下曰诰。”[4]《尔雅·释诂上》及《说文》皆云：“诰，告也。”段玉裁注云：“以言告人，古用此字，今则用‘告’字。以此‘诰’为上告下之字。”[5]“诰”可训“告”，但狭义的“诰”特指上告下，从而与一般意义上的“告”相区别。在先秦古文字中，“诰”写作“靠”。[6]“靠”的原始字形可上溯甲骨卜辞，完整字形写作，象一人跽坐敛手出言，另一人在其面前拱手聆听之形。[7]在西周铜器铭文中，“诰”便写作“靠”，从“言”从“廾”，省去甲骨文字形中的人形，

1 在《左传》《周礼》《礼记》等传世文献中，“册命”写作“策命”。

2（南朝梁）刘勰著，范文澜注：《文心雕龙注》卷4《诏策》，人民文学出版社，1958，第358页。

3 董芬芬对册命文书的仪式背景已有讨论，见《周代策命的礼仪背景及文体特点》，《南京师大学报》（社会科学版）2013年第1期，第120页。

4（晋）张湛注：《列子》卷7《杨朱》，上海古籍出版社，1989，第54页。

5（汉）许慎撰，（清）段玉裁注：《说文解字注》三篇上《言部》，上海古籍出版社，1981，第92页。

6 战国文献已有写作“诰”的字，见于包山简与清华简《成人》，但均不表示“诰”这个词。包山简的字例，指起诉状。《成人》简11的字例，读作“告”。另清华简《殷高宗问于三寿》简22、清华简《越公其事》简33则以“梏”表“诰”。

7 蒋玉斌：《甲骨文“诰”字释说》，见《出土文献综合研究集刊》第11辑，巴蜀书社，2020，第70—76页。

保留“言”，这也符合古文字的一条规律，即省去人形而直接表现实施行为的器官。史篕䛐（《集成》4031）铭文中的“𢍰”，唐兰最早释作“诰”[1]，此说已得到学者广泛认同。何尊（《集成》6014，西周早期）铭文中的“诰”，亦写作“𢍰”。《礼记·缁衣》所引《尹吉（告）》，在郭店简及上博简的《缁衣》抄本作《尹𢍰》，亦即《尹诰》[2]。“诰”实际上便是广义的王“命”，是后来帝王诏书的前身。《史记·秦始皇本纪》载秦并天下之后以“令为诏”[3]，里耶秦简更名方亦称“以王令曰以皇帝诏”[4]，秦始皇将“命”改为“诏”，此处的“命”便相当于“诰”[5]。与后来的诏书相比，“诰”更具仪式性。据何尊铭文所记，成周（洛阳）落成之后，周成王主持“称武王礼，祼自天”的仪式，在宗庙的京室“诰”宗小子。《尚书》中的“周初八诰”，即《大诰》《康诰》《酒诰》《梓材》《召诰》《洛诰》《多士》《多方》诸篇，亦属诰体。其中《洛诰》的背景与何尊铭文相同，且亦提及周成王在太室举行祼礼的仪式。《洛诰》载“王命周公后，作册逸诰”，作册逸为周初史官，由作册逸“诰”，意味着君王诰命也会像册命文书那样由史官宣读、记录。《康诰》则是册命卫康叔时的诰文，在册命仪式中，除了预先写就、供史官宣读的册命文书，还有君王之诰。《康诰》亦作于成周落成之后，系周公在“四方民大和会，侯甸男邦采卫，百工播民，和见士于周”的仪式上，以“王若曰”的名义发布，“周公咸勤，乃洪大诰治”。清华简《摄命》的性质近于《康诰》，是册命仪式上的诰。[6]可见，诰可能出现于不同的仪式情境之中，

1 唐兰：《史䛐簋铭文考释》，《考古》1972年第5期，第46页。又见唐兰：《西周青铜器铭文分代史征》卷3下，中华书局，1986，第165页。

2 但从清华简《尹诰》的内容看，该篇的得名来自文中的“挚（即伊尹）告汤曰”，篇题当以《尹告》为是。该篇并非真正意义上的诰体。

3（汉）司马迁：《史记》卷6《秦始皇本纪》，中华书局，1959，第236页。

4 陈伟主编：《里耶秦简牍校释》第1卷，武汉大学出版社，2012，第155—157页。

5 蔡邕《独断》便指出：“诏，犹‘诰’也，告教也。三代无其文，秦汉有也。”见（汉）蔡邕：《独断》卷上，中华书局，1985，第2页。朱骏声亦指出：“‘诰’者，上告下也……至秦又造‘诏’字以当之。”见（清）朱骏声：《说文通训定声》，中华书局，1984，第287页。

6 陈民镇：《试论册命之“书”的体例及〈摄命〉的性质》，见《出土文献综合研究集刊》第13辑，巴蜀书社，2021，第120页。

并因仪式的不同，内容有所变化。

4. 誓诰

誓诰之体，可简称为“誓”，指君王在举行誓师仪式时发布的誓师之辞。誓诰指君王上告下，故属于广义的“诰”。而它除了“诰”的言语行为之外，还有“誓”的言语行为，可以说是“诰”与“誓”两种言语行为的结合体。由于“誓”这种言语行为尚见于盟誓等其他场合，故将誓诰简称作“誓”容易引起混淆。《尚书·甘誓》云“予誓告汝”，《尚书·秦誓》云“予誓告汝群言之首”，称之为“誓告（诰）”更为适宜。《荀子·大略》云：“诰誓不及五帝，盟诅不及三王。”则称作“诰誓”。传世的《甘誓》《汤誓》《秦誓》以及业已亡佚的《泰誓》，均属于誓诰，但誓诰之体不见于商周的出土文献。

5. 盟誓

盟誓同样包含“誓”的言语行为，主要用于“盟”的仪式情境，故称“盟誓”。由于盟誓之辞还包含“诅”等言语行为，故又可称“盟诅”等。春秋时期的材料相对丰富，不但有《左传》的诸多记载，还有侯马盟书与温县盟书的出土实物。《左传》与侯马盟书均将书写有盟誓之辞的文本称作“载书”。《周礼·秋官·司盟》云“掌盟载之法”，郑玄注：“载，盟辞也。盟者书其辞于策，杀牲取血，坎其牲，加书于上而埋之，谓之载书。”[1] 书写与宣读载书是盟誓仪式的一个环节，此外，盟誓尚有凿地为坎、用牲、盟主执牛耳、歃血、祝号、坎用牲埋书、载书之副藏于盟府等仪式环节[2]。在春秋之世，诸侯力征，盟会频仍，因而盟誓在春秋时期的记录中极为活跃。作为古代文体史初始阶段有代表

1（唐）贾公彦：《周礼注疏》卷36《司盟》，见（清）阮元校刻：《十三经注疏》，中华书局，1980，第881页。

2 参见陈梦家：《东周盟誓与出土载书》，《考古》1966年第5期，第271页。读载书与歃血孰先孰后亦有争议，参见吴柱：《春秋盟誓“读书”考》，见《历史文献研究》第33辑，华东师范大学出版社，2014，第109—117页。

性的应用性文体[1]，盟誓之辞在春秋之前亦当存在。《逸周书·世俘》载周武王克商之后，“用小牲羊犬豕于百神水土、于誓社”，于社坛举行盟誓仪式。[2]春秋时期的曾公畎编钟铭文在回顾西周初期曾国立国的历史时，提到“质应亳社”[3]，即曾国与应国在亳社举行盟质仪式[4]。清华简《尹至》载商汤与伊尹盟质，“汤盟质及尹”[5]，共商伐桀大业。然现有的材料有限，尚难以勾勒出商周盟誓仪式及相应载书的概貌。

6. 祝告

“诰”与“誓诰”为上告下，祝告则是下告上，具体而言指告神（包括自然神与祖先神）。《尚书·金縢》的叙事内容相对晚出，但祝告之辞有其所本。[6]《金縢》记载周公“告太王、王季、文王”，“为三坛同墠，为坛于南方”，是为仪式的场所；具体仪式则是“北面周公立焉”，“植璧秉珪”，史官代周公宣读祝告之辞，即“史乃册祝曰”[7]。史官以宣读简册的形式祝告，亦见于《尚书·洛诰》所载：“王命作册逸祝册，惟告周公其后。”“册祝”或“祝册”，又见于商代甲骨卜辞（《合集》30648、《屯南》2459）[8]，清华简《四告（三）》的“册告”[9]与此同义。清华简《四告》四篇便分别是周公、伯禽、周穆王、召伯虎的祝告之辞。

1 吴承学：《先秦盟誓及其文化意蕴》，《文学评论》2001年第1期，第102页。

2 参见张怀通：《〈世俘〉与武王献俘盟誓典礼》，《古代文明》2022年第3期。

3 “质”，发掘者释作“誓”，当以“质”为是，见陈民镇：《曾公编钟铭文补说》，《汉字汉语研究》2020年第4期，第3页。

4 郭长江等：《曾公畎编钟铭文初步释读》，《江汉考古》2020年第1期，第4页。

5 清华大学出土文献研究与保护中心编，李学勤主编：《清华大学藏战国竹简》（壹），中西书局，2010，第128页。整理者将“盟质”释作“盟誓”，此从苏建洲说，见复旦大学出土文献与古文字研究中心研究生读书会《清华九简研读札记》（载复旦大学出土文献与古文字研究中心网站）下跟帖，2010年5月30日。

6 程浩：《有为言之：先秦“书”类文献的源与流》，中华书局，2021，第58—60页。

7 清华简《金縢》记作“史乃册祝告先王曰”。见清华大学出土文献研究与保护中心编，李学勤主编：《清华大学藏战国竹简》（壹），中西书局，2010，第158页。

8《屯南》指中国社会科学院考古研究所编《小屯南地甲骨》（中华书局，1980）。

9 清华大学出土文献研究与保护中心编，黄德宽主编：《清华大学藏战国竹简》（拾），中西书局，2020，第120页。

7. 卜辞

《史记·龟策列传》云："闻古五帝三王发动举事，必先决蓍龟。"[1] 蓍用于筮，龟用于卜。卜、筮有别，前者主要观察龟甲、兽骨、鸟骨等自然物的卜兆，后者主要参验数字与卦象，以预测吉凶。广义的"卜"包括卜、筮等各类占卜行为，狭义的"卜"主要指龟卜、骨卜等，可追溯至新石器时代。最初南方流行龟卜，北方流行骨卜，殷商时期龟甲、兽骨兼用。[2] 在龟甲与兽骨上契刻文字，主要见于商代晚期与西周初期。其书写工具为刻刀，书写载体为坚硬、不易腐朽的龟甲和兽骨，而非当时已经存在的毛笔和简册。正是书写载体的特殊选择，使得大量甲骨卜辞得以保存至今，商周时期的筮辞以及西周初期之后的卜辞则未见实物出土。占卜本身是仪式性很强的行为，卜辞既是占卜仪式的文字记录，也是仪式的重要一环。占卜既卜问吉凶，又试探神意，正如有学者所指出的，占卜通过与神灵进行反复的沟通和博弈以达成预期的结果，这需要把占卜所取得的兆象和占断向神灵汇报和展示，这也是卜辞不像其他文献那样书于竹帛而是契于甲骨的原因。[3] 也正由于此，卜辞并非对占卜内容及结果的简单记录，卜辞所契刻的内容及位置均有所取择。据陈梦家总结，殷商甲骨卜辞制作的程序分为取材、锯削、刮磨、钻凿、灼兆、刻辞、书辞、涂辞、刻兆。[4] 宋镇豪进一步总结为入龟取龟、锯削刮磨整治、钻凿的卜前准备，卜时的命龟、灼龟、占龟、刻兆、刻辞、涂饰，卜后的记验辞、入档、集中瘗埋等程序。[5] 全部占卜仪式需要不同的王官共同完成，据《周礼·春官》所载，龟人取龟、菙氏灼龟、卜师掌开龟之兆、大卜掌命龟、占人掌占龟。《礼记·杂记上》云："大夫之丧，大宗人相，小宗人命龟，卜人作龟。"《礼记·玉

1 （汉）司马迁：《史记》卷128《龟策列传》，中华书局，1959，第3216页。
2 李零：《"南龟北骨"说的再认识》，见《中国方术续考》，中华书局，2006，第218—233页。
3 徐义华：《商代契刻卜辞于甲骨的动因》，《河南社会科学》2022年第1期，第14页。
4 陈梦家：《殷虚卜辞综述》，科学出版社，1988，第10—17页。
5 宋镇豪：《殷墟甲骨占卜程式的追索》，《文物》2000年第4期，第35页。

藻》则载："卜人定龟，史定墨，君定体。"以王官对应占卜的各道程序。除了出土甲骨实物以及《周礼》等传世古书的记录，民族学的材料亦可提供重要启示。彝族、纳西族、羌族等民族以羊胛骨等为卜骨，在灼骨、释兆之前尚有祝祷、祭祀等仪式环节[1]，这些信息自然无法通过出土甲骨实物和传世古书得到反映。甲骨卜辞所记录的内容毕竟有限，更多卜官向神灵祈求、与神灵沟通的内容并未诉诸契刻。

8. 铭

宋人陈骙云："铭文之作，初无定体，量人量铭，乃类《诗》雅，孔悝鼎铭，无异《书》命，成汤盘铭，考父鼎铭，体又别矣。"[2]认为铭文"初无定体"。因铭文往往吸收其他文本的内容，在战国时期又流行箴戒性的铭体，导致后人对"铭"名实关系的认识产生矛盾与混乱。[3]商周时期的铭文，主要铸刻于宗庙中的青铜礼器。所谓的"作器句"是商周铭文的核心要素，具体表现为"用作+(作器对象)+器名"的程式，如何尊（《集成》6014，西周早期）的"用作庾公宝尊彝"、毛公鼎（《集成》2841，西周晚期）的"用作尊鼎"，其前后往往会分别添加作器之因与作器之用。[4]因青铜礼器有向先祖汇报[5]以及向子孙夸耀的功用，因而除了基本的"作器句"之外，往往还会转录其他具有纪念意义、给器主带来荣耀的事件。如西周中晚期流行的册命铭文，主要特点便是转录册命仪式及册命文书的部分内容。其他如器主获利的诉讼文书，也会被转录。这导致商周铭文的内容驳杂，令人难以把握铭文的文体特征。西周中期之后的铜器

1 林声：《记彝、羌、纳西族的"羊骨卜"》，《考古》1963年第3期，第162页；汪宁生：《彝族和纳西族的羊骨卜——再论古代甲骨占卜习俗》，见文物出版社编辑部编：《文物与考古论集》，文物出版社，1986，第137—157页。

2 （宋）陈骙、（宋）李涂著，王利器校点：《文则·文章精义》，人民文学出版社，1960，第43页。

3 参见李冠兰：《君子观于铭——两周铜器铭文的阅读方式与文体观念之变》，《文学评论》2020年第6期，第131页。

4 陈英杰：《西周金文作器用途铭辞研究》，线装书局，2008，第1页。

5 Lothar von Falkenhausen, "Issues in Western Zhou Studies: A Review Article", *Early China*, Vol. 18 (1993), pp.139–226.

铭文，还通常有向祖先神祈福的嘏辞。如若把握最关键也最常见的“作器句”，便不难理解铭文的结构与用途。与命、诰、誓诰、祝告等文体不同的是，铭文更多的是以文字形态无声地展示。由于承载铭文的青铜礼器是宗庙仪式中供陈设、观看与使用的重要道具，因而其铸刻的位置、篇幅以及器物的大小，与仪式的安排息息相关。西周中晚期以来的一些铭文音韵和谐，句式齐整，俨然四言古诗，则与西周中晚期的礼乐变革、四言诗体的形成相伴随[1]，体现了铭体与诗体的交融。

上述文体，是商周时期的主要文体。它们的共同特点是产生于特定的礼乐仪式，为具体的仪式服务。宣读或展示这些文体的场所，主要是宗庙、祭坛此类仪式性场所。在礼乐文明的背景下，“文辞以行礼”（《左传》昭公二十六年），文辞是礼乐仪式的组成部分。“分”或“别”是“礼”的核心[2]，不同礼乐仪式的区分，事实上强化了人们对文体分类的认识，孕育了早期的文体分类观念。

商周时期，史官广泛参与各类仪式，并参与各类文体的书写，因而从王官职分的角度区分文体的有效性不足。从礼乐仪式的类别区分早期文体，则相对更为合理。不同的仪式体现为不同的功能，因而也可以说是不同的功能决定了不同的文体。但需要注意的是，由于某些仪式可能会同时存在多种文体，如册命仪式既有宣读册命文书的环节，也有君王发表诰命的环节，在这种情况下，一种仪式对应两种文体，后人关于《尚书·康诰》以及清华简《傅说之命》《摄命》诸篇性质的分歧便与此有关。此外，商周时期的官僚制度虽然不及战国秦汉发达，但已经初步具备官僚制度的一般特征[3]，除了仪式性文本，也应有其他

1 陈致：《从〈周颂〉与金文中成语的运用来看古歌诗之用韵及四言诗体的形成》，见《诗书礼乐中的传统：陈致自选集》，上海人民出版社，2012，第1—30页。

2 刘泽华：《先秦礼论初探》，见《中国文化研究集刊》第4辑，复旦大学出版社，1987，第44—61页。

3 Li Feng, *Bureaucracy and the State in Early China: Governing the Western Zhou*, Cambridge, UK; New York: Cambridge University Press, 2008.

与仪式没有直接关联的行政文书[1]，但此类文书几乎没有被保存下来。五祀卫鼎（《集成》2832，西周中期）、霸姬盘（《铭三》41220，西周中期）[2]、𩵦匜（《集成》10285，西周中期）、𩰫比鼎（《铭图》2483，西周晚期）、散氏盘（《集成》10176，西周晚期）转录了西周时期的诉讼文书，但即便是这些诉讼文书，也皆以“誓”的仪式环节作结，由此不难看出商周时期礼乐仪式对各类文体的渗透与影响。

第二节　礼乐仪式实践与文体命名观念

礼乐仪式同样影响了早期的文体命名观念。礼乐仪式实践中的某些具体行为，是某些文体称名的来源。

郭英德指出，由行为方式向文本方式的变迁，是中国古代文体分类的一种生成方式，《诗》《书》均属于这种情形。[3]吴承学、李冠兰认为，在西周时期，出现了兼有动词和名词性质的称引提示“兼类词”，具有言语行为与文体形式浑融一体的特点。[4]以行为方式为线索的文体分类，也直接影响到文体的命名[5]，以下试作讨论。

1《周礼》一书对周代的文书管理制度有所总结，其中文书种类繁多，大到君主下发的命令、邦国间的结信会盟，小到债权、买卖关系的确立、官府日常工作情况的汇报，均通过文书记录、传达。但《周礼》所反映的文书管理制度，在西周的社会背景下是难以实现的，与战国制度的关系更为密切。参见李军：《〈周礼〉所见文书管理制度探讨》，吉林大学硕士学位论文，2012。

2《铭三》指吴镇烽编著《商周青铜器铭文暨图像集成三编》（上海古籍出版社，2020）。

3 郭英德：《由行为方式向文本方式的变迁——论中国古代文体分类的生成方式》，《陕西师范大学学报》（哲学社会科学版）2005年第1期，第90页。收入郭英德：《中国古代文体学论稿》，北京大学出版社，2005。

4 吴承学、李冠兰：《文辞称引与文体观念的发生——中国早期文体观念发生研究》，《北京大学学报》（哲学社会科学版）2016年第4期，第66页。

5 但由行为方式转变为文体称名，并非先秦文体命名的唯一途径。如“诗”“颂”等文体称名，便很难说来自行为方式。

一、礼乐仪式中的行为方式

在商周时期的出土文献中，除记录“命”的文本被称作“命册”或“命书”之外，其他文体仅有行为方式的线索。在可靠的传世文献中，除了《诗经》中“作为此诗”（《诗经·小雅·巷伯》）之类的表述，《尚书》中提到的前人古训，文本的文体性质也主要是通过行为方式体现的。以下结合出土文献与传世文献，梳理商周时期与文体相关的行为方式。

1. 卜、占

在商代晚期的甲骨卜辞，一般以“某某日卜”引入前辞和命辞，以“王占曰”引入占辞。其中的“卜”和“占”是占卜仪式中的两个环节，在卜辞中均用作动词。《文心雕龙·书记》有“占”一体，正是由行为方式转化而来的文体称名。饶宗颐便曾指出：“谈到卜辞文学，辞正是核心的有文艺性和很注意修辞、练字的文学作品。固即是占，后来亦发展为文学一种类型。”至于商代人们如何称呼卜辞这种文体，则难以确知。

商代除了甲骨卜辞，尚有铜器铭文等文字记录形式。但商代的铭文普遍简质，信息量有限。迨至西周，铜器铭文的容量增大，一些铭文通过转录其他文本，保存了认识早期文体观念的重要线索。

2. 诰

甲骨文中有字，蒋玉斌释作“𢍰（诰）”。[1] 该字形见于《甲骨文合集》18186，残字见于《甲骨文合集》4400、13794，但辞例有缺。“诰”在西周金文中写作“𢍰”，见于何尊（《集成》6014，西周早期）铭文的“王诰宗小子于京室”“王咸诰”，以及史䛗簋（《集成》4031，西周早期）铭文的“王诰毕公”，这两件铜器均属于西周早期，“诰”均用作动词，指在特定的仪式情境中君王

1 蒋玉斌：《甲骨文“诰”字释说》，见《出土文献综合研究集刊》第 11 辑，巴蜀书社，2020，第 70—76 页。

诰下。

苏轼谓“自《大诰》《康诰》《酒诰》《梓材》《召诰》《洛诰》《多士》《多方》八篇，虽所诰不一，然大略以殷人不心服周而作也”[1]，此即所谓“周初八诰”。八诰的文本中，“诰”亦皆用作动词。除了一处例外[2]，均表示君王诰下[3]，如：

王若曰：猷，大诰尔多邦……（《大诰》）

周公咸勤，乃洪大诰治。（《康诰》）

厥诰毖庶邦庶士，越少正、御事。（《酒诰》）

予不惟若兹多诰。（《酒诰》）

诰告庶殷越自乃御事。（《召诰》）

王命周公后，作册逸诰。（《洛诰》）

诰告尔多方。（《多方》）

今我曷敢多诰。（《多方》）

我不惟多诰。（《多方》）

予不允惟若兹诰。（《君奭》）

予不惠若兹多诰。（《君奭》）

此外，八诰亦以“告”表“诰”，如：

肆予告我友邦君，越尹氏、庶士、御事。（《大诰》）

听朕告汝……（《康诰》）

惟三月，周公初于新邑洛，用告商王士。（《多士》）

王曰：猷！告尔多士……（《多士》）

王若曰：猷，告尔四国多方……（《多方》）

1（北宋）苏轼撰，舒大刚等校注：《书传》卷 15，见舒大刚等校注：《三苏经解集校》上册，四川大学出版社，2017，第 367 页。

2《尚书》中的例外是《酒诰》的“厥或诰曰”，“诰”非指上告下。

3 即便是周公发布的诰，也是以“王若曰”亦即周王的名义引入。

王曰：呜呼！猷，告尔有方多士，暨殷多士……（《多方》）

属于《商书》的《盘庚》，在《左传》哀公十一年中被称作《盘庚之诰》。《盘庚》三篇虽未见“诰”，但有多处“告”的运用，如“予告汝”（《盘庚上》）、“盘庚作，惟涉河以民迁，乃话民之弗率，诞告用亶”（《盘庚中》）、“今予其敷心腹肾肠，历告尔百姓于朕志”（《盘庚下》）等，亦可反映其文体。

传世《尚书》中，“诰”“告”时有混用。《多方》的“猷，告尔四国多方”，相当于《大诰》的“猷，大诰尔多邦”。《大诰》的“肆予告我友邦君，越尹氏、庶士、御事”，相当于《酒诰》的“厥诰毖庶邦庶士，越少正、御事”。“诰”“告”亦有大致的区分，“告”或用来表示“诰”，但“诰”基本不会用作“告”。

可见，无论是西周铜器铭文还是较可靠的西周《书》类文献，“诰（或写作‘告’）”均用作动词，指在特定仪式情境中以君王名义自上而下的告谕。

3. 告

当“诰”与“告”对言，二者则分别指上告下与下告上，即所谓“告上曰告，发下曰诰”[1]。下告上，可以告君王，亦可告神，告神之辞也便成为专门的文体。甲骨卜辞已有“告”祖先神的记录，如《甲骨文合集》183：“告于大甲、祖乙。”《甲骨文合集》32807：“王其告于大示。”何尊铭文除了提及周成王之“誥（诰）”，还提及“廷告于天”的仪式，“诰”“告”用字有别。《尚书·盘庚中》的“乃祖乃父，丕乃告我高后”、《尚书·多士》的“告敕于帝”、《尚书·吕刑》的“方告無辜于上”、《逸周书·世俘》的“告天宗上帝”、《逸周书·尝麦》的“太祝以王命作筴（策），筴（策）告太宗”、《诗经·小雅·楚茨》的“工祝致告”，“告”均指告神（包括自然神与祖先神）。

《尚书·金縢》记载周公向先祖祝告的仪式，“植璧秉珪，乃告太王、王季、

1（晋）张湛注：《列子》卷 7《杨朱》，上海古籍出版社，1989，第 54 页。

文王”，“我无以告我先王”，皆谓“告”祖先神；后文说“史乃册祝”，祝告之辞则通过“册祝”的形式宣读。“史乃册祝曰”一语，在清华简《金縢》记作“史乃册祝告先王曰”[1]。清华简《四告》四篇分别是周公、伯禽、周穆王、召伯虎的祝告之辞，第一篇提到的“先告受命天丁子司慎皋繇”，第二篇提到的“俞告丕显帝宾任、明典司义”，第三篇提到的“敢截告”“用告三神”“爰兹册告”，第四篇提到的“乃冲孙虎哀告截叩”[2]，“告”均用作动词，表示向神祝告的行为方式。

《论语·尧曰》记载了商汤的告神之辞：

> 曰：“予小子履，敢用玄牡，敢昭告于皇皇后帝：有罪不敢赦。帝臣不蔽，简在帝心。朕躬有罪，无以万方；万方有罪，罪在朕躬。”

类似的文本见于《墨子·兼爱下》所引《汤说》：

> 惟予小子履，敢用玄牡，告于上天后曰：今天大旱，即当朕身履，未知得罪于上下，有善不敢蔽，有罪不敢赦，简在帝心。万方有罪，即当朕身；朕身有罪，无及万方。

又见于《国语·周语上》所引《汤誓》：

> 余一人有罪，无以万夫；万夫有罪，在余一人。

以及《吕氏春秋·顺民》：

> 昔者汤克夏而正天下，天大旱，五年不收，汤乃以身祷于桑林，曰：“余一人有罪，无及万夫。万夫有罪，在余一人。无以一人之不敏，使上帝鬼神伤民之命。”

“昭告于”或“告于”表明了上述告辞的性质，可与《四告（三）》的“敢

1 清华大学出土文献研究与保护中心编，李学勤主编：《清华大学藏战国竹简》（壹），中西书局，2010，第158页。

2 清华大学出土文献研究与保护中心编，黄德宽主编：《清华大学藏战国竹简》（拾），中西书局，2020，第110、117、120、123页。

截告”相参看。[1] 伪古文《汤诰》中“并告无辜于上下神祇”“不敢赦，敢用玄牡，敢昭告于上天神后，请罪有夏”等句，实际上袭用《尚书·吕刑》《论语·尧曰》之语。但商汤告神之辞在伪古文《汤诰》中成了“诞告万方”的诰命，不免张冠李戴。[2] 从《墨子·兼爱下》和《国语·周语上》的记载看，这篇祝告之辞被称为《汤说》或《汤誓》，其背景是祷雨的祭祀仪式。在祝告之辞中，存在“誓”这种言说方式。《论语·尧曰》中商汤的祝告之辞“朕躬有罪，无以万方；万方有罪，罪在朕躬”，《尚书·金縢》中周公的祝告之辞“尔之许我，我其以璧与珪归俟尔命；尔不许我，我乃屏璧与珪”，均属于“誓”。

4. 誓

在商周铜器铭文中，未见誓师仪式的誓诰之辞以及盟誓仪式的盟誓之辞，但可见其他场合中“誓”这一仪式环节，如：

邢伯、伯邑父、定伯、𤊨伯、伯俗父乃讲，使厉誓。（五祀卫鼎，《集成》2832，西周中期恭王五年）

气誓曰：“余某弗展称公命，用卜霸姬，余唯自诬，鞭五百，罚五百锊。”报厥誓曰：“余称公命，用卜霸姬，倘余亦改朕辞，则鞭五百，罚五百锊。”气则誓。增厥誓曰：“汝某弗称公命，用卜霸姬，余唯自诬，则鞭身，传出。”报厥誓曰：“余既曰称公命，倘余改朕辞，则出弃。”气则誓。（霸姬盘，《铭三》41220，西周中期）[3]

1 此外，东周时期的相关记载如《左传》成公十三年：“昭告昊天上帝、秦三公、楚三王……”《左传》哀公二年所记卫大子祷辞：“曾孙蒯聩敢昭告皇祖文王、烈祖康叔、文祖襄公……”新蔡葛陵楚简甲三：21有“昭告大川有汾……”之语，见河南省文物考古研究所：《新蔡葛陵楚墓》，大象出版社，2003，第189页。秦骃玉版则有“吾敢告之”“小子骃敢以玠圭、吉璧、吉纽以告于华大山”之语，见李学勤：《秦玉牍索隐》，《故宫博物院院刊》2000年第2期。睡虎地秦简《日书》亦有祷辞的转录。如《日书》甲种简154反、153反载：“祷之曰：皋！敢告尔……”睡虎地《日书》甲种简56反、55反载：“呼：皋！敢告曰……”见陈伟主编：《秦简牍合集·释文注释修订本》（贰），武汉大学出版社，2016，第407、459页。另可参看周家台秦简简326—328“皋！敢告陈垣君子……”、简335—337“皋！敢告泰山……”、简338—339“祝曰：皋！敢告曲池……”，见陈伟主编：《秦简牍合集·释文注释修订本》（叁），武汉大学出版社，2016，第232—235页。

2《史记·殷本纪》所转录的《汤诰》，内容与伪古文《汤诰》完全不同。

3 霸姬盉（《铭图》14795）铭文系霸姬盘铭文的缩略。

伯扬父乃又使牧牛誓曰："自今余敢扰乃小大事。乃师或以汝告，则致，乃鞭千，幭剧。"牧牛则誓。（𠑇匜，《集成》10285，西周中期）

虢旅乃使攸卫牧誓，曰："敢弗俱付㝬比，其沮射分田邑，则杀。"攸卫牧则誓。（㝬比鼎，《铭图》2483，西周晚期）[1]

唯王九月，辰在乙卯，矢俾鲜、且、𩂣、旅誓，曰："我既付散氏田器，有爽，实余有散氏心贼，则隐千罚千，传弃之。"鲜、且、𩂣、旅则誓，乃俾西宫褱、武父誓，曰："我既付散氏溼田、𤲞田，余有爽变，隐千罚千。"西宫褱、武父则誓。厥授图，矢王于豆新宫东廷，厥左执绥，史正仲农。（散氏盘，《集成》10176，西周晚期）

上述"誓"的行为，均发生于诉讼判决之后。作器者为诉讼的获利方，为彰显胜利，将诉讼判决文书及相关誓辞转录于铜器铭文。由此我们可见西周"誓"之端倪。在以上铭文中，"誓"均为动词，是作为仪式环节存在的。

今文《尚书》中，有5篇属于"誓"，分别是《甘誓》《汤誓》《牧誓》《费誓》《秦誓》，均为誓师之辞，其中有3篇提及"誓"的行为方式：

王曰：嗟！六事之人，予誓告汝……（《甘誓》）

时甲子昧爽，王朝至于商郊牧野，乃誓。（《牧誓》）

称尔戈，比尔干，立尔矛，予其誓。（《牧誓》）

公曰：嗟！我士，听无哗！予誓告汝群言之首。（《秦誓》）

《汤誓》载："尔不从誓言，予则孥戮汝，罔有攸赦。"其中的"誓言"，则是名词形态。

《逸周书·世俘》所载周武王克商之后，"用小牲羊犬豕于百神水土、于誓社"，"誓社"指在社坛进行"誓"。具体的盟誓之辞主要见于春秋时期的记载，在《左传》中，它主要通过两种形式引入，一种是"誓"的行为方式，如哀公

1 㝬比簋盖（《铭图》5335）铭文与此同。

二年的“简子誓曰……”；另一种是以“载书”这种物质文本引入，如襄公九年的“晋士庄子为载书曰……”。

5. 命

“命”也是一种行为方式，它虽然从“口”，与号令有关，但在册命仪式中，“命”主要是指授予职分、赏赐物品的行为方式，这也意味着狭义的“命”（亦即册命之辞）中，“命”并非单纯的言语行为。

西周铜器铭文中的“命”或指分封诸侯，如麦方尊（《集成》6015，西周早期）之“王命辟邢侯出矿，侯于邢”、覭公簋（《铭图》4954，西周早期）之“命唐伯侯于晋”、克盉（《铭图》14789，西周早期）之“命克侯于燕”以及清华简《封许之命》之“命汝侯于许”[1]。《诗经·鲁颂·閟宫》云“俾侯于鲁”，《文心雕龙·诏策》称“‘命’者，使也”[2]，可知“俾侯于鲁”犹言“命侯于侯”。以下文献虽不早于春秋，但说的也是西周之“命”：晋公盆（《集成》10342，春秋中期）云“命唐公成宅京师”，追述先祖唐公被“命”于京师这个地方；《左传》宣公十二年云“昔平王命我先君文侯”，“命”为动词，相应的册命文书则为《尚书·文侯之命》；《左传》定公四年云“命之以蔡”，“命”亦为动词。

除了分封诸侯，西周中晚期习见的册命铭文主要是授予官职。册命铭文中最关键的要素是任命内容与赏赐物清单，任命内容则多以“命汝……”展开，如颂鼎（《集成》2827，西周晚期）云“命汝官司成周贾二十家”，“命”便是点明文书性质的行为方式。

无论是商周时期的出土文献还是涉及商周的可靠传世文献，极少涉及真正意义上的文体称名[3]，而是相关的行为方式。我们之所以可以判断何尊铭文的成王之诰以及“周初八诰”属于“诰”，主要便是基于这些文献中存在“诰”的行为。

1 清华大学出土文献研究与保护中心编，李学勤主编：《清华大学藏战国竹简》（伍），中西书局，2015，第 118 页。

2（南朝梁）刘勰著，范文澜注：《文心雕龙注》卷 4《诏策》，人民文学出版社，1958，第 358 页。

3 传世文献则有“诗”“诵”“歌”“训”等，详见下文讨论。

《多士》《多方》诸篇的篇题并无“诰”的字眼，但却被公认为属于诰体，也是基于“诰”的行为方式。同样的，我们可以根据“命”这一行为方式判定命体，当然，狭义的“命”具有高度程式化的特征，不难根据其文体体式加以辨析。

转化为文体称名的行为方式，有的属于言语行为[1]，如“诰”“告”“誓”“诵”“训”，多从“言”或“口”旁。值得注意的是，行为方式尤其是言语行为，与文体并非一一对应的关系。《甘誓》与《秦誓》提及的行为方式均为“誓告”，《史记·殷本纪》载录《汤誓》时称“以告令师，作《汤誓》”[2]。《甘誓》《汤誓》《牧誓》《费誓》《秦誓》以及已经亡佚的《泰誓》，均属于君王的誓师之辞，实际上是广义的“诰”，这从“誓告”“告令”的表述可见一斑。这种文体，准确来说应称为“誓告”或“誓诰”，它主要由“诰”和“誓”这两种言语行为构成。同一种言语行为，可以出现于不同的文体之中。如“誓”可以出现于盟誓之辞中，可以出现于誓师的誓诰中，还可以出现在祝告之辞中；“诰”可以出现于一般性的君王之诰中，也可以出现于誓师的誓诰中。某一种文体，也可以由多种言语行为构成。[3]除了誓诰包含“诰”和“誓”，盟誓之辞也可以包含“誓”“诅”等多种言语行为。可见，真正区分这些文体的，实际上是具体的仪式情境。如同样包含有“誓”的言语行为，盟誓之辞见于盟誓的仪式，誓诰见于誓师的仪式，不同文体在形式、内容及功能诸方面的特征实际上是由不同的仪式赋予的。

二、从行为方式到文体称名

促成行为方式向文体称名转变的过程中，汉语的词性特征扮演了重要角

1 郭英德指出：“中国古代文体的生成大都基于与特定场合相关的‘言说’这种行为方式，这一点从早期文体名称的确定多为动词性词语便不难看出。”见《中国古代文体学论稿》，北京大学出版社，2005，第 29 页。

2（汉）司马迁：《史记》卷 3《殷本纪》，中华书局，1959，第 95 页。

3 参见李冠兰：《论先秦的文体并称与文体观念》，《文学遗产》2017 年第 3 期，第 33 页。

色。黎锦熙倡导句本位，提出“词无定类”“离句无品”的观点。[1]不少人质疑其说，但汉语词性的不确定性确是事实，“盖古人造字，借形取象，意多笼统，而词性之别则至语句中才显现出来”。[2]汉语的名词与动词之间，常存在转化的关系[3]，这可追溯到甲骨文的时代[4]。“卜”“占”“诰”“告”“誓”“命”“诵”“箴”“诔”“铭”“论”“说”“歌”“訾”等文体，原先都是表示行为方式的动词，后转化为名词性的文体称名。《诗经·鄘风·定之方中》毛传曰：“故建邦能命龟，田能施命，作器能铭，使能造命，升高能赋，师旅能誓，山川能说，丧纪能诔，祭祀能语，君子能此九者，可谓有德音，可以为大夫。”[5]所提到的行为方式，亦多为文体称名。

“行为方式+言/辞”是表示行为方式的动词转化为文体称名的一种途径。《尚书·汤誓》：“尔不从誓言，予则孥戮汝，罔有攸赦。”《尚书·盘庚上》：“盘庚迁于殷，民不适有居，率吁众戚出矢（誓）言。”其中的“誓言”，已然是名词形态。不过《汤誓》虽然可能有较早的素材，但其语言有偏晚的痕迹，其写定已迟至东周时期。[6]

“第一人称代词+行为方式”亦有助于行为方式向文体称名转变。在《尚书·康诰》中，“听朕告汝”的“告”为动词，“典听朕告”之“告”紧接第一

1 黎锦熙：《新著国语文法》，湖南教育出版社，2007，第6、36页。

2 齐佩瑢：《训诂学概论》，中华书局，2004，第136页。

3 参见黎锦熙、刘世儒：《语法再研讨——词类区分和名词问题》，《中国语文》1960年第12期，第5页；史振晔：《试论汉语动词、形容词的名词化》，《中国语文》1960年第12期，第82页；朱德熙、卢甲文、马真：《关于动词形容词“名物化”的问题》，《北京大学学报》（人文科学）1961年第4期，第51页；Christoph Harbsmeier, “Where Do Classical Chinese Nouns Come From?” *Early China*, Vol. 9–10（1983–1985）, pp.77–163. 沈家煊进一步指出，与英语名词、动词的分立不同，汉语名词和动词是包含关系，名词是“大名词”，它包含动词在内，动词是名词当中的一个次类，是动态名词，参见沈家煊：《名词和动词》，商务印书馆，2016。

4 黄天树：《殷墟甲骨文中所见的“名动相因”现象》，《首都师范大学学报》（社会科学版）2013年第3期，第84页。

5（唐）孔颖达：《毛诗正义》卷3《鄘风·定之方中》，见（清）阮元校刻：《十三经注疏》，中华书局，1980，第316页。

6 顾颉刚、刘起釪：《尚书校释译论》第2册，中华书局，2005，第889页。

人称代词“朕”之后，则有名词意味。《尚书·酒诰》云：“汝典听朕毖，勿辩乃司民湎于酒。”“毖”原为动词，但“朕毖”已向名词性词组转化。

“行为方式+物质载体”则是另一种文体称名的构词方式。商周时期君王之诰、册命文书、祝告之辞、盟誓之辞等文辞，均由史官等王官记录，被书写于简册。由于册命仪式在西周中晚期的铜器铭文中得到广泛记录，我们得以通过铭文还原册命仪式的仪节。周宣王时期的颂鼎（《集成》2827）[1]铭文载：

唯三年五月既死霸甲戌，王在周康昭宫。旦，王格太室，即位。宰引右颂入门，位中廷。尹氏授王命书，王伻[2]史虢生册命颂。

王曰：颂，命汝官司成周贾二十家，监司新造，贾用宫御。赐汝玄衣黹纯、赤市、朱衡、銮旂、鋚勒，用事。

颂拜稽首。受命册，佩以出，返纳瑾璋。

在册命仪式中，书于简册的“命书”或“命册”扮演着重要角色。先是尹氏将“命书”授予周王，继而周王令虢生“册命”颂，即通过宣读命书（命册）来完成“命”颂的仪式。“王曰”之后的内容，正是事先书写在命书上的内容，涉及赋予颂的职责、赐予颂的礼服车马等，由史官宣读。在册命仪式结束之后，颂接过“命册”，携带而出。可见，命书便是记录“命”这种文体的具体文本。类似的记载还见于：

史带授王命书，王伻史減册赐寰。（寰鼎，《集成》2819）

史籀授王命书，王伻内史嬴册赐趩。（趩鼎，《集成》2815）

史減授王命书，王伻尹氏册命逑。（卌三年逑鼎，《铭图》2503）

正是由于命书构成了册命仪式的要素，它在册命仪式中一再出现。商周时期，书写传统已然确立，言辞的记录受到重视。君王之言要通过文字书写确立

1 颂鼎、颂壶、颂簋有多件，铭文近同。

2“平（伻）”，过去多释作“乎（呼）”，今据王森意见改释。见王森：《甲骨文、金文所谓“乎”字当释为“平”字》，《语言科学》2021 年第 3 期，第 318 页。

下来，并通过简册、铜器等载体流传。这种传统，为文本的传播以及文体的命名创造了条件。

记录册命内容的文书被称为“命书”或“命册”，实际上是“行为方式+物质载体”的构词形式，这种构词形式，已与秦汉时期“制书”“策书”“爰书”“奏谳书”等官文书文体称名的构词形式相同。[1] 西周时期的“命书”，在汉代被称为“策书”。“命书”或“命册”，已经在很大程度上接近真正的文体称名了。秦简牍中亦有“命书”的文体称名，见于睡虎地秦简《秦律十八种·行书律》简183、《秦律杂抄》简4、《秦律杂抄》简18、《为吏之道》简11叁—12叁[2]，其含义与西周的命书并不相同。

由于君王册命是家族的无上荣耀，故西周中晚期的铭文热衷于转录册命仪式的流程以及册命文书的内容。其他如君王之诰、祝告之辞、盟誓之辞，都缺乏西周时期的仪式记录，它们在当时是否有类似于“命书”或“命册”的称名，难以确知。《尚书·金縢》记录了周公祝告之辞，祝告同样需要预先写就的文本，在《金縢》中，这种文本只是被称为“册”或“书”。《左传》定公四年则记载有“命书”与“载书”：

> 其子蔡仲改行帅德，周公举之，以为己卿士，见诸王而命之以蔡。其命书云：“王曰：胡！无若尔考之违王命也！”……晋文公为践土之盟，卫成公不在，夷叔，其母弟也，犹先蔡。其载书云：“王若曰：晋重、鲁申、卫武、蔡甲午、郑捷、齐潘、宋王臣、莒期。”藏在周府，可覆视也。

以上是春秋时人的追述，但将册命蔡仲的文书称作“命书”，可与西周铜器铭文相验证，由此亦能看出此类称名传承有序。至于盟誓之辞，则被称为

1 秦汉简牍中出现的名目繁多的以“书”命体的文本，有学者将其统一归为“书”，参见李均明：《秦汉简牍文书分类辑解》，文物出版社，2009，第23页。简牍所见命书、诏书、制书、刺史书、莫府书、诸官往来书、除书、逮书、调书、爰书、奏谳书、久书等数十种名称，功能各异，发布主体亦各不相同，并不属于同一个文体范畴。这些文本的“书”，往往是作为文书义的泛指，包含多种文书类的文体。

2 睡虎地秦墓竹简整理小组：《睡虎地秦墓竹简》，文物出版社，1990，第61、80、84、170页。

“载书”（见于侯马盟书与《左传》），其构词形式与“命书”并不相同。

此外，对前人古训的珍视与作者意识也有助于文体称名的确立。

在称引前人的言语或文献时，所称引的对象必然是名词性的。[1]《尚书》中的“诰”“告”“命”“誓”等词主要表示正在进行的行为方式，因而是动词性的，但由于“训”是前人智慧的结晶，因而在被提及时，已经实现了从动词到名词的转化。《尚书·盘庚上》“予告汝训汝”，“训”与“告”皆为言语行为。《尚书·高宗肜日》“乃训于王”、《尚书·顾命》“兹予审训命汝”，“训”亦为动词。至于《顾命》的“嗣守文武大训”“命汝嗣训”“用答扬文武之光训”，《尚书·吕刑》的“若古有训”，《尚书·酒诰》的“聪听祖考之彝训”，“训”已为名词义。这些“训”指的是前人遗训，被时人珍视，其地位有如春秋战国时期的《诗》《书》等经典。虽然今文《尚书》中并没有可靠的训体文本[2]，西周金文中也没有明确的“训”字[3]，但从《酒诰》诸篇看，西周时人应已有前人古训的观念。春秋战国时期《诗》《书》的经典化，以及人们对《书》类文献篇题的称引，同样对文体称名的固化起到促进作用。

再看作者意识[4]。传世文献中与文体称名有关的史料，产生于商周时期的主要有“作为此诗”（《诗经·小雅·巷伯》）、“家父作诵”（《诗经·小雅·节南

---

1 吴承学、李冠兰指出：“对于一个独立的文意单位，当要称述它时，往往要通过引用的方式。早期的文体观念也可以在记叙或引用之中反映出来。”见《命篇与命体——兼论中国古代文体观念的发生》，《中国社会科学》2015年第1期，第163页。

2 伪古文《尚书》有《伊训》。此外，清华简《保训》被整理者拟题为“保训”（原无篇题），但该篇当是战国时人所依托。北大汉简所见《周训》，题有“周训”篇题，这可以说是一篇确凿的、以体命题的“训”。整理者阎步克认为，《周训》未经后人篡改，反映了战国时期的训文原始面貌，见阎步克：《北大竹书〈周训〉简介》，《文物》2011年第6期，第71页。

3 何尊（《集成》6014，西周早期）铭文中被一些学者释作“训”的字，当释作“临”，参见谢明文：《说临》，见《出土文献与古文字研究》第6辑，上海古籍出版社，2015，第101—108页。战国中期的中山王嚳壶（《集成》9735）则有“纯德遗训”。

4 关于早期的作者意识，可参见程苏东：《也谈战国秦汉时期“作者”问题的出现》，《文艺评论》2017年第8期，第4页；Martin Kern, “Kongzi as Author in the Han”, in: Michael Hunter & Martin Kern, ed. *Confucius and the Analects Revisited: New Perspectives on the Dating of a Classic*, Leiden: Brill, 2018, pp.268–307; Zhang Hanmo, *Authorship and Text-making in Early China*, Boston/Berlin: Walter de Gruyter Inc., 2018.

山》)、“吉甫作诵”(《诗经·大雅·崧高》)、“作此好歌”(《诗经·小雅·何人斯》)、“君子作歌”(《诗经·小雅·四月》)等诗句，其中紧接行为方式“作”的“诗”“诵”“歌”都是作为文体称名存在的。“歌”与“诵”均为演绎诗歌的方式，亦即某种行为方式。但在上述辞例中，它们是谓语“作”的宾语，显然是名词性的文体称名，因此也属于自行为方式转化而来的文体称名。上述诗句已初步体现作者意识，尤其是“家父作诵”“吉甫作诵”更是直接点明作者。商周时期的文本主要为仪式服务，史官在记录君王之言、乐官在创作宗庙的颂诗时，作者意识是缺席的。但西周晚期的政治与社会动荡，催生了一批反映个人情志、表现出创作自觉的篇章。《诗大序》云:“王道衰，礼义废，政教失，国异政，家殊俗，而变风、变雅作矣。”[1]西周晚期，已有“变风”“变雅”的倾向[2]，政治失序所带来的信仰迷茫与心灵震荡，直接投映于诗章之中。《诗经》中有姓名的作品，正是厉、宣、幽时期开始出现的[3]。相传芮良夫作《桑柔》刺周厉王[4]，清华简《芮良夫毖》则明确说明本篇是芮良夫的作品。此后的“宣王中兴”，更是涌现了召伯虎、尹吉甫、南仲、张仲等诗人，赵逵夫将他们视作中国最早的文学群体[5]。这些“变雅”之音，已体现出初步的作者意识，从诗句看，作者对自己所创作的文体也有较清晰的认识。在创作与传诵过程中，“诗”“诵”“歌”作为文体称名也得到确认与强化。

有的文体称名则未出现于文本中，同样以“作”引入，但却是以第三人称

1 (唐)孔颖达:《毛诗正义》卷1《诗大序》，见(清)阮元校刻:《十三经注疏》，中华书局，1980，第271页。

2 正变之论曾遭到崔述等人的质疑。虽然古人对“变风”“变雅”的归类有偏颇之处，但其中确有诗作反映时代剧变，参见 Li Feng, *Landscape and Power in Early China: The Crisis and Fall of the Western Zhou 1045–771 BC* , Cambridge: Cambridge University Press, 2006, pp.203–215、237–240; 代生:《清华简〈系年〉所见两周之际史事说》,《学术界》2014年第11期。

3 赵敏俐主编:《中国诗歌史通论》，人民文学出版社，2013，第54页。

4 赵逵夫:《西周诗人芮良夫与他的〈桑柔〉》,《贵州文史丛刊》1997年第5期，第13页。

5 赵逵夫:《周宣王中兴功臣诗考论》，见《中华文史论丛》第55辑，上海古籍出版社，1996，第127—155页。

视角追述。清华简《周公之琴舞》云“周公作多士儆毖，琴舞九絉”“成王作儆毖，琴舞九絉”[1]，《芮良夫毖》云“芮良夫乃作毖再终”[2]，“毖”作为诗体，前所未知[3]。“毖”本是表示戒慎的动词，在《周公之琴舞》与《芮良夫毖》的叙述性文字中作为“作”的对象，显然已经是文体名。《周公之琴舞》与《芮良夫毖》的文本当可追溯至西周，但叙述性文字的产生时间与文本创作时间未必相同。[4]清华简《耆夜》载“王举爵酬毕公，作歌一终”“王举爵酬周公，作歌一终”“周公举爵酬毕公，作歌一终”“周公或举爵酬王，作祝诵一终”“周公秉爵未饮，蟋蟀趯升于堂，周公作歌一终”[5]，“作”之后紧接“歌”“祝诵”。《耆夜》记述的是西周时期的史事，但该篇的写作应在战国时期[6]。因此，《周公之琴舞》《芮良夫毖》《耆夜》诸篇所记载的“作儆毖”“作毖”“作歌”“作祝诵”，尚不能反映西周的实际情形。

由于出土文献具有局限性，诸如《诗经》中的“诗”“诵”“歌”等文体称名，《尚书》中的“训”，以及“命册”“命书”之外的其他文书称名，不见于目前所知的商周出土文献。但现有的材料，已可见早期文体命名观念的端倪，并揭示了由行为方式转变为文体称名这一文体命名途径的线索。

---

1 清华大学出土文献研究与保护中心编，李学勤主编：《清华大学藏战国竹简》（叁），中西书局，2012，第133页。

2 清华大学出土文献研究与保护中心编，李学勤主编：《清华大学藏战国竹简》（叁），中西书局，2012，第132、145页。

3 关于“毖”体的讨论，参见马芳：《从清华简〈周公之琴舞〉〈芮良夫毖〉看“毖”诗的两种范式及其演变轨迹》，《学术研究》2015年第2期，第138页；马芳：《从清华简〈芮良夫毖〉看“毖”诗及其体式特点》，《江海学刊》2015年第4期，第190页；高中华、姚小鸥：《论清华简〈芮良夫毖〉的文本性质》，《中州学刊》2016年第1期，第140页；曹建国：《清华简〈芮良夫毖〉试论》，《复旦学报》（社会科学版）2016年第1期，第19页。

4 李守奎指出，《周公之琴舞》中的诗篇语言风格一致，典雅古奥，遣词造句多与西周金文相合；但所谓“周公作”“成王作”，不排除是战国学者的推断。见《先秦文献中的琴瑟与〈周公之琴舞〉的成文时代》，《吉林大学社会科学学报》2014年第1期，第18页。

5 清华大学出土文献研究与保护中心编，李学勤主编：《清华大学藏战国竹简》（壹），中西书局，2010，第150页。“举”原文作“夜”，读作“举”的意见参见裘锡圭：《说“夜爵”》，见《出土文献》第2辑，中西书局，2011，第17—21页。

6 杜勇：《从清华简〈耆夜〉看古书的形成》，《中原文化研究》2013年第6期，第18页。

第三节 礼乐仪式程序与文体体式观念

礼乐仪式程序也在很大程度上塑造了某些商周文体的体式，以下试以甲骨卜辞、诗以及册命文书为例加以说明。

一、甲骨卜辞

礼乐仪式程序影响到文体体式，在殷商甲骨卜辞中体现得最为典型。完整的卜辞由前辞、命辞、占辞、验辞四部分构成，以《甲骨文合集》6057为例：

癸巳卜，㱿贞（以上为前辞）：旬亡忧。（以上为命辞）

王占曰："有咎，其有来艰，气至。"（以上为占辞）

五日丁酉允有来艰自西。沚戓告曰："土方围于我东鄙，翦二邑。𢀛方亦侵我西鄙田。"（以上为验辞）

其中前辞包括占卜时间以及贞人[1]的称谓，命辞指贞问的事项，占辞是对卜兆吉凶的判断，验辞是占辞是否应验的记录。有的卜辞，则未必包含占辞和验辞。如以上卜辞说的是：癸巳这天，由名为"㱿"的贞人主持"卜"的仪式，卜问的事项为十天之内是否发生祸事；商王在完成"占"之后说，将会有祸事发生；丁酉这天，的确有祸事发生，沚戓禀告土方、𢀛方来犯的消息。前辞、命辞、占辞、验辞的称谓与区分，出自今人的归纳，前辞或称"叙事"或"叙辞"，命辞或称"贞辞"，占辞或称"占验"。而从完整卜辞的内在结构看，它至少对应三个仪式环节：贞人"卜"、商王或贞人[2]"占"、事后的验证。甲骨

1 董作宾较早对"贞人"开展研究，参见《大龟四版考释》，《安阳发掘报告》第3期，中央研究院历史语言研究所，1931，第423—441页。陈梦家则称作"卜人"，参见《殷虚卜辞综述》，科学出版社，1988，第173—206页。

2 "占"主要由商王负责，但亦有贞人占断的情形，参见肖威：《组占辞与王卜辞中的"非王占断"现象》，见《甲骨文与殷商史》新11辑，上海古籍出版社，2021，第393—413页。

卜辞制作的程序包括取材、锯削、刮磨、钻凿、命龟、灼龟、占龟、刻兆、刻辞、涂饰、记验辞等，其中完整的刻辞并不是一次性完成的：在龟甲兽骨经灼烧出现卜兆之后，经过“卜”和“占”，契刻者[1]刻出前辞、命辞，有时亦契刻出占辞；在占卜仪式发生之后，根据贞问事项的结果，回过头来补上验辞[2]。可见，完整的刻辞不同于后世的文章书写，并非一次性完成，而是配合仪式进行，其体式也是直接由占卜的仪式所决定。

《甲骨文合集》9950 正载：

> 丙辰卜，㱿贞（以上为前辞）：我受黍年。（以上为命辞）
>
> 丙辰卜，㱿贞（以上为前辞）：我弗其受黍年。（以上为命辞）

占辞则见于龟甲的另一面（《合集》9950 反）：“王占曰：吉。受有年。”验辞未见记录。“我受黍年”与“我弗其受黍年”系正反对贞，正反卜问的仪式程序塑造了上述卜辞对称的文本形式。而契刻好的两条命辞也是左右对称的，分别居于龟甲左右两侧，左右两侧文字的契刻方向分别是自右向左和自左向右，构成了一种镜像。甚至个别文字也采取了左右相反的契刻策略，如龟甲左侧的命辞，“㱿”之“殳”旁置于左侧，龟甲右侧的命辞，“㱿”之“殳”旁则置于右侧，亦有镜像的意味。这种形式上的对称与镜像，显然是脱离仪式语境与物质载体的纯文本无法反映的。

二、诗

早期的诗作为礼乐附庸，其句式、结构均受到礼乐仪式的影响。中国早期的诗以四言为主，这种齐言化的形式是由音乐节奏决定的。[3]从甲骨卜辞看，

1 契刻者与占卜者并非一回事，参见朱桢：《贞人非卜辞契刻者》，《殷都学刊》1986 年第 4 期，第 19 页。

2 多数卜辞并无验辞。关于验辞，可参见胡厚宣：《武丁时期五种记事刻辞考》，见《甲骨学商史论丛初集（外一种）》上，河北教育出版社，2002，第 346 页。

3 李昌集：《周诗体式生成论：文化文体学的视角》，《中国社会科学》2014 年第 7 期，第 164 页。

殷商时期已有类似于周颂的祭祀乐舞[1]，但其具体形式已难确知[2]。西周初期的诗（主要是《周颂》的篇章）尚未形成严格的四言体[3]，且不少诗并不押韵，有韵四言体的定型，完成于西周中晚期。西周中晚期的一个重要变化是以“乐悬”为主体的青铜编钟得到使用，一般八件成编，从第三钟开始，每钟双音。乐钟双音决定了四声音阶的音乐形式，进而影响到西周中晚期以来的铜器铭文句式以及诗歌体式。[4]

“风”“雅”“颂”的区分，也在很大程度上由其仪式情境及乐曲形式所决定。如郑樵所言：“风土之音曰风，朝廷之音曰雅，宗庙之音曰颂。”[5]最为典型的是颂。清华简《周公之琴舞》记载了周公所作一首颂诗以及周成王所作九首颂诗，其中成王所作第一首见诸今本《诗经·周颂·敬之》，可推知《周公之琴舞》所见颂诗皆可归入“周颂”，而且是更为完整的形式。现存周颂不但被抹去了乐曲的痕迹，从《大武》组诗的例子看，还被打乱了次序。赵敏俐曾指出颂诗“是在宗庙中配乐演唱，一唱三叹，甚至还有舞蹈相配，所以，我们现在所见的颂诗并不是周代宗庙祭祀艺术的全部，而只是这种综合性的歌舞艺术

1 陈致：《从礼仪化到世俗化：〈诗经〉的形成》，吴仰湘、黄梓勇、许景昭译，上海古籍出版社，2022，第60—87页。英文版为 Chen Zhi, *From Ritualization to Secularization: The Shaping of the Book of Songs*, Sankt Augustin: Monumenta Sinica Institute, 2007。

2《诗经》中的《商颂》，其作期尚有争议。《国语·鲁语下》载：“昔正考父校商之名颂十二篇于周太师，以《那》为首。”据此，则《商颂》即便源自商代，也经过了春秋时期正考父的校订。参见王国维：《说商颂下》，见《观堂集林》卷2，中华书局，1959，第115—118页。

3 葛晓音也注意到西周早期的诗并不是严格四言体，同时又指出《周颂》里尚未诗化的部分篇章的四言形式与《尚书》基本相同，说明四言句在生成之初是属于散文的。见《四言体的形成及其与辞赋的关系》，《中国社会科学》2002年第6期，第151页。葛氏指出《诗经》中一些句子带有散文特点的现象，的确值得重视。不过，她所用来说明的《尧典》《禹贡》《吕刑》《洪范》《秦誓》诸篇，恰恰是《尚书》中成篇较晚的，有的篇章甚至晚至东周。

4 参见曹建国：《青铜编钟与〈诗经〉的四言构体》，见《中国学术》第24辑，商务印书馆，2007，第44—75页；管恩好：《论编钟节奏对〈周颂〉诗体风格的影响》，《山东师范大学学报》（人文社会科学版）2007年第2期，第39页；陈致：《从〈周颂〉与金文中成语的运用来看古歌诗之用韵及四言诗体的形成》，见《诗书礼乐中的传统：陈致自选集》，上海人民出版社，2012，第1—30页；韩高年：《〈诗经〉四言体成因蠡测》，《河北师范大学学报》（哲学社会科学版）2011年第6期，第72页。

5（宋）郑樵撰，王树民点校：《通志二十略》卷75《昆虫草木略》，中华书局，1995，第1980页。

中留下来的文字部分”[1]，这一推论今已得到证实。《周公之琴舞》每首诗以“启曰”启首，以“乱曰”作结，如第一首作：

元纳启曰：敬之敬之，天惟显思，文非易思。毋曰高高在上，陟降其事，卑监在兹。

乱曰：讫我夙夜不逸，敬之。日就月将，学其光明。弼持其有肩，示告余显德之行。[2]

“元纳启”之后分别是“再启”“三启”“四启”“五启”“六启”“七启”“八启”“九启”。“启”“乱”对举的体式，是原始乐章形式的存留[3]，这种特殊的体式正是由礼乐仪式中的乐舞程序所决定的。《论语·泰伯》谓“师挚之始，《关雎》之乱，洋洋乎盈耳哉”，《国语·鲁语》亦提及《商颂》“辑之乱曰”，《周公之琴舞》则提供了早期诗乐“乱”的实例。后来楚辞的乱辞，实由此而来。

《周公之琴舞》周公与成王各作“琴舞九絉”，“九”为组曲体制，可参见《周礼·春官·大司乐》所记：“龙门之琴瑟，九德之歌，《九韶》之舞，于宗庙之中奏之，若乐九变，则人鬼可得而礼矣。”“九”之为体，可上溯至传说中的夏启，亦延及《楚辞》中的《九歌》。[4]乐曲的组合形式，直接影响了“九絉”这种组诗形式。而之所以周公之诗仅存一首，合十首，一个很可能的原因是“什”为诗歌编纂的常见体制（而非乐曲体制），《诗经》中雅、颂各组以“之什”命名，十首的规模最为常见。秦国刻有诗歌的石鼓，也恰为十个。[5]

1 赵敏俐：《乐歌传统与〈诗经〉的文体特征》，见吴承学、何诗海编：《中国文体学与文体史研究》，凤凰出版社，2011，第83页。

2 清华大学出土文献研究与保护中心编，李学勤主编：《清华大学藏战国竹简》（叁），中西书局，2012，第133页。

3 徐正英：《清华简〈周公之琴舞〉组诗对〈诗经〉原始形态的保存及被楚辞形式的接受》，《文学评论》2014年第4期，第51页。

4 李颖：《清华简〈周公之琴舞〉与楚辞“九体”》，见《中国诗歌研究》第10辑，社会科学文献出版社，2014，第19—29页。

5 郭沫若：《石鼓文研究》，见《郭沫若全集·考古编》第9卷，科学出版社，1982，第16—17页。

三、册命文书

册命文书的体式也受到册命仪式程序的影响。西周中晚期的册命铭文，较多载录册命仪式及册命文书的内容。根据相关铭文，陈汉平将册命仪式的程序总结如下：周王即位；傧者右受命者入门；受命者行至太室之前，在中廷面北而立；王从书命史官手中接过预先写就的命书；王将命书授予宣命史官；宣命史官代宣王命。[1] 在史官代宣王命之后，尚有受命者“拜稽首”、接过命册并献纳用于觐见的玉璋等仪式环节（见颂鼎，《集成》2827，西周晚期）。而册命文书的具体内容，有繁有简，最繁者以卌三年逑鼎（《铭图》2503，西周晚期）铭文为代表：

> 王若曰：逑！（以上为受赐者名，引者注）丕显文武，膺受大命，敷有四方，则繇唯乃先圣祖考，夹召先王，恭勤大命，奠周邦。（以上为先祖功绩，引者注）肆余弗忘圣人孙子，昔余既命汝胥荣兑，总司四方虞林，用宫御。今余唯经乃先祖考，有功于周邦，申就乃命，命汝官司历人。（以上为任命内容，引者注）毋敢荒宁，虔夙夕助雍我邦小大猷。越乃敷政事，毋敢不妻不型，越乃讯庶有讼，毋敢不中不型，毋龏龏橐橐，唯有宥从，廼侮鳏寡，用作余我一人怨，不肖唯死。（以上为告诫之辞，引者注）王曰：逑，赐汝秬鬯一卣、玄衮衣、赤舄、驹车、雕较、朱鞹圅靳、虎幂熏里、画轉、画輴，金甬、马四匹、鋚勒。（以上为赏赐物，引者注）敬夙夕，弗废朕命。（以上为告诫之辞，引者注）

其内容要素包括“受赐者名 + 先祖（文王、武王及受赐者先祖）功绩 + 任命内容 + 告诫之辞 + 赏赐物 + 告诫之辞”，这种最繁复的形式又见于大盂鼎（《集成》2837）、毛公鼎（《集成》2841）、师询簋（《集成》4342）、乖伯簋（《集

---

1 陈汉平：《西周册命制度研究》，学林出版社，1986，第 101—130 页。

成》4331)、师克盨（《集成》4467）等铜器铭文以及《尚书·文侯之命》、清华简《封许之命》。除了以上最完整的形式，铭文所转录的册命文书内容，又可简省为“单言赏赐物”“任命内容 + 赏赐物”“任命内容 + 赏赐物 + 告诫之辞”“赏赐物 + 任命内容”“受赐者名 + 任命内容 + 赏赐物”“受赐者名 + 任命内容 + 赏赐物 + 告诫之辞”等形式，其中任命内容和赏赐物最为重要，而最简者仅是罗列赏赐物清单。[1] 虽然宣读册命文书只是册命仪式的一个环节[2]，但册命文书的内容本身则蕴含了任命受命者、颁授赏赐物、发表告诫之辞等仪式环节。尤其是颁授赏赐物，其具体仪式并未在册命铭文中体现，但显然也是整个册命仪式的重要组成部分。册命文书具有程式化的特点，其程式在很大程度上是由册命仪式的程序所决定的。

此外，通行的盟誓之辞由序章、盟约内容、假定语式的“自我诅咒”三部分组成[3]，对应了盟、诅等仪式环节；祝告之辞中“告”“祷”“嘏”结构的生成，也与仪式环节有关[4]。从甲骨卜辞、诗、册命文书、盟誓之辞、祝告之辞等文体看，礼乐仪式程序对文体体式确实产生影响。礼乐仪式程序的程式化，决定了某些文体的程式化，自然也强化了人们对文体体式的认识。当然，并不是所有的早期文体体式都受到礼乐仪式程序的影响，如诰这种程式化不明显的文体，其体式与礼乐仪式程序的关系便不是那么密切了。此外，有学者指出战国时代的楚辞体式的基本结构，也受制于礼仪仪式的程序组织[5]，可以参看。

1 陈民镇：《试论册命之“书”的体例及〈摄命〉的性质》，见《出土文献综合研究集刊》第13辑，巴蜀书社，2021，第101—123页。

2 陈梦家指出：“册命既是预先写就的，在策命时由史官授于王而王授于宣命的史官诵读之。”见《王若曰考》，《尚书通论》（增订本），中华书局，1985，第159页。

3 吕静：《春秋时期盟誓研究》，上海古籍出版社，2007，第11页。

4 参见林甸甸：《祝告话语的核心结构及其书面形式的凝结》，《民族艺术》2022年第2期，第62页。

5 熊良智：《楚辞的文体视阈与礼乐仪式》，《文学评论》2018年第4期，第49页。

第三章
春秋战国的经典传承与文体观念的发展

商周时期的仪式性文本作为王官之学的产物，在春秋战国时期逐步实现了经典化[1]。《易》来自卜官之学，《诗》来自乐官之学，《书》来自史官之学，这些典籍在西周时期或已初步结集，而它们被广泛传习、征引的记录，则始于春秋时期。《诗》《书》被反复征引，其文体称名愈加深入人心。尤其是《书》类文献的篇题，已有“以体命题”的意味。战国时人对《诗》《书》的模拟，也是建立在研习经典的基础上，文体模拟意味着当时人们对文体体式有充分的认知。早期的文体批评以文体功能为核心，尤其凸显教化功能，这也与春秋战国的经典传承密切相关。

第一节 《尚书》的经典化与以体命题

《诗》《书》是中国古代最早实现经典化的一批典籍。《国语・楚语上》所载“申叔时九艺”中的“春秋”“世”“诗”“令”“语”“故志”“训典”，以及“六经”中的《诗》《书》《春秋》，其命名的主要依据便是文类或文体。而接受经典教育的贵族子弟和士人，在社会交际与著述的过程中反复征引这些文献，相应的

---

1 西方学界则关注《圣经》的“经典化”，即 canonization。

文类或文体称名通过经典的传习和称引正式确定下来，深入人心。《诗》与《书》经典化完成的时间较早，它们被称引最为频繁，所体现的文体命名观念也最为典型。

在《左传》一书中，定公十年（前500年）之前引用与今本《毛诗》相合者123首232次，今本《毛诗》之外的逸诗仅有8首8次。[1]可见，春秋时期贵族阶层所研习的《诗》，其内容、规模与今本《毛诗》已大体接近。季札观乐的内容与今本《毛诗》基本相合[2]，孔子称《诗》为“诗三百”（《论语・为政》《论语・子路》），亦可证明这一点。今本《毛诗》中较明确属于“造篇”[3]的诗，主要有《卫风・硕人》《鄘风・载驰》《郑风・清人》《秦风・黄鸟》，其本事见于《左传》隐公三年、闵公二年、文公三年。可见，今本《毛诗》中有一些诗篇创作于春秋时期。《诗》并不是一种封闭的文献，经过历次编集与整理，一些新的篇章被吸收进来，而被吸收的依据，正是文体的一致性。《左传》引《诗》，除了以“赋+具体篇题”（70次）与“歌/奏/诵+具体篇题”（5次）引入，更多的以“《诗》曰”（102次）[4]、“《诗》云”（23次）[5]、“国名+诗+曰”或“国名+诗+有之曰”（2次）、“国名+颂+曰”或“国名+颂+有之曰”（5次）[6]、“作者+之诗+曰”（1次）、“作+诗/颂+曰”（2次）引入。《左传》虽然并不是真正意义上春秋时期的“同时史料”，但由于它们所记春秋史事可信度较高[7]，故可以大致反映春秋时期《诗》的传习及称引情况。《左传》引《诗》，以“《诗》曰”“《诗》云”引入的频率最高，《诗》虽然是一种已然较早成型的文献，但

1 俞志慧：《君子儒与诗教：先秦儒家文学思想考论》，生活・读书・新知三联书店，2005，第4—5页。

2 徐建委认为季札观乐的故事不会早于公元前403年，见《季札观乐诸问题辩证——兼论早期儒家对先秦知识的塑造》，《文学评论》2018年第5期，第157页。

3《诗经・小雅・常棣》孔疏引《郑志》郑玄语：“赋诗者，或造篇，或诵古。”见（清）阮元校刻：《十三经注疏》，中华书局，1980，第408页。

4 其中26次出自“君子曰”“君子谓”等“君子”评语。

5 其中8次出自“君子曰”“君子谓”等“君子”评语。

6 其中2次出自“君子曰”等“君子”评语。

7 关于《左传》的史料来源，可参见王和：《左传探源》，社会科学文献出版社，2019。

它更是一种文体称名。在反复以“《诗》曰”“《诗》云”称引的过程中，“诗”作为一种文体称名也愈加巩固。在“国名 + 诗 + 曰”“国名 + 颂 + 曰”“作 + 诗 / 颂 + 曰”等形式中，“诗”与“颂”更是作为文体称名存在的。出于现有商周史料的局限性，“诗”和“颂”并未见于商周时期的出土文献。但从《左传》《国语》诸书所记春秋史事看，“诗”和“颂”在春秋时期作为文体称名被广泛使用，并随着贵族的反复称引而固化。

与《诗》相比，《书》在春秋战国时期并未形成一个相对稳定、封闭的合集。类似的文献都可统称为“《书》类文献”。而流传到后世的《尚书》，虽有版本、篇目、今古文之别，但总体来说是相对封闭的文献，与广义的《书》不能相等同。[1] 从清华简《书》类文献看，战国时代的《书》类文献仍然如同当时的大多数文献，是“单篇别行”[2] 的状态，与后世的《尚书》不同。这一特点决定了《书》较之《诗》更为开放，“书”的文类或文体意味因而更浓。此外，这一特点也导致较晚出的战国文献得以凭借文体的类同被纳入《书》的大家庭之中。

在《左传》一书中，称引《书》主要存在以下几种情形：

1. 以具体篇名引入，共出现 8 次。如《左传》昭公二十年引苑何忌语：“与于青之赏，必及于其罚。在《康诰》曰：‘父子兄弟，罪不相及。’况在群臣？臣敢贪君赐以干先王？”

2. 以“《书》曰”或“《书》云”引入，共出现 7 次，其中 1 次出自“君子曰”的“君子”评语。如《左传》昭公十年记子皮语：“非知之实难，将在行之。夫子知之矣，我则不足。《书》曰：‘欲败度，纵败礼。’我之谓矣。夫子知度与礼矣，我实纵欲，而不能自克也。”

3. 以“国名 + 书 + 曰”引入，其中“《夏书》曰”出现 14 次，有 3 次出自“君

---

1 清华简中多篇《书》类文献的问世，进一步证明今文《尚书》之可靠、梅本（伪古文）《尚书》之伪。因此本章在讨论《书》类文献时，将伪古文《尚书》的篇章排除在外。

2 余嘉锡：《古书通例》，上海古籍出版社，1985，第 30 页。

子曰”“君子谓”等“君子”评语；“《商书》曰”出现4次，有1次出自“君子谓”的“君子”评语；“《周书》曰”出现6次。如《左传》哀公六年记孔子语：“楚昭王知大道矣。其不失国也，宜哉！《夏书》曰：‘惟彼陶唐，帅彼天常，有此冀方。今失其行，乱其纪纲，乃灭而亡。’又曰：‘允出兹在兹。’由己率常，可矣。”

4. 以“国名＋书＋有之/有之曰”引入，共出现3次。如《左传》僖公二十三年载卜偃语：“《周书》有之：‘乃大明服。’己则不明，而杀人以逞，不亦难乎？民不见德，而唯戮是闻，其何后之有？”《左传》襄公三十年载子产语：“非相违也，而相从也，四国何尤焉？《郑书》有之曰：‘安定国家，必大焉先。’姑先安大，以待其所归。”

5. 其他。如《左传》文公十八年记大史克语：“故《虞书》数舜之功，曰‘慎徽五典，五典克从’，无违教也。曰‘纳于百揆，百揆时序’，无废事也。曰‘宾于四门，四门穆穆’，无凶人也。”《左传》庄公十四年记君子曰：“《商书》所谓‘恶之易也，如火之燎于原，不可乡迩，其犹可扑灭’者，其如蔡哀侯乎！”《左传》襄公三十一年记北宫文子之语：“《周书》数文王之德曰：‘大国畏其力，小国怀其德。’言畏而爱之也。”

“《书》曰”“《书》云”“国名＋书＋曰”“国名＋书＋有之/有之曰”的形式，出现合计34次，明显多于以具体篇名引入的形式。由于《书》并不是一种封闭的文献，这里的“书”更多是作为文类或文体的概念存在的。“书（書）”字从聿，者声，“聿”象执笔，“书”的本义为书写，后引申为书写的文本。商周时期的书面文本主要为仪式性文本，且主要由史官书写，因而“书”往往与“史”相联系，如《左传》襄公十四年云：“史为书。”正是中国古代注重书面记录的传统，使这些仪式性文本得以传世。春秋战国时人所说的《书》，主要指这些前代王官遗文，其文体虽可细分为命、诰、誓等，但有大致趋同的文体特征，即以记言为主，依附于具体仪式。与《诗》一样，《书》的反复称引，自然也强化了“书”的文类或文体意义。

以具体篇名引入的形式亦值得关注。先秦文献的篇题拟定原则，余嘉锡曾归纳为“以事与义题篇”与“摘其首简之数字以题篇”两种。[1]《诗》中的篇题，主要为后者[2]，此类篇题与文体称名无涉。至于《书》的篇题，则多属于“以事与义题篇”。[3]有学者指出《尚书》一部分篇目的命题，已带有一些文体认定的意味，即“以体命题”。[4]《书》类文献篇题中的“训”“诰”“誓”“命”等字眼是否便是文体称名，尚可作进一步讨论。

前人很早便注意到《书》类文献篇题与文体称名的关联。伪孔安国《尚书序》在概述《尚书》的内容时提到，“(孔子)讨论坟、典，断自唐虞以下，讫于周，芟夷烦乱，翦截浮辞，举其宏纲，撮其机要，足以垂世立教，典、谟、训、诰、誓、命之文，凡百篇。”[5]“典”“谟”“训”“诰”“誓”“命”，此即所谓《尚书》“六体”。唐孔颖达《尚书正义》进一步指出：“‘典’即《尧典》《舜典》，‘谟’即《大禹谟》《皋陶谟》，‘训’即《伊训》《高宗之训》，‘诰’即《汤诰》《大诰》，‘誓’即《甘誓》《汤誓》，‘命’即《毕命》《顾命》之等是也。”[6]“典”“谟”“训”“诰”“誓”“命”实际上是由《尚书》各篇的篇题末字归纳而来。孔颖达还在“六体”的基础上，增益“贡”“歌”“征”“范”四体，

1 余嘉锡：《目录学发微》，巴蜀书社，1991，第27页。

2 从《左传》诸书所引篇题以及王家嘴楚简《诗经》的固有篇题看，今本《毛诗》的篇题在春秋战国时期已经基本定型。

3《书》类文献的篇题亦有“摘其首简之数字以题篇”者，如《咸有一德》与《武成》。清华简《尹诰》为真正的《咸有一德》，其首句为“惟尹既及汤咸有一德”。《逸周书·世俘》为真正的《武成》，其首句为“维四月乙未日，武王成辟”。

4 吴承学、李冠兰：《命篇与命体——兼论中国古代文体观念的发生》，《中国社会科学》2015年第1期，第161页。

5（唐）孔颖达：《尚书正义》卷1《尚书序》，见（清）阮元校刻：《十三经注疏》，中华书局，1980，第114页。

6（唐）孔颖达：《尚书正义》卷1《尚书序》，见（清）阮元校刻：《十三经注疏》，中华书局，1980，第115页。

合为“十体”[1]，同样是据篇题末字归纳出文体称名。

这里需要澄清两个问题：其一，《书》类文献的篇题可追溯至何时；其二，《书》类文献的篇题是否可以体现文体称名。

关于第一个问题，宋人林之奇主张《尚书》的篇题渊源甚早：“《书》之名篇，非成于一人之手，盖历代史官各以其意标识其所传之简册，以为别异。”[2]认为《尚书》的篇题来自历代史官所自拟。有的学者也似乎默认这一点。[3]果其如此，《尚书》的篇题则可上溯至商周时期。但这实际上难以得到证实。

目前尚未发现战国早期之前的简牍，因而商周时期的简牍典籍或文书是否有标注篇题的习惯，难以确知。商周时期的甲骨卜辞和青铜铭文，未见篇题。即便是到战国时期，篇题也并非简牍文献的必备要素。在目前所公布的一百余篇战国典籍类简牍文献中，在简册上书写篇题的篇章只占到20%左右，出现频率并不高。尤其是郭店楚墓竹简，无一书写篇题。先秦的篇题制度，并不像后世那般完备。至于传世先秦典籍的篇题，由于不少出自后人的添加与改动[4]，因而这些典籍传世本的篇题未必能反映先秦篇题的实际情形。已有学者指出，出土文献的自带篇题以及可靠传世先秦典籍所称引的篇题，是更为可靠的材料。[5]

先秦篇题或出自文献整理、编纂者，此类篇题较为稳定；或出自文献传抄、保管者，或出自日常称引的约定俗成，此类篇题则具有偶然性。《书》作为较早实现经典化的文献，其篇题当出自整理、编纂者，这可从《书》类文献

1（唐）孔颖达：《尚书正义》卷1《尚书序》、《尚书正义》卷2《尧典》，见（清）阮元校刻：《十三经注疏》，中华书局，1980，第114、117页。

2（宋）林之奇：《尚书全解》卷24，见《影印文渊阁四库全书》第55册，第445页。

3 于雪棠：《〈尚书〉文体分类及行为与文本的关系》，《北方论丛》2006年第2期，第8页。又见于雪棠：《先秦两汉文体研究》，北京师范大学出版社，2012，第32页。

4 余嘉锡认为今本《晏子春秋》所见整饬的章题系刘向所定，其他古书经后人改题的情况亦多见，见《古书通例》，上海古籍出版社，1985，第114、43页。银雀山汉墓所出《晏子》虽分章，但无章题，可以佐证其说。

5 吴承学、李冠兰：《命篇与命体——兼论中国古代文体观念的发生》，《中国社会科学》2015年第1期，第170页。

篇题的稳定性得到体现。如《康诰》与《大誓（或泰誓、太誓）》被春秋战国时人频繁征引[1]，这些篇章的篇题，已得到当时的公认。清华简《尹诰》作为战国时期的《书》类文献抄本，简册上未见篇题，《缁衣》（包括《礼记》本、郭店简本、上博简本）在引述该篇时称作《尹吉（告）》或《尹诰》，可见清华简本虽未见书写篇题，但该篇显然已有固定的篇题。当然，《书》类文献篇题的稳定性是相对的，如《尹告》与《尹诰》，便有细微差别；再如《孟子·万章上》所称引的《尧典》，在《礼记·大学》中作《帝典》；再如《兑命》（即《说命》）的篇题见于《礼记·缁衣》《礼记·文王世子》《礼记·学记》，而清华简本的自带篇题则作《傅说之命》。

虽然目前尚未发现春秋时期的简牍材料，但从《左传》《国语》的称引情况看，《书》类文献的篇题至迟在春秋时期已经出现。《左传》是记述春秋史事的可靠史料，《书》的称引习惯在《左传》各部分的分布亦值得重视，以下示列《左传》引《书》分布一览表：

表 1 《左传》引《书》分布一览表

	引“《书》曰”	引《虞书》	引《夏书》	引《商书》	引《周书》	引《郑书》	引具体篇题
隐公				1 次（出自“君子”语）			
桓公							
庄公			1 次	1 次（出自“君子”语）			

1 《康诰》的篇题，见于《左传》定公四年、僖公三十三年、昭公二十年，亦见于《礼记·大学》《礼记·缁衣》《孟子·万章下》《荀子·富国》《韩非子·说林上》等战国诸子类文献；《大誓（或泰誓、太誓）》的篇题，见于《左传》成公二年、襄公三十一年、昭公元年、昭公二十四年以及《国语》的《周语下》《周语中》《郑语》，亦见于《礼记·坊记》《墨子·兼爱下》《墨子·非命上》《孟子·滕文公下》《孟子·万章上》《荀子·议兵》《管子·法禁》等战国诸子类文献。

续表

	引"《书》曰"	引《虞书》	引《夏书》	引《商书》	引《周书》	引《郑书》	引具体篇题
闵公							
僖公			2次（1次出自"君子"语）		2次		《康诰》1次
文公		1次	1次	1次			
宣公					2次		
成公			1次	1次	3次		《大誓》1次（出自"君子"语）
襄公	5次（1次出自"君子"语）		5次（1次出自"君子"语）	1次（出自"君子"语）	1次	1次	《大誓》1次、《夏训》1次
昭公	2次		2次		1次	1次	《大誓》2次、《康诰》1次
定公							《康诰》1次
哀公			2次（1次出自"君子"语）				《盘庚之诰》（见于叙述文字）

由表1可知，春秋时人对《书》类文献的频繁称引，开始于鲁僖公时期。在僖公之前，仅有鲁庄公1次。[1]春秋时期的赋诗传统，亦与此相呼应。《左传》中贵族赋诗记录的集中出现，始于鲁僖公二十三年（前637年）重耳、秦穆公赋诗，同样是在鲁僖公时期。当然，《诗》《书》的集中引用始于鲁僖公时期，并不意味着这两种典籍在此时才正式结集。《诗》《书》的结集当在此之前，但贵族阶层在社会交际中运用《诗》《书》的风气，很可能在鲁僖公前后才广泛兴起。从《左传》看，人们对《书》类文献具体篇题的称引，最晚出现于鲁僖公三十三年（前627）。在《国语》一书中，除了时代较有争议的《郑语》记

1 "君子曰"等"君子"之语系出自《左传》编纂者之口，非春秋时期的史料。

载了两周之际史伯所称引的《泰誓》[1]，其他几条对《汤誓》《太誓》《大誓》篇题的引述均不早于鲁僖公时期。

《书》中的命、诰、誓等文本，属于仪式性文本，具有文书性质。这些文本"藏于盟府"（《左传》僖公五年）之后，史官是否会添加篇题以便查阅，尚无线索可循。结合《左传》《国语》的记载，以及先秦的篇题制度，不难推知在《书》实现经典化并被人们广泛称引之后，篇题才有可能被正式确定下来。《书》类文献篇题的确立，应不早于春秋时期。如果春秋之前《书》类文献的篇题尚未确立，那么显然难以根据这些篇题讨论商代至西周的文体命名观念。

再来看第二个问题，即《书》类文献的篇题是否可以体现文体称名。

《书》类文献篇题的命名存在多种形式，诸如《金縢》《君牙》之类纯名词性的篇题显然不能体现文体称名。至于前人所谓"六体""十体"的归纳，亦多有可商之处："贡""征""范"在《尚书》篇题中仅各出现 1 次，并不具备可重复性，很难说是文体称名；有的篇题末字无法拆解，其文体归属便成为问题，故陆德明《经典释文》从"正""摄"两方面来分析"六体"[2]；有的篇题虽然带有同样的末字，但不能视作同一种文体，如孔颖达将《顾命》归入"命"，但"顾命"与狭义的命体并不能等同[3]。

后世学者或沿承"六体"之说，或跳出"六体"的拘囿，抛开篇题末字，

1 顾颉刚认为这段记述属于春秋末或战国初人依托史伯的预言，见《祝融族诸国的兴亡——周公东征史事考证四之六》，《燕京学报》新 8 期，北京大学出版社，2000，第 1—58 页。谷口满也认为这一记述出自后人依托，见《"层累地造成的中国古史"观的去向——楚国建国传说的初步剖析》，中国社会科学院历史研究所、中山大学历史系合编：《纪念顾颉刚先生诞辰一百一十周年论文集》，中华书局，2004，第 335 页。《国语 · 郑语》的成书地域和时代存在争议，有学者认为《郑语》出自楚地，撰写时间不晚于战国后期，参见邱锋：《论〈国语 · 郑语〉产生的地域和时代》，《甘肃社会科学》2007 年第 2 期，第 124 页。

2（唐）陆德明：《经典释文》卷 3，上海古籍出版社，1985，第 140 页。根据宋人熊朋来的说法，所谓"正"，指"有其义而正有其名"，如属于"典"的《尧典》《舜典》；所谓"摄"，指"无其名而附其义"，如属于"典"的《禹贡》《洪范》《汩作》《九共》《槁饫》，指篇题未反映文体的篇章。见《五经说》卷 2，《影印文渊阁四库全书》第 184 册，第 272 页。

3 程浩：《从出土文献看〈尚书〉的体裁与分类》，《文艺评论》2017 年第 3 期，第 34 页。

提出各自的《尚书》文体分类及命名方案。[1] 伪孔安国《尚书序》的“六体”说，已有学者指出是魏晋以来文体论兴盛背景下的产物。[2] 从伪孔安国《尚书序》到后来的种种归纳方案，都是从后人视角出发，带有一定的主观性，并不能客观反映先秦的文体分类及命名观念。

以下试以“六体”为例，梳理《书》类文献相应篇题在文献中的分布情况：

表 2 《书》类文献“六体”篇题分布一览表

《尚书》“六体”	篇名	见于《左传》《国语》称引	见于其他先秦古书称引	见于清华简固有篇题	见于《书序》篇题	见于伏生所传今文《尚书》二十八篇篇目	见于孔壁所出逸《书》十六篇篇目	见于梅赜所献伪古文二十五篇篇目
典	《尧典》		《孟子·万章上》		√	√		
	《帝典》(即《尧典》)		《礼记·大学》					
	《舜典》				√		√	
谟	《大禹谟》				√		√	√
	《皋陶谟》				√	√		
训	《伊训》		《孟子·万章上》		√		√	√
	《夏训》	《左传》襄公四年						
	《高宗之训》				√			
诰	《汤诰》				√		√	√
	《盘庚之诰》	《左传》哀公十一年						

1 陈梦家将《尚书》文体分为诰命、誓祷、叙事三大类，见《尚书通论》（增订本），中华书局，1985，第 309—310 页。钱宗武分为典、诰、誓、命四类，见《尚书入门》，贵州人民出版社，1991，第 24 页。程浩则分为训诰、册命、誓祷三类，见《从出土文献看〈尚书〉的体裁与分类》，《文艺评论》2017 年第 3 期，第 30 页。

2 朱岩：《〈尚书〉文体研究》，扬州大学博士学位论文，2008，第 14 页。

续表

《尚书》“六体”	篇名	见于《左传》《国语》称引	见于其他先秦古书称引	见于清华简固有篇题	见于《书序》篇题	见于伏生所传今文《尚书》二十八篇篇目	见于孔壁所出逸《书》十六篇篇目	见于梅赜所献伪古文二十五篇篇目
诰	《康诰》	《左传》定公四年、《左传》僖公三十三年、《左传》昭公二十年	《礼记·大学》《礼记·缁衣》《孟子·万章下》《荀子·富国》《韩非子·说林上》		√	√		
	《唐诰》	《左传》定公四年						
	《大诰》				√	√		
	《酒诰》				√	√		
	《召诰》				√	√		
	《洛诰》				√	√		
	《康王之诰》				√			
	《尹吉(告)》		《礼记·缁衣》					
	《尹诰》		郭店简、上博简《缁衣》					
	《仲虺之告》		《墨子·非命上》《墨子·非命中》《墨子·非命下》					
	《仲虺之诰》				√			√
誓	《禹誓》		《墨子·兼爱下》《墨子·明鬼下》					
	《甘誓》				√	√		

续表

《尚书》“六体”	篇名	见于《左传》《国语》称引	见于其他先秦古书称引	见于清华简固有篇题	见于《书序》篇题	见于伏生所传今文《尚书》二十八篇篇目	见于孔壁所出逸《书》十六篇篇目	见于梅赜所献伪古文二十五篇篇目
誓	《汤誓》	《国语·周语上》	《墨子·尚贤中》《孟子·梁惠王上》		√	√		
	《泰誓》	《国语·郑语》	《墨子·兼爱下》《孟子·万章上》《荀子·议兵》《管子·法禁》		√			√
	《太誓》(即《泰誓》)	《国语·周语中》	《墨子·非命上》《墨子·非命中》《墨子·非命下》《孟子·滕文公下》					
	《大誓》(即《泰誓》)	《左传》成公二年、《左传》襄公三十一年、《左传》昭公元年、《左传》昭公二十四年、《国语·周语下》	《墨子·尚同下》《礼记·坊记》					
	《牧誓》				√	√		
	《费誓》				√	√		
	《秦誓》		《礼记·大学》		√	√		

续表

《尚书》“六体”	篇名	见于《左传》《国语》称引	见于其他先秦古书称引	见于清华简固有篇题	见于《书序》篇题	见于伏生所传今文《尚书》二十八篇篇目	见于孔壁所出逸《书》十六篇篇目	见于梅赜所献伪古文二十五篇篇目
命	《说命》				√			√
	《兑命》(即《说命》)		《礼记·缁衣》《礼记·文王世子》《礼记·学记》					
	《傅说之命》(即《说命》)			√				
	《封许之命》			√				
	《肆命》						√	
	《原命》						√	
	《冏命》(即《臩命》)				√		√	√
	《文侯之命》				√	√		
	《微子之命》				√			√
	《蔡仲之命》				√			√
	《毕命》				√			√

《书》类文献篇题的出处，大致可分为以下三类：

1. 传世先秦文献所称引。虽然不能排除传世先秦文献经过后人改动，但它们对《书》类文献篇题的称引，相对传世《尚书》篇目来说更能反映《书》类文献篇题在先秦的实际情形。这些称引《书》类文献篇题的先秦文献，又大致分为两种：其一为《左传》《国语》，大致可反映春秋时期的情况；其二为战国诸子文献，大致可反映战国时期的情况。

2. 清华简《书》类文献的固有篇题。清华简保存了一批战国时代的《书》类文献抄本，其中有些篇章抄写有篇题。这些篇题作为先秦时期《书》类文献篇题的直接佐证，弥足珍贵。

3. 传世《尚书》篇目的篇题。包括《书序》篇目、伏生所传今文《尚书》二十八篇篇目、孔壁所出逸《书》十六篇篇目、梅赜所献伪古文二十五篇篇目所保存的篇题，这些篇题出现的时间难以确定，不能轻易视作先秦《书》类文献的固有篇题。《文侯之命》的篇题不见于传世先秦文献称引，却与清华简《傅说之命》《封许之命》的篇题形式相近，《礼记·缁衣》所引《太甲》《甫（吕）刑》《君雅（牙)》《君陈》等篇题亦与传世《尚书》篇题相合，说明《书序》等文献的篇目亦当渊源有自。

据表 2 所示，《尧典》《舜典》《大禹谟》《皋陶谟》的篇题并不见于《左传》《国语》的称引。这并不意味着这些篇章在春秋时期不存在。《左传》文公十八年记大史克语："故《虞书》数舜之功，曰'慎徽五典，五典克从'，无违教也。曰'纳于百揆，百揆时序'，无废事也。曰'宾于四门，四门穆穆'，无凶人也。"此处《虞书》，指的便是《尧典》。但由于缺乏明确的记录，春秋时期是否存在《尧典》《舜典》《大禹谟》《皋陶谟》的篇题，难以确定。即便是在战国时期，《尧典》还有《帝典》的别称，意味着其篇题尚未完全定型。就词义而言，"典"指重要的文献，"谟"训"谋"，前者强调文献的重要性，后者撮述文义，因而都很难被视作文体称名。

"六体"之中，相对可靠并对后世产生后续影响的文体称名有"训""诰""誓""命"。如本章第一节所述，西周的铜器铭文中与文体有关的行为方式主要有"诰""告""誓""命"。"典""谟""训""诰""誓""命"这六体，在《周书》中只有"诰""誓""命"这三体。而清华简《四告》以及《尚书·金縢》中的册祝之辞，均属于告神之"告"。如此一来，西周的《书》类文献可与西周铜器铭文相参证的主要文体有"诰""告""誓""命"。《虞书》《夏书》《商书》

都很难说是虞、夏、商时期的实录，只有属于《周书》的篇章，其写作时代相对可靠，基本来自西周的仪式性文本，故可大致反映春秋之前文体分化的情形。

《书》类文献篇题中的“训”和“典”，皆用作名词。至于篇题中的“诰”“告”“誓”“命”，则不可一概而论。于雪棠将这些词均理解作动词或动词性词组。[1]准此，则这些词尚未成为真正的文体称名。汉语的名词与动词之间常存在转化的关系，当其语法位置为主语或宾语时，便要视作名词或名词性词组。由于篇题并非完整的句子，因此篇题中的“诰”“告”“誓”“命”究竟用作名词还是动词，往往难以确定。不过在一些篇题中，这些过去被视作文体称名的词实际上只能理解作动词。

如《大诰》的篇题，取自文中的“猷，大诰尔多邦……”，“大诰”之“诰”作动词解。《康诰》《酒诰》《召诰》《洛诰》诸篇的得名，亦与篇中作为行为方式的“诰”有关。

再如《尹告》的篇题，根据清华简本所揭示的内容，实际上来自“挚（即伊尹）告汤曰”[2]一语，“尹告”指的是伊尹“告”汤。

再如《说命》或《傅说之命》的篇题，得自篇中武丁“命”傅说的行为，即清华简《傅说之命》上篇的结尾“王用命说为公”，以及下篇的“余惟命汝说庸朕命”[3]。但《傅说之命》主要内容为武丁的诰辞，并未涉及真正的“命”——册命之文。“命”只是仪式背景，并不能体现该篇的文体。

清华简《摄命》当即业已亡佚的《冏命》[4]，但该篇主要是册命仪式上的诰辞，

1 于雪棠：《〈尚书〉文体分类及行为与文本的关系》，《北方论丛》2006年第2期，第8页。又见于雪棠：《先秦两汉文体研究》，北京师范大学出版社，2012，第27页。

2 清华大学出土文献研究与保护中心编，李学勤主编：《清华大学藏战国竹简》（壹），中西书局，2010，第128页。

3 清华大学出土文献研究与保护中心编，李学勤主编：《清华大学藏战国竹简》（叁），中西书局，2012，第122、128页。

4 贾连翔：《“摄命”即〈书序〉“䢅命”“冏命”说》，《清华大学学报》（哲学社会科学版）2018年第5期，第49页。

并未见册命之文[1]。正如《傅说之命》，其篇题的“命”体现的是总体的仪式情境，即结尾的册命仪式，并不能准确反映其文体。

从以上例证看，《书》类文献篇题中的“诰”“告”“誓”“命”，原先都应该是表示行为方式的动词，亦即“主题 / 人物 / 地点 + 行为方式”的篇题形式。

其他《书》类文献的篇题亦可相验证。先秦的原本《胤征》并未流传至今，但《书序》与《史记・夏本纪》皆言“胤往征之，作《胤征》”[2]，“征”是动词。《逸周书・程寤》（清华简亦有相应的文本）篇题中的“寤”，取自篇中的“寤惊”，亦为动词。[3]经学者考证，《逸周书・世俘》才是真正的《武成》[4]，“武成”取自首句“维四月乙未日，武王成辟”，“成”亦为动词。可见“主题 / 人物 / 地点 + 行为方式”的篇题形式习见于《书》类文献。

除了《大禹谟》和《皋陶谟》这两个不见于先秦文献称引的篇题，上述表格中的篇题均为二字或四字。当表示行为方式的词之前的名词（主题 / 人物 / 地点）为两字时，便在中间添一“之”字，表现为“主题 / 人物 / 地点 + 之 + 行为方式”的四字题篇形式。之所以加“之”字，当是为了协调音节。在添加“之”字之后，亦即构成“NP+ 之 +VP”的结构时，谓词性的主谓结构便会转变为名词性的偏正结构。[5]类似的情况亦见于《左传》：

宣公十二年云：“箴之曰：‘民生在勤，勤则不匮。’”襄公四年云：“官箴王阙。”上述辞例的“箴”均为动词。襄公四年“官箴王阙”的下文作：“于虞人之箴曰：‘芒芒禹迹，画为九州，经启九道。民有寝、庙，兽有茂草；各有攸

---

1 陈民镇：《试论册命之“书”的体例及〈摄命〉的性质》，见《出土文献综合研究集刊》第 13 辑，巴蜀书社，2021，第 101—123 页。

2（汉）司马迁：《史记》卷 2《夏本纪》，中华书局，1959，第 85 页。

3 有学者认为“寤”是一种文体，见马智全：《清华简〈程寤〉与〈书〉类文献“寤”体略探》，《鲁东大学学报》（哲学社会科学版）2015 年第 1 期。这实际上是从篇题归纳而来。

4 李学勤：《〈世俘〉篇研究》，《史学月刊》1988 年第 2 期，第 1 页。

5 参见陈梦韶：《古代汉语的词性变化》，《文科教学》1982 年第 3 期，第 38 页；朱德熙：《关于先秦汉语里名词的动词性问题》，《中国语文》1988 年第 2 期；胡裕树、范晓：《动词形容词的“名物化”和“名词化”》，《中国语文》1994 年第 2 期，第 81 页。

处，德用不扰。在帝夷羿，冒于原兽，忘其国恤，而思其麀牡。武不可重，用不恢于夏家。兽臣司原，敢告仆夫。'虞箴如是，可不惩乎？""虞人之箴"已经是名词性词组，"箴"是作为文体存在的。"虞人之箴"还可简写作"虞箴"，亦为名词性词组。

襄公四年云："国人诵之曰：'臧之狐裘，败我于狐骀。我君小子，朱儒是使。朱儒朱儒，使我败于邾。'"襄公三十年云："从政一年，舆人诵之曰：'取我衣冠而褚之，取我田畴而伍之。孰杀子产，吾其与之！'"上述辞例的"诵"均为动词。僖公二十八年云："楚师背酅而舍，晋侯患之。听舆人之诵曰：'原田每每，舍其旧而新是谋。'"此句的"舆人之诵"则为名词性词组。

《书》类文献"主题 / 人物 / 地点 + 之 + 行为方式"的四字题篇形式，尽管最初可能还是为了强调某种行为方式，但"盘庚之诰""康王之诰""封许之命""文侯之命"中的"诰"和"命"显然极易被理解作名词性的文体称名。在类似的篇题中，有的无疑要视作名词性词组。如《逸周书·顾命》在清华简中有相对应的文本，清华简本有"祭公之顾命"这样的固有篇题，该篇题又见于《礼记》本、郭店简本、上博简本《缁衣》所引[1]，"顾命"是作为名词且是文体称名存在的。《尚书·金縢》在清华简中亦有相对应的文本，清华简本有"周武王有疾周公所自以代王之志"这样的固有篇题，"之志"也具有名词性。类似的还有《左传》襄公三十年所引《仲虺之志》(《墨子·非命》引作《仲虺之告（诰）》)、成公四年所引《史佚之志》。清华简《周公之琴舞》有"周公之琴舞"的固有篇题，另有"周公之颂诗"一题，误书于《芮良夫毖》简 1 的简背[2]，无论是"琴舞"还是"颂诗"，都是名词性的文体称名。不过，清华简《傅说之命》虽以"命"为题，文体却非《封许之命》《文侯之命》那样的册命之文，可见"傅

---

1 《礼记》本《缁衣》引作《叶公之顾命》。

2 清华大学出土文献研究与保护中心编，李学勤主编：《清华大学藏战国竹简》（叁），中西书局，2012，第 132 页。

说之命”之“命”并不能反映该篇的文体特征。这种复杂性，呈现出由行为方式向文体称名转变的过渡特征。

《书》类文献的篇题在流传的过程中，不排除经过后人的改动。今本《礼记·缁衣》所引《尹吉》，“吉”为“告”之讹，故当作《尹告》。郑玄曾指出：“‘吉’当为‘告’，‘告’，古文‘诰’，字之误也。《尹告》，伊尹之诰也。”[1]然而根据先秦的用字习惯，“诰”写作“寡”，无由讹作“告”。从清华简《尹诰》看[2]，《尹告》的篇题得自篇中的“挚告汤曰”一语，可进一步证明篇题当以“告”为是。若作《尹诰》，则与商汤与伊尹的君臣关系不符，伊尹告汤之语不应为表示上告下的“诰”。然而战国晚期的郭店简及上博简本《缁衣》均引作《尹寡（诰）》，一个可能的解释是，当时人们受到《盘庚之诰》之类篇题的影响，已将“诰”视作一种文体称名，且已不理解《尹告》的得名依据。这种改动，也可在一定程度上体现战国晚期的文体命名观念。类似的还有《仲虺之诰》。《墨子·非命》上中下三篇均引作《仲虺之告》，仲虺是臣，作“告”更恰如其分。该篇之所以又被称作《仲虺之诰》，也当是受到《盘庚之诰》之类篇题的同化，而模糊了文体的界限。

《兑（说）命》与《傅说之命》之间的差异亦值得注意。《礼记·缁衣》《礼记·文王世子》《礼记·学记》引作《兑（说）命》，其中《缁衣》一般认为是孔子裔孙子思所作，时代在战国早期。考虑到清华简《傅说之命》属于战国中晚期的抄本，我们不能排除一种可能，即《兑（说）命》是更早的篇题，“命”原为动词，后人或出于对“命”这一文体的认识，以及受到《封许之命》之类篇题的影响，将其扩展为《傅说之命》这样的篇题。限于材料，难以质言。

至于《尧典》《帝典》《夏训》这样的篇题，由于“典”“训”的名词性更

1（唐）孔颖达：《礼记正义》卷55《缁衣第三十三》，见（清）阮元校刻：《十三经注疏》，中华书局，1980，第1648页。

2 清华简《尹诰》原无篇题，篇题系整理者据《缁衣》所引篇题添加。但从该篇内容以及《礼记·缁衣》所引篇题看，当以《尹告》为宜。

为明显，故可能也会影响人们对其他《书》类文献篇题的认识，自然而然将“诰”“告”“誓”“命”也理解作名词，从而带来趋同的效应。

总之，《书》类文献的篇题不可一概而论，其中的“诰”“誓”“命”最初应表示行为方式，后向文体称名转变，已有“以体命题”的意味。春秋战国时人对《书》类文献的称引，愈加巩固“诰”“誓”“命”作为文体称名的意义，文体命名观念也得以进一步走向成熟。

第二节 《诗》《书》文体的模拟与革新

战国之世，《诗》《书》作为经典的地位已完全确立。该时期值得注意的新现象是知识阶层在研习《诗》《书》的基础上，创作出模拟《诗》《书》文体的篇章，这种模拟行为表明当时人们对《诗》《书》的文体体式已有较明晰的认识，反映了文体观念的逐步自觉。吕逸新曾论述过汉代拟作的文体学意义，认为汉代拟作（如拟骚、拟七体等）促进了文体的定型，也促进了文体的革新，是一个“尊体”与“破体”相互交织的过程。[1] 杨东林也强调，汉代文体的模拟表明一种文体的成熟和稳定，也就说明人们对某一文类有了明确的观念和认识。[2] 事实上，文体模拟的现象尚可进一步上溯至汉代之前。尤其是新出战国简牍提供的新线索，使得讨论战国时期的文体模拟现象成为可能。战国时期的文体模拟同样反映了“尊体”与“破体”的交织，并体现出自身的时代特点。

一、对《诗》文体的模拟

上博简第四辑收录了两首逸诗，原无篇题，整理者分别拟题为《交交鸣乌》与《多薪》，其文如下：

---

1 吕逸新：《汉代拟作的文体意义》，《山东师范大学学报》（人文社会科学版）2010 年第 4 期，第 41 页。
2 杨东林：《汉代文体观念论略》，《济南大学学报》（社会科学版）2016 年第 5 期，第 52 页。

〔交交鸣乌，集于中〕梁。恺悌君子，若玉若英。君子相好，以自为长。恺美是好，〔惟心是〕□。〔间关谋治〕，偕华偕英。

交交鸣乌，集于中渚。恺悌君子，若豹若虎。君子〔相好〕，〔以自为〕□。恺美是好，惟心是藇。间关谋治，偕上偕下。

交交鸣乌，集于中厉。恺〔悌君子〕，〔若〕□〔若〕贝。君子相好，以自为卫。恺美是好，惟心是励。间关谋治，偕小偕大。[1]

□□□□，□□□□。兄及弟斯，鲜我二人。

多薪多薪，莫如萑苇。多人多人，莫如兄〔弟〕。

〔多薪多薪，莫如〕□□。〔多人多人，〕莫如同姓。

多薪多薪，莫如松梓。多人多人，莫如同父母。[2]

不难看出，《交交鸣乌》《多薪》的体式颇近于《诗经》的一些篇章，它们与《诗经》如此相似，究竟是未被《诗经》收录的早期诗篇（成篇于西周至春秋），还是出于战国时人的模拟呢？目前学者多持后一种说法。如曹建国认为《交交鸣乌》无论是从语言中的隐喻，它的用语，还是它的句法结构模式，其文体特征都呈露出《雅》诗的印迹，系楚人模仿《诗经》的作品。[3] 季旭昇认为《交交鸣乌》中“岂弟君子”的身份应该是王侯，并从乐府诗中证明本诗首句的“交交鸣乌”应该是“兴”人民心向君王，从而论定本诗应该是楚国贵族赞美楚王的作品，该诗赞美的对象以楚庄王的可能性最大。廖名春认为《多薪》系楚地之作。[4] 常佩雨指出，《交交鸣乌》与《多薪》都应是战国时期楚国人模拟《诗

1　释文参见马承源主编：《上海博物馆藏战国楚竹书》（四），上海古籍出版社，2004，第 174—177 页；俞绍宏、张青松编著：《上海博物馆藏战国楚简集释》第 4 册，社会科学文献出版社，2019，第 26—45 页。

2　释文参见马承源主编：《上海博物馆藏战国楚竹书》（四），上海古籍出版社，2004，第 177—178 页；俞绍宏、张青松编著：《上海博物馆藏战国楚简集释》第 4 册，社会科学文献出版社，2019，第 46—53 页。

3　曹建国：《楚简逸诗〈交交鸣鳶〉考论》，《考古与文物》2010 年第 5 期，第 89 页；《楚简与先秦〈诗〉学研究》，武汉大学出版社，2010，第 218—221 页。

4　廖名春：《楚简“逸诗”〈多薪〉补释》，《文史哲》2006 年第 2 期，第 27 页。

经》的作品。[1]

以上学者所提出的一些证据，有的尚不能坐实《交交鸣乌》《多薪》系楚人拟作。“交交鸣乌”的“乌”写作“鴦”，曹建国认为“鴦”当读作“鷖”，系凤凰类的鸟，而凤凰是楚人崇拜的神鸟，常佩雨认同此说。此说的问题有二：其一，对凤鸟的崇拜，不限于楚人，商人、周人皆有凤鸟崇拜；其二，从古音及用字习惯看，“鴦”当以读作“乌”为宜，清华简《赤鹄之集汤之屋》所见“鴦”便读作“乌”[2]。廖名春认为《多薪》的字体为楚文字，从《墨子·公输》“荆有长松、文梓、楩柟、豫章”的记载看，松、梓为楚地有代表性的良木，这显非偶然，应该是楚地特色的表现，曹建国亦有类似的看法。不过，楚简所抄录的文献未必是楚人所作；松、梓确为楚地常见的良木，但古人对松、梓颇为熟悉，在《诗经》中不乏其例，因而也难以据此认定《多薪》是楚人作品。

吴洋指出，《多薪》的楚文学的风格并不明显，其词句和谋篇几乎均承自《诗经》，对于此诗到底是楚人所作还是从中原流传到楚国的问题，恐怕还需要更多的资料才能作出比较确定的分析。[3]尽管他对上博简逸诗是否由楚人所作持怀疑态度，但也承认逸诗对《诗经》的因袭。上博简逸诗与《诗经》相契合的词句，如表 3 所示：

表 3　上博简逸诗与今本《诗经》诗句对比

上博简逸诗诗句	今本《诗经》诗句
交交鸣乌	交交黄鸟（《诗·秦风·黄鸟》） 交交桑扈（《诗·小雅·小宛》《诗·小雅·桑扈》） 雝雝鸣雁（《诗·邶风·匏有苦叶》）

1 常佩雨：《上博简逸诗〈交交鸣鷖〉新论》，《河南社会科学》2012 年第 6 期，第 81 页；《上博简逸诗〈多薪〉考论》，《河南师范大学学报》（哲学社会科学版）2012 年第 1 期，第 174 页。

2 清华大学出土文献研究与保护中心编，李学勤主编：《清华大学藏战国竹简》（叁），中西书局，2012，第 167 页。

3 吴洋：《上博（四）〈多薪〉诗旨及其〈诗经〉学意义》，《文学遗产》2013 年第 6 期，第 49 页。

续表

上博简逸诗诗句	今本《诗经》诗句
集于中梁	集于中泽（《诗・小雅・鸿雁》） 在彼淇梁（《诗・卫风・有狐》）
集于中渚	凫鹥在渚（《诗・大雅・凫鹥》）
集于中厉	在彼淇厉（《诗・卫风・有狐》）
交交鸣乌，集于中梁。	鸿雁于飞，集于中泽。（《诗・小雅・鸿雁》） 黄鸟于飞，集于灌木。（《诗・周南・葛覃》） 肃肃鸨羽，集于苞栩。（《诗・唐风・鸨羽》） 交交黄鸟，止于棘。（《诗・秦风・黄鸟》） 营营青蝇，止于樊。（《诗・小雅・青蝇》） 绵蛮黄鸟，止于丘阿。（《诗・小雅・绵蛮》）
恺悌君子	岂弟君子（《诗・小雅・湛露》《诗・小雅・青蝇》《诗・大雅・旱麓》《诗・大雅・泂酌》《诗・大雅・卷阿》）
君子相好	兄及弟矣，式相好矣，无相犹矣。（《诗・小雅・斯干》） 乃如之人兮，逝不相好。（《诗・邶风・日月》）
若玉若英 / 若豹若虎 / 若□若贝	如山如河（《诗・鄘风・君子偕老》） 如金如锡，如圭如璧。（《诗・卫风・淇奥》） 如山如阜，如冈如陵。（《诗・小雅・天保》）
间关谋治	间关车之舝兮（《诗・小雅・车舝》）
多薪多薪	翘翘错薪（《诗・周南・汉广》） 扬之水，不流束薪。（《诗・郑风・扬之水》）
兄及弟斯，鲜我二人。	终鲜兄弟，维予二人。（《诗・郑风・扬之水》）
莫如萑苇	萑苇淠淠（《诗・小雅・小弁》）
莫如兄弟	凡今之人，莫如兄弟。（《诗・小雅・常棣》）
莫如同姓	岂无他人？不如我同姓。（《诗・唐风・杕杜》）
莫如同父母	岂无他人？不如我同父。（《诗・唐风・杕杜》）

虽然《史记・孔子世家》称“古者诗三千余篇，及至孔子，去其重”[1]，但在《左传》一书中，定公十年（前500年）之前引用与今本《毛诗》相合者123首232次，今本《毛诗》之外的逸诗仅有8首8次[2]，说明形成于西周至春秋、未被《诗三百》收录但又被知识阶层研习的“逸诗”并不多见。《交交鸣乌》《多

1（汉）司马迁：《史记》卷47《孔子世家》，中华书局，1959，第1936页。

2 俞志慧：《君子儒与诗教：先秦儒家文学思想考论》，生活・读书・新知三联书店，2005，第4—5页。

薪》的词句与《诗经》有不少相合之处，有的用语多见，如“恺悌君子”，系《诗经》习语，有的则仅见于某一诗篇。尤其是《多薪》一诗，与《郑风·扬之水》《小雅·常棣》《唐风·杕杜》的表述高度契合，却少有自己独有的文字。由于《扬之水》诸诗的表述自出机杼，并非格套，那么《多薪》与它们在用语上的契合就很难用偶然来解释了。此外，《多薪》的诗旨与《扬之水》诸诗亦颇相合，主要涉及兄弟姻亲的关系。《多薪》将松梓意象与“同父母”相联系，容易令人联想到《小雅·小弁》的“维桑与梓，必恭敬止。靡瞻匪父，靡瞻匪母”，取义有相近之处。[1] 与《诗经》中的诗篇相比，《交交鸣乌》《多薪》在表述上不够自然流畅，形式上也更为刻板。综合以上因素考虑，《交交鸣乌》与《多薪》系战国时人对《诗经》的拟作完全是可能的。至于是否出自楚人的手笔，则有待更多材料的验证。

再看清华简《耆夜》的逸诗。《耆夜》记载周武王伐耆凯旋之后，在文王宗庙举行饮至礼。在饮至礼的仪式上，武王和周公共赋了五首诗，其中武王酬毕公、周公各一首，周公酬毕公、武王各一首，周公见蟋蟀而赋诗一首。周公所赋《蟋蟀》，与《唐风·蟋蟀》极为相近，而略有出入。此外的四首诗，则是前所未见的逸诗：

乐乐旨酒，宴以二公。紝夷兄弟，庶民和同。方壮方武，穆穆克邦。嘉爵速饮，后爵乃从。

輶乘既饬，人服余不胄。𦹡士奋刃，緊民之秀。方壮方武，克燮仇雠。嘉爵速饮，后爵乃复。

英英戎服，壮武赳赳。毖精谋猷，裕德乃究。王有旨酒，我忧以浮。既醉又侑，明日勿慆。

明明上帝，临下之光。丕显来格，歆厥禋盟。于……月有成辙，岁有

1 吴洋：《上博（四）〈多薪〉诗旨及其〈诗经〉学意义》，《文学遗产》2013年第6期，第49页。

枭行。作兹祝诵，万寿无疆。[1]

已有学者指出《耆夜》具有演义色彩，是战国时期楚地士人虚拟的一篇诗教之文[2]，甚至具有“小说”的性质[3]，因而《耆夜》中出现的几首逸诗均属于战国时人的拟作[4]。根据陈致的研究，像上述四首逸诗这种成熟的四言体，实际上是西周中晚期才逐步确立的，因而这四首诗不大可能是西周晚期以前的作品，那么说它们是武王、周公所作或所赋便难以谈起；至于与《诗经·唐风·蟋蟀》极为相近的《蟋蟀》，在用韵上表现出铎药两部合韵的现象，而这是战国时期的语音特征，不见于《诗经》，也不见于其他战国之前的文献，这也是清华简《蟋蟀》及其他古佚诗属于战国时期的一个很重要的证据，至少是经过战国时期的文人加以编辑改订的。[5]曹建国有类似的看法，他指出四言体在西周中晚期才定型，像“万寿无疆”这样的祝嘏之词也是西周中期之后兴起的。[6]由此看来，《耆夜》的四首逸诗当为战国时人的拟作，《蟋蟀》则出自战国时人的改编。四首逸诗有意模仿《诗经》中的雅诗和颂诗，如“乐乐旨酒”近于《大雅·凫鹥》的“旨酒欣欣”，“王有旨酒”近于《小雅·鹿鸣》的“我有旨酒”、《小雅·正月》的“彼有旨酒，明明上帝”近于《小雅·小明》的“明明上天”、《周颂·臣工》的“明昭上帝”，“万寿无疆”见于《小雅》的《天保》《南山有台》《楚茨》《信南山》《甫田》以及《豳风·七月》。因模拟痕迹较重，有的表述显得生硬甚至

1 释文参见清华大学出土文献研究与保护中心编，李学勤主编：《清华大学藏战国竹简》（壹），中西书局，2010，第150页。

2 杜勇：《从清华简〈耆夜〉看古书的形成》，《中原文化研究》2013年第6期，第18页。

3 蔡先金：《清华简〈耆夜〉古小说与古小说家“拟古诗”》，《济南大学学报》（社会科学版）2017年第1期，第88页。有学者质疑《耆夜》乃至清华简的可靠性，认为是今人“伪作”，如姜广辉、付赞、邱梦燕：《清华简〈耆夜〉为伪作考》，《故宫博物院院刊》2013年第4期，第86页。则混淆了文献所记事件真实性与文献本身真实性的区别。

4 刘成群：《清华简〈郜夜〉与尊隆文、武、周公——兼论战国楚地之〈诗〉学》，《东岳论丛》2010年第6期，第57页；曹建国：《论清华简中的〈蟋蟀〉》，《江汉考古》2011年第2期，第110页。

5 陈致：《清华简中所见古饮至礼及〈郜夜〉古佚诗试解》，《出土文献》第1辑，中西书局，2010，第6—30页。

6 曹建国：《论清华简中的〈蟋蟀〉》，《江汉考古》2011年第2期，第110页。

不合文法，如“穆穆克邦”一句，“穆穆”后接动宾短语，但传世文献和出土文献中的“穆穆”多接名词或名词性词组，如《诗经·大雅·文王》“穆穆文王”、《诗经·鲁颂·泮水》“穆穆鲁侯”、《诗经·商颂·那》“穆穆厥声”、《逸周书·太子晋解》“穆穆虞舜”、梁十九年亡智鼎（《集成》2746，战国中期）“穆穆鲁辟”。此外《尚书·多方》有“穆穆在乃位”、《尚书·吕刑》有“穆穆在上”，“穆穆”与“在”搭配。《尔雅·释诂》云：“穆穆，美也。”《尔雅·释训》云：“穆穆，敬也。”“穆穆”形容美、庄严之貌。“穆穆克邦”中以“穆穆”形容攻克敌国，则与一般的表述不同，也不合“穆穆”的词义。

无论是上博简《交交鸣乌》《多薪》，还是清华简《耆夜》所见逸诗，均具有拟作的性质。上博简两首逸诗的拟作，当是有意模拟《诗经》文体的创作。至于《耆夜》将《蟋蟀》等诗归诸周公与周武王，则要考虑战国时人“尊古而贱今”（《淮南子·修务训》）的心理、依托古圣前王来“造作故事”[1]的风气，并要联系战国时代周公作诗传说的盛行[2]。《尚书·金縢》在《尚书》中属晚出之作[3]，该篇认为周公作《鸱鸮》，亦无实据。

《交交鸣乌》《多薪》每章均以物起兴[4]，为标准的四言体，并谨守重章叠句的章、句结构，在形式上如此谨严、刻板的诗篇在《诗经》中并不多见。这两首诗还较多袭用《诗经》中的现成词句，试图在最大程度上接近《诗经》。可见，模仿者对《诗经》中某些篇章的文体特征有较清楚的认识，并刻意遵循。《耆夜》中的逸诗则并非独立存在，而是依附于具体的故事，篇中的逸诗便类似于历史小说中的对白。除了完全遵循四言的体式，作者还有意融入一些典雅古朴的仿

1 余嘉锡：《目录学发微　古书通例》，中华书局，2007，第252—264页。

2 刘立志：《周公作诗传说的文化分析》，《南京师大学报》（社会科学版）2010年第2期，第141页。

3 刘起釪认为，《金縢》中的周公祝辞部分是可靠的西周初年文献，叙事文字则系东周史官增益。见顾颉刚、刘起釪：《尚书校释译论》，中华书局，2005，第1253页。

4 其中《多薪》第一章残缺，学者多认为第一句亦为“多薪多薪”。不过亦有学者提出质疑，参见蔡根祥：《〈上博（四）〉逸诗〈多新〉再论》，《传统中国研究集刊》第6辑，上海人民出版社，2009，第22页。

古词汇，试图更加贴近早期诗歌的语体，但诸如“穆穆”这样词汇的运用，则容易露出模拟的破绽。

二、对《书》文体的模拟

何为《书》，什么文献可以归入《书》类文献，自清华简公布以来，学界多有异说。[1] 对于春秋战国时期的人而言，狭义的《书》指的是前代之书，亦即商周时期的书面文本。其成篇时代或主人公生存时代相对较早，内容主要为记言（主要是王言）的仪式性文本，因而后人将其视作“上古之书”。由于《书》并非封闭的文献，因而时代相对较晚的文献也可以纳入进来。这些相对晚出的文献，或着眼于“上古”，而忽略了文体，如《尧典》《金縢》以及清华简《傅说之命（上）》等篇章，讲述商周甚至更早史事，但文体与狭义的“书”不同，有更多叙事的内容；或着眼于“书”的文体特征，而忽略了史事发生的时代，如《秦誓》为秦穆公的誓词，已进入春秋时期，此外，《左传》襄公三十年、昭公二十八年记有《郑书》，《礼记·大学》记有《楚书》，也很难说是“上古之书”。这些相对晚出的“书”，并不能同时满足“上古”与“书”两个条件，故而引出后人有关“书”类文献内涵的种种歧见。

学界多相信《尚书》中《尧典》《皋陶谟》《禹贡》《金縢》诸篇的写作时代偏晚，甚至晚至战国。《尧典》为大史克所引（见《左传》文公十八年），说明它至迟在春秋时期业已成篇。《金縢》中至少叙事部分的内容，应作于战国时期。但这几篇相对晚出的篇章，恰恰与狭义的“书”的文体不合，并不能视

1 Sarah Allan, “On *Shu* 書 (Documents) and the Origin of the *Shang shu* 尚書 (Ancient Documents) in Light of Recently Discovered Bamboo Slip Manuscripts,” *Bulletin of the School of Oriental and African Studies*, University of London, Vol. 75, No. 3 (2012), pp.547–557；程浩：《“书”类文献辨析》，见《出土文献》第 8 辑，中西书局，2016，第 139—145 页；刘光胜：《同源异途：清华简〈书〉类文献与儒家〈尚书〉系统的学术分野》，《中国高校社会科学》2017 年第 2 期，第 116 页；李锐：《清华简第九册〈成人〉篇为〈尚书〉类文献说》，《史学史研究》2020 年第 2 期，第 1 页；冯胜君：《清华简〈尚书〉类文献笺释》，上海古籍出版社，2022。

其为拟作。典型的拟作，应是清华简中最早公布的《保训》。其文曰：

惟王五十年，不豫。王念日之多历，恐坠宝训。戊子，自靧水。己丑，昧〔爽〕□□□□□□□□□□。〔王〕若曰："发，朕疾渐甚，恐不汝及训。昔前人传宝，必受之以詷。今朕疾允病，恐弗堪终。汝以书受之。钦哉！勿淫！昔舜旧作小人，亲耕于历丘，恐，求中。自稽厥志，不违于庶万姓之多欲。厥有施于上下远迩，乃易位设稽，测阴阳之物，咸顺不逆。舜既得中，言不易实变名，身兹服，惟允。翼翼不懈，用作三降之德。帝尧嘉之，用授厥绪。呜呼，祗之哉！昔微假中于河，以复有易，有易服厥罪。微无害，乃归中于河。微志弗忘，传贻子孙，至于成汤，祗服不懈，用受大命。呜呼！发，敬哉！朕闻兹不久，命未有所延，今汝祗服毋懈，其有所由矣，不及尔身受大命，敬哉！毋淫！日不足惟宿不详。"[1]

关于该篇的性质，有的学者相信成篇较早，是文王临终遗言的实录，有的学者则指出是战国时代的拟作。如李零较早指出《保训》从文辞风格看属于战国讲述的西周古史，不是当时的典谟训诰，而是拟古之作。[2]王辉指出《保训》极可能只是战国儒者代拟的周文王遗言，其理由有：《保训》提到虞舜"求中""得中"，上甲微"假中""归中"，但作为治国理念的"中"出现较晚；《保训》提到"测阴阳之物，咸顺不逆"，而辨识阴阳、顺之而行是儒家的思想观念之一；《保训》提到"易实变名"，而名、实之辨起自春秋末，盛行于战国。[3]杜勇从语言现象、阴阳观念、中道思想三个方面分析指出《保训》是战国前期假借文王名义的托古言事之作。[4]刘成群亦认为《保训》是战国儒士尊隆文、

1 释文参见清华大学出土文献研究与保护中心编，李学勤主编：《清华大学藏战国竹简》（壹），中西书局，2010，第143页；刘丽：《清华简〈保训〉集释》，中西书局，2018。

2 李零：《说清华楚简〈保训〉篇的"中"字》，《中国文物报》2009年5月20日。又见李零：《待兔轩文存·说文卷》，广西师范大学出版社，2015，第393页。

3 王辉：《清华楚简〈保训〉"惟王五十年"解》，《考古与文物》2009年第6期，第72页。

4 杜勇：《关于清华简〈保训〉的著作年代问题》，《天津师范大学学报》（社会科学版）2010年第4期，第20页。

武、周公之作。[1]从各方面的线索看，《保训》都无疑是战国时代的拟作。《保训》的文字具有齐系文字的特点[2]，因此它虽与楚简同出，却不能被视作战国楚人的拟作，而应来自齐鲁地区。

新出清华简《参不韦》简58—59云："三不韦，乃象天之刑则，秉民之中。民秽多则凶比乱，不以其情，乃恐不得其中。"[3]贾连翔已经指出《参不韦》的字体与《保训》相近，《参不韦》的内容对于准确认识《保训》之"中"及其成书，应具有启示意义。[4]《参不韦》作于战国时代，具有阴阳家的思想特征。[5]《参不韦》所说的"中"，主要是指中正之道，强调的是公平正义。《保训》之所以要依托文王以及虞舜、上甲微的故事，其动机当属余嘉锡所谓"托之古人，以自尊其道也"[6]。模仿者为了强调战国时人推崇的"中"的概念，借周文王之口，引入虞舜"求中""得中"和上甲微"假中""归中"的故事。其中上甲微"假中""归中"实际上化用自战国时代流传的上甲微"假师"传说，可参见《山海经·大荒东经》郭璞注引古本《竹书纪年》："殷王子亥宾于有易而淫焉，有易之君绵臣杀而放之，是故殷主（上）甲微假师于河伯以伐有易，灭之，遂杀其君绵臣也。"[7]由于虞舜和上甲微的故事被生硬加入"中"的元素，尤其是上甲微的故事保留了"假"的措辞，容易让"中"被理解为一种可借可还的实物，导致两个故事中的"中"难以协调，从而引发关于"中"的种种争论。[8]如果认识到《保训》的拟托性质，便不难理解文本内在矛盾的由来了。

---

1 刘成群：《清华简〈鄙夜〉与尊隆文、武、周公——兼论战国楚地之〈诗〉学》，《东岳论丛》2010年第6期，第57页。

2 冯胜君：《试论清华简〈保训〉篇书法风格与三体石经的关系》，见《清华简研究》第1辑（清华大学藏战国竹简［壹］国际学术研讨会论文集），中西书局，2012，第92—98页。

3 清华大学出土文献研究与保护中心编，黄德宽主编：《清华大学藏战国竹简》（拾贰），中西书局，2022，第125页。

4 贾连翔：《清华简〈参不韦〉的祷祀及有关思想问题》，《文物》2022年第9期，第59页。

5 申浪：《清华简〈五纪〉〈参不韦〉具有阴阳家思想特征》，《中国社会科学报》2023年2月8日。

6 余嘉锡：《目录学发微　古书通例》，中华书局，2007，第252—264页。

7 袁珂：《山海经校注》，上海古籍出版社，1980，第252页。

8 可参见刘丽：《清华简〈保训〉集释》，中西书局，2018。

为了贴近《书》类文献的文体，《保训》的作者袭用了《书》类文献的一些词句，如“惟王五十年，不豫”当取自《尚书·金縢》的“王有疾，弗豫”、《尚书·顾命》的“惟四月，哉生魄，王不怿”，“戊子，自頮水”当取自《尚书·顾命》的“甲子，王乃洮頮水”，“己丑，昧爽”当取自《尚书·牧誓》的“甲子，昧爽”，“朕疾渐甚”当取自《尚书·顾命》的“疾大渐，惟几，病日臻”，“恐不汝及训”当取自《尚书·顾命》的“恐不获誓言嗣，兹予审训命汝”，“昔舜旧作小人”当取自《尚书·无逸》的“旧为小人”，“庶万姓”当取自《逸周书·商誓解》《逸周书·克殷解》的“庶百姓”。[1]除了直接因袭，作者也尽量使用其他仿古词汇，以贴近所描述对象的时代。“呜呼”“钦哉”“敬哉”“祗之哉”等感叹词、语气词的较多运用，也是为了尽量模拟《书》类文献的语体。可见，《保训》的作者对《书》类文献的文体特征有较深切的体会。但考虑到“阴阳”“名实”“中”等概念的混入，尤其是“中”在篇中占据核心地位，就只能以“全篇拟作”来定性该篇了。

《保训》原无篇题，现有的篇题是整理者据内容所拟。从清华简《祭公之顾命》有“祭公之顾命”这样的固有篇题看，战国时人已将“顾命”视作一种文体。《保训》对《尚书·顾命》亦有因袭，[2]不难推测《保训》作者心目中的《保训》文体应是“顾命”，这也正符合一些学者对其“临终遗言”性质的判断。

此外，程浩还曾指出清华简《四告(三)》《四告(四)》文辞不古、逻辑混乱，很可能是春秋以后的拟作，与《四告（一)》《四告（二)》不同。[3]《四告》四篇分别记录的是周公、伯禽、周穆王、召伯虎的祝告之辞。四篇皆以“拜手稽首”起首[4]，如若《四告(三)》《四告(四)》果如程浩所言是拟作，亦可作为《书》

1 杜勇对其中一些词句联系已有总结，见《关于清华简〈保训〉的著作年代问题》，《天津师范大学学报》(社会科学版) 2010 年第 4 期，第 20 页。

2 程浩指出《保训》很可能是春秋战国时人以一定的历史资料为基础仿照《顾命》所拟写的，见《有为言之：先秦“书”类文献的源与流》，中华书局，2021，第 14 页。

3 程浩：《清华简〈四告〉的性质与结构》，《出土文献》2020 年第 3 期，第 21 页。

4 清华大学出土文献研究与保护中心编，黄德宽主编：《清华大学藏战国竹简》(拾)，中西书局，2020，第 110、117、120、123 页。

类文献文体模拟的例证。

三、《诗》《书》文体的"破体"

如果说对《诗》《书》文体的模拟是"尊体"的过程，那么在此基础上的文体革新则是"破体"。

从《诗》到楚辞的演变最为典型。《诗》对楚辞的影响，前人时贤多有论及。《汉书·艺文志》云："春秋之后，周道寖坏，聘问歌咏不行于列国，学《诗》之士逸在布衣，而贤人失志之赋作矣。大儒孙卿及楚臣屈原离谗忧国，皆作赋以风，咸有恻隐古诗之义。"[1]辞赋的兴起，正是以礼乐之诗的没落为背景的。出土文献恰恰提供了《诗》与楚辞的过渡作品，弥足珍贵。如上博简《卉茅之外》（或称《艸茅之外》）[2]，有学者已经指出其文体为诗[3]。从体式上看，整首诗为严谨的四言体。但其行文措辞，已与《诗》不同，而更多沾染战国时代的观念与文风。它不同于《交交鸣乌》《多薪》这种对《诗》的模拟之作，而是借鉴四言体式的独立创作。

上博简中，与《卉茅之外》字迹相同的有《李颂》和《兰赋》，这三篇出自同一书手。[4]其中值得注意的是《李颂》，其文曰：

相吾馆树，桐且治兮。
断外疏中，众木之纪兮。
晋冬之祁寒，叶其方落兮。
凤鸟之所集，竢时而作兮。
木斯独生，榛棘之间兮。
亟植兼成，厚其不还兮。

1（汉）班固：《汉书》卷30《艺文志》，中华书局，1962，第1756页。
2 曹锦炎：《上博竹书〈卉茅之外〉注释》，见《简帛》第18辑，上海古籍出版社，2019，第1—11页。
3 程浩：《上博竹书逸诗〈卉茅之外〉考论》，见《古文字研究》第33辑，中华书局，2020，第520—522页。
4 李松儒：《新公布上博竹简〈卉茅之外〉字迹研究》，《出土文献》2021年第2期，第69页。

深利终逗，亢其不贰兮。

乱本曾枝，浸毁章兮。

嗟嗟君子，观吾树之容兮。

岂不偕生，则不同兮。

谓群众鸟，敬而勿集兮。

素府宫李，木异类兮。

愿岁之启时，使吾树秀兮。

丰华重光，民之所好兮。

守物强干，木一心兮。

违与它木，非与从风兮。[1]

在句式和措辞上，它与一般认为是屈原早年作品的《橘颂》极为相近，试比较如下：

表 4 《李颂》与《橘颂》比较

《李颂》	《橘颂》
深利终逗，亢其不贰兮	深固难徙，更壹志兮
乱本曾枝	曾枝剡棘
守物强干，木一心兮；违与它木，非与从风兮	受命不迁；更壹志兮；苏世独立，横而不流兮
则不同兮；木异类兮	嗟尔幼志，有以异兮
愿岁之启时	愿岁并谢

《李颂》原无篇题，“李颂”的篇题系整理者据内容以及《橘颂》的篇题所拟。但从该篇的内容看，作者所歌颂的对象是桐树，而非整理者所说的李树。因此，《桐颂》的篇题更为恰当。《李颂》以咏桐为主题，托物言志，表达作者

1 释文参见马承源主编：《上海博物馆藏战国楚竹书》（八），上海古籍出版社，2011，第 231—246 页；陈民镇等：《上博简楚辞类文献研究》，花木兰文化出版社，2014，第 21 页。

对高尚道德情操的追求。无论是句式、措辞还是主旨，《李颂》与《橘颂》都如此相似，显然存在模拟的情形，那么究竟孰先孰后呢？

李零曾据上博简事语类古书所记事件最晚在楚简王（前 431—前 408 年在位）时期推断，上博简的埋藏年代大致在公元前 400—前 300 年之间，属战国中期，并认为《李颂》诸篇不一定晚于屈原。[1] 曹锦炎进而认为上博简《李颂》诸篇是早于屈原的楚辞，很有可能，屈原正是从这些早期的楚辞作品中汲取营养，以他的优异才华，创作出一系列不朽的楚辞作品。[2] 汤漳平亦认为《李颂》当早于屈原。[3] 据第一辑整理报告，上博简经碳十四年代测定，属战国晚期，当是白起拔郢之前楚国贵族墓葬的随葬物。[4] 据此，上博简的埋藏年代大致在公元前 300—前 278 年之间。另据马承源介绍，碳十四测年表明上博简为距今 2257±65 年。[5] 据此推算，上博简的抄写年代大致为公元前 308±65 年，与公元前 300—前 278 年之间的说法相合。年代在公元前 300—前 278 年之间的郭店 1 号楚墓[6] 发现有与上博简内容相近的《性自命出》《缁衣》等文献，可相互验证。准此，屈原的生命晚期与上博简的抄写时代存在交集，但其青壮年时期则当早于上博简的抄写时代。此外，安大简也发现有楚辞类文献[7]，安大简的时代大致在公元前 340—前 278 年[8]。目前而言，尚无证据表明上博简、安大简所见楚辞类文献早于屈原的作品。

韩高年则认为，从《李颂》所抒发的情感及表现出的思想倾向看，作者

1 李零：《简帛古书与学术源流》，生活·读书·新知三联书店，2004，第 330 页。

2 曹锦炎：《上海博物馆藏战国竹书〈楚辞〉》，《文物》2010 年第 2 期，第 59 页；马承源主编：《上海博物馆藏战国楚竹书》（八），上海古籍出版社，2011，第 229 页；曹锦炎：《上海博物馆藏战国竹书楚辞笺注》，上海古籍出版社，2021，第 7 页。

3 汤漳平：《从出土文献看〈诗〉〈骚〉之承传》，《中州学刊》2013 年第 2 期，第 133 页。

4 马承源主编：《上海博物馆藏战国楚竹书》（一），上海古籍出版社，2001，第 2 页。

5 朱渊清：《马承源先生谈上博简》，见上海大学古代文明研究中心、清华大学思想文化研究所编：《上博馆藏战国楚竹书研究》，上海书店出版社，2002，第 3 页。

6 徐少华：《郭店一号楚墓年代析论》，《江汉考古》2005 年第 1 期，第 68 页。

7 黄德宽：《安徽大学藏战国竹简概述》，《文物》2017 年第 9 期，第 54 页。

8 陈民镇：《论安大简〈仲尼曰〉的性质与编纂》，《中国文化研究》2022 年冬之卷，第 71 页。

其人当属于楚国“景慕屈原”的文人，因此在创作上表现出明显的模仿屈原《橘颂》的痕迹。[1]究竟是《李颂》模仿《橘颂》还是《橘颂》模仿《李颂》，还有待进一步证明。但至少《李颂》的公布表明，战国时代的确存在文体模拟的风气。

《李颂》和《橘颂》均以四言体为基础，同时句式更为多变，并有楚辞代表性的语气词“兮”，当是《诗》与成熟楚辞之间的过渡。相对来说，《橘颂》更接近《诗》之体，每句的前半句皆为四言，每句的后半句中，除了8处为五言，其他（有10处）皆为四言。至于《李颂》，同样是每句的前半句皆为四言，至于每句的后半句中，10处为五言，1处为六言，四言仅有5处。葛晓音曾分析过楚辞的句式，正是在《诗经》四言体基础上的演变。[2]本书的第二章已经提到，四言体的体式是受到礼乐仪式的影响而定型的。而随着战国时期诗歌已经基本脱离礼乐的语境，句式的新变也便成为可能。从句式的多变以及对四言体的进一步突破看，《李颂》距离成熟的楚辞更为接近。就此层面而言，《李颂》晚于《橘颂》、系对《橘颂》的模拟完全是可能的。

春秋战国时期，《诗》已经脱离礼乐仪式的背景，而成为经典化的文本，为华夏文化圈的知识阶层所传习，其中也包括楚人。《国语·楚语上》记载楚国贵族子弟研习的科目中，便有《诗》。据学者统计，《左传》中楚人引《诗》见于《诗经》者共14篇次。[3]上博简《孔子诗论》、安大简《诗经》、夏家台楚简《诗经》、王家嘴楚简《诗经》等，皆说明《诗》在楚地流传之广。在此背景下，楚人读《诗》乃至模拟《诗》的文体，都是不难理解的。上博简《交交鸣乌》《多薪》当属拟作，它出自楚地，以楚文字书写，自然有较大概率为楚人所作。常佩雨便曾指出，从《交交鸣乌》的形式、主题、楚地文化色彩、

---

1 韩高年：《上博简〈李颂〉作时晚于〈橘颂〉》，《中国社会科学报》2015年7月20日。

2 葛晓音：《四言体的形成及其与辞赋的关系》，《中国社会科学》2002年第6期，第151页；《先秦汉魏六朝诗歌体式研究》，北京大学出版社，2012，第104—119页。

3 王清珍：《〈左传〉中的楚人引〈诗〉》，《文学遗产》2003年第2期，第117页。

创作时代以及与清华简逸诗的对比看，该诗搭起了从《诗经》到楚辞的桥梁。[1]如果说《交交鸣乌》与《多薪》还限于对《诗》的模仿，《卉茅之外》则已是借鉴四言体的独立创作。至于《橘颂》，一方面继承了《诗》的比兴传统以及四言的基本体式，另一方面突破了四言体的束缚。《李颂》则是对四言体的进一步突破，但也可以看出《诗》的一些烙印，如"嗟嗟君子"之语，则当袭用《诗经·小雅·小明》的"嗟尔君子"。成熟的楚辞是在《诗》、楚地诗歌等因素的共同影响下产生的[2]，而即便是完全成熟的楚辞，亦有脱胎自《诗》的痕迹，其乱辞、九体本是乐曲体式的形式。由此可以大致勾勒出下面的演变轨迹：

上博简《交交鸣乌》《多薪》（对《诗》的模拟）→上博简《卉茅之外》→《楚辞·橘颂》→上博简《李颂》→《离骚》等成熟楚辞

以上只是基于现有材料的粗线条勾勒，楚辞发生及演变的历程无疑更为复杂，也有待更多材料的验证。出土文献进一步揭示了《诗》对楚辞的影响，《诗》之体由"尊体"到"破体"的过程愈益清晰。除了辞赋，铭、颂、赞等文体亦受到诗体的影响，它们均为四言韵文，"皆诗之流"[3]。

至于《书》类文献的破体，则主要表现为以下三条路径：其一，延续《书》类文献记王言及君臣对话的传统，春秋战国时期出现了一批"语"类文献；[4]其二，"立言"的权力由王者延伸到一般的士人，"王若曰"转变为"君子曰""子曰""孟子曰"之属，诸子的论说文得以兴起；其三，《书》类文献是后来官文

1 常佩雨：《上博简逸诗〈交交鸣鹭〉新论》，《河南社会科学》2012年第6期，第81页。

2 清华简《子仪》载录楚歌，如若所记可信，则是春秋时期楚辞的早期形态。鲁迅曾指出："然则《骚》者，固亦受三百篇之泽，而特由其时游说之风而恢宏，因荆楚之俗而奇伟；赋与对问，又其长流之漫于后代者也。"对楚辞的复杂来源有所总结。见《汉文学史纲要》，《鲁迅全集》第9卷，人民文学出版社，2005，第388页。

3 章太炎：《辨诗》，见《国故论衡》，上海古籍出版社，2003，第93页。

4 关于"语"类文献，可参见俞志慧：《语：一种古老的文类——以言类之语为例》，《文史哲》2007年第1期，第5页。

书的鼻祖，随着战国至秦汉官僚制度的成熟，“文书行政”的机制确立，命、诰等文体经历了承继中的转型。

《颜氏家训·文章》称“夫文章者，原出五经”，将歌、咏、赋、颂系于《诗》，将诏、命、策、檄系于《书》。[1]《文心雕龙·宗经》则将《诗》视作赋、颂、歌、赞之源，将《书》视作诏、策、章、奏之源。[2]除了“文章原出五经”说，一些论者特意强调《诗》《书》的文体意义，即“文章原出《诗》《书》”说。如傅玄以《诗》《书》为“文章之渊府”[3]，徐师曾认为“夫文章之体，起于《诗》《书》”[4]，袁宗道亦指出“论章章较著者，则莫如《诗》《书》”，骚、赋、乐府、古歌行、近体之类源于《诗》，诏、檄、笺、疏、状、志之类则源于《书》[5]。上述说法将包括《诗》《书》在内的五经视作文体之源，忽视了五经结集之前的文体存在状态，故难以真正解释文体的发生。但“文章原出五经”说与“文章原出《诗》《书》”说揭示了包括《诗》《书》在内的五经对后来各种文体的影响，确实值得重视。《诗》《书》等经典的传习，使得诗、命、诰等文体深入人心。战国时期的辞赋、“语”类文献、诸子类文献等，或直接从《诗》《书》演变而来，或从《诗》《书》汲取养分，多得益于《诗》《书》。此外，受到《尚书》《春秋》等经典影响的史传文献在亦趋于活跃。在经典传承基础上的“尊体”与“破体”，促成了战国时代的“文体突破”[6]，形成了所谓“至战国而后世之文体备”[7]的局面。

---

1 王利器：《颜氏家训集解》（增补本），中华书局，1996，第 237 页。

2（南朝梁）刘勰著，范文澜注：《文心雕龙注》卷 1《宗经》，人民文学出版社，1958，第 22 页。

3（宋）李昉等：《太平御览》卷 599《文部》15，中华书局，1960，第 2697 页。

4（明）吴讷、徐师曾撰，于北山、罗根泽校点：《文章辨体序说·文体明辨序说》，人民文学出版社，1962，第 77 页。

5（明）袁宗道著，钱伯城标点：《刻文章辨体序》，见《白苏斋类集》卷 7，上海古籍出版社，1989，第 81 页。

6 陈民镇：《文体备于何时——中国古代文体框架确立的途径》，《文学评论》2018 年第 4 期，第 58 页。

7（清）章学诚著，叶瑛校注：《文史通义校注》卷 1《诗教上》《诗教下》，中华书局，1985，第 60 页。

第三节　以文体功能为核心的早期文体批评

在春秋战国时期的著述中，已可见文体批评的萌芽。这些论述多是零散、碎片式的，并主要围绕文体功能展开，与成熟的文体批评尚有距离。如本书第一章所论，文体是形式、内容、功能三者的有机统一体。春秋战国时期萌生的早期文体批评，实际上是以文本功能为核心的，对文本内容与文本形式的关注相对不足。这一时期的文体批评，主要为经典教育服务，因而凸显文献的教化功能，这也意味着它尚缺乏独立性与自觉性。

《诗》、《书》、礼、乐、《易》、《春秋》合称“六经”[1]，“六经”之称见于庄子后学所作《庄子・天运》[2]。《诗》、《书》、礼、乐、《易》、《春秋》并举的记录，又见于同样被视作庄子后学著述的《庄子・天下》，还见于郭店楚简《六德》[3]和《礼记・经解》。其中《六德》的时代相对明确，郭店简的埋藏年代在战国晚期前段，具体而言在公元前300—前278年之间[4]。《六德》的成篇在此之前，大致在战国中期。目前所见《诗》、《书》、礼、乐、《易》、《春秋》并举的记录，不早于战国中期。“六经”又称“六艺”[5]，指六种艺能或科目，亦即贵族子弟及

---

1 “经”者，常也，本指经线，后引申为典范与法则。“经”作为经书、典范著作的含义，则是进一步引申。《荀子・劝学》云：“其数则始乎诵经，终乎读礼。”杨倞注云：“经谓《诗》《书》。”见（清）王先谦撰，沈啸寰、王星贤点校：《荀子集解》卷1《劝学》，中华书局，1988，第11页。《劝学》中“诵经”之“经”，显然已指书面文本。但“经”既然原指典范与法则，《庄子・天运》所谓“六经”未必等同于六种文献。

2 《天运》属《庄子》外篇，其内容出自庄子后学。参见刘笑敢：《庄子哲学及其演变》，中国社会科学出版社，1988。

3 郭店楚简《六德》云：“观诸《诗》《书》，则亦在矣；观诸礼、乐，则亦在矣；观诸《易》《春秋》，则亦在矣。”见荆门市博物馆编：《郭店楚墓竹简》，文物出版社，1998，第188页。

4 徐少华：《郭店一号楚墓年代析论》，《江汉考古》2005年第1期，第68页。

5 至迟从汉初开始，人们已多将“六经”称作“六艺”。参见蒋国保：《汉儒称“六经”为“六艺”考》，《中国哲学史》2006年第4期，第34页。

士人所要遵循的典范与法则。其中的“礼”“乐”，并无具体的书面文本[1]，与《诗》《书》《易》《春秋》这四种典籍不同。

《左传》僖公二十七年载晋国大夫赵衰之语：“说礼、乐而敦《诗》《书》。”表明至迟在鲁僖公二十七年（前633年），礼、乐、《诗》、《书》便是春秋时期贵族的研习科目，“六经”已有其四。“六经”之中，《诗》《书》《易》结集较早，在《左传》一书中，它们被反复称引，而以《诗》被称引最多，《书》次之。《左传》中共有13次同时称引《书》和《诗》，如：

公曰：“其父有罪，可乎？”对曰：“舜之罪也殛鲧，其举也兴禹。管敬仲，桓之贼也，实相以济。《康诰》曰：‘父不慈，子不祗，兄不友，弟不共，不相及也。’《诗》曰：‘采葑采菲，无以下体。’君取节焉可也。”（《左传》僖公三十三年）

叔向曰：“楚辟，我衷，若何效辟？《诗》曰：‘尔之教矣，民胥效矣。’从我而已，焉用效人之辟？书曰：‘圣作则。’无宁以善人为则，而则人之辟乎？匹夫为善，民犹则之，况国君乎？”（《左传》昭公六年）

这种形式，也直接影响了后来儒家后学的著述，如相传为孔子裔孙子思所作的《缁衣》《表记》《坊记》[2]，突出表现为同时征引《诗》《书》的体例。春秋贵族同时称引《诗》《书》的现象，正呼应了“说礼、乐而敦《诗》《书》”的说法，《诗》《书》是当时的主要经典。《诗》《书》的主体内容作为商周文化的

---

1 “礼”自汉代以来先后以《仪礼》和《礼记》充任，但它在先秦时期对应何种文献并不确知。《论语·述而》载：“子所雅言：《诗》、《书》、执礼，皆雅言也。”与《诗》《书》并举的“礼”，称作“执礼”，显然非具体文献。“乐”的书面文本更付阙如，“乐”是否存在过书面文本向有争议。参见付林鹏、曹胜高：《从乐教传统论〈乐经〉之形成与残佚》，《黄钟》（武汉音乐学院学报）2010年第1期，第141页；傅道彬：《“乐经不缺”与周代音乐经典的体系性构成》，《哈尔滨工业大学学报》（社会科学版）2020年第1期，第58页；陈桐生：《如何破解六经缺〈乐〉之谜》，《学术研究》2020年第2期，第147页；王齐洲：《〈周礼·大司乐〉即〈乐经〉辨》，《南开学报》（哲学社会科学版）2023年第1期，第178页。如果将“六经”理解为“六艺”，指六种艺能或科目，亦即贵族子弟及士人所要遵循的典范与法则，“礼”“乐”缺乏明确的书面文本却被列入“六经”的矛盾自可迎刃而解。

2（唐）魏徵、令狐德棻：《隋书》卷13《音乐志上》，中华书局，1973，第288页。

结晶，在春秋时期得到普遍珍视和传习，自然不难理解。《左传》中所记对《周易》的征引，多见于实际的占筮场合，而鲁《春秋》尚未实现经典化[1]。可见，在孔子之前，“六经”中除鲁《春秋》之外的五经已然俱备。

《左传》僖公二十七年紧接着说道：“《诗》《书》，义之府也；礼、乐，德之则也；德、义，利之本也。”礼、乐与《诗》、《书》、德、义并举，也可进一步说明“六经”的礼、乐不必实指某种文献。值得注意的是，此语意在说明《诗》《书》为“义”之渊薮，礼、乐为“德”之归依，侧重于《诗》、《书》、礼、乐的教化功能。

除了《诗》《书》，春秋时期尚流行其他文献类别，如《国语·楚语上》记载有所谓“申叔时九艺”：

> 教之“春秋”，而为之耸善而抑恶焉，以戒劝其心；教之“世”，而为之昭明德而废幽昏焉，以休惧其动；教之“诗”，而为之导广显德，以耀明其志；教之“礼”，使知上下之则；教之“乐”，以疏其秽而镇其浮；教之“令”，使访物官；教之“语”，使明其德，而知先王之务，用明德于民也；教之“故志”，使知废兴者而戒惧焉；教之“训典”，使知族类，行比义焉。

如若上述记载有可靠的史料来源，则至迟在春秋楚庄王时期（前613—前591年），“春秋”“世”“诗”“令”“语”“故志”“训典”等文献类别业已根据自身的文类或文体结集，并成为教授贵族子弟的内容。除了这些书面文本之外，尚有“礼”“乐”。申叔时所论故志、训典，则当与《书》类文献有关。若此，申叔时“九艺”之中，已包含“六经（六艺）”除《易》之外的五经。世、令、语等文献，则溢出“六经”之外。

申叔时所提及的“春秋”“世”“诗”“令”“语”“故志”“训典”，以及“六经”

1《孟子·滕文公下》称“孔子惧，作《春秋》”。鲁《春秋》在孔子之前业已存在，但它的经典化应是在孔子手中完成的。

中的《诗》《书》《易》《春秋》，每种研习科目或者具体文献，从内容与称名看，都属于某种文类或文体，各不相混，由此可见文类或文体是区分这些文献共性和差异的主要依据。由于“申叔时九艺”和“六经（六艺）”主要就教育科目而言，因而各科所对应的文献不一定专指某种固定的文本，同类的文献可以不断被纳入进来。战国晚期所称“六经”，文本已经相对定型，如《诗》《易》《春秋》的内容和规模基本确定，但其中的《书》仍只是大的文类概念。从清华简所反映的情况看，战国时期的《书》类文献仍是单篇别行，并未像《诗》和《易》那样形成较大的合集。[1] 因此，先秦时期的“书”主要是文类概念，而非某种固定的文本。至于《书》这一大类之下的诰、誓、命诸体，以及申叔时所提到的“故志”“训典”，则是更为明确的文体概念。再如“春秋”，在孔子之后，主要指鲁《春秋》。但申叔时所谓“春秋”，以及《墨子·明鬼下》所谓“周之《春秋》”“燕之《春秋》”“宋之《春秋》”“齐之《春秋》”，《孟子·离娄下》所谓“晋之《乘》、楚之《梼杌》”，均就某类文献而言，这里的“春秋”，实际上已经被赋予文体意义，指涉史书(尤其是编年体史书)。“申叔时九艺”和“六经(六艺)”的教育科目属性，决定了各科所对应的文献具有延展性，各科称名的文体意义得以凸显。

但文类或文体在形式上存在何种特点，以及如何归类与辨析，申叔时并未涉及，他主要着眼于这些文类或文体的功能。申叔时每提及一种文类或文体，便指出其教化功能，如教之“春秋”，则“为之耸善而抑恶焉，以戒劝其心”，教之“诗”，则“为之导广显德，以耀明其志”，研习这些文献或科目，旨在提升道德与文化修养。申叔时的论述，已可见以功能论文体的端倪。

《尚书·尧典》云：“诗言志，歌永言，声依永，律和声。”“诗言志”被朱自清誉为中国诗论“开山的纲领”[2]，不过《尧典》相对晚出，“诗言志”的观念

1 上博简《周易》、安大简《国风》作为一个整体存在，可见《周易》与《诗经》的确业已形成合集。

2 朱自清：《诗言志辨》，华东师范大学出版社，1996，第 4 页。

是否可以早至战国之前，是值得怀疑的。从“言志”与“永言”“依永”“和声”对举的情况看，“言志”主要是从诗的功能着眼的。孔子论《诗》，亦注重诗之功能，尤其是教化功能。《论语·阳货》载孔子语：“小子何莫学夫《诗》？《诗》可以兴，可以观，可以群，可以怨。迩之事父，远之事君，多识于鸟兽草木之名。”将《诗》之用归结为“兴”“观”“群”“怨”。《论语·泰伯》载孔子语：“兴于《诗》，立于礼，成于乐。”《论语·季氏》引孔子语，谓“不学《诗》，无以言”，“不学礼，无以立”。与《诗》并举的“礼”“乐”，亦是指教育科目，而非某种文献。孔子认为“不学《诗》，无以言”，“可以兴，可以观，可以群，可以怨”，意在凸显《诗》教的现实功用。“六经”之中，孔子显然更注重《诗》、《书》、礼三经。孔子晚年治《易》，《春秋》相传由孔子编定，孔子对《书》亦有引用（见《论语·为政》《论语·宪问》等处），但在孔子的教学计划中，《易》《春秋》《书》三经的地位相对次要。这也是与《左传》所载春秋贵族引《诗》远多于《书》《周易》的现象相呼应的，《诗》教在孔门教育中占有重要地位，其最终目标是培养“君子儒”[1]。《大戴礼记·卫将军文子》则载：“闻夫子之施教也，先以诗、世。”[2] 此条记载相对晚出，其中“世”见于“申叔时九艺”，“诗”则并见于“申叔时九艺”与“六经（六艺）”。孔子所开创的私学，其基本科目正是沿承春秋时期的贵族教育而来，同时有所损益。

“六经”之教在孔子后学手中逐步得到完善。《礼记·王制》云：“乐正崇四术，立四教，顺先王《诗》、《书》、礼、乐以造士。春、秋教以礼、乐，冬、夏教以《诗》《书》。”《王制》虽出自儒家后学理想化的构建，但也可在一定程度上反映儒家理想中的教育科目。《礼记·经解》对“六经”之教的功能有具体的论述：

---

1 参见俞志慧：《君子儒与诗教：先秦儒家文学思想考论》，生活·读书·新知三联书店，2005。

2 或认为当作“先以《诗》《书》”。参见黄怀信主撰，孔德立、周海生参撰：《大戴礼记汇校集注》卷6《卫将军文子》，三秦出版社，2005，第348—350页。

入其国，其教可知也。其为人也：温柔敦厚，《诗》教也；疏通知远，《书》教也；广博易良，乐教也；絜静精微，《易》教也；恭俭庄敬，礼教也；属辞比事，《春秋》教也。

这也是“六经”并举的实例，而明言《诗》教、《书》教、乐教、《易》教、礼教、《春秋》教，乃就教化功能而言。《礼记·经解》论述了不同的文献或科目对人的道德与文化修养所带来的影响，如《诗》教可使人“温柔敦厚”，《春秋》教则有助于提高“属辞比事”的能力。以“温柔敦厚”为宗旨的《诗》教观念，在两汉经学大盛的时代得到进一步的发展，对后世影响深远。

可见，无论是以培养贵族子弟为目的的“申叔时九艺”还是以培养君子儒为目的的“六经（六艺）”，均指培育道德与文化素养的科目。除礼、乐偏重于实践，其他科目则偏重于文献。从申叔时到儒家，均注重这些文献在培育道德与文化素养方面的不同功能，不同文献的区别亦通过功能的差异得到体现。

除了关注“六经”的教化功能，战国诸子对其内容亦有措意。《庄子·天下》云：“《诗》以道志，《书》以道事，礼以道行，乐以道和，《易》以道阴阳，《春秋》以道名分。”《荀子·劝学》云：“故《书》者，政事之纪也；《诗》者，中声之所止也；礼者，法之大分、类之纲纪也。”《荀子·儒效》云：“故《诗》、《书》、礼、乐之道归是矣。《诗》言是其志也，《书》言是其事也，礼言是其行也，乐言是其和也，《春秋》言是其微也。”上述论述对“六经”内容的侧重点加以概括，看起来是从文本内容角度对文献或科目加以区分。前面提到，“诗言志”实际上谈的是诗的功能。战国诸子所论“《诗》以道志”云云，虽涉及文本内容，但落脚点仍是文本功能。如“乐以道和”，“和”并不能解释为乐的内容。

春秋战国时期的文体分类已经触及文本功能的区分，这相对商周时期朴素的文体分类观念而言自然有所发展。但文本内容和文本形式在春秋战国时期仍较少受到关注，尤其是最为关键的文本形式，基本没有涉及，表明当时的文体分类观念仍处于比较初步的阶段。

孔子称“不学《诗》，无以言”(《论语·季氏》)，《礼记·经解》称“属辞比事，《春秋》教也”，提高锻炼文辞的能力亦为“六经”之教的一大目的。《诗经·鄘风·定之方中》毛传曰：“故建邦能命龟，田能施命，作器能铭，使能造命，升高能赋，师旅能誓，山川能说，丧纪能诔，祭祀能语，君子能此九者，可谓有德音，可以为大夫。”[1] 郭绍虞指出“这是汉以前的旧说。毛传于此，不过称引旧说，因讲到建邦命龟之事，遂连类及之耳”[2]，认为“九能”渊源有自。上述“九能”，是君子在“言”和“属辞比事”方面能力的具体体现。“九能”所涉及的文体，包括命、铭、诗、誓、诔等。春秋战国时人的关注点，或在于创作是否合“礼”，如关于诔的论述[3]；或在于文体的功能，以铭论为代表。

《左传》襄公十九年所载臧武仲对季孙所说的一段话，便涉及铭体的功能：

> 非礼也。夫铭，天子令德，诸侯言时计功，大夫称伐。今称伐，则下等也；计功，则借人也；言时，则妨民多矣。何以为铭？且夫大伐小，取其所得以作彝器，铭其功烈以示子孙，昭明德而惩无礼也。今将借人之力以救其死，若之何铭之？小国幸于大国，而昭所获焉以怒之，亡之道也。

臧武仲强调铭是为了铭记功烈、昭示明德，并使之传诸子孙后代。类似的论述亦见于《礼记·祭统》：

> 夫鼎有铭，铭者，自名也。自名以称扬其先祖之美，而明著之后世者也。为先祖者，莫不有美焉，莫不有恶焉，铭之义，称美而不称恶，此孝

1（唐）孔颖达：《毛诗正义》卷3《鄘风·定之方中》，见（清）阮元校刻：《十三经注疏》，中华书局，1980，第316页。

2 郭绍虞：《提倡一些文体分类学》，《复旦学报》（社会科学版）1981年第1期，第2—3页。刘师培、吴承学等学者亦有类似的看法，参见刘师培：《中国中古文学史·论文杂记》，人民文学出版社，1959，第128页；吴承学：《“九能”综释》，《文学遗产》2016年第3期，第116页。

3 春秋战国之世，虽被视作“礼崩乐坏”，但知识界仍追慕西周的礼乐精神，苦心孤诣保存与整理古礼，注重礼教。是否合“礼”，也便成为判断文体创作的一个重要标准。参见李冠兰：《先秦礼学与文体批评》，《南京大学学报》（哲学·人文科学·社会科学）2015年第5期，第103页。《礼记·曾子问》对诔与礼的关系有精当的概括：“贱不诔贵，幼不诔长，礼也。唯天子称天以诔之。诸侯相诔，非礼也。”子贡指责鲁哀公诔孔子是“生不能用，死而诔之，非礼也”（《左传》哀公十六年），《墨子·鲁问》载墨子指责鲁君为嬖人所作诔不合礼法，“诔者，道死人之志也。今因说而用之，是犹以来首从服也”，亦是基于礼而论。

> 子孝孙之心也，唯贤者能之。铭者，论撰其先祖之有德善，功烈勋劳庆赏声名列于天下，而酌之祭器；自成其名焉，以祀其先祖者也。

《祭统》对“铭”之得名及其功能进行了详细的论述，强调“铭”之义为“自名”，已有后世文体论“释名以章义”的萌芽；并指出铭的功能在于称颂先祖的美德，使其传流后世，与臧武仲之说相近。通过铭文将功绩传之后世的理念在战国时代颇为流行，如《墨子·尚贤下》云：“书之竹帛，琢之槃盂，传以遗后世子孙。”《吕氏春秋·求人》云：“功绩铭乎金石，著于盘盂。”

铭论是文体论的突破口，汉末蔡邕的《铭论》作为较早的文体论，便受到先秦铭论的深刻影响。《铭论》云：“钟鼎礼乐之器，昭德纪功，以示子孙。物不朽者，莫不朽于金石。”[1] 同样强调铭体“昭德纪功，以示子孙”的功能，与先秦铭论一脉相承。《铭论》以“天子令德，诸侯言时计功，大夫称伐”为主线，历数铭体源流及其文体特征，并罗列经典篇目，上承《左传》《礼记》《法言》，下启《文心雕龙·铭箴》，与《文心雕龙》“原始以表末，释名以章义，选文以定篇，敷理以举统”[2]的旨趣已甚接近。蔡邕的论述并非辞赋的附庸或解经之作的内文，已可视作自觉的文体论。

不同的功能天然区分出不同文体，无论是商周时期的文体分类观念，还是春秋战国时期的文体批评，都围绕功能展开。具体而言，商周时期的文体分类通过礼乐仪式的类别与功能体现，春秋战国时期的文体批评通过教化功能体现。春秋战国时期的文体批评很大程度上依附于经典教育，主要着眼于文本功能，对文本内容与形式则关注不足。尽管如此，这些零散的论述作为文体批评的滥觞，为后来成熟的文体论奠定了基础。

1（汉）蔡邕：《铭论》，见（清）严可均编：《全上古三代秦汉三国六朝文》，中华书局，1958，第876页。

2（南朝梁）刘勰著，范文澜注：《文心雕龙注》卷10《序志》，人民文学出版社，1958，第727页。

第四章
秦汉的官文书体系与官文书文体观念

中国古代文体学的研究者对文书类文体的关注相对不足。在中国古代文体的发展史上，文书实为半壁江山。在出土简牍中，文书类文献甚至占到四分之三以上。[1]文书属于“书契”或“笔”的范围，东汉刘熙《释名》有《释言语》《释典艺》《释书契》诸篇，实际上是将文书与典籍区分开来，已开“文”“笔”之分的先河[2]。不过除了蔡邕《独断》与刘勰《文心雕龙》，古人极少关注文书的文体意义。尤其是《独断》，作为较早的、系统的辨体批评，论者对其价值的认识也存在不足。囿于狭义的文学观念，文书类文体在目前的文体史书写中在很大程度上缺席了。

文书可分为官文书与私文书，私文书包括书信、契约、遣策等，官文书则相当于通常所说的“公文”。战国晚期，华夏大地经历了急剧的政治与社会转型。一个突出的表现是地缘管理制度的确立与官僚制度的完善，与此伴随而来的是官文书体系的逐步成熟。在秦并天下之后，推行“文书行政”，官文书体系确立，并为后来的两汉所继承和发展。秦汉官文书体系的形成，也促成了中国古代文体框架的进一步完善，同时对于文体观念的成熟也有重要意义。

1 骈宇骞、段书安：《二十世纪出土简帛综述》，文物出版社，2006，第295页。
2 胡大雷：《〈释名〉的文体分类与“言笔之辨”》，《中国社会科学报》2013年5月17日。

第一节 秦汉文书行政与官文书体系的形成

商周的诰、命等传布“王言”的文体，实际上是官文书的鼻祖，具体而言是后世诏令类文体（或称“帝之下书”）的源头。具体而言，“诰”为秦汉以来“诏”的前身，“命”为秦汉以来“策书”的前身。[1]刘知幾《史通·六家》云：“盖《书》之所主，本于号令，所以宣王道之正义，发话言于臣下。故其所载，皆典、谟、训、诰、誓、命之文。”[2]清人方东树指出：“二典、三谟、周诰、殷盘，凡圣帝明王、贤臣硕辅所用明治化、陈政事，孰非官文书邪?”[3]便明确指出这些商周文体属于官文书。《书》类文献对后世官文书的影响，前人多有总结。如《颜氏家训·文章》：“诏、命、策、檄，生于《书》者也。”[4]《文心雕龙·宗经》：“诏、策、章、奏，则《书》发其源。”[5]元人郝经指出：“《书》者，言之经。后世王言之制、臣子之辞皆本于《书》。凡制诏、赦、令、册、檄、教、记，诰、誓、命、戒之余也。书疏、笺、表、奏、议、启、状，谟、训、规、谏之余也。”[6]明人袁宗道亦云：“诏、檄、笺、疏、状、志之类，则源于《书》。”[7]不过《书》类文献中，真正意义上的官文书只有诰和命。典、谟、训、誓要么出自后人总结，要么纯粹依附于礼乐仪式，与后来官文书不可同日而语。即便是诰和命，它们在商周时期同样与礼乐仪式息息相关，更多侧重于道德训诫，与

1《史记·秦始皇本纪》称秦并天下之后“命为‘制’，令为‘诏’”，这里的“命”“令”与《书》类文献中的“命”不同。

2（唐）刘知幾撰，（清）浦起龙释：《史通通释》卷1《六家》，上海古籍出版社，1978，第2页。

3（清）方东树：《攷盘集文录》卷6《复罗月川太守书》，见《清代诗文集汇编》第507册，上海古籍出版社，2010，第222页。

4 王利器：《颜氏家训集解》（增补本），中华书局，1996，第237页。

5（南朝梁）刘勰著，范文澜注：《文心雕龙注》卷1《宗经》，人民文学出版社，1962，第22页。

6（元）郝经：《郝氏续后汉书》卷66上上，见《影印文渊阁四库全书》第385册，第611页。

7（明）袁宗道著，钱伯城标点：《刻文章辨体序》，见袁宗道：《白苏斋类集》卷7，上海古籍出版社，1989，第81页。

秦汉以来的诏令不完全相同。诰和命是下行文书，至于上行文书，在《书》类文献中还难觅踪迹。

发达的官文书体系是与发达的官僚制度相适应的。商周时期在礼乐仪式与文本书写中发挥重要作用的史、祝、卜等“春官”，到了秦代被纳入九卿之奉常[1]，职能大受削弱。过去作为史官的内史，亦逐步转变为地方行政长官[2]。更为重要的是，与秦帝国基于地缘管理的郡县制相应，先前以血缘为基础的世官制度趋于瓦解[3]，郡县之治服从于中央号令，王权得以高度集中，官僚制度空前完善。秦“以吏为师”，目前出土简牍的秦墓，墓主人基本为中下层官吏[4]，官僚队伍的扩大，也意味着官文书的书写主体大为扩大。过去的主要书写者——史官，已被更复杂的官僚队伍所取代。同时，官僚职分的分化愈加细密。有学者因而指出，秦汉作为职官行为的文体使用者所采用的系列文体，很可能具有文体类别的性质，这揭示出早期文体分类和文体使用者之间的关系。[5]

先秦的官文书，除了被青铜铭文及“书”类文献转录的以外，鲜有传世者。大量秦汉简牍的发现，提供了认识秦汉官文书体系的重要材料。传世文献虽然

1 秦封泥所见相关职官有泰宰、大史、泰史、泰卜、雍祠等，《汉书·百官公卿表》所记奉常属官，除太乐、均官之外均可在秦封泥中找到，参见王伟：《秦玺印封泥职官地理研究》，中国社会科学出版社，2014，第112—225页；王辉、陈昭容、王伟：《秦文字通论》，中华书局，2016，第300页。

2《汉书·百官公卿表》云：“内史，周官，秦因之，掌治京师。”秦封泥、珍秦斋藏王八年内史操戈、睡虎地秦简、里耶秦简、岳麓秦简等均提及秦之内史。

3《礼记·王制》云：“凡执技以事上者：祝史、射御、医卜及百工。凡执技以事上者：不贰事，不移官，出乡不与士齿。”可见王官的世袭制度。至迟在商代已有世官制度，参见孙亚冰：《从甲骨文看商代的世官制度——兼释甲骨文“工”字》，《甲骨文与殷商史》（庆祝中国社会科学院历史研究所建所六十周年）新4辑，上海古籍出版社，2014，第26—38页。秦至汉初，史、卜、祝等职尚强调家族职业承袭，如睡虎地秦简《秦律十八种·内史杂》载：“非史子也，毋敢学学室，犯令者有罪。”又云：“下吏能书者，毋敢从史之事。”张家山汉简《二年律令·史律》亦云：“史、卜子年十七岁学。史、卜、祝学童学三岁，学佴将诣大史、大卜、大祝。”李学勤认为《说文》所引只说“学童”，不再限制其先世出身，可知这种限制在那时业已解除，见《试说张家山简〈史律〉》，《文物》2002年第4期，第69页。

4 睡虎地11号秦墓的墓主人喜曾担任“史”一职，参见《云梦睡虎地秦墓》编写组：《云梦睡虎地秦墓》，文物出版社，1981，第69页。岳麓秦简的主人，也曾任职为“史”，参见陈伟：《岳麓书院秦简“质日”初步研究》，中国出土资料学会平成23年度第1回临时例会，早稻田大学，2011年7月。

5 吴承学、张润中：《秦汉的职官与文体》，《北京大学学报》（哲学社会科学版）2018年第3期，第39页。

也载录了一些官文书的文本（主要是帝王的诏令），但大多掐头去尾，并没有保存文书原有的格式。出土简牍所见诏、制等诏令类文书，提供了完整的文书格式，甚至反映了该文书的具体运转过程，弥足珍贵。简牍中大量的奏章、律令、簿籍等官文书，对各类文书的文本、格式皆有反映，超越了传世文献的局限[1]，且并不局限于帝王诏令，其分类之细密远逾传世文献所提供的线索，有不少官文书文体更是前所未闻。秦汉号称“文书行政”，事无巨细，皆通过文书传递，睡虎地秦简《秦律十八种》简188所见“内史律”云：“有事请也，必以书，毋口请，毋羁请。”[2]李均明对此有精要的概括：“实际上当时无论是上级的发号施令，还是下级的请示汇报，一概都以书面形式进行。如果以南朝刘勰所云‘章表奏议，经国之枢机’来形容秦汉官文书的作用，最为恰当。”[3]

秦并天下，不但“书同文”“车同轨”“行同伦”，还致力于推进“文同体”，这一点向来为人所忽视。“文同体”主要体现在官文书方面。适应秦帝国的政治体制，名目繁多的文书类文体开始涌现[4]，如“制”“诏”“奏”“请”“对”“律”“令”等，它们成为串联秦帝国各级行政机构的纽带[5]。过去有学者认为秦官文书成就不高[6]，从秦简牍的发现看，这一评价显然并不公允。秦代官文书的高度制度化，奠定了汉以来历代王朝文书制度的基础。

众所周知，汉承秦制。非承秦无以立汉[7]，但论者多就政治制度而言，实际

---

1 宋人洪迈指出：“汉代文书，臣下奏朝廷，朝廷下郡国，有《汉官典仪》《汉旧仪》等所载，然不若金石刻所著见者为明白。”见（宋）洪迈：《容斋随笔》卷4，上海古籍出版社，1978，第260页。业已揭示出土文书资料的独特价值。

2 睡虎地秦墓竹简整理小组：《睡虎地秦墓竹简》，文物出版社，1990，第62页。

3 李均明：《序二》，见汪桂海：《汉代官文书制度》，广西教育出版社，1999，第1页。

4 参见李均明《秦汉简牍文书分类辑解》（文物出版社，2009）一书的归纳。

5 卜宪群：《秦汉公文文书与官僚行政管理》，《历史研究》1997年第4期，第36页；《秦汉公文文书与国家行政管理》，《文史知识》1998年第8期，第20页。

6 丁晓昌、冒志祥：《略论中国古代公文及其研究》，《南京师大学报》（社会科学版）2000年第5期。

7 田余庆：《说张楚：关于“亡秦必楚”问题的探讨》，见《秦汉魏晋史探微》（重订本），中华书局，2004，第28页。

上在官文书文体方面，汉朝也总体上继承了秦朝的“文书行政”[1]。《论衡·别通》便指出：“萧何入秦，收拾文书。汉所以能制九州者，文书之力也。以文书御天下。”[2]“以文书御天下”一语揭示了文书在汉帝国统治中的重要作用。秦统一六国之后规定了一些官文书的文体名，如“命为‘制’，令为‘诏’”[3]，这为汉朝所继承。秦朝所规定的一些文书用语，也被汉朝总体继承。《独断》云：“汉承秦法，群臣上书皆言‘昧死言’。”[4]《汉书·高帝纪》“昧死再拜言”之下，张晏注云：“秦以人臣上书当言昧犯死罪而言，汉遂遵之。”[5]可见西汉臣子上书自称“昧死”[6]，即承自秦朝。再如秦简牍中常见的“敢言之”等用语，在汉代官文书中仍极普遍[7]。汉律令多因袭秦律令，如张家山汉简《二年律令》的内容，不少可以在秦简牍中找到依据[8]。

汉代的文书类文体总体上承自秦代，同时有进一步的完善与拓展。以诏令文书为例，秦“命为‘制’，令为‘诏’”，汉代则细化为“策书”“制书”“诏书”“诫敕”四体[9]，在格式、用语的规定上愈趋规范。据《文心雕龙》，这是“汉初定仪则”[10]的产物，即汉高祖五年（前202年）叔孙通制定礼乐，“颇采古礼，与秦仪杂就之”[11]，可见其承秦而又有所革新。里耶秦更名方反映了秦朝对官文书用语的一系列规定，从汉代文书看，虽然有些用字习惯和用词规定得到沿承，

1［日］冨谷至：《文書行政の漢帝国：木簡・竹簡の時代》，名古屋大学出版会，2010，第393页。
2（汉）王充著，黄晖校释：《论衡校释》卷13《别通》，中华书局，1990，第591页。
3（汉）司马迁：《史记》卷6《秦始皇本纪》，中华书局，1959，第236页。
4（汉）蔡邕：《独断》卷上，中华书局，1985，第5页。
5（汉）班固：《汉书》卷1下《高帝纪下》，中华书局，1962，第52页。
6 如甘肃酒泉居延肩水金关所出《永始三年诏书》。
7 汪桂海：《汉代官文书制度》，广西教育出版社，1999，第48页。
8 参见朱红林：《张家山汉简〈二年律令〉集释》，社会科学文献出版社，2005。
9（南朝宋）范晔：《后汉书》卷1上《光武帝纪》，中华书局，1965，第24页。
10（南朝梁）刘勰著，范文澜注：《文心雕龙注》卷4《诏策》，人民文学出版社，1958，第358页。
11（汉）班固：《汉书》卷43《叔孙通列传》，中华书局，1962，第2126页。

但汉朝对文书用语显然有新的发展[1]。相对而言，秦官文书简洁质朴，“文吏课笺奏”[2]，“后汉察举，必试章奏”[3]，汉人对官文书的写作极为重视，并愈益注重文辞的修饰，进而发展出“笔”的观念，文书亦被归入“文章”之列。

秦汉官文书体系的形成，有重要的文体史意义。战国时代，文体裂衍，诸子、辞赋、史书活跃，最终形成了“战国而后世之文体备”的局面。秦朝推行“挟书律”，禁绝《诗》《书》等经典。虽然从出土秦简牍看，秦代仍有文学性的文本流传[4]，但刘勰“秦世不文”[5]的评价总体能够成立。秦朝在文体史上的一大贡献是，初步建立了官文书的体系，完成了中国古代文体的一块重要拼图，说“官文书文体备于秦世”并不夸张。两汉文体最终集其大成，并续有开拓。徐师曾于《文体明辨序说》中指出：“自秦汉而下，文愈盛；文愈盛，故类愈增；类愈增，故体愈众。”[6]汉朝接过楚文化的衣钵，延续儒家尚“文”的旨趣，一扫“秦世不文”的阴霾，同时整体继承秦朝官文书的体系，从而使汉代文体呈现出全面的兴盛，可谓文体大备。尤其是东汉以降，“文章繁矣”[7]。在前代的基础上，两汉文体兼容并蓄，续作开拓，并在真正意义上确立了中国古代文体的基本框架。文体框架的完备，尤其是官文书注重文体体式的特点，使得更为自觉的文体观念成为可能。在此背景下，蔡邕《独断》对官文书文体有系统的总结与论述，开辨体批评之先河。

---

1 汉代文书的用语，可参见［日］冨谷至：《文書行政の漢帝国：木簡・竹簡の時代》，名古屋大学出版会，2010，第172—217页。

2（南朝宋）范晔：《后汉书》卷61《左雄传》，中华书局，1965，第2020页。

3（南朝梁）刘勰著，范文澜注：《文心雕龙注》卷5《章表》，人民文学出版社，1958，第407页。

4 睡虎地秦简《为吏之道》、岳麓秦简《为吏治官及黔首》、北大秦简《从政之经》、王家台秦简《政事之常》均以典雅的四言为主，《为吏之道》还附有成相体的韵文；北大秦简所见《教女》全篇文句多押韵，《公子从军》极具文学性，《酒令》《隐书》则是诗赋的直接材料。

5（南朝梁）刘勰著，范文澜注：《文心雕龙注》卷2《诠赋》，人民文学出版社，1958，第134页。

6（明）吴讷、徐师曾撰，于北山、罗根泽校点：《文章辨体序说・文体明辨序说》，人民文学出版社，1962，第78页。

7（清）章学诚著，叶瑛校注：《文史通义校注》卷3《文集》，中华书局，1985，第345页。

第二节　官文书文体规范所体现的文体观念

秦朝对官文书的称名、体式以及相应的制度都作了细致的规定，两汉有进一步的沿承与发展，具体表现为以下几个方面：

其一，规定了各类官文书的文体称名。

《史记·秦始皇本纪》载秦并天下之后，以"命为'制'，令为'诏'"[1]。里耶秦简牍中一件被称作"更名方"的木方（8—461）[2]也记载"承命曰承制""授命曰制""以王令曰以皇帝诏"[3]，可见秦朝确实对官文书的文体名称做了一系列的规定。任昉《文章缘起》云："诏，起秦时。"[4]张守节《史记正义》云："制、诏三代无文，秦始有之。"[5]《文心雕龙·诏策》云："降及七国，并称曰'命'。'命'者，使也。秦并天下，改'命'曰'制'。"[6]均强调制、诏自秦始。睡虎地秦简《秦律十八种·行书律》《秦律杂抄》《秦律杂抄》《为吏之道》提到"命书"，岳麓秦简中的一条令文载"昭襄王命曰"[7]，是秦统一之前的记载，此时尚未改"命"为"制"，可与《史记》诸书相验证。除了下行文，上行文的文体名也同样有新的规定，如《文心雕龙·章表》云："秦初定制，改'书'曰'奏'。"[8]《文章缘起》云："上书，秦丞相李斯上始皇书。"[9]谓"奏""上书"源自秦代。秦简

1（汉）司马迁：《史记》卷6《秦始皇本纪》，中华书局，1959，第236页。

2 此据《里耶秦简》（壹）一书的编号，参见湖南省文物考古研究所编：《里耶秦简》（壹），文物出版社，2009，第33页。张春龙、龙京沙最初披露时编号为8—455，参见《湘西里耶秦简8—455号》，见《简帛》第4辑，上海古籍出版社，2009，第11—15页。"更名方"一名是游逸飞据邢义田提示而拈出的。

3 陈伟主编：《里耶秦简牍校释》第1卷，武汉大学出版社，2012，第155—157页。

4（南朝梁）任昉撰，（明）陈懋仁注：《文章缘起注》，中华书局，1985，第4页。

5（汉）司马迁：《史记》卷6《秦始皇本纪》，中华书局，1959，第237页。

6（南朝梁）刘勰著，范文澜注：《文心雕龙注》卷4《诏策》，人民文学出版社，1958，第358页。

7 陈松长：《岳麓秦简中的两条秦二世时期令文》，《文物》2015年第9期，第91页；陈松长主编：《岳麓书院藏秦简》（肆），上海辞书出版社，2015，第209页。

8（南朝梁）刘勰著，范文澜注：《文心雕龙注》卷5《章表》，人民文学出版社，1958，第406页。

9（南朝梁）任昉撰，（明）陈懋仁注：《文章缘起注》，中华书局，1985，第5页。

牍中，“× 律”“× 令”之类以体命篇的形式极为普遍[1]，官文书的文体区分是有意识的，而这又基于行政职能的区分。汉代的官文书延续秦代文书，篇题愈趋规范。有的有大题，如张家山汉简“二年律令”。有的官文书标题纯以事项命题，或结合事项与文体信息，如居延新简所见“第十七部甘露四年卒行道贳卖名籍”“右五命上大夫增劳名籍”“第廿三部建平三年七月家属妻子居署省名籍”“甲渠候官永光五年正月廪吏卒名籍”等标题[2]。

其二，规定了中国古代官文书的格式与用语。

早期官文书如“命”已有程式化的特点，至于“诰”，除了有“王曰”“王若曰”这样的标志性词汇，并无具体的格式与用语规定。秦朝则以行政命令规定了一系列文书用语，如臣子上书称“昧死言”，即出自秦制，据《独断》：“汉承秦法，群臣上书皆言‘昧死言’。”又云：“王莽盗位，慕古法，去‘昧死’曰‘稽首’，光武因而不改。”[3]这在秦汉简牍中可以得到验证。[4]据里耶秦更名方，秦王朝对官文书用语进行了巨细靡遗的规定。[5]秦简牍所见律令，均有格式可寻。[6]此外，里耶秦简发现了一批实时性文书，其文书格式与用语亦值得重视。[7]秦简牍所

1 岳麓秦简中的一些律文则是“关市律曰”“内史杂律曰”之类的形式，同样可反映其文体。

2 甘肃省文物考古研究所、甘肃省博物馆、文化部文献研究室、中国社会科学院历史研究所编：《居延新简——甲渠候官与第四燧》，文物出版社，1990，第 6、20、87、246 页。

3（汉）蔡邕：《独断》卷上，中华书局，1985，第 5 页。

4 敦煌汉简所见王莽时期文书，确已易“昧死”作“稽首”。

5 据《史记·秦始皇本纪》及更名方，秦统一后以“皇帝”取代“王”，因此秦统一后的龙岗秦简等用“皇帝”“王室曰县官”，诸如“县官”之类的新词，见诸抄写于秦统一六国之后的岳麓秦简。“县官”是就“王室”“公室”而言的，“王室”相对于“公室”也是新词。“公室”当时已经成为历史词汇，已经基本没有现实意义。之所以强调“王室”“公室”一概改为“县官”，是出于抄写新旧律令的需求。可见，更名方的颁布，更多是为官文书服务的。

6 陈松长：《岳麓秦简中的令文格式初论》，《上海师范大学学报》（哲学社会科学版）2017 年第 6 期，第 44 页。

7 李学勤：《初读里耶秦简》，《文物》2003 年第 1 期，第 73 页。

见诸如“守”“主”[1]“敢告某主”[2]“当腾腾”[3]“告”“谓”[4]“敢言之”“手”[5]“如律”[6]等文书常规用语，都是秦代官文书制度化的明证。汉代诏令类文书，如制书其文曰“制诏三公”，诏书其文曰“告某官”，诫敕其文曰“有诏勅某官”[7]，皆有用语上的规定。

其三，规定了官文书的运行制度。

从秦简牍所见“行书律”看，当时官文书的运行制度已甚严密，君臣之间、各行政机构之间的互动高效而频繁。睡虎地秦简《秦律十八种·行书律》简183：“行命书及书署急者，辄行之；不急者，日毕，勿敢留。留者以律论之。”[8]对命书的处理时效有所规定，紧急的命书应立即传送，不急的也得当天送完。《秦律十八种·行书律》简184—185：“行传书、受书，必书其起及到日月夙暮，以辄相报也。书有亡者，亟告官。”[9]谓传送或送达的文书，需要登记相应的时刻，以便及时答复；文书若有遗失，应立即报告官府。根据里耶秦简的材料，当时文书的收文时间精确到时分[10]，文书传递的时间要求至为精细。《秦律十八种·内史杂律》简186：“县各告都官在其县者，写其官之用律。”[11]据此，官吏需要对自己抄写的法令负责，此外每年得到御史处校雠律令，即《秦律十八种》

1 邬文玲：《“守”“主”称谓与秦代官文书用语》，见《出土文献研究》第12辑，中西书局，2013，第152—167页。

2 邹水杰：《里耶秦简“敢告某主”文书格式再考》，《鲁东大学学报》（哲学社会科学版）2014年第5期，第75页。

3 王焕林：《里耶秦简校诂》，中国文联出版社，2007，第123—132页；戴世君：《秦司法文书“当腾腾”用语释义》，《浙江社会科学》2010年第2期，第99页。

4 苏卫国：《小议简牍文书中的“告”“谓”句式——秦汉官文书用语研究之一》，见《简帛研究二〇〇五》，广西师范大学出版社，2008，第222—234页。

5 湖南省文物考古研究所：《里耶发掘报告》，岳麓书社，2007，第214—215页。

6 龙岗秦简117/162/163/194：“田不从令者，论之如律。”《后汉书·光武纪》亦见“论如律”。

7（南朝宋）范晔：《后汉书》卷1上《光武帝纪》，中华书局，1965，第24页。

8 睡虎地秦墓竹简整理小组：《睡虎地秦墓竹简》，文物出版社，1990，第61页。

9 睡虎地秦墓竹简整理小组：《睡虎地秦墓竹简》，文物出版社，1990，第61页。

10 湖南省文物考古研究所：《里耶发掘报告》，岳麓书社，2007，第216—217页。

11 睡虎地秦墓竹简整理小组：《睡虎地秦墓竹简》，文物出版社，1990，第61页。

简199所称“岁雠辟律于御史”[1]。

其四，规定了官文书的字体。

秦朝“书同文字”[2]，推行篆书与隶书，官文书的写作主要用隶书。《说文解字·叙》云：“是时秦烧灭经书，涤除旧典，大发隶卒，兴役戍，官狱职务繁，初有隶书，以趣约易，而古文由此绝矣。”[3]隶书不但改变了汉字的体势，使汉字的书写效率以及普及范围都得到极大提高，严密运转的文书行政从而成为可能，还为汉代知识阶层的扩大及赋等文体的兴起奠定了基础。篆书则主要用于诏令这种高等级文书。如秦诏版的书体为篆书，里耶秦更名方书移录自相应的诏书，也是用篆书书写。王国维在《简牍检署考》中指出：“然则事大者用策，篆书。事小者用木，隶书。殆为通例。”[4]陈梦家亦指出，汉代简牍中，篆书用于高级的官文书和重要仪典的书写，隶书用于中级的官文书和一般经籍的书写，草书用于低级的官文书和一般奏牍草稿[5]。据《后汉书·光武帝纪》注引胡广《汉制度》，汉代命诸侯王的策书用篆书，三公以罪免亦赐策书，但字体为隶书[6]，对字体亦有规定。

其五，规定了官文书的用字。

除了“正字体”，秦朝还“正用字”。[7]据《说文》，秦统一后改“辠”为“罪”，战国楚简以及秦统一前的睡虎地秦简用“辠”，秦统一后的龙岗秦简和放马滩秦简则作“罪”；据更名方，秦统一后区分“吏”“事”二字，睡虎地秦

1 睡虎地秦墓竹简整理小组：《睡虎地秦墓竹简》，文物出版社，1990，第64页。

2（汉）司马迁：《史记》卷6《秦始皇本纪》，中华书局，1959，第239页。《史记·李斯列传》作“同书文字”，《史记·六国年表》作“同文书”，秦始皇琅邪刻石作“同天下书”。

3（汉）许慎：《说文解字》，中华书局，1963，第315页。

4 王国维著，胡生平、马月华校注：《简牍检署考校注》，上海古籍出版社，2004，第42—43页。

5 陈梦家：《由实物所见汉代简册制度》，《汉简缀述》，中华书局，1980，第310页。

6（南朝宋）范晔：《后汉书》卷1上《光武帝纪》，中华书局，1965，第24页。

7 张标：《“书同文”正形说质疑》，《河北师范大学学报》（社科版）1994年第3期，第39页。

简“吏”“事”相混，而龙岗秦简绝不相混[1]，此外，云梦秦简与龙岗秦简相同，不再以“吏”表示事务之“事”；据更名方，秦统一后以“诸”取代“者”，睡虎地秦简与诅楚文用“者”，龙岗秦简、秦始皇诏版则用“诸”[2]；据更名方，秦统一后“卿”“鄉”二字得到区分，里耶秦简即是明证，与睡虎地秦简混用的情形不同；秦统一后以“酒”代替“酉”，睡虎地秦简尚且以“酉”记录“酒”，里耶秦简、周家台秦简则以“酒”为主流。此外，秦系文字中的特色用字如“泰”[3]“壹”[4]“殹”[5]“桥”[6]，在秦统一之后也得到广泛使用。包括更名方在内的秦朝用字规定，有的因为用字习惯定势而为西汉所因袭；有的因为律令等官文书得到西汉的直接继承，其用词也得以沿用；但仍有不少规定，由于主要针对官文书的用语规范，并没有对西汉的用词习惯产生影响。

其六，规定了官文书载体的尺寸、字数等要求。

秦朝所开创的“文书行政”，同样对文书载体形制有所规定。岳麓秦简记载了关于简牍长度、字数的制度：“尺二寸牍一行毋过廿六字，尺牍一行毋过廿二字……御史上议：御牍尺二寸，官券牒尺六寸。制曰：更尺一寸牍牒。”[7]这

1 赵平安：《云梦龙岗秦简释文注释订补——附论“书同文”的历史作用》，见《新出简帛与古文字古文献研究》，商务印书馆，2009，第369—378页。

2 周波：《战国时代各系文字间的用字差异现象研究》，线装书局，2012，第63—64页。

3 大西克也认为“泰”字象征水德，且字形象“秦”，系秦朝为了炫耀天下统一而创造的新字，参见《从里耶秦简和秦封泥探讨“泰”字的造字意义》，见《简帛》第8辑，上海古籍出版社，2013，第139—148页。也有学者认为秦易“民”为“黔首”与崇尚水德与黑色有关。

4 郭子直：《战国秦封宗邑瓦书铭文新释》，见《古文字研究》第14辑，中华书局，1986，第188页；陈民镇：《“惟尹既及汤咸有一德”解》，《文艺评论》2015年第12期，第14页。

5 [日]大西克也：《“殹”“也”の交替——六國統一前後に於ける書面言語の一側面》，《中國出土資料研究》第2号，1998年3月。

6 丁喜霞：《“桥”“梁”的兴替过程及原因》，《语言教学与研究》2005年第1期，第51页；霍生玉：《也说“梁”与“桥”的替换》，《中国语文》2016年第2期，第211页；赵岩：《从简牍文献看“桥”“梁”的更替》，《文汇报》2017年2月3日。

7 陈松长主编：《岳麓书院藏秦简》（伍），上海辞书出版社，2018，第106、108页。

里出现了一尺二寸、一尺、一尺一寸不同尺寸的牍[1]，并规定了相应的字数，有助于我们了解当时的书写制度。过去学者对简牍的长度关注较多[2]，对宽度认识不足，岳麓秦简也记载了宽度的规定："用牍者，一牍毋过五行，五行者，牍广一寸九分寸八；四行者，牍广一寸泰半寸；三行者，牍广一寸半寸。"[3]由此可见书写行数与宽度的对应关系，弥足珍贵。此外，岳麓秦简还有对文书编联、封泥、印章、束带等方面的规定。汉代官文书的形制也有相应的制度。汉王朝对诏令类文书文体的尺寸、字体、格式都作了严格规定，如策书或以1尺（约23.5厘米）和2尺（约47厘米）的简间次编联，或是用长1尺1寸（约25.85厘米）的木两行[4]。张家山汉简《二年律令》简256"田律"载："官各以二尺牒疏书一岁马、牛它物用稾数，余见刍稾数，上内史，恒会八月望。"[5]长2尺的简牍主要见于战国楚简，此外青川秦牍"更修田律"、王家台秦简《日书》也有发现，汉代简牍却难以发现汉律所称的"二尺牒"。《二年律令》的田律多承秦田律，不排除此条在内容上沿袭秦律的可能。《汉书·杜周传》："三尺安出哉？前主所是著为律，后主所是疏为令。当时为是，何古之法乎？"[6]《汉书音

1《史记·匈奴列传》载："汉遗单于书，牍以尺一寸，辞曰'皇帝敬问匈奴大单于无恙'，所遗物及言语云云。中行说令单于遗汉书以尺二寸牍，及印封皆令广大长，倨傲其辞曰'天地所生日月所置匈奴大单于敬问汉皇帝无恙'，所以遗物言语亦云云。"汉文帝致匈奴单于的书信为1尺1寸（约25.85厘米），单于覆信则为1尺2寸（约27.6厘米）之牍，以示"倨傲"，可见文书也与典籍一样，在尺寸上反映尊卑。1尺2寸的文书，见于檄、札等文体。1尺（约23.5厘米）左右的简牍较为常见，文书多为"尺牍"。

2 陈梦家：《由实物所见汉代简册制度》，见甘肃省博物馆、中国科学院考古研究所编著：《武威汉简》，文物出版社，1964；马先醒：《简牍形制》，《简牍学报》1980年第7期；高大伦：《简册制度中几个问题的考辨》，《文献》1984年第4期，第247页；薛英群编著：《简牍制度概述》，兰州古籍书店，1990；胡平生：《简牍制度新探》，《文物》2000年第3期，第66页；程鹏万：《简牍帛书格式研究》，上海古籍出版社，2017；贾连翔：《战国竹书形制及相关问题研究——以清华大学藏战国竹简为中心》，中西书局，2015。

3 陈松长主编：《岳麓书院藏秦简》（伍），上海辞书出版社，2018，第106页。

4（南朝宋）范晔：《后汉书》卷1上《光武帝纪》，中华书局，1965，第24页。由于未见汉代策书的实物，上述说法难以完全证实。诏令类文书对不同文体的尺寸、字体、格式都作了严格规定，由于官文书受到行政力量的制约，故有可能存在更严密的形制规范。

5 张家山二四七号汉墓竹简整理小组编著：《张家山汉墓竹简〔二四七号墓〕（释文修订本）》，文物出版社，2006，第44页。

6（汉）班固：《汉书》卷60《杜周传》，中华书局，1962，第2659页。

义》曰："以三尺竹简书法律也。"[1] 可见律令以3尺（约69厘米）为标准，乃至于"三尺"成为律令的代称。遗憾的是，无论是秦律令还是汉律令，目前的材料都达不到3尺。此外，居延新简载"札长尺二寸，当三编"[2]，谓"札"长1尺2寸。

其七，规定了官文书的载体材质。

目前所发现的秦简牍材料中，包括里耶木简及其他木牍在内的材料基本都是实时性文书，而竹简书写的主要是典籍类文献和律令这样的长效性文书，可见竹、木之别。睡虎地秦简《秦律十八种》简131、132"司空"载："令县及都官取柳及木柔可用书者，方之以书；无方者乃用版。其县山之多菅者，以菅缠书；无菅者以蒲、蔺以枲萷之。各以其获时多积之。"[3] 此条司空律规定以柳以及其他柔软之木加工为方，无方再用版。方和版均为木牍，相对而言，版的加工未如方精细。此外，这条律还对捆扎文书的丝绳材质也做了相应规定。汉代简牍的材料与此较为符合[4]，秦代的木质简牍材料主要见于里耶秦简，其材质主要是水松、油杉、杉木等[5]，似乎并不契合，这主要与考古发现的偶然性有关。

上述一系列规定，推动了官文书的规范化，在很大程度上实现了"文同体"。官文书体系的确立，也深化了人们对文体分类、文体命名以及文体体式的认识，在文体观念的发展史上具有重要意义。

1（汉）司马迁：《史记》卷122《酷吏列传》，中华书局，1959，第3153页。

2 甘肃省文物考古研究所、甘肃省博物馆、文化部文献研究室、中国社会科学院历史研究所编：《居延新简——甲渠候官与第四燧》，文物出版社，1990，第11页。

3 睡虎地秦墓竹简整理小组：《睡虎地秦墓竹简》，文物出版社，1990，第50页。

4 夏鼐：《新获之敦煌汉简》，《中央研究院历史语言研究所集刊》第19本，1948年，第260页；甘肃省文物考古研究所编：《敦煌汉简》，中华书局，1991，第67页；甘肃省文物考古研究所：《甘肃敦煌汉代悬泉遗址发掘简报》，《文物》2000年第5期，第4页。

5 湖南省文物考古研究所：《里耶秦简》（壹），文物出版社，2009，第1页。

第三节 胡广、蔡邕的官文书文体辨体批评

《南齐书・礼志上》载："汉初叔孙通制汉礼，而班固之志不载。及至东京，太尉胡广撰《旧仪》，左中郎蔡邕造《独断》，应劭、蔡质咸缀识时事，而司马彪之书不取。"[1]东汉中后期，因受注重名物训诂、疏释典章的古文经学的影响，知识阶层有意效仿古文经学家所推崇的《周礼》，对汉代典章制度的总结与研究投入空前热情。[2]胡广以及曾经"师事太傅胡广"[3]的蔡邕是其中代表，他们对汉代典章制度的研究，也涉及汉代的官文书制度，因而在事实上开拓了官文书文体辨体批评的新领域。

《后汉书・光武帝纪》注所引胡广《汉制度》云：

> 帝之下书有四：一曰策书，二曰制书，三曰诏书，四曰诫敕。策书者，编简也，其制长二尺，短者半之，篆书，起年月日，称皇帝，以命诸侯王。三公以罪免亦赐策，而以隶书，用尺一木两行，唯此为异也。制书者，帝者制度之命，其文曰"制诏三公"，皆玺封，尚书令印重封，露布州郡也。诏书者，诏告也，其文曰"告某官"云，如故事。诫敕者，谓敕刺史、太守，其文曰"有诏敕某官"。它皆仿此。[4]

以上论策书、制书、诏书、诫敕这四种"帝之下书"，并详细说明这些文书在授予对象、字体、简册形制、用语等方面的规定性。胡广的著作，以《汉官解诂》为代表。但《汉制度》已佚，其书未详，目前所知仅有上述佚文。而蔡邕《独断》对胡广之说多有取择，故有必要结合《独断》一并讨论。

《后汉书・律历志》刘昭注引蔡邕《戍边上章》："臣所师事故太傅胡广，

1（南朝梁）：萧子显：《南齐书》卷 9《礼志上》，中华书局，1972，第 117 页。
2 黄桢：《官制撰述在汉末的兴起》，《文史哲》2021 年第 2 期，第 57 页。
3（南朝宋）范晔：《后汉书》卷 60 下《蔡邕列传》，中华书局，1965，第 1980 页。
4（南朝宋）范晔：《后汉书》卷 1 上《光武帝纪》，中华书局，1965，第 24 页。

知臣颇识其门户，略以所有旧事与臣，虽未备悉，粗见首尾，积累思惟，二十余年。”[1] 据此，胡广曾将有关典章制度的资料授予弟子蔡邕，这些资料自然也成为蔡邕撰写《独断》等著作的基础。《后汉书·礼仪志上》注引谢承《后汉书》：“邕见太傅胡广曰：‘国家礼有烦而不可省者，不知先帝用心周密之至于此也。’广曰：‘然。子宜载之，以示学者。’邕退而记焉。”[2] 谓胡广授意蔡邕关心典章制度。《后汉书·礼仪志》刘昭注引谢沈《后汉书》：“太傅胡广博综旧仪，立汉制度，蔡邕依以为志。”[3] 蔡邕“依以为志”而赓续胡广的事业，他对典章制度的研究，正直接继承自胡广。

《独断》“杂记自古国家制度及汉朝故事”[4]，其中不少内容涉及官文书的文体，既有制书、诏书、策书、戒书这样的下行文，也有章、奏、表、驳议等上行文。《独断》对下行文的论述承袭自胡广，同时有进一步的发挥。如其论制书：

> 制书，帝者制度之命也。其文曰“制诏三公”，赦令、赎令之属是也。刺史、太守相劾奏、申下土、上迁书，亦如之。其征为九卿，若迁京师近臣则言官，具言姓名；其免若得罪，无姓。凡制书，有印使符，下远近皆玺封，尚书令印重封。惟赦令、赎令，召三公诣朝堂受制书，司徒印封，露布下州郡。[5]

由此可知汉代制书的几点重要信息：

其一，制书为“帝者制度之命”，用于制度法规的颁布；

其二，具体而言，制书的重要方面是官吏（太守以上级别）的任免以及赦令、赎令等内容，即《文心雕龙》所称“制施赦命”；

其三，其格式为“制诏三公”起首；

1（南朝宋）范晔：《后汉书》志 3《律历志下》，中华书局，1965，第 3083 页。
2（南朝宋）范晔：《后汉书》志 4《礼仪志上》，中华书局，1965，第 3104 页。
3（南朝宋）范晔：《后汉书》志 4《礼仪志上》，中华书局，1965，第 3101 页。
4（宋）晁公武撰，孙猛校证：《郡斋读书志校证》，上海古籍出版社，1990，第 1229 页。
5（汉）蔡邕：《独断》卷上，中华书局，1985，第 4 页。

其四，制书的下达经过玺封、尚书令印重封的程序，赦令、赎令则需要三公受制书、司徒印封，最终以露布的形式下达州郡。

从传世文献以及出土的汉简看，以上说法大体可以得到验证。由于《独断》反映的主要是东汉末年的制度，并不一定契合此前的情况。如秦至西汉，更常见的是"制诏御史"[1]，其差异主要是由官职职能的变化造成的[2]。从形式上看，"制诏 ××"是制书的重要标志。在《汉书》中，任命官吏如"制诏御史：其以胶东相敞守京兆尹"，罢免官吏如"制诏：免相等皆为庶人"[3]。全国性的大赦令如《汉书·文帝纪》所载："制诏丞相、太尉、御史大夫：间者诸吕用事擅权，谋为大逆，欲危刘氏宗庙，赖将相列侯宗室大臣诛之，皆伏其辜。朕初即位，其赦天下，赐民爵一级，女子百户牛酒，酺五日。"[4]此类赦令多颁布于帝王初即位之际。赦免大臣的制书如："制诏丞相、御史：前将军望之傅朕八年，亡它罪过，今事久远，识忘难明。其赦望之罪，收前将军光禄勋印绶，及堪、更生皆免为庶人。"[5]当然，汉代制书的内容并不限于此。代国玺指出，汉代制书大体可分为两类，一类是面向全国发布的，有立法、布政、宣布对高官（贵爵）的任免（封除）等功能，起首语是固定的，西汉时以"制诏御史"或"制诏丞相御史"起首，东汉时以"制诏三公"起首；另一类下达给特定官僚机构，起首格式一般为"制诏 + 具体命令的职官"。[6]居延汉简、敦煌汉简可见"制书言""府下制书曰"等语，可见"制书"之名。汉简所见制书，涉及"制诏皇大子""制诏光禄勋""制诏酒泉大守""制诏纳言"等形式。汉简制书的内容，一般意义

1 代国玺指出，"御史"非"御史大夫"的省称，而是指"侍御史"；"制诏御史"意指皇帝命令侍御史书记或抄录王言，并将其制成规范文书，反映的是诏令由皇帝自作，人臣负责"记王言"的制度，见《说"制诏御史"》，《史学月刊》2017 年第 7 期，第 32 页。此种制度，亦近于先秦史官记录"王若曰"的内容。

2 魏昕：《汉代诏令研究》，东北师范大学博士学位论文，2015，第 94—95 页。

3（汉）班固：《汉书》卷 76《张敞传》、卷 86《王嘉传》，中华书局，1962，第 3221、3499 页。

4（汉）班固：《汉书》卷 4《文帝纪》，中华书局，1962，第 108 页。

5（汉）班固：《汉书》卷 78《萧望之传》，中华书局，1962，第 3287 页。

6 代国玺：《汉代公文形态新探》，《中国史研究》2015 年第 2 期，第 32 页。

上的任免官吏、赦罪等内容并不多见，所涉及的主要是皇帝遗嘱以及防火、屯戍、农垦等一般性的行政指令。敦煌马圈湾所出汉简的一条记录与罢免有关："六月戊午，府下制书曰：安众侯刘崇与相张绍等谋反，已伏辜。崇季父蒲及令翚解印授，肉袒自护。"[1] 由于汉简多出于西北边陲，其出土地域和功能具有局限性，自然也便难以反映制书的实际情形。

《独断》对汉代诏书的形制也有详细记载：

> 诏书者，诏诰也。有三品：其文曰"告某官"，如故事，是为诏书；群臣有所奏请，尚书令奏之，下有司曰"制"，天子荅之曰"可"，若"下某官"云云，亦曰"诏书"；群臣有所奏请，无"尚书令奏""制"之字，则荅曰"已奏，如书"，本官下所当至，亦曰"诏"。[2]

蔡邕将诏书按照文本格式分为三种[3]：第一种有"告某官"的字样[4]，是皇帝直接下达的命令；第二种有"制""可""下某官"等用语；第三种无"尚书令奏""制"，有"已奏，如书"的作答。其中第二、三种则包括官吏的奏文、皇帝的批复两部分。奏文与批复共同构成一篇文书，也是诏书的一个重要特点。

第一种形式的诏书未见于出土简牍，李均明将一些"制诏 ××"开头的文书归入此类[5]，但从形式看，当属于制书。不过在传世文献中，第一种形式并不罕见，如"章帝元和三年二月壬寅，告常山、魏郡、清河、巨鹿、平原、东平郡太守、相曰""诏告司隶校尉、河南尹、南阳太守曰"等[6]。兼具奏文、批

---

1 甘肃文物考古研究所编：《敦煌汉简》，中华书局，1991，第 238 页。

2（汉）蔡邕：《独断》卷上，中华书局，1985，第 4 页。

3 马怡认为"三品"指三个等级，参《汉代诏书之三品》，见北京大学中国古代史研究中心编：《田余庆先生九十华诞颂寿论文集》，中华书局，2014，第 65—83 页。

4 一些学者认为"如故事"也是诏书的内容，参见汪桂海：《汉代官文书制度》，广西教育出版社，1999，第 32—33 页。

5 李均明：《秦汉简牍文书分类辑解》，文物出版社，2009，第 27—28 页。

6（南朝宋）范晔：《后汉书》卷 3《章帝纪》、卷 10《皇后纪》，中华书局，1965，第 154、423 页。

文的诏书(主要是第二种）是最重要的形式[1]，可以得到简牍的验证，如出土于甘肃酒泉居延肩水金关烽台南侧堡屋的《永始三年诏书》：

丞相方进、御史大夫光昧死言：

明诏哀安元元，臣方进、御史臣光。往秋郡被霜，冬无大雪，不利宿麦，恐民……

调有余，给不足，不民所疾苦也，可以便安百姓者，问计长吏守丞……

臣光奉职无状，顿首死罪，顿首死罪。臣方进、臣光前对问上计弘农大守丞立……

郡国九谷最少，可豫稍为调给，立，辅既言民所疾苦，可以安□

弘农大守立、山阳行大守事湖陵□□上……

令堪对曰：富民多畜田出贷□□□□移……

治民之道宜务与本，广农桑……

来，出贷或取以贾贩愚者，苛……

来去城部，流亡离本逐末浮食者……

与县官并税以成家致富，开并兼之路……

言既可，许臣清除贷钱它物律，诏书到，县道官得取……

县官还息与贷者，它不可许，它别奏，臣方进、臣光愚戆顿首死罪、顿首死罪。

制：可。

……[2]

以上文书包含了丞相翟方进、御史大夫孔光的请诏文（有“昧死言”等文书用语)、“制：可”的批文、传达诏书的行下文、丞相的补充报告、批文（简

1 代国玺：《汉代公文形态新探》，《中国史研究》2015年第2期，第42页。

2 甘肃省考古文物研究所编：《居延新简释粹》，兰州大学出版社，1988，第102—103页。

文残缺，未见）、传达诏书及丞相补充报告的下行文各部分，可以一窥诏书的完整体式。日本学者大庭脩曾复原了一件居延汉简诏书[1]，也包含御史大夫的请诏文（有“昧死以闻”等文书用语）、“制曰：可”的批文以及传达诏书的行下文，并且可以看出御史大夫是根据太常等下属官吏上报的，反映了诏书层层上奏的原则。而简牍中发现较多的诏书行下文，可据此梳理出层层下达的线索。传世文献中的诏书多掐头去尾，只保留文书的主体，而汉简诏书则为我们提供了完整的文书形式，弥足珍贵。

胡广与蔡邕所论策书与戒敕，则未见于汉代简牍。《独断》除了讨论下行文，还涉及章、奏、表、驳议等上行文，从而构成一个完整的官文书体系。总体来说，胡、蔡的论述提供了认识汉代官文书制度的重要线索，部分内容可与汉代简牍相互验证。但他们所处的时代毕竟是东汉晚期，他们的论述未必能涵盖两汉的全部时段。同时，他们对典章制度的讨论不免掺杂自身的理念，有学者对此有所讨论。[2]

胡广、蔡邕的官文书文体辨体批评对后世有深远影响，如《文心雕龙·诏策》在讨论诏策时，便基本延续胡、蔡的说法：

> 汉初定仪则，则命有四品：一曰策书，二曰制书，三曰诏书，四曰戒敕。敕戒州部，诏诰百官，制施赦命，策封王侯。策者，简也。制者，裁也。诏者，告也。敕者，正也。[3]

关于《独断》的文体学价值，除了刘跃进等学者有专门讨论[4]，鲜有论者措

---

1 [日] 大庭脩：《秦漢法制史の研究》，（东京）创文社，1982，第 235—258 页。

2 侯旭东：《胡广／蔡邕“帝之下书有四”说的“显”与“隐”》，见北京大学历史学系、北京大学中国古代史研究中心编：《祝总斌先生九十华诞颂寿论文集》，中华书局，2020，第 120—153 页。

3 （南朝梁）刘勰著，范文澜注：《文心雕龙注》卷 4《诏策》，人民文学出版社，1958，第 358 页。

4 跃进：《〈独断〉与秦汉文体研究》，《文学遗产》2002 年第 5 期，第 11 页；刘后滨：《从蔡邕〈独断〉看汉代公文形态与政治体制的变迁》，《广东社会科学》2002 年第 4 期，第 103 页；代国玺：《蔡邕〈独断〉考论》，《文献》2015 年第 1 期，第 154 页；杨东林：《汉魏六朝文体论与文体观念的演变》，科学出版社，2018，第 47—53 页。刘文收入《秦汉文学论丛》，凤凰出版社，2008，第 146—171 页。其观点又见于曹道衡、刘跃进：《先秦两汉文学史料学》，中华书局，2005，第 371 页。

意。至于胡广，学者更是关注不足。一个很重要的原因在于，胡广与蔡邕讨论的是官文书。依照六朝的观念，这些文书属于“笔”而非“文”。依照今天的观念，它们属于文学性不强的公文，故文学史家多直接忽略这一类的文体。但缺乏文书类文体的中国古代文体史，显然是不完整的。

从现存材料看，蔡邕所撰《独断》及《铭论》属于最早的一批辨体批评论著。[1]铭属于“文”，章、表等文书属于“笔”，蔡邕兼论“文”“笔”，其论述之系统、全面较之魏晋南北朝的文体论有过之而无不及，其在文体史上的地位不容忽视。尤其是其官文书文体辨体批评，对制书、诏书、策书等文体的格式、用语做了细致的分析，这固然是出于官文书的独特性质，但也确乎说明作者对文体体式的高度关注。“文体”是形式、内容与功能的统一，而尤以形式至为关键。春秋战国的早期文体批评，如有关诔、铭等文体的讨论，主要围绕文本功能展开，对文本形式及内容关注不足。“公文之要，首在辨体”[2]，因官文书的文体对形式要求至为严谨，“辨体”出于现实需要，并催生了早期的辨体批评，周勋初便曾断言“文体论的产生，是由研究朝廷公文格式开始的”[3]。秦汉官文书体系的形成与完备，为官文书文体辨体批评的出现奠定了基础。《独断》是对汉代官文书的一次系统总结，作为典章制度整理的产物，主要目的是为了让官僚“入朝不惑”[4]，在某种程度上说仍不是对文体理论批评的自觉探索[5]。但《独断》对文本的形式、内容及功能皆有论述，尤其是对形式因素进行专门总结，开展自觉的“辨体”工作，已开文体理论批评之先河。

---

1 赵逵夫将蔡邕的《铭论》视作中国最早的文体论，《先秦文体分类与古代文章分类学》，见孙以昭、陶新民主编：《中国古代散文研究》，安徽大学出版社，2001，第8页。

2 徐望之：《公牍通论》，商务印书馆，1947，第45页。

3 周勋初：《中国文学批评小史》，复旦大学出版社，2007，第42页。

4 （南朝宋）范晔：《后汉书》志24《百官志》，中华书局，1965，第3556页。

5 傅刚：《论汉魏六朝文体辨析观念的产生与发展》，《文学遗产》1996年第6期，第25页。

第五章
汉魏六朝赋体的源流批评

赋是兴盛于两汉时期的一种新文体，关于其源流的辨别是两汉魏晋南北朝时期文学批评的重要任务之一，现存的大量批评史料反映了当时一些重要的、有代表性的文学、文体思想观念。本章通过对这些批评史料的分解，对当时的赋体源流讨论情况作一些必要的评析与辨正，以及对各家的批评意识、文学价值观和文体观念作一些体认与评价。

第一节　班固的赋体源流批评

从历史材料来看，较早对赋作文体辨源的是班固。早先目录学家刘歆曾“总群书而奏《七略》”，班固的《汉书·艺文志》是在《七略》的基础上“删其要”而成的[1]，故班固对于赋体源流的意见部分包含了刘歆的看法。班固对赋体渊源的看法主要体现在《汉书·艺文志》和《两都赋》序之中。《汉书·艺文志》云：

传曰：“不歌而诵谓之赋，登高能赋，可以为大夫。”言感物造耑，材知深美，可以图事。故可以为列大夫也。古者诸侯卿大夫交接邻国，以微言相感，当揖让之时，必称诗以喻志，盖以别贤不肖而观盛衰焉。故孔子

1（汉）班固：《汉书》卷30《艺文志》，中华书局，1962，第1701页。

曰："不学诗，无以言。"春秋之后，周道浸坏，聘问歌咏，不行于列国，学诗之士，逸在布衣，而贤人失志之赋作矣。大儒孙卿及楚臣屈原，离谗忧国，皆作赋以风，咸有恻隐古诗之义。其后宋玉、唐勒，汉兴，枚乘、司马相如，下及扬子云，竞为侈丽闳衍之词，没其风谕之义。是以扬之悔之，曰："诗人之赋丽以则，辞人之赋丽以淫。如孔氏之门人用赋也，则贾谊登堂，相如入室矣，如其不用何！"自孝武立乐府而采歌谣，于是有代赵之讴，秦楚之风，皆感于哀乐，缘事而发，亦可以观风俗，知薄厚云。[1]

又《两都赋序》云：

或曰：赋者，古诗之流也。昔成康没而颂声寝，王泽竭而诗不作。大汉初定，日不暇给。至于武宣之世，乃崇礼官，考文章，内设金马石渠之署，外兴乐府协律之事，以兴废继绝，润色鸿业……故言语侍从之臣，若司马相如、虞丘寿王、东方朔、枚皋、王褒、刘向之属，朝夕论思，日月献纳。而公卿大臣御史大夫倪宽、太常孔臧、太中大夫董仲舒、宗正刘德、太子太傅萧望之等，时时间作。或以抒下情而通讽谕，或以宣上德以尽忠孝，容雍揄扬，著于后嗣，抑亦雅颂之亚也。[2]

把这两段文字合而观之，可看作是班固的一篇赋体源流论。他认为：《诗经》中的篇什都可以合乐歌唱，但当时诸侯卿大夫在外交场合互相"揖让"之时，为了"以微言相感"而"谕其志"，往往"不歌而诵"，即赋诗。战国时期，虽然聘问歌咏、赋诗言志之风不流行了，但一些"失志"之士为了谕其"离谗忧国"之"志"，"皆作赋以讽"，如荀子、屈原等人，由此而产生了第一批"贤人失志"之"赋"。逮及汉代，赋体大兴，赋家迭出，如枚乘、司马相如、扬雄诸辈，但这时之"赋"比之荀、屈的"贤人失志之赋"，均"竞为侈丽闳衍之词，没其风谕之义"，故已大失"古诗之义"。总之，班固认为赋是袭古代"不

1（汉）班固：《汉书》卷30《艺文志》，中华书局，1962，第1755—1756页。

2（汉）班固：《两都赋》，见（南朝梁）萧统编，（唐）李善注：《文选》卷1，中华书局，1986，第1—3页。

歌而诵”的诵诗方法发展而来的脱胎于《诗经》的一种文体，其可以“抒下情而通讽谕”，“宣上德以尽忠孝”，为“润色鸿业”之具，故堪称是“雅颂之亚”。所以，他为赋体所下的定义是：“不歌而诵谓之赋”，“赋者，古诗之流也”。

班固对赋的形式体制、思想原则作出了一些渊源考辨，并且对战国以来赋的创作情况作了一个描述，其意见有合理之处。所谓“不歌而诵谓之赋”一语，系征引古语，意在说明赋由古代的赋诗发展演变而来，其特点是“不歌而诵”。“赋”的本义之一为“诵”，如《左传》隐公三年，“卫人所为赋《硕人》也”，又《国语・周语上》“师箴，瞍赋，矇诵”，及《诗经・鄘风・定之方中》毛传“升高能赋”[1]，几处之“赋”均训为“诵”。在春秋时代，赋诗活动曾兴盛一时，如《左传》文公十三年记：“郑伯与公宴于棐，子家赋《鸿雁》，季文子曰：‘寡君未免于此。’文子赋《四月》，子家赋《载驰》之四章，文子赋《采薇》之四章，郑伯拜，公答拜。”同《诗》比较，赋之显著特点之一是不能合乐歌唱而只能诵读，汉宫中也确实养了一批辞赋家，经常当众诵读他们的作品，如《汉书・王褒传》记宣帝曾命著名赋家王褒到太子宫奉侍，“朝夕诵读奇文及所自造作”，“太子喜褒所为《甘泉》及《洞箫颂》，令后宫贵人左右皆诵读之”[2]。所谓“赋”为“古诗之流”，此处之“流”与《汉书・叙传》中“刘向司籍，九流以别”之“流”同义，均指“文体”，故班固的意思是说赋是《诗经》之一体。“赋”原为《诗经》“六义”之一，郑玄解释其特点为“直铺陈”，即与“比、兴”相反的直述铺陈。另外，《释名・释典艺》云：“敷布其义谓之赋。”[3]汉赋的写景状物叙事，全以铺陈的笔法为之，与《诗》之“赋”法有相类之处，故班固认为作为文体之“赋”来之于“六义”之“赋”，于是径言赋为《诗》之一体。当然，班固在此使用“流”一词，还包含有其他意蕴，即认为赋沿用了古诗表现形式上的某些特点，保留

1（唐）孔颖达：《毛诗正义》卷 3《鄘风・定之方中》，见（清）阮元校刻：《十三经注疏》，中华书局，1980，第 316 页。

2（汉）班固：《汉书》卷 64《王褒传》，中华书局，1962，第 2829 页。

3（汉）刘熙：《释名》卷 6《释典艺》，中华书局，1985，第 99—100 页。

了古诗的讽谏之义、恻隐之情，甚至保留了“风”的余韵。班固为赋所下的两个定义尽管着眼点不同，但意思一致，分别从两个方面指出了赋与《诗经》在文体上的渊源关系，言明了赋是古代诵诗及“六义”之“赋”的直接演变，就阐明赋体受《诗经》影响而言，其见自有合理的一面。此外，这两个定义却更多地暴露了他对作为文体之“赋”和作为诗义之“赋”在意义上的混淆不清，他并未能清楚地划分开赋与《诗》在文体上的界限。原因在于班固的文学观念、批评意识完全局限于儒家经典传统，其论赋体渊源，着眼之处在于赋的功能，还没有自觉到认为“赋”为一种判然“与诗画境”[1]之新兴文体的程度。他言赋为古代诵诗的演变发展，为“古诗之流”，除了指明赋体在形式体制上的某些特征之外，更主要的在于要为赋与《诗经》在思想和功用方面建立一种直接承接关系，即认为赋必须像汉儒的意识观念中的《诗》一样，为统治阶级尽“讽谕”之职，使赫赫帝业“著于后嗣”，以成为“雍容揄扬”的三代“颂声”之继响。《文选》注者李善在“赋者，古诗之流也”下注云：

> 《毛诗序》曰：诗有六义，二曰赋。故赋为古诗之流也，诸引文证皆举先以明后，以示作者必有所祖述也。[2]

原来，班固言赋为古诗之流，目的在于表明自己“祖述”古人为诗“讽谕”而作《两都赋》，“以极众人之所眩曜，折以今之法度”[3]。班固囿于古代诵诗和“诗义”，他对赋体所作的辩体批评更多地局限于功能作用等外部关系方面，并没有对赋的源流体变及其原因作出深入的阐发，这自然对抬高赋在当时政治生活中的地位作用有利，但最终却可能在一定程度上削弱赋在文体上的独立性，从而显露出了他的文体意识、批评观念之“宗经”特点。

班固还将“颂”视作“赋”的同义词，将赋体称作“颂”，或者“赋颂”

1（南朝梁）刘勰著，范文澜注：《文心雕龙注》卷2《诠赋》，人民文学出版社，1958，第134页。
2（汉）班固：《两都赋》，见（南朝梁）萧统编，（唐）李善注：《文选》，中华书局，1986，第1页。
3（汉）班固：《两都赋》，见（南朝梁）萧统编，（唐）李善注：《文选》，中华书局，1986，第4页。

连称，如《汉书》中关于庄助的一段记载，言皇上每遇“有奇异，辄使为文，及作赋颂数十篇”[1]。另外，《汉书·艺文志》的《诗赋略》于“杂赋”目下列有“杂行出及颂德赋二十四篇”，“李思孝景皇帝颂十五篇”[2]。这是由于班固认为赞颂为赋的主要功用之一，其可“宣上德以尽忠孝，雍容揄扬，著于后嗣”，为“雅颂之亚”。事实上，汉代“赋”与“颂”在名称上互换使用的情况相当普遍，如司马相如的《大人赋》亦称《大人颂》、王褒的《洞箫赋》又称《洞箫颂》，而王充《论衡》中称“赋”为“赋颂”亦有多处，如：“今尚书郎班固、兰台令杨终、傅毅之徒，虽无篇章，赋颂记奉，文辞斐炳，赋象屈原、贾生，奏象唐林、谷永。”[3]“赋颂”与“记奏”显为两种文体，分别以“赋”“颂”通用的情况出现，除上面所讲的原因外，很可能还与“颂”与“赋”同可训作“诵读”有关。《孟子·万章下》：“颂其诗读其书，不知其人可否？”所谓“颂其诗”即“诵读其诗”之意。赋只能诵读，而“诵”即“颂”也，故一些内容并非“赞颂上德”的赋作，其篇名亦冠以“颂”字，如东方朔的《旱颂》即其例之一。然而班固的以“颂”称“赋”或“赋颂”连用，其用意却在于赋的“赞颂上德”之功。另外，班固在《汉书》中还将赋体称作“辞赋”，或单以“辞”代替之，如：“梁客皆善属辞赋”“辞赋大者与古诗同义”“赋莫深于《离骚》，（扬雄）反而广之；辞莫丽于相如，作四赋。”[4]以“辞”或“辞赋”为赋体之名称，这在《史记》中即出现，如《史记》司马相如本传即有“景帝不好辞赋”[5]云者。在中国文体分类学上，“辞”的文体意义不很确定，后来一般指“楚辞”，即“骚体”。而在班固的文体观念中还“辞”“赋”不分，故他称屈原作品亦为赋，如《汉

1（汉）班固：《汉书》卷64《严助传》，中华书局，1962，第2790页。
2（汉）班固：《汉书》卷30《艺文志》，中华书局，1962，第1752、1750页。
3（汉）王充著，黄晖校释：《论衡校释》卷29《案书》，中华书局，1990，第1174页。
4（汉）班固：《汉书》卷51《邹阳传》、卷64下《王褒传》、卷87下《扬雄传》，中华书局，1962，第2365、2828、3583页。
5（汉）司马迁：《史记》卷117《司马相如列传》，中华书局，1963，第2999页。

书·艺文志》中有“屈原赋二十五篇”云云。这大约是由于骚（辞）、赋相较于诗均属“不歌而诵”之列，故乃视为同一。使骚、赋分体而立是昭明太子萧统的《文选》。

第二节 魏晋时期的赋体源流批评

班固认为赋体为“古诗之流”，其后众家都援此说，遂酿成一派之见。如杨德祖《答临淄侯笺》：“今之赋颂，古诗之流，不更孔公，风雅无别耳。”[1]皇甫谧《三都赋序》：“子夏序诗曰：一曰风，二曰赋。故知赋者，古诗之流也。”[2]挚虞《文章流别论》：“赋者，敷陈之称，古诗之流也。”[3]萧统《文选序》：“诗有六义焉，一曰风，二曰赋……至于今之作者，异乎古昔。古诗之体，今则全取赋名。荀宋表之于前，贾马继之于末，自兹以降，源流寔繁。”[4]颜之推《颜氏家训·文章》：“歌咏赋诵，生于《诗》者也。”[5]其中作为文体分类学家的挚虞和萧统两家的影响较大，他们与班固不同之处在于没有涉及赋体发展与古代诵诗的关系，而认为赋体只是由诗“六义”之一之“赋”衍生演变而来的，更着力强调赋体与“六义”之“赋”在“铺陈”手法上的一致性，以此视后者为前者之渊源所在。

挚虞认为今之赋导源于古诗之“赋”，“假象尽辞，敷陈其志”是它们一致的特点，所不同的是古诗之“赋”因辞而形情，因事而明“礼义之旨”，而今

1（三国）杨德祖：《答临淄侯笺》，见（南朝梁）萧统编，（唐）李善注：《文选》卷40，上海古籍出版社，1986，第1819页。

2（三国）皇甫谧：《三都赋序》，见（南朝梁）萧统编，（唐）李善注：《文选》卷45，上海古籍出版社，1986，第2038页。

3（晋）挚虞：《文章流别论》，见（清）严可均编：《全上古三代秦汉三国六朝文》，中华书局，1958，第1905页。

4（南朝梁）萧统编，（唐）李善注：《文选序》，见《文选》，上海古籍出版社，1986，第1页。

5（北齐）颜之推撰，王利器集解：《颜氏家训集解》（增补本），中华书局，1993，第237页。

之赋则多“淫浮”之病。[1]萧统则认为古诗中本有“赋”之一体，从荀子、宋玉等人开始专取此而造篇，并且又以此来作其创作的体制之名，由此，作为古诗之一的“赋”遂演变为“赋”这种新文体。这里需要指出的是，虽然古诗之“赋”与汉赋都讲铺陈，但并非完全相同。“六义”之“赋”之铺陈是直叙，即不借助于比兴而直说之，而汉赋之铺陈除直叙而外亦包括其象物时文辞上的铺张扬厉，尽情描摹，以及结构上的恢宏浩大。另外，汉赋在写作中并不排斥使用比兴手法，故范文澜于《文心雕龙·诠赋》注曰：

赋比兴三义并列，若荀屈之赋，自六义之赋流衍而成，则不得赋中杂出比兴。今观荀屈之赋，比兴实繁，即士蔿所作，有弧裘龙茸语，三句之中，兴居其一，谓赋之原始，即取六义之赋推演而成，或未必然。[2]

即针对此而言，故云赋体即由“六义”之“赋”单独发展而来，难免有以偏概全之嫌。然此说影响甚广，后世剿袭者甚众，如祝尧《古赋辨体·两汉体》言：“汉兴，赋家专取诗中赋之一义以为赋。”[3]王芑孙《读赋卮言》亦以为赋“三百篇其百世不迁之宗矣”[4]。诸如此类，不胜枚举。与班固同样，挚虞、萧统等人的赋体辨源俱体现出一股浓烈的“宗经”意味，不过这在当时又是难以克服的。在当时人们的文体观念、批评意识中，诸如颜之推的“文章者源出五经”的看法是相当普遍的，如《世说新语·文学》记载孙绰认为“《三都》、《二京》、五经鼓吹”，刘孝标注此云：“言此五赋是经典之羽翼。”[5]这种观念直可追溯到汉初，当时淮南王刘安在评价屈原时认为《离骚》等作品是“依经立义”，其“风谕之义”与《诗》同义，故为“古

1（晋）挚虞：《文章流别论》，见（清）严可均编：《全上古三代秦汉三国六朝文》，中华书局，1958，第1905页。

2（南朝梁）刘勰著，范文澜注：《文心雕龙注》卷2《诠赋》，人民文学出版社，1958，第137页。

3（元）祝尧：《古赋辨体》卷3，见《影印文渊阁四库全书》第1366册，第746页。

4 徐志啸编：《历代赋论辑要》，复旦大学出版社，1991，第78页。

5（南朝宋）刘义庆著，（南朝梁）刘孝标注，余嘉锡笺疏：《世说新语笺疏》，上海古籍出版社，1993，第260页。

诗之流”，之后为屈原辩护者莫不以此为立说根据。这种辨体批评观念在班固开始的赋体源流批评中得以延伸，“宗经”思想使视野狭窄，其认识只能达到以赋体为《诗》之“羽翼”的程度，而不会更多地认识到楚辞与赋体的渊源关系。

在分析赋体发展史时，萧统和班固一致，特意标出荀、宋两家，这是合理的。荀子的《赋篇》是最早以文体的赋称题的一篇文章，宋玉则有《高唐赋》《风赋》等制作，尽管有人怀疑荀子《赋篇》的篇名可能是刘向所加，荀子自己是否称其为“赋”并无实证可查，但这并不影响他在赋史上的地位。事实上，到了汉代，关于赋体名称的使用仍不统一，属于赋体的制作常冠以其他称谓，除前言之“颂”“辞”之外，甚至还以“诗”称之，如庄忌之《哀时命》、王褒之《九怀》、刘向之《九叹》等为赋体，然作者却称之为“诗”。所以，尽管贾谊的《鹏鸟赋》是可确考的最早以赋命名的一篇作品，但实际上荀、宋等人的作品已开了赋体创作的先声。班固、萧统关于荀、宋在赋史上位置的看法，后来被刘勰所接受。与班固不同，讲赋体发展史时萧统没有提到屈原和枚乘。他认为骚与赋是两种文体，前者言情，具恻隐，含“风谕”；后者专效物，极侈丽闳衍之词，不载以正道，故在《文选》中分立名目，而班固则辞赋不分，类归为一。使骚、赋分体而立，从文体分类的角度看无疑更合理一些，当然这也是萧统尊屈子的具体方法之一。至于枚乘，萧统则在《文选》中专立“七”一体，把枚乘《七发》及所有以“七”名篇的仿制全归之，这大概是由于自枚乘作《七发》之后，仿效者群起，一时以“七”名篇者甚众，并经久而不减，傅玄《七谟序》云：

昔枚乘作《七发》，而属文之士若傅毅、刘广、崔骃、李尤、桓麟、崔琦、刘梁、桓彬之徒，承其流而作之者纷焉：《七激》《七兴》《七依》《七款》《七说》《七蠲》《七举》《七设》之篇。于是，于通儒大才马季长、张平子亦引其源而广之，马作《七历》、张造《七辩》，或以恢大道而导幽滞，或以点瑰侈而托调咏，扬晖播烈，垂于后世者九十有余篇。自大魏英贤迭作，有陈王《七启》，王氏《七释》，扬氏《七训》，刘氏《七华》，从父侍中《七诲》，并陵前而邈后，扬清风于儒林，亦数篇焉。[1]

由此可见一斑。萧统因见于此，特立“七”一体，但这样是不合理的，章学诚曾就此而责难：“今以枚乘发问有七，而遂标为七，则《九歌》《九章》《九辩》亦可标为九乎？”[2] 而班固则把《七发》及以“七”名篇的仿制之作全归之于赋体，在这一点上，班序则高明于萧统。

第三节 刘勰的赋体观念

关于赋体源流，刘勰的批评是比较全面而准确的。《文心雕龙》专设《诠赋》一篇，对于赋的文体演变及特征作了较为详尽的总结：

诗有六义，其二曰赋。赋者，铺也；铺采摛文，体物写志也。昔邵公称公卿献诗，师箴（瞍）赋。传云：“登高能赋，可以为大夫。”诗序则同义，传说则异体，总其归涂，实相枝干。故刘向明不歌而诵，班固称古诗之流也。至如郑庄之赋大隧，士蒍之赋狐裘，结言短韵，词自己作，虽合赋体，明而未融。及灵均唱骚，始广声貌，然则赋也者，受命于诗人，而拓宇于楚辞也。于是荀况礼智，宋玉风韵，爰锡名号，与诗画境；六义附庸，蔚成大国。遂述客主以首引，极声貌以穷文，斯盖别诗之原始，命赋之厥初也。[3]

刘勰论赋体源流分三步。首先，刘勰注意到了赋与《诗》之关系，认为赋体的起源与作为诗之写作方法之一的“赋”及古代赋诗有联系。他是从赋体艺

1（宋）李昉等：《太平御览》卷590《文部》6，中华书局，1960，第2657页。
2（清）章学诚著，叶瑛校注：《文史通义校注》卷1《诗教下》，中华书局，1985，第81页。
3（南朝梁）刘勰著，范文澜注：《文心雕龙注》卷2《诠赋》，人民文学出版社，1958，第134页。

术特点与“六义”之“赋”及赋诗之特点的一致性上来考虑此的。他认为《诗》之“赋”法的特点是铺陈其事，而“不歌而诵”之“赋”虽说与“六义”之“赋”“异体”，但其亦有铺陈的特点，所以，二者“实相枝干”，如郑庄公赋“大隧”，士蔿赋“狐裘”，既是“不歌而诵”，又是“铺陈其事”。当然，“大隧”“狐裘”这样的制作，虽然“词自已作”，特征上已“合赋体”，但还属于“结言短韵”，没有真正从诗体中独立出来，所以不能和以后的成体之赋等量齐观，用刘勰话来讲就是还“明而未融”。当然，刘勰认为《诗》为赋之渊源之一也有从思想性上考虑的原因，刘彦和论文主张宗经，曾言：“赋颂歌赞，则《诗》立其本。”[1]在他看来，一切文学都要“依经立义”，赋作为一种文学形式，不仅在其形式上承接了“六义”之“赋”的特点，而且在思想原则方面也必须接受《诗》的规范，在这一点上他的观点与班固、萧统等人是一致的。

其次，刘勰与班固等人不同的是他不但认识到了“赋自诗出”，而且还认识到《楚辞》对赋体的兴起亦起了极大的影响作用，甚至正因为受到楚辞的影响才使赋最终与诗“分歧义派”，独成一体。何为其然呢？因为《诗》中虽然用“赋”法“铺陈其事”，但是文学创作中第一次用“铺陈其事”的方法象物叙事，做到声貌齐美，“品物毕图”的却是屈原，他是“赋”法在文学创作中运用的“拓宇者”，对后来赋家的影响是极其显著的。另外，屈原在比、兴手法运用上亦有发展，比之《诗经》更为朗丽绮靡、环诡耀艳，更富有情感的渗透。这对后来赋家广用比兴亦不无影响。《文心雕龙·辨骚》篇云：“固知楚辞者，体宪于三代，而风杂于战国，乃雅颂之博徒，而辞赋之英杰也。观其骨鲠所树，肌肤所附，虽取熔经意，亦自铸伟辞。……是以枚贾追风以入丽，马扬沿波而得奇，其衣被词人，非一代也。”[2]《比兴》篇云：“三闾忠烈，依诗制骚，讽兼比兴。炎汉虽盛，而辞人夸毗，诗刺道丧，故兴义销亡。于是赋颂先鸣，故比体

1（南朝梁）刘勰著，范文澜注：《文心雕龙注》卷 1《宗经》，人民文学出版社，1958，第 22 页。
2（南朝梁）刘勰著，范文澜注：《文心雕龙注》卷 1《辨骚》，人民文学出版社，1958，第 47 页。

云构。”[1]《才略》篇云：“相如好书，师范屈宋，洞入夸艳，致名辞宗。然核取精意，理不胜辞。故扬子以为‘文丽用寡者长卿’，诚哉是言。”[2]刘勰认为屈原为“雅颂之博徒”“辞赋之英杰”，称之为“博徒”，盖因屈辞中有“异乎经典”的“四事”，这是刘勰辨体批评意识中的“宗经”思想在作怪；称之为“英杰”，意思却是说屈原大大发展了“铺陈”的手法，“伟辞”成篇，奇丽眩目，突破了原始之“赋”法。但是，刘勰又认为比起赋家的“夸毗”之作，屈原还能“讽兼比兴”，在思想原则上更接近《诗》。而后来的枚乘、贾谊、司马相如、扬雄等人则无不沿屈原“奇”“丽”之波而驰骋文章，虽然这种“师范”走向极端，以致“洞入夸艳”，然而也只有这样才能使他们“致名辞宗”，即成为典型的汉赋作家。由于屈原对后来的赋作家起了如此之“衣被”作用，所以在赋的发展史上刘勰给了他一个“轩翥诗人之后，奋飞辞家之前”的评价。虽然屈原对赋体演变产生了如此之影响，但刘勰还认为他是诗人，而不是赋家，因为屈原虽为“辞赋之英杰”，但其“风兼比兴”“去圣未远”，不像之后的荀子、宋玉等“结隐语，事数自环”“发巧谈，实始淫丽”，成为地地道道的“博徒”。所以《文心雕龙》分立《辨骚》《诠赋》两篇，则说明在他的文体批评意识中屈原的作品与后来的赋是不同的，他更多的是注意到屈辞对赋的影响，而不是把它们看作是赋体作品，这当然是出于对屈辞与汉赋在文体形态和思想特质两方面不同特点考虑的结果。

最后，关于赋体演变成熟的标志问题，刘勰认为《诗》之“赋”法和古代赋诗以及屈原伟辞奇丽、声貌齐美、“品物毕图”的创作为赋体的产生积累了足够的书写手法和艺术经验，正是在这种书写手法和艺术经验积累的前提条件下，“荀结隐语，事数自环；宋发巧谈，始实淫丽”，便产生了“铺采摛文，体

1（南朝梁）刘勰著，范文澜注：《文心雕龙注》卷 8《比兴》，人民文学出版社，1958，第 602 页。

2（南朝梁）刘勰著，范文澜注：《文心雕龙注》卷 10《才略》，人民文学出版社，1958，第 698 页。

物写志”的新文体——赋。[1]在刘勰看来，荀、宋二人的创作具有分界线的意义，荀子《赋篇》首创“客主以首引”，即以客主答问开篇，宋玉《神女赋》《登徒子好色赋》诸篇巧谈毕发，文彩淫丽，“极声貌以穷文”，这都有别于《诗经》创作中所用的“原始”之“赋”法，也不是简单的“不歌而诵”了，和屈辞在形式特征和思想原则上亦有差别，他们的创作基本上奠定了赋体文学之最“厥初”的特征，是赋体文学的开山之作。刘勰又指出经荀子、宋玉二人作“赋”，并且“爰锡名号”，“赋”这种原来仅为“六义附庸”的一种写作方法，遂“蔚成大国”，“与诗画境”[2]，终于发展成为一种独立的新文体了。刘勰把赋体的形成归之于荀子和宋玉，确实很有文体辨析的眼光，荀子的《赋篇》与《诗经》和屈辞均不同，它通过对礼、智、箴、云、蚕五种事物的刻画，表达了希望君王和臣宰在道德修养上应具备此五种事物的优点的愿望，虽不甚“铺采摛文”，但“假象尽辞，敷陈其志”，具有“体物写志”的特点，故刘勰推崇：“荀况学宗，而象物名赋，文质相称，固巨儒之情也。”[3]至于宋玉，大约由于其文章太“淫丽”的缘故，刘勰对他没什么赞语，但实际上他的《风》《钓》诸赋和其《九辩》不同，后者基本上和屈原的作品一样，属抒情诗，而前者却显然为象物之作，且以旁观者的口吻来描述，不露明显的抒情痕迹，故似应属于司马迁讲的“好辞而以赋见称”之列。所以，他在赋体发展史上的位置亦不容置否。

对荀子、宋玉以后的赋体发展刘勰亦曾勾勒出一个大体轮廓。《诠赋》篇云：

> 秦世不文，颇有杂赋。汉初词人，循流而作，陆贾扣其端，贾谊振其绪，枚、马播其风，王、扬骋其势，皋、朔已下，品物毕图。繁积于宣时，校阅于成世，进御之赋，千有余首，讨其源流，信兴楚而盛汉矣。[4]

最后两句带有总结性质，言赋繁盛于汉，自无异议，而曰赋“兴楚”，亦

1（南朝梁）刘勰著，范文澜注：《文心雕龙注》卷 2《诠赋》，人民文学出版社，1958，第 135 页。
2（南朝梁）刘勰著，范文澜注：《文心雕龙注》卷 2《诠赋》，人民文学出版社，1958，第 134 页。
3（南朝梁）刘勰著，范文澜注：《文心雕龙注》卷 10《才略》，人民文学出版社，1958，第 698 页。
4（南朝梁）刘勰著，范文澜注：《文心雕龙注》卷 2《诠赋》，人民文学出版社，1958，第 134 页。

不无道理。宋玉为楚国土生土长的作家，至于荀子，虽为赵人，但他曾两次适楚，长期在楚国为仕，任兰陵令，死后亦葬于楚之兰陵，他的《赋篇》即作于楚地，再加上屈原对赋体的影响，所以说赋兴于楚是言之成理的。

刘勰的辨析阐述赋体渊源，除个别情况，如赋体产生受先秦散文、纵横家以及民间文学的影响等没有谈及而外，还是较全面的。从刘勰的论述可以看出他注意从发展的眼光看问题，认识到了一种文体的产生与社会及文学本身发展之间的复杂联系，更为可贵的是他提出赋是一种独立的“与诗画境”的文体，所以也就没有再沿用所谓赋为“古诗之流”的模棱两可的说法。在论述方法上，亦如他论其他文体一样，首先是“释名以章义”，说明赋的定义；其次论赋与诗、骚的区别；再次论赋体的正式产生；再次“原始以表末”，论说赋的沿革；最后“选文以定篇”，举出有代表性的作品以明赋体之特点。其步骤是很周密的。刘勰的文体思想和批评方法有许多值得借鉴之处。

第四节　汉魏六朝的赋体分类观念

最早为赋分类的是刘歆与班固，班固“因七略之辞”，“删其要以备篇籍”，成《汉书·艺文志》，故刘歆对赋的分类可于其中窥出。班固将赋类分为四：屈原赋、陆贾赋、孙卿赋和杂赋，其中屈原赋包括二十家三百六十一篇，陆贾赋包括二十一家二百七十四篇，孙卿赋包括二十五家一百三十六篇，杂赋包括十二家二百三十三篇。前三类为别集，后一类为总集。刘师培《论文杂记》称，屈原赋一派为写怀之赋，陆贾赋一派为骋辞之赋，孙卿赋一派为阐理之赋[1]，其实未必然。司马相如之赋何尝不骋辞，司马迁《悲士不遇赋》未必不写怀，扬雄作赋必拟相如之弘丽温雅“以为式”，而今司马迁列入陆贾一派，司马相如

1 刘师培：《论文杂记》，《中国中古文学史·论文杂记》，人民文学出版社，1959，第115—116页。

入屈原一派，扬雄不与司马相如同派而入陆贾派，故刘说似与实情难符。然班固此分援何为据今实不可测得，亦没有深究之必要。班固之前扬雄有“诗人之赋”与“辞人之赋”之分，实系从思想内容着眼，不属体派之分。后曹丕、桓范、陆机、刘勰等论文体时都没有对赋进行具体分类。挚虞有《文章流别集》、李充有《翰林论》，其中对赋当有分类，惜其书已佚，他们对赋的具体分类也就无由窥得了。萧统《文选》分文学为三十八类，赋为其一，于赋又分十五子类，为：一京都、二郊祀、三耕籍、四畋猎、五纪行、六游贤、七宫殿、八江海、九物色、十鸟兽、十一志、十二哀伤、十三论文、十四音乐、十五情，实系以题材划分，伤于琐碎，并且在文体分类、辨体明性方面的意义极其有限，几可以视为是一种主题分类，而不是体式、体制分类，故累遭后人诟病，然比之班固之分似有迹可循。

第六章
唐宋类书“文部”体现的文体观念

唐宋类书是中国古代类书发展史上的关键环节。类书在体例上“区分胪列”与总集文体分类之“类聚区分”的纂辑方法有相同之处。类书与总集在文体学上的密切关系尤其能从宋初类书《太平御览》与总集《文苑英华》的编纂及文体比较分析中看出。而《艺文类聚》《古今事文类聚》之“先事后文”的体例，既说明了类书与总集的关系，也体现了类书“文部”的鲜明文体纂述体例。类书不但在题材分类上影响了总集分类方法的形成，而且其“文部”都有详尽的文体分类和文体评论，这是其文体理论的重要价值所在。在古代，类书和总集编纂的初衷和目的都是为了指导写作，这与文体著作和文体总集的功能是相通的。唐宋类书之“文部”胪列评论文体的体例在中国古代文体纂述体例上具有承前启后的地位。中国古代类书尤其是唐宋类书在文体学上最大的贡献，在于其作为“古代文献资料的渊薮”，最丰富、最集中、最系统地把中国古代文体文献资料汇集在一起，具有了“综罗文体资料文献”的功能。这就使得我们在千百年后，可以汇辑编纂出一部文体文献资料专书，有益和方便现代学者的文体学研究。本章在大量考析唐宋人类书之“艺文、文章、文学、杂文”等“文部”文体的基础上，以《艺文类聚》《太平御览》等八部类书为典范，进行文体学上的分析和总结，从而凸显唐宋类书在中国古代文体学、文体观念发展演变的历程中的独特地位。

第一节 唐宋类书“文部”的文体特征

类书“文部”的编纂方法、文体分类及纂述体例都具有鲜明的文体形态、文体观念两个层面的意涵，是融合了文体学诸方面内容的独特文体文献资料汇编。其不但与总集文体分类有密切关系，其指导写作的目的也与文体学著作和文体总集的功能是相通的，从中也显现出在其文体形态和文体观念研究方面的价值和意义。

首先，类书“文部”之胪列评述文体与总集文体分类有密切关系，可谓同源异流。类书在体例上“区分胪列”与总集文体分类之“类聚区分”的纂辑方法有相同之处，即王应麟《玉海》李桓序所谓“区分胪列，靡所不载”[1]。胡道静云：

> 我国古代类书是“百科全书和资料汇编”的综合体。另外还要加上一条，就是它们的形式是区分门类的。类书的名称本是由此得来，所谓“方以类聚，物以群分”(《易系辞传》语)；“事类相从，聚之义也”(皇甫谧《甲乙经序》语）者是。[2]

明焦竑《焦氏澹园集》卷二十三“类家”序云：

> 流览贵乎博，患其不精；强记贵乎要，患其不备。古昔所专，必凭简第；综贯群典，约为成书。此类家所由起也。自魏《皇览》而下，莫不代集儒硕，开局编摩；乃私家所成，亦复猥众。大都包络今古，原本始终，类聚胪列之，而百世可知也。韩愈氏所称“钩玄提要”者，其谓斯乎！[3]

类书的这种“类聚胪列”的分类方法与中国古代总集的分类方法可谓同源

1（清）嵇璜、曹仁虎等：《钦定续文献通考》卷186，见《影印文渊阁四库全书》第630册，第467页。
2 胡道静：《中国古代的类书》，中华书局，1982，第7页。
3（明）焦竑：《焦氏澹园集》卷23，见《续修四库全书》第1364册，上海古籍出版社，2002，第255页。

异流，殊途同归。中国历代总集选本是中国古代文体分类学的渊薮，傅刚《文体辨析与总集之编纂》总结道：“魏晋六朝时期文学总集的编纂，以文体分类从而带有辨体的目的。”[1]挚虞编纂《文章流别集》之体例便是“区判文体”和“类聚区分”。如《晋书·挚虞传》：“挚虞撰《文章志》四卷，注解《三辅决录》，又撰古文章，类聚区分为三十卷，名曰《流别集》，各为之论，辞理惬当，为世所重。”最著名的总集选本《文选》之体例亦以“汇聚”“类分”为主，萧统《文选序》云：“凡次文之体，各以汇聚，诗赋体既不一，又以类分；分类之中，各以时代相次。”刘勰《文心雕龙》文体论也是从“区别部类”来“论古今文体”的[2]。可见，总集和文体理论著述的文体分类都很相似。褚斌杰也指出：“在中国，文体分类的尝试和出现，肇始于文学总集的出现和文学批评的萌芽。”[3]

类书与总集在文体学上的密切关系尤其能从宋初类书《太平御览》与总集《文苑英华》的编纂及文体比较分析中看出。宋初《太平御览》与《文苑英华》相继纂成，二书不但时间上先后而成，而且纂者人数及身份都大体相同。如胡道静《中国古代的类书》云：

> 参与纂修《英华》诸人中，有八人皆为参与《太平御览》者。……意者，《御览》实成于太平兴国七年，故当时能抽调编辑诸人之大半以从事《文苑英华》之修纂，但完成者不过为进请删定之稿本，不为定本。[4]

《文苑英华》所列文体如下：赋、诗、歌行、杂文、中书制诰、翰林制诏、策问、策、判、表、笺、状、檄、露布、弹文、移文、启、书、疏、序、论、议、连珠、喻对、颂、赞、铭、箴、传、记、谥哀册文、谥议、诔、碑、志、墓表、行状、祭文、哀吊。

《太平御览》所收文体如下：诗、赋、颂、赞、箴、碑、铭（铭志附）、七

1 傅刚：《昭明文选研究》，中国社会科学出版社，2000，第 100 页。
2（唐）姚思廉：《梁书》卷 50《刘勰传》，中华书局，1973，第 710 页。
3 褚斌杰：《中国古代文体概论》，北京大学出版社，1990，第 495 页。
4 胡道静：《中国古代的类书》，中华书局，1982，第 161 页。

辞、连珠、御制、诏、策、诰、教、诫、章、表、启、奏、劾奏、奏状、奏弹、弹事、奏劾、弹文、驳奏、论、议、笺、启、书记、尺牍、笔札、诔、吊文、哀辞、哀策、檄、移、露布、符、契券、铁券、过所、零丁、史传。

可以看出，两书所列文体大体无大出入，基本是相同的。可以这样说，《太平御览》文部就像是挚虞《文章流别论》，而《文苑英华》则是《文章流别集》，二书相辅相成，合则为一文体总集，分则文体理论与文章选本，互相独立，互相生发。这一现象从另一侧面说明了唐宋人之类书和总集编纂相同的文体观念和文体批评方式以及相同的指导写作功能。

唐宋类书如《艺文类聚》《古今事文类聚》之编纂体例具有类书和总集的双重功能，已然开明代吴讷、徐师曾文体总集的先河。如明胡应麟《少室山房笔丛》卷29《九流绪论》下云："如《初学》、《艺文》兼载诗词，则近于集。"[1]《澹生堂藏书约·藏书训略·鉴书》云："又如《艺文类聚》之备载词赋，《合璧事类》之详引诗文，是皆类而集矣。"[2]胡道静对《艺文类聚》这种类书兼总集的体例所述尤为详切：

> 《艺文类聚》在辑存文献的方法、方式上，有一重大特点，和它以前的类书及以后的大多数类书非常不同，从而构成了它自己在类书群中的独特之处，就是把"事"与"文"两条龙并成了一条龙，变更了类书的常规体制。以往，"文"自为总集，"事"自为类书，正如欧阳询在《艺文类聚序》中所说的："《流别》《文选》专取其文；《皇览》《遍略》，直书其事。"其结果是"文义既殊，寻检难一。"欧阳询为了要解决这个不方便的问题，于是新创体制，事与文兼，汇为一书。他说："其有事出于文者，便不破之为事。故事居其前，文列于后。"事前、文后，便是《艺文类聚》每一个子目的体例。

1（明）胡应麟：《少室山房笔丛》，中华书局，1958，第380页。
2（明）祁承㸁等：《澹生堂藏书约·藏书训略》，上海古典文学出版社，1957，第24页。

欧阳询创造的这个类书体例，后来宋人的《事文类聚》、清代官修的《渊鉴类函》都摹仿它。[1]

《艺文类聚》《古今事文类聚》之“先事后文”的体例，既说明了类书与总集的关系，也体现了类书“文部”的鲜明文体纂述体例。也就是说，其“先事”大多综罗古代文籍中的有关文体言论，并符合刘勰“原始以表末，释名以彰义，敷理以举统”的文体辨析思路；其“后文”则属于总集选本体例，符合刘勰的“选文以定篇”。这种文体总集的纂述体例，上承《文章流别论》而下启明代吴讷《文章辨体》和徐师曾《文体明辨》的编纂体例。其在中国古代文体学上的地位和作用非常重要。

类书的“百科全书”和“资料汇编”性质，使得其在一级分类的大类中主要以“题材”分类，而这种一级题材分类在《文选》中便有了“以题材分类”的二级分类，如《文选》赋类按题材诸如“京都、郊祀”等分为十五类。宋代《文苑英华》这个大型的文章总集则在三十九类文体的一级分类之下，每个文体的二级分类都以类书类的“题材”分类进行细密分类，可以说是文体分类和类书分类相结合的极致。其后如《唐文粹》等历代总集都有沿袭此种按题材分类的文体分类之举。

在古代，类书和总集编纂的初衷和目的都是为了指导写作，即“储材待用，备文章之助”，这与文体批评著作和文体总集的功能是相通的。如胡道静所云：

类书储材待用，一方面是备仓卒应对之需，一方面也是为撰文、作诗资料之需。封建时代的诗文，大多是需要堆砌典故。临事得题，不得不乞灵于类书，而平日不得不有所预备。虞世南之为《书钞》，当然主要是为此。白居易作《六帖》、元稹作《类集》、晏殊作《类要》、秦观作《精骑集》等等，无非都是如此。封建政府的编纂类书乃至书坊的辑录类书，也是提

1 胡道静：《中国古代的类书》，中华书局，1982，第107页。

供文人以这种方便。[1]

类书的这种“两脚书厨”和“獭祭”之作用与总集之注疏即章句家的“书簏”[2]对文学创作的指导作用如出一辙，即闻一多所谓：“章句家与类书家的态度，根本相同，创作家又何尝两样?”依此出发，闻一多清晰地勾勒出总集、类书与文人别集三者之间的关系并作了详细阐释。闻一多选出五种书，把它们排成下面这样的次第：《文选注》—《北堂书钞》—《艺文类聚》—《初学记》—初唐某家的诗集，分析道：

> 我们便看出一首初唐诗在构成程序中的几个阶段。劈头是“书簏”，收尾是一首唐初五十年间的诗，中间是从较散漫、较零星的“事”，逐渐地整齐化与分化。五种书同是“事”（文家称为“词藻”）的征集与排比。同是一种机械的工作，其间只有工作精粗的程度差别，没有性质的悬殊。这里《初学记》虽是开元间的产物，但实足以代表较早的一个时期的态度。这部书的体裁，看来最有趣。每一项题目下，最初是“叙事”，其次是“事对”，最后便是成篇的诗、赋或文。其实这三项中减去“事对”，就等于《艺文类聚》，再减去诗、赋、文便等于《北堂书钞》。所以我们由《书钞》看到《初学记》，便看出了一部类书的进化史，而在这类书的进化史中，一首初唐诗的构成程序也就完全暴露出来了。你想，一首诗做到有了“事对”的程度，岂不是已经成功了一半吗？余剩的工作，无非是将“事对”装潢成五个字一幅的更完整的对联，拼上韵脚，再安上一头、一尾罢了。这样看来，若说唐初五十年间的类书是较粗糙的诗，他们的诗是较精密的类书，许不算是强词夺理吧?
>
> 《旧唐书·文苑传》里所收的作家，虽有着不少的诗人，但除了崔信明的一句“枫落吴江冷”是类书的范围所容纳不下的，其余作家的产品不

1 胡道静：《中国古代的类书》，中华书局，1982，第26页。

2 李善注《文选》，号为“书簏”，也即章句家。

干脆是变相的类书吗？

讲到这里，我们许要想到时人批判李善“释事而忘意”，和我批评类书家“采事而忘意”两句话。现在我若给那些作家也加上一句“用事而忘意”的案语，我想读者们必不以为过分。[1]

类书、总集这种指导创作的功能与所有文体著作都是指导写作的功能是一致的。《文心雕龙》这一文体之集大成者便是。如《魏晋南北朝文学批评史》云：“《文心》一书的宗旨是指导写作，全书的各部分篇章也是按照这一宗旨组织安排的。”[2]类书的这种“以类相从”的分类方法以及指导写作的“看文体”功能，在《初学记》中体现得最为充分。《唐会要》云：“开元十五年五月一日，集贤学士徐坚等纂经史文章之要，以类相从，上制名曰《初学记》，至是上之。”[3]唐刘肃记载《初学记》的编纂源起云：

玄宗谓张说曰：“儿子等欲学缀文，须检事及看文体。《御览》之辈，部帙既大，寻讨稍难。卿与诸学士撰集要事并要文，以类相从。务取便省，令儿子等易见成就也。”说与徐坚、韦述等编此进上，以《初学记》为名。[4]

其所谓“须检事及看文体”云云，指类书便于“检事”的功能和作用即上述“獭祭”“书簏”之功；而“看文体”则指各种类书“文部”中大量胪列评论各种文类文体，以指导各体文章写作，尤其体现出了类书“文部”的文体学价值。

类书、总集的这种指导写作而具文体学价值的现象，与唐宋科举兴盛而各类兔园册子（应试指南）的发达异曲同工。各类兔园册子具有指导应试举子写作的作用，故而其对文章文体的选评、点评都十分详尽细致，无疑具有了某种文体论著的意味。也就是说，在文体学功能上，类书与各种总集及各类兔园册子的性质有很多相似之处。

1 闻一多撰，傅璇琮导读：《类书与诗》，见《唐诗杂论》，上海古籍出版社，1998，第 4 页。
2 王运熙、杨明：《魏晋南北朝文学批评史》，上海古籍出版社，1989，第 338 页。
3（宋）王溥等：《唐会要》卷 36，见《影印文渊阁四库全书》第 606 册，第 487 页。
4（唐）刘肃撰，许德楠、李鼎霞点校：《大唐新语》卷 9，中华书局，1984，第 137 页。

第二节　唐宋类书“文部”的部类体制

唐宋类书的文体学价值不但体现在上述各方面，而且其“文部”胪列评论文体的体例在中国古代文体纂述体例上具有承前启后的独到地位。类书不但在题材分类上影响了总集分类方法的形成，而且其“文部”都有详尽的文体分类和文体评论，这是其文体观念及理论批评的重要价值所在。如唐虞世南《北堂书钞》卷一〇二“艺文部”分文体为诗、赋、颂、箴、连珠、碑、诔、哀辞、吊文、诏敕、章、表、书记、符、檄、策、简、牍、札、刺、券契等二十一体。欧阳询《艺文类聚》卷五十五“杂文部”分史传、集序、诗、赋、七、连珠、书、檄、移等九体。最典型全面的要属宋李昉等编《太平御览》“文部”列诗、赋、颂、赞等四十余体，这与同时为李昉主持编纂的总集《文苑英华》的文体数目名称大体相当，足以见出类书的文体分类与总集文体分类之间的关系。类书独特的文体纂述体例不但上承刘勰《文心雕龙》之“原释选敷”的文体研究方法和挚虞《文章流别论》的纂述体例，而且征引相关的文体文献资料更为丰富，可谓竭泽而渔。此外，类书独特的文体纂述体例还直接影响启发了明代几大文体总集的编纂。下面我们选择七种唐宋时期有代表性的类书“文部”文体体例进行择要列举，以见概貌。

1.《北堂书钞》，唐虞世南撰

《四库提要》云：“《北堂书钞》，一百六十卷……分八十部，凡八百一类。《唐志》作一百七十三卷，晁公武《读书志》因之。《中兴书目》作一百六十卷，《宋史·艺文志》因之。今本卷帙与《中兴书目》同。”[1] 今本一百六十卷，实分十九部，八百五十一类：帝王部（22卷、75类）、后妃部、政术部、刑法

1（唐）虞世南撰，（明）陈禹谟补注：《北堂书钞》卷首，见《影印文渊阁四库全书》第889册，第1页。

部、封爵部、设官部、礼仪部、艺文部、乐部、武功部、衣冠部、仪饰部、服饰部、舟部、车部、酒食部、天部、岁时部、地部（下列类书多如此类，不再列举）。“艺文部”共收录21种文体。其体制形式以“诔”为例：

哀辞三十一

诔之流。挚虞《文章流别论》云：哀辞者，诔之流也。崔瑗、苏顺、马融等为之，率以施于童殇夭折，不以寿终者。建安中，文帝与临淄侯各失稚子，命徐幹、刘祯等为之哀辞。哀辞之体，以哀痛为主，缘以叹心之辞。补。哀为主，施于童夭，缘以叹心并见上。马上三十步。班固《马仲都哀辞》曰：车骑将军顺文侯马仲都，明帝舅也。从车驾于洛水浮桥，马惊入水，溺死。帝顾谓侍御曰：班固于马上三十步，遂为哀辞。续补。见之乃阁笔。《南史》曰：刘孝绰三妹，一适东海徐悱。悱为晋安郡，卒，丧还建业，妻为祭文，词甚凄怆。悱父勉欲为哀辞，见之乃阁笔。续补。[1]

2.《艺文类聚》，唐欧阳询等撰

《艺文类聚》一百卷，分四十六部，列子目二十七。其中“杂文部”（4卷，15个子目）。其体制概貌以“赋”体为例：

赋

《毛诗序》曰：诗有六义，其二曰赋。《释名》曰：赋，敷也，敷布其义谓之赋也。《汉书》曰：不歌而诵谓之赋，登高能赋，可以为大夫。言感物造端，材智深美，可以与图政事，故可以为列国大夫也。春秋之后，周道浸坏，聘问歌咏，不行于列国，而贤人失志之赋作矣。孙卿及楚臣屈原，离谗忧国，皆作赋以讽谕，咸有恻隐古训之义。其后，宋玉、唐勒。汉兴，枚乘、司马相如下及扬子云，竞为侈丽闳广之语，没其讽谕之义。是以扬子云称之曰：诗人之赋丽以则，辞人之赋丽以淫。如孔氏之门用赋

1（唐）虞世南撰，（明）陈禹谟补注：《北堂书钞》卷首，见《影印文渊阁四库全书》第889册，第501页。

也，则贾谊登堂，相如入室矣。又曰：上令王褒与张子侨等并待诏，数从游猎，所幸宫馆，辄为歌颂，第其高下，以差赐帛。议者多以为淫靡不急。上曰：不有博弈者乎？为之犹贤乎已。辞大者与古诗同义，小者辨丽可嘉。譬如女工有绮縠，音乐有郑卫，今世俗犹皆以此娱悦耳目。辞赋有仁义风谕，鸟兽草木多闻之观，贤于倡优博弈远矣。又曰：枚皋上书北阙，自陈枚乘之子，上得大喜，召入见，待诏，皋因赋殿中。诏使赋平乐馆，善之，拜为郎。皋不通经术，谈笑类俳倡，为赋颂好嫚戏，以故得媟渎，贵幸比东方朔、郭舍人等。武帝春秋三十九乃得皇太子，群臣喜。故皋与东方朔作皇太子生赋，皋为文疾，受诏辄成。司马相如善为文而迟，故所作少。《汉书》曰：成帝赵昭仪方大幸，每上往甘泉宫，常从在属车间豹尾中，故扬雄盛言车骑之众，参丽之驾，非所以感动天地，迎厘三辰。又言：屏玉女，却宓妃，以惩斋戒之事。赋成奏之，天子异焉。先是，时蜀有司马相如作赋，甚典丽温雅，雄心壮之，每作赋常拟以为式。《东观汉记》曰：班固字孟坚，九岁能作赋颂。固数入读书禁中，每行巡狩，辄献赋颂。《桓子新论》曰：余少时见扬子云丽文高论，不量年少，猥欲逮及。常作小赋，用精思大剧。而立，感动发病。子云亦言：成帝上甘泉，诏使作赋，为之卒暴。倦卧，梦其五脏出地。及觉，大少气，病一岁。余素好文，见子云工为赋，欲从之学。子云曰：能读千赋，则善为之矣。[1]

其后备载《祢衡别传》、《魏志》、王隐《晋书》、《文士传》、晋陆机《文赋》、西汉扬雄《反离骚》、东汉班彪《悼离骚》、晋挚虞《悯骚》《文章流别论》、魏曹植《九咏》、梁元帝《拟秋风摇落》、梁武帝《赋体》、梁任昉《赋体》、梁王僧孺《赋体》、梁陆倕《赋体》、梁柳憕《赋体》、魏文帝《典论》等有关赋体的文章或言论，兹略。

1（唐）欧阳询等：《艺文类聚》卷 56，见《影印文渊阁四库全书》第 888 册，第 313—314 页。

3.《初学记》，唐徐坚等撰

《初学记》三十卷，共分二十三部，三百一十三个子目。其中“文部”(1卷，9个子目)，其体制概貌举例如下：

文章第五

文章者，孔子曰：焕乎其有文章；子贡曰：夫子之文章可得而闻也。盖诗言志，歌咏言，不歌而诵谓之赋。古者登高能赋，山川能祭，师旅能誓，丧纪能诔，作器能铭，则可以为大夫矣。三代之后，篇什稍多。又训诰宣于邦国，移檄陈于师旅，笺奏以申情理，箴诫用弼违邪，赞颂美于形容，碑铭彰于勋德，谥册褒其言行，哀吊悼其沦亡，章表通于下情，笺疏陈于宗敬，论议平其理，驳难考其差，此其略也。[1]

4.《太平御览》，宋李昉等撰

《太平御览》分五十五部，五千三百六十三类。“文部”类目（23卷，63个子目），其体制以“赞”体为例，如下：

赞

《释名》曰：称人之美曰赞。赞，纂也，纂集其美而叙之也。《文心雕龙》曰：赞者，明也，助也。昔虞舜之祀，乐正重赞，盖唱发之词也。及益赞于禹，伊陟赞于巫咸，并言以明事，嗟叹以助词者也。故汉置鸿胪，以唱拜为赞，即古之遗语也。至如相如属词，如赞荆轲。及史班书，托赞褒贬。约文以总录，颂体而论词，又纪传后评，亦同其名，而仲治《流别》，谬称为述，失之远矣。及景纯注《雅》，动植必赞，义兼美恶，亦犹颂之变耳。然本其为义，事在奖叹，所以古来篇体，促而不广；必结言于四字之句，盘桓于数韵之词；约举以尽情，昭灼以送文，此其体也。发源虽远，而致用盖寡，大抵所归，其颂家之细条乎。李充《翰林论》曰：容

1（唐）徐坚等:《初学记》卷21，见《影印文渊阁四库全书》第890册，第339—430页。

象图而赞立，宜使辞简而义正，孔融之赞杨公，亦其美也。《晋书》曰：稽含，绍之孙也。弘农王粹以贵公子尚主，馆宇甚盛，图庄周于室，广集朝士，使含为赞。含援笔为之，文不加点。其略曰：嗟乎，先生高迹，何局？生处岩岫之居，死寄雕楹之屋，寄非其所，没有余辱。粹有愧色。又曰：卫恒，字巨山，为黄门郎。善草隶。太康元年，汲县人盗发魏襄王冢，得策书十余万言，其一卷论楚事者最为工妙。恒悦之，故竭思以赞其美。《世说》曰：羊孚作《雪赞》，曰：资清以化，乘气以霏，遇象能鲜，即洁成辉。桓伊遂以书扇。[1]

5.《事物纪原》，宋高承撰

部类体制以卷四“经籍艺文部”之诗、赋等体为例，如下：

诗

《乐书》曰：伏羲之乐曰“立基”，神农之乐曰“下谋”。夫乐必有章，乐章之谓诗。始于太昊之世。

赋

《诗序》：六义，次二曰赋，当谓直陈其事尔。《左传》言郑庄公入而赋大隧之中。于后荀卿、宋玉之徒演为别体，因谓之赋。故昔人谓赋者，古诗之流，以荀宋为始。《汉书》曰：不歌而颂曰赋。《释名》曰：敷布其义曰赋。

论

《文心雕龙》：昔仲尼微言，门人追记，目为《论语》，盖群论立名始于兹矣。庄周之书有“尝试论之”，荀卿有《正论》，贾谊有《过秦论》。论以荀、贾为始。

1（宋）李昉等：《太平御览》卷588《文部》4，中华书局，1960，第2648—2649页。

策

《事始》云：起自汉武帝策董仲舒，始以其文曰：兴自朕躬故也。按《前汉书》有晁错《贤良策》，盖文帝策之，曰：兴自朕躬。则策始于汉文帝之策晁错也。

议

《管子》曰：轩辕有明堂之议，此盖疑为议之始也。

赞

《文心雕龙》：昔虞舜重赞，及益赞于禹，伊陟赞于巫咸，并扬言以明事，嗟叹以助辞。故汉置鸿胪，唱拜为赞。如相如之赞荆轲，班固之褒贬以赞，皆取益赞于禹之义。要之，自司马相如赞荆轲始。

颂

《诗序》：六义，其六曰颂。盖颂者，美盛德之形容，以其成功告于神明者也。《诗》有商、周、鲁三颂。《文心雕龙》：昔帝喾之世，咸墨为颂，以歌九韶。则颂起于帝喾也。

箴

《文心雕龙》曰：轩辕舆凡，以弼不逮，即为箴。又曰：斯文之兴，盛于三代。夏商二箴，余句尚存。及周辛甲，百官箴阙，虞人之箴，体义备焉。

连　珠

傅玄曰：连珠兴于汉章帝，班固、贾逵、傅毅皆受诏作之体。则假喻达旨，贤者微悟，欲使历历如贯珠，易睹而可悦，故曰连珠。梁沈约云：连珠之作始自扬子云。欧阳询作《艺文类》中亦有扬雄连珠，则为斯文之兴不自汉章明矣。[1]

1（宋）高承：《事物纪原》卷 4，见《影印文渊阁四库全书》第 920 册，第 102—104 页。

6.《古今事文类聚》，宋祝穆编

部类体制以别集5“文章部”之“露布”为例：

露　布

《群书要语》：露布，人多用之，以不知其始。春秋佐助期曰：武露布，文露沉。宋均云：甘露见其国，布散者，人尚武；文采者，则甘露迟重。露布者，盖露板不封，布诸视听也。[1]

以下在“古今事实”中举列与露布相关的典故并说明出处，如倚马而作、书帛而曳、标于漆、下马作露版、小捷不作露布、德宗感泣等条目。接下来在“古今文集”中选于公异《破朱泚露布》全文作为示范，兹略。

7.《玉海附辞学指南》，宋王应麟撰

部类体制以《玉海》“艺文部”之“论”体为例：

论

郑康成曰：论者，纶也，可以经纶世务。刘熙曰：论，伦也，有伦理也。刘勰曰：圣哲彝训曰经，述经叙理曰论。陈政则与议说合契，释经则与传注参体，辩史则与赞评齐行，铨文则与叙引共纪。弥纶群言而研精一理者也。[2]

以下按时代先后选文定篇，论述经典范文的写作背景及出处等，包括汉《素王妙论》《盐铁论》《新论》《王命论》《沛王通论》《演经杂论》《论衡》《六儒论》《潜夫论》《六艺论》《御寇论》《政论》《昌言》等篇。

比较可以发现，上述类书在撰述体例上虽然各有不同特点，但都与《文心雕龙》之“原始以表末，释名以彰义，选文以定篇，敷理以举统”的文体研究思路颇为相似，即“大都包络今古，原本始终，类聚胪列之”，只是各有繁简不同而已。类书文部文体编纂体例不但影响了王应麟《辞学指南》、陈仁子《文

1（宋）祝穆：《古今事文类聚》别集卷7，见《影印文渊阁四库全书》第927册，第622页。

2（宋）王应麟：《玉海》卷62，见《影印文渊阁四库全书》第944册，第622页。

选补遗》、祝尧《古赋辨体》等的纂述体例，而且对明代吴讷和徐师曾两部文体“集大成”之作产生了巨大影响。

第三节　唐宋类书的文体数目和引书种类

唐宋类书是中国古代类书发展史上的成熟和高峰时期，不但数量众多，名著辈出，堪为历朝之最，而且由于编纂目的和用途不一，也使得各大类书对“文部”的重视程度及所收文体数目、纂述体例等都有较大差异，从而在中国古代文体发展史上的地位也大不相同。经过对现存唐宋类书的翻检对比，笔者认为《北堂书钞》《太平御览》等八部唐宋类书之“文部”较为典型，大体可代表唐宋类书“文部”之文体学概貌和成就。其部类体制在上节略有介绍，限于篇幅，不能尽举，但也可看出类书编纂体例和思路与《文心雕龙》等文体著作之相似。更重要的是，通过对《北堂书钞》《太平御览》等唐宋八大类书文体数目和引书数目及频次的统计分析，可以从中总结出许多文体学发展的重要观念和规律，有助于加深和拓展中国古代文体学的研究。

1.《北堂书钞·艺文部》

文体统计：

诗、赋、颂、箴、连珠、碑、诔、哀辞、吊文、诏敕、章、表、书记、符、檄、策、简、牍、札、刺、券契。

引书统计：

释名 6（计引 6 次，以下同），诗序 7，文心雕龙 3，文章流别论 8，文赋 3，典论 3，叙连珠 3，汉书 20，后汉书 10，左传 6，礼记 6，史记 4，魏志 6，东观汉记 10，世说新语 5，论衡 3，魏略 4，法言 3，新论 4，汉武故事 3，文士传 4，王隐晋书 16，谢承后汉书 3，鲁国先贤传 3，抱朴子 3，臧荣绪晋书 5，与吴质书 3，语林 3，荆州图记 3，荆州记 3，述征记 3，晋中兴记 3，穆天子传 2，唐书（计引 1 次，不标数字次数的皆为引 1 次，以下同），续晋阳秋，神仙传，搜神记，河图记，献帝春秋，列仙传，帝王世纪，吕氏春秋，宋书，蜀志，文章叙录，吴志，汉旧仪，晋八王故事，潜夫论，易，论语，周礼，魏书，会稽典录，耆旧传，说苑，诗传，豫章记，南史，西京杂记，虞氏家记，李充起居注，南部新书，袁兴万年书，十六国春秋，汉武别传等。

2.《艺文类聚·杂文部》

文体统计：

史传、集序、诗（列杂体诗 36 体）、赋、七、连珠、书、檄、移。

引书统计：

释名 4，文章流别论 4，毛诗序 3，典略 7，汉书 7，东观汉记 3，世说新语 3，魏志 3，王隐晋书 3，叙连珠，文选序，说文，魏略，典论，广雅，七谟序，吴录，新论，论语，左传，列子，史记，穆天子传，祢衡别传，文士传，赵书，尚书序，曹植文章序，续晋阳秋，后汉书，博物志等，约三十部。

3.《初学记·文章第五》

文体统计：

诗、赋、祭、誓、诔、铭、训诰、檄移、笺奏、箴诫、赞颂、碑铭、谥册、哀吊、章表、笺疏、论议、难。

引书统计：

典论 6，文赋 4，论语 3，翰林论 3，法言 3，叙连珠，与吴质书，世说新语，史记，论衡，抱朴子，王隐晋书，尚书，盐铁论，剧秦美新，西京杂记等。

4.《白孔六帖》

文体统计：

诗、赋、颂、论、铭、诔、箴、碑、檄、射策。其他：表奏（封事）、制诰、对问、谏诤、吊、挽歌、碑铭、谥等。

引书统计：

文选（李善注）9，文粹 7，汉书，左传，诗经，后汉书，文赋，封氏见闻记，五行志，卢氏杂说等。

5.《太平御览·文部》

文体统计：

诗、赋、颂、赞、箴、碑、铭（铭志附）、七辞、连珠、御制、诏、策、诰、教、诫、章、表（启、奏、劾奏、奏状、奏弹、弹事、奏劾、弹文）、驳奏、论、议、笺、启、书记（尺牍、笔札）、诔、吊文、哀辞、哀策、檄、移、露布、符、契券、铁券、过所、零丁、史传。

引书统计：

文心雕龙 28，文章流别论 8，释名 11，翰林论 7，说文 6，文赋 4，典论 3，金楼子 5，独断 3，与吴质书 2，汉书 14，后汉书 12，三国典略 10，唐书 17，隋书 9，东观汉记 8，后周书 8，世说新语 10，晋书 14，梁书 5，宋书 4，魏志 5，后唐书 3，北齐书 2，魏略 2，礼记 4，周礼 2，王隐晋书 5，左传 4，齐书 3，十六国春秋 2，博物志 4，南史 5，语林 3，西京杂记 2，文士传 2，国朝传记 4，国史补 3，后魏书 2，祢衡别传 3，法言 2，尚书 3，魏书 2，诗序 2，晋中兴书 3，史记 4，张璠汉记 2，铭论，七谟序，叙连珠，列子，庭诰，钟嵘诗品，赵录，陈书，颜氏家训，国朝雅记，郑玄别传，零陵先贤传，晋令，齐道记，西征记，荆州图记，荆州记，述征记，异苑，论衡，闽川名士传，晋春秋，春秋前燕录，新论，吴书，周书，吴录，蜀志，南齐书，尚书故实，梁典，穆天子传，吴志，晋史，北史，通俗文，周易，陶渊明遗戒，颜延年庭诰，杜恕家事戒，东方朔传，小说，汉仪，政论，唐文苑传，风俗通，汉制度，太公金匮，皇览，孔子家语，三辅决录，语录，齐春秋，高士传，鲁国先贤传，李充起居注，古诗，续晋阳秋，嵇氏世家，列女传，齐谐记等。

6.《事物纪原·经籍艺文部》

文体统计：

诗（五言、七言、律格、联句、唱和、次韵）、赋、论、策、议、赞、颂、箴、连珠。

引书统计：

文心雕龙10，苏氏演义5，诗序2，事始2，释名，叙连珠，周礼，左传，管子，汉仪，战国策，唐会要，隋书，张璠汉记，山海经，吕氏春秋，乐书，蒙求，六帖，世说新语，东方朔传，本事诗等。

7.《古今事文类聚别集·文章部》

文体统计：

诏（制、表附）、露布、檄（移文附）、箴、铭、颂（赞附）、诗、赋、诗话、连珠、判。其他卷：吊慰、挽章、墓铭（墓碑、行状附）、赋、古诗。

引书统计：

群书要语10，文心雕龙4，说文3，诗大序3，文赋2，世说新语，释文，初学记，唐选举志，释名等。

8.《玉海·艺文部》

文体统计：

记志、传录、诗（歌附）、赋、箴、铭、碑、颂、奏疏、策、论、序、赞。其他卷：诏令（诏策）、檄、露布、碑、铭、七、连珠、百一、册、封禅、封事、铁券、德音、笏记、玉牒、玺书、誓等。

引书统计：

释名6，文心雕龙4，文章流别论3，古赋辨体6，乐府诗集2，文章正宗2，史记2，尚书，礼记2，汉书2，文选，百官箴序，汉书艺文志，易，周礼，仪礼，诗大序，通志，古今注，白虎通，宋书，唐乐志，诗集传。

《辞学指南》十二体：制、诰、诏、表、檄、露布、箴、铭、记、赞、颂、序。

分析可以发现：

在文体数目上，唐代类书“文部”所收文体类目还相对较少，从几个到十几个不等。到了宋代则日渐增多，如《太平御览》和《玉海》已经多达三四十种。如果上述八种类书综合起来互相补充，则其所论列文体几可包罗覆盖唐宋以前所有文体，其荟萃文献之功不言而喻。上举八大类书无论从文体数目还是引书数目上，都以《太平御览》最为详尽。而且《太平御览》的体例更符合刘勰文体论的研究思路，其文体文献之丰富也非其他类书可比。当然，若从开创性和时代先后来说，则《北堂书钞》当是类书文部文体纂述体例的滥觞。据考证，《北堂书钞》是虞世南在隋朝时纂成的。其次则是《艺文类聚》，尤其是《艺文类聚》之类书兼总集的编纂体例，对宋代类书《古今事文类聚》及明代吴讷、徐师曾等人的文体总集都有启发。

从引书来分析，八大类书虽引书数量和频次不等，除了大量引述各类经史子集外，对文体著作诸如《文心雕龙》《文章流别论》《独断》《铭论》《释名》《翰林论》《叙连珠》《诗序》《文选序》《七谟序》《文赋》《典论》《诗品》《乐府诗集》等都颇为重视并频繁引用，反映出类书编者强烈的文体学意识，也进而使得唐宋类书“文部”具备了成熟的文体学著作之实。《北堂书钞》《艺文类聚》虽引书都很丰富，但其引述学术史上公认的文体论著如《文章流别志》《文心雕龙》《翰林论》《典论》《文选》等都非常少，说明了唐初类书的文体意识还不是很强烈、很主动。到了宋代《太平御览》，其不但于《文心雕龙》《文章流别志》《典论》《独断》《铭论》《文章缘起》等重要文体著作之引述无一遗落，而且引述次数上也大幅度上升，尤其对《文心雕龙》可以说是每体必引，而且是全文载列，足见其文体观念意识的增强，从中也可以看出《文心雕龙》等文体论著在宋人眼里要比唐人看得更加重要。也因此，《太平御览》当之无愧地成为中国古代类书作为文体观念文献和文体理论批评纂述体例的典型代表，应当引起研究者的极大关注。

唐宋类书与明代吴讷、徐师曾等文体总集之体例和引书比较，吴、徐文体著作体例特点是：增加了唐宋以来新增文体，并主要引述宋人朱熹、真德秀、吕祖谦等人的相关文体批评言论，这是唐宋类书所无有的，也是吴、徐的功劳所在。但其所引述唐宋以前典籍之文体批评言论，可以说都能从唐宋类书中找出源头和出处，没有超越唐宋类书的地方。

第四节　唐宋类书的文体学文献价值及编纂体例影响

中国古代类书尤其是唐宋类书在传统文体观念史上最大的贡献，在于其作为“古代文献资料的渊薮”，最丰富、最集中、最系统地把中国古代文体观念和重要的文体批评文献资料汇集在一起，具有了“综罗文体资料文献”的功能。

类书具有兼“百科全书”与“资料汇编”的性质，是“古代文献资料的渊薮”。唐宋类书的文体观念和文体批评资料文献之功表现在：1. 校勘古籍中的文体文献。一方面各大类书所综罗的文体文献有互出重出现象，可以互相比对校勘；另一方面用以比较元、明以来文体总集中文献之真伪讹漏。2. 各大类书引书之丰富，从中可见古代文体资料的渊源出处及文体学的源流发展等。3. 最重要的是，中国古代类书对研究“文体”专题的搜集文献资料之功。关于类书之搜集专题文献资料之功，胡道静指出：

> 这是因为古类书本来具有“资料汇编”的性质，而它包含的科目又是比较完备的。在研究古代文化的学术工作中，利用它们来对某一专题搜集文献资料，可以节省不少时间，也免得耗费过多精力。当然，类书上的资料是第二手的，还需要用原始资料来加以核对。但是它们已将一定门目的资料辑集在一处，起着“索引”的作用，比我们自己一开始就直接从散漫无边而又浩若烟海的文献中去寻第一手资料，其效果自大不相同。因此，

古类书在今天清理文化遗产工作中的资料搜集阶段起着助手的作用。这样就构成了它的第二特殊作用。

古类书不但把某些专题的文献资料大体上汇集在一起，产生着“索引”的作用，还因为它具有第一特殊作用，即保存了一批原始材料已经失传的东西，因此在古类书中能够看到的某些材料，就已置代了第一手资料，这是更为可贵的。所以在祖国古代文化清理、研究的资料工作中，是不能够离开了类书来进行的。[1]

接下来，胡道静列举了从中国古代类书汇辑出的各类著作：《中国体育史参考资料》《中国古代足球资料汇辑》《中国机械工程发明史》《中国古代机械发明史》《中国机械工程史料汇编》《中国古代数学史料》《十三、十四世纪中国的民间数学》《中国地质史料》《我国古代文献中有关接木的记载》《我国历代分枝谷类作物的概况》《古人对棉花特征特性的观察》等。这些史料汇编专书“都曾利用了古类书来搜集资料。例子非常的多，上面只是偶尔举一些”[2]。此外，胡道静还以《中国古代音乐史料辑要》为例，总结了利用古类书协助进行文献资料普查工作的典型例子，并对其效果进行总结：古类书已从各种古籍中辑录的这一专题资料，得以借用；古类书中还保存了一些失传的，也就是今天在其他任何书籍中找不到的这一专题资料。就如序文中所说：“其中有些资料虽然各书互见，但有些原著早已散佚不传，却由于编纂者的时代不同、着眼点不同，因而得以分别保存。”[3]

同样，我们也可以把中国古代类书尤其是唐宋类书中“文部”浩瀚的涉及文体观念和文体批评的文献资料集中摘出，汇集成文体学研究文献资料专书，可名为《中国古代文体文献资料汇辑》。唐宋类书已将中国古代文体方面的资

1 胡道静：《中国古代的类书》，中华书局，1982，第46页。
2 胡道静：《中国古代的类书》，中华书局，1982，第48页。
3 胡道静：《中国古代的类书》，中华书局，1982，第49页。

料集辑在一起，起着“索引”的作用，“比我们自己一开始就直接从散漫无边而浩若烟海的文献中去寻第一手资料，其效果自大不相同”。更为重要的是，唐宋类书中“保存了一批原始材料已经失传的东西”，这在文体研究中弥足珍贵。此外，历代文体观念和文体批评文献可以互相校勘，其文献学价值不可估量。

当下文体学研究已经成为一个引人注目的学术增长点，但文体文献整理则相对贫乏，这显然于文体学的深入研究不利。与明人吴讷《文章辨体序说》和徐师曾《文体明辨序说》相比，唐宋类书“文部”中每一文体的文献汇辑及引书更为丰富。

第七章
宋人总集编纂体现的文体观念

总集的编纂与中国古代文体学密不可分，是文体分类、文体理论批评以及文体形态深化研究的渊薮。可以说，在相当程度上，总集编纂的历史便是中国古代文体学发展的历史，二者息息相关，相伴而行，成为中国学术史上双线并行、殊途同归的典型景观。宋人总集编纂的繁荣与成熟，在中国诗文选本的发展过程中起着承上启下的作用。[1] 同样，宋人总集选本在中国古代文体学史上也意义重大，起着承上启下的作用。本章从文体分类、文体理论批评及文体纂述体例和文体形态（个案）研究等方面来深入探究其文体学价值，以揭示其在宋代以及整个中国文体观念发展史中的地位和意义，并初步考察其对文学史上的文学运动、文学流派和文艺思潮的促进作用。

第一节　宋人总集的文体分类、辨体意识及纂述体例

“总集与文体分类学是有密切的关系的”[2]，这早已为现代许多学者如钱

1 张智华：《南宋的诗文选本研究》，北京师范大学出版社，2002，第 1 页。
2 郭绍虞：《提倡一些文体分类学》，《复旦学报》（社会科学版）1981 年第 1 期，第 4 页。

仓水[1]、赵逵夫[2]、褚斌杰[3]、郭英德[4]等所关注和论述。且大多论者都在考察唐宋前《文选》《文心雕龙》两书后便继以宋人四大总集《文苑英华》《唐文粹》《宋文鉴》《文章正宗》为例，揭示了宋人总集在中国古代文体分类学史上承前启后之重要地位。宋人总集的分类价值和意义主要可从两条线索来分析：一是《文选》类总集，以《文苑英华》《唐文粹》《宋文鉴》为代表，体现了与《文选》分类一样的趋于细分繁杂的分类方向和走势；二是以《文章正宗》为代表，开创了中国古代文体分类史上化繁为简的"归类""归并"一脉之做法，即"他提出了把文章分为辞命、议论、叙事、诗赋四大门，却颇富创见，开了后世分门系类的做法"[5]。

对于前者，即《文选》类总集的繁杂细分之分类法，褚斌杰《中国古代文体概论》一书最后附录了"古代文体分类"一章，从我国历代主要文体分类方面的资料中，选编了六朝至近代历代总集 20 部。其中，《文选》《文心雕龙》以后选录了宋人总集《文苑英华》《乐府诗集》《唐文粹》《沧浪诗话》《宋文鉴》等五部，足见宋人总集的重要地位。最具代表的是郭英德的《中国古代文体学论稿》一书，通过对历代《文选》类总集的考索分析，对诸如文选类总集的"编纂体例与选文范围"、分体归类（基本类型、命名方式、分合异同、类分与类从）、体类排序的规则与体例以及中国古代文体分类的体式与原则等方面作了全面细致的考索和总结，可以说涉及了文体分类学的方方面面，其学术价值和典范意义具有方法论意义。[6]其具体方法是以《文选》《文苑英华》《唐文粹》《宋文鉴》《元文类》《文章辨体》《明文衡》《文体明辨》《明文在》等九部历代总集进行列表比较分析，从而得出上述文体分类方面规律性的结论。可以看出，

1 钱仓水：《文体分类学》，江苏教育出版社，1992。
2 赵逵夫：《中国文章分类学研究序》，《西北民族学院学报》2000 年第 1 期，第 49 页。
3 褚斌杰：《中国古代文体概论》（增订本），北京大学出版社，1990，第 491 页。
4 郭英德：《中国古代文体学论稿》，北京大学出版社，2005。
5 褚斌杰：《中国古代文体概论》（增订本），北京大学出版社，1990，第 30 页。
6 党圣元：《评郭英德〈中国古代文体学论稿〉》，《文学评论》2007 年第 4 期，第 207 页。

其中宋人总集不但在时代位置上承上启下，而且数量上也三分其一，故而宋人总集的文体分类学价值和意义可以说是不言而喻的，从中得到了充分证明。

对于后者，即《文章正宗》化繁为简的“归类”方法，其“分门系类”“执简驭繁”的并类方法与《文选》类总集的细分方法背道而驰，这既体现了宋人在文体分类上的辩证思维方式和全面的分类视角，而且也铸就了宋人分类方法在中国文体分类史上的独特地位。这在古代已有朦胧的认识，现代学者在借鉴西方文体分类方法的基础上，也对《文章正宗》“四分法”给予了极大的关注和极高的评价。如钱仓水、赵逵夫、褚斌杰、郭英德等现代文体学研究专家便都有精到的论述。

宋代以前之总集编纂已有了鲜明的辨体意识。如晋挚虞《文章流别集》之体例是“类聚区分”[1]“区判文体”[2]；萧统《文选》“面对众制锋起，源流间出的文体，各为类聚区分”，“表现出编者十分明显的辨析文体的编辑宗旨”[3]。唐殷璠《河岳英灵集序》云：“夫文有神来、气来、情来，有雅体、鄙体、俗体。编纪者能审鉴诸体，委详所来，方可定其优劣，论其取舍”，“璠今所集，颇异诸家，既闲新声，复晓古体。”[4]所谓“审鉴诸体”“定其优劣，论其取舍”“新声”“古体”云云，体现了明确的辨体意识。最重要的是《文心雕龙》的“文笔之辨”和“原释选敷”之辨析源流名实的文体研究思路以及《诗品》之“源流之辨”和“品鉴高下”的辨体思想。

到了宋代，受唐宋古文运动和宋代理学兴盛的影响，伴随着总集编纂的繁荣和成熟，总集选本的辨体意识也更加明朗并有了自己的特征。先看北宋。宋初政权初定，偃武修文，官修《文苑英华》，其诏曰：“近代以来，斯文浸盛，

1（唐）房玄龄：《晋书》卷51《挚虞传》，中华书局，1974，第1427页。

2（南朝梁）萧子显：《南齐书》卷52《文学列传》，中华书局，1972，第907页。

3 傅刚：《〈昭明文选〉研究》，中国社会科学出版社，2000，第177页。

4（唐）殷璠：《河岳英灵集序》，见傅璇琮、陈尚君、徐俊：《唐人选唐诗新编》（增订本），中华书局，2014，第156页。

虽述作甚多，而妍媸不辨。遂令编辑，止取精英，所谓摘鸾凤之羽毛，截犀象之牙角。”[1]宋白奏表亦云：“撮其类列，分以部居，使沿溯者得其余波，慕味者接其妍唱。”[2]可见，其辨体既区分文章之“类列”“部居”，又辨识文章之“妍媸”，从而定取舍标准为“取其精英”，也即粹集“文苑英华”，注重的是文中之“华”。所谓部类区分，即“撮其类列，分以部居”，目的是使学者能辨析源流，得其英华、精英，即“使沿溯者得其余波”。姚铉自编《唐文粹》与《文苑英华》官私辉映，都是对宋前文学（主要是唐文学）的总结。此时宋初独特文学风貌已然呈现，古文运动也已肇端，这也体现在姚铉《唐文粹》的编选宗旨上。《唐文粹》与《文苑英华》一样，所谓“文粹”乃“纂唐贤文章之英粹者也”[3]。而其所谓“遍阅群集，耽玩研究，掇菁撷华”，这与《文苑英华》对“文学”的看法和态度是一致的。但姚铉《唐文粹》只选一代之文，为断代之选，受唐代古文运动和“文以载道”观念的影响，姚铉的集文宗旨以刘勰“原道、征圣、宗经”思想为基础，编纂“李唐一代之文”。如《唐文粹序》云：“惟韩吏部超卓群流，独高遂古，以二帝、三王为根本，以六经、四教为宗师，凭陵轥轹，首唱古文，遏横流于昏垫，辟正道于夷坦。于是柳子厚、李元宾、李翱、皇甫湜又从而和之，则我先圣孔子之道，炳焉悬诸日月。”[4]姚铉在提倡古文原道、征圣、宗经等思想方面旗帜鲜明，因此《唐文粹》之选有别于《文苑英华》，对宋代古文运动及其“载道”思想都有开拓之功。姚铉在《唐文粹》编选体例上采取的文体分类观念与方法是“以类相从，各分首第门目，止以古雅为命，不以雕篆为工，故侈言蔓辞，率皆不取”[5]。其分类辨体观念很明确，选文严辨雅俗、古今之体，唯取古文、古

1（宋）王应麟撰，武秀成、赵庶洋校证：《玉海艺文校证》卷20《总集文章·雍熙文苑英华》，凤凰出版社，2013，第946页。

2（宋）王应麟撰，武秀成、赵庶洋校证：《玉海艺文校证》卷20《总集文章·雍熙文苑英华》，凤凰出版社，2013，第946页。

3（宋）姚铉：《〈唐文粹〉序》，见曾枣庄主编：《宋代序跋全编》，齐鲁书社，2015，第69页。

4（宋）姚铉：《〈唐文粹〉序》，见曾枣庄主编：《宋代序跋全编》，齐鲁书社，2015，第69页。

5（宋）姚铉：《〈唐文粹〉序》，见曾枣庄主编：《宋代序跋全编》，齐鲁书社，2015，第70页。

诗，律诗、骈文一概不录，这都开启了南宋《文鉴》《文章正宗》之先河。

再看南宋。受宋代理学的影响，《宋文鉴》《文章正宗》等都取“有补治道”和“源流之正”者作为编纂宗旨。《宋文鉴》以“有补治道”“垂世立教”之理学家编纂思想[1]，有鉴于“体制互异，源流间出”之现象[2]，故“至于以文为鉴，则又不可以别妍丑、审兴衰、正得失尽之也”[3]。表明了“前辈之文，粹然出正，盖累朝涵养之泽，而师友渊源之所渐也”[4]。明商辂所谓“取其辞理之醇，有补治道者，以类编次”[5]云云，更道出了其辨体分类思想。《文章正宗》之书名便有为学者辨源流正变之意。如《文章正宗纲目》云：“正宗云者，以后世文辞之多变，欲学者识其源流之正也。自昔集录文章者众矣，若杜预、挚虞诸家，往往堙没弗传。今行于世者，惟梁《昭明文选》、姚铉《文粹》而已。由今视之，二书所录，果皆得源流之正乎？”[6]其所谓“源流之正”云云，是从“明义理，切世用”的编选宗旨和标准出发，欲矫“昭明之弊”，故而严辨古体骈体、古诗律诗之界限，只选古文、古诗而摈弃骈文、今体、律绝于集外，即“其体本乎古，其指近乎经者，然后取焉；否则辞虽工亦不录”[7]。其由辨古今而只选古体的做法实与姚铉《唐文粹》一脉相承，但在辨源流之正上则更加严格，体现了理学家编选诗文与古文家编选诗文之眼光和标准宗旨的不同。

这种严辨古今、骈散的辨体理念体现在分体总集编纂上，便出现了两个走向和两个极端：或专选今体律绝四六，或专选古文。前者如吴说《古今绝句》，

1（宋）周必大：《皇朝文鉴序》，见（宋）吕祖谦编：《宋文鉴》，中华书局，1992，第 1 页。

2（宋）周必大：《皇朝文鉴序》，见（宋）吕祖谦编：《宋文鉴》，中华书局，1992，第 1 页。

3（宋）赵彦适：《端平重修皇朝文鉴跋》，见曾枣庄、刘琳主编：《全宋文》卷 7310，上海辞书出版社、安徽教育出版社，2006，第 415 页。

4（宋）刘炳：《端平重修皇朝文鉴跋》，见曾枣庄、刘琳主编：《全宋文》卷 7665，上海辞书出版社、安徽教育出版社，2006，第 69 页。

5（明）商辂：《天顺新雕宋朝文鉴序》，见祝尚书：《宋人总集叙录》，中华书局，2004，第 126—129 页。

6（宋）真德秀：《文章正宗纲目序》，见曾枣庄、刘琳主编：《全宋文》卷 7170，上海辞书出版社、安徽教育出版社，2006，第 716 页。

7（宋）真德秀：《文章正宗纲目序》，见曾枣庄、刘琳主编：《全宋文》卷 7170，上海辞书出版社、安徽教育出版社，2006，第 717 页。

洪迈《万首唐人绝句》，赵蕃、韩淲《章泉涧泉二先生选唐人绝句》，方回《瀛奎律髓》，周弼《唐三体诗法》（只收律绝），叶菉编《圣宋名贤四六丛珠》，刘克庄《四家四六》，祝穆《新编四六宝苑群公妙语》等；后者如吕祖谦《古文关键》、楼昉《崇古文诀》、王霆震《古文集成》、黄坚《诸儒笺解古文真宝前集》等，这里还是仅举从书名便可略见梗概者为例，他者更多。这些既反映了宋人自觉接受唐人近体诗的辉煌成就和优秀传统，也与科举考试、古文运动、理学思潮等政治、文学、哲学运动有很大关系。

宋人总集选本的文体理论批评表征主要体现在三个方面：

1. 和《文选序》体现的文体思想一样，总集选本的序跋，包括后人重刻所加序跋中讨论文体之言论以及其中体现出的编选宗旨、体例等，反映出编选者的文体观念和思想。这是历代总集选本之文体思想得以显现的最主要的方式和特征。尤其是那些分体编选著作，涉及绝句、律诗、乐府、宫词、律赋、古赋、古文、论、策、诏令、奏议、书判、碑传、尺牍等众多文体，其序跋或者选文中更十足体现了此种文体的文体特征和思想。

2. 诗文评点和兔园册子。南宋诗文评点尤其是古文评点兴盛，诸如吕祖谦《古文关键》、楼昉《崇古文诀》、王霆震《古文集成》、刘辰翁《须溪批评十种》、方回《瀛奎律髓》，等等，都从指导写作的角度对某一文体尤其是古文进行了多角度、全面的分析论述和总结，具有很深的文体批评意味，并形成了系统的文体观念和文体思想。受科举的影响，兔园册子如雨后春笋，南宋极为繁荣。诸如《论学绳尺》《策学绳尺》《止斋论诀》《辞学指南》等应试指南，或对某一文体精详论述，或对十几种文体（如《辞学指南》十二体）逐一探讨，其指导士子应试写作的目的与文体理论著作如《文心雕龙》和总集选本如《文选》是一致的，故而也可看作是一种特殊的文体学著作，而其中系统规范的文体写作思想也可视为一种完整系统的文体学思想。

3. 文体总集的形成和影响。提到最具系统之文体观念和文体批评意识的文体总集，人们首先会想到已佚的晋挚虞《文章流别论》和明代吴讷《文章辨体》、徐师曾《文体明辨》、贺复征《文章辨体汇选》等。岂不知这种文体总集的初成规模之作是始于宋真德秀《文章正宗》的，嗣后王应麟《辞学指南》和陈仁子《文选补遗》渐趋定型，并受唐宋类书“文部”文体纂述体例的影响。作为总集选本，《文章正宗》前的《纲目》已与前此总集诸如《文选》《文苑英华》《唐文粹》《宋文鉴》前面的序大不相同。虽然《文章正宗纲目》篇幅不大，尚显简略，但真德秀于总论之外，对其所分四目辞命、议论、叙事、诗赋，分别集中进行了类似刘勰“原释选敷”文体研究思路的全面叙述，完全具备了后世明代吴讷、徐师曾文体总集的以“序题”统领文体学思想的纂述体例。但因其化繁为简仅分四目，故而反映的文体思想也略显简要，不太为人所注意。到了其私淑弟子王应麟那里，则规模渐大。王应麟《辞学指南》主要是应博学宏词科而设，论述制、诰、诏、表、檄、露布、箴、铭、记、赞、颂、序等十二体。前有“论作文法”（吴、徐之“序题”前有“论作文法”实本于此，当然也受评点选本及兔园册子的影响），其后对十二体进行详细的“原释选敷”式的文体论述，虽更多是“综罗文献”的性质，但其鲜明的文体学思想和系统的文体理论框架，则堪与《文心雕龙》相表里。明代吴讷《文章辨体》之过尊真德秀和大量引述真德秀等宋儒的文体言论，更是直接源于王应麟《辞学指南》。不过，历代将《辞学指南》归于“兔园册子”即应试指南而鄙视之，故其文体学贡献和意义也千余年来湮没无闻，不能说不是中国文体学发展史上的一大憾事。宋末元初，受真德秀理学思想影响，陈仁子编《文选补遗》，欲矫《昭明文选》之弊。《四库全书总目》云：“其排斥萧统甚至，盖与刘履选诗补注，皆私淑《文章正宗》之说者。然《正宗》主于明理，《文选》原止于论文，言岂一端，要各有当。仁子以彼概此，非通方之论也。”[1] 其“补遗”之举已为四库馆

1（清）永瑢等：《四库全书总目》卷 187，见《影印文渊阁四库全书》第 5 册，第 43 页。

臣所讥，如“然其说云补《文选》，不云竟以废《文选》”[1]。确当与否，我们姑置不论，但其本《文选》之体例外，对每一体下面“补遗”此文体的“释名彰义”“原始表末”及“敷理举统”之论，则功不可没。此举使总集选本从《文选》便开始罩上文体论的色彩，真正地完成了文体总集的成型转化。到了明吴讷、徐师曾、贺复征等便依此而成“集文体之大成”（罗根泽语）的文体总集之作。要之，宋代真德秀、王应麟、陈仁子等对文体总集纂述体例的定型具有开创之功，在中国古代文体学史上无疑要书上浓重的一笔。

第二节　文体总集编纂对文体个案研究的强化

前面论述了以宋人四大总集为例的诗文合集类总集选本的文体学贡献，包括诸如文体分类、辨体意识以及选文与序题相结合的文体纂述体例（如《文章正宗》《辞学指南》《文选补遗》等）。宋代总集中除了上述诗文合集外，还有大量的分体编纂总集，这些分体编纂总集涉及的文体众多，可以说是对诗文合集中文体理论的补充。或者说，由于这种分体编纂的总集强化了某种文体的具体研究，对该文体的名称源流发展和艺术特征等文体要素进行了更为集中的探究展示，故而使得其文体学理论色彩变得更加浓厚突出。笔者以祝尚书《宋人总集叙录》和张智华《南宋诗文选本研究》之《南宋部分诗文选本提要》中的文献为依据，对宋人分体总集选本作一个概要罗列和划分，并举几例作详细具体的分析说明。

诗：绝句：《古今绝句》，吴说编；《万首唐人绝句》，洪迈编；《章泉涧泉二先生选唐人绝句》，赵蕃、韩淲编；《唐三体诗法》（律绝合编），周弼编。律诗：《瀛奎律髓》，方回编。乐府：《乐府诗集》，郭茂倩编。宫词：《十家宫词》，《三

1（清）永瑢等：《四库全书总目》卷187，见《影印文渊阁四库全书》第5册，第44页。

家宫词》，《五家宫词》。回文：《回文类聚》，桑世昌编。

赋：《天圣赋苑》（已佚），李祺编；《典丽赋集》（已佚），杨翱编（律赋）；《后典丽赋》（已佚），唐仲友编；《指南赋笺》，《指南赋经》；《赋学衡鉴》，范仲淹编。

尺牍：《溪堂师友尺牍》，谢逸编；《艇斋师友尺牍》，曾淮编。

奏议：《中兴诸臣奏议》，李壁编；《国朝诸臣奏议》，赵汝愚编。

诏令：《宋朝大诏令集》，宋绶家子孙编。

碑传：《新刊名臣碑传琬琰集》，杜大珪编。

论策：《论学绳尺》，魏天应、林子长编；《精选皇宋策学绳尺》。

书判：《名公书判清明集》。

四六：《四家四六》，刘克庄等编，《群公四六续集》；《圣宋名贤四六丛珠》，叶棻编，《三家四六》；《新编四六宝苑群公妙语》，祝穆编。

古文：《古文关键》，吕祖谦编；《崇古文诀》，楼昉编；《古文集成》，王霆震编；《诸儒笺解古文真宝前集》，黄坚编。

此外，词、诗话等也琳琅满目，兹不赘举。上述许多选本如《典丽赋集》《指南赋笺》《论学绳尺》《策学绳尺》等都是为应试而设的兔园册子。由于其目的是为了指导士子写作，故而对此文体的源流发展演变以及体制、风格、内容、形式、题材等写作规范特征，都以典型作品为例来详细阐释归纳，无形中强化了对这一文体的各方面研究，也显示了其深刻的文体学意义。分体总集选本中的编者自序、他序或历代重刻序跋等，深化了这一文体的源流发展和文体规范特征研究，尤其是所论作品多为名家名篇，本身便具有鲜明的文体规范示范作用。下面聊举两例，以见其文体学上的意义。如《回文类聚》，其编者桑世昌自序云：

《诗苑》云："回文始于窦滔妻，反复皆可成章。旧为二体，今合为一，止两韵者谓之回文，而举一字皆成读者谓之反覆。"又上官仪曰："凡诗对有八，其七曰回文对。‘情亲因得意，得意遂情亲’是也。”自尔或四言，或六言，或唐律，或短语，既极其工，且流而为乐章。盖情词交通，妙均造化，此文之所以为无穷也。[1]

此序对回文体追源溯流，即始于“窦滔妻”，其体分两体“回文”和“反覆”，演变到今合为一体。从语体上又分为四言、六言、唐律、短语等。其文体特点是“反复皆可成章”，“盖情词交通，妙均造化，此文之所以为无穷也”。清朱存孝序对其特点踵事增华：“字如棋置，按诵成章，字不数百，诗几千首。”并对其体制总结道：“虽仿其制者代不乏人，类不能出其规范。”[2]《四库提要》则对回文体的原始作者、形式特征等进行了考索，大有助于把握这一文体的源流发展脉络。可见，这一文体总集的编纂，不但对此文体深化研究有功，而且由于引起历代学人对此文体研究不断深入，其文体文献的历代汇聚之功更大。

第三节　宋人总集对宋代体派形成的文学史意义

宋代是中国古代文学流派形成和成熟的关键时期，宋代文学发展的历史可以说就是宋代文学“体派”发展的历史。诸如白体、晚唐体（九僧）、西昆体、古文运动、江西诗派、永嘉四灵、江湖诗派、遗民诗派等文学体派前后相继，贯穿了整个宋代文学史。这些文学体派的形成和产生影响，则离不开与其相伴而行、相辅相成的总集选本的编纂和宣扬。诸如《二李唱和集》《九僧诗集》《西昆酬唱集》《江西宗派诗集》《四灵诗》《江湖集》，等等，仅从诗集的名称就可明显看出总集选本与文学流派的密切关系和相互影响，并清晰地呈现出宋代文学流派发展的纵向历史脉络。

1（宋）桑世昌：《回文类聚序》，见祝尚书：《宋人总集叙录》，中华书局，2004，第208—209页。
2（清）朱存孝：《回文类聚序》，见祝尚书：《宋人总集叙录》，中华书局，2004，第209页。

郭英德认为："文学流派的正式形成，当在中唐至北宋时期。"[1]又云："文学流派的真正成熟，当以江西诗派为标志。"[2]文学流派自中唐到五代便与总集的编纂有了直接的血脉关系。对此，郭英德指出：

同时，以某一种风格情调和创作倾向为标准选录作品，结集刊行，也在中唐以后兴起。如殷璠《河岳英灵集》，主要收清雅幽远之诗，后人视为以王维、孟浩然为代表的王孟诗派的选集；元结的《箧中集》，收录沈千运等"无禄位"、"久贫贱"者的悲苦怨愤之作；五代后蜀赵崇祚编《花间集》，专收浓艳香软之作，后人称作"花间词派"；宋初杨亿编《西昆酬唱集》收录杨亿、钱惟演等十五位宫廷诗人"更迭唱和"、互相切劘之作，诗风以浮华侈丽见长，史称"西昆诗派"。这些作品选集在某种意义上堪称流派作品集，尤其是《花间》、《西昆》二集，既突显了鲜明的文学风格，又奠基于某一作家群体，表现出风格与群体的融洽合一，难怪后世即以之为流派代称了。[3]

前面笔者主要从文类文体、文体批评、辨体、文体分类上来看宋人总集编纂的文体学意义，但文体不但有文类文体（即体裁）的含义，另一个重要的含义便是风格。文体的文学风格含义，又有时代风格、流派风格、个人风格等方面[4]，这在严羽《沧浪诗话》"诗体"中便有详细划分和论述。上述文体含义在文学史上体现为文学流派（文学体派），往往与相对应的总集选本编纂息息相关，宋代尤为突出。

总集对文学体派形成的促进关系，在宋代体现得最为充分。如欧阳修认为："自《西昆集》出，时人争效之，诗体一变。"[5]郭英德则指出，"北宋末年，

1 郭英德：《中国古代文人集团与文学风貌》，北京师范大学出版社，1998，第188页。
2 郭英德：《中国古代文人集团与文学风貌》，北京师范大学出版社，1998，第191页。
3 郭英德：《中国古代文人集团与文学风貌》，北京师范大学出版社，1998，第190页。
4 详见吴承学：《中国古典文学风格学》，花城出版社，1993。
5（宋）欧阳修：《六一诗话》，见（清）何文焕辑：《历代诗话》（上），中华书局，1981，第266页。

吕本中作《江西诗社宗派图》，并编刊《江西诗派诗集》，第一次自觉地，明确地打出江西诗派的旗帜”，“然而在中国文学史上更值得重视的是，江西诗派树立了中国古代文学流派的典范，泽被后世，非一代也”[1]。对于宋人的文学体派和总集关系之论述当以严羽和方回最早、最为系统。严羽《沧浪诗话》“诗体”章分“以人而论”和“以时而论”等，提到了“江西宗派体”和“西昆体”等。严羽的辨体意识和诗学辨体理论直接与宋代文学流派的发达有关。郭绍虞云：“案沧浪‘诗法’谓‘辨家数如辨苍白，方可言诗。’以上所谓‘以时’‘以人’诸体，即是家数之辨。”[2]故而，有评者认为“方回对宋诗体派的划分已经十分详尽系统”[3]。并且每每与相应的总集联系起来谈，足见对应总集对文学体派形成的重大作用和影响。如方回《送罗寿可诗序》云：

> 宋刬五代旧习，诗有白体、昆体、晚唐体。白体如李文正、徐常侍昆仲、王元之、王汉谋；昆体则有杨、刘《西昆集》传世……晚唐体则九僧最逼真……立为江西派之说者……嘉定而降，稍厌江西，永嘉四灵复为九僧晚唐体。[4]

“白体”代表作家有李昉、徐铉、王禹偁等，以王禹偁为领袖，“国初沿袭五代之余，士大夫皆宗白乐天诗，故王黄州主盟一时”[5]。“白体”是通过一系列唱和诗集确立和壮大起来的。如徐铉、李昉等《翰林酬唱集》；李昉、李至《二李唱和集》；王禹偁、冯伉《商於唱和集》；李昉、苏易简《禁林宴会集》等。“西昆体”则以杨亿编《西昆酬唱集》为标志，成员有杨亿、钱惟演、刘筠等。“晚唐体”之成员为九僧，有《九僧诗集》。“江西诗派”则有《江西诗派诗集》，四灵诗派则有《四灵诗集》，江湖派则有系列《江湖集》，道学派则有《濂洛风雅

1 郭英德：《中国古代文人集团与文学风貌》，北京师范大学出版社，1998，第191—192页。
2（宋）严羽著，郭绍虞校释：《沧浪诗话校释》，人民文学出版社，1961，第68页。
3 王水照主编：《宋代文学通论》，河南大学出版社，1997，第81页。
4（元）方回：《送罗寿可诗序》，《桐江续集》卷32，见《影印文渊阁四库全书》第1193册，第662页。
5（宋）胡仔：《苕溪渔隐丛话前集》，人民文学出版社，1962，第144页。

集》等。可见，各文学体派之名称和形成都与对应的总集选本密不可分。对此可参见《宋人总集叙录》和《宋代文学通论·体派篇》。

总之，宋代文学流派以“江西宗派”最为成熟，有组织、有纲领、有宗主领袖，其中《江西诗派诗集》更是具有了流派作品集的意味。其他诸如“白体”“西昆体”“晚唐体”“江湖派”“四灵”等，则只能称作松散的文学流派，或者称为“体”“体派”，也即只是某些个文学风格相似的松散文人团体，而且宋人如严羽、方回等也是主要以“体”称之的。这样，与之配套对应的总集选本便有了聚集作家、组织作家的凝聚力。同时，选本作品文学风格的相似性，还无形中发挥着统一文学风尚的“文学纲领”之作用。所以说，宋人总集选本与宋代文学体派有着天然的血缘关系。

第八章
明清戏曲文体交融体现的文体观念

中国文学历来体制繁多且界律精严，甚至诗、文、词、曲相邻文体之间也壁垒森然，“文各有体，不能相杂，分之双美，合之两伤；苟欲行兼并之实，则童牛角马，非此非彼。所兼者之品类虽尊，亦终为伪体而已。”[1] 在相当长的时期内，“别体”“辨体”是文体发展的主导趋向，体制界线和律例严明，文体的类别愈加繁多。然而文体发展的进程是复杂的，如此多的文体，未必全是泾渭分明，边界明晰，体不互涉，其间“议说合契”“传注参体”“赞评齐行”“叙引共纪”[2] 和“《易》文似《诗》,《诗》文似《书》,《书》文似《礼》”[3] 的情形不绝如缕，变体、破体、拗体、伪体甚至失体的情况代不乏例，除了文体本身的客观界限不明之外，还有一种文体交融互渗、互生的情形，这是文学发展史上的重要现象，也是文体生成和发展中的重要现象，体现的是文体从类分到类合的变化。

文体史上一篇文章或者一种文体之中众体兼备的情况较早便已出现。《梁书·萧子显传》就记载：“子显尝为《自序》，其略云：‘……少来所为诗赋，则

---

1 钱锺书：《中国文学小史序论》，见《钱锺书集·人生边上的边上》，生活·读书·新知三联书店，2002，第 95 页。

2（南朝梁）刘勰著，范文澜注：《文心雕龙注》卷 4《论说》，人民文学出版社，1958，第 326 页。

3（南宋）陈骙、（宋）李涂著，王利器校点：《文则·文章精义》，人民文学出版社，1960，第 1 页。

《鸿序》一作，体兼众制，文备多方，颇为好事所传，故虚声易远。'"[1]这段记载值得特别关注的是，提到了"《鸿序》一作，体兼众制，文备多方"的文学现象。作为文体现象，文学史上诗、文两大文类之间的交互交融最为突出。韩愈"以文为诗"是诗与文的融合，最后影响了宋代诗歌的形态；苏轼、辛弃疾将诗带入词，以诗为词，提升了词体。在这一过程中，杜甫的诗可谓集当时诗体之大成，韩愈的文可谓集当时文体之大成，成就了其文学地位。元曲将诗歌带入戏曲，以诗为曲，后来诗歌又带入了小说。诗歌等文体与小说、戏曲文体的交融紧随其后。文体互渗与融合带来了文学的发展，通过文体互渗与融合来推动文体的发展，这是中国古代文学发展的重要动力之一，文体交融和文体相互影响更是中国古代文学体裁形成和发展的普遍规律，形成了重要的参体、破体和尊体现象。存在于严格辨体传统中的文体共融、缠绕的现象，不仅是共时性的，还是历时性的，体现在小说、戏曲这种后起的文体中则尤为突出，甚至文体间的跨度还更大，传统上以"体制定其得失，品类辨其尊卑，二事各不相蒙"[2]，而小说、戏曲体裁相杂成为自觉的追求，却是有别于传统的文体观念。

据宋人赵彦卫《云麓漫钞》判断，唐传奇"文备众体，可以见史才、诗笔、议论"[3]，其中已存在文体交融渗透的情况。文体互渗交融的情况虽然产生了文体界限不清的问题，但也增强了文体本身的包容性、开放性，比如唐人传奇致力于六朝志怪与野史杂传的文类融合，使得子史叙事传统与集部叙述传统相融合，使其在叙事、抒情、议论方面灵活自如，增强了小说文体的表现力，对后世小说的发展影响深远。纵观中国古代小说发展史，尤其是话本产生以后，"文备众体"这一特征得到了名正言顺、名副其实的体现，举凡诗文、词曲、奏章、铭诔、书信等，无所不见，几乎各种文体均能包容在小说之中。这些文

1（唐）姚思廉：《梁书》卷35《萧子显传》，中华书局，1973，第512页。

2 钱锺书：《中国文学小史序论》，《钱锺书集·人生边上的边上》，生活·读书·新知三联书店，2002，第95页。

3（宋）赵彦卫撰，傅根清点校：《云麓漫钞》，中华书局，1996，第135页。

体，有的是与情节紧密配合、为情节所需的融入，有的则属于文人炫才的文章铺排。对于这种文体现象，有学者认为是文体寄生，有学者认为是文体交叉融合。就文体演进而言，“文备众体”不是简单地将文体拼凑、混杂在一起，而是要有序组合、精心布置，并以灵活、多样的文本形式加以呈现，有的甚至有机地融合在一体，构成一定程度的整体性。多种文体交互交融丰富了古代小说文体内部文体之间互动的层次，也提高了文体对话的频率与质量，极大地拓展了中国文学的表现空间。较之唐传奇，后世小说在文体融合方面有过之而无不及，且兼容的文体类型越来越多，呈现也越来越精彩。比如《红楼梦》就囊括史传、诗词、曲赋、颂赞、铭诔、信札、书论、酒令、对联、谶语、灯谜、邸报等二十几种文体类型，并浑然一体形成严整的文体风貌。可以说，“文备众体”构成了古代小说独立与成熟的根本条件和标志要素。限于学力和本书篇幅，此处不再对小说“文备众体”的特征进行展开，只集中论述戏曲的文体交融现象及其中体现的文体观念。

第一节　戏曲文体交融的特征

戏曲是一种综合性艺术，也是综合性文体。从文学剧本角度看，它把诗词、小说、散文融为一体；从舞台演出角度看，它把演员、剧场、观众、音乐、舞蹈、美术融为一体，体现出诗、乐、舞合一的艺术追求，文学、音乐、舞蹈诸艺术形态之间形成了有机的联系；从曲词角度看，词为诗余，曲为词余，它和诗、词一脉相承。“无体不备”成了中国戏曲文学综合性的重要特征，赵彦卫《云麓漫钞》对传奇“文备众体”的概括对戏曲也有适用性。“文备众体”的戏曲充分体现了异质文体之间的相互嫁接和风格共济的情况，兼杂了诗歌、词、曲等抒情性文体因素，是一种复合文体，有人称之为集成型文体，也有人称之为无体不备的兼容文学[1]，成为一种文体的有机融合物，因而兼有了叙事文体和抒情文体的文体特征，应该属于文体之合。“文备众体”成为中国这类文体建构的主要特征之一，诸多文学作品因“文备众体”而精彩。“文变染乎世情”[2]，中国元明乃至清代文人采用北剧(杂剧)、南戏、传奇为该时代表情达意的最佳文体，是传统继承和时代创新的共同结果。就文学反映时代的适应性而言，可以说以传奇为代表的戏曲是明清时代新兴文体，也是最能适应时代需要的文体，是文体融合、渗透、选择的结果，亦即文体继承的结果，更是时代对文体选择的结果。“作为社会意识形态的一个组成部分，传奇戏曲的繁兴既得益于艺术传统共时性的纵向聚合，也受惠于时代文化历时性的横向组合。正是艺术传统的哺育和时代文化的召唤，方能催生出崭新的艺术样式；同时，这种崭新的艺术样式本身便成为艺术传统的结晶和时代文化的镜像，以其独特的审美风貌昭示着丰厚的艺术传统积淀和鲜明的时代文化特征。”[3]本章在这样的认识中展开戏曲文体交融特征的研究和梳理。然就中国文体形成和发展的状况而言，相类文体之间的交融现象似乎较好理解，而抒情性的诗歌与叙事性的戏曲文体之间交融互参则不太好理解，且研究较少[4]，值得关注。

“文备众体”亦即“文体间性”也在戏曲中存在。“传奇虽小道，凡诗赋、词曲、四六、小说家，无体不备。至于摹写须眉，点染景物，乃兼画苑矣。其旨趣实本于三百篇，而义则春秋，用笔行文，又左、国、太史公也。”[5]古人这

1 张庚、郭汉城主编：《中国戏曲通论》，上海文艺出版社，1989，第237页。

2（南朝梁）刘勰著，范文澜注：《文心雕龙注》卷9《时序》，人民文学出版社，1958，第675页。

3 郭英德：《明清传奇戏曲文体研究》，商务印书馆，2004，第14页。

4 钱锺书在《管锥编》中列举了许多文体变化和文体间交融互参的现象，引录了刘勰关于“参体”的论述和唐诗中有关“破体”的诗句，证实“刘勰所谓‘参体’，唐人所谓‘破体’”的文体发展规律。见钱锺书：《管锥编》，中华书局，1979，第891页。余恕诚《中国古代文体的异体交融与维护本色》（《文艺理论研究》2009年第5期，第10页）一文则论述了影响文体交融的主要因素。但他们所举的例证都是唐宋时期的诗文词，并未涉及明清以后产生的新兴文体。褚斌杰《中国古代文体概论》、吴承学《中国古代文体形态研究》等研究文体的专著，虽然涉及了“曲”，但只具有完备体类的意义，对此问题并无详论。

5（清）孔尚任著，王季思、苏寰中、杨德平注：《桃花扇·桃花扇小引》，人民文学出版社，2005，第1页。

么认为，今人也有这样的论说，“戏曲的文体也如此，吸收了众多的传统文体因素，它的主体既是曲体，又是剧体，通过曲辞来组织唱段构架剧体。”[1]当然，“小说戏曲的文体既是古代多种文体的综合体，又是按照各自规定性对传统文体筛选的结果。”[2]经过历史选择，明、清“传奇”成为戏曲的主要样式，也可以说是经过历史淘洗和选择的能够代表中国戏曲的文体，“从近代王国维开始，才把‘戏曲’用来作为包括宋元南戏、元明杂剧、明清传奇以至近代的京剧和所有地方戏在内的中国传统戏剧文化的通称。”[3]关于“戏曲”一词能否涵盖中国古代戏剧历史演进的诸种形式，学界还有争论，本章是在不甚严格意义上使用这一概念，主要指与现代话剧、歌剧、舞剧等非本土概念相区别的中国传统戏剧或者原生戏剧。王国维指出：“至元杂剧出而体制遂定……于是我国始有纯粹之戏曲。”[4]傅谨也认为：“明代传奇从高明的这部《琵琶记》开始，承继了元杂剧的基本戏剧要素，同时又摆脱了元杂剧过于受音乐宫调套曲拘束的结构，不再恪守元杂剧每本四折，一人主唱的形制，而且吸收了南方广大地区的地域音乐素材，形成了更自由同时也更具表现力的新的戏剧形式。”[5]言下之意，中国戏剧形制的形成应该是元杂剧之后的形式，明清传奇是继元杂剧之后中国戏曲的又一成熟的艺术典范，建构了独特的文学体制；而文人传奇又在明清传奇创作中占据主导地位。由于多出自文人之手，呈现出文人化的趣味，中国戏曲发展的第二个阶段的传奇之美是以文人士大夫为主导创造的，故而本章选取元杂剧以后的戏曲形式尤其是文人戏曲文学作为戏曲文体的研究范本应该是合理的、正确的。

作为中国文化土壤上产生的独特艺术形式，我们既要注意到以传奇为代表

1 许并生：《古代小说与戏曲》，山西人民出版社，2005，第66页。
2 许并生：《古代小说与戏曲》，山西人民出版社，2005，第64—65页。
3 张庚：《中国戏曲大百科全书·戏曲曲艺卷》，中国大百科全书出版社，1983，第1页。
4 王国维：《宋元戏曲史》，中华书局，2010，第153页。
5 傅谨：《中国戏剧艺术论·绪论》，山西教育出版社，2003，第9页。

的比较成熟的成体制的戏曲文学与中国传统文学样式在体制上的差异性，同时也应注意到戏曲“文备众体”的综合性，以及戏曲作为综合艺术和综合性文体的特征。从戏曲文学文体形成的历史来看，戏曲文学文体的形成充分体现了文体渗透和交融的规律性。

中国古代关于戏曲文体的理论是由论“曲”之词和论“戏”之词构成的，而且“曲”论先于并重于“戏”论，中国古代戏曲可以说是以“曲”为本位的。[1]从元代到明中叶，曲学著作层出不穷，形成“曲”观念为主导的比较完备的体系，因此从“曲”论和“戏”论切入论述戏曲的文体特征具有可行性。关于戏曲文体与其他文体的互渗关系，学界已有充分的论述，这里主要以传奇为代表来论述明清时期戏曲对诗歌的“因革”，以此说明戏曲文体的生成过程不仅是文体交融的过程，也是文体观念交互交融的过程，同时也是一个保留和追求诗性的过程。

第二节　“曲”体与“诗”体的同源性

有人说，“戏曲实际上是一种有规范的歌舞型戏剧体诗。这是戏曲的最本质的艺术品格。”[2]戏曲作家主要是运用唱词、念白、科介等手段，展开冲突、塑造形象、抒发感情、表达主题并形成文体，其中的唱和念都是诗歌化和音乐化的，服从和服务于“戏剧体诗”这个总体特征；以曲为主，以白为宾，曲主白宾，曲多白少，这是一种根深蒂固的戏曲文体观念。作为后起文体的戏曲，难免不受到悠久的诗歌传统和诗性文化的渗透与影响，其中呈现出许多因袭的成分，中国古代戏曲理论对诗体与曲体的同源性多有认识。

---

1 周贻白对戏曲的定义是：“中国戏剧，或名戏曲，这是中国戏剧应用曲子这一文体作为剧本文词之后的称谓。”见《中国戏剧发展史纲要》，上海古籍出版社，1979，第7页。在元明两代，“曲”是对戏剧统一的称谓。

2 张庚、郭汉城主编：《中国戏曲通论》，上海文艺出版社，1989，第147页。

首先，从文体的历史演变进程考辨戏曲与诗的同源性。溯曲源诗，将戏曲置于各种文体兴衰嬗递的动态过程中，是中国曲论的惯常做法，显示了一种流变的文学史观。在历史上，中国诗歌所禀赋的诗骚传统确实哺育了中国文学的各类文体，戏曲也不例外。古人对此多有言说，早在元代，杨维祯就在《周月湖今乐府序》中认识到，“词曲本古诗之流，既以乐府名编，则宜有风雅余韵在焉。”[1] 明代以后，这种认识则更为普遍。比如沈宠绥《度曲须知》就认为，“顾曲肇自三百篇耳。《风》《雅》变为五七言，诗体化为南词北剧。”[2] 王世贞《曲藻》则明确地说：“三百篇亡而后有骚、赋，骚、赋难入乐而后有古乐府，古乐府不入俗而后以唐绝句为乐府，绝句少宛转而后有词，词不快北耳而后有北曲，北曲不谐南耳而后有南曲。”[3] 还认为“曲者，词之变。自金、元入主中国，所用胡乐，嘈杂凄紧，缓急之间，词不能按，乃更为新声以媚之”。[4] 王骥德在《曲律》中就纵向描述这一过程说：“入唐而以绝句为曲，如《清平》《郁轮》《凉州》《水调》之类；然不尽其变，而于是始创为《忆秦娥》《菩萨蛮》等曲，盖太白、飞卿辈，实其作俑。入宋而词始大振，署曰‘诗余’，于今曲益近，周待制柳屯田其最也。然单词只韵，歌止一阕，又不尽其变。而金章宗时，渐更为北词，如世所传董解元《西厢记》者，其声犹未纯也。入元而益漫衍其制，栉调比声，北曲遂擅盛一代；顾未免滞于弦索，且多染胡语，其声近噍以杀，南人不习也。迨季世入我明，又变而为南曲，婉丽妩媚，一唱三叹，于是美善兼至，极声调之致。”[5] 明代何良俊《曲论》说：“夫诗变而为词，词变而为歌曲，则歌曲乃诗之流别。”[6] 臧懋循《元曲选序二》有言曰：“所论诗变而词，词变而

1 程炳达、王卫民编著：《中国历代曲论释评》，民族出版社，2000，第57页。
2（明）沈宠绥：《度曲须知》，见《中国古典戏曲论著集成》（五），中国戏剧出版社，1959，第197页。
3（明）王世贞：《曲藻》，见《中国古典戏曲论著集成》（四），中国戏剧出版社，1959，第27页。
4（明）王世贞：《曲藻序》，见《中国古典戏曲论著集成》（四），中国戏剧出版社，1959，第25页。
5（明）王骥德：《曲律》，见《中国古典戏曲论著集成》（四），中国戏剧出版社，1959，第55页。
6（明）何良俊：《曲论》，见《中国古典戏曲论著集成》（四），中国戏剧出版社，1959，第6页。

曲，其源本于一。”[1] 清代邹式金《杂剧三集小引》也说：“诗亡而后有骚，骚亡而后有乐府，乐府亡而后有词，词亡而后有曲，其体虽变，其音则一也。”[2] 由诗到词、由词到曲，按照文体兴替的线性顺序描述和演绎南曲产生的原因，虽有机械之处，但也确实说明了戏曲顺应时代产生的过程及承继关系。不唯古人，就连近代人姚华也这样认为：“北曲以乐府为宗，南曲以诗余为祖，从流溯源，强为断代，实则与乐府诗余，皆诗之所出也。以诗视乐府，以乐府为诗余，以诗余视曲。其始作也，声之都鄙，辞之文野，或有间已。及播之久远，传之都邑，加之文彩，则乐府犹诗也，诗余犹乐府也，曲犹诗余也。……由此以言，则以曲承诗，独得正统。”[3] 以上诸人在史的维度上认定，戏曲是诗的变体，戏曲和诗歌属于“本同而末异”[4] 的同源性关联文体，“乃与史传诗文同源而异派”[5]，故在统序归属上将戏曲一直纳入诗艺的系统。

其次，从戏曲的功用来探讨戏曲与诗歌的同质性。基于前述的同源性认识，本属于诗歌的“六义”“兴观群怨”“比兴寄托”之类的诗学思想和关于诗歌功能的认识，便顺理成章地渗进了戏曲家的灵魂之中，并毫不变化地移用于戏曲这种新兴的文体之上，成为明清曲学论述的一个焦点。关于戏曲的功用，明末祁彪佳在《孟子塞五种曲序》中直言：“今天下之可兴、可观、可群、可怨者，其孰过于曲者哉！盖诗以道性情，而能道性情者，莫如曲。……自古感人之深动人之切，无过于曲者也。”[6] 众所周知，“兴观群怨”是自孔子开始认识到的诗歌的社会功用，古代戏曲理论家和作家也多用“兴观群怨”来要求戏曲，

1 程炳达、王卫民编著：《中国历代曲论释评》，民族出版社，2000，第 216 页。

2 程炳达、王卫民编著：《中国历代曲论释评》，民族出版社，2000，第 356 页。

3 姚华：《曲海一勺》，见曹辛华、钟振振主编，刘于锋整理：《民国诗词学文献珍本整理与研究》54《全民国曲话》第 1 辑，河南文艺出版社，2016，第 10—11 页。

4 (魏) 曹丕：《典论 · 论文》，见 (南朝梁) 萧统编，(唐) 李善注：《文选》(六)，上海古籍出版社，1986，第 2271 页。

5 (清) 李渔：《闲情偶寄》，见《中国古典戏曲论著集成》(七)，中国戏剧出版社，1959，第 8 页。

6 程炳达、王卫民编著：《中国历代曲论释评》，民族出版社，2000，第 316 页。

认为戏曲具有兴观群怨和道性情的功能。按照中国文学的传统，文学是作家寄寓怀抱的对象，戏曲也具备了“言志”的功能，许多戏曲作品作为作者怀抱的袒露和抒发，事实上形成了教化、美刺的功能。元代孔齐《至正直记》卷三“虞邵庵论”中引用虞集的话说：“一代之兴，必有一代之绝艺足称于后世者，汉之文章、唐之律诗、宋之道学，国朝之今乐府，亦开于气数音律之盛。其所谓杂剧者，虽曰本于梨园之戏，中间多以古史编成，包含讽谏，无中生有，有深意焉。是亦不失为美刺之一端也。”[1] 杨维桢《朱明优戏序》认为“俳优侏儒之戏，或有关于讽谏”[2]，将戏曲的功能直接与“美刺”“讽谏”相联系。在对具体戏曲作品的认识上，金圣叹《读第六才子书〈西厢记〉法》就认为，“盖《西厢记》所写事，便全是国风所写事。”[3] 将戏曲与“国风”相比附。人们多以诗歌的功能比附戏曲的功用，多述及戏曲的“言志”功能[4]，直接将抒情性文体的功能挪移到叙事性的文体戏曲上。有的则从创作的角度来言说，如尤侗《〈叶九来乐府〉序》中言：“古之人不得志于时，往往发为诗歌，以鸣其不平。……既又变为词曲，假托故事，翻弄新声，夺人酒杯，浇己块垒。”[5] 吴伟业《北词广正谱序》也说：“今之传奇，即古者歌舞之变也。然其感动人心，较昔之歌舞更显而畅矣。盖士之不遇者，郁积其无聊不平之概于胸中，无所发抒，因借古人之歌呼笑骂以陶写我之抑郁牢骚。”[6] 这种鸣其不平、发抒郁积之慨的功能也体现在戏曲作品当中，往往借剧中人物以代言的方式加以抒发。中国的戏曲作品，往往寄寓文人失志之叹、故国之思、易代之悲乃至教化之念，为此，戏曲“可以合君臣之节，可以浃父子之恩，可以增长幼之睦，可以动夫妇之欢，

1（元）杨瑀、孔齐撰，李梦生、庄葳、郭群一校点：《山居新语·至正直记》，上海古籍出版社，2012，第110页。

2 程炳达、王卫民编著：《中国历代曲论释评》，民族出版社，2000，第56页。

3（清）金圣叹批评，傅晓航校点：《贯华堂第六才子书西厢记》，甘肃人民出版社，1985，第12页。

4（明）茅暎《题〈牡丹亭〉记》认为“有志则有辞曲者，志也”，姚燮《今乐考证》认为“传奇家托名寄志”。

5 吴毓华编著：《中国古代戏曲序跋集》，中国戏剧出版社，1990，第22页。

6（清）吴伟业：《吴梅村全集》，上海古籍出版社，1990，第1213页。

可以发宾友之仪，可以释怨毒之结，可以已愁愦之疾，可以浑庸鄙之好。然则斯道也，孝子以事其亲，敬长而娱死；仁人以此奉其尊，享帝而事鬼。老者以此终，少者以此长。外户可以不闭，嗜欲可以少营。人有此声，家有此道，疫疠不作，天下和平。岂非以人情之大窦，为名教之至乐也哉”[1]。这种与诗词功用相比附的理论，在戏曲被视为小道末技的时代，对提升戏曲的地位有着重要的意义。“诗变为词，词变为曲。曲之意，诗之遗也。则若曲者，正当与三百篇等观，未可以雕虫小视也。”[2]明显是在比附中得出诗与曲地位平等的结论，这种平等实际上是功用的平等，而非超越文体尊卑的平等。

最后，从审美风貌上来探讨戏曲与诗歌的同构性。中国戏曲呈现出各种文体风貌的交叉甚至混融的特征，其与诗歌的同构性主要以“意境”的追求为扭结点。“意境”是中国诗学表征审美风貌的核心范畴，王国维从中国古代美学中拈出“有意境”三个字，十分贴切地概括了中国古典戏曲的主要审美特征，也充分印证了作为叙事文学的戏曲与作为抒情文学的诗词之间的内在关联。他在《宋元戏曲史》中断言：“元剧最佳之处，不在其思想结构，而在其文章。其文章之妙，亦一言以蔽之，曰：有意境而已矣。何以谓之有意境？曰：写情则沁人心脾，写景则在人耳目，述事则如其口出是也。古诗词之佳者无不如是，元曲亦然。明以后，其思想结构尽有胜于前人者，唯意境则为元人所独擅。”[3]十分明显，王国维首先是将元杂剧视作中国戏曲的成熟形态，其次是将诗、词审美风貌的衡量标准挪移到了“曲”之上，将诗、词讲究的“意境”作为“曲”的最高审美追求，并把戏曲写情、写景、述事等诸项功能统统纳入“意境”的创造之中加以考量，这就明显超出了戏曲这种富于写情、写景状物、述

1 （明）汤显祖：《宜黄县戏神清源师庙记》，见（明）汤显祖著，徐朔方笺校：《汤显祖集全编》（三），上海古籍出版社，2015，第1596—1597页。

2 （明）闵光瑜：《〈邯郸梦记〉小引》，见吴毓华编著：《中国古代戏曲序跋集》，中国戏剧出版社，1990，第164页。

3 王国维：《宋元戏曲史》，中华书局，2010，第116页。

事功能文类的文体要求，而将其变成了一种诗化的文体样式，认为戏曲以情、景、事三大意象为基础，构建艺术意境，准确地把握了中国古典戏曲的精髓，同时突破了诗词意境理论，深刻地把握了意境理论从抒情的诗词理论移植到叙事性的戏曲理论后的重大变化。在王国维看来，元曲曲辞的意境可以完全像诗词的意境那样玲珑剔透、明白如话，而代表剧作灵魂的思想、人物、关目可以不予考虑。对此，王国维在《宋元戏曲史》中曾极端地说："元曲之佳处何在？一言以蔽之，曰：自然而已矣。……关目之拙劣，所不问也；思想之卑陋，所不讳也；人物之矛盾，所不顾也。"[1] 日本学者青木正儿据此断言王国维"仅爱读曲，不爱观剧"[2]。由此可见，王国维对戏曲抒情性的强调还是胜于叙事性的，是重文学，轻演出的，他对戏曲意境的认识还是着眼于文章，而不是戏曲本身，对戏曲文本诗性的强调也是在其对戏曲的认识范围和审美情趣之中的。

明清以来的戏剧，尤其是《牡丹亭》《梧桐雨》等传奇，往往是通过性格化的曲、白、科达到意与境的浑成、人物主观的情感与客观环境的统一，这也许是王国维形成以上判断的依据。事实上，在王国维之前，已经有人注意到了这一问题，明人已在戏曲批评中使用"境界""意境"等术语。比如明代汤显祖《红梅记总评》就说《红梅记》"境界纡回婉转，绝处逢生，极尽剧场之变"[3]。除此而外，祁彪佳也多用境界、意境范畴作为评论戏曲作品的标准。运用"境界"一词来评价古典戏曲作家、作品的文化品位，说明他们已注意到了戏曲与诗歌审美特质的一致性。从文体通变的角度讲，由于诗、词、曲之间存在着天然的血缘联系，所以中国戏曲讲究"意境"具有必然性。而把写景、叙事融入抒情、写意之中，把抒情性文体的"意境"创造视为叙事性的文体戏曲创造的

1 王国维：《宋元戏曲史》，中华书局，2010，第116页。

2 [日] 青木正儿原著，王古鲁译著：《〈中国近世戏曲史〉序》，见《中国近世戏曲史》，中华书局，2010，第1页。

3 董捷主编：《玉茗堂批评红梅记》，译林出版社，2019，第1页。

要义，造就了中国古典戏曲独特的文类特色。

戏曲与诗歌审美风貌的同构关系充分地体现在语言上。唱词包括宾白是戏曲语言的主体，在中国戏曲的各种要素中，唱词占有十分重要的地位，唱词也是一种诗，离开了唱词就没有戏曲了，至少可以说离开了唱词的精彩，中国戏曲会顿然失色。中国古代戏曲不以对白取胜，而以曲辞韵文为主，一些曲辞韵文简直就是精美的诗歌。然而这并非戏曲的本来样子，戏曲兴起于民间，是“宋人词益以里巷歌谣”[1]，语言浅俗为其本色，但“自《香囊记》以儒门手脚为之，遂滥觞而有文词家一体。近郑若庸《玉玦记》作，而益工修词，质几尽掩”[2]。戏曲语言追求“文词家一体”或“文辞家一派”，戏曲语体自然会出现“文备众体”的交叉，尤其是与诗歌的交叉。起初，这种对诗歌的引入表现为剧中人物的唱词化用《诗经》与杜甫诗句，道白多用文言，插科打诨也多用诗句，形成丽辞藻句，进而发展到骈俪求工，“琢调鲜华，炼白骈丽”[3]，“字雕句镂，止供案头”[4]，最终选择熔炼成为合适的文体，形成相应的语体风格，逐渐脱离了“本色”而进入对“文采”的追求。“这种典雅绚丽的语言风格奠定了传奇戏曲语言的基本审美格调，标志着传奇与戏文这两种同源异质的戏曲文体的最后分界。从此以后，传奇戏曲的语言风格一直受文词派的影响而不能自拔，典雅绚丽成为明中期以后传奇戏曲语言历百年而不变的主流风格。”[5]就创作主体来说，文人学士深受诗歌传统的浸淫，将诗歌的思维和创作方法带入戏曲曲辞的创作也是在所难免，如《香囊记》，徐渭以为作者邵灿是把《诗经》、杜诗二书的语句匀入“曲”中。作为与本色家相对的文词家，这种做法是因为当时的文人往往把戏曲看作“肆情逞才”的工具，因此戏曲尤其是在其成熟的文体传奇之中，

1（明）徐渭：《南词叙录》，见《中国古典戏曲论著集成》（三），中国戏剧出版社，1959，第 234 页。
2（明）王骥德：《曲律》，见《中国古典戏曲论著集成》（四），中国戏剧出版社，1959，第 121—122 页。
3（明）吕天成：《曲品》，见《中国古典戏曲论著集成》（六），中国戏剧出版社，1959，第 230 页。
4（明）吕天成：《曲品》，见《中国古典戏曲论著集成》（六），中国戏剧出版社，1959，第 229 页。
5 郭英德：《明清传奇戏曲文体研究》，商务印书馆，2004，第 127 页。

唱词、上下场对、定场诗、数板甚至宾白等都被写成富于节奏感的韵文，充盈着写意性的诗意美感。李渔的《闲情偶寄·词曲部下·宾白第四·声务铿锵》指出："宾白之学，首务铿锵。一句聱牙，俾听者耳中生棘；数言清亮，使观者倦处生神。世人但以'音韵'二字，用之曲中，不知宾白之文，更宜调声协律。世人但知四六之句，平间仄、仄间平非可混施叠用，不知散体之文，亦复如是。"[1]创作如此，批评也是如此，"从元代到明中叶，曲论家对戏曲的批评还是承续了传统的诗学框架，把文辞和音律作为戏曲批评的两大支柱。"[2]甚至"整个古代的'曲学'，除少数有识见的文人，一直在'戏'之'曲'和'戏'之'剧'——或曰'戏剧的曲'或'曲的戏剧'的观念上纠缠不清（其影响一直延续到当代），元人大多一心盯着'曲'，在传统的'乐府'观念中将'戏剧'的本质内涵排除于视野之外，明清两代的部分文人亦如此，从而造成古代'曲学'特有的某种'混乱'与'复杂'"[3]。

就文化传统而言，强调戏曲与诗歌的渊源，将"无体不备"的戏曲构成系于诗词一端，有为其尊体的作用，有一种"弃卑从尊"的情结存在。体有"尊卑"是自宋以来中国关于文体的重要认识。就文体而言，词产生之前的文体诸如诗、赋、散文等皆为尊体，"词为诗余"而为"卑体"，"曲为词余"，其体则更卑。《四库全书总目·词曲类序》指出："词、曲二体在文章、技艺之间，厥品颇卑，作者弗贵，特才华之士以绮语相高耳。然三百篇变而古诗，古诗变而近体，近体变而词，词变而曲，层累而降，莫知其然。究厥渊源，实亦乐府之余音，风人之末派。"[4]故而人们对词曲的认识始终有"弃卑从尊"的情结。按照蒋寅总结的"以高行卑"的文体互参的体位原则，诗歌作为高位文类渗透到

1（清）李渔：《闲情偶寄》，见《中国古典戏曲论著集成》（七），中国戏剧出版社，1959，第52页。
2 谭帆：《中国古代戏曲理论的逻辑演进》，见《中国雅俗文学思想论集》，中华书局，2006，第267页。
3 李昌集：《中国古代曲学史》，华东师范大学出版社，1997，第64—65页。
4（清）永瑢等：《四库全书总目》卷198，见《影印文渊阁四库全书》第5册，第280页。

其他文体之中具有必然性。[1] 由于处于正宗地位，更兼抒情本性，所以诗歌可以便利地向其他文体渗透，使之具有诗化倾向或者诗化特色，以增强这些文体的艺术魅力，以抬高其文体的地位，以提升其文化品位。郭英德以为，"'诗言志'作为一种无法斩断的历史的源头活水，强行地注入了戏曲文体中，成为其不可或缺的文体构成要素。"[2]"中国古典戏曲文学是在抒情诗王国中，以倾注着浓郁的抒情血液的叙事诗为'母本'，获取了叙事诗中的叙事因素，把它转化为代言体，并且以抒情诗为'父本'，而后确立自身的文体特性的。因此，古典戏曲文学具有强烈的主观性。"[3] 在此文化背景下和文化格局中，尊体向卑体的渗透或者注入具有不可逆性，是自然而然的。由于与具有浓郁抒情特性的叙事诗和抒情诗有着渊源关系，中国戏曲往往不以矛盾冲突和人物形象为审美对象，而以"人情"为表现对象，要求"曲尽人情"[4]，其在审美风格和审美要求上显示的独特性与中国传统美学一脉相承。明初朱权的《太和正音谱》认为"王实甫之词，如花间美人。铺叙委婉，深得骚人之趣"[5]。王骥德《曲律》则认为最好的戏曲作品，"其妙处，政不在声调之中，而在字句之外，又须烟波渺漫，姿态横逸，揽之不得，挹之不尽，摹欢则令人神荡，写怨则令人断肠，不在快人，而在动人。此所谓'风神'，所谓'标韵'，所谓'动吾天机'。不知所以然而然，方是神品，方是绝技。"[6] 可见，按照诗骚的标准衡量戏曲的曲辞，几成惯例。

从以上分析中可以看出，历史上诸多关于戏曲文体的论述多从文学发展的角度比附戏曲与诗歌的关系，极力将戏曲纳入正统文学观念认可的诗词

1 参见蒋寅：《中国古代文体互参中"以高行卑"的体位定势》，《中国社会科学》2008 年第 5 期，第 149 页。

2 郭英德：《明清传奇戏曲文体研究》，商务印书馆，2004，第 35 页。

3 郭英德：《优孟衣冠与酒神祭祀——中西戏剧文化比较研究》，河北人民出版社，1994，第 67 页。

4 明人陈继儒《秋水庵花影集·序》对戏曲的定义是："夫曲者，谓其曲尽人情也。"见（明）施绍莘撰，来云点校：《秋水庵花影集》，上海古籍出版社，1989。

5（明）朱权：《太和正音谱》，见《中国古典戏曲论著集成》（三），中国戏剧出版社，1991，第 17 页。

6（明）王骥德：《曲律》，见《中国古典戏曲论著集成》（四），中国戏剧出版社，1959，第 132 页。

系统[1]，借以确立戏曲与传统诗词文的同源、同质、同构的亲缘关系来提升戏曲的地位，而一旦接续上了诗歌的家谱，自然也就接过了既有的诗歌理论衣钵和衡量标准。

“体有因革”，戏曲是在文体融汇包容中走向独立、自觉的。当然对于戏曲本体性的认识从以诗观曲、以诗律曲，直到形成以曲论曲、戏曲合一的审美观念，这是一个从局部戏曲感受到全面感受戏曲的过程，也是戏曲文体渐次独立的过程，同时也是文体理论交汇融通的过程。在这一过程中，理论家追究其与诗歌等的同源性以张其体，标立差异性以立其体，标出同构性以明其体。

第三节　以诗观曲和以诗律曲

中国古代戏曲尤其是文人戏曲注重营造诗的意境，追求崇情尚雅的诗性品格，曲辞具有独立的文学价值和意义，戏曲文体的其他美学特征都是从诗性特征派生出来，因此诗性在戏曲文体的众多特征中具有本体性。此观念在批评实践中则呈现为以诗观曲和以诗律曲的诗性追求。

一、以诗观曲

以诗观曲往往以诗的功能言说戏曲的功能。如上所论，戏曲被认为是诗的变体或者“本同而末异”的关联文体。对于诗歌与戏剧的关系，西方从亚

1 龚鹏程《说“文”解“字”：中国文学艺术发展的结构》（《文学评论》1989 年第 3 期）一文认为，经过文人案头化的努力，“逐渐地，戏曲成为一种诗，所体现的不再是戏剧性的情节与冲突，而是诗的美感。如果中国戏剧有特质可言，这种诗化过程及结果，恐怕很值得注意。”在对此断语所做的注释中，龚鹏程还说“戏的主要任务在如何表现诗的部分”，“中国戏剧确实体现的是诗的艺术美感，是戏曲而朝诗发展。但不是诗与剧结合的剧诗”。龚鹏程为此称中国戏曲为“诗剧”而不是“剧诗”。可见诗歌之于中国戏曲不仅存在着“以高行卑”的向下贯注，更有戏曲向诗歌的主动攀附，实际上是一种双向运动的生成。

里士多德开始就有认识[1]，其中以雨果的说法最具代表性，他说“戏剧是完备的诗。短歌和史诗中只具有戏剧的萌芽，而戏剧中却具有充分发展了的短歌和史诗，它概括了它们，包括了它们”[2]。从文学艺术传统和文化背景上讲，中国是诗的国度，诗歌一直处于尊位文体。按照蒋寅总结的“以高行卑”的文体互参的体位原则，诗歌作为高位文类，渗透到其他文体之中具有必然性[3]，同时，“中国诗歌长于意象抒情，它所创造的闪光的意象，随时从这种处于文学正宗地位的文体向其他文体渗透”[4]。因处于正宗地位，更兼抒情本性，因此诗歌可以便利地向其他文体渗透，举凡散文、小说、戏曲等无不有诗化的倾向，这种诗化倾向也无疑导致了文体的相互嫁接和风格共济，同时也增强了相关文体的艺术魅力。

郭英德以为，“‘诗言志’作为一种无法斩断的历史的源头活水，强行地注入了戏曲文体中，成为其不可或缺的文体构成要素。”[5]从戏曲的发展历史来看，戏曲的主要功能是“欢娱”，然而这种基于娱玩基础上的艺术形式在发展过程中被不断地赋予“教化”和“讽谏”的功能和意义，属于一种“优谏”，是“文以载道”之后演化的“剧以载道”，是“高台教化”的艺术形式。为此，古代戏曲理论家和戏曲作家多以孔子的“兴观群怨”来要求戏曲，比如李贽批评《红拂》时说：“孰谓传奇不可以兴，不可以观，不可以群，不可以怨乎？饮食宴乐之间，起义动慨多矣。”[6]同时，戏曲中所表现的种种悲欢离合的情节也以“劝善惩恶”“忠孝节义”为价值取向，这是言戏曲的功能似诗；还有说戏曲的创

---

1 亚里士多德认为，古希腊的戏剧和诗实际上都是在表现“有普遍性的事”，描述“按照可然律或必然律可能发生的事”。见亚里士多德：《诗学》，罗念生译，人民文学出版社，1997，第28页。在世界文学传统中，戏剧和诗歌本是一家，难分彼此，尤其是当西方戏剧发展到高潮时期往往是以诗剧的形式出现。很多理论家认为戏剧是最高级最完全的诗歌形式。

2 ［法］雨果：《〈克伦威尔〉序》，见［法］雨果：《雨果论文学》，柳鸣九译，上海译文出版社，1980，第42页。

3 请参阅蒋寅：《中国古代文体互参中“以高行卑”的体位定势》，《中国社会科学》2008年第5期，第149页。

4 杨义：《中国叙事学》，人民出版社，1997，第268页。

5 郭英德：《明清传奇戏曲文体研究》，商务印书馆，2004，第35页。

6 (明) 李贽：《焚书·续焚书》，中华书局，2009，第195页。

作技巧或者风格特征像诗的，比如陆景镐评周昂《玉环缘》传奇云："其幽思则《离骚》也，其盛藻则《风诗》也，其装演如画，绝妙傀儡，则又《左氏》也。"[1]查昌甡等评夏纶的传奇云："填词虽近乎小技，其华藻也似乎《诗》，其变化也似乎《易》，其典重也似乎《书》，其谨恪也似乎《礼》，其予夺进退也似乎《春秋》。"[2]将戏曲之中蕴含的哲思、辞藻、变化等诸种要素与诗骚、历史著作等相比附，被比拟的对象包括《诗经》《离骚》《周易》《尚书》《礼记》《春秋》等，多从功用的角度进行比附。

按照中国文学的传统，文学是作家寄寓怀抱的对象，戏曲文学作为戏剧形态的诗，一定也具备诗歌"言志"的功能，而且历史上许多戏曲作品均为作者怀抱的袒露和抒发，事实上形成了教化或者美刺的功能。在元明清三代，陆续出现了以戏曲言志的理论，如茅暎《题〈牡丹亭〉记》说："有志则有辞，曲者，志也。"[3]清人姚燮《今乐考证》说："传奇家托名寄志。"[4]尽管代言体的戏曲与直抒胸臆、托物言志的诗歌有不同的"言志"方式，但抒发作者怀抱的功能是一致的："俳优侏儒之戏或有关于讽谏，而非徒为一时耳目之玩也。"[5]"词曲，假托故事，翻弄新声，夺人酒杯，浇己块垒。于是嬉笑怒骂，纵横肆出，淋漓极致而后已。"[6]"今之传奇，即古者歌舞之变也。然其感动人心，较昔之歌舞更显而畅矣。盖士之不遇者，郁积其无聊不平之慨于胸中，无所发抒，因借古人之歌呼笑骂，以陶写我之抑郁牢骚。"[7]以上认识也体现在戏曲作品之中，在中国戏曲之中，往往寄寓文人失志之叹、故国之思、易代之悲乃至教化之念。明

1（清）周昂：《玉环缘》卷首题词，乾隆五十三年（1788年）刻本。

2《惺斋五种总跋》，见（清）夏纶：《惺斋新曲六种》卷首，乾隆十八年（1753年）夏氏世光堂刊本。

3 程炳达、王卫民编著：《中国历代曲论释评》，民族出版社，2000，第158页。

4 吴毓华编著：《中国古代戏曲序跋集》，中国戏剧出版社，1990，第162页。

5 程炳达、王卫民编著：《中国历代曲论释评》，民族出版社，2000，第56页。

6（清）尤侗：《叶九来乐府序》，见吴毓华编著：《中国古代戏曲序跋集》，中国戏剧出版社，1990，第22页。

7（清）吴伟业：《吴梅村全集》，上海古籍出版社，1990，第1213页。

末祁彪佳直言“自古感人之深，动人之切者，无过乎曲者也”，在移人性情的审美价值方面“《诗》三百篇莫能逾之”[1]。从戏曲创作角度而言，孔尚任《桃花扇》剧本的主旨便是“借离合之情，写兴亡之感”，其在“小引”中还说剧本的“旨趣实本于三百篇，而义则春秋。……于以警世易俗，赞王道而辅教化，最近且切”[2]。毋庸置疑，他们的所言及所作都遵循的是诗教传统。这种与诗词比附的理论，在戏曲被视为小道、末技的时代，对戏曲地位的提升有着重要意义。比如认为戏曲“正当与三百篇等观，未可以雕虫小视”[3]的说法，明显是在比附中得出诗与曲地位平等的结论。同时文人也乐于将曲辞纳入古老的诗统以明其正宗：“且生人喜怒哀乐之性，并讬于风云月露之谭。故雅降为风，风降为骚，骚变而汉魏有诗，诗变为李唐工律，词盛于宋……曲肇于元……”[4]不惟古人，就连近代学者，也有这样的认识。比如钱穆就认为：“元曲承自宋词，又演为戏剧，又继之以明代之昆曲，清代之平剧，于是小说与戏剧，乃成为中国文学中之一部分，一支派，而盛大流行。其实亦可谓平剧亦上承古诗三百首而来，风、雅、颂亦有演有唱，其与后起戏剧依然是一贯相通，一脉相承。”[5]陈世骧也说：“所谓的元曲、明传奇乃至清昆曲，每一部不都是由数以百计精妙的抒情诗堆成的作品吗？”[6]显然是以诗的标准来看待戏曲这一新兴文体的。

中国戏曲在相当长的时间内推尊曲体，“曲”词在中国文学史上具有独

---

1 程炳达、王卫民编著：《中国历代曲论释评》，民族出版社，2000，第316页。

2（清）孔尚任著，王季思、苏寰中、杨德平注：《桃花扇·桃花扇小引》，人民文学出版社，2005，第1页。

3（明）闵光瑜：《〈邯郸梦记〉小引》，见吴毓华编著：《中国古代戏曲序跋集》，中国戏剧出版社，1990，第164页。

4（明）许宇：《词林逸响序》，见蔡毅编著：《中国古典戏曲序跋汇编》，齐鲁书社，1989，第441—442页。

5 钱穆：《略论中国文学》，见《现代中国学术论衡》，生活·读书·新知三联书店，2001，第220—221页。

6［美］陈世骧：《论中国抒情传统（1971年美国亚洲研究会比较文学讨论组致辞）》，见［美］陈世骧著，张晖编：《中国文学的抒情传统：陈世骧古典文学论集》，生活·读书·新知三联书店，2015，第6页。

立的文学意义和欣赏价值。尽管在戏曲的发展中有疏离曲本体试图走向剧本体的重要过程，但至少到明末，“曲”的观念还是根柢很深地占据着戏曲文体观念的中心地位。从具体文学体制的发展来看，“诗意的体现与诗化的皈依，就成为中国戏曲文学的终极目的了，尤其是文人戏曲文学，这一倾向更为显著。……在明清文人传奇发展史中，以诗为曲始终是传奇创作的主潮。”[1]

二、以诗律曲

在具体的戏曲批评中，还经常以诗律曲。以诗律曲的文体观念要求戏曲批评着眼于诗性品格，将成熟的诗歌批评理论引入戏曲批评，存在着以诗体标准衡量和限制曲体的倾向。

由于与具有浓郁抒情特性的叙事诗和抒情诗的传统有着渊源关系，中国戏曲主要不以矛盾冲突和人物形象为审美对象，而更多的是以“人情”为审美对象，要求“曲尽人情”，并认为戏曲就是文章，“文章之妙，无过曲折。诚得百曲千曲万曲、百折千折万折之文，我纵心寻其起尽，与自容与自问，斯真天下之至文也。”[2] 把戏曲作品看成文章，曲折是其成为“天下之至文”[3] 的重要特征，故而在审美风格和审美要求上显示的独特性与中国传统美学一脉相承。明初的朱权谓“王实甫之词，如花间美人。铺叙委婉，深得骚人之趣。极有佳句，若玉环之出浴华清，绿珠之采莲洛浦”[4]。即是要求戏曲曲辞如美人在花间，相互映衬，佳句频出，语言的清新、精练、饱含诗味。王骥德认为最好的戏曲作品“其妙处，正不在声调之中，而在字句之外，又须烟波渺漫，

1 郭英德：《明清文人传奇研究》，北京师范大学出版社，2001，第 205 页。

2（清）金圣叹批评，傅晓航校点：《贯华堂第六才子书西厢记》，甘肃人民出版社，1985，第 212 页。

3“天下之至文”标准非一。宋苏洵《仲兄字文甫说》之风水相遭，自然成文，李贽《童心说》“未有不出于童心”，汤显祖《萧伯玉制义题词》“不苟名而又不可时施”，均是“天下之至文”的标准和特征。

4（明）朱权：《太和正音谱》，见《中国古典戏曲论著集成》（三），中国戏剧出版社，1991，第 17 页。

姿态横逸，揽之不得，抱之不尽，摹欢则令人神荡，写怨则令人断肠，不在快人，而在动人，此所谓‘风神’，所谓‘标韵’，所谓‘动吾天机’。不知所以然而然，方是神品，方是绝技”[1]。可见按照诗骚的标准衡量戏曲的曲辞，几成惯例。

剧作家还对戏剧情节进行诗化处理。王骥德说：“剧戏之道，出之贵实，而用之贵虚。”他还指出，“以实而用实也易，以虚而用实也难。”[2]意思是说戏曲题材归根到底要根源于现实，人物、情感要依据现实生活的，所谓“出之贵实”；而在创作上要充分发挥艺术想象虚构的能力，表现作者的旨趣精神，讲述动人的故事，塑造鲜明的人物形象，创造艺术的美，所谓“用之贵虚”，亦即对戏剧情节进行诗意化处理，有追求“韵外之致”“味外之旨”“象外之象”的意味。王骥德认为“《还魂》《二梦》，以虚而用实者也”，是这方面的典范。两者所论为材料的撷取和艺术处理之道。谢肇淛说：“凡为小说及杂剧、戏文，须是虚实相半方为游戏三昧之笔。亦要情景造极而止，不必问其有无也。”[3]有人认为：“元杂剧历史剧在总体上呈现出向‘诗笔’倾斜的艺术风貌，充盈着某种历史情感，带来诗的情绪、情调与神韵，它秉承了《春秋》《左传》《史记》以降史著‘史蕴诗心’的传统。”[4]就连历史都以“诗笔”处理，更何况像《牡丹亭》这样的“传奇”。可见传统戏曲确实存在着诗意追求，这种诗意的体现和诗化的皈依，似乎成了中国戏曲文学的终极目的。

从审美风貌上讲，戏曲确实呈现出各种文体风貌的交叉甚至混融的特征，而诗的意境作为戏曲的美学追求却得到重点关注。王国维认为“唯意境则为元

1（明）王骥德：《曲律》，见《中国古典戏曲论著集成》（四），中国戏剧出版社，1959，第132页。

2（明）王骥德：《曲律》，见《中国古典戏曲论著集成》（四），中国戏剧出版社，1959，第154页。

3（明）谢肇淛：《五杂俎》，中华书局，1959，第447页。

4 易栋：《诗史之际：元杂剧历史剧审美风貌片论》，见彭万荣主编：《珞珈艺术评论》第2辑，武汉大学出版社，2006，第10页。

人所独擅”，是将诗、词审美风貌的衡量标准挪移到了“曲”上，将诗、词十分讲究的“意境”的审美特色作为“曲”的最高审美追求之一，并把写情、写景、述事等诸功能纳入“意境”的创造之中来加以考量，这就明显超出了戏曲这种富于叙事、状物功能文类的文体要求，而将其变成一种诗化的文学样式了。在王国维的审美眼光里，元曲曲辞的意境可以完全如诗词的意境那样玲珑剔透、明白如画，而代表剧作灵魂的思想、人物、关目几乎可以不予考虑、不予关注。在王国维之前，除了李渔对《西厢记》的情节艺术有所觉察外，元杂剧乃至明清传奇的情节艺术均被视而不见，“关目之拙劣，所不问也；思想之卑陋，所不讳也；人物之矛盾，所不顾也。”[1] 质言之，不重关目、人物矛盾的中国戏曲是在以放弃戏曲文体独立的本质追求为代价来追求抒情性的。可见，在王国维那里，对戏曲抒情性的强调还是胜于叙事性的，是重文学，轻演出的，在其对戏曲的认识和审美情趣之中，戏曲文本的诗性是最高的追求。当然，这里的“意境”还指戏曲的情节、场景和细节的设置所带来的审美效应，对明中叶以前产生的戏曲还是极为适应的，同时也切中了明中叶以后注重关目更注重意境的戏曲的重要特征。“他把意境作为评价元曲的标尺，在戏曲理论中引进诗歌理论的概念，显然已注意到戏曲与诗歌创作相互沟通的关系。”[2] 而且，在王国维看来，“有意境”或者注重意境并“非元人所独擅”。尤其如《牡丹亭》《梧桐雨》等传奇，也是通过性格化的曲、白、科达到意与境的浑成、人物主观的情感与客观环境的统一，从而形成戏曲文体本身的整一性的。与王国维一样，此前也有人注意到这一问题。祁彪佳也多用境界、意境范畴作为评论戏曲作品的标准。刘熙载总结“乐府”的特征说：“乐府声律居最要，而意境即次之；尤须意境与声律相称，乃为当行。”[3] 明清时期，戏曲曾一度被称之为“乐府”或

1 王国维：《宋元戏曲史》，中华书局，2010，第 116 页。

2 黄天骥：《〈长生殿〉的意境》，见王季思、张庚等著，常丹琦编：《名家论名剧》，首都师范大学出版社，1994，第 215 页。

3（清）刘熙载：《艺概》，《刘熙载文集》，江苏古籍出版社，2001，第 113 页。

“今乐府”，对“乐府”诗体的要求也被移用到了戏曲文体。“‘曲’所体现的歌舞体式决定了戏曲在讲唱文学直接影响下的独特的叙事方式和结构方式。它不讲究情节的曲折多变、冲突的尖锐复杂而追求总体上的神理、意趣、韵味、境界。”[1]

明清曲论家还运用“境界”一词来评价古典戏曲（作家、作品）的文化品位。戏曲境界，一般不侧重主体内在的精神体验，而是戏曲典型形象情感世界的呈现，是在描述中渗透作家思想情感，构成意味隽永的意境氛围的故事情节，它是中国诗歌意境论的外延和拓展。从明清曲论来看，他们对戏曲艺术情景、韵致、物态的要求和诗歌的意境论相仿佛。汤显祖在《红梅记总评》中径以“境界”称《红梅记》之妙：“境界迂回宛转，绝处逢生，极尽剧场之变。大都曲中光景，依稀《西厢》、《牡丹亭》之季孟间。”[2] 并创作了将戏剧情节和诗的意境完美结合、意趣神色兼备的《牡丹亭》，这里他将《红梅记》与《西厢》《牡丹亭》相比附，说明《西厢》和《牡丹亭》与《红梅记》一样都属于有“境界”的剧作。“境”作为重要的批评标准进入小说戏曲的批评领域，诸如祁彪佳在《远山堂曲品》中评《唾红》：“能就寻常意境，层层掀翻，如一波未平，一波复起。”[3] 孔尚任在《桃花扇凡例》中说：“排场有起伏转折，俱独辟境界，突如其来，倏然而去，令观者不能预拟其局面。”[4]“词为诗余，曲为词余”，从文体通变的角度讲，中国戏曲讲究“意境”乃是势所必然，皆因诗、词、曲之间存在着天然的血缘联系，曲延续了诗、词在美学上偏于表现、抒情的特点，把写景、叙事融入抒情、写意之中，在叙事性的文体之中把抒情性文体的“意境”创造视为要义，从而造就了中国传统戏曲的独特文类特色。在元明时期，“曲”一般包括散曲与戏曲，二者往往是浑涵不分的，因此对戏曲文体的研究始终包含于曲体研究

1 施旭升：《剧本·表演·剧场：中西戏剧文本观比较》，《艺术百家》1997 年第 1 期，第 3 页。
2 董捷主编：《玉茗堂批评红梅记》，译林出版社，2019，第 1 页。
3（明）祁彪佳：《远山堂曲品》，见《中国古典戏曲论著集成》（六），中国戏剧出版社，1959，第 44 页。
4（清）孔尚任著，王季思、苏寰中、杨德平注：《桃花扇》，人民文学出版社，2005，第 11 页。

之中。元明人是将戏曲作为“曲”的一个分支来看待的，这说明他们的文体分类意识仍囿于诗文分类的传统规范，未能将戏曲文体视为一种独立的类型。这同中国戏曲以“曲”为核心要素的文体特征有着密切的关系。

不管是西方还是中国，不管是古代还是近代，语言均被视为戏剧（戏曲）的最主要的要素。“在中国戏曲的各种因素中，唱词占了十分重要的地位，唱词也是一种诗，离开了唱词就没有戏曲了。”[1] 从语言上看，古典戏曲具有营造诗的意境，崇情尚雅的诗性品格。戏曲是诗剧，作为剧本主要成分的唱词(曲)大多是“有意境”的抒情诗。中国古代戏曲不以对白取胜，而以曲辞韵文为主，一些曲辞韵文完全是精美的诗歌，尤其是在明代传奇中。

戏曲本兴起于民间，语言经历了由俗变雅的过程，而这一过程就是内化和吸收传统诗歌因素的过程。王骥德言道：“古曲自《琵琶》《香囊》《连环》而外，如《荆钗》《白兔》《破窑》《金印》《跃鲤》《牧羊》《杀狗劝夫》等记，其鄙俚浅近，若出一手。岂其时兵革孔棘，人士流离，皆村儒野老途歌巷咏之作耶?”[2] 语体风格比较单一，文辞极其质朴，纯用白描，明白晓畅，易晓易闻，入口入耳，而且是众多创作者共同的追求，若出于一人之手，文体风格具有一致性。其代表性的如《荆钗记》《刘知远白兔记》《拜月亭》《杀狗记》元末明初四大传奇均“指事道情，能与人说话相似，不假词采绚饰，自然成韵”[3]。徐渭甚至总结说南戏的形成是“宋人词益以里巷歌谣”[4]。但由于文人参与并进行自觉创作或者有意创作，“自《香囊记》以儒门手脚为之，遂滥觞而有文词家一体。近郑若庸《玉玦记》作，而益工修词，质几尽掩。”[5]“自梁伯龙出，而始

1 袁行霈主编，聂石樵、李炳海本卷主编：《中国文学史·总绪论》第 1 卷，高等教育出版社，1999，第 10 页。

2（明）王骥德：《曲律》，见《中国古典戏曲论著集成》（四），中国戏剧出版社，1959，第 151 页。

3（清）董康著，北婴补编：《曲海总目提要》（上），人民文学出版社，2014，第 152 页。

4（明）徐渭：《南词叙录》，见《中国古典戏曲论著集成》（三），中国戏剧出版社，1959，第 239 页。

5（明）王骥德：《曲律》，见《中国古典戏曲论著集成》（四），中国戏剧出版社，1959，第 121—122 页。

为工丽之滥觞，一时词名赫然。盖其生嘉、隆间，正七子雄长之会，崇尚华靡。”[1] 明代戏曲语言追求“文辞家一派”，以“修词”“工丽”为至上追求，被时人认为是“此道之一大劫也”[2]，明代“文辞家”一派舍弃元代以来形成的曲体本色当行的文体本质，追求连人间的真情话都不好好说的文辞地位，显然是拿诗或诗化的标准去衡量曲了，创作曲了。众所周知，此一时期有“文词(辞)派”与“本色派”的论争，一般认为“本色派”是反对“文词（辞)”一派的，但从“本色派”所标举的典型作品《琵琶记》《西厢记》来看，本色派所寻求的典范作品几乎都是文人化的作品，大多都具备有诗之品味或诗之意味，均与所谓的“文采”有着纠缠不清的关系，可见“本色”一词并非浅俗之代语。由此看来，“本色”是一种文质相间的状态，是在“浅深、浓淡、雅俗”之间得其“中”、得其“和”的状态。

从具体的创作实践看，起初，这种对诗歌的引入表现为剧中人物的唱词化用《诗经》与杜甫诗句，道白多用文言，插科打诨也多用诗句，形成丽辞藻句，进而发展到骈俪求工，“字雕句镂，正供案头耳。”[3] 这种发展过程与诗歌发展的历史何其相似，“由质趋文”“由俗入雅”，最终熔炼选择成为合适的文体，形成必要的语体风格，形成相应的美学追求。“这种典雅绚丽的语言风格奠定了传奇戏曲语言的基本审美格调，标志着传奇与戏文这两种同源异质的戏曲文体的最后分界。从此以后，传奇戏曲的语言风格一直受文词派的影响而不能自拔，典雅绚丽成为明中期以后传奇戏曲语言历百年而不变的主流风格。”[4] 这种追求到《牡丹亭》一剧达到登峰造极的境地，该剧五十五

1（明）凌濛初：《谭曲杂劄》，见隗芾、吴毓华编：《古典戏曲美学资料集》，文化艺术出版社，1992，第208页。

2（明）凌濛初：《谭曲杂劄》，见隗芾、吴毓华编：《古典戏曲美学资料集》，文化艺术出版社，1992，第208页。

3（明）吕天成：《曲品》，见《中国古典戏曲论著集成》（六），中国戏剧出版社，1959，第229页。

4 郭英德：《明清传奇戏曲文体研究》，商务印书馆，2004，第127页。

出，每出四句下场诗，皆辑自唐诗，可谓苦心经营。这些集句与戏曲内容结合在一起，很好地表达了人物的感情，也显示了作者的才情。至于化用、改写乃至袭用古典诗歌特别是唐宋诗词中的词句，更为戏曲所常见。徐渭说邵灿的《香囊记》将《诗经》和杜诗二书的语句匀入曲中，即指这种情况而言。就创作主体来说，文人学士深受诗歌传统的浸淫，将诗歌的思维和创作方法带入戏曲曲辞的创作，也是极其自然的事，化用、改写、袭用乃至匀入，均是手段。因是之故，戏曲尤其是其成熟文体传奇中，唱词、上下场对、定场诗、数板等都被写成富于节奏感的韵文，充盈着写意性的诗意美感和音韵节奏。更多的则表现为与一定情节相关但主要用于抒情的大段曲辞，比如《牡丹亭》中“却原来姹紫嫣红开遍，似这般、都付与断井颓垣”一段曲辞，钱锺书认为可与杜甫《哀江头》“江头宫殿锁千门，细柳新蒲为谁绿”、李华《春行寄与》“芳树无人花自落，春山一路鸟空啼”、韩愈《镇州初归》“还有小园桃李在，留花不发待郎归”、白居易《下邽庄南桃花》“村南无限桃花发，唯我多情独自来，日暮风吹红满地，无人解析为谁开”、苏轼《绝句》“鄱阳湖上都昌县，灯火楼台一万家。水隔南山人不渡，东风吹老碧桃花”等古诗词名句相提并论，以为它们同样传达出“空谷独居、深闺未识之叹”，表现了“人去山空，景色以无玩赏者而滋生弃置寂寞之怨嗟”的意境。[1] 美国戏剧家劳逊说：“对话离开了诗意便只有一半的生命。一个不是诗人的剧作家，只是半个戏剧家。”[2] 中国古代戏剧家诗化的创作使得戏曲的曲词达到了充分的抒情和精练含蓄的完美统一，许多戏曲曲辞的诗性特征十分明显。按照郭英德的认识，“文词派典雅绮丽的文风奠定了文人传奇的审美格调，标志着传奇与戏文的最后分界。”[3] 也可以说意味着传奇体制特别是语体风格的确立。

---

1 钱锺书：《管锥编》第 4 册，中华书局，1979，第 1347—1352 页。

2 [美] 约翰·霍华德·劳逊：《戏剧与电影的剧作理论与技巧》，邵牧君、齐宙译，中国电影出版社，1978，第 373 页。

3 郭英德：《明清文人传奇研究》，北京师范大学出版社，2001，第 9 页。

更为重要的是，像《西厢记》《牡丹亭》《桃花扇》这样的戏剧，作者还用诗人的眼光来观察生活，抒写情感，作者往往为戏中人物设置一个情境，使剧中人可以在其中充分发挥诗化的感情，再以诗情的力量打动观众，从而呈现深切的人性，因此衡量戏曲作品的标准当然是“曲尽人情”了。同时，传奇的体制为文人逞才肆情提供了条件。在元杂剧中，全本四折，每一折都承担了描写故事起承转合的任务，所以常常一折写数小事，而传奇体制庞大，使得悲欢离合的情节得以舒展，而且由于每一出只写一事、一情境，每一出又是一套曲子，音乐和叙事统一的问题单纯化了，这一文体演变为作者作曲填词挥洒文采、肆意逞现才情提供了可能性，于是传奇这种所谓的“小道”在那个时代成为文人普遍的爱好，成为炙手可热的时文体，这是顺世应时的时代选择。“中国人和印度人中间，戏剧也不是写自由的个人的动作的实现，而只是把生动的事迹和情感结合到某一具体情境，把这个过程摆在眼前展现出来”[1]，黑格尔对中国戏曲的认识可谓别具只眼，一语中的。可见“新建构的文人传奇规范体系的内核，是中国古代传统文学观所派生的戏剧观念，即以诗歌为戏剧本体的‘曲’的观念”[2]。因此，我们可以说明清戏曲创作和理论批评中所体现出的文体观念，在相当程度上沿袭了元代以来形成的以诗歌为本体的“曲”本体的观念。

第四节 从“直言体”到“代言体”

“体有因革”。在“体”的因袭和承继中，新兴文体被创生出来。在诗、词、曲的辨体中，曲体的独特的体相与文貌也逐渐地被揭示出来。明代李开先就认识到“词与诗，意同而体异，诗宜悠远而有余味，词宜明白而不难知。以词为

1 [德] 黑格尔：《美学》第3卷下册，朱光潜译，商务印书馆，1986，第298页。
2 郭英德：《明清文人传奇研究》，北京师范大学出版社，2001，第11页。

诗，诗斯劣矣；以诗为词，词斯乖矣”[1]。可以这样说，戏曲的曲辞是在诗歌的深刻影响之下疏离诗歌追求文体独立的结果，是在对本色和文调的平衡中获得其语体的状态的。王骥德说：“大抵纯用本色，易觉寂寥；纯用文调，复伤雕镂。……至本色之弊，易流俚腐；文词之病，每苦太文。雅俗浅深之辨，介在微茫，又在善用才者酌之而已。”[2] 由于语体风格不易把握，故而已有的戏曲作品多有偏胜，亦属不得已。总体而言，中国戏曲语言讲究用赋、比、兴的手法来烘托和渲染情境，而且许多情境都是具有写意性形式美的意境，亦即诗化的意境。戏曲借助诗词的手法不仅拓展了自身的表现力，也由此改善了自身的地位，但同时也削弱了戏曲的搬演性、表演性，故而后期的文人戏曲也开始了对诗意的疏离，而追求“剧”或者“戏”的成分，戏曲作为综合艺术的文体观念得到重视。

正是在戏曲理论、批评的建树中，戏曲文体的特点也不断得到阐明，在前述文体融合的基础上逐渐认识到戏曲文体的独特性、个体性，呈现出分体的倾向。戏曲，古代叫“剧曲”，它从一开始就与“曲”结下了不解之缘。自宋元之际戏曲产生以来，大部分曲学家的着眼点，是曲词的语言词采、声律音韵，确切地说，是从戏曲被视作诗、词之变体的角度来论述的，是在戏曲作为“案头之曲”的层面来关注的，也就是对戏曲的“诗”的本质的关注。所以直到王骥德，剧论家一直侧重从曲的音律和词采方面研究戏剧。曲，在中国戏曲中占有极为重要的地位，“我国的戏曲，与诗歌创作有着极其密切的关系。戏曲，除了重视戏剧性，还要重视‘曲’。所谓曲，实即诗。当戏曲作家进行创作，在安排关目、表现性格、遣词命意的时候，不可能不受诗歌创作特有的思维方

1（明）李开先：《西野春游词序》，见程炳达、王卫民编著：《中国历代曲论释评》，民族出版社，2000，第 75 页。

2（明）王骥德：《曲律》，见《中国古典戏曲论著集成》（四），中国戏剧出版社，1959，第 123 页。

式的影响。”[1] 从曲词角度看，它和诗、词一脉相承。从理论发展史来讲，“整个古代的‘曲学’，除少数有识见的文人，一直在‘戏’之‘曲’和‘戏’之‘剧’——或曰‘戏剧的曲’或‘曲的戏剧’的观念上纠缠不清（其影响一直延续到当代），元人大多一心盯着‘曲’，在传统的‘乐府’观念中将‘戏剧’的本质内涵排除于视野之外，明清两代的部分文人亦如此。”[2] 中国戏曲以可歌唱之“曲”为其文字基础，因而继承并发扬了以唐诗、宋词、元曲为代表的中国古典文学的抒情传统，使戏曲成为一种以主体抒情为主的戏剧艺术，在世界戏剧文化中独树一帜。其实戏剧不只是曲，还包含人物塑造的任务，在这一点上它与小说相通，所以近代剧论家们把戏剧与小说统称为“说部”。从李渔开始，剧论家们注意从演唱与人物塑造两方面来界说戏曲。如李渔指出：“传奇，一事也，其中义理，分为三项：曲也，白也，穿插联络之关目也。”[3] 中国曲论在相当长的时间内主要专注于声韵和遣词造句，即抒情性的文体，很少注重剧本的结构这一叙事性因素。尽管王骥德、吕天成等人已经注意到戏曲中的“事”“关目”乃至搬演的重要性，但能够鲜明地体现戏曲审美特点的理论的出现还是很晚的事情，直到清代李渔《闲情偶寄》才将剧本的“结构”这一叙事性的本质性命题置于创作的首位，提出“结构第一”“至于‘结构’二字，则在引商刻羽之先，拈韵抽毫之始”[4]。有人认为，这句话无疑是代表性审美观念的宣言，也说明此前把文辞和韵律为代表的诗性作为戏曲文学体制和批评的支柱并未真正切近戏曲艺术的独特文体个性。

当然也不容否认，戏曲中抒情性的段落也承担着一定的叙事任务，比如孔尚任就认为，词曲便于写景和抒情，可避情节之复述，“凡胸中情不可说，眼

1 黄天骥：《〈长生殿〉的意境》，见王季思、张庚等著，常丹琦编：《名家论名剧》，首都师范大学出版社，1994，第 214 页。

2 李昌集：《中国古代曲学史》，华东师范大学出版社，1997，第 64—65 页。

3（清）李渔：《闲情偶寄》，见《中国古典戏曲论著集成》（七），中国戏剧出版社，1959，第 17 页。

4（清）李渔：《闲情偶寄》，见《中国古典戏曲论著集成》（七），中国戏剧出版社，1959，第 10 页。

前景不能见者，则借词以咏之。又一事再述，前已有说白者，此则以词曲代之。”[1]可见戏曲是运用韵文传递人物内心情绪，交流人物之间的感情和心灵的，同时兼有叙事抑或过渡的叙事功能，因此应该成为其文体的重要组成部分，而不是游离于情节之外的有意显示作家才华的赘文浮词，优秀的戏曲应该是抒情性和叙事性的有机结合。事实上，中国戏曲在诗歌的母体上确实走向新变，其中最为重要的就是变诗歌的“直言体”[2]为戏曲的代言体，改变了戏曲叙事的口吻，造成了人物对话、对唱的可能性，这是体现戏曲叙事文体特征的重要步骤，也是实现戏曲文体独立的重要方面。

自有戏曲以来，就有许多人认识到了这种差异或者区别。比如孟称舜就认识到诗歌“境尽于目前”的抒情特点与戏曲“因事以造形，随物而赋象”[3]叙事特点是不同的，即使是抒情也不尽相同。“盖诗词之妙，归之乎传情、写景。顾其所为情与景者，不过烟云花鸟之变态，悲喜愤乐之异致而已。境尽于目前，而感触于偶尔，工词者皆能道之。迨夫曲之为妙，极古今好丑、贵贱、离合、死生，因事以造形，随物而赋象，时而庄言，时而谐诨，狐末靓狚，合傀儡于一场，而征事类于千载。笑则于声，啼则有泪，喜则有神，叹则有气，非作者身处于百物云为之际，而心通乎七情生动之窍，曲则恶能工哉！”[4]同时戏曲理论家也认识到戏曲文学的叙事并不同于一般的叙事文学如史传散文、小说等，认识到叙事性的戏曲和其他叙事文学样式和体制的区别。王骥德《曲律》说：“夫曲以模写物情，体贴人理，所取委曲宛转，以代说词。”[5]所谓“以代

1（清）孔尚任著，王季思、苏寰中、杨德平注：《桃花扇》，人民文学出版社，2005，第11页。

2 诗可以直言作者自己的感情，率意为之，尽意即可，不需要任何中介，这里主要指抒写方式而言。当然，诗词并不是没有代言，自《诗经》以来，代言的诗歌不乏其例，中国诗词史上许多以女性为第一人称方式表达闺中之思的诗词作品、散曲中的《哨遍·高祖还乡》等已经采取了代言的方式。

3（明）孟称舜：《古今名剧合选序》，见隗芾、吴毓华编：《古典戏曲美学资料集》，文化艺术出版社，1992，第232页。

4（明）孟称舜：《古今名剧合选序》，见隗芾、吴毓华编：《古典戏曲美学资料集》，文化艺术出版社，1992，第232页。

5（明）王骥德：《曲律》，见《中国古典戏曲论著集成》（四），中国戏剧出版社，1959，第123页。

说词”，是指戏曲的代言体，这是最能显示戏曲文学独具的文体特性。臧懋循《元曲选序二》说：“填词者必须人习其方言，事肖其本色，境无旁溢，语无外假。”[1]王骥德《曲律》要求戏曲曲词的创作“须以自己之肾肠，代他人之口吻”“设以身处其地，模写其似”[2]。周之标也认为戏曲文学是“骚人以自己笔端，代他人口角”[3]，“故骚人逸士每每借纸上墨痕，摹闺中之情思，意犹含而未吐，笔代口以先传，顾盼徘徊，宛如面对，柔情媚态，都宜泄于字形句拟之间，而知天下之有情莫此为甚”[4]。这是从角色体验、叙事人称的角度揭示戏曲文学的文体特性，揭示了诗歌与戏曲曲辞之间的差异。也就是说，戏曲中的曲辞虽与诗词同源，但却异派发展。

戏曲曲辞与诗歌融合并分离的过程说明，戏曲文体是在融汇包容中走向独立、走向自觉的，这一点至少说明戏曲作为后起的综合性的文体，借鉴、吸收、融合了其他文体的文体特征或者说至少深受其他文体的影响，“诗意的体现和诗化的皈依，就成为中国戏曲文学的终极目的了。尤其是文人戏曲文学，这一倾向更为显著。”[5]然而，值得注意的是，正是改用了代言体，缘情言志的诗歌可以登堂入室，成为戏曲的重要表现手段。诗的手段移入戏曲之后，唱词的容量增加了，意境拓展了，而且作者可以借助代言体的第一人称叙述角度随意地转化角色，更加自由地进入角色的内心，更加从容地抒写人物的内心世界，以使戏曲更能“曲尽人情”，“为人物形象设置合适的情境，以便让人物形象尽情尽致地抒情写意，成为传奇戏曲作家普遍的审美追求。”[6]清末杨恩寿说：

1 程炳达、王卫民编著：《中国历代曲论释评》，民族出版社，2000，第216页。

2（明）王骥德：《曲律》，见《中国古典戏曲论著集成》（四），中国戏剧出版社，1959，第138页。

3（明）周之标：《吴歈萃雅·题词》，见蔡毅编著：《中国古典戏曲序跋汇编》，齐鲁书社，1989，第435页。

4（明）周之标：《吴歈萃雅·小引》，见蔡毅编著：《中国古典戏曲序跋汇编》，齐鲁书社，1989，第433页。

5 郭英德：《明清文人传奇研究》，北京师范大学出版社，2001，第205页。

6 郭英德：《独白与对话——论明清传奇戏曲的抒情方式》，《北京师范大学学报》（人文社会科学版）2000年第5期，第71页。

“胸中情不可说，眼前景不可见者，则借词曲以咏之。”[1] 代言体的“曲”成了自由出入人物内心抒情的重要方式，《汉宫秋》《梧桐雨》《牡丹亭》等，人物在内心冲突激烈时，都有大段抒发内心情感的唱词，这些富于情感张力的唱词往往是一首首优美的抒情诗，而且往往是脱离戏剧情节、动作的，但是人物的内心冲突又何尝不是动作。同时，代言体的曲辞形式还可以塑造人物。比如王实甫《西厢记·惊艳》一折，张君瑞在自报家门之后，作者用了两段曲辞描写黄河九曲的好形势，曲牌为【油葫芦】【天下乐】。兹引如下：

【油葫芦】九曲风涛何处险，正是此地偏。带齐梁，分秦晋，隘幽燕。雪浪拍长空，天际秋云卷。竹索缆浮桥，水上苍龙偃。东西贯九州，南北串百川。归舟紧不紧，如何见，似弩箭离弦。

【天下乐】疑是银河落九天，高源云外悬，入东洋不离此径穿。滋洛阳千种花，润梁园万种田。我便要浮槎到日月边。[2]

这两支曲子借景抒情而不落痕迹，在气象万千的黄河风涛中见出张珙脱俗的胸襟、品格，是剧曲中的上乘之作。曲词以迸发的激情和驰骋的想象，完美地传达出了张珙的神采和才华。金圣叹在二曲之前写下这样的评点批语：“张生之志，张生得自言之；张生之品，张生不得自言之也。张生不得自言，则将谁代之言，而法又决不得不言，于是顺便反借黄河，快然一吐胸中隐隐岳岳之无数奇事。呜呼，真奇文大文也。”[3] 对此，王世贞以为是“骈俪中景语”，毛奇龄以为此处的用意在于“指点游历”[4]，也就是交代游历地点，而金圣叹独认为这是“借黄河以快比张生之品量”[5]。今天看来，这段文字确实显示了张生作为

1（清）杨恩寿：《词余丛话》卷2《原文》，见隗芾、吴毓华编：《古典戏曲美学资料集》，文化艺术出版社，1992，第423页。

2（清）金圣叹批评，傅晓航校点：《贯华堂第六才子书西厢记》，甘肃人民出版社，1985，第62页。

3（清）金圣叹批评，傅晓航校点：《贯华堂第六才子书西厢记》，甘肃人民出版社，1985，第61页。

4 傅晓航编辑校点：《西厢记集解》，甘肃人民出版社，1989，第15页。

5（清）金圣叹批评，傅晓航校点：《贯华堂第六才子书西厢记》，甘肃人民出版社，1985，第62页。

一个文人的身份特征，表现和反映了人物的精神，应属于文人遣兴之作。不管是出于反映内心冲突还是塑造人物性格的需要，这种表现方式实际上是以传奇为代表的成熟的中国戏曲的主要抒情方式之一，也是主导的叙事方式之一。中国古代诗歌往往借物兴怀，托物喻志，而在戏曲中出现的这种诗化成分形成了对人物性格的借喻或者暗喻，人物性格因此也沾染上诗性，具有很强的抒情性。中国戏曲浓郁的抒情性特征导致的后果是戏曲的冲突只能在戏剧的情绪体验中感受出来，“中国写意抒情的创作原则使叙事本身成为抒情的载体”[1]。

诗性是中国传统戏曲重要的文体特征，也是重要的审美特征，诗性是传统戏曲的魅力之所在。诗性也是传统戏曲尤其是文人戏曲的主导特征之所在，也是传统戏曲发展的制约因素，以致“戏曲本身超越诗歌的本质特性长期地不被觉察，受到压制，不能觉醒和健康地发育”[2]。按照郭英德的考察，明清文人传奇在崛起期、勃兴期追求诗性，以诗歌为本体，在经历了发展期以综合艺术为本体的阶段之后，到余势期又出现“传奇体式的诗文化”，实现了戏曲观念的复归，“许多作家都是以创作诗文的思维方式和表现手法创作传奇，而不是以创作剧本的思维方式和表现手法创作传奇的。”[3]可见中国文人戏曲尤其是文人传奇对诗性和诗意的追求是何等的执着，尽管有代言体的尝试，但中国古代的戏曲文体实际上还是诗性的文体。

文体之间的借鉴、吸收甚至渗透交融是必然的，这说明“戏曲是具备历史传承意味的文学体制”[4]；但它同时又试图保持各自的本色，形成一种既合又分的关系。从前文的论述可以见出，戏曲正是吸收、渗透乃至交融了诸如诗歌这样的其他文体的艺术特点并求新变，才成为一种新兴的文体，这一演进过程决定了戏曲的诗性审美特征。当然对于戏曲本性的认识经历了以诗观曲、以诗律

1 谭帆、杨再红：《评郭英德〈明清传奇戏曲文体研究〉》，《文艺理论研究》2006 年第 1 期，第 105 页。
2 吕效平：《戏曲本质论》，南京大学出版社，2003，第 16 页。
3 郭英德：《明清文人传奇研究》，北京师范大学出版社，2001，第 27 页。
4 颜全毅：《清代京剧文学史》，北京出版社，2005，第 39 页。

曲，直到形成以曲论曲，这是一个从局部戏曲感受到全面感受戏曲的过程。而在这一过程中，诗性始终是被缠绕的文体特征，由此而形成了中国古典戏曲独特的文体风貌和审美特征，形成了与西方戏剧判然而别的文体特性和审美取向。

第九章
古代选本的文体批评功能

在中国文学史上，选本是文学经典化的一个重要环节，有时甚至还是必由之径。同时，选本又是传统文学批评的形式之一，时人称之为“选本批评”。选本批评的指向是多方面的，就是说它实际上具有多向度的批评功能，在此，笔者将其概括为文学史批评、经典化批评、作家与文本批评、文体批评、风格批评五个向度。就文体批评这一向度而言，选本又呈现出文体形态、文体观念、文体分类、辨体四个批评指向，这四者在中国文体形态发展史和文体观念演变史上产生了重要的影响和促进作用，其对文体形态的“定样”和文体观念的“形塑”所产生的批评功能不可低估，因此在研究中国古代文体观念时要特别予以关注。进一步而言，选本的文体批评功能在文章体式与体制确认、文体分类与辨体标准方面的范式建构作用发挥得更加充分，只要我们从文体批评的视域来审视选本，那么诸如体式、辨体、分类等方面的文体批评意识均在其中得以体现，并且形成了其特有的文体批评方式与手段，可以称之为“选本”文体批评范式。

选本的文体批评功能，以及选本对于传统文体批评所发挥的重要作用，确实值得我们充分重视与深入探讨。若干年来，文学史研究和文体学研究中，选本研究颇受关注，并且出现了一些较有影响的成果。但是，在古代文论研究中，研究者对于选本所提供的批评范式、文学思想、文体观念，以及选本的文体批评功能与方法，尚缺乏深入的探讨与阐发。本章视选本为一种文体批评式样，梳理其形成与发展过程，体认其批评方式和特点，分析其批评指向与功能，以进一步拓展选本研究的文体学视域和文体观念研究的选本维度。需要说明的是，本章标题中仅言“选本”，只是为了求简便而已，而在文中的分析阐释中，将诸如《文选》等一些总集、类书、书目也一并论及，在一定程度上也把它们看作是类似于“选本”批评的一种批评方式，或者说它们在文体批评方面也发挥了与“选本”同样的作用，因此均按照“选本”批评的目光来审视之。

第一节　选本与文体批评

选本是中华优秀文学传统的一个重要组成部分，历代的文学选本种类繁多，类型多样，蔚为大观。在中国文学批评史上，除了专门的文学理论批评著作，以及其他类型的理论批评文本而外，选本也是文学批评的一个重要形式。即如开头所言，选本的批评功能是多层面、多指向的，而文体批评则是这些层面、指向中的相当明显与突出的一个方面。中国文学史上的总集、选本[1]、别集、类书、书目、丛书种类繁多，形式多样，编排同中有异、异中有同。如果我们不仅仅拘泥于《四库全书》经史子集四部之厘分的话，可以说选本见之于经史子集各部，并且均涉及了文体观念与文体分类等传统文体学中的一系列重要文体，因此，它们共同构成了中国古代文体学史上的选本批评现象及其方式方法。在选本文体批评方式建立过程中，历代的选家、编家体现出一种严谨的工匠精神，通过选文定篇、分类编排、品评赏鉴等环节，将所编纂的总集、选本等经营布局，编织成为融文学经典与文体确认于一炉的“文体共同体”。总集、选本、类书等编纂的风行，对中国古代文体学的发展起了推波助澜的作

1 选本也可归入广义的“总集”，参见王运熙：《总集与选本》，《古典文学知识》2004 年第 5 期，第 75 页。

用，传统文体观念、文体分类、辨体批评等中国古代文体学中的核心思想观念及其方法的形成和逐渐丰富，除了来自创作方面的引领和推动之外，同时也端的有赖于此。

总集、选本等从总体上来说，并非仅仅是集文，更重要的是要按照一定的体例对文章进行“类聚区分”，所以总集、选本编选体例的安排，于此多见选编家眼光和他们对文类、文体形态的认识。就中国历代选本的选编而言，以文体体式、类别选文或选诗，然后分类编排成书，构成了古代选本批评的主要特色。挚虞的《文章流别论》、萧统的《文选》、王夫之的《唐诗评选》等，大体都呈现了以文体类别选编作品的倾向，其中肯定蕴含有关于文体认识的重要内容。从方法上来讲，中国古人研究问题，一般不是仅仅停留于抽象的逻辑演绎推理层面，而往往“沿波讨源”“振叶以寻根”，从现象入手探究本质，选本之于文体批评即是如此，从西晋挚虞的《文章流别论》到明人吴讷的《文章辨体》、徐师曾的《文体明辨》等古代的文体学论著，就是结合具体的作品选本来展开文体辨析的，“假文以辨体，非立体而选文”[1]似成定则。每一种选本，当然体现着编选者的文学主张，这些主张不仅取决于编选者的个人意志和审美偏好，而且还反映出一定时代的文学导向和文学思潮的情况。方孝岳认为：“自从《隋书·经籍志》立‘总集’一类，把挚虞《文章流别》、昭明《文选》、刘勰《文心雕龙》、钟嵘《诗品》这些书，都归纳在里头，我们于是知道凡是辑录诗文的总集，都应该归在批评学之内。选录诗文的人，都各人显出一种鉴别去取的眼光，这正是具体的批评之表现。再者，总集之为批评学，还在诗文评专书发生之先。挚虞可以算得后来批评家的祖师。他一面根据他所分的门类，来选录诗文；一面又穷源溯流，来推求其中的利病。这是我国批评学的正式祖范。……我们如果再从势力影响上来讲，总集的势力，又远在诗文评专书之上。

1（明）吴讷、徐师曾撰，于北山、罗根泽校点：《文章辨体序说·文体明辨序说》，人民文学出版社，1962，第78页。

像《文心雕龙》、《诗品》这种括囊大典的论断，虽然是人人所推戴，但是事实上实在不曾推动某一时的作风。像《文选》，像《瀛奎律髓》，像《唐宋八家文钞》，这些书就不同了；他们都曾经各演出一番长远的势力，都曾经拿各人自己特殊的眼光，推动一时代的诗文风气。所以'总集'在批评学史中，实占着很重要的部分，这一层我们不可不注意。……研究文学批评的人，往往只理会那些诗话文话，而忽略了那些重要的总集了。其实有许多诗话文话，都是前人随便当作闲谈而写的，至于严立各人批评的规模，往往都在选录诗文的时候，才锱铢称量出来。"[1] 古人在"选录诗文""锱铢称量"时，于文体学方面有些什么样的考量呢？通过下面的讨论，便可以见出古人在编纂总集、选本时，通过集文、选文所体现出的文体批评意识。

以总集、选本为代表的集文、选文之所以出现，是文学创作、文体形态与种类发展到一定阶段的必然现象，体现了文学史演进运动的一般规律和必然要求。东汉以降，著文者众多，体裁粲然大备，文类的发展也很迅猛，在这种情形之下，集文、选文便势所必然地成为一时之风气。梁萧绎在《金楼子·立言》叙述当时的盛况："诸子兴于战国，文集盛于两汉，至家家有制，人人有集。其美者足以叙情志、敦风俗，其弊者只以烦简牍、疲后生。往者既积，来者未已，翘足志学，白首不遍。"[2] 东晋葛洪《抱朴子外篇·自叙》则称："魏代以来，群文滋长，倍于往者。"[3] 故章学诚以为"集之兴也，其当文章升降之交乎？……两汉文章渐富，为著作之始衰"[4]。文章作家、作品的日益增多必然呼唤带集成性质的文学总集和选择性质的选本之出现，以便归集、存留、总结数个或一个时代、数种或一种文体、数个或一个文家的作品及其创作成就。从学习和借鉴的角度来讲，文章繁盛的形势需要"汇次诸体"的文集出现，以便后

1 方孝岳：《中国文学批评·导言》，生活·读书·新知三联书店，1986，第4—5页。
2（南朝梁）萧绎著，许逸民校笺：《金楼子校笺》卷4，中华书局，2011，第852页。
3（晋）葛洪著，杨明照校笺：《抱朴子外篇校笺》下册，中华书局，1997，第660页。
4（清）章学诚著，叶瑛校注：《文史通义校注》卷3《文集》，中华书局，1985，第296页。

学“窥古人之大体”[1]，以得前人才士为文之用心。《四库全书总目》之《楚辞章句》提要曰：“初，刘向裒集屈原《离骚》《九歌》《天问》《九章》《远游》《卜居》《渔父》……共为《楚辞》十六篇。是为总集之祖。”[2]从此可见，当时的一些总集实际上就是在集文。据考，最早的文学总集是西晋挚虞编撰的《文章流别集》，《四库全书总目》总集类序云：“文籍日兴，散无统纪，于是总集作焉。一则网罗放佚，使零章残什，并有所归；一则删汰繁芜，使莠稗咸除，菁华毕出。是固文章之衡鉴，著作之渊薮矣。《三百篇》既列为经，王逸所裒，又仅《楚辞》一家。故体例所成，以挚虞《流别》为始。其书虽佚，其论尚散见《艺文类聚》中，盖分体编录者也。”[3]正是立足于文章大量累积的基础，文体分类才有了着力点。

文集的分体编录，应该始自挚虞的《文章流别集》。清人章学诚说：“自挚虞创为《文章流别》，学者便之，于是别聚古人之作，标为别集；则文集之名，实仿于晋代。”[4]今人王运熙、杨明在《魏晋南北朝文学批评史》中亦指出：“荟萃各体文章，加以删汰别裁，且附以系统评论的大规模总集，自当首推《文章流别集》。”[5]由此可见，集诸体文章为一编是《文章流别集》最大的特点，而“流别”二字实道出了编纂者之用心所在。文集的编撰除了因于“文愈繁则愈乱”[6]，而需要加以整理之外，更为重要的原因是便于后世学习和效法，以便使之成为“文章之衡鉴，著作之渊薮”，使“后之君子，欲观其体势，而见其心灵”[7]。文选和总集编订的体例也基本上与这两个编纂目的有关。然而，将众多的文章进行分类编排，在某种意义上讲，其体例的选择就是作家文体观

1（清）章学诚著，叶瑛校注：《文史通义校注》卷3《文集》，中华书局，1985，第298页。
2（清）永瑢等编：《四库全书总目》卷148，见《影印文渊阁四库全书》第4册，第2—3页。
3（清）永瑢等编：《四库全书总目》卷186，见《影印文渊阁四库全书》第5册，第1页。
4（清）章学诚著，叶瑛校注：《文史通义校注》卷3《文集》，中华书局，1985，第296页。
5 王运熙、杨明：《魏晋南北朝文学批评史》，上海古籍出版社，1996，第119页。
6（清）章学诚著，叶瑛校注：《文史通义校注》卷3《文集》，中华书局，1985，第297页。
7（唐）魏徵、令狐德棻：《隋书》卷35《经籍志》，中华书局，1973，第1081页。

念的综合体现，因为在编年体文选没有出现之前，它们基本上采用分体编排的形式，尽管此外还有断代编排的文集，也有不录存者的体例。选家对文章的分类和编排，充分地体现了当时的文体意识或者选家本人对文体的认识。正是从这个意义出发，魏晋南北朝的作家、批评家既著文辨析，又编集以区分各体、类聚文章，这是魏晋南北朝文学批评史上真正的主流。从现在的文献看，以类区分是汉魏六朝编集普遍采用的一个体例，而理论的辨析和实践上（主要是文集编选）的区分双线并行可以说是这一时期文体学的重要特点。“集文虽始于建安，而实盛于齐、梁之际”[1]，“汉魏六朝著述，略有专门之意，至唐宋诗文之集，则浩如烟海矣”[2]。后世选集浩如烟海，但在编排的体例却很少有突破，文集的出现的确使“古学源流，至此为一变”[3]，对中国文体观念之自觉、文体分类和辨体批评之发展兴盛产生了直接的推动作用，其影响不可低估。

从理论上讲，曹丕的《典论·论文》、陆机的《文赋》、刘勰的《文心雕龙》都对当时文体和此前出现的文章体裁进行了或简约或详尽的辨析；从实践的角度讲，一些人对文章进行的分类编纂，是对文体辨析的实践，挚虞的《文章流别集》和萧统的《昭明文选》就是开先河的总集。姜亮夫以为“到昭明太子选文，更定门类，遂开选家一派的途径，（前此如魏文《典论》，应场《文质论》，陆机《文赋》，李充《翰林》等，都各有述说，但都不是专论，故从略）后之论者，多不能出其范围”[4]。《文章流别集》应当是按文体分类的，《隋书·经籍志》说：“晋代挚虞，苦览者之劳倦，于是采摘孔翠，芟剪繁芜，自诗赋下，各为条贯，合而编之，谓为《流别》。是后文集总钞，作者继轨，属辞之士，以为覃奥，

1（清）章学诚著，叶瑛校注：《文史通义校注》卷1《诗教下》，中华书局，1985，第80页。
2（清）章学诚著，王重民通解：《校雠通义通解》卷1《宗刘》，上海古籍出版社，1987，第10页。
3（清）章学诚著，叶瑛校注：《文史通义校注》卷3《文集》，中华书局，1985，第297页。
4 姜亮夫：《文学概论讲述》，《姜亮夫全集》第21册，云南人民出版社，2002，第117页。

而取则焉。”[1] 可见，《文章流别集》及《翰林论》为后世总集的编纂制定、体例的选定起了示范和规范作用。《昭明文选》正是遵从了这样的体例对文章进行分类和编次的。关于《昭明文选》文体分类的状况，将在第三节中作详细列举，此处不赘。《文选序》云：“凡次文之体，各以汇聚。诗赋体既不一，又以类分；类分之中，各以时代相次。”[2] 诚如所言，《昭明文选》在内容上的确是先以文体分类，在每一类中又以时代顺序次序精心编排的。这一体例基本上解决了辨体的问题，至于“显优劣、定品第”的问题则通过“次序”的方式加以解决。这里笔者无意探讨“次序”的问题，主要来探讨一下“辨体”在总集编纂中的意义及对于文体研究的意义。

《文选》对于后世选文，确实具有垂范和决定的意义，是后世分体分类的权舆。姜亮夫认为：“自《文选》而后，后世的选家，只有修正损益的功夫，而不能出其牢笼。实在萧氏以前的总集的选本，今既不可见，而后来的论者选者，又不能出其范围，不能不令人视为拱璧了。”[3] 关于选集编纂的意义，一般有“集文”之说和“选文”之说。“集文”即“网罗放佚，使零章残什，并有所归”，重视集纳；“选文”即“删汰繁芜，使莠稗咸除，菁华毕出”，注重遴次。选文的结果，就是使得文选成为“文章之衡鉴，著作之渊薮矣”，使后之君子“观其体势，而见其心灵”。“然以甄录既佳，流布尤广，故后来师厥成规者，亦代有之。”[4]

《隋书·经籍志》将文集的作用分为两个层面：一个层面是“观其体势”，也就是为后世提供文章体式、体制方面的借鉴，以便对后世文章进行示范，以为后世作者阅览揣摩，《昭明文选》之“略其芜秽，集其清英”[5] 正是出之于此

1（唐）魏徵、令狐德棻：《隋书》卷 35《经籍志》，中华书局，1973，第 1089—1090 页。
2（南朝梁）萧统编，（唐）李善注：《文选序》，见《文选》，上海古籍出版社，1986，第 3 页。
3 姜亮夫：《文学概论讲述》，《姜亮夫全集》第 21 册，云南人民出版社，2000，第 138 页。
4 程千帆：《文论十笺》，黑龙江人民出版社，1983，第 188 页。
5（南朝梁）萧统编，（唐）李善注：《文选序》，见《文选》，上海古籍出版社，1986，第 2 页。

目的；另一层面是“见其心灵”，其主要的任务是彰显“为文之用心”。但编选家对文章的归类也往往显示了文类分类的复杂性，比如任昉的《文章缘起》将东方朔的“非有先生”归入“传”体，而《昭明文选》又将其打入“论”类，许多文章和文学体制难以归类，后世编家也莫衷一是。有时候，辨体、分类之难，确实难煞了后世的许多文体学家和文章选家。然而也正是由于历代大量的总集、选本之选录、编纂，为古代文体观念、文体批评研究提供了诸多文献依据，为探讨传统文体观念、文体分类、辨体批评提供了与传统文学作品、传统文体批评理论同样不可或缺的支持和启示。比如明人选本，嘉靖以前，较多以体分编者，其目的很明显，就是为了便于分体揣摩；而嘉靖以后则多采用编年的方式，这也许是对于辨体之难的有意回避。编年的编纂体例以时序编次，避免了辨体的复杂性，但也带来了文体混杂的弊病，确实不便于揣摩研习。

文集的编选，需要按照一定的体例来进行安排，就总集而言，其所涉及的文章种类众多，这就需要“类聚区分”，也就是按类编排，这便促进了传统文体学的发展演进。从编排的角度讲，编年是一种十分简单可行的方法，在中国历史著作的著述中被普遍采用，但是对于文集的编选似乎不大适用，故而昭明太子萧统在主持编选《文选》之时，对《文选》的体例，采用归类与编年相结合的方法。归类，尤其是按照体制进行辨析归类，以使得文章各安其类。《文选》以文体分类，在各文体类别中根据作者生活的时代先后为序，约略按照作者的生活时代来进行排序。当然也有作者排序的错讹现象出现，比如曹植和王粲、陆机和潘岳，前者比后者年辈晚，但在有的类目中却排在前面，由此可见，文章编年编排的体例不甚可靠，而按照文体分类的体例似乎比较可靠。

第二节 《文选》的文体学意义

关于总集、别集等文集编纂分类的必要性和必然性，王瑶有如下论述：

"从诗赋略到集部，便是刘彦和所谓'六艺附庸，蔚为大国'(《文心·诠赋》)。但无论总集别集，既经编纂，则次序类例，自然应该有一定的标准。这是一个事实的需要，正如同书有虞夏商周，诗有风雅颂，史有本纪表书世家列传，《说文》有部首一样，集也必须类例显明，部居井然；才能便于编纂，便于诵读。这样自然需要辨析文体的风格和性质了。郑樵《通志略·校雠略》云：'类例皆分，学术自明，以其先后本末自在。'因为在卷帙浩繁的典籍中，非有纲领式的类别分部，是不可能窥其涯涘的。"[1] 文集的编纂提出了文章体类划分的现实需要，因此文集编纂促进了文章体类、体式划分与厘定，集文选文与文体分类之间，构成了一种良性互动的关系。即如有学者所言："这一期间的文论家、史家、作家、文选家都参与了对体裁的研究（当然一些人是身兼数任的），具体表现为史学家列举文体、作家按体写作、文选家按体选文、文体家按体论析。"[2] 总集、别集、选本、类书、书目等古人所做的编纂文业，捃摭群书，采撷英华，其以类相从的编辑方式不仅促进了人们对于文体的关注和研究，而且直接体现在《文选》的文体分类方面。从《隋书·经籍志》的著录来看，当时总集的数量众多，然而其中很多总集现在已难睹其面目，正是"浮华易歇，公论终明，岿然而独存者，《文选》《玉台新咏》以下数十家耳"[3]。

《四库全书》将《文选》列为"总集类"之首，是为中国现存最早的诗文总集，其自从编成之后，广为传播，历久而不衰。此后不久，便有萧该为其作注，惜其不传。到唐代，便有"文选学"之兴盛，当时注家蜂起，最著名的是李善、吕延济、刘良、张铣、吕臣、李周翰六人。此后《文选》成为历代学子案头必备的书籍，研究者不断。至清代，"文选学"更为昌盛。《文选》选录了

1 王瑶：《中古文学史论之一：中古文学思想》，棠棣出版社，1951，第 140 页。
2 李士彪：《魏晋南北朝文体学》，上海古籍出版社，2004，第 16 页。
3（清）永瑢等：《四库全书总目》卷 148，见《影印文渊阁四库全书》第 4 册，第 1 页。

从先秦到梁代共130人的作品，另有古乐府三首和《古诗十九首》，共七百余篇。《昭明文选》包罗了自秦到梁代初的文学体裁类型，历时与共时双向度展开，所体现出的文体分类和辨体意识非常自觉，尽管相比较后世而言，其分类显得杂而细碎，有些地方甚至还有“不类”现象，则说明对于文类与文体的辨析尚有模糊之处，对于历代因文体生成、命名过程中的体用关系缠绕而产生的诸多繁杂随意现象尚缺乏裁决厘定之勇，但这毕竟是对曹丕等人举例式的文体论说的重大突破。《文选》之选文独以“沈思翰藻”为宗旨，分体三十有八，萧统的这种文体分类方法，体现了他对古代文学类型与体式的发展，尤其是对文体类别及源流的辨识观念，反映了文体辨析在当时已经进入了一个相当自觉的阶段。尽管《文选序》对各种文体认识的表述相当简约，但是其对于不同类型之文体的认识已经通过选文而表达出来了，因此具有很重要的文体学意义。一方面它现实地说明魏晋以来文体发展的状况，实践性地表明文体辨析是当时从理论到实践共同的倾向；一方面它通过具体的选文，表明了《文选》的主持和编纂者对文体类分和文章优劣的观念性认识，体现出编家独到的文体眼光。《文选》所建构起的“选本”批评意识，深刻地影响了中国文学批评中的文体批评的发展路向。朱自清有云：“从《文心雕龙》和《诗品》以后，批评的精力分散在选本和诗话以及文集里，绝少系统的专书。”[1]将中国文学批评缺乏西式理论系统的原因完全归之于《文选》的影响，似有夸大之嫌，但是《文选》所提供的“选本”批评模式确实影响了中国古代的文学批评，包括文体批评在内，这一点似乎毋庸置疑。《文选》将辨体寓于作品分类之中，可视为一种融分类与辨体于一体的文体批评范式，即如有学者所言：“《文选》是以总集的方式对已有的文章众体作了一次全面的归总并归位，这实际上是为后人认识文体以及后世的文体学提供了一个蓝本。”[2]

1 朱自清：《朱自清古典文学论文集》，上海古籍出版社，1981，第543页。

2 张方：《中国诗学的基本观念》，东方出版社，1999，第158页。

在总集、选本之中，体类和作品的次序往往代表着编选者的文体批评眼光，对于一个被选作者来说，其作品选入的多少也代表了他在编选者心目中的位置，包括文学创作和文体范例两个方面的成就。在编排体例上，《文选》先将文体分为赋、诗、骚、七、诏、册、令、教、文等39类，然后在大类之下按照题材又分为若干小类，如赋体作为一个大类其下又分出15个小类，诗作为一个大类其下又分出23个小类。骆鸿凯的《文选学》说："《文选》分体凡三十有八，七代文体，甄录略备，而持校《文心》，篇目虽小有出入，大体实适相符合。"[1]《文选》与《文心雕龙》对文章体式的认识和分类有基本上相近的一面，比如关于赋体，《文选》"论赋的内容所谓'述邑居''戒畋游'等等，也与《文心雕龙·诠赋》'京殿苑猎，述行序志'，'草区禽族，庶品杂类'等语相合，都是根据古今赋作实际情况所作的概括"[2]。可见同时代的人，对文体体类的认识还是基本上接近的。但是，也有差异之处，比如《文心雕龙》中将文体区分为文与笔两大类，然后再进一步分类的文体意识，在《文选》中就没有表现出来，此外除了《文心雕龙》的文体分类只有33类，少于《文选》的39类之外，在一些文体的具体命名上更是多有不同。但是，尽管这样，"总起来看，《文选》与《文心雕龙》《诗品》虽有相异之处，但就对各时代主要的文学样式、重要作家作品的认识而言，就重视藻采的倾向而言，都是基本一致的。可以说《文选》是一部遍及诸体、兼顾古今、反映当时一般文学观念和审美趣味的文章总集。"[3]《文选》与《文心雕龙》可以称之为六朝文体批评之双璧。

此外，在文体的罗列和编次上，《文选》与《文心雕龙》也存在一些不同之处，无不体现出文类和文体观念方面的些许差异。比如《文选》和《文心

1 骆鸿凯：《文选学》，中华书局，1989，第124页。
2 王运熙、顾易生主编：《中国文学批评通史·魏晋南北朝卷》，上海古籍出版社，1996，第274页。
3 王运熙、顾易生主编：《中国文学批评通史·魏晋南北朝卷》，上海古籍出版社，1996，第282页。

雕龙》均以“诗赋”为主，却有些微的差异，这种差异主要表现为《文选》中“赋”被置于“诗”前，而《文心雕龙》中“诗”具有众制之首的地位。“诗赋”位次的变化，在中国文学批评史上有这样一个历程：曹丕《典论·论文》中的表述为“奏议宜雅，书论宜理，铭诔尚实，诗赋欲丽”[1]，“诗赋”居于末位，其中原因似可从曹丕对文章的认识得到解释。“盖文章者，经国之大业，不朽之盛事。”从经国的角度讲，奏议等有关国事、国政的文体当然应该居于首位，而事关个人不朽的诗赋当然居于次要地位。到了陆机的《文赋》，“诗赋”被放置在首位，而且“诗”居“赋”前，这大概是与陆机“缘情而绮靡”的诗学主张有关系。《文心雕龙》中文体论部分“诗赋”居于前列，并作为重点对象，有《明诗》和《诠赋》专篇的“释名以章义”。《文选》虽然也是以“诗赋”为大宗，且在整个选文之中，全书的大半篇幅用以选录诗赋作品，但些微的差异还是有的，这就是将“赋”列在整个《文选》的最前面。笔者认为，这种差异并不是随意所为，而是选者有意的安排，《文选》与《文心雕龙》的这种体例次序上的不同排位，涉及了萧统与刘勰对于文体制度和秩序在观念性认识上的差异。傅刚在论述这一问题时认为：“萧统以赋为首的依据有哪些呢？先看他自己的解释。《文选序》说：‘《诗序》云，诗有六义焉，一曰风，二曰赋，三曰比，四曰兴，五曰雅，六曰颂。至于今之作者，异乎古昔。古诗之体，今则全取赋名。荀、宋表之于前，贾、马继之于末。’原来萧统将文体之赋与六诗之赋联系起来，这就使得赋取得了《诗经》的直接继承身份。如果是根据这样的理解而安排的话，萧统以赋居首，表达了他的文学史观。”[2] 当然，这样的解释还不能完全说明问题，于是傅刚又从目录学和当时文章总集、别集的编纂情况入手加以考察，根据其考证，“尽管汉魏六朝时期

1（三国魏）曹丕：《典论·论文》，见（南朝梁）萧统编，（唐）李善注：《文选》，上海古籍出版社，1986，第 2271 页。

2 傅刚：《〈昭明文选〉研究》，中国社会科学出版社，2000，第 227 页。

的文体观念在诗赋连称的时候，诗居赋先，但目录学和编集体例却以赋居篇首，这已成为一个习惯。”[1] 从编集体例予以解释当然言之有理有据，但是似乎还有些不彻底，而需要进一步从观念的层面深入追究。为什么这样说呢？因为如果按照时代惯例，同时代的其他理论著作也会受到这种习惯势力的影响，然而它们并没有作出与《文选》一致的反应。笔者的解释是，这可能与编纂者对于“文”和“文”的文体秩序制度认识相关，也与赋在当时人们心中的文体地位相关。梁元帝萧绎《金楼子·立言下》有云：“夫子门徒，转相师受，通圣人之经者，谓之儒。屈原、宋玉、枚乘、长卿之徒，止于辞赋，则谓之文。……至如文者，惟须绮縠纷披，宫徵靡曼，唇吻适会，情灵摇荡。”[2] 而“赋”最具这样的特点，加以推举，放列在文集之首似乎也在情理之中，《文选》将赋体置于各体之首，似乎正体现了这样的文体观念认识。《文选》采用以类相从、以年代为序的方式进行编排，表现了编选者对文章特质的认识以及对不同体式文体的区分。尽管《文选》中没有对“文章”即文章各体的内涵进行必要的阐释，仅仅在《文选序》中就文选的体例作了说明，但是选者还是通过文章的选录、选录的多少等方式对作家及作品作出了评价。《文选》正是借助按照时序排列的选文来说明或者勾勒某种文体发展轮廓的，同时《文选》中文体大类下面又以题材区分出小类，纯粹从文类学的角度来看，大类和小类的划分并没有在一个逻辑层面上进行，确实有些“失类”甚至“不类”，但是古人就是这么做的。传统的总集、选本以及诗文评中大量文体批评言谈的类似于《文选》这样的分类处理，表明传统总集、选本等的文体批评及其方法与范式，起因于一种既注重体裁又注重题材的文体辨认和文体分类的观念，体裁与题材共同构成了文章。这里所体现出的即体即用思想观念相当明显，既不固执于纯粹的本质主义（文体）之一端，也不固执于纯粹的实用主

1 傅刚：《〈昭明文选〉研究》，中国社会科学出版社，2000，第 228 页。

2（南朝梁）萧绎著，许逸民校笺：《金楼子校笺》卷 4，中华书局，2011，第 966 页。

义（文用）之一端，而是将文体与文用结合起来进行衡估，所以，一部中国古代“选本”文体批评史就是一部从“体”与“用”两个层面注重文章构成的“现象学”的文体批评发展史。

《文选》的文体批评贡献在于，它第一次依照对文学的根本认识，选录了区别于经、史、子的文学作品，并依照各种文学体式的差异，分门别类地加以编排。作为中国现存的第一部文学作品总集，它的作用与意义不仅在于为后世提供文章体制、体式方面的借鉴，更为重要的是彰显了“为文之用心”，对后世文人的滋养化育之功绝不在《诗经》之下。世间有所谓的“文选烂，秀才半”的说法，其中所包含的《文选》对于后世科场举子及科考出身的文人们在文体规训方面的影响，需要进行专门深入的考察和阐发。王应麟《困学纪闻》载：“少陵有诗云‘续儿诵《文选》’，又训其子‘熟精《文选》理’。”[1] 朱熹《朱子语类》载：“李太白终始学《选》诗，所以好。杜子美诗好者亦多是效《选》诗。”[2] 这充分地说明了《文选》在文章写作和学习中的示范和规范作用，这其中自然包括文体方面的规训与规范。此外，《文选》选文的体例和模式，确实成为后世选学的圭臬，有学者对此指出，《文选》体式及选文，瑕瑜相杂，区类烦碎。后踵者如《唐文粹》《宋文鉴》《元文类》《明文衡》《国朝文录》等，皆断代之集，分类亦未精细。到姚鼐《古文辞类纂》出，上承两汉，下迄唐宋，选文别类，而后文体之分类，始称允备，然《文选》是为其导源也。萧统的《文选》，把文章以“体”而“类”，列目 39 种文体，体下又分若干类（按：关于文体与文类之关系，笔者主张体在前，类在后），开创了有文必有“体”，有体必有“类”，体类开合分梳有序，体必含类，类不逾体，体类结合，按“类”选文，以“体”统“类”，以“文”示范为样板的选文、集文范式，这同时也是传统的“选本”文体批评之范式。唐、宋、元几代，文章编选工作规模宏大，卷帙浩繁，其

1（宋）王应麟著，栾保群、田松青校点：《困学纪闻》卷 17，上海古籍出版社，2015，第 345 页。

2（宋）朱熹撰，（宋）黎靖德编，王星贤点校：《朱子语类》卷 140，中华书局，1986，第 3326 页。

“文体”分类虽有增删变化，情况不一，但大抵依循《文选》之例，主要是在《文选》所提供的整体分类形式基础上做局部修改、增删和调整，实质上没有大的创新。

《文选》之编纂，其目的有二：“一是借此‘研寻物理’，即推寻历代‘孝友忠贞之迹’，‘治乱骄奢之事’；二是借以‘顾略清言’，向世人展示历代文章体裁之美。前者重视政治方面的教化意义，而后者则具有明显的指导现实文学创作的导向意义。”[1] 就后一个目的来讲，《文选》既有选文标准，同时又有具体的文章可供揣摩和学习，所以对后世的影响远远超过一些诗文评著作，其本身也成为后世选本的楷式和蓝本。诚如章学诚所言：“《文选》者，辞章之圭臬，集部之准绳。”[2] 张伯伟对此指出：“在中国文学批评史上，《文选》的出现以及‘《文选》学’的形成，奠定了后世选本的基础。”[3] 所以，《文选》的整体分类模式之所以被后世广泛认可和接受，其客观原因即在于这一分类模式充分体现了古人的“文体”观念。

当然，《文选》的文章体类和体式分类是有来源的，汪辟疆《与黄轩祖论〈文选〉分类书》说：“鄙人籀绎来旨，详征往籍，知昭明实有所据，非由臆断。其详可得而言焉。窃以文章体制，皆先有所成，而后人乃综合之。论列得失，纂集众制，非同它书之可奋私臆也。文体之成形，实本于六经。”[4] 各种文体的基本形式或者萌芽状态，在周代已经大致具备，至曹丕《典论》、陆机《文赋》，都有对文体的进一步要求。可见，《文选》的文章分类和“选本批评”模式是集历代文体观念发展之大成。

1 刘跃进：《昭明太子与梁代中期文学复古思潮》，见赵福海编：《文选学论集——选学国际学术研讨会论文集》，时代文艺出版社，1992，第 254—255 页。

2 （清）章学诚著，叶瑛校注：《文史通义校注》卷 1《诗教下》，中华书局，1985，第 82 页。

3 张伯伟：《中国古代文学批评方法研究》，中华书局，2002，第 291 页。

4 汪辟疆：《汪辟疆文集》，上海古籍出版社，1988，第 617 页。

第三节 后世选本的文体批评举隅

古人划分文体，为编选文章提供了很大便利。如萧统《文选》、姚铉《唐文粹》、吕祖谦《宋文鉴》、姚鼐《古文辞类纂》等名选，都是采用分类编选这种模式。《文选》之后，选本多踵其体例和模式。如前所述，选本已经是中国文学批评、文体批评的一种重要方式，而以文体分类进行选文或选诗则构成了古代选本批评的主要特色。

由于诗歌文体和创作之兴盛，选本到了唐代，主要是唐人选唐诗。唐代人选集的类型，有通代诗选，有断代诗选，有诗句选集，有唱和集，有送别集，以“审鉴诸体，委详所来”“定其优劣，论其取舍”[1]。这一目的和《文选》集文、选文的目的稍有不同，看来是受到钟嵘《诗品》“溯流别、显优劣”的影响。由于唐人的诗歌选本出现“诗文分途”，专注于一体，故而对诗歌体式和风格的研究比较深入，这与《文选》有诗有文的情况略有差异，但这并不能说明他们没有受到《文选》的影响。其实，唐人选唐诗也是受到了《文选》影响的。比如殷璠《河岳英灵集序》就说：“梁昭明太子撰《文选》，后相效著述者十余家，咸自称尽善，高听之士，或未全许。”[2]在开篇就谈及《文选》，可见《文选》在其心目中的位置。高仲武《中兴间气集》在序言中也写道：“暨乎梁昭明载述已往，撰集者数家，推其风流。”[3]虽不曾言“祖式《文选》”，但有“赓其余绪”的意思。

宋李昉等奉敕编纂的《文苑英华》号称“唐代文学作品之渊薮”，其汇集编选了上起萧梁下讫晚唐五代的诗文，故有上续《文选》之意。《三朝国史艺

---

1 （唐）殷璠：《河岳英灵集序》，见傅璇琮、陈尚君、徐俊：《唐人选唐诗新编》（增订本），中华书局，2014，第 156 页。

2 傅璇琮、陈尚君、徐俊：《唐人选唐诗新编》（增订本），中华书局，2014，第 156 页。

3 傅璇琮、陈尚君、徐俊：《唐人选唐诗新编》（增订本），中华书局，2014，第 451 页。

文志注》云：“阅前代文集，撮其精要，以类分之，为《文苑英华》。”[1]关于《文苑英华》的文体分类，姜亮夫指出：“其分类编辑，亦略与《文选》同，而门目更为繁碎，凡三十七类，又于杂文类中分十六类，翰林制诰类中分八类共六十一类，而各类之中再用文章的作用性质分为若干类，实在是麻烦不堪。”[2]现将《文苑英华》中的被命名的文章体类名目移录如下，以见其具体情状：

大类三十八体：

赋、诗、歌行、杂文、中书制诰、翰林制诰、策问、策、判、表、笺、状、檄、露布、弹文、移文、启、书、疏、序、论、议、连珠、喻对、颂、赞、铭、箴、传、记、谥哀册文、谥议、诔、碑、志、墓表、行状、祭文。

以上三十八体每体所含下一级文类情况如下：

赋：天象、岁时、地类、水、帝德、京都、邑居、宫室、苑囿、朝会、禋祀、行幸、讽谕、儒学、军旅、治道、耕籍（田农附）、乐、钟鼓、杂伎、饮食、符瑞、人事、志、射、博奕、工艺、器用、服章、图画、宝、丝帛、舟车、薪火、畋渔、道释、纪行、游览、哀伤、鸟兽、虫鱼、草木。

诗：天部、地部、帝德、应制(含或附：巡幸、扈从、岁时、送饯、应教)、省试(附：州府试)、朝省、乐府、音乐(附：歌舞)、人事、释门、道门、隐逸、寺院（附：塔）、酬和、寄赠、送行（附：歌）、留别、行迈（附：馆驿）、军旅、悲悼（附：憎）、居处、郊祀、花木（附：草）、禽兽（附：虫鱼）。

歌行：天、四时、仙道、纪功、征戍、音乐、酒、草木、书、图画、杂赠、送行、山、石、隐逸、佛寺、楼台宫阁、经行、兽、禽、愁怨、服用、博戏、杂歌。

杂文：问答、骚、帝道、明道、杂说、辩论、赠送、箴诫、谏刺、纪述、讽谕、论事、杂制作、征伐、识行、纪事。

1（宋）李昉等编：《纂修文苑英华事始》，见《文苑英华》，中华书局，1966，第 8 页。

2 姜亮夫：《文学概论讲述》，《姜亮夫全集》第 21 册，云南人民出版社，2000，第 157 页。

中书制诰：北省、翰苑、南省、宪台、卿寺、诸监、馆殿（附：监官）、环卫、东宫、王府、京府、诸使、郡牧、幕府、上佐、宰邑、封爵、加阶、内官、命妇。

翰林制诰：赦书、德音、册文、制书、诏敕、批答、蕃书、铁券文、青词、叹文。

策问

策：文苑、玄经、将相、宁邦、经国、长才、方正、沉谋、雅丽、直言、体用、直谏、茂才、帝王、任官、政化、礼乐、刑法、平农商、历运、宰祥、泉货、边塞、求贤、文学、射御。

判：乾象、律历、岁时、雪雨、傩、水旱、灾荒、礼乐、乐、师学、勤学、惰教、师殁、直讲、教授、文书、书、数、射、投壶、围棋、射御、选举、礼贤、祭祀、丧礼、刑狱、田农、田税、沟渠、堤堰、陂防、户籍、帐籍、商贾、傭赁、封建、拜命、请命、职官、为政、县令、曹官、小吏、继嗣、封袭、袭封、孝感、畋猎、卤簿、刻漏、印鉴、枕钩、军令、衣冠扇、食官、酒、器、炭藁瓦、国城、官宅、墙井、关门、道路、钱帛、玉璧、果木、鸟兽、易卜、病疾、占相妖言、巫梦、杂判、双关。

表：贺登极、贺南郊、尊号、封禅、明堂、后妃、太子、贺赦、贺祥瑞、贺捷、杂贺、迁附、慰贺、宰相让官、节度刺史让官、文官让官、藩王让官、杂让、让起复、辞官、宰相杂谢、藩镇谢官、公卿杂谢、谢亲属加官、谢文章、谢春冬衣（附：禄廪）、谢茶药（附：果子采帛）、节朔谢物（附：宴赐）、谢追赠官丧葬、谢诏敕书慰问、请听政、请劝进及封岳行幸、陈情（附：自叙）、请致仕（附：谢表）、太子公主上请（附：僧请）、请朝觐、杂上请、进文章、举荐、进祥瑞、杂进奉、上礼食、边防（附：屯田仓牧）、刑法、谏畋猎游宴、谏寺观佛像都邑、上封事、杂谏论、遗表。

笺

状：谢恩、贺、荐举、进贡、杂奏、陈请。

檄

露布

弹文

移文

启：谏诤、劝学、荐士、贺官(附：杂贺)、谢官、谢辟署、谢赐赍、杂谢、谢文序并和诗、上文章启、投知、杂启。

书：太子（附：诸王)、宰相、北省、省、节度（附：刺史)、幕职、州县、刑法、谏诤、赠答、文章、边防、祥瑞、医药、劝谕、宗亲、交友、道释(附：隐逸)、举荐（附：铨选)、经史、迁谴、杂书。

疏：封建、行幸、边防、书籍、直谏、选举、刑法、货殖、水旱、杂疏。

序：文集、游宴、诗集、诗序、饯送、赠别、杂序。

论：天、道、阴阳、封建、文、武、贤臣、臣道、政理、释、食货、兄弟、宾友、刑赏、医、卜相、时令、兴亡、史论、杂论[1]。

如此名目繁多的体类，其中许多很难算作是作为体裁类分之文体，与其说是基于文章的体制、体式之体类划分，倒不如说是基于文章之用场和题材之类别名目划分；这样的文章体类厘分，即便在二级文体分类上，也确属烦繁不堪。以赋为例，其二级类目竟然分出了天象、岁时、地类等42类，而且二级类目下还有分类，比如赋体大类之下的二级分类“天象”类之下又分出第三级类目，有天赋、日赋、月赋、星赋、云赋、风赋、雨赋等若干种。有学者将这种“以类相从”的文章体类分法归因于曹丕的“四科八体”说：“曹丕的‘四科八体’说是其文体学的核心，而‘四科’和‘八体’分别代表了两种迥然不

1 参见《文苑英华》“总目”，中华书局，1966，第1—37页。

同的分类方式。‘八体’说属于繁杂琐细的文体分类，这是中国文体分类的主流。历来学者关注的焦点大都在‘八体’之分类，并与陆机《文赋》的‘十体’进行比较，称陆机进一步细分为十体，再到《文心雕龙》三十三类、《文选》三十八类、《文苑英华》五十五类、《唐文粹》十六类、《宋文鉴》六十一类、《元文类》四十三类、《明文衡》三十八类、《文体明辨》一百二十七类等，显示了文体分类日趋繁复的事实。学者常常把曹丕‘八体’作为这一分类方式的起点。”[1] 如此的分类观念及其顺序排列，确实烦琐细碎，但是这也从一个特定的层面说明了《文苑英华》对“以类相从”辑录和类分方法贯彻之“彻底”，并且也显露出传统文体、文类判分中的体用杂混、体用模糊之特点。

《文苑英华》之后的断代总集还有姚铉编的《唐文粹》。这是一部唐代诗文选集，共100卷，只备一代之文体，且不计工拙，不立宗派。姜亮夫认为，《唐文粹》是在《文苑英华》的基础上删汰而成。“所以到姚铉才删汰为《唐文粹》，遂为后世论唐文者的总汇。”[2] 所列的文体有论、议、赋、骚、铭、颂、箴、赞、古今乐章、总诗名、乐府、左调歌、效古诗、古文、序、传录、策、敕书、书、上疏、奏书、表、吊文、碑、记事、记等，与《文苑英华》相比较，删汰和归并了一些相类或相近的文体，加入了一些时文的文体类别或者沿用了当时相关的文体称呼，其中“古文”类别系《唐文粹》首设。姚铉在《唐文粹序》中说：“至梁昭明太子统，始自楚骚，终于本朝，尽索历代才士之文，筑台而选之，得三十卷，号曰《文选》，亦一家之奇书也。”又说：“岂唐贤之文，迹两汉，肩三代，而反无类次以嗣于《文选》乎？”[3] 显然，欲把《唐文粹》比作《文选》后继。

南宋真德秀的《文章正宗》一书，在我们考察传统总集、选本的“选本批评”

1 任竞泽：《〈典论·论文〉文体学思想甄微》，《陕西师范大学学报》（哲学社会科学版）2014年第1期，第96—97页。

2 姜亮夫：《文学概论讲述》，《姜亮夫全集》第21册，云南人民出版社，2000，第123页。

3（宋）姚铉：《唐文粹序》，见曾枣庄主编：《宋代序跋全编》，齐鲁书社，2015，第69—70页。

文体分类观念时不应该忽视。《文章正宗》在文章类分方面化繁为简，分为辞令、议论、叙事、诗歌四类，录《左传》《国语》以下，至于唐末之作，尤其值得一提的是总集之选录《左传》《国语》自是编始，并为后来坊刻古文选本时因袭之。真德秀的《文章正宗》是理学家所选的一部重要选本，在中国传统文体观念和文体分类、辨析方面的功绩在于"四类区分，可云精允。以矫昭明之枉，则一得也"[1]。检索《四库全书总目》，后世受到真德秀《文章正宗》影响或者依《文章正宗》编撰者有：

《文章辨体》……是编采辑前代至明初诗文，分体编录，各为之说。内集凡四十九体，大旨以真德秀《文章正宗》为蓝本。[2]

《文苑春秋》……亦《文章正宗》之屋下屋也。[3]

《郴州文志》……其以命制、纪载、议论、咏歌四类分编，略仿真德秀《文章正宗》之例，所载咏歌内以汉周憬《功勋碑铭》为安康邦作，亦不免沿讹也。[4]

《斯文正统》……其凡例称专以品行为主，若言是人非，虽绝技无取。盖本真德秀《文章正宗》之例，持论可云严正。[5]

因此，可以说《文章正宗》在某种意义上成了一些文集选本体例遵守、借鉴的蓝本，这正说明其在文体批评方面的重要价值与贡献。此外，宋元之际方回所编的《瀛奎律髓》是一部分类的五、七言体律诗选集，而且是一部选、评、论合一的著作，它虽然是以选本的形式存在，但评论的成分也很多，所以与一般的文学选本不同，《瀛奎律髓》的文体分类诠次，本于《文选》。

---

1 钟泰：《国学概论》，中华书局，1922，第165页。
2（清）永瑢等：《四库全书总目》卷191，见《影印文渊阁四库全书》第5册，第126页。
3（清）永瑢等：《四库全书总目》卷192，见《影印文渊阁四库全书》第5册，第138页。
4（清）永瑢等：《四库全书总目》卷192，见《影印文渊阁四库全书》第5册，第147—148页。
5（清）永瑢等：《四库全书总目》卷194，见《影印文渊阁四库全书》第5册，第190—191页。

明代高棅《唐诗品汇》选诗颇能“别体制之始终，审音律之正变”[1]。就“别体制之始终”而论，其《总序》说:“有唐三百年诗，众体备矣，故有往体、近体、长短篇、五七言律句、绝句等制，莫不兴于始，成于中，流于变，而陊之于终。至于声律兴象，文词理致，各有品格高下之不同。略而言之，则有初唐、盛唐、中唐、晚唐之不同。”[2]这里所言“体制”主要包括不同的诗歌体裁以及初唐、盛唐、中唐、晚唐各种不同类型的艺术风格，体现出明代人体制与风格并重的选诗、评诗倾向。清代姚鼐的《古文辞类纂》以及曾国藩的《经史百家杂钞》，在编选中也注重文体类分，尤其是姚鼐之《古文辞类纂》不仅在分类上遵从《文选》，而且内容上也是承接《文选》不录经史子之文的传统。由此可见，后世文选或者诗选基本上是按照体制、体式进行分类的，而且大多数的文选或者诗选都祖式《文选》，而这些总集和选集，在文体观念、辨体、文体分类等方面都发挥了各自的批评功能。

是否可以说传统文体批评之半壁江山，甚至超过半壁之江山，是由历代的总集、选本、别集、类书、书目打下来的？总之，笔者认为，中国古代总集、选本、书目等所代表的“选本批评”，在文体批评方面是一种强势话语，在一定程度上占据了文体批评的话语制高点，并且使传统诗文评论著中大量存在的文体批评话语，往往因“选本批评”之存在，反倒显得有些湮而不彰。其为文体批评方面的“选本批评”之功矣？过矣？尽可评说之。

1（明）高棅:《唐诗品汇》卷首，上海古籍出版社，1988，第10页。

2（明）高棅:《唐诗品汇》卷首，上海古籍出版社，1988，第8页。

第十章
古代文体分类观念的演变历程

中国自古以来是一个注重和讲究文体的大国，一个文体大国必然也是一个文体论的大国。下面笔者沿着历史的线索，粗略地描述一下文体分类观念的演进状况，据此也可以证明文章体制在中国古代文人和理论家心目中的地位和作用。就文体的类分而言，“文体的分别，始于梁代，繁于宋明，而论定于近代。梁以萧统《文选》为极则，明以吴讷《文章辨体》，徐师曾《文体明辨》为大备，近代以姚鼐《古文辞类纂》，曾国藩的《经史百家杂钞》为正宗。又可知明代以前，诗歌乐府，皆入选录。明代以后，诗文分途。这是文体的大概”[1]。这可看作中国古代文体分类研究的约略史迹和不朽实绩。文体分类实践中的任何变化实际上基于文体观念的变迁，因此可从文体分类实践中也可以反观文体观念的积淀与变迁。分“类”即是在辨“体”，分“类”的内在实质是辨“体”。本章主要结合显性的已经表述为理论的文体分类观念来描述，对于始自《文选》而“成统序”的选本、总集、类书等编纂中蕴含的隐形文体分类观念暂不涉及。

1 薛凤昌：《文体论》，商务印书馆，1931，第 13 页。

第一节　文体初分命名立体的状况

众所周知，在上古之世，文史哲不分，诗乐舞合一，三位一体，在这种浑然一体的大文化形态中，尽管“文学”与“文化”尚难分难解，但是也萌生出散文和诗歌这样独立的文学样式，初步的文体认知或者文体分类的萌芽也出现了。对于文体认知，姜亮夫指出：“文体未立以前，我们决不能说便无这体文章。”[1] 在心为志，发言为诗，自然就有文章产生，但“把人类心情里所表现出来而写在纸上的篇章，论其作用，以类相从，而总以一名，这自然是有了文学若干时期以后的论者所做的事，决不是与篇章同时而生的东西”[2]。按照文学史发展的事实，先是由于现实的需要而产生某种适应现实需要的文体（文章体式），其后这一文体在广泛应用的过程中得到承认和应用，具备该文体的特质，与其他文体相区别，从而被固定下来，成为这一类文章遵循的共同规范，这就叫作“文成体立”。故而应该是立体在先，辨体在后。对于文体分类，郭绍虞指出：“现在人只知道文体分类始于曹丕之《典论·论文》。其实，在曹氏以前，昔人早已注意及此。《毛诗·鄘风·定之方中传》讲到‘九能’，谓：‘建邦能命龟，田能施命，作器能铭，使能造命，升高能赋，师旅能誓，山川能说，丧纪能诔，祭祀能语，君子能此九者，可谓有德音，可以为大夫。’”“假使再从语言方面看问题，那么，‘九能’之说，还是指的古时发言摛文，已有文体分类的胚胎迹象。”[3] 此外，在今天论定的理论上明确进行文体分类的《典论·论文》之前，《诗经》就已将诗歌分为“风”“雅”“颂”三种不同的体制，对于“歌”“诵”“诗”诸体自身的审美趣味与文体特征已

1 姜亮夫：《文学概论讲述》，《姜亮夫全集》21，云南人民出版社，2002，第 100 页。
2 姜亮夫：《文学概论讲述》，《姜亮夫全集》21，云南人民出版社，2002，第 95 页。
3 郭绍虞：《提倡一些文体分类学》，《复旦学报》（社会科学版）1981 年第 1 期，第 2、3—4 页。

有初步的觉察。事实上已经依据了一定的标准对文学（诗歌）对象进行必要的归类，这种编定选集（总集）的方法对后世文选之学具有启示意义。当时的文体意识主要显现在讨论“诗”的下位文体（类）如风、雅、颂以及近似文体如歌、诵等之中，同时还体现在对“文”的体制要求的初步认识中，比如《易·艮》“言有序”、《诗经·小雅·都人士》“出言有章”的朴素理论有人认为是“文法”理论，可以说是文体研究的初始，文体观念的萌芽，是对“文”的体制风格表现之一的语言的要求和认识，一定程度上认识到语言作为文体要素的要求。

此外，《尚书》中也对文章（散文）进行了必要的也是重要的归类，将属于散文这一大类的文章归结为一册，在“书”的总名之下又分为典、谟、训、诰、誓、命等，其中所包含分类依据除了用途之外，恐怕含有体制的成分，否则这种官方的文辞，其用途大致相近，何以区分得如此精细：典，主要是帝王的政绩和言论的记载，因被史官奉为经典而得名，典记事多于记言，用语庄重典雅，简朴厚重；谟，是帝王和臣下谟议政事时的谈话记录，它重记言，通篇是对话语录体，绝少记述行状；训，多为贤臣以道谏王的谏言，其特征在于说古道今；诰，是在众人相会时发表的讲话，亦可作为祷神之辞，诰文往往以问答为主构成一个整体；誓，是用兵征战时鼓励、告诫将士的誓辞，简约而彰著；命，是帝王向臣下发布的命令，先叙功后封赏，其间夹杂着感激、褒奖和勉励的话。对于典、谟、训、诰、誓、命等称名的不同，说明当时已根据用途和体制的不同对官方文辞分别命名分类了，且以形式之微异各别其名称。当然这种命名类分之中可能也包含文学风格的差异，宋代陈骙的《文则》对春秋时代的文体风格作了分类表述，他说：“春秋之时，王道虽微，文风未殄，森罗辞翰，备括规摹。考诸左氏，摘其英华，别为八体，各系本文：一曰命，婉而当；二曰誓，谨而严；三曰盟，约而信；四曰祷，切尔悫；五曰谏，和而直；六曰让，辨而正；七曰书，达而法；八曰对，美而散。”[1]可见春秋之前的文体大多是实用性的文体，其分类已经呈现出细密化的倾向。

一般认为，关于目录学意义上的文体类别的区分，源始自《七略》。《七略》等是汉代重要的目录学著作，其在中国文化史上的意义正如章学诚所言具有“辨章学术，考镜源流”[2]的作用。大略而言，从刘向的《别录》到刘歆的《七略》，再到班固的《汉书·艺文志》，都包含了一定的学科意识，对文学这一门类有很多重要的看法，其间关于文体的著录也确实反映出著者的文体观念，而“考镜源流”的学术思想和方法，对汉魏六朝的文学批评、总集的编纂产生了影响，文体辨析的学术渊源由此发端。

总体而言，文体辨析往往是从名称的确立和渊源的追溯开始。从文化渊源上讲，这种也许源自于当时“正名”的传统。《论语·子路》提出的“名不正，则言不顺”的命题说明那一时期或者此前，人们是十分重视对事物的命名的，称名辨异，通过名称区分不同事物，这种思想或者思维可以看作是中国古代文体“命名立体”的哲学基础和思维惯例。每一种文体的命名或者确立规则隐含的意图是对文体已经认识到的特征作出具有普遍意义的概括。在文体论发展的过程中，命名、释名、正名成为中国古代文体辨别的逻辑顺序和思维惯例。比如，汉代蔡邕《独断》一书，辨析和记述的文体有策书、制书、诏书、章、奏、表、驳议、上书等类，每一种文体都从名称之来源、本义的分辨说起，并说明该文体的使用对象和范围。从文体论的角度看，其所考辨的并非文体，并非专门的辨析文体的著作，而且对文体的辨析也不全。因为从有汉一代见于《后汉书》著录的文体看，已远远超过了这几类，至少名称远多于此。比如《后汉书·桓冯列传》中说冯衍“所著赋、诔、铭、说、《问交》、《德诰》、《慎

1（宋）陈骙、（宋）李涂著，王利器校点：《文则·文章精义》，人民文学出版社，1960，第37页。

2（清）章学诚：《校雠通义·自序》，见王重民通解：《校雠通义通解》，上海古籍出版社，1987，第1页。

情》、书记说、自序、官录说、策五十篇”[1]。《班彪列传》中记载班固“所著《典引》、《宾戏》、《应讥》、诗、赋、铭、诔、颂、书、记、论、议、六言，在者凡四十一篇”[2]。《后汉书·郑孔荀列传》谓孔融“所著诗、颂、碑文、议论、六言、策文、表、檄、教令、书记凡二十五篇”[3]。约略统计有文体三十余种，真可谓文体业已大备。而《后汉书·蔡邕列传》称其“所著诗、赋、碑、诔、铭、赞、连珠、箴、吊、论议、《独断》、《劝学》、《释诲》、《叙乐》、《女训》、《篆势》、祝文、章表、书记，凡百四篇，传于世”[4]。可以见出，在蔡邕的时代，仅他本人就掌握了很多种文体并能自如地进行写作。在文体学史上，蔡邕的研究使文体学从混沌开始走向明晰，其《独断》在论述汉代的典章仪礼制度时，也论及当时朝廷公文的主要文体的分类、功用、做法及格式。对天子言群臣的下行文体如策书、制书、诏书、戒书和公卿百官上天子的上行文体如章、奏、表、驳议等进行了十分细微的区别，对同为“书”的文体细分为策书、制书、诏书、戒书等。学界普遍认为蔡邕及其《独断》在文体学创立中具有起始意义。[5]

值得注意的是，史书对文学行为的记载和文体的著录，本身便含有辨析的意思。比如《后汉书·文苑列传·高彪传》记载高彪“校书东观，数奏赋、颂、奇文，因事讽谏，灵帝异之。时京兆第五永为督军御史，使督幽州，百官大会，祖饯于长乐观。议郎蔡邕等皆赋诗，彪乃独作箴曰”[6]，祖饯之会，作诗送人是常例，但高彪却不作诗独作箴。箴者，诫也，吴讷《文章辨体序说》载：“箴是规讽之文，须有警诫切劘之意。”[7]可见在同一场合基于不同目的和需

1（南朝宋）范晔：《后汉书》卷28下《冯衍传》，中华书局，1996，第1003页。

2（南朝宋）范晔：《后汉书》卷40下《班彪列传》，中华书局，1996，第1386页。

3（南朝宋）范晔：《后汉书》卷70《郑孔荀列传》，中华书局，1996，第2279页。

4（南朝宋）范晔：《后汉书》卷60下《蔡邕列传》，中华书局，1996，第2007页。

5 刘跃进指出：“从蔡邕《独断》到萧统《文选》，前后绵延三百多年，中国文体学最终得以确立。”见《秦汉文学论丛》，凤凰出版社，2008，第147页。

6（南朝宋）范晔：《后汉书》卷80下《文苑列传》，中华书局，1996，第2650页。

7（明）吴讷、徐师曾撰，于北山、罗根泽校点：《文章辨体序说·文体明辨序说》，人民文学出版社，1962，第78页。

要，人们会采用不同的体式来表达他们的思想和情感。《诗经·鄘风·定之方中》毛传讲到君子有“九能”[1]，其中就包含着什么场合使用不同才能，也包含不同场合使用不同文体、不同文体使用于不同场合的意思。笔者认为，这种行为本身就包含了很强的辨体意识和类分观念。此外，《汉书·艺文志》中有一个重要的值得注意的现象，这就是专列《诗赋略》以与《六艺略》和《诸子略》相区别，其间体现出汉代人关于诗赋的认识。除了理论上的这种探讨，在实践上也有自觉的文体的分类，比如司马迁《史记》中的八书、十表、十二本纪、三十世家、七十列传的编目，所谓“书”“表”“纪”“传”等就明显体现出以“体”分类、以体立目的意识。其中虽然没有明确的文体辨析，但通过具体的写作实践隐性地呈现出体类意识。薛凤昌《文体论序》指出：“汉魏以上之文多创体，汉魏以下之文多因体。”[2]汉魏以上的文章，无所依傍，的确是戛戛独造，多为自然成文，“文成体立”，命名立体，即先有文章而后才有文体规范，所以文体规范是在实践中逐步确立的，文体意识、文体观念只是隐约的呈现而已，比较粗略的文体分类观念表现出朦胧的辨体意识，而这种辨体意识的最鲜明标志就是命名，文体名称的差异，把一种文体命名为A而不是B，体现了人们对文体认知的不同。

总之，正如有学者指出的，“我国古人对于文学的观念是很不明晰，先秦时代，所谓的文学，即指一般的学术而言，两汉有文学文章之分。魏晋以来，论文者日多，体制渐备；文笔之称，始于当时，然对于文学观念的深入探讨，文笔分辨的严密，以及对于文学理论的进一步研究，则有待于南朝。”[3]

1（唐）孔颖达：《毛诗正义》卷3《鄘风·定之方中》，见（清）阮元校刻：《十三经注疏》，中华书局，1980，第316页。

2 薛凤昌：《文体论》，商务印书馆，1931，第1页。

3 刘大杰：《中国文学发展史》（上），上海古籍出版社，1982，第287页。

第二节　文体分类研核至精的追求

从魏晋到南朝，文学与理论均讲求文词华美，文思的过程得到前所未有的重视，文体理论得到前所未有的发展，论文叙笔，探求文理，成为这一历史时期意识形态领域的突出特征。理论的发展和文集的汇纂实践都对文体的要求、选择和创造提出了新要求，呼应这些新要求，文体理论进入了一个新境界。这一新境界的产生有其重要的时代背景，这就是经史子集四部分类局面的形成，关于文学的讨论实际上是在“文章”这一从经部、史部、子部等类分出来“集部”的范围内展开。

魏晋六朝时期，各种文章体裁都从最初较为简朴粗糙的形态发展起来，技巧、表现方法上丰富多样起来，体式与目的功用发生了变化，有的甚至已经变得面目全非。为文学理论概括、抽象、判断与总结提供了大量的素材，在玄学、佛教思维的影响下，这一时期文学理论取得了空前绝后的成就，对文体的专门研究成为这一历史时期重要的理论成就之一，其中的代表著作有桓范的《世要论》、挚虞的《文章流别论》、陆机的《文赋》、李充的《翰林论》、刘勰的《文心雕龙》、任昉的《文章缘起》和萧统的《文选》等。值得注意的是，曹丕《典论·论文》、挚虞《文章流别论》、陆机《文赋》、刘勰《文心雕龙》、萧统《文选》等均在“文”或“文章”的总名之下，实际上是对“自诗赋下”的文体进行编集、分类、辨体。总体上是先进行了类分，然后对各体（类）进行了或详或略的考察，分类在先，详辨在后。“辨体”的观念从属于“分类”的观念。

尽管文体研究从汉代就已经开始了，但中国古代关于文体研究的专书，迟至晋代李充的《翰林论》、挚虞的《文章流别论》才出现。其时文章体式已经有了较多的种类，可以说后世许多文类已经初具规模，体制大备，有必要进行理论上的总结和辨析。“《文章流别集》纂录汉、魏文章，其《论》疏理众体，品鉴文章之优劣，乃华夏全面整理文章之第一人，《文心》《文选》皆继之而作；且其长于翰墨，兼擅众体，《文心》遂置诸西晋大家之列。”[1] 挚虞的《文章流别集》的“论”，即《文章流别论》，被视作《文心雕龙》《文选》文体思想的先导和源泉。《隋书·经籍志》更是对其启示意义给予很高的地位，认为是总集编者和文章作者的轨道和法则，言“是后文集总钞，作者继轨。属辞之士，以为覃奥，而取则焉”[2]。尽管这种研究已远远落后于文体发展的实践，然而文章整理行为和这两部专书出现的意义却非同小可。日僧遍照金刚《文镜秘府论》中引用刘善经《四声指归》曰：“李充之制《翰林》，褒贬古今，斟酌病利，乃作者之师表。”[3] 钟嵘对挚虞的《文章流别论》评价说：“挚虞文志，详而博赡，颇曰知言。”[4] 颜延之说：“挚虞《文论》，足称优洽。”[5] 姜亮夫以为“到晋太常卿挚虞撰《文章流别》，可算是此学（指文体分类，引者注）嚆矢”[6]。可见它的出现是文体研究的标志性著作。

然两书散佚日久，业已难窥全貌，现有辑佚十多条。从现存资料看，挚虞的《文章流别论》在中国古代文学批评史上首次明确地使用了“流别”一词并以之标目，自此以后，探讨每一种文体的渊源和流变成了中国文体学研究的重要传统和方法。仅就《文章流别论》而言，现存的佚文就对颂、赋、七体、箴等体进行了“溯流别”的工作，对每种文体均从性质、同异、流变及体制特点等方面加以考察。《四库全书总目·总集类序》说：“体例所成，以挚虞《流别》

1 邓国光：《挚虞研究》，学衡出版社，1990，第13页。

2（唐）魏徵、令狐德棻：《隋书》卷35《经籍志》，中华书局，1973，第1089页。

3［日］弘法大师原撰，王利器校注：《文镜秘府论校注》，中国社会科学出版社，1983，第73页。

4（南朝梁）钟嵘著，陈廷杰注：《诗品注》，人民文学出版社，1961，第4页。

5（南朝宋）颜延之：《清者人之正路》，见（清）严可均编：《全上古三代秦汉三国六朝文》，中华书局，1958，第2637页。

6 姜亮夫：《文学概论讲述》，《姜亮夫全集》21，云南人民出版社，2002，第117页。

为始。”[1]挚虞确立的体例及方法对后世影响很大，比如《文心雕龙》就十分注重“原始以表末”，即注重叙述各体文章的产生和演变，其他的文体学论著更是基本祖式《文心雕龙》，故在“溯流别”的方法上具有一脉相承之处。比如《四库全书总目》谓明黄佐撰《六艺流别》凡二十卷，“是书大旨以六艺之源皆出於经，因采摭汉、魏以下诗文，悉以六经统之。凡诗之流五，其别二十有一……分类编叙，去取甚严。其自序言：‘欲补挚虞《文章流别》而作。’”[2]又明朱荃宰撰《文通》，凡三十一卷，“取古今文章流别，及诗文格律，一一为之条析。盖欲仿刘勰《雕龙》而作。”[3]明代张溥《汉魏六朝百三家集·挚太常集·题辞》说：“《流别》旷论，穷神尽理，刘勰《雕龙》，钟嵘《诗品》，缘此起议，评论日多矣。”[4]尤为值得一提的是，挚虞不仅对不同文体类别加以比较，而且还比较区分同一类文体下面的不同形态，比如指出“哀辞者，诔之流也”，但哀辞“率以施于童殇夭折，不以寿终者”，这是由于童殇者无德行可述，故此又不像诔文那样主要叙述死者的德行，而仅“以哀痛为主，缘以叹息之辞”[5]。如此一来，把两种同出于一源的文体关系简明而扼要地辨析清楚了。挚虞还把辞赋分为“诗人之赋”和“辞人之赋”，将源于《骚》的赋和汉人注重铺陈的赋加以比较，并说明前者“以情义为主，以事类为佐”，后者“以事形为本，以义正为助”[6]。

至于李充的《翰林论》，《隋书·经籍志》“总集类”载：“《翰林论》三卷，李充撰，梁五十四卷。”[7]除了没有“志”而外，基本体制是仿《文章流别集》的，

1（清）永瑢等：《四库全书总目》卷186，见《影印文渊阁四库全书》第5册，第1页。

2（清）永瑢等：《四库全书总目》卷192，见《影印文渊阁四库全书》第5册，第141页。

3（清）永瑢等：《四库全书总目》卷197，见《影印文渊阁四库全书》第5册，第272页。

4（明）张溥著，殷孟伦注：《汉魏六朝百三家集题辞注》，中华书局，2007，第150页。

5（晋）挚虞：《文章流别论》，见（清）严可均编：《全上古三代秦汉三国六朝文》，中华书局，1958，第1906页。

6（晋）挚虞：《文章流别论》，见（清）严可均编：《全上古三代秦汉三国六朝文》，中华书局，1958，第1905页。

7（唐）魏徵、令狐德棻：《隋书》卷35《经籍志》，中华书局，1973，第1081页。

当与挚虞《文章流别论》之体例相近。宋代王应麟《玉海》引《中兴书目》，有“《翰林论》三卷，凡二十八篇，论为文体要”之语，可见其确是议论了文体工拙，“乃作者之师表”[1]。从残存的片段来看，他以“褒贬古今，斟酌病利”的态度和原则来辨析文体，该书揭示各种文体的特征和要求，间或推究文体的起源。《全晋文》中辑录其有关文体起源的说法，比如“在朝辩政而议奏出”，认为“奏”和“议”两种文体是朝廷辩论政务的产物；又比如“研求名理而论难生焉”，认为“论”“难”两种文体产生于研讨、探求名理的活动；他又说“盟檄发于军旅”，意谓“盟”和“檄”产生于军旅战事。从现存佚文看，李充将文体分为十四类。在文体分类上面，李充可以视作一个重要的过渡角色。刘勰《文心雕龙·序志》云：“《翰林》浅而寡要。”[2]提到了六位前代的文论家，其中就有李充。此外，梁代任昉的《文章缘起》[3]记载了从先秦到晋代的作家作品及各种诗文体制，是文体学史的重要文献，其中包括了诗、赋、诏、策、表、书等八十四种文体，论述了诗、文、骚、赋等各种文体起源，共八十五题，可谓博也。

这些是《文心雕龙》产生之前的情况，《文心雕龙·序志》对这一时期产生的文学理论著作作出评价：“魏典密而不周，陈书辩而无当，应论华而疏略，陆赋巧而碎乱，流别精而少功，翰林浅而寡要。”[4]认为曹丕的《典论·论文》细密而不周全，曹植的《与杨德祖书》善于思辨但不够恰当，应玚的《文质论》文采华美而有些粗略，陆机的《文赋》虽然精巧纤细但显得细碎而杂乱，挚虞的《文章流别论》精辟而少有使用价值，李充的《翰林论》既浅薄又没突出要点，都有“各照隅隙，鲜观衢路”[5]之不足。尽管如此，《文章流别论》在中国

1［日］弘法大师原撰，王利器校注：《文镜秘府论校注》，中国社会科学出版社，1983，第73页。
2（南朝梁）刘勰著，范文澜注：《文心雕龙注》卷10《序志》，人民文学出版社，1958，第726页。
3 一名《文章始》，今存有佚文。
4（南朝梁）刘勰著，范文澜注：《文心雕龙注》卷10《序志》，人民文学出版社，1958，第726页。
5（南朝梁）刘勰著，范文澜注：《文心雕龙注》卷10《序志》，人民文学出版社，1958，第726页。

文体研究中的地位是重要的，其较之《典论·论文》与《文赋》对文体区分更细，对各种文体之源流考察与风格特征分析、阐释、议论更详，反映出魏晋人对文体特征的认识较此前更加深刻，在前人文体研究成果的基础上又有继承和发展。

《典论·论文》与文体学相关的是它明确地提出了不同体类文章之不同体性辨识问题。《典论·论文》中关于文体的论述是："夫文本同而末异，盖奏议宜雅，书论宜理，铭诔尚实，诗赋欲丽。"[1] 此为四科八体（类）之说，明确根据风格辨别文体类型。其分类建立在"文本同而末异"的认识基础之上。关于"文本同而末异"，后世阮元总结为"自周以来，体格有殊，文章无异"[2]，在理论上明确承认了文章"体格有殊"的情况。在这里，曹丕一方面指出文章具有共同的本质和共同的法则，本质是相通的，这是文章的共性，同时又指出其"末异"，这种"末异"主要表现为文章因题材、内容、功能上的差别而在表现形式、表现方式上具有各自不同的特点，主要指的是文章体类的个体差异性。但对于此段话中八体之"体"所代表的意义，认识不尽一致[3]。今从詹福瑞"体类"说[4]。这里曹丕所论除了涉及风格之外，似乎已经触及了不同文体的体式特点，而且是以体裁功用来推究各类体裁应具备的风格，值得注意的是，从文体功用出发来归结、总结文体的特点，是曹丕划分文体也是魏晋南北朝文章辨体的一个认识出发点，是一种思维结构也是一种理论结构。刘勰《文心雕龙》延

1（三国魏）曹丕：《典论·论文》，见（南朝梁）萧统编，（唐）李善注：《文选》卷 52，上海古籍出版社，1986，第 2271 页。

2（清）阮元：《四六丛话后序》，见（清）阮元撰，邓经元点校：《揅经室集》（下），中华书局，1993，第 739 页。

3 大多数的学者认为，"雅""理""实""丽"是指风格的差别。比如张少康就认为："曹丕分文章为四科八种，而这四科的'末异'，以'雅''理''实''丽'来区别，这是一种风格上的不同。"见《中国文学理论批评史教程》，北京大学出版社，1999，第 97 页。詹锳认为其中的"体"字，"大致指风格而言。"见（南朝梁）刘勰著，詹锳义证：《文心雕龙义证》中，上海古籍出版社，1989，第 1010 页。也有学者认为这里的"体"兼指文章的体裁与风格，"这里的'体'不仅指奏议、书论、铭诔、诗赋四科的体裁，而且兼指四科的雅、理、实、丽的风格。"见钱仓水：《文体分类学》，江苏教育出版社，1992，第 2 页。

4 参见詹福瑞：《古代文论中的体类与体派》，《文艺研究》2004 年第 5 期，第 63 页。

续而为“释名以章义”[1]，从《明诗》之“诗者，持也，持人情性”[2]，《诠赋》之“赋者，铺也，铺采摛文，体物写志也”[3]，《颂赞》之“颂者，容也，美盛德而述形容也”“赞者，明也，助也”[4]，《铭箴》“铭者，名也，观器必也正名，审用贵乎盛德”“箴者，针也，所以攻疾防患，喻针石也”[5]等说法可以看出，他在揭示各体文章的名称、性质时，大多都从文章的功用着眼，形成了独自的论说体系，贯穿其间的文体功用认识与文体风格的关系是比较明显的。李充的《翰林论》残篇中作者对各体文章的产生与其所应遵从的写作风格也是联系在一起论述的。比如“容象图而赞立，宜使辞简而义正”“研核名理，而论难生焉，论贵于允理，不求支离”“在朝辨政而议奏出，宜使远大为本”[6]之说，都体现了这种文体功用的观念。可见，文体功用观念是这一时期文体研究的一个理论基点，也是文体分类的一个基点。

尽管曹丕对文体分类的辨析还比较简略，但是能在全面把握文体发展状况的基础上，比较概括性地归纳出了几种主要类型及其特征，使文体分类及特征的研究发展到了一个全面综合研究的状态和阶段。曹丕用简约精当的语言概括了两种文体的“文类”特征，使四科、八目之分有力地勾勒出当时文章众体在大类上的界线，这里的“科”具有了“类”的意义，超脱了单一文类而具有相当的概括性。当然，《典论・论文》在文体分类上的意义还不仅限于此，“诗赋欲丽”和“书论宜理”等文体论思想，已有区分文学与非文学作品在文体上不同的意思，在一定意义上基本上划清了当时和后世通行的广义的文学体裁和两汉所说的诸子、六艺类的界限，已经有区别散体、韵体的隐含意思，魏晋南北

1（南朝梁）刘勰著，范文澜注：《文心雕龙注》卷10《序志》，人民文学出版社，1958，第727页。

2（南朝梁）刘勰著，范文澜注：《文心雕龙注》卷2《明诗》，人民文学出版社，1958，第65页。

3（南朝梁）刘勰著，范文澜注：《文心雕龙注》卷2《诠赋》，人民文学出版社，1958，第134页。

4（南朝梁）刘勰著，范文澜注：《文心雕龙注》卷2《颂赞》，人民文学出版社，1958，第156、158页。

5（南朝梁）刘勰著，范文澜注：《文心雕龙注》卷3《铭箴》，人民文学出版社，1958，第193、194页。

6（晋）李充：《翰林论》，见（清）严可均编：《全上古三代秦汉三国六朝文》，中华书局，1958，第1767页。

朝文体辨析的基本思想于此确立。此后，《文章流别论》《文赋》《翰林论》《文心雕龙》巩固和发展了这种文类理论。徐复观认为，魏晋时代的文学自觉，就表现为文体的自觉。[1] 如果确如其所言，曹丕的《典论·论文》在文体论上的创建可以看作“文学自觉时代”的一个实际表征。更为重要的是，“四科八体”的分类使后世真德秀的“四分门”、曾国藩的“三门分”等中国文章分类史上有价值的分类思想和方法均师出有门了。中国的文体研究，起点还是比较高的，“从一开始，就形成了比较完整的文体论形态”[2]。

此后，陆机的《文赋》又罗列十体文章体式，认为“诗缘情而绮靡，赋体物而浏亮。碑披文以相质，诔缠绵而悽怆。铭博约而温润，箴顿挫而清壮。颂优游以彬蔚，论精微而朗畅。奏平彻以闲雅，说炜晔而谲诳”[3]。这对于《文心雕龙》的文体研究具有重要的意义。陆机的《文赋》不仅在曹丕分文章为四科八体的基础上把文章的体式扩展到了十类，而且对每一种文体的解释，也不像曹丕仅以一字蔽之那样显得简单而笼统，而是对曹丕认为具有同一风格特点的两类文体再加辨析，进而又比较出各自不同的特点，显现出对文体的认识更加细密、缜密了。这里比较一下曹丕和陆机关于诗赋的说法，曹丕说“诗赋欲丽”，这是对诗、赋二体共有特性的揭示，陆机则分辨出诗重在“缘情”而赋重在“体物”的不同，由此决定它们各自的体裁风格特点，前者是“绮靡”，后者是“浏亮”。可见，陆机对文体认识的深入实际上表现为他对不同文体特点的比较辨析深化了，故此而有人认为，“陆机的理论，已构成了文体学体系的雏形”[4]。值得注意的是，曹丕和陆机的文体分类已经脱离了此前文体分类的目录学的框架结构，而是在文学性和风格学层面上来对文体及其特征进行辨析和概括了。

---

1 徐复观：《文心雕龙的文体论》，见《中国文学论集》，九州出版社，2014，第 3 页。
2 詹福瑞：《古代文论中的体类与体派》，《文艺研究》2004 年第 5 期，第 63 页。
3（晋）陆机著，张少康集释：《文赋集释》，人民文学出版社，2002，第 95 页。
4 吴承学：《中国古代文体形态研究》（增订本），中山大学出版社，2002，第 396 页。

到了南朝梁代，刘勰“体大虑周”的《文心雕龙》，问世，更将文体辨析和分类推向了一个新的高度，并且在理论、方法上达到了体系化，所建构起来的文体批评范围形塑了之后的文体批评之基本品相。“其书‘原道’以下二十五篇，论文章体制”[1]，从《明诗》到《书记》，刘勰以二十篇之巨来“论文叙笔”“囿别区分”，论述当时已经出现的各种文体，成为文章体制研究的集大成之作。刘勰对各种文体的论述，大都分为“原始以表末，释名以章义，选文以定篇，敷理以举统”[2]四个步骤，分别加以阐发。其中的“敷理以举统”，重在说明各种文体的写作原则和要领，刘勰往往以“大体”“大要”“大略”等相称。这二十篇文体论被“囿别区分”为有韵与无韵两类，依“文笔”分类，在注重音韵的时代插入了另一个文体的划分原则——押韵。《总术》篇说：“今之常言，有文有笔，以为无韵者笔也，有韵者文也。”[3]文分韵散，这是一种中外古今都有的分类，但分得这样明确、这样细密，却是中国古代文学所特有的，为此，有人认为《文心雕龙》就是一种文体论著作。此种观点首先见于《梁书·刘勰传》，该传记载：“勰著《文心雕龙》五十篇，论古今文体，引而次之。”[4]可见，在时人看来，《文心雕龙》的主旨便是研究文体问题。此外，《南史》谓“彦和撰《文心雕龙》五十篇，论古今文体”[5]。明曹学佺《文心雕龙序》谓“雕龙上廿五篇，铨次文体；下廿五篇，驱引笔术”[6]。曹氏在这里将文体与笔术对举，很明显地是把文体视为文章体制或体类。在他们看来，《文心雕龙》大部分是研究文体的。不唯古人，近代持此论者也不乏其人，其中尤以徐复观的认识为卓异，他认为《文心雕龙》是全面研究文体的论著[7]。他

1（清）永瑢等：《四库全书总目》卷195，见《影印文渊阁四库全书》第5册，第216页。
2（南朝梁）刘勰著，范文澜注：《文心雕龙注》卷10《序志》，人民文学出版社，1958，第727页。
3（南朝梁）刘勰著，范文澜注：《文心雕龙注》卷9《总术》，人民文学出版社，1958，第655页。
4（唐）姚思廉：《梁书》卷50《刘勰传》，中华书局，1973，第710页。
5（唐）李延寿：《南史》卷72《刘勰传》，中华书局，1975，第1782页。
6 杨明照：《文心雕龙校注拾遗》，上海古籍出版社，1982，第736页。
7 徐复观：《〈文心雕龙〉的文体论》，见《中国文学论集》，九州出版社，2014，第4—5页。

对上下篇定性和上下篇之间的关系认定为："文心雕龙的上篇，正是历史性的文体研究，而下篇则正是普遍性的文体研究。因此，下篇才是文体论的基础，也是文体论的重心。"[1]

张相《古今文综·论之体制》："昔者彦和诠论曰：'弥纶群言，研精一理。'载绎其谊，弥纶群言，则作法也；研精一理，则体制也。文事流别，析而弥增，体制之分，代孳异说，要之彦和政、经、史、文之别，卓哉名言，弗可易矣。"[2] 可见，《文心雕龙》确实在文体（体制）理论方面有精到的研究，所谓"研精一理"，也就是有关体制的"理"了，它对于文章体制的论述可谓精到，且承前启后，影响深远。更为重要的是，在晋代挚虞的《文章流别论》、李充的《翰林论》都已亡佚之后，刘勰的《文心雕龙》就成了中国现存的南朝关于文章体制和源流的唯一重要的著作，也是关于这一问题的重要历史文献，其在文体学研究和文体源流演变方面的意义也就非同一般了。当然，今人一般认为《文心雕龙》是一部体系完备的文学理论著作，决非仅仅是一部文体论著作，但其对于文体的论列确实是比较详尽和精到的，这也是值得重视的。薛凤昌认为《文心雕龙》其书："考究源流，评论得失，的是辨别文体中最完备的书！"[3]"刘彦和《文心雕龙》的上篇，辨析源流，别裁同异，差不多是文体论的祖范，后世自不得不奉为金科玉律。论文诸家，都从此胚胎而出，这又不可不知的。"[4] 周振甫甚至认为，"没有文体论，就没有创作论、鉴赏论等，也没有文之枢纽，没有《文心雕龙》了，所以文体论在全书中是很重要的部分。"[5] 总体而言，刘勰的《文心雕龙》关于文体产生与演变过程的论述，对于各体文学名称所作的说明，对于各体文学写作特点与风格论述以及对文章优劣的评价，都

---

1 徐复观：《〈文心雕龙〉的文体论》，见《中国文学论集》，九州出版社，2014，第 5 页。

2 张相撰录：《古今文综》第 1 部，中华书局，1936，第 1 页。

3 薛凤昌：《文体论》，商务印书馆，1931，第 7 页。

4 薛凤昌：《文体论》，商务印书馆，1931，第 13—14 页。

5 周振甫：《文心雕龙今译》，中华书局，1986，第 49 页。

是卓绝于当世并垂范后昆的，有着十分重要的理论意义和实践意义。更为重要的是，《文心雕龙》中作为文学本体的“道”是由人文—人心—文体一步步向下落实，落实到具体的、可以把握的“文体”之中的。《文心雕龙》笼罩群言，无所不包，并将纷乱的文体纳入一个体系之中，使文体的分类比较科学；追根溯源、原始表末，对文体发展史进行了精细的考察，比较详赡地勾勒了文体的演变，并“选文以定篇”，选出每种文体在各个阶段的代表性作家与作品，对文体的规范进行了厘定，确立了文体的写作范式和风格特点。当然也有人对《文心雕龙》的文体研究提出异议，比如现代作家老舍在《文学概论讲义》中就曾这样认为：“刘勰只是总集前人之说，给他所知道的文章体格，一一的作了篇骈俪文章，并没有什么新颖的创见”，“细分文体，而没有认清文学的范围。……《文心雕龙》并不是真正的文学批评，而是一种文学源流、文学理论、修辞、作文法的混合物。它的好处是把秦汉以前至六朝的文说文体全收集来，作个总结。”[1] 老舍此言，带有当时的时代烙印，以及他自己作为现代新文学作家的认知特点。

刘勰的文学观念建立在宗经的基础之上，主张各体文章源出《五经》。这种认识，上承了傅玄、任昉等人。傅玄曾说：“《诗》之《雅》《颂》，《书》之《典》《谟》，文质足以相副，玩之若近，寻之益远，陈之若肆，研之若隐，浩浩乎其文章之渊府也。”[2] 任昉《文章缘起序》也说：“《六经》素有歌、诗、书、诔、箴、铭之类。”[3]《颜氏家训·文章》篇：“夫文章者，原出《五经》：诏命策檄，生于《书》者也；序述论议，生于《易》者也；歌咏赋颂，生于《诗》者也；祭祀哀诔，生于《礼》者也；书奏箴铭，生于《春秋》者也。”[4]《文心雕龙·宗经》：“故论说辞序，则《易》统其首；诏策章奏，则《书》发

1 舒舍予：《文学概论讲义》，北京出版社，1984，第20、22页。
2（宋）李昉等：《太平御览》卷599《文部》15，中华书局，1960，第2697页。
3（南朝梁）任昉撰，（明）陈懋仁注：《文章缘起注》，中华书局，1985，第1页。
4（北齐）颜之推撰，王利器集解：《颜氏家训集解》（增补本），中华书局，1993，第237页。

其源；赋颂歌赞，则《诗》立其本；铭诔箴祝，则《礼》总其端；纪传盟檄，则《春秋》为根：并穷高以树表，极远以启疆，所以百家腾跃，终入环内者也。”[1] 刘勰将文章的最终之体，追溯到《五经》所代表的五种基本写作体式，认为不管时代如何变化，文章如何兴废，都离不开这五种基本的体式，这就是文之所宗。从哲学上来讲，万变不离其宗，刘勰这样对文章体制、体式进行追本溯源式的认识，认为经的体制、体式本性就是后世文章遵循的规矩和范式。

刘勰《文心雕龙》用了大量的篇幅来论述文体。一方面阐述了各种文体的发展源流，概括其功用、体制特点，提出“敷理以举统”“纲领之要”等重要的文体理论；一方面指出写作要顺自然之势，即按不同的内容、思想感情来确定文体，并按文体的特征和表现形式形成独特的风格，这就是所谓的“因情立体，即体成势”[2]。所谓“立体”，就是确立某一体裁作品的规格要求和风格要求。《文心雕龙》中属于文体论的各篇之中，对于每种体裁的文章的规格要求和风格要求，都作了较为详尽的论述。同时，他还认为各种文体可以取长补短、相互渗透、融为一体，但每种文体又有其“本采”，有主导的风格，即所谓“五色之锦，各以本采为地矣”[3]。不难看出，刘勰的《文心雕龙》不仅体大、思深、虑周，而且对文体作了十分全面完整的阐述区分。

就方法论而言，刘勰在《文心雕龙·序志》用四句话提出了成熟的文体研究方法。“释名以章义”，诠释体裁的具体概念，对各体文章的名称进行了确切的说明，彰显了其内在本质。“原始以表末”，溯求体裁起源，叙述其演化脉络，展示其发展、嬗变的规律和趋向，是从历史的向度对各体文章的沿革进行的追溯。“选文以定篇”，选择规范的文本作为读写的借鉴，论述各体文章作家作品

1（南朝梁）刘勰著，范文澜注：《文心雕龙注》卷1《宗经》，人民文学出版社，1958，第22—23页。
2（南朝梁）刘勰著，范文澜注：《文心雕龙注》卷6《定势》，人民文学出版社，1958，第529页。
3（南朝梁）刘勰著，范文澜注：《文心雕龙注》卷6《定势》，人民文学出版社，1958，第530页。

的成败得失以资借鉴。“敷理以举统”，通过阐述具体做法，标举体裁的模式和体统。这套方法既涉及了文体历史演化，又涉及了体统承传，还有对现实体裁的诠释，并以规范的文本作为例证，既有历史的维度，又有现实的考量，纵横交织，全面周详，是一种综合性的文体研究方法。这不仅是文体研究的重要程序，也是文体分类的基本方法。刘勰正是以这种文体分类的基本依据，确立了文体分类的条理，从而建立了具有比较严密理论体系的文体分类。《文心雕龙》中刘勰就是用这套方法来系统辨析他所要论到的各种文章体裁和体类。兹举《颂赞》[1]篇以资说明：自“昔帝喾之世”起，至“相继于时矣”止，此原始以表末也。“颂者容也”二句，释名以章义也。“若夫子云之表充国”以下，此选文以定篇也。“原夫颂惟典雅”以下，此敷理以举统也。再举《明诗》[2]篇以为示例：自“大舜云”起，至“莫非自然”，此释名以章义也。“昔葛天氏乐辞云”起至“其来久矣”，原始以表末也。“自商及周”起，至“而纲领之要可明矣”，选文以定篇也。以下为敷理以举统。就此两例来看，都综合性地运用了这套方法。正是基于这样一种综合性的文体研究方法，《文心雕龙》中体现的文体辨析思想与六朝其他人、其他著作相比较，更加缜密细致，代表了魏晋南北朝文体论的最高成就。

魏晋南北朝时期，基于文体的完备和文体观念、文体批评的自觉，文论家们对文体的研究成为中国文学批评史上一个特别显著的现象。除了以上论及关于文体批评的撰述或文学之外，还有一些著作亦表明当时文体批评的盛况，关于这种状况，阮元总结为：“考夫魏文《典论》，士衡赋文，挚虞析其流别，任昉溯其原起，莫不精严体制，评骘才华，岂知古调已遥，矫枉或过，莫守彦和之论，易为真氏之宗矣。”[3]刘师培云：“汇而观之，足知晋代名贤于各体文章研

1（南朝梁）刘勰著，范文澜注：《文心雕龙注》卷2《颂赞》，人民文学出版社，1958，第156—159页。
2（南朝梁）刘勰著，范文澜注：《文心雕龙注》卷2《明诗》，人民文学出版社，1958，第65—68页。
3（清）阮元著，邓经元点校：《四六丛话后序》，见《揅经室集》（下），中华书局，1993，第740页。

核至精，固非后世所能及也。”[1]然六朝文体批评及理论建构的意义又绝不仅此，文体问题的讨论在更深的层面来追究，实质上是文学观念的表征，这里略而不论。

第三节　文体分类至繁趋简的走向

有唐一代，诗文兼胜，骈散并驱，且已至佳境，而小说和词则初现丰姿，文学批评的形式和文体也呈现出多样化的趋势，在专门的论著和传统的经史批评之外，尚有总集选本类书之以编选论诗、以诗论诗、诗话、文话衡文论诗，甚至还出现了以笔记形式论文论诗的体式。在此境况之下，文体批评辨析也时有人涉及，片言只语的精要之论更是屡屡见于各种文献，但文体论的集大成之作还是出现在中国文体理论批评进入集大成阶段的明清两个朝代。在明代人的著述中，所涉文体可谓至繁，所论文体则至细至精，所涉及体裁、样式、格律等文体的内部问题，是一个趋于精致化的阶段。对于文体分类而言，唐以后诗文分途发展，诗论文论分途演进，但是诸如《文苑英华》之类的类书，还是诗文并收，文体类别至繁，甚至走向极端，“每体自为一类”，可谓“博”也；而至明清之时，一些文集和著作多专意于“文”（散文），一改此前以诗赋为先、诗赋为主体的状况，在一类文体中进行进一步的分类，在趋向简约中呈现出归类的倾向，可谓“约”也，但又将中国文学的重要大类诗歌、经史排斥在外，“约”的问题解决了，“博”的问题却凸显了出来。

在文体和文体论发展的过程中，宋代严羽的诗歌“体制”研究具有转折性的意义。严羽《沧浪诗话》正式列出《诗辨》一篇，提出“诗之法有五：曰体制，曰格力，曰气象，曰兴趣，曰音节”[2]。从形式格律、文学风格方面来研究

---

1 刘师培：《中国中古文学史·论文杂记》，人民文学出版社，1959，第69页。

2（宋）严羽著，郭绍虞校释：《沧浪诗话校释》，人民文学出版社，1961，第7页。

诗歌，专门区分并说明历代诗歌的各种体制，其分类之详细和完备，“诗体繁赜，大概已具于此。”[1] 严羽这里所辨的“体”实际上包括了诗歌体制和风格两个方面，基本包含了中国古代“体”的基本所指。严羽对辨别诗歌体制非常重视，他曾说：“作诗正须辨尽诸家体制，然后不为旁门所惑。”[2] 还自负地说：“仆于作诗，不敢自负。至识则自谓有一日之长，于古今体制，若辨苍素，甚者望而知之。”[3] 然清代冯班在《严氏纠缪》中对严羽的《沧浪诗话》批评说：“沧浪一生学问最得意处，是分诸体制。观其《诗体》一篇，于诸家体制，浑然不知。”[4] 并且详尽列举诸端其未得关捩之处。这里姑且不论其批评是否得当，但这句话的前一句至少说明严羽在诗歌体制方面是有一定研究的，所提倡的兴趣、气象、格力、音节诸种艺术的因素，都与体制密切相关，且认为体制是由以上诸种艺术因素构成的、标志着作家作品艺术表现上总体特色的统一体。严羽作为中国诗学史上最早以专章形式系统论述诗之体制的批评家，为后世分体的精致化奠定了基础，其开创和集大成之功是不容忽视的。受其影响，后来的诗论家对辨体也较为重视，诸如许学夷的《诗源辨体》，就着重论述历代名家诗歌的体制风貌。

可以说，在文体研究中，自严羽开始就注重体类和体派的研究，但是论成就还是明代人在这方面取得的成就最大。其代表性的作品便是吴讷的《文章辨体》和徐师曾的《文体明辨》。《文章辨体》和《文体明辨》虽然不及《文心雕龙》的“体大而虑周”，但论及的文学体类确多于《文心雕龙》的三十几类，《文章辨体》涉及文体计五十九类，《文体明辨》达一百二十七类。《文章辨体》以

1（清）许印芳：《诗法萃编》，见《丛书集成续编》202《文学类》，第 332 页。

2（宋）严羽著，郭绍虞校释：《附录　答出继叔临安吴景仙书》，见《沧浪诗话校释》，人民文学出版社，1961，第 252 页。

3（宋）严羽著，郭绍虞校释：《附录　答出继叔临安吴景仙书》，见《沧浪诗话校释》，人民文学出版社，1961，第 252 页。

4（清）冯班著，何焯评：《钝吟杂录》，中华书局，1985，第 66 页。

真德秀《文章正宗》为蓝本，取挚虞《文章流别》之体而有所发明，既是编选各体文章的总集，又是重要的文体论专著。此书通过对各种文体的体制要求、风格特征的辨析，文体源流及变迁的探讨，对不同文体的类分进行了辨析，是真德秀《文章正宗》之后又一部文体论的集大成之作。以古歌谣为首，次古赋，次乐府、古诗、歌行，次文章诸体四十六种，外集则连珠、判、律赋、律诗、排律、绝句、联句、杂体、词曲。在此之后，徐师曾在吴讷的《文章辨体》基础上损益之，乃广其内集为正编，共分一百有一目，广其外集为附录，共分二十六目，定名为《文体明辨》。所辨别文章各体，别为纲领一卷。辨章文体，渐入精深。后世论文的人，差不多皆奉为圭臬。与此前辨别文体的著作相比较，在文体的搜罗上更为完备，仅仅文体就从五十九类增加至一百二十七类，且不胜其繁，对一些罕见的文体，也有收录，如帖子词、乐语、右语、道场疏、青词等都加以罗列和汇集。明人比较重视诗歌体制，许多诗论著作都涉及体制、体格问题，而且更重视诗法等形而下层面。许学夷的《诗源辩体》是明代“辨体”批评的集大成著作，“其书虽论述古人，而源流、正变、消长、盛衰，阐洩详明……宏博精诣，集诗学之大成。”[1] 它除了从理论上进行溯源流、序正变的工作之外，强调了“体制为先”的思想，强调诗歌体制的重要性，强调了艺术形式等规范的要求。《诗源辩体·自序》曰：“诗有源流，体有正变，于篇首既论其要矣，就过不及而揆之，斯得其中。……夫体制、声调、诗之矩也，曰词与意，贵作者自运焉。窃词与意，斯谓之袭；法其体制，仿其声调，未可谓之袭也。”[2] 卷一曰：“诗自《三百篇》以迄于唐，其源流可寻而正变可考也。学者审其源流，识其正变，始可与言诗矣。”[3] 卷三十四之“总论”之第二十六

1（明）恽应翼：《许伯清传》，见（明）许学夷著，杜维沫校点：《诗源辩体》附录，人民文学出版社，1987，第 433 页。

2（明）许学夷著，杜维沫校点：《诗源辩体》，人民文学出版社，1987，第 1 页。

3（明）许学夷著，杜维沫校点：《诗源辩体》，人民文学出版社，1987，第 1 页。

则云："然苟不先乎规矩者，则野狐外道矣。规矩者，体制、声调之谓也。"[1]《诗源辩体》中多言体制、声调，可见出严羽的"诗之法有五"的影响。而且在具体的批评中呈现出"文本批评"的特点，特别注重诗体呈现层面的话语秩序、规范和特征，关注体裁形式的内在规定和艺术风格。

由此可见，有明一代，确实是文体研究方面取得成就的重要历史时期。然而后世对其成就评价并不甚高，主要是因为"明吴讷《文章辨体》分为五十类，后来徐师曾的《文体明辨》分为百有余种，但都是只看到题目便作皮相的分别"[2]，"吴、徐等人只是泛泛地做了一些知识性的介绍，在理论上无所建树，无法与刘勰的文体研究工作相提并论。"[3] 而且"皆苟夸繁富，罕能考核源流"[4]。尽管如此，这一历史阶段在文体理论批评和分类上取得的成就却是不容低估的。

有明一代，在文体理论上还应该注意胡应麟在《诗薮》表达出的文体辨析方法，比如《诗薮·外编》曰："诗与文体迥不类，文尚典实，诗贵清空；诗主风神，文先理道。"[5] 这里的文，指的是散文，不同于刘勰在《文心雕龙》中所说的"文"（韵文）。胡应麟对于散文的关注，在某种意义上显示了中国古代文论家对于唐宋以后文学状况的基本认识，尤其是对散文文体的认识。在文体辨析角度上，胡应麟这种与文体风格相结合的辨析方法在《典论·论文》就已经存在了，只是从先前的诗与文（"韵文"）到关注现在的诗与文（"散文"），这是一个重要的变化。

明代复古思潮的兴起，辨体理论和辨体实践全面开花，辨体的理论意识愈来愈强，出现大量的辨体著作。如《文章辨体》《诗源辩体》等就直接冠以"辨(辩)体"之名，《文体明辨》在吴讷《文章辨体》的基础上损益而成，虽未直接命名

1（明）许学夷著，杜维沫校点：《诗源辩体》，人民文学出版社，1987，第 323 页。

2 姜亮夫：《文学概论讲述》，《姜亮夫全集》第 21 册，云南人民出版社，2002，第 117 页。

3 周勋初：《中国文学批评小史》，复旦大学出版社，2007，第 44 页。

4 钟泰：《国学概论》，中华书局，1922，第 166 页。

5（明）胡应麟：《诗薮·外编》卷 1，上海古籍出版社，1958，第 125 页。

为"辨体"，实为比较直接的辨体之作，"文各标其体，体各归其类，条分缕析"[1]。体制分类非常细致翔实，按照徐师曾本人在《文体明辨序》中的说法："《辨体》为类五十，今（明辨》百有一；《辨体外集》为类五，今《明辨附录》二十有六；进《律赋》《律诗》于《正编》，赋以类从，诗以近正也。"[2]再如《艺苑卮言》《诗薮》《唐音癸签》等虽未以此冠名，但也以辨体为主要内容。总观此一时期的"辨体"观念，分类趋于杂碎，甚至"每体自为一类"[3]的分类模式颇为盛行，"辨体云者，每体自为一类"[4]，分类和辨体似乎合而为一，变成了一回事情，既无需分类又无需归类。"每体自为一类"的观念将文体本位的观念推向了极致，一反真德秀《文章正宗》将古今文辞分为四类，"每类之中，众体并出，欲识体而卒难寻考"[5]，将每一种文体推向无以复加的独立地位，无需在"类"的关系中体现。这种文体分类观念是形成这一时期文体至繁的重要原因。

有清一代，文体分类似乎有由杂芜向简约方向发展的趋势，文体研究由穷尽式博观到追求精当，以简驭繁，这是符合物极必反的哲学规律的，标志着文体分类和研究的成熟。这些分类实践在文体辨析的同时，开始由博返约，从此前的对文体个性认识的"分"，开始注重对文体共性认识的"合"，形成一种新趋向。

清康熙时储欣纂集的《唐宋八大家类选》就把唐宋十大家[6]的散文分为六门三十类：奏疏第一：书、疏、札子、状、表、四六表；论著第二：原、论、

1（明）顾尔行：《刻文体明辨序》，见（明）吴讷、徐师曾撰，于北山、罗根泽校点：《文章辨体序说·文体明辨序说》，人民文学出版社，1962，第75页。

2（明）吴讷、徐师曾撰，于北山、罗根泽校点：《文章辨体序说·文体明辨序说》，人民文学出版社，1962，第77页。

3（明）吴讷、徐师曾撰，于北山、罗根泽校点：《文章辨体序说·文体明辨序说》，人民文学出版社，1962，第9页。

4（明）彭时：《文章辨体序》，见（明）吴讷、徐师曾撰，于北山、罗根泽校点：《文章辨体序说·文体明辨序说》，人民文学出版社，1962，第7页。

5（明）吴讷、徐师曾撰，于北山、罗根泽校点：《文章辨体序说·文体明辨序说》，人民文学出版社，1962，第9页。

6 储欣在茅坤《唐宋八大家文钞》唐宋八大家的基础上增加了李翱、孙樵，为十家。

辩、解、说、题、策；书状第三：启、状、书；序记第四：序、引、记；传志第五：传、碑、志、铭、墓表；词章第六：箴、铭、哀词、祭文、赋。其对中国文学史上除诗歌之外的文章（小说戏剧不在此列）进行的类分，以大类统驭小类，以简驭繁，繁简得中，呈现出“分门别类”的意思。这可能是中国文体分类由博返约的开始，在文体分类上是一个进步，“到清朝桐城姚惜抱先生始约之为十三类”[1]。

此后，清代桐城派古文大家姚鼐取先秦两汉至唐宋之文，编成《古文辞类纂》一书，通过对文章体类的划分、衡选、评点及理论描述，彰显自己的古文主张，历来文章的各种文体都详备于书中。该书把文体分为十三类：论辩、序跋、奏议、书说、赠序、诏令、传状、碑志、杂记、箴铭、颂赞、辞赋、哀祭。在中国文体分类史上，由博返约，该书“辨别体裁，较之明代吴徐各家，尤严而不滥，精而各当。……所有分合出入，皆釐然各当”[2]。《古文辞类纂》在文体分类上以简驭繁，将一些文类进行归类，大类上简约，小类繁富，将同一类的文体放在一起加以概括，收到以简驭繁之功。作为一本关于古文也就是今天所说散文的文选，既涉及实用性的文体，又涉及文学性的文体，其小类之繁富，让人感到要厘清中国古代的文类确实是很难的。但相比较此前的文体分类而言，《古文辞类纂》在文体分类上确有其独特的贡献。姚鼐从辨名实开始，通过对文章源流、功用和体制的辨析，把名异实同的文类归于一类，不仅抓住了一类文章的共同本质，而且注意到了一些文章类别的细微差别。相较而言，姚鼐的分类比起三国曹丕的“四科八体”的包举范围显然有了明显的扩展，对于刘勰、萧统等人的分类又有了明显的收束。

此外，《经史百家杂钞》是曾国藩编纂的一本散文总集。关于体例的承传，本书序例说：“姚姬传氏之纂古文辞，分为十三类。余稍更易为十一类：曰论

1（清）吴曾祺：《涵芬楼文谈》，金城出版社，2011，第16页。

2 薛凤昌：《文体论》，商务印书馆，1931，第11—12页。

著、曰词赋、曰序跋、曰诏令、曰奏议、曰书牍、曰哀祭、曰传志、曰杂记，九者，余与姚氏同焉者也；曰赠序，姚氏所有而余无焉者也；曰叙记，曰典志，余所有姚氏无焉者也；曰颂赞，曰箴铭，姚氏所有余以附入词赋之下编；曰碑志，姚氏所有余以附入传志之下编。论次微有异同，大体不甚相远，后之君子以参观焉。"[1] 从这段自述看，本书的文体分类及归类多承袭《古文辞类纂》的旧例，但小有出入。这种出入除了姚鼐的选本多偏重于文，对经史涉及较少外，更重要的是"曾氏在分类以外，再揭出三门，实为从前所未有。学者可以知文体之大纲，这是最为特色"[2]。这三门分别是：著述门，包括了所分十一类中的论著、词赋、序跋三类；告语门，包括诏令、奏议、书牍、哀祭；记载门包括了传志、叙记、典志、杂记，共计三门十一类。并依类选文定篇，是清末到民国在社会上流传很广、影响较大的又一部有名的古文选读本。毛泽东认为《经史百家杂钞》"是书上自隆古，下讫清代，尽抡四部精要"，经比较指出"姚氏《类纂》畸于文，曾书则二者兼之，所以可贵也"，并对其采用之方法赞誉有加，"其法曰'演绎法'，察其曲以知其全者也，执其微以会其通者也。又曰'中心统辖法'，守其中而得大者也，施于内而遍于外者也。"[3] 显然，这种列"体"归"类"，由"类"入"门"的二级次分类法，有着三分天下文章的大视野，收到了以简驭繁的效果。这一分类排斥诗歌，不收经史，每类之下不设子目，是对古文大类之细分，在门类的分析、综合上趋于合理，各类义界清晰，在排列上含有汇类的意图，次序和类名不可随意颠倒，故而一直被奉为古文分类的经典，"论文体者，莫不以此为圭臬"[4]。

繁杂丛生的中国古代文章体类之众说纷纭的分类纷争在这里结穴，古代

1（清）曾国藩纂：《经史百家杂钞》（上），岳麓书社，1987，第 1 页。

2 薛凤昌：《文体论》，商务印书馆，1931，第 13 页。

3 毛泽东：《致萧子升信（一九一五年九月六日）》，见《毛泽东早期文稿 1912.6—1920.11》，湖南出版社，1990，第 24—25 页。

4（清）吴曾祺：《涵芬楼文谈》，金城出版社，2011，第 16 页。

诗、文文体类分至此呈现出基本论定的状态。但是文体分类问题似乎没有得到最终的解决，因为此种分类方法和观念很难囊括中国古代文体形态的复杂性和交叉性。故而五四之后，中国文章的分类便抛开中国古代文体分类的成熟理论和悠久的历史实践，直接采用西式的分类方法，亦即综合性的“四分法”，整个古代文体分类的纷争遂宣告终结，成为一个历史事件。

如果循着上述历史轨迹，可以看到，中国古代文体是相当繁富的，在笔者上述的罗列中，尚未述及中国古代最重要的文体——诗歌这一种类，如果涉及的话，将更显文体类型的繁富，有令人目不暇接、不胜其繁之感。为适当体现这种情况，兹列举两例以资说明。其一是，在昭明太子萧统编的《文选》之中，在“诗类”之下列了补亡诗、述德诗、劝励诗、献诗、公宴诗、祖饯诗、咏史诗、百一诗、游仙诗、招隐诗、反招隐诗、游览诗、咏怀诗、哀伤诗、赠答诗、行旅诗、军戎诗、郊庙诗、乐府、挽歌、杂歌、杂诗、杂拟23个子类，尽管这种分类似乎与题材相关，是以题材为标准划分的，但是不同的题材，有其不同的性质和语言要求，这一点当为分类的重要依据。“特别是，它（指《文选》，引者注）在诗歌中还设立了‘乐府’一门，这说明它对文体认识的精细和富有识见。”[1] 其二是，唐元稹《乐府有序》所说：“《诗》讫于周，《离骚》讫于楚，是后诗之流为二十四名：赋、颂、铭、赞、文、诔、箴、诗、行、咏、吟、题、怨、叹、章、篇、操、引、谣、讴、歌、曲、词、调，皆诗人六义之余。”[2] 在元稹看来，以上列举的二十四种诗体，都是诗的流变之体，属于诗体的小类。

黄侃在谈到古代文体分类时曾说过：“详夫文体多名，难可拘滞，有沿古以为号，有随宜以立称，有因旧名而质与古异，有创新号而实与古同，此唯推

1 褚斌杰：《中国古代文体概论》（增订本），北京大学出版社，1990，第23页。

2（唐）元稹著，周相录校注：《元稹集校注》（中），上海古籍出版社，2011，第673页。

迹其本原，诊求其旨趣，然后不为名实玄纽所惑，而收以简驭繁之功。”[1] 文体命名的随意，命名方式的多样，在必然性中确实存在极大的偶然性，推迹其本原，以简驭繁，对于中国古代文体来说谈何容易，《文选》之后的事实便证明了这一点。《文选》之后，我们看到，文体分类的繁富愈演愈烈，不胜其繁，而且是文愈盛、类愈增，类愈增、体愈众，体愈众、辨愈细。

从以上的简单勾勒和描述中可以看出，古代文章从秦汉开始就有策、诏、制、戒、章、奏、议、表等的文类体认和命名，体现了初步的类分意识或诉求，经由曹丕“四科八体”之分，陆机《文赋》“十体”之区分，再由刘勰《文心雕龙》“论文叙笔”之定“体”、萧统《文选》分“类”，盛唐隆宋沿袭这种“体”“类”意识，直到徐师曾《文体明辨》列“种”，姚鼐之“十三类”辨分，再到曾国藩《经史百家杂钞》分为三“门”，文体演变及类分的历史趋势基本明了。用于文体分类的“科”“种”“体”“类”“门”，名称各异，但实质一样，看来古人或“科”或“体”，或“类”或“种”或“门”的分类，无疑是想让天下文章类聚区分，各得其所，是对文章规律性的总结，是一种条分缕析的逻辑研究。诚如前文所说，文章类分的逻辑研究是中国文学史、批评史上的独特现象，是与中国古代文论感悟性、具象性相区别的现象，体现了古人囊括现象追求本质的重要诉求，尽管古人用以区分辨识文章体类之归纳方式和逻辑思路与现代文体分类存在着极大的知识差异。

纵观我国文体理论、文体观念的演变历史，中国古代文体理论批评中的文体内涵是随着各种文学样式的盛衰而不断演变的，体裁、语言表达形式和风格三重含义在不同时代各有侧重，在分类方面各有倚重。开始作为文学体制、样式、类别，到了魏晋时期文体外延扩大，“体”有体裁与风格的双重意义，不管是曹丕的《典论·论文》，还是陆机的《文赋》，以至刘勰的《文心雕龙》，“体”

---

1 黄侃撰，周勋初导读：《文心雕龙札记》，上海古籍出版社，2000，第 71 页。

的所指都兼有体裁和风格的双重意义，许多时候都是难以明确区分的。这一历史阶段比较特殊的恐怕要数钟嵘的《诗品》了，他用“气”和“体”两字来指称风格。由于《诗品》研究的是五言诗，所以这里的“体”也就不得不狭义化了，例如，钟嵘的《诗品》评刘越石“仗清刚之气”，评刘琨、卢谌“自有清拔之气”[1]，等等，均指的是体貌、语体、风格。唐代诗歌繁荣，“体”概念又缩小为主要指风格。对风格的研究是唐代诗学的热门话题，当时多称为“体”“式”“势”“格”等，如皎然的《诗式》，评邺中七子时虽运用的是“气格”，但是，他的“辨体有一十九字”[2]，基本上谈的是风格问题。十九个字，就是十九种风格，他的辨体，也可以说是小小的风格专论。同时也出现了风格的专论——司空图的《诗品》。宋代严羽《沧浪诗话》也是从风格意义上来为诗歌归类。至明清，风格含义与文体逐渐产生了离心倾向，“体”的所指进一步狭隘化。在吴讷的《文章辨体》之中，就只言文体而不涉及风格了。要之，一个范畴从泛指和多义逐渐地清晰化、狭义化，说明对它的认识深化了。“体”这一范畴的含义逐渐狭隘化，其所代表的观念从笼统到明晰，说明文体研究和分类的精细化和专业化，也是文体观念的进一步深化，是一种历史的进步，也是理论思维的重要进展。

需要指出的是，中国古代文学理论中的文体观念和中国文学理论的特点总体上是相符合的，均不是在纯粹哲理思辨中产生的，而是在具体“溯源流”“序正变”的过程中结合具体的诗、词、曲、赋、文等具体文学书写现象和功能效用而产生而变迁，是结合文体形态的具体性、丰富性、可感受性而展开的，因而具有很强的实践性和现象还原特征。历时地看，中国文章的分类，从上古到先秦是文章分类的初萌期；汉魏六朝时便趋于成熟稳定，有了累累可数的成果；唐宋阶段基本上保守着魏晋南北朝以来的分类成果，其间也不乏有见树的

1（南朝梁）钟嵘著，陈廷杰注：《诗品注》，人民文学出版社，1961，第2、37页。
2（唐）皎然著，李壮鹰校注：《诗式校注》，人民文学出版社，2003，第69页。

创说；明清时代则时而简、时而繁，使古代文章的分类最终有了“三门十一类”的分类成果，它虽然以简驭繁、归类众制，但还是颇为繁难。

延至近代，采用了西式分类方法即四分法，用他者眼光看文体，围绕在文章类分问题上的诸种迷障似乎顿然消散，有使中国古代文章分类的理论与实践成为一种学术资源的趋势，然湮没于简略之下的传统文体分类思想观念还是体现出了顽强的生命力，并且散发着熠熠光辉，似应认真对待，详加论析，因为其中所体现的文体观念也是复杂而深刻的。

历史上，一方面人们努力维护一种文体的畛域，使不淆乱，勿使相类；一方面悉心辨体，直追一种文体的本色、本性或决定性特征的厘定，勿使相同；一方面又屈尊文体，借助尊位文体提升卑位文体的地位，挪移不同文体的标准来区判融合文体，勿使相离。在这一过程中，“不类”成为一个此进程中经常出现的重要词汇。从文体同质的角度，“不类”是指不类同某种文体；从文体异质的角度讲，“不类”又指别异于某种文体。他们或追根溯源，或在相邻、同源文体中比较辨别区分[1]，以辨体明性，以追索决定一种文体的根本性特征。不管是类从还是类分，不管是文类之间的分合还是文体内部的分合，最好是别其体，不仅要得其性，得其用，还要得其趣，才能避免对文体进行仅仅基于体式上的强制分类。

回顾勾勒我国古代文体分类的历史轨迹，我们在看到其发展演变的轨迹的同时，也可以看到在这一领域取得的实绩，同时也可以看到文体观念在文体分类实践中的不断创获和变迁。

1 比如关于词体的本质性特征的认定，就一直在同源文体诗、词、曲的对比中进行。先与诗进行比较，有“词与诗，意同而体异”（李开先《酉野春游词序》）等言说；后与诗、曲进行比较，有“盖词曲本与诗余异趣，但以本色当行为主，用不得章句学问”（张大复《寒山堂曲谱·凡例》）等说法。有明一代，诗词曲的文体互动加剧，诗词曲的文体辨析成为文人的重要话题。

第十一章
古代文体批评的辨体范式

中国古代文体批评的“辨体明性”批评范式之形成，是文体观念、文体理论之演化和丰富多样的批评实践相伴而来的。我们知道，一门学科的建立首先要有自己系统的理论体系，而“辨体”作为中国古代文体学的核心理论范畴，是中国古代文体学研究的基本起点，是贯通其他相关问题的核心问题[1]。作为中国古代文体学的基本理论范畴，我们需要在梳理目前学界辨体研究现状的基础上，加以分析和总结，并作反思与展望，进而厘定辨体批评的发展演变与内涵特征。从思维方式和概念的发展演变看，辨体批评可以说深植于中国古代传统文化哲学的土壤之中。辨体的思维方式和思辨特点最直观、最直接地体现在“辨”字身上。辨同异、辨源流正变、辨高下优劣、辨是非邪正、辨尊卑雅俗等，是辨体的主要功能和特征。

第一节　辨体研究之现状与述评

四十多年来，辨体理论批评研究取得了很大成就，据不完全统计，1978—2018 年相关论文达 480 余篇，主要集中在“辨体”“破体”“尊体”以及“以

1 吴承学：《中国古代文体学研究》，人民出版社，2011，第 16 页。

文为诗”“以诗为词”之类的文体辨析研究上，可以说涉及辨体理论的各个层面，亟须对其研究现状进行全面总结。目前文体学研究存在的文体理论研究薄弱问题，正如孙少华所说：“主要表现为学术史研究‘述’多于‘论’，缺乏宏观的理论总结，有碎片化倾向。”对此他提出了对未来研究的思考和对策，主要有“加强古代文体学理论研究，深化文体产生、衍化及其对古代文学影响的研究”[1]。在第五届中国文体学国际学术研讨会上有四个主要论题，包括文体学理论与文学批评、文体形态及源流演变、泛文化背景下的文体现象与理论、中国各体文学及文体学周边问题等，但在“文体理论与文学批评”中并未提及辨体理论批评研究[2]。此外，张慕华《20世纪80年代以来的中国古代文体学研究》梳理了20世纪80年代以来的中国古代文体学研究，但也只从诸如古代文体的基本内涵、古代文体分类研究、古代文体形态及文体史研究、古代文体学学科建构与构想四个方面进行总结[3]，文体学理论尤其是辨体理论批评未能受到充分的关注。凡此，一方面可以看出我们对四十多年来中国古代辨体理论批评研究进行综述的学术价值和理论意义，另一方面也为我们的回顾与反思留下了一定的学术空间。

一、总成果量化统计分析

最近四十多年来辨体批评主要体现在辨体、破体、尊体及其“以A为B”类诸如“以文为诗”“以诗为词”方面的破体现象研究，1978—2018年相关论文约有480篇，通过对这些成果进行内容排比和数据分析，可以从中发现和总结这一时期辨体研究的特点和规律、取得的成果和成就、存在的不足和问题，反思出现这些情况的原因，进而为以后的研究提供借鉴。

1 参见何诗海：《第四届中国文体学国际学术研讨会综述》，《文学遗产》2014年第1期，第157页。
2 刘湘兰：《第五届中国文体学国际学术研讨会综述》，《文学遗产》2017年第2期，第191页。
3 张慕华：《20世纪80年代以来的中国古代文体学研究》，《文史哲》2013年第4期，第148页。

第一，四个十年，循序渐进；两个时期，飞跃发展。从1978年第一篇研究辨体的论文，即曾昭岷关于韩愈“以文为诗”方面的研究为发端，辨体研究已逾四十年[1]，笔者从四个十年或21世纪前后两个时期，以及“辨体”“破体”“尊体”与“以文为诗”类破体两个板块的相关论文统计分析，来看其研究状况和发展趋势。

其一，论文数量逐年递增，20世纪90年代（65篇）较80年代（27篇）成倍增长，21世纪第一个十年（180篇）是90年代的三倍，第二个十年（204篇）又稳步增长呈上升趋势。若以21世纪之前二十年（92篇）和之后二十年（384篇）进行对比，有四倍之多，其上升势头则更为明显。通过这种对比，从学界辨体理论研究的发展趋势中，也能透视出中国古代文体学研究及其学科成熟的渐进过程和喜人态势。

其二，在辨体、破体、尊体这一理论板块中，这种趋势尤为显著：20世纪90年代（30篇）较80年代（仅4篇），有六七倍的增长。而21世纪第一个十年（84篇）较90年代又增加2倍，第二个十年（128篇）研究进一步发展。换一个角度看，20世纪八九十年代（34篇）和21世纪前二十年（212篇）对比更加突出，其势头与90年代对80年代的超越相似，达七倍之多，可以用突飞猛进来形容了。

四十年中，辨体（134篇），尊体（74篇），破体（38篇），其间的比例是递增或递减的态势。关于辨体，21世纪前后二十年分别是14篇和120篇，增长近十倍，从中也可见“辨体”理论的核心重要地位。关于尊体，其研究曲线很特别，80年代为0篇，90年代一跃达14篇，且比90年代的辨体、破体都多；21世纪前十年19篇，较90年代平稳发展，但是21世纪前十年的辨体和破体较90年代则都是五倍或三倍的增长；尊体第二个十年（41篇）较前十年（19篇）

1 以下所提到的数据，均就1978—2018年这四十年而言。

成倍增长，而辨体和破体 21 世纪来两个十年对比则又是平稳发展，基本持平。

其三，“以 A 为 B”类破体现象研究中，论说“以文为诗”和“以诗为词”为基本题旨，也是研究的主要对象，分别有 77 篇和 87 篇。其他衍生形态还有以文为词(25 篇)、以诗为文(12 篇)、以赋为诗(10 篇)、以赋为词、以文为赋、以词为诗、以古入律、以律入古等计 61 篇。关于以文为诗研究，值得注意的是，辨体研究以此发端，1978、1979 两年发表了 4 篇论文，也是 70 年代仅有的辨体论文。80 年代 4 篇，90 年代 16 篇，有四倍增长，21 世纪前十年(33 篇)，继续成倍增长，第二个十年（31 篇）平稳发展。以诗为词研究中，八九十年代的论文数量与以文为诗大体接近，但 21 世纪前十年（42 篇）则较 90 年代（13 篇）达三倍增长，在这个高峰之后，第二个十年（24 篇）有所下降，不过仍与这一时期的以文为诗及破体研究大致持平。

在以上两个板块中，四十年中辨体、破体、尊体研究计 246 篇，“以 A 为 B”破体论文计 235 篇，基本是平分秋色。

第二，四个时期，畸轻畸重；不同理论，颇不平衡。中国古代辨体理论批评史的分期与中国古代文体学史及其文学史和批评史的分期大体一致，包括先秦至两汉发生萌芽期、魏晋南北朝形成发展期、唐宋金元繁荣成熟期、明清近代总结转型期等。最近四十年辨体理论研究也主要围绕这几个时期进行研究而有所侧重，通过板块划分及其分类分析可以看出辨体研究的时代特点和存在问题。

其一，辨体、破体、尊体这一板块中，先秦两汉 15 篇（先秦 8篇，汉代 7篇），魏晋南北朝24篇，唐宋金元63篇(唐代15篇、宋代35篇、金元13篇)，明清近代 106 篇（明代 44 篇、清代 53 篇、近代 9 篇），唐宋分别是先秦两汉和六朝的三倍和两倍之多，而明清又是唐宋的两倍。分别来看，关于辨体，唐宋（25 篇）与唐前（26 篇）大体相当，明清（57 篇）则较前三个时期的总和还多，其中明代(40篇）又是相对较多的六朝(20篇)、宋代(14篇）和清代(16

篇）每个时期的两倍。关于破体，唐宋（18 篇）是唐前（5 篇）和明清（6 篇）的三倍多，而宋代（11 篇）又是唐代（6 篇）的两倍。关于尊体，明清（43 篇）是之前三个时期（计 22 篇，先秦两汉 6 篇、汉代 2 篇、唐宋 14 篇）的两倍，而明清 43 篇中清代则独占 35 篇。也就是说，明代的辨体、宋代的破体和清代的尊体最为突出和引起学者的关注。

其二，“以 A 为 B”类破体研究这一板块中，唐前（6 篇）和明清近代（15 篇）合计 21 篇，而唐宋则高达 180 篇（包括唐 55 篇、宋 125 篇），同时宋代又是唐代的两倍多。在“以 A 为 B”类破体中，若从以唐宋为主的不同时代作家研究分别来看，有如下几种情况和态势：关于“以文为诗”的 60 篇论文，涉及 17 个诗人，其中韩愈以文为诗的高达 25 篇，苏轼 8 篇，欧阳修、陶渊明各 4 篇，其他皆 1 至 2 篇。关于“以诗为词”的 60 篇论文中，涉及 11 个词人，其中苏轼以诗为词的就达 50 篇。关于“以文为词”的 21 篇论文中，涉及 5 个词人，其中辛弃疾以文为词的就达 17 篇。这三者是主体，具有代表性，而韩愈、苏轼、辛弃疾也成为学者关注的焦点。

第三，专著与论文，畸少与畸多。综上所述，近四十年来辨体研究极为繁盛，论文数量很多，但相关专著却仅数部，包括葛晓音《杜诗艺术与辨体》[1]、韩高年《诗经分类辨体》[2]、刘光民《古代说唱辨体析篇》[3]、邓新跃《明代前中期诗学辨体理论研究》[4]、任竞泽《中国古代辨体理论批评研究》[5] 等。这几部专著，多为某一作家、某一专书或某个时期、某类文体的辨体研究，即便从辨体批评史的宏观视域进行研究的著作《中国古代辨体理论批评研究》，也往往在每个朝代仅选一个专题加以透视，仍有大量的辨体问题未得到深入研讨。

1 葛晓音：《杜诗艺术与辨体》，北京大学出版社，2018。
2 韩高年：《诗经分类辨体》，上海古籍出版社，2011。
3 刘光民：《古代说唱辨体析篇》，首都师范大学出版社，1996。
4 邓新跃：《明代前中期诗学辨体理论研究》，上海古籍出版社，2007。
5 任竞泽：《中国古代辨体理论批评研究》，中国社会科学出版社，2016。

第四，涉足者多，专精者少；核心论文固然数量不少，低水平重复现象也很严重。辨体批评的研究队伍中，480篇论文，共有作者约370人，其中发2篇以上的55人，约占六成，发3篇以上的约20人，发4篇以上的仅6人，发5篇以上的仅2人。可见，大多是偶或涉足这一学术领域，专门研究的极少，甚至一些论文体现出研究者对辨体理论之认知和研究并不够深入，所以，文体学尤其是辨体理论研究队伍建设是文体学研究值得注意和重视的问题。

此外，发文的人员组成上，众多知名学者诸如程千帆、霍松林、刘崇德、袁行霈、吴承学、莫砺锋、李建中、吴光正、罗宗强、傅刚、曾枣庄、张宏生、施议对、吴相洲、谢桃枋、陈文新、马茂军、胡大雷、葛晓音、许结、许总、周裕锴、诸葛忆兵、木斋、艾治平、赵仁珪、杨海明、刘石、彭国忠、彭玉平、曾明、何诗海等都对此文体学理论问题有所关注，说明了辨体理论在中国古代文体学及在中国古代文学研究中的重要地位。

在论文的质量上，据不完全统计，CSSCI期刊论文约200篇，包括诸如《中国社会科学》《文学评论》《文艺研究》《文学遗产》《文艺理论研究》《文史哲》《北京大学学报》《复旦学报》《北京师范大学学报》《中国人民大学学报》《清华大学学报》《中山大学学报》《南京大学学报》《南开学报》等影响较大的学术期刊所发论文约50篇，其中《文学遗产》8篇，《文艺研究》《北京大学学报》《文学评论》各6篇，所占比例可谓不小，但是低水平重复论说现象也颇为严重，尤其是在韩愈以文为诗、苏轼以诗为词、辛弃疾以文为词、清词尊体及宋明辨体尊体上体现得尤为突出。

二、辨体、破体、尊体研究述评

辨体和破体是中国古代文体学理论的一组核心对立范畴，“辨体”批评是中国古代文体学研究的基本起点，是贯通其他相关问题的核心问题，在构建中国古代文体学学科上占有重要地位。如吴承学在《中国古代文体学研究》一文中强调："以'辨体'为'先'是中国古代文学批评与文学创作的传统与首要原则"，"古人首先在认识观念上视'辨体'为'先'在的要务，又在具体的批评实践中通过对'划界'与'越界'的分寸的精微感悟与把握，从而使'辨体'成为古代文体学中贯通其他相关问题的核心问题。"[1]这种关于文学批评和文体批评在"文体界限"上的"划界"与"越界"，就是文体学理论上的"辨体"与"破体"之争。在这组对立范畴之外，又形成了"尊体"这一与"辨体"相近又有所区别的理论范畴，古今学者在论述的时候往往将三者结合起来或各有侧重，最近四十年学界研究也是如此，为了明晰起见，笔者依据论文题目以三者为题的侧重点不同分开来进行述评。

其一，辨体、破体、尊体并称的论文。这类综合性地对比观照和辩证阐释辨体理论的论文有13篇，包括朱正华《"辨体"辨》（《浙江师范学院学报》1983年第4期）、吴承学《辨体与破体》（《文学评论》1991年第4期）、张利群《中国古代辨体批评论》（《湛江师范学院学报》1998年第4期）、李建中《辨体明性：关于古代文论诗性特质的现代思考》（《华中师范大学学报》2001年第2期）、吴光正《古代文学辨体研究》（《光明日报》2004年10月7日）、邓新跃等《文体学视角与古代诗学辨体理论研究》（《上海交通大学学报》2005年第3期）、罗宗强《寻源、辨体与文体研究的目的——读书手记》（《学术研究》2012年第4期）、任竞泽《"文章以体制为先"的辨体论源流》（《求索》2016年第5期）、任竞泽《中国古代辨体理论批评论纲》（《内蒙古农业大学学报》2016年第2期）等。关于总体的辨体理论，吴承学在《辨体与破体》与《中国古代文体学学科论纲》两文中最早对辨体的重要性及辨体与破体的理论特征进行了论述，具有文体学理论及学科奠基的重要意义，往往为文体学者所引用。如他认为古人在文学创作或文学批评时，往往首先考虑体制问题。首先考虑文体的规范，然后

1 吴承学：《中国古代文体学研究》，人民出版社，2011，第16页。

才考虑语言形式、表现技巧等问题。宋代以后，文学创作和批评明显存在着两种对立倾向：辨体与破体。前者坚持文各有体的传统，主张辨明和严守各种文体体制；后者则大胆打破各种文体的界限，使之互相融合[1]。他认为，以辨体为先是中国古代文学批评与文学创作的传统与首要原则。古人首先在认识观念上视“辨体”为“先”在的要务，从而使辨体成为古代文体学中贯通其他相关问题的核心问题[2]。

其二，辨体论。在总体的辨体理论之外，具体的辨体批评更多集中在诸如经典文论专书辨体、辨体总集辨体、时代文体辨析、各种文体体类辨析及历代批评家的辨体论等。关于经典文论专书辨体研究的论文有15篇，集中在刘勰《文心雕龙》(5篇)、严羽《沧浪诗话》(5篇)、胡应麟《诗薮》、孙鑛《排律辨体》及诗话、文话、词话等文论文体著作。如赵俊玲认为着眼于文体功能的辨体是《文心雕龙》辨体批评的重要角度，主要体现在对于功能相近的文体，刘勰既看到了它们的交叉互渗，又往往刻意规范它们的功用，以对之进行相对明晰的区分[3]。关鹏飞认为在严羽诗论中，辨体与以禅喻诗相辅相成，共同组成他的诗学批评方法。通过辨体，严羽抓住宋诗“以文为诗”的特征，在尊体的标准下批评宋诗[4]。

关于辨体总集辨体的论文有24篇，主要集中在元明辨体总集研究。作为总集选本的一种特殊形式，元明辨体总集编纂繁荣，诸如《古赋辨体》《文体明辨》《文章辨体》《文章辨体汇选》《诗源辩体》等成为中国古代文体学分类观念与辨体理论的典型文论形态，对中国古代辨体批评观念有系统的总结和阐

1 吴承学：《辨体与破体》，《文学评论》1991年第4期，第57页。

2 吴承学、沙红兵：《中国古代文体学学科论纲》，《文学遗产》2005年第1期，第22页。

3 赵俊玲：《文体功能：刘勰辨体的重要一面》，《河南师范大学学报》（哲学社会科学版）2017年第6期，第132页。

4 关鹏飞：《严羽的诗学批评方法及其原因——以辨体与以禅喻诗为中心》，《扬州大学学报》2017年第1期，第89页。

述，是相关辨体研究的重镇。如何诗海认为《古赋辩体》不仅是一部辞赋总集，更是一部体大思精的辨体批评著作。全书融赋选、赋史、赋论于一体，构建了一个内容丰富、体例严整、富于理论价值和思辨色彩的辨体批评体系，对明代复古论者辨体意识的张扬，以及以总集、序题等方式展开辨体批评等风气，产生了直接而深刻的影响[1]。吴承学等认为贺复征的《文章辨体汇选》是继明代吴讷《文章辨体序说》和徐师曾《文体明辨序说》两书之后著名的文体学著作，对《文章辨体汇选》产生的学术背景、编纂体例以及在文体学和明代文学研究上的史料价值进行了初步阐述[2]。

关于时代文体辨析的论文有13篇，学者对先秦至明清近代的历代文体辨析都有所论述，重点在六朝和明代这两个文体学集大成时期，通过梳理和总结，可以说就是一部简明的辨体理论批评发展史。代表性的如傅刚认为文体辨析是汉魏六朝文学批评的基本前提，而其学术渊源则来自《七略》和《汉书·艺文志》。二书"辨章学术，考镜源流"的思想，对汉魏六朝时期的文学、史学乃至佛学都产生了极大的影响[3]。任竞泽认为唐代诗学辨体批评文献极为丰富，主要体现在三个方面：一是以皎然《诗式》为代表的全唐五代诗格中的辨体批评；二是司空图《二十四诗品》等文论中的辨体批评及辨味批评；三是以殷璠《河岳英灵集》为代表的唐人选唐诗中的辨体批评[4]。

关于当代学者对古代具有文体学意义的专书及作品的文体辨析，这类论文有14篇，涉及《列子》《晏子春秋》《史记》《世说新语》《本事诗》《阅微草堂笔记》《聊斋志异》《归去来辞》《稽圣赋》《诅楚文》等著作的文体辨析，其中《世说新语》的文体辨析论文有4篇。如马振方通过研讨《列子》叙事之文的诸种文体，在明确寓意小品、寓意小说与寓言区别的现代文体基础上，辨析三

1 何诗海：《〈古赋辩体〉与明代辨体批评》，《文艺理论研究》2013年第1期，第19页。
2 吴承学、何诗海：《贺复征与〈文章辨体汇选〉》，《学术研究》2005年第5期，第123页。
3 傅刚：《汉魏六朝文体辨析的学术渊源》，《中国社会科学》2000年第2期，第145页。
4 任竞泽：《唐代诗学辨体批评》，《人文杂志》2013年第12期，第53页。

者特别是前两者的具体文本和多种形式，以明了《列子》不是古寓言集，而是继《庄子》之后又一部含蕴多种寓意文学的子书[1]。林宪亮认为，长期以来，《世说新语》一般被认为是小说，然而也有人认为它是史书或史料，出现这种争议的原因主要是：《世说新语》本身所特有的文体特征和古今对小说、历史概念的不同理解。对待《世说新语》既应尊重其小说地位，又要科学分析其史料价值，而不能偏重其中一个方面[2]。

关于文体体类辨析，涉及各种文体体裁，往往是学者依据辨体理论对不同体类或体类之间体制特征异同的具体文体辨析，是辨体理论观念与辨体批评实践的很好结合。这类论文有42篇，涉及诗歌、四言诗、古体诗、七古、歌行、杂拟诗、拟议、诗学、词学、赋学、颂赞、教文、公文、箴体、说体、四六、骈文、史传、笔记小说、章回小说、公案、戏曲、传奇等各类体裁。如杨绪容认为宋人正式把讲述官府断案故事的“说公案”归入“小说”类，使“公案小说”作为一种题材类型得到正式确立。明公案小说集标志着公案小说文体的初步形成，清代的章回体长篇公案小说体现了公案小说的成熟，而晚清的长篇公案小说则反映出借鉴翻译侦探小说的趋势[3]。何诗海认为清人的骈文正名与辨体，本质上是一种尊体策略，旨在将骈文与长期饱受诟厉的“四六”划清疆界，从而提升骈文的品格和地位[4]。

关于历代作家、批评家的辨体论论文有20篇，包括江淹、四杰、杜甫、欧阳修、朱熹、元好问、李东阳、李梦阳、王世贞、祝允明、李维桢、胡应麟、王夫之、王士禛、顾尔行、刘咸炘、刘师培等。如葛晓音认为杜甫的七言古体按诗题分为“歌”诗、“行”诗和非歌行题三类，有其明确的辨体意识[5]。

1 马振方：《〈列子〉寓意文体辨析》，《北京大学学报》（哲学社会科学版）2009年第5期，第82页。
2 林宪亮：《〈世说新语〉文体辨析》，《北方论丛》2009年第1期，第40页。
3 杨绪容：《“公案”辨体》，《上海大学学报》（社会科学版）2008年第4期，第127页。
4 何诗海：《清代骈文正名与辨体》，《文艺研究》2018年第4期，第44页。
5 葛晓音：《杜甫长篇七言“歌”“行”诗的抒情节奏与辨体》，《文学遗产》2017年第1期，第61页。

张见认为王士祯是中国文学史上争议最大的作家之一，这种争议不仅表现在对其诗歌创作的评价上，尤其表现在对其诗歌理论批评的理解与评价上。这种争议的原因之一就是研究者们忽视了王士祯诗歌批评的辨体方法[1]。

其三，破体论。关于总体的破体理论论文有10篇，包括曾枣庄《中国古典文学的尊体与破体》（《清华大学学报》2009年第1期）、张高评《破体与创造性思维——宋代文体学之新诠释》（《中山大学学报》2009年第3期）、谷曙光《论宋代文体学的核心问题：本色与破体》（《中国人民大学学报》2015年第3期）、赵俊玲《刘勰的“破体”观》（《求是学刊》2017年第5期）等。如吴承学认为中国古代的文体相当繁多，大体而言，有诗、文、骚、赋、乐府、骈文、词、曲、小说等。对于众多的文体，古人并非平等对待，在他们的观念中，文体有正变、雅俗、高下之分。以几种常见的文体而论，诗、文与词、曲相较，诗文品位较高，词曲则被视为旁门变体[2]。刘路等认为在创作中常常会出现破体为文的现象。有以下三种情况：1.文体内部支配性规范移位；2.一种文学体裁借用他种文学体裁的结构要素进行创作；3.文学文体与非文学文体进行“杂交”[3]。

关于时代、作家、文类之破体，这几点在论文标题中往往同时出现或各有侧重，此类论文有28篇。如谢琰认为北宋记体文的写景，延续了唐代记体文的文法类型和文体风貌，只是在文法的具体使用和组合关系上进行了革新。北宋记体文并未“破体”，只是发生了文法改进与美感变迁[4]。王晓骊认为宋词“以诗为词”和“以文为词”等“破体”现象的出现在一定程度上正是“活法”思想在词学领域渗透的结果。宋代文人对“破体”现象接受态度的转变，则体现

---

1 张见：《辨体方法与王士祯的诗歌批评》，《求索》1991年第4期，第77页。

2 吴承学：《从破体为文看古人审美的价值取向》，《学术研究》1989年第5期，第77页。

3 刘路、朱玲：《关于破体为文》，《陕西师范大学学报》（哲学社会科学版）1998年第2期。

4 谢琰：《文法交融与风景变容——唐宋记体文发展轨迹管窥及“破体说”反思》，见《文化与诗学》第19辑，生活·读书·新知三联书店，2016。

了“活法”对宋代词学思想的浸润过程[1]。左杨认为袁宏道的题跋文既有对传统题跋体制的继承，又在结构与笔法上尝试创造与新变。研究袁宏道题跋文的创作状况，有助于厘清公安派文人的性灵至上观念与尊体意识之间的融通折中，从而呈现晚明时期题跋创作状况和文体观念的真实内涵[2]。

其四，尊体论。关于“尊体”，有相互关联的两层内涵：一是尊体即辨体，主张遵守文体的体制规范，即“文章以体制为先”；二是推尊文体，借以抬高文体的体裁价值。四十年来的尊体研究主要在“推尊文体”这一理论内蕴上，以词学尊体为主，其中又以清代词学尊体为中心，占尊体论论文的大半。

关于综合性的宏观尊体理论，也是以词学尊体论为主，包括诸葛忆兵《论帝王词作与尊体之关系》（《中山大学学报》2014 年第 2 期）、胡建次等《中国传统词学批评中尊体论的承衍》（《湖南大学学报》2014 年第 3 期）、尚永亮等《尊体：严羽“本色”理论及其四大要素》（《文艺理论研究》2016 年第 5 期）等 12 篇论文。如祁志祥认为清代词坛超越婉约词的艳情樊篱，取法宋代豪放派和骚雅派的变体词，推尊苏、辛，兼顾姜、张，“小道”的词体论也让位于“尊体”说。清词的“尊体”观不仅体现在对传统的“词为小道”观念的批判和对“诗余”概念的重新诠释上，还体现在清代词坛诸流派共同的创作倾向和理论主张中[3]。

关于唐宋词尊体的论文，包括朱慧玲等《辛派词人尊体意识述论》（《陕西师范大学学报》2008 年第 2 期）、许博《词与诗的对接——论北宋词学尊体思想的发展流变》（《文学评论丛刊》2010 年第 2 期）、王珏《苏轼、秦观的词与宋人的尊体意识》（《河南大学学报》1999 年第 1 期）、木斋等《论唐宋词三次尊体运动》（《词学》2013 年第 2 期）、陈丽丽《论南宋前中期的词坛风尚及尊

---

1 王晓骊：《“活法”视野下的宋词“破体”现象及其接受》，《文艺理论研究》2015 年第 6 期，第 93 页。

2 左杨：《论袁宏道题跋文创作的尊体与破体》，《求是学刊》2017 年第 6 期，第 121 页。

3 祁志祥：《从“小道”、“诗余”到“尊体”——中国古代词体价值观的历史演变》，《文艺理论研究》2010 年第 2 期，第 112 页。

体进程》（《江西社会科学》2013 年第 8 期）等 9 篇。如曹庆鸿认为唐宋词体与词学观念之发展演变，表明词之诗化过程就是一个尊体过程，是在诗学和儒家诗教影响下词学与诗学理论融合的过程[1]。薛泉认为南宋词选的兴盛，尊体意识无疑是一个重要的因素。南宋人的尊体意识大致涵盖以词选宣传复雅、为词存史、开立宗派、扩大词之影响等几个相互联系的层面[2]。

关于清词尊体，既是中国古代辨体论的重要一极，又是词学理论的独立领域，相关研究最多，包括皮述平《清代词学的"尊体"观》（《学术月刊》1997 年第 11 期）、王力坚《清初"本位尊体"词论辨析》（《文学评论》1998 年第 4 期）、王力坚《清初"错位尊体"词论的困惑》（《浙江学刊》1998 年第 1 期）、张宏生《词学反思与强势选择——马洪的历史命运与朱彝尊的尊体策略》（《文学遗产》2007 年第 4 期）、沙先一《声韵探讨与词风演进——兼论戈载〈词林正韵〉的尊体策略》（《文史哲》2008 年第 2 期）等，多达 35 篇，需要进行全面总结。如陈水云认为：在晚清，"意内言外"是最为流行的词学话语，很多学者把它与传统的诗教相联系，揭示了它在很多方面的独特品性，彰显了晚清词学教化与审美并存的时代特征[3]。沙先一认为清人大多认为词能传人，藉以不朽，这一观念在清词序跋中得到充分的阐述，是清词尊体思想的重要体现[4]。

关于其他文体尊体，涉及赋、骈文、墓志文、曲学、小说、戏曲等各类文体等 18 篇论文，其中以骈文和戏曲尊体研究为代表。包括王思豪《汉赋尊体与〈诗〉之"六义"》（《南京大学学报》2015 年第 1 期）、李慈瑶《论杨慎的骈文尊体思想》（《暨南学报》2015 年第 9 期）、陈曙雯《清嘉道以降骈文尊体思潮探析》（《南京大学学报》2009 年第 5 期）、陈赟《明清文言小说的文体焦虑与尊体实验——以〈剪灯馀话〉〈阅微草堂笔记〉〈聊斋志异〉为例》（《明清

1 曹庆鸿：《论唐宋词及理论之演变与尊体》，《中国文化研究》2006 年夏之卷，第 121 页。
2 薛泉：《尊体意识与南宋词选之兴盛》，《求索》2005 年第 11 期，第 149 页。
3 陈水云：《论词教：晚清词坛的尊体与教化》，《文艺理论研究》2014 年第 5 期，第 88 页。
4 沙先一：《尊体意识与典范追求——以清词序跋为中心》，《文艺研究》2016 年第 12 期，第 55 页。

小说研究》2014 年第 3 期）等。如孟伟认为清乾嘉以降，推崇骈文者以编纂骈文选本的方式进行骈文“尊体”批评。此一时期骈文选本的“尊体”批评，对于提高骈文地位、促进骈文创作发展具有一定意义[1]。

三、以文为诗、以诗为词类破体现象述评

“以文为诗”类文体互渗和文体融合的破体现象是四十年来中国古代辨体理论研究最为繁荣的现象级的学术热点，高质量、权威级的论文时有涌现，以集中在唐宋时期的“以文为诗”和“以诗为词”为核心，并包括以诗为文、以词为诗、以赋为诗、以文为词、以赋为词等众多情况，亟待进行系统的理论总结。择其要者分述如下：

其一，以文为诗。关于唐宋“以文为诗”的总体论，从不同角度对“以文为诗”的辨体破体理论进行观照和阐述，并有学者对 20 世纪以文为诗研究现状进行了综述。包括郭鹏《“以文为诗”辨——关于唐宋诗变中一个文学观念的检讨》（《北京大学学报》1999 年第 1 期）、张白山《宋诗散论——谈宋人以文为诗、爱国诗及诗与画的关系》（《文艺研究》1982 年第 4 期）、刘崇德《从“以文为诗”到“以诗为画”——北宋士人画体的形成》（《南开学报》2007 年第 5 期）、刘磊《“以文为诗”之争：唐宋诗文文体观念衍变的个案》（《湘潭大学学报》2012 年第 2 期）、刘磊等《20 世纪“以文为诗”研究述论》（《中州学刊》2004 年第 5 期）等论文 17 篇。如许总认为“以文为诗”作为一种创作方法，以散文化、议论化入诗，使传统文人诗体格出现重要创变。“以文为诗”的大规模实现，缘于唐宋两代古文家文体创新意识的高扬[2]。王澍认为“以文为诗”的提出背景是中唐古文运动，但“以文为诗”中的“文”不限于古文。实际上，以文为诗早已发生，有以经子文为诗、以史传文为诗、以古文为诗和以骈文为诗

---

1 孟伟：《乾嘉以降骈文选本的“尊体”批评》，《北方论丛》2015 年第 5 期，第 28 页。
2 许总：《以文为诗：唐宋诗格的创变与整合》，《文学评论》2014 年第 3 期，第 187 页。

等四种形态[1]。

关于唐代杜甫、韩愈的“以文为诗”。杜甫、韩愈是“以文为诗”的代表，这一点在唐代司空图等就注意到并有所论述，宋代达到高峰，当代学者也以杜甫、韩愈之“以文为诗”为研究重心，相关论文几占多半，韩愈尤多，达25篇。关于韩愈“以文为诗”研究，在新时期初期便引发争鸣，可以说是其后“以文为诗”类破体研究繁荣兴盛的良好开端。包括程千帆《韩愈以文为诗说》（《中国古代文学理论学会专题资料汇编》1979年12月）、李健章《韩愈“以文为诗”辨》（《武汉大学学报》1979年第6期）、阎琦《论韩愈的以文为诗》（《西北大学学报》1983年第2期）、郝润华《韩愈“以文为诗”与唐代古文运动》（《首都师范大学学报》2006年第5期）等。如曾昭岷认为韩愈在诗中过分的避熟求生，追求险怪，以文为诗的不良风气，给予了中唐诗人如孟郊、贾岛、卢仝、马异等辈以不同程度的影响，甚至延及北宋，成为宋人诗歌散文化运动的历史根源[2]。关于杜甫“以文为诗”研究的，如许总认为对于诗歌史上以文为诗的艺术现象，宋代以后，学人多有论述。对于以文为诗的评价，历来就有迥然不同的意见；同时，批评家们认为，以文为诗作为一种艺术手段，如同杜甫的以诗为文，最突出地表现于韩愈的诗歌创作实践[3]。杜甫、韩愈之外，关于唐代“以文为诗”的研究还有论李白、元结、白居易的，如卫宏伟《试论白居易以“文”为诗及其特征》（《励耘学刊》2017年第2期）等。

关于宋代欧阳修、苏轼、黄庭坚“以文为诗”研究的论文有16篇，包括郑孟彤《论欧阳修以文为诗的美学价值》（《文学遗产》1987年第1期）、李雅静《论欧阳修以文为诗对宋诗叙事性的开拓》（《文学与文化》2017年第3期）、曾明《苏轼与中国诗学“活法”说论考——从以文为诗、以文为赋等说起》（《社

1 王澍：《“以文为诗”的四种型态》，《求索》2017年第8期，第129页。

2 曾昭岷：《韩愈“以文为诗”及其〈山石〉诸篇——学习毛主席给陈毅同志谈诗的一封信劄记》，《河北师大学报》（哲学社会科学版）1978年第1期，第30页。

3 许总：《杜甫以文为诗论》，《学术月刊》1983年第11期，第52页。

会科学研究》2010年第6期）、郭鹏《黄庭坚与“以文为诗”》（《中国文化研究》1999年春之卷）等。“以文为诗”是宋诗区别于唐诗的最鲜明创作手法和文体风格，其中欧阳修、苏轼和黄庭坚尤具代表。如王洪认为“以文为诗”是文学理论家们针对苏轼等人的诗歌创作而提出的批评。中唐之后逐渐形成一种文学观念，即认为“议论”等都属于散文的功能，苏轼等人打乱了诗文的界限，使它们从散文的特点转而成了诗歌的特点[1]。

关于晚清近代以来“以文为诗”研究的，举一例以见概貌：如胡峰认为晚清诗界革命采取“以文为诗”的诗学策略，解构传统格律诗体，重建自由的新诗体，通过口语、新名词介入诗歌，消解格律诗的节律及文体形式，实现诗歌结构的嬗变与功能的转换[2]。其他多论五四白话新诗的“以文为诗”手法。

关于“以文为诗”破体现象的创作和理论源流，多在杜甫、韩愈之外，上溯屈原、陶渊明及杜甫同时稍早的李白、元结等，尤以陶渊明为代表，对此还引发了学界的分歧和争鸣。包括高建新《“以文为诗”始于陶渊明》（《内蒙古大学学报》2002年第4期）、高建新《再论“以文为诗”始于陶渊明——兼答张明华、魏宏灿先生的质疑》（《内蒙古大学学报》2005年第6期）等。如韩国良认为陶渊明的“以文为诗”是魏晋玄学“崇本息末”理论影响的结果，旨在通过对作为“末有”的语言修辞、形式技巧的淡化，以克服或消除它们对作为“本体”的作家情灵的遮蔽[3]。

其二，以诗为文。关于诗与文这两种中国古代主流文体之间的互渗破体现象，“以文为诗”是主流，但在实际创作中也不乏“以诗为文”的情况，这也成为学界关注的对象，可以说与“以文为诗”相辅相成，相映成趣。包括杨景龙《试论“以诗为文”》（《文学评论》2010年第4期）、王章才《“以诗为文”

1 王洪：《苏轼“以文为诗”论》，《江西社会科学》1990年第4期，第79页。
2 胡峰：《“以文为诗”与诗界革命的诗学追求》，《齐鲁学刊》2014年第4期，第137页。
3 韩国良：《对陶渊明“以文为诗”的再认识》，《中州学刊》2010年第4期，第211页。

解析》(《新疆大学学报》2017 年第 5 期)、熊礼汇《杜甫散文创作倾向论——兼论杜甫以诗为文说》(《杜甫研究学刊》2002 年第 2 期)、赵仁珪《苏轼“以诗为文”论》(《文学遗产》1988 年第 1 期)、潘碧华《以诗为文——论〈红楼梦〉的诗性特质》(《红楼梦学刊》2008 年第 5 期)等。如颜同林认为“以诗为文”是叙事文体受“诗骚传统”影响的历史现象。现代小说的“诗化”,既是小说借镜诗歌之后形成的一种交叉性文体趣味,也是奠基于民族审美心理之上所形成的精神格调[1]。

其三,以诗为词。“以诗为词”与“以文为诗”是中国古代破体论中的两种核心创作和批评范式,其他所有关于文体互渗交融的破体形式可以说都是以此为表率模范并衍生延伸的。“以诗为词”相关研究论文数量及质量也与“以文为诗”不相上下和并肩而行。关于以诗为词的总体论,包括刘初棠《从“以诗为词”“以文为词”谈起——与万云骏先生商榷》(《学术月刊》1981 年第 5 期)、杨海明《论“以诗为词”》(《文学评论》1982 年第 2 期)、彭玉平《唐宋语境中的“以诗为词”》(《复旦学报》2009 年第 5 期)等 29 篇论文。诸葛忆兵认为诗词之辨实质在于教化与娱乐,“以诗为词”淡化或取消文体的独立性,该文体存在的意义同时被淡化或取消[2]。

苏轼以诗为词。“以诗为词”的作家代表是苏轼,学界相关研究主要集中于他身上。包括刘石《苏轼“以诗为词”内因说——兼论苏辛之别的一个问题》(《文史哲》1992 年第 6 期)、莫砺锋《从苏词苏诗之异同看苏轼“以诗为词”》(《中国文化研究》2002 年夏之卷)等 50 篇。如施议对认为苏轼所谓以诗为词,准确地讲,就是改拗为顺,以作诗的态度和方法作词。有关苏轼以诗为词的评价问题,主要是对于歌词这一乐歌品种自身发展的经验总结[3]。

1 颜同林:《“以诗为文”传统与现代小说的诗化》,《甘肃社会科学》2013 年第 6 期,第 169 页。
2 诸葛忆兵:《“以诗为词”辨》,《北京大学学报》(哲学社会科学版)2011 年第 1 期,第 71 页。
3 施议对:《苏轼以诗为词辨》,见《词学》第 30 辑,华东师范大学出版社,2013,第 68—89 页。

关于“以诗为词”的创作和批评源流问题，学界向以苏轼为创立者和代表，但也有追溯其源头，认为花间词人、韦庄、张先、范仲淹、王安石、黄庭坚、晁补之等，或开其端或与之同时并起，而对其后的发展，学者还谈论到陆游、陈维崧、吴伟业等作家。此类论文有10篇，举两例以见大概。如莫立民认为“以诗为词”是我国古代词学的一个重要命题，在我国古代文人词的诗化进程中，韦庄无疑是一位最早而又影响较大的重要作家[1]。周绚隆认为陈维崧革新词体内容的具体方法是以诗为词，其以诗为词的目的在于扩大词的表现领域，推尊词体的价值，这为清词的发展注入了活力[2]。

其四，以文为词。辛弃疾是“以文为词”的代表，这与苏轼“以诗为词”相似，同为宋代豪放派创作有别于“本色”论婉约派创作的典型。相关论文有25篇，其中专论辛弃疾“以文为词”的达16篇。包括谢桃坊《辛弃疾以文为词的社会文化背景》（《学术月刊》1987年第6期）、易匠翘《辛词以文为词的语篇分析》（《社会科学战线》2002年第5期）、徐安琪《论辛弃疾的“以文为词”》（《华中科技大学学报》2004年第5期）、赵晓岚《“南宋惟一稼轩可比昌黎”：从“以文为诗”到“以文为词”》（《江海学刊》2005年第5期）、宋皓琨《阅读与演唱价值的失衡——论辛弃疾以文为词及其案头化倾向》（《求是学刊》2012年第4期）、房日晰《也说辛弃疾“以文为词”——从辛词题序中喜用“赋”字谈起》（《词学》2012年第2期）、谷卿《“极其变”：从“以文为词”到稼轩词的“象”与“事”》（《中国文学研究》2017年第1期）等。如宋皓琨认为辛弃疾以文为词的创作方式，解放了词体，却增加了听唱的难度，降低了听赏词的审美感受，在树立词坛典范的同时，极大地背离了词体，典型地折射着词体发展的历史方向[3]。

1 莫立民：《论韦庄词与“以诗为词”的源头》，《甘肃社会科学》2002年第4期，第35页。

2 周绚隆：《论陈维崧以诗为词的创作特征及其意义》，《文艺研究》2004年第3期，第80页。

3 宋皓琨：《阅读与演唱价值的失衡——论辛弃疾以文为词及其案头化倾向》，《求是学刊》2012年第4期，第114页。

此外，学界还关注到陈亮、吴伟业、陈维崧等作家创作上的“以文为词”，如周绚隆认为陈维崧革新词体形式的主要方法是以文为词，他的以文为词又集中体现为以问答形式为词、以议论为词、以才学为词和在词中对逻辑语言的语法关系的恢复等四个方面[1]。

其五，以赋为词。关于“以赋为词”，学界关注的焦点主要在柳永和周邦彦，包括郑虹霓《“以赋为词”新论》（《江西师范大学学报》2015年第5期）、曾大兴《柳永以赋为词论》（《江汉论坛》1990年第6期）、袁行霈《以赋为词——试论清真词的艺术特色》（《北京大学学报》1985年第5期）等6篇论文。如孙雪霄认为“以赋为词”作为柳永作词的一个重要手法，与“俗”有着极为密切的关系。“以赋为词”正是沟通市井俗文学与柳永俗词的一个中介[2]。

其六，以词为诗。作为“以诗为词”的对立面，宋人“以词为诗”现象也受到学者的关注，可以对照参看。如张福清认为陈造等集句诗人的集句诗中有“以词为诗”100余条。“以词为诗”丰富了“以诗为词”的内涵，同时也体现了词的地位不断提升[3]。此外，还有刘蔚《“以诗为词”与“以词为诗”——论宋代田园诗词的破体现象》（《社会科学》2012年第7期）、张振谦《论宋代“以词为诗”现象及其诗学意义》（《中南民族大学学报》2017年第6期）等论文。

其七，以文为赋。包括许结《论汉代以文为赋的美学价值》（《江淮论坛》1991年第6期）、曾明《苏轼与中国诗学“活法”说论考——从以文为诗、以文为赋等说起》（《社会科学研究》2010年第6期）等论文。如胡建升等认为宋人以文为赋，吸取了古文的抒情因素，丰富了赋体文学的审美质性；但是由

1 周绚隆：《论迦陵词以文为词的倾向——兼评陈维崧革新词体的得失》，《文史哲》2002年第1期，第92页。

2 孙雪霄：《以赋为词：柳永的市井之“俗”》，《河北学刊》2011年第1期，第255页。

3 张福清：《宋代集句诗“以词为诗”现象梳理及诗学意义》，《中国文学研究》2013年第2期，第52页。

于受实用性古文的理性因素影响，也使赋体文学显现出学术化和道德化倾向[1]。

其八，以赋为诗。这以杜甫为主，学界也关注到李白、韩愈、元稹、白居易、苏轼等的“以赋为诗”。包括王京州《杜甫以赋为诗论》（《中国韵文学刊》2006 年第 4 期）、陆嘉琳《论杜甫五古行旅的以赋为诗》（《杜甫研究学刊》2017 年第 2 期）、马言《白居易以赋为诗》（《南京师范大学文学院学报》2016 年第 1 期）等论文。如沈章明认为苏轼受赋家之心与作赋之法的影响，既能用独特的体物视角来创造美妙的诗歌意象，并据以组织篇章，形成圆融通透的艺术特色，从而以破体之法行尊体之实，提升了诗歌的艺术品质[2]。

第二节　辨体批评之反思与展望

近年来，中国古代辨体批评研究主要集中在辨体理论范畴诸如辨体、破体、尊体等方面，而具体的以文为诗和以诗为词类破体现象研究也极为繁荣，都出现了很多高质量、有深度的学术论文。但是研究不均衡的现象同样不可忽略，如辨体理论中颇为重要的对立范畴“得体与失体”“正体与变体”研究就很少引起学界关注。此外，新时期以来辨体理论范畴研究兴盛，但是辨体批评观念及其发生形成的社会历史背景等因素则还不为学界所重视，这也是今后辨体批评观念研究的着力所在。诸如此类的问题还很多，凡此都昭示了中国古代辨体批评观念研究具有很好的学术前景和极大的可开拓空间。

在新时期以来四十多年的中国古代文体学研究中，一些文体学研究中的重要问题得到不断、深入的探讨。就辨体理论批评研究来说，仅讨论辨体与破体的论文就达 200 余篇，其中 20 世纪 80 年代初吴承学的辨体与破体以及傅刚的

1 胡建升、文师华：《宋人以文为赋论》，《江西社会科学》2010 年第 4 期，第 116 页。

2 沈章明：《论苏轼以赋为诗的艺术表现》，《西南民族大学学报》（人文社会科学版）2012 年第 5 期，第 176 页。

六朝文体辨析系列论文，对辨体批评研究具有极大的参考借鉴意义。关于破体问题的研究，其中仅讨论“以文为诗”问题的论文就达80余篇之多，而研究韩愈“以文为诗”的论文则多达30余篇。研究“以诗为词”的论文近百篇，其中论苏轼“以诗为词”的论文竟达50余篇。研究“尊体”问题的论文近90篇，而其中关于清代词学中“尊体”问题的论文则有40余篇。凡此可以看出学界对于辨体批评问题一直相当重视，研究也相当深入。

不过，辨体理论研究的这种全面和深入就像双刃剑，在重视某些经典文体论题研究的同时，低层次重复现象也比较严重。这种兴盛局面，最能通过集中研究一些重要文体理论范畴的论文的大量涌现反映出来，如辨体、破体、尊体、以文为诗、以诗为词、《文心雕龙》文体学、《文选》分类研究等。例如，尊体研究，自1993年开始，几乎每年都有数量不等的论文发表，共有90余篇，1988年、1989年和2008年、2009年出现两次高峰，近几年又出现研究热潮，其间每年都发表5至10篇论文，这里面具有重要学术发现和深度理论阐发的论文固然不在少数，但也存在大量的低水平重复成果。清代词学尊体论文多达30余篇，其中论文质量低下的情况颇为严重。关于“以文为诗”的研究尤为明显，从1978年开始至今，四十多年间产生80余篇论文，其中关于韩愈“以文为诗”的论文接近半数，这其中有近半数论文为无新意的低水平研究。“以诗为词”及其苏轼的“以诗为词”研究与此基本相同，而诸如《文心雕龙》文体学、《文选》辨体分类研究的过热现象与低水平重复的矛盾也是不言自明的事实。

尽管目前学界关于中国古代辨体批评观念研究已经取得了很大成绩，但某些领域和论题还有待拓展和深化。中国古代辨体批评观念是中国古代文体观念的组成部分，更倾向于文体理论，是在文体批评及辨体批评基础上，来探析文体理论或辨体理论概念、范畴、术语、命题形成演变的社会历史文化机制。虽然学界四十多年来辨体、破体、尊体研究颇为兴盛，但是系统的辨体批评观念史视域下的辨体理论批评著作还不多见，尤其是关于先秦两汉辨体批评观念发生的研究论文更是稀少，这都有待拓展和深化。此外，具体的破体现象如“以文为诗”和“以诗为词”等，也亟待从社会、历史、政治、哲学、文化角度进行研究和总结。

那么，如何对中国古代辨体理论批评进行系统研究进而构建其理论体系呢？其一，要做好已有中国古代文体观念研究的学术史清理工作。学术创新的实现，必须以尊重前人学术研究成果为前提，并在前人已有科研成果学术方法的启发下形成新的问题意识，从而将相关学术研究进一步推动和提升。近百年来尤其是新时期四十年以来中国古代文体学研究成果丰富，涉及文体学研究的方方面面，而辨体批评观念研究也取得了长足的进步，通过对这些已有学术成果进行全面系统的梳理和分析，一方面可以为今后的研究提供借鉴，避免走弯路或重复已有的研究；另一方面可以在此基础上，寻找本研究中的突破点和创新点，使本研究能够站在前人的肩膀上得以更加深化和加强。其二，通过对中国古代辨体批评观念的发生渊源、发展历程和内蕴特征等进行考索分析，接下来精心选取中国文学批评史中具有代表性的辨体理论批评专题进行深入研究，最后借鉴现当代文艺理论对中国古代辨体批评观念进行合理的现代阐释，进而系统地建构中国古代辨体批评观念的理论体系。其三，在系统构建辨体批评观念体系的过程中，从辨体的角度，对中国古代文论中的经典之作进行重新审视和解读，进一步挖掘这些传统经典文论的深厚内蕴。通过选取魏晋至明清以来能够体现时代辨体批评特征的典型个案进行深入的专题研究，从而厘清和把握中国古代辨体批评观念发展的历史脉络。其四，写作过程中，力求避免为取得宏大的史学叙事效果，而写成概论式的辨体观念发展史的情况出现。同时运用现代中西方文艺理论对中国古代辨体批评观念进行合理的现代阐释，把古代文论的现代转化这一学术命题付诸实践。

如下两个方面的中国古代辨体理论批评研究尤为重要：

第一，中国古代辨体概念范畴阐释及理论体系建构。作为中国古代文体学的核心理论范畴，“辨体”是中国古代文体学研究的基本起点，是贯通其他相关问题的核心问题。“辨体”范畴内蕴丰富，虽然吴承学、傅刚等学者对此都有所归纳，但随着辨体研究的深入，还有可补充的余地。以辨体为核心又衍生出了诸如破体、尊体、正体、变体、得体、失体等众多概念范畴，其间的微妙关系和内涵特征都需要全面阐释。系统的辨体理论体系建构也是当下文体学研究亟待解决的问题，这对于古代文体学学科建设尤为重要。

第二，中国古代辨体批评观念史分期特点。辨体理论概念范畴是历代批评家在辨体批评实践中形成的。辨体批评作为主体性的辨识、判断、评价行为，其中蕴含着批评家的价值观、世界观等主体心理意识因素，而这些又与其生平经历、社会历史、宗教哲学等时代思想背景密不可分。也就是说，辨体批评是一种主体性的观念行为，是文体观念的重要组成部分，随着时代政治、社会历史的变迁，辨体批评也有自身的发展历史，这与文体学史的分期特点有相似之处。按朝代划分大体可以分为四个阶段：1. 先秦两汉：中国古代辨体批评观念的萌芽发生期。2. 魏晋六朝：中国古代辨体批评观念的发展形成期。3. 唐宋金元：中国古代辨体批评观念的成熟定型期。4. 明清近代：中国古代辨体批评观念的总结裂变期。这四期既可以各自单列一章，从宏观的史学视域以单篇论文进行专门论述，又可以按照四个时期的时段划分，以系列论文进行专题研究，比如唐代、宋代、明代、清代都可以按朝代细分进行专题研究。

要之，在综述四十年来中国古代辨体理论批评研究现状的基础上，今后进一步研究的简明思路和方法应该是：全面地收集和整理中国古代文献典籍中相关辨体批评资料，梳理和总结辨体批评观念的发展历史和存在形态；在辨体批评观念专题研究的基础上，进行纵横比较，从中寻找出中国古代辨体批评观念演变的规律来；同时理论和实证、宏观和具体相结合，从中国古代辨体批评的实际出发，再现和还原中国古代辨体理论批评的原生品貌。

第三节　辨体批评之演变与特征

作为中国古代文体学的基本理论范畴，"辨体"概念和"文体"一样内涵复杂，辨体理论与批评体系也因此显得庞大而严密。但其主要功能和目的则在于"划界限"和"比高下"，即"通过对某一体裁、文类或文体之一定的内在质的规定性掌握，划分各种体裁、文类或文体之间的内外界限，划分各种体裁、文类或文体内部的源流正变的界限，并赋予高下优劣的价值判断和价值评价。"[1]也就是说，辨同异（即分界限），辨源流正变、高下优劣、是非邪正、尊卑雅俗等是辨体的主要功能和特征。所谓辨文体的类别、风格及划界限者是辨同异，即辨文体类别、风格之间的同异界限而分类归类。而辨源流、分高下则是对辨体之辨源流正变、高下尊卑、是非优劣、邪正雅俗、古今名实、贵贱利病、主次轻重、得体失体、文质古律等哲学思辨特征的概括，含有更多的价值评判。

一、辨体批评之发生

从深层渊源上来说，中国传统文化哲学才是孕育辨体理论范畴的母体。辨体之名称内涵更多从传统文化中演变而来，其思辨特征尤得益于中国传统哲学思维方式的滋养。笔者认为："将传统文论范畴与传统文化哲学范畴联系起来作整体考察，尤其是考察文化哲学范畴向文论范畴汇通、演变的过程，从文化哲学的高度来研究问题，才能搞清楚一个文论范畴产生、形成及发展的全过程，才能对该范畴的义理有一个透彻的认识，并深刻领悟该范畴所代表的审美意识所蕴含着的深厚的文化哲学精神。"[2]作为文论范畴和理论体系，辨体也不例外，而且更适用于此，也只有用这种方法，才能真正地领悟其辨"同异、源

1 吴承学、沙红兵：《中国古代文体学学科论纲》，《文学遗产》2005年第1期，第23页。
2 党圣元：《中国古代文论范畴研究方法论管见》，《文艺研究》1996年第2期，第6页。

流、正变、古今、本末、体用、优劣、高下”之辩证思维方式和哲学思辨特征。这是中国古代文论研究的方法论问题，如李春青指出：“从方法论角度看，中国古代文论研究的入手处常常不应是诗文作品，也不应该是诗文理论本身，而应该是特定的哲学、道德、政治观念。”[1]也就是说，辨体不但萌蘖于中国传统儒家文化中，与诸如《礼》《易》等血脉相连，而且其辩证思维方式和思辨特征更是借鉴、沿袭了传统哲学中诸如《易》、老子、庄子、荀子、董仲舒等的辩证思想。下面就辨体与传统哲学的渊源关系进行梳理。

辨体之辨白是非优劣是儒家礼制上下尊卑关系的反映。“辨体”一词连用最早出现在《周礼》中，是儒家礼制之等级制度的写照。《周礼·天官·内饔》：“内饔掌王及后、世子膳羞之割亨煎和之事，辨体名肉物，辨百品味之物。”郑玄注曰：“体名，背、胁、肩、臂、臑之属。”[2]宋易祓云：“牲有体名，或贵或贱，当辨其可用而去其不可用。”[3]对此，清毛奇龄解释得尤为透彻：“周礼注……士丧礼分七体，特牲分九体，少牢分十一体，其中有肩、胉、髀、胁、脊、臂、臑、肫、脡、骼诸名总是，以前后左右分贵贱之等。《周礼》‘内饔掌割烹’有‘辨体’，谓解羊豕之体而辨其前后左右横直之不同。今其制已不可考则，但分六体，而以前为贵，以后为贱，而次第献之，似亦不失礼意矣。”[4]其中，“辨体谓解羊豕之体而辨其前后左右横直之不同”云云，与后世以人体喻文体有相似之处，其承沿之迹很明晰。吴承学《生命之喻》一文即以辨生命之体而喻辨析文体，所谓“文之有体，即犹人之有体也……如果人体是显性形态，文体就是隐性形态。人体是文体的象征，文体是一个和谐统一的有生命的整体”[5]。这样，

1 李春青：《宋学与宋代文学观念》，北京师范大学出版社，2001，第 8 页。

2（唐）贾公彦：《周礼注疏》卷 4《内饔》，见（清）阮元校刻：《十三经注疏》，中华书局，1980，第 661—662 页。

3（宋）易祓：《周官总义》卷 3，见《影印文渊阁四库全书》第 92 册，第 299 页。

4（清）毛奇龄：《辨定祭礼通俗谱》卷 4，见《影印文渊阁四库全书》第 142 册，第 781 页。

5 吴承学、沙红兵：《中国古代文体学学科论纲》，《文学遗产》2005 年第 1 期，第 30 页。

从哲学思辨的角度来看，不但“辨贵贱，可用不可用”体现着辩证的思考，而且“辨体谓解羊豕之体而辨其前后左右横直之不同”显然还属于形而下的有形的具体的层面上，而最终的目的和功能则是上升到无形的抽象的形而上层面上，即以前后左右分贵贱尊卑之等。这条文献以及这种阐释可以说弥足珍贵，它可以透彻地反映本书的研究思路和宗旨。这也正是吴承学构建古代文体学学科时的基本内涵之一，即“古代文体学的方法论和思维方式研究，集中体现着其以辨体的辩证思考为基本起点的思路。概括起来，就是中国古代文体兼有形而上与形而下、抽象与具象于一‘体’”。[1]

二、辨体批评之特征

辨体的思辨特征深受传统哲学思想的濡染滋养，最主要的有《周易》《老子》《庄子》《易传》之辩证思维方式，孔子、荀子、董仲舒的正名思想和汉魏名实之辨以及《墨子》《荀子》《易传》之类合、同异等哲学思想。上面从传统礼制文化源头上追溯了文体辨析的由来与演变，辨体已然具备了辨贵贱、同异的思辨特征。其实，辨体的辨同异、源流、古今、正变、优劣、是非等思辨特征有其更深刻的哲学基础。“这是因为在传统文学理论批评的发轫时期，先秦诸子的文艺思想与文艺批评方法与他们的哲学思想及其方法论原则是浑然一体的，影响所及，自然形成了传统文论及其范畴与传统哲学及其范畴互相渗透、互相交融的特点。”[2]

辨体的思维方式和思辨特点最直观、最直接地体现在“辨”字本身上。“辨”的本义是判别、区分。《经典释文》：“辨，别也。”[3]《群经音辨》：“辨，判也。”[4]此义推衍组合为分辨、辨别、辨析、辨解、划分、区别等，其本身便具有极强

1 吴承学、沙红兵：《中国古代文体学学科论纲》，《文学遗产》2005年第1期，第22页。
2 党圣元：《中国古代文论范畴研究方法论管见》，《文艺研究》1996年第2期，第5页。
3 （唐）陆德明：《经典释文》卷1，上海古籍出版社，1985，第876页。
4 （宋）贾昌朝：《群经音辨》卷2，中华书局，1985，第40页。

的思辨特征。如《周易·同人》："君子以类族辨物。"清刁包注曰："君子观同人之象而以类族辨物。类族辨物，程朱说大异。试从程说推之，盖统人物而言也。以人之类言之，士有士类，农有农类；以物之类言之，牛有牛类，马有马类，此之谓类辨。以人之族言之，张为张族，王为王族；以物之族言之，毛为毛族，羽为羽族，此之谓族辨。各以其族类辨物之异同也。又尝从朱说推之，类族属人，辨物属物，类其族之源流以正名分，秩然其不可乱也。辨其物之差等，以别名器，凛然其不可假也。"[1]《左传》成公十八年："周子有兄而无慧，不能辨菽麦。"这里指类聚区分，辨别同异，即划分界限。又如陆九渊《与朱元晦》："辨是非，别邪正，决疑似。"[2] 范仲淹《上张右丞书》："至于稼穑之难，狱讼之情，政教之繁简，货殖之利病，虽不能辨，亦尝有闻焉。"[3]《周易·履》："君子以辨上下定民志。"孔颖达疏："君子法此履卦之象，以分辨上下尊卑，以定正民之志意，使尊卑有序。"[4] 这里指辨别是非优劣、高下尊卑等，其中蕴含着很强的价值判断。"辨"又通"辩"，清朱骏声《说文通训定声·坤部》："辩，假借为辨。"[5] 综上所述，"辨"字体现了主体辨者之辨"同异、是非、邪正、繁简、利病、上下、尊卑"等的辩证思维方式。这里，辨是主体的思维方式、思辨特征；体是客体的存在方式，即文体是核心。也就是说，"辨体是主客体相互依存的活动。辨不仅是方法，而且也是思维和观念；不仅是过程，而且也是结果；不仅是理性的思辨，而且是感性的领悟"[6]。可以看出，单从"辨"字一点上，中国古代朴素辩证法之思维方式对辨体的思辨特点之影响已可见一斑。

正名思想、名实之辨以及类合同异思想对辨体观念也影响颇大。孔子正名

1（清）刁包：《易酌》卷 3，见《影印文渊阁四库全书》第 39 册，第 265 页。
2（宋）陆九渊：《与朱元晦》，《象山先生集》卷 2，商务印书馆，1926，第 31 页。
3（宋）范仲淹：《上张右丞书》，《范文正公集》卷 8，商务印书馆，1937，第 104 页。
4（清）阮元校刻：《周易正义》卷 2《履》，见《十三经注疏》，中华书局，1980，第 27 页。
5（清）朱骏声：《说文通训定声》，中华书局，1984，第 848 页。
6 张利群：《辨味批评论》，广西师范大学出版社，2000，第 173 页。

的具体内容就是见于《论语·颜渊》的“君君、臣臣、父父、子子”。董仲舒则在《春秋繁露·深察名号》中说：“名之审于是非也，犹绳之审于曲直也”，“事各顺于名，名各顺于天”。[1]“正名的思想在董仲舒这里和孔子那里一样，都是为了维护上下尊卑的等级制的。”[2]其后汉末魏初之综核名实、清谈、人物品评及玄学的兴起，对六朝文体学兴起、文体辨析之盛产生了深远影响。这种名实之辨无疑是刘勰文体论中“释名以彰义”的滥觞。关于墨子所谓“同类之同、同名之同，是之同、然之同，有非之异、有不然之异”云者，笔者曾有过分析：“类主要分析同与异，尤为重要的是类同与不类，即根据事物种属包含关系进行推论、论证。”[3]此外，荀子所谓“不异实名”“辨异而不过、推类而不悖”“举统类而应之”以及《易传》之“天地睽而其事同也，男女睽而其志通也，万物睽而其事类也”“君子以同而异”云云，以及董仲舒之《春秋繁露·阴阳义》“以类合之，天人一也”等命题，都对中国古代文体分类和辨别同异产生了深远的影响。这些都是以类聚区分为特征的总集编纂的渊薮。此外《周易衍义》所云“辨吉凶、参阴阳以辨君子小人”，“十一爻以辨体，发挥乾坤”[4]，以及《尚书古文疏证》之“明主客君臣之位，顺五行生克之序，辨体用常变之殊”[5]等，其所谓辨吉凶、阴阳、君子小人、乾坤、主客君臣、生克、体用常变云云，都可见“辨体”之辩证思维方式及与上述诸“体”之“辨”的渊源关系。

三、辨体批评之发展

从中国学术史的发展角度来看，文体辨析与字书、史书、韵书、佛典之辨体有很大关系，并随着总集、类书以及目录书编纂的发展而发展。首先看辨体

1（汉）董仲舒：《春秋繁露》卷12《阴阳义》，中华书局，1936，第60、59页。
2 任继愈主编：《中国哲学发展史》，人民出版社，1994，第127页。
3 党圣元：《中国古代文体的范畴和体系》，《文学评论》1997年第1期，第16页。
4（元）胡震：《周易衍义》卷16，见《影印文渊阁四库全书》第23册，第856页。
5（清）阎若璩：《尚书古文疏证》卷7，上海古籍出版社，1987，第1094页。

与书法的关系。曾巩《相国寺维摩院听琴序》云："书非能肆笔而已，又当辨其体而通其意。"[1] 郑樵《寄方礼部书》亦云："秦始皇混一车书，然后天下之书皆用秦体。以其体有不同，故曰辨体。学者所以不识字书义，缘不知正义与借义也。……体者，本无所取义，但辨异其体耳。"[2] 这里，辨体是根据书体的不同而辨别其同异及正体与借体。其次，辨体与史书的关系。浦起龙指出："按此篇序也，史体尽此六家。……一，《尚书》，记言家也；二，《春秋》，记事家也；三，《左传》，编年家也；四，《国语》，国别家也；五，《史记》，通古纪传家也；六，《汉书》，断代纪传家也。"[3] 这是根据史书编纂体例之不同来辨析"史体"。最后，辨体与韵书的关系。《唐书·艺文志》载僧猷智《辨体补修加字切韵》五卷（已佚）。又《四库全书总目》云："韵主审音，不主辨体。"[4] 此外，辨体的学术渊源与中国古代目录书、佛典及总集的编纂也密不可分，尤其是总集的编纂。经过上述传统文化哲学长久的濡染孕育，随着文体类目的日益增长，迎来了总集编纂和文体理论著述的高峰，文体分类和文体辨析及其思辨特征也因而凸显起来。关于文体辨析与总集编纂之关系，傅刚在《〈昭明文选〉研究》一书中所论详赡精到，可参看[5]。

从中国古代文学史和批评史的发展来看，魏晋六朝是中国古代辨体理论批评的繁荣和成熟时期，以刘勰《文心雕龙》和钟嵘《诗品》为代表。最早真正文学意义上的"辨体"范畴两字连用，当是唐释皎然《诗式》之"辨体有一十九字"[6]。在这里，"辨体"指辨别诗歌的风格特征。到了宋代，辨体渐成风气，正如祝尧所云："宋时名公于文章必辨体，此诚古今的论。"[7] 但直以"辨体"

1（宋）曾巩：《元丰类稿》卷 13，见《影印文渊阁四库全书》第 1098 册，第 469 页。
2（宋）郑樵：《寄方礼部书》，见《夹漈遗稿》卷 2，商务印书馆，1936，第 15—16 页。
3（唐）刘知幾撰，（清）浦起龙释：《史通通释》，上海古籍出版社，1978，第 1—2 页。
4（清）永瑢等：《四库全书总目》卷 42，见《影印文渊阁四库全书》第 1 册，第 866 页。
5 傅刚：《〈昭明文选〉研究》，中国社会科学出版社，2000，第 52—69 页。
6（唐）皎然著，李壮鹰校释：《诗式校注》卷 1，人民文学出版社，2003，第 69 页。
7（元）祝尧：《古赋辨体》卷 8，见《影印文渊阁四库全书》第 1366 册，第 469 页。

为名的唯严羽《沧浪诗话》。严氏屡言“辨尽诸家体制”“于古今体制，若辨苍素”“为能别得体制否”“辨家数如辨苍白”[1]等，实开后世“辨体”先声，其后元明以来，不独以辨体为名的总集林林总总，如元祝尧《古赋辨体》、明许学夷《诗源辩体》、吴讷《文章辨体》、徐师曾《文体明辨》、贺复征《文章辨体汇选》等，而直以“辨体”为名的文学批评也蔚为大观。如：

学《易》莫要于玩象，学诗莫要于辨体。……辨体不清则诠义不澈。[2]

是以二南无分音，列国无辨体，两雅可小大而不可差异，三颂可今古而不可迭列。[3]

诗文各有体，不辨体而能有得者，未之前闻也。[4]

作古诗先须辨体。[5]

文胡可以无体？抑胡可以弗辨也？[6]

可以看出，这里所罗列明人诸如车大任、王世懋等人之辨体批评重在辨诗文体制同异，而上述严羽、许学夷及辨体总集著者则重在辨是非、优劣、源流、古今、正变等。综上所述，辨体范畴或命题无论思维方式还是概念的发展演变，都深深植根于中国古代传统文化哲学的土壤之中。同时，辨体的丰富内涵及理论形态和体系都与此息息相关，并因此显得极富张力。

1（宋）严羽著，郭绍虞校释：《沧浪诗话校释》，人民文学出版社，1961，第 252、136 页。
2（明）章潢：《图书编》卷 11，见《影印文渊阁四库全书》第 968 册，第 406 页。
3（明）黄宗羲：《明文海》卷 160，见《影印文渊阁四库全书》第 1454 册，第 662 页。
4（明）黄宗羲：《明文海》卷 161，见《影印文渊阁四库全书》第 1454 册，第 669 页。
5（明）王世懋：《艺圃撷余》，见《影印文渊阁四库全书》第 1482 册，第 511 页。
6（明）贺复征：《文章辨体汇选》卷首，见《影印文渊阁四库全书》第 1455 册，第 387 页。

第十二章
传统诗文评中的文章“体制”观念

明人胡应麟在《诗薮·内编》中说：“曰风、曰雅、曰颂，三代之音也。曰歌、曰行、曰吟、曰操、曰辞、曰曲、曰谣、曰谚，两汉之音也。曰律、曰排律、曰绝句，唐人之音也。诗至于唐而格备，至于绝而体穷。故宋人不得不变而之词，元人不得不变而之曲。词胜而诗亡矣，曲胜而词亦亡矣。明不致工于作，而致于述；不求多于专门，而求多于具体，所以度越元、宋，苞综汉、唐也。”[1] 清代焦循《易馀籥录》卷十五云：“夫一代有一代之所胜，舍其所胜以就其所不胜，皆寄人篱下者耳。余尝欲自楚骚以下至明八股撰为一集，汉则专取其赋，魏、晋、六朝至隋，则专录其五言诗，唐则专录其律诗，宋专录其词，元专录其曲，明专录其八股，一代还其一代之所胜。”上引这两段文字，即为传统文学批评史上的最为典型的文学“一代有一代之所胜”之论。那么，所谓的“一代之所胜”，指的是什么呢？系指文学的思想情感？抑或是指文类或文体式样呢？于此，笔者认为主要是指文类或文体式样，而所谓“胜”，应作繁盛之意来理解，颇类似于今言之“野蛮生长”，意思就是在每一个文学史时代，都有一种或几种文类或文体式样，以其新生之活力强势生长蔓延，作家大都对此种文类或文体式样倍感兴趣，趋之若鹜般地运用该种文体式样进行书

1（明）胡应麟：《诗薮·内编》卷 1，上海古籍出版社，1979，第 1 页。

写，仿佛一种文体式样一旦兴起，便成为一个竞技场，文人雅士们都乐意在该种文体之竞技场上一展身手，文学史上便出现了在某一个历史时期某种文体的写作特别繁盛的现象。而中国文体之生生不息，蕃衍兴盛，瓜瓞绵延，旧者不去而新者照来，文体大国正由此而来。到了20世纪初，王国维撰《宋元戏曲史》，在该书之《序》中王国维亦倡说：“凡一代有一代之文学：楚之骚，汉之赋，六代之骈语，唐之诗，宋之词，元之曲，皆所谓一代之文学，而后世莫能继焉者也。”[1]王国维此言一出，引用者蜂拥而起，而胡、焦之言则几被遗忘。但是，王国维所言，差不多是对胡、焦之言的“照着说”，在思想观念上大体没有超过胡应麟、焦循多少，而且他将焦循的“一代有一代之所胜”改说为“一代有一代之文学”，平心而论反倒显得有些“隔”了，当然这里面也包含了王国维受西学影响而具有的建立在“进化论”基础上的现代文学史意识。笔者认为，所谓“一代有一代之所胜”，主要应该是指某种文学样式也就是文类、文章体式的繁盛，纵观一部中国文学发展史，确实如胡应麟、焦循、王国维所言，一个时代兴盛一定的文类或文体式样，而文类、文体之演兴盛衰，最终又从文章体制、体式的变化而来，从这一意义上说，一部中国文学发展史也是文类、文体蕃衍发展的历史，文章体制、体式正变相续的历史。因此，考察分析传统文学批评中的文章“体制”论，对于我们深入把握传统文体观念的发展演变具有一定的意义。

第一节　文章以体制为先

“体制”是传统文体观念中一个极其重要的概念，传统文体学中的“辨体”批评、文体分类、“体式”论、“得体”说，等等，均建立在文章体制论的基础

1 王国维：《宋元戏曲史》序，上海古籍出版社，1998，第1页。

之上，因此传统诗文评中的“体制”论，实为我们进入传统文体观念堂庑的一个很好的门径。任何事物都是以一定的形态存在的，任何文辞也以一定的体制而存在，“体制”对文本内在结构与外貌呈现产生双重的形塑作用，为文本的“编码”方式提供了基本的规定性，故而古人有云：“文章以体制为先，精工次之。失其体制，虽浮声切响，抽黄对白，极其精工，不可谓之文矣。”[1] 历代诗文评中的许多言谈，都涉及了文章的“体制”问题，兹列举而阐释之，以资对“文章以体制为先”这一命题有所说明。

宋代杨万里以宫室为喻来说明体制、体式之于作文的重要性。他说：“抑又有甚者，作文如宫室，其式有四：曰门、曰庑、曰堂、曰寝。缺其一，紊其二，崇庳之不伦，广狭之不类，非宫室之式也。”[2] 明代汤显祖《张元长嘘云轩文字序》：“谁谓文无体耶。观物之动者，自龙至极微，莫不有体。文之大小类是。”[3] 以天下大小精微莫不有体为言说的前提，文之为天下之物，当然也在其中，故“文之大小类是”，也就是说，文和天下至大之物与极微之物一样，都是有体的。徐师曾《文体明辨序说》曰：“夫文章之有体裁，犹宫室之有制度，器皿之有法式也。为堂必敞，为室必奥，为台必四方而高，为楼必陕（与狭通——引者注）而修曲，为筥必圜，为篚必方。为簠必外方而内圜，为簋必外圜而内方，夫固各有当也。苟舍制度法式，而率意为之，其不见笑于识者鲜矣，况文章乎？”[4] 明人顾尔行《刻本文体明辨序》也说：“尝谓陶者尚型，冶者尚范，方者尚矩，圆者尚规。文章之有体也，此陶冶之型范，而方圆之规

1（宋）倪思语，转引自（明）吴讷、徐师曾撰，于北山、罗根泽校点：《文章辨体序说·文体明辨序说》，人民文学出版社，1962，第 14 页。

2（宋）杨万里：《答徐赓书》，《杨万里诗文集》卷 66，江西人民出版社，2006，第 1052 页。

3（明）汤显祖：《玉茗堂文》卷 32《张元长嘘云轩文字序》，《汤显祖集全编》第 3 册，上海古籍出版社，2016，第 1534 页。

4（明）吴讷、徐师曾撰，于北山、罗根泽校点：《文章辨体序说·文体明辨序说》卷首，人民文学出版社，1962，第 77 页。

矩也。”[1] 明人沈承《文体》说：“文之有体，即犹人之有体也。”[2] 徐师曾《文体明辨序说·文章纲领·总论》中还引用明陈洪谟之言：“文莫先于辨体，体正而后意以经之，气以贯之，辞以饰之。体者，文之干也；意者，文之帅也；气者，文之翼也；辞者，文之华也。体弗慎则文庞，意弗立则文舛，气弗昌则文萎，辞弗修则文芜。四者，文之病也。是故四病去，而文斯工矣。”[3] 还说他自己学文“幸承师授”的真诠是：“谓文章必先体裁，而后可论工拙；苟失其体，吾何以观？亟称前书，尊为准则。曾退而玩索焉。久之，而知属体之要领在是也。”[4] 值得注意的是，明清时论文论诗，多讲究体格声调，讲求法度，其中也有讲求体制、体式的因素在里边，叶燮《原诗·外篇上》说：“言乎体格：譬之于造器，体是其制，格是其形也。将造是器，得般倕运斤，公输挥削，器成而肖形合制，无毫发遗憾，体格则至美矣。”[5] 胡应麟《诗薮·内编》也说：“凡诗诸体皆有绳墨。”[6]“体”在文章中的地位是“文之干也”，是文章之所以成为文章、成为某体文章的重要的制约因素，“体弗慎则文庞”，也就是说，如果文体不立或者在文体方面不慎重，文章就会庞杂滋蔓，不成样子。

民国时期的顾荩丞也在其所著的《文体论 ABC》中说：“文章之有各种体制，决不能互相混乱，好比日月星辰各有他的位置，山川丘陵各有形势，宫室台榭各有他的奇观……文章的各种体别，各有他的妙用，各有他的意义，各有他的作法；我们应当格外认得清楚，辨得明白，这才不致于执笔为文的时候，

1（明）顾尔行：《刻本文体明辨序》，见（明）吴讷、徐师曾撰，于北山、罗根泽校点：《文章辨体序说·文体明辨序说》，人民文学出版社，1962，第 75 页。

2（明）沈承：《文体》，见阿英编，晗实、玉铮标点：《晚明二十家小品》，河北人民出版社，1989，第 405 页。

3（明）吴讷、徐师曾撰，于北山、罗根泽校点：《文章辨体序说·文体明辨序说》，人民文学出版社，1962，第 80 页。

4（明）吴讷、徐师曾撰，于北山、罗根泽校点：《文章辨体序说·文体明辨序说》，人民文学出版社，1962，第 78 页。

5（清）叶燮：《原诗》，人民文学出版社，1979，第 45 页。

6（明）胡应麟：《诗薮·内编》卷 3，上海古籍出版社，1979，第 46 页。

有‘望洋兴叹’之感了！”[1] 上述诸家之言，所指大体都在文章之体裁、体制、体式、体格方面，而虽然我们不能将体裁、体制、体式、体格等概念完全等同起来，应该注意到它们之间存在的差别，尤其是古人在具体使用它们时对语境的考量，即语境的不同往往使古人选择使用其中的这个而不使用那个，事实上这些概念，甚至还包括诸如体法、体性、体势、体韵等，都聚拢在“体”“文体”这一更大的范畴之下，甚至可以说，正是由它们构成了传统文体学中关于文章体式的基本规定性，没有它们，所谓文类、文体便不复存在。

近现代以来，有不少学者从语言的角度来论述文章必须以一定的“体”存在，比如黄侃认为：“盖人有思心，即有言语；既有言语，即有文章。言语以表心思，文章以代言语。”[2] 言有体，故文章必须有体。徐复观则从另一角度来论述这一问题。他说：“构成文学的重要因素有三：一是作为其媒材的语言文字；一是作为其内容的思想感情；一是作为其艺术表现的形相性。……文学中的形相，在英国法国，一般称之为 Style，而在中国，则称之为文体。体即是形体、形相。文体虽与语言及思想感情，并列为文学的三大要素之一：但语言和思想感情，必须表现而成为文体时，才能成为文学的作品。”[3] 出版于 1931 年的薛凤昌的《文体论》还为此颇费了一点周折，他说：“天下不论做那种事情，成那种物件，都有一个体。就我们眼前所见到的物件：有大的、有小的、有方的、有圆的、有曲的、有直的。千形万态，却无一不有当然的式样。若是应当大的不大，方的不方，曲的不曲，这就是不合式样。没有一个不说是不好。任你做得如何精细，如何新巧，那式样不合，终是不适于用。如此说来，这式样岂非是一件最重要的事情！这就是我所说的‘体’。”[4] 为此他还以国体为例来予以说明，认为正如国家有国家的体制一样，文章也必须有文章的体制，没有体制便

1 顾荩丞：《文体论 ABC》，世界书局，1929，第 5—6 页。
2 黄侃：《文心雕龙札记 · 原道第一》，武汉大学出版社，2013，第 3 页。
3 徐复观：《〈文心雕龙〉的文体论》，见《中国文学论集》，九州出版社，2014，第 2—3 页。
4 薛凤昌：《文体论》，商务印书馆，1931，第 1 页。

不成文章。当然，文章的体制是多样的、变化着的，不变中有变，变中有不变，正变相续，立破互生。事实上，正是文章体制之多样性和变异性，才引发和导致了文类、文体、文学风格的多样性与变异性。古人云“文各有体”，而文章之“有体”，端赖于文章之“以体制为先”。

在文章书写中，体制是一种规范与形塑，体制构成了文章的外在形态，即所谓体貌文相。任何事物都以一定的外在形态存在，都有自己的体貌，文章也不能例外。在已有的文章体制中破茧而出者往往是新的文章体制之诞生。文章总是在一定的形态中体现出自己的文本存在，而这个形态就是文章的体制。郭英德以为，“体制，指文体外在的形态、面貌、构架”[1]，认为“体制”是指文章的外在形态的存在方式，这是对古人所用的“体”或者“体制”一词的一个非常简扼而精准的解释。中国人的思维往往有“远取诸物，近取诸身”而“象喻”之的思维习惯，文体的“体”应当是跟身体的体有必然联系的。因此，“用于文学之‘体’是一种‘近取诸身’的比况，是将对人体构成的理解推衍到其他事物的一例。”[2]当然，“文体”的“体”不仅是事物存在的一种外在存在方式，更重要的是，它是文章存在的具有稳定性的一种存在方式和存在形态，更是一种具有延续性和继承性的按照特定原则、规范组合的文本的编码方式，也是指一个作家较稳定的个人创作特色与规范。此外，中国古代的“体”还有体式、体貌、体格诸种别称，它们揭示着文体内涵的不同层面，从外而内，构成了文章的外在风貌和内在结构，同时也决定了文章的存在形态和整体风貌，而这一切又无不与“体制”有密切关联，或者说都是文章体制的文类、文体属性之不同层面体现。因此，我们认为“文各有体”确实具有通过重视文章体制而强调文体规范、文类区分重要性的意旨，甚至可以说体制是文体规范之具体落实，而所谓“以有体为常”“文体有常”“文有常体”等，则重在说明任何文章都有

---

1 郭英德：《中国古代文体学论稿》，北京大学出版社，2005，第 4 页。

2 涂光社：《说古代文论中的“体”》，《长江学术》2006 年第 2 期，第 119 页。

客观的载体亦即文体的样态，也就是负载一定文章内容的存在形式。文成体立之后，文体作为文章风貌的载体，虽然“体有因革”，即包含因袭和革新两个方面，但因与革之关系宜从辩证的角度来看，没有“革”，新的文体便不能产生；没有“因”，新文体产生之后，原先的文体便会被废弃而一去不返，而我们知道一部中国文体发展史并非是无数个划过的火柴梗排列而成的一条直线。而且，“因”也是一种文体在体制方面保持稳定性、连续性的必要前提。中华文脉、文学的传承，其中非常重要的一点就是在通变、因革规律作用下的文体的传承与生生不息，巴赫金如是说：“文学体裁就其本质来说，反映着较为稳定的、‘经久不衰’的文学发展倾向。一种体裁中，总是保留有已消亡的陈旧因素。……在文学发展过程中，体裁是创造性记忆的代表。正因如此，体裁才可能保证文学发展的统一性和连续性。”[1] 文体之延续性来源于文章体制的规范与约束，文体及文章体制是文学风格凝聚的重要外在表现，是文学多样性的外在表征，其对于文学发展具有极其重要的意义。而且，文体演进本身就是文学发展的重要一维，故而中国文学史上便有以文体因革结构文学史的传统。

体制作为构成一种文体的具体的体式方面的要求，是文章书写的规范性前提，其使书写者生产出来的是这种文类的文本而不是那种文类的文本，因此从这一意义上说，体制也是文学价值实现的一个基本依据，它构成了文本存在的具体形态。如此看来，倪思所说的“文辞以体制为先”，以及“论诗当以文体为先，警策为后”[2]。由于“文学的特性，须通过文体的观念始易表达出来。所以文体论乃文学批评鉴赏之中心课题，亦系《文心雕龙》之中心课题”[3]，所以笔者认为，“体制”确实涉及了文辞存在的本真问题，其与“辨体”“得体”“体式”“体性”等共同构成了传统文体观念的最为核心的问题场域，属于一个观

---

1 钱中文主编：《诗学与访谈》，见《巴赫金全集》第5卷，白春仁、顾亚玲译，河北教育出版社，1998，第140页。

2（宋）张戒：《岁寒堂诗话》卷上，见丁福保辑：《历代诗话续编》，中华书局，1983，第459页。

3 徐复观：《〈文心雕龙〉的文体论》，见《中国文学论集》，九州出版社，2014，第1页。

念链条上的不同环节。

第二节　合体得性与合体得用

在某种程度上，可以说“体制为先”是中国古代文体观念的逻辑起点。中国人很早就有强烈的文体意识，对“文体”的辨别贯穿了历朝历代。在中国人看来，写作、接受和欣赏都必须在文体形态的基础上进行和展开，是否遵守文章的体制，成为文章写作和衡量文章的首要标准。古人既重文之“用”，又重文之“体”，或者说因重文之“用”而重文之“体”，不同之“用”需要不同之“体”来表之，因此传统文体学中的诸如文类、体裁、体制、体式等方面的问题，如果从传统哲学体用的角度来阐释，或可对相关问题在逻辑层面和精神实质方面认识得更通透一些。阮籍《乐论》有云：“夫乐者，天地之体，万物之性。合其体，得其性，则和；离其体，失其性，则乖。昔者圣人作乐，将以顺天地之性、成万物之性也。”[1] 这是在终极意义上来论说作乐的本义和要求，音乐应该合体得性，作文应该也是“文”这种物性的表现，也必须做到适性合体。《孟子·告子上》曰：“羿之教人射，必志于彀，学者亦必志于彀。大匠诲人必以规矩，学者亦必以规矩。”同样地，任何创造性活动都应有一定规律和规范。体制就是文章的规矩之一，属于首先必须遵守的规矩，只有这样才能作出适性得体的文章。

文体是文章之本，而文章体制则是文体的具体规定性，正因为如此，刘勰在《文心雕龙》中非常强调“体制”的重要性，他认为文章体制的辨别在创作中起着重要的作用，既规范着写作，又约束着文章鉴赏。所以，刘勰要求“夫才童（量）学文，宜正体制”[2]。这里说的“体制”也作“体式”，包括体裁及其

1（三国魏）阮籍撰，陈伯君校注：《阮籍集校注》，中华书局，1987，第 78 页。

2（南朝梁）刘勰著，范文澜注：《文心雕龙注》卷 9《附会》，人民文学出版社，1958，第 650 页。

在情志、事义、辞采、宫商等方面的规格要求，也包括风格。刘勰还认为文章的写作应“务先大体”[1]，“履端于始，则设情以位体”[2]，而文章的鉴赏，亦首先应该做到“观位体”[3]。可见写作和鉴赏都应从文章体制开始。从写作的角度讲，刘勰认为各种体裁都有各自的规范，文章家必须在遵守规范的前提之下进行创作，施展自己的才华，也就是说，文章写作应该是在文体规范制约之下的创造性活动。“文体既立，其状自殊”，任何一个作家既然要运用一定的体裁进行创作，不管他是自觉的还是不自觉的，总得尊重文体的基本规定性，遵循一定的体式。在刘勰看来，一开始学习写作，就须取法乎上，即所谓“童子雕琢，必先雅制”[4]。刘勰在《文心雕龙·序志》篇中所提出的“原始以表末，释名以章义，选文以定篇，敷理以举统”[5]，在相当程度上也包含了对文章体制、体式的考量，正因为如此便为传统诗文评家的辨体批评提供了一个批评范式，并对后世的诗文辨体产生了极为深刻的影响。刘勰还在《通变》篇中提出了其文体思想的第一原则——“昭体”。所谓“昭体”，也就是“设文之体有常”，即各种体裁都有其固定的体制，有其大体的规定。因为从“诗赋”到“书记”，无论哪种体裁，都必然“名理相因”“名理有常”，即不同体裁的名称和规则是世代相传的，历史形成的，是固定了的，此之谓“设文之体有常”[6]。只有详悉和遵守不同体裁的体制、规则，才能“昭体故意新而不乱，晓变故辞奇而不黩”[7]。作文只有“洞晓情变，曲昭文体，然后能孚甲新意，雕画奇辞”[8]。意思是说命意修辞，皆有法式，合于法式者，以新为美，不合法式者，以新为病。根据

1（南朝梁）刘勰著，范文澜注：《文心雕龙注》卷9《总术》，人民文学出版社，1958，第657页。
2（南朝梁）刘勰著，范文澜注：《文心雕龙注》卷7《镕裁》，人民文学出版社，1958，第543页。
3（南朝梁）刘勰著，范文澜注：《文心雕龙注》卷10《知音》，人民文学出版社，1958，第715页。
4（南朝梁）刘勰著，范文澜注：《文心雕龙注》卷6《体性》，人民文学出版社，1958，第506页。
5（南朝梁）刘勰著，范文澜注：《文心雕龙注》卷10《序志》，人民文学出版社，1958，第727页。
6（南朝梁）刘勰著，范文澜注：《文心雕龙注》卷6《通变》，人民文学出版社，1958，第519页。
7（南朝梁）刘勰著，范文澜注：《文心雕龙注》卷6《风骨》，人民文学出版社，1958，第514页。
8（南朝梁）刘勰著，范文澜注：《文心雕龙注》卷6《风骨》，人民文学出版社，1958，第514页。

“昭体”的原则，刘勰在《定势》篇中规定了不同体裁有与之相匹配的不同语体。这里所说的“语体”“修辞”都包含在中国古代的“体”的意义所指之内。周勋初《梁代文论三派述要》指出：“刘勰就曾提出‘曲昭文体’的要求，‘昭体故意新而不乱’（《文心雕龙·风骨》）。本来哪一方面的题材适合于用哪种文体来表现，这是古人在长期的写作过程中积累下了无数的经验之后所取得的认识。借鉴于此，可以防止内容形式的失调：因有规范可循，易使文章得体。”[1]《文心雕龙·风骨》又云：“赞曰：情与气偕，辞共体并。”[2]王运熙解释说：“‘情与’二句意思说：在作品中，情思与意气，文辞与体制风格，都是密切相关的。”[3]在《镕裁》篇中，刘勰又提出“三准”说：“是以草创鸿笔，先标三准：履端于始，则设情以位体；举正于中，则酌事以取类；归余于终，则撮辞以举要。然后舒华布实，献替节文，绳墨以外，美材既斫，故能首尾圆合，条贯统序。”[4]刘大杰主编的《中国文学批评史》说：“所谓‘三准’，首先是指根据所要表现的情志即思想内容来确定体制，其次是善于引证事类即典故成语来表达内容，再次是运用警策语句，突出重点。”[5]也就是说，在创作前的准备阶段，首先要解决的问题是根据文情选择适当的文体，即“设情以位体”。同时要“曲昭文体”，明确各类文体的基本特性，以使写作更加得体，以防止内容与形式的失调。在刘勰看来，弄清楚各种文章体裁的特点，通晓写作的变化是作文章的前提。“文辞以体制为先”，古代文体理论家大多是从这一认识出发，无论是对于体类的划分、性质的说明、演变的探讨，还是范文的选定，其主要目的都是在揭示各体文章的体制及其写作方法，同时为正确判断和批评文章确立规范。

---

1 周勋初：《文史探微》，上海古籍出版社，1987，第104页。

2 （南朝梁）刘勰著，范文澜注：《文心雕龙注》卷6《风骨》，人民文学出版社，1958，第514页。

3 王运熙：《文心雕龙探索》，上海古籍出版社，2014，第125页。

4 （南朝梁）刘勰著，范文澜注：《文心雕龙注》卷7《镕裁》，人民文学出版社，1958，第543页。

5 刘大杰主编：《中国文学批评史》上册，上海古籍出版社，1979，第183页。

中国历代文体批评对此多有申说。刘勰《文心雕龙·明诗》在承认“思无定位”的同时，又特意强调了“诗有恒裁”[1]，即认为体裁一旦形成就具有相对的独立性和稳定性，就是“有常之体”[2]。《文心雕龙·通变》篇曰：“夫设文之体有常，变文之数无方，何以明其然耶？凡诗赋书记，名理相因，此有常之体也；文辞气力，通变则久，此无方之数也。名理有常，体必资于故实；通变无方，数必酌于新声；故能骋无穷之路，饮不竭之源。”[3]刘勰认为文章的文辞处于不断发展变化中，而它们的名称和规格体制则具有传承性，这种认识贯穿于刘勰从《明诗》《诠赋》直到《书记》对各种文体的论析之中。刘勰指出“体必资于故实”，所谓“资”，凭借，借鉴；“故实”，已有的实际和成法，指过去的创作经验，即写作所必须遵守的惯例，从创作的角度讲，文体的因袭主要是体制的因袭和继承，黄侃在《文心雕龙札记》里对此解释：“文有可变革者，有不可变革者。可变革者，遣辞捶字，宅句安章，随手之变，人各不同。不可变革者，规矩法律是也，虽历千载，而粲然如新，由之则成文，不由之而师心自用，苟作聪明，虽或要誉一时，徒党猥盛，曾不转瞬而为人唾弃矣。”[4]意谓可变者可尽情而变，不可变者即使可以求变也是违背规律的。

《文心雕龙·附会》又云：“夫才量学文，宜正体制，必以情志为神明，事义为骨髓，辞采为肌肤，宫商为声气；然后品藻玄黄，摛振金玉，献可替否，以裁厥中。斯缀思之恒数也。”[5]所谓“正体制”，即把握各种体裁的规范，使其合乎体制要求。《文心雕龙》的上篇备论各种文体，无不着眼于体制的特性。刘勰还用了大量的篇幅来论述文体，阐述了各种文体的发展源流，概括了它们

1（南朝梁）刘勰著，范文澜注：《文心雕龙注》卷2《明诗》，人民文学出版社，1958，第67—68页。
2（南朝梁）刘勰著，范文澜注：《文心雕龙注》卷6《通变》，人民文学出版社，1958，第519页。
3（南朝梁）刘勰著，范文澜注：《文心雕龙注》卷6《通变》，人民文学出版社，1958，第519页。
4 黄侃：《文心雕龙札记》，武汉大学出版社，2013，第102页。
5（南朝梁）刘勰著，范文澜注：《文心雕龙注》卷9《附会》，人民文学出版社，1958，第650页。

的功用、体制特点，对每种体裁的文章有什么规格要求和风格要求，都有详尽的论述，同时指出各种文体的写作要顺自然之势，即按不同的内容、思想感情来确定文体，“因情立体，即体成势”[1]，并按照文体的特征和表现形式形成独特的风格。尽管刘勰认为各种文体可以取长补短、相互渗透、融为一体，但每种文体必各有其“本采”，有主导的风格，即所谓“五色之锦，各以本采为地矣”[2]。尽管刘勰在文章体制方面采取了灵活的态度，然而他还是认为，体制风格还是各种文章应该首先遵守的“本采”，亦即底色，文章所有的变化应该是在此底色上进行。

鉴于文体规范在写作中的重要意义，刘勰《文心雕龙》的文体论各篇都有一段“敷理以举统”的文字，来论述每一种文体应有的体制规范。此外，《文心雕龙》还在《镕裁》篇中专门论述了这一问题，认为作文应该“立本有体”，而“立本有体”的关键是“职在镕裁”。在刘勰看来，“规范本体谓之镕，剪截浮词谓之裁”，规范本体的结果是“镕则纲领昭畅”[3]。一般认为，《镕裁》一篇属于文术论，侧重于修辞技巧和规范，但此篇还涉及了有关文体规范的问题，要求文术建立在“规范本体”之上。《镕裁》篇有云：“履端于始，则设情以位体。”[4]詹锳《文心雕龙义证》释曰：“‘设情以位体’的‘体’，指体制，既指文章的体裁，也包括对这一体裁的风格要求。所谓‘设情以位体’就是在思想感情的基础上安排用什么体裁来写，规矩要求和风格要求是什么。”[5]《章句》有云：“设情有宅，置言有位，宅情曰章，位言曰句。……局言者联字以分疆，明情者总义以包体。”[6]此外还要遵循“大体”，“大体”在《文心雕龙》中也作“大

1（南朝梁）刘勰著，范文澜注：《文心雕龙注》卷6《定势》，人民文学出版社，1958，第529页。
2（南朝梁）刘勰著，范文澜注：《文心雕龙注》卷6《定势》，人民文学出版社，1958，第530页。
3（南朝梁）刘勰著，范文澜注：《文心雕龙注》卷7《镕裁》，人民文学出版社，1958，第543页。
4（南朝梁）刘勰著，范文澜注：《文心雕龙注》卷7《镕裁》，人民文学出版社，1958，第543页。
5 詹锳：《文心雕龙义证·镕裁》中册，上海古籍出版社，1989，第1185页。
6（南朝梁）刘勰著，范文澜注：《文心雕龙注》卷7《章句》，人民文学出版社，1958，第570页。

要”“体要”，都是指对某一文体的规格要求和风格要求。如“是以规略文统，宜宏大体”[1]；“虽精义曲隐，无伤其正言；微辞婉晦，不害其体要”[2]；“是以立范运衡，宜明体要”[3]。其中的“大体”“体要”均指写好各体文章的规范或准则。任何一篇文章，都属于一定的体类，都有一定的形式结构要求，都会表现出一定的体貌特征，因而也必然具有特定的体制、体式方面的写作规范和要求，此之为“立本有体”。文体中的体制、体式是一种规范性的存在，其决定着文章的辞采、声调、序事、章句等，而作者的才情只在于控驭文体，以及对于体制、体式的娴熟运用，方为能事者。当然，既曰创作，其中的博弈也是不可避免的。

第三节　立本有体与辞尚体要

在刘勰看来，“立本有体”之体即是指文体规范，而文体规范又最终落实为具体的体制要求和修辞手段，于是“体制”便成为文章“镕裁”的依据和标准，因此《文心雕龙》的文术论中也贯穿了“体制为先”的基本思想。《文心雕龙》两次征引伪古文《尚书·毕命》中“辞尚体要”的说法，如《征圣》篇所谓“《书》云‘辞尚体要，弗惟好异’”[4]、《风骨》篇所谓“《周书》云，‘辞尚体要，弗惟好异’，盖防文滥也”[5]，就是强调“体”在艺术形式中的纲领性地位和作用。为此，刘勰采用历史考察和逻辑推演结合的方法，归纳出各类文体写作的体制特色和规格要求，为各种文体的写作提供了基本的范式，主要是体制规范和审美风格的要求。这种范式要求除了具体的文章体制要求之外，还有在

1（南朝梁）刘勰著，范文澜注：《文心雕龙注》卷6《通变》，人民文学出版社，1958，第521页。
2（南朝梁）刘勰著，范文澜注：《文心雕龙注》卷1《征圣》，人民文学出版社，1958，第16页。
3（南朝梁）刘勰著，范文澜注：《文心雕龙注》卷5《奏启》，人民文学出版社，1958，第423页。
4（南朝梁）刘勰著，范文澜注：《文心雕龙注》卷1《征圣》，人民文学出版社，1958，第16页。
5（南朝梁）刘勰著，范文澜注：《文心雕龙注》卷6《风骨》，人民文学出版社，1958，第514页。

社会历史发展过程中形成的所谓经典和经典所代表的审美规范。刘勰在《文心雕龙·定势》有云：“以模经为式者，自入典雅之懿；效骚命篇者，必归艳逸之华。……章表奏议，则准的乎典雅；赋颂歌诗，则羽仪乎清丽；符檄书移，则楷式于明断；史论序注，则师范于核要；箴铭碑诔，则体制于宏深；连珠七辞，则从事于巧艳：此循体而成势，随变而立功者也。”可以说，刘勰在理论和实践上都贯穿了“体制为先”的理念和原则。

遍照金刚《文镜秘府论·南卷·论文意》说：“凡文章体例，不解清浊规矩，造次不得制作。制作不依此法，纵令合理，所作千篇，不堪施用。”[1]其《论体》还说：“凡制作之士，祖述多门，人心不同，文体各异。……遵其所宜，防其所失，博雅、清典、绮艳、宏壮、要约、切至等，是所宜，缓、轻、淫、阑、诞、直等是所失。故能辞成炼覈，动合规矩。而近代作者，好尚互舛，苟见一涂，守而不易，至今摛章缀翰，罕有兼善。岂才思之不足，抑由体制之未该也。”[2]这段文字的意思是说，各种文章均有体制、风格上的规定性，只有“遵其所宜，防其所失”，才能动静合体，举止得当。“故词人之作也，先看文之大体，随而用心。”如果文章不能写好，原因不是“才思之不足”，而是“体制之未该也”。“大体”一词，在《文心雕龙》中多次出现，詹锳《文心雕龙义证》解释说：“大体，指某体文章规格的要求，或者对某体风格的要求。”[3]这样，这段话中的“大体”应该是指对文章体制和风格的要求了。詹锳在《文心雕龙义证》中还同时指出，刘勰所讲的“体要”亦即“大体”。王运熙、周锋《文心雕龙译注》中解释“体要”为“应该明白体制的要领”[4]。王运熙还认为《文心雕龙》“各篇中的敷理以举统部分，常常把各体文章基本的体制特色和规格要求，称为‘体’‘大体’‘体制’‘要’‘大要’等等……所谓‘大体’‘大要’中的‘大’

1 ［日］弘法大师原撰，王利器校注：《文镜秘府论校注》，中国社会科学出版社，1983，第310页。
2 ［日］弘法大师原撰，王利器校注：《文镜秘府论校注》，中国社会科学出版社，1983，第331—334页。
3 詹锳：《文心雕龙义证》上册，上海古籍出版社，1989，第306页。
4 王运熙、周锋译注：《文心雕龙译注》，上海古籍出版社，1998，第213页。

字，也就是纲领的意思，大体、大要等等，就是指各体文章基本的体制特色和规格要求”[1]。周振甫《文心雕龙今译》也认为“体要”有“应该明确体制”之意[2]。徐复观以为文体之概念由体裁(体制)、体要、体貌三个次元组成，“体要”为其中重要的一元，“体要，是通过法则以形成其形相”，而“刘勰将‘体要’概念引入对不同体类文章的论述中，主要体现在‘论文叙笔’框架的‘敷理以举统’部分；而‘敷理以举统’与‘释名以章义’‘原始以表末’‘选文以定篇’部分互动发明方形成《文心雕龙》的体裁论，‘体要’概念亦在此互动发明中转化为‘体式’概念”[3]。“体要”和“体制”“体式”的联系，具有重要的意义，它们共同说明了文章体制的重要性。但是，如果严格考究的话，伪古文《尚书·毕命》中的“辞尚体要”和刘勰在《文心雕龙》中多次道及的“体要”，其准确含义无非就是切实扼要而已罢了，其与文章体制有所联系，即在把握文章体制方面也必须“体要”，但也仅此而已，故而不可以将其与“体制”“体式”混为一谈，在概念界定上必须有所厘清，至于将“辞尚体要”直接说成是一个文体学方面的命题，便更是一种过度阐释，相当程度上已经脱离了“辞尚体要”之本意而强行阐释、任意引申，则过犹不及矣。“辞尚体要”“体要”不是文体学命题、概念，这一点必须明辨之。

此外，严羽也说：“作诗正须辨尽诸家体制，然后不为旁门所惑。今人作诗差入门户者，正以体制莫辨也。世之技艺，犹各有家数。市缣帛者，必分道地，然后知优劣，况文章乎？”[4]严羽《沧浪诗话》中论诗从“体制”“格力”“气象”“兴趣”“音节”五个方面着手，而将“体制”放在第一位，这说明他是十

1 王运熙：《文心雕龙的宗旨、结构和基本思想》，见甫之、涂光社编：《〈文心雕龙〉研究论文选（1949—1982）》，齐鲁书社，1988，第 241 页。

2 周振甫：《文心雕龙今译》，中华书局，1986，第 214—215 页。

3 杨东林：《〈文心雕龙〉“体要”释义》，《学术研究》2004 年第 7 期，第 144—145 页。

4《答出继叔临安吴景仙书》，见（宋）严羽著，郭绍虞校释：《沧浪诗话校释》，人民文学出版社，1961，第 252 页。

分注重诗的体制的。《沧浪诗话》一书，对元明清三代的诗歌创作和理论批评的发展都产生过广泛而深刻的影响。其中重要的影响便是重视“体制”，明代人对“体格声调”的重视尤其深受严羽的影响。宋人吕本中《童蒙诗训》也说：“学文须熟看韩、柳、欧、苏，先见文字体式，然后更考古人用意下句处。学诗须熟看老杜、苏、黄，亦先见体式，然后遍考他诗，自然工夫度越过人。”[1] 同代人吕祖谦《古文关键》也有相近之论。以上这些认识，都把文章体制看作写作的先在规范，作诗作文应该符合诗文的体制，作词应该符合词的体制，这样方才是“本色”[2]“家数”[3]，方是“合体”，方才是“得体”，否则就是“失体”，便是“失体成怪”。

刘勰把文章不符合或者偏离体裁规范的情况称之为“乖体”“讹体”“谬体”“异体”“变体”，把符合体裁规范的情况称之为“得体”“达体”“正体”“正式”“昭体”。对此刘勰在《文心雕龙》诸篇中列举了许多实例进行论证，如《檄移》篇谓：“观隗嚣之檄亡新，布其三逆，文不雕饰，而辞切事明，陇右文士，得檄之体矣！”[4]《议对》篇曰：“若乃张敏之断轻侮，郭躬之议擅诛，程晓之驳校事，司马芝之议货钱；何曾蠲出女之科，秦秀定贾充之谥，事实允当，可谓达议体矣。”[5]《颂赞》篇云：“至于班傅之《北征》《西巡》，变为序引，岂不褒过而谬体哉！马融之《广成》《上林》，雅而似赋，何弄文而失质乎！又崔瑗《文学》，蔡邕《樊渠》，并致美于序，而简约乎篇；挚虞品藻，颇为精核，至云杂以风雅，

1（宋）吕本中：《童蒙诗训》，见郭绍虞编：《宋诗话辑佚》下册，中华书局，1987，第 603 页。

2“本色”一语，在宋代诗话中已经出现，比如陈师道《后山诗话》中就说：“退之以文为诗，虽极天下之工，要非本色。”见（清）何文焕辑：《历代诗话》，中华书局，1981，第 309 页。这句话的意思类似于倪思所言的“文章以体制为先，精工次之。失其体制，虽浮声切响，抽黄对白，极其精工，不可谓之文矣”。可见“本色”一语开始出现时指的是体裁的要求，指的是正体和非正体的区别。

3 严羽《沧浪诗话·诗法》说：“辨家数如辨苍白，方可言诗。”见（宋）严羽著，郭绍虞校释：《沧浪诗话校释》，人民文学出版社，1961，第 136 页。王运熙、顾易生主编的《中国文学批评通史》宋金元卷认为“所谓‘家数’，也就是体制。严羽所说的‘体制’，不仅指作品的体裁，而且指体貌。”见于《中国文学批评通史》(宋金元卷)，上海古籍出版社，1996，第 407 页。

4（南朝梁）刘勰著，范文澜注：《文心雕龙注》卷 4《檄移》，人民文学出版社，1958，第 378 页。

5（南朝梁）刘勰著，范文澜注：《文心雕龙注》卷 5《议对》，人民文学出版社，1958，第 438 页。

而不变旨趣，徒张虚论，有似黄白之伪说矣。及魏晋辨颂，鲜有出辙。陈思所缀，以《皇子》为标；陆机积篇，惟《功臣》最显；其褒贬杂居，固末代之讹体也。”[1]还有《定势》篇说：“苟异者以失体成怪。”[2]从中可以看出，刘勰时刻遵循和实践着他在《知音》篇中提出的“六观”方法，总是首先观“位体”，把是否符合文体形式和文体风格看作文章的基本要求。古人云“作文必先定体”，宋代苏洵以书札作议论，杜牧以记载为骚赋，即使精工，也由于不合体而失却了它的功用，后人贬斥其不得体，而不得体便成了文章写作的根本性毛病。甚至连跨文体写作，都被后世诟病。比如严羽就批评江西派“以文字为诗，以议论为诗，以才学为诗”，是不知“夫诗有别材，非关书也；诗有别趣，非关理也”[3]。对于以诗为词和以词为诗等创作，后人多有辨析，“词与诗，意同而体异，诗宜悠远而有余味，词宜明白而不难知。以词为诗，诗斯劣矣；以诗为词，词斯乖矣”[4]。意谓体制不能相混，即使是相近的文学体制也不能相混，混同则“乖”矣。

又如元揭傒斯（曼硕）《诗法正宗》认为诗文有法：“学问有渊源，文章有法度。文有文法，诗有诗法，字有字法。凡世间一能一艺，无不有法。得之则成，失之则否。”[5]这其中的“法”应该包括了体制、体式的法度和规则。元人潘昂霄《金石例》说得更为明确：“学力既到，体制亦不可不知。如记、赞、铭、颂、序、跋，各有其体，不知其体，则喻人无容仪，虽有实行，识者几何人哉？体制既熟，一篇之中，起头结尾，缴换曲折，反复照应，关锁纲目血脉，其妙不可以言尽，要须自得于古人。”[6]王若虚在《滹南遗老集·文辨》中驳斥“意不在似”论说：“使文章无形体邪？则不必似；若其有之，不似则不是。谓

1（南朝梁）刘勰著，范文澜注：《文心雕龙注》卷 2《颂赞》，人民文学出版社，1958，第 158 页。
2（南朝梁）刘勰著，范文澜注：《文心雕龙注》卷 6《定势》，人民文学出版社，1958，第 531 页。
3（宋）严羽著，郭绍虞校释：《沧浪诗话校释》，人民文学出版社，1961，第 26 页。
4（明）李开先：《闲居集之六·西野春游词序》，《李开先集》（上），中华书局，1959，第 334 页。
5（元）揭傒斯：《诗法正宗》，转引自张健：《元代诗法校考》，北京大学出版社，2001，第 315 页。
6（元）潘昂霄：《金石例》卷 9，见《影印文渊阁四库全书》第 1482 册，第 345 页。

其不主故常，不专蹈袭可矣；而云‘意不在似’非梦中语乎？”[1] 他的意思是说，如果文学作品没有各种体裁之分，就不必尊重体裁的基本特点和表现规律。如果有各种体裁之分，不尊重体裁的基本特点和表现规律就是不对的。明代吴讷《文章辨体序说》也是十分强调文体的重要性，还专门引用“文章先体制而后文辞”[2] 以资论证。胡应麟《诗薮·内编》卷五曰：“作诗大要，不过二端：体格声调，兴象风神而已。体格声调，有则可循，兴象风神，无方可执。故作者但求体正格高，声雄调鬯；积习之久，矜持尽化，形迹俱融，兴象风神，自尔超迈。譬则镜花水月，体格声调，水与镜也；兴象风神，月与花也。必水澄镜朗，然后花月宛然。讵容昏鉴浊流，求睹二者？故法所当先，而悟不容强也。”[3] 在胡应麟看来，“体格”为作诗之“大要”，并认为“体格”是“有则可循”的，是可以把握的，是“法所当先”的，这是从作诗的角度，对诗歌“体制为先”的论述。《诗薮·内编》卷一还说：“文章自有体裁，凡为某体，务须寻其本色。”[4] 沈德潜《唐诗别裁集·凡例》也认为“诗不可无法，乱杂而无章，非诗也”[5]。他们的意见都是强调作家的创作必须尊重体裁的基本特点和艺术表现规律。可见，寻求文章体裁的本色，要求符合文章体制特定的规范与要求，也是中国文体批评的一个重要的衡裁尺度。

第四节　体有因革与文体的裂变和衍生

传统文体批评在强调“体制为先”之同时，也一直存在着对于诸如“正

1（金）王若虚：《文辨》，见《滹南遗老集》卷 37，中华书局，1985，第 236 页。

2（明）吴讷、徐师曾撰，于北山、罗根泽校点：《文章辨体序说·文体明辨序说》，人民文学出版社，1962，第 22 页。

3（明）胡应麟：《诗薮》卷 5，上海古籍出版社，1979，第 97 页。

4（明）胡应麟：《诗薮》卷 1，上海古籍出版社，1979，第 20 页。

5（清）沈德潜：《唐诗别裁集·凡例》，见《唐诗别裁集》卷首，河北人民出版社，1997，第 2 页。

体”与“变体”、“尊体”与“破体”等涉及文体衍生和传承发展问题的讨论与争议，这些争论以及与其相伴生的创作实践，促进了传统文体的裂变与衍生，并且丰富了传统文体观念。文学史上许多富有文体建树和创格价值的文章，由于其对一些现成文章体制的突破甚至破坏而遭到其他人的诟病。如陈师道《后山诗话》即云：“退之以文为诗，子瞻以诗为词，如教坊雷大使之舞，虽极天下之工，要非本色。”[1] 这是在批评韩愈、苏轼未严格遵守既有的诗词体制，在创作中破坏了原来的体制以逞弄才学，其中之“本色”乃是指对诗词原有的体制的遵守而形成的风格或风貌特征。就文体的繁衍而言，没有对既有体制的突破、没有对既有体式的变异，便没有新的文体的产生，但是在那些极端重视文章体制而容不得越雷池半步的批评者看来，这是不允许的，如执意违背之则就是“诗劣”“词乖”[2]。然而，文章体制作为文章的存在形态和规范，它一方面规范文章沿着已有的传统模式发展，从而延续了文脉，传承了文体式样，但同时也往往会成为束缚和限制文家书写时自由兴发的桎梏，并最终阻碍文学创作发展和文体繁盛。因此，我们看到，当一种文体天长日久地延续数代之后，解构和颠覆该种文体的体制之创作现象便会出现，新的文体由此孕育而生。王国维曾曰：“盖文体通行既久，染指遂多，自成习套。豪杰之士，亦难于其中自出新意，故遁而作他体，以自解脱。一切文体所以始盛终衰者，皆由于此。”[3] 在文体发展史上，“体有因革”是一种常态现象，只因袭而不变革就不会有新的文体产生，但是不惜毁裂文体而一味地追新逐异也不利于文体的繁盛，甚至导致文体大家族的凋敝，就文体衍生而言，更多情况下是新者虽来而旧者难弃、旧者不去，多样性、兼容性维护了文体发展的生态，因此因与革之间是一种辩证关系。刘勰受“宗经”思想局限，对此不解，在《文心雕龙·定势》中对当

1（宋）陈师道：《后山诗话》，见（清）何文焕辑：《历代诗话》，中华书局，1981，第 309 页。
2（明）李开先：《西野春游词序》，《李开先集》（上），中华书局，1959，第 334 页。
3 王国维：《人间词话》，上海古籍出版社，2005，第 56 页。

时的文章体制裂变、衍生情况进行严厉批评：“自近代辞人，率好诡巧，原其为体，讹势所变。厌黷旧式，故穿凿取新，察其讹意，似难而实无它术也，反正而已。”[1]但是，六朝、唐宋文体发展、繁盛的事实，证明文体“超生”现象是常态现象，“体制”则往往约束管制不住这种“超生”。

因此，尽管“文辞以体制为先”是诗文评家关于文辞创造的基本认识，但历朝历代的诗人作家，也都在文体的必要框范下进行了勇敢的创新，在理论上亦多有探讨。比如宋代吕本中《夏均父集序》中提出：“学诗当识活法。所谓活法者，规矩具备，而能出于规律之外；变化不测，而亦不背于规矩也。是道也，盖有定法而无定法，无定法而有定法。”[2]金代王若虚在其《文辨》中记录了一段有趣的问答：“或问文章有体乎？曰：无。又问文章无体乎？曰：有。然则果何如？曰：定体则无，大体须有。”在他看来，“惟史书、实录、制诰、王言，决不可失体”，“其他皆得自由”。他认为诗的创作关键在于皆出于自得，反对“苦无义理，徒费雕镌”之作[3]。王若虚又在《滹南诗话》中云：“古之诗人，虽趣尚不同，体制不一，要皆出于自得。至其辞达理顺，皆足以名家，何尝有以句法绳人哉？鲁直开口论句法，此便是不及古人处。而门生亲党以衣钵相传，号称法嗣，岂诗之真理也哉？”[4]袁宏道更明确地说：“文章新奇，无定格式，只要发人所不能发，句法字法调法，一一从自己胸中流出，此真新奇也。”[5]清代孔尚任在《孔贞瑄聊园文集序》中说：“诗不拘格，兴到格成；文不限体，情生体具。”[6]这似乎与刘勰“因情立体”之说有一脉相承之处，但又不及刘勰辩证。又如叶燮，他把拘泥于旧体制，不肯创新的文人称之为“三日新

1（南朝梁）刘勰著，范文澜注：《文心雕龙注》卷6《定势》，人民文学出版社，1958，第531页。

2（宋）吕本中：《夏均父集序》，引自刘克莊：《江西诗派小序》“吕紫薇”条，见丁福保辑：《历代诗话续编》，中华书局，1983，第485页。

3（金）王若虚：《文辨》，见《滹南遗老集》卷34，中华书局，1985，第214页。

4（金）王若虚：《滹南诗话》卷3，见丁福保辑：《历代诗话续编》，中华书局，1983，第523页。

5（清）袁宏道：《答李元善》，见钱伯城：《袁宏道集笺校》卷22，上海古籍出版社，1981，第786页。

6（清）孔尚任：《孔贞瑄聊园文集序》，《孔尚任诗文集》卷6，中华书局，1962，第489—490页。

妇”，“动恐失体”[1]，认为传统和官定的东西会束缚作家的手脚，应该加以突破，而他认为的突破却主要集中在情理方面，对体制、体式则涉及的极少。还有人认为“文章体制本天生，……模宋规唐徒自苦”[2]。他们的论述虽然涉及了文章体制创新的问题，但却忽视了“文成体立”的历史过程，没有注意到诗文的发展是在继承的基础上创新的过程，所谓“体有因革”即是指此。从文学发展的历史来看，文体一旦形成，就具有独立性，因此其发展过程中的因袭要多于变革。当然也有变革剧烈的时代，比如明清时期出于对复古思想和文风的反对，也由于主体意识和情感的觉醒，许多作家和文论家认为只要从胸臆中流出的真情实意，便可不遵矩度，其中重要的就是对文体的突破。这在中国文学史上是一个特殊阶段，因此而形成了诸如小说、戏曲等新的文学体式与体制。但事实上，中国文论史上占主导地位的思想还是遵守体制、体式，并强调在此基础上进行创新。程千帆云：“诸端随文发义，略可了然；神而明之，是在学者。惟体式之异，今古攸殊，而临文必先定体，则为不易之理。……考体式之辨，乃学文始基。”[3]这种认识不仅表现在创作的要求上，而且还是批评标准的重要组成部分。可见，“体制”是体的规范和传统，而“制”是体与体得以相互区别并独立成章的依托和依据，“体制”“体式”在成文的过程中具有决定性的意义，所以应该“体制为先”了。

当然，每种体裁都有自己的基本特点和规律，作家运用一定的体裁形式进行创作，既要尊重体裁的基本特点，又要善于发挥自己的创作个性而有所变化，两者的关系如果处理得当，不仅不能束缚作家的创作个性，反而会有利于独特的创作个性的发挥。王世贞的《艺苑卮言》认为：“诗有常体，工自体中。文无定规，巧运规外。”[4]“法合者，必穷力而自运；法离者，必凝神而并

1 （清）叶燮著，霍松林校注：《原诗》，人民文学出版社，1998，第25页。

2 张问陶：《论诗十二绝句》，见《船山诗草》卷11《京朝集》，中华书局，1986，第262页。

3 程千帆：《文论十笺》，黑龙江人民出版社，1983，第187页。

4 （明）王世贞撰，罗仲鼎校注：《艺苑卮言校注》，齐鲁书社，1992，第40页。

归。合而离，离而合，有悟存焉。”[1] 清人徐增在《而菴诗话》中说：“余三十年论诗，只识得一‘法’字，近来方识得一‘脱’字。诗盖有法，离他不得，却又即他不得；离则伤体，即则伤气。故作诗者先从法入，后从法出，能以无法为有法，斯之谓‘脱’也。”[2] 这些论述中包含了深刻的艺术辩证法：体裁的客观确定性，既约束着作家的主观任意性，又是他们发挥主观创造性的依凭。作家的创作既不能完全离开体裁的基本特点，又不能被体裁的特点所束缚，作家既要充分发挥个人的艺术风格的独创性，又要符合文体风格的基本特点；既顺应体裁的艺术表现的要求，又不拘泥于文体的模式而有所创造，他们的作品虽然处处显示着自己的独创精神，但又要合乎体裁的客观规范和要求。一个作家即使有多方面的才能，也要在“体制”的框范之中发挥自己的才能。元稹在《白氏长庆集序》中说过：“大凡人之文，各有所长，乐天之长可以为多矣。夫以讽谕之诗长于激，闲适之诗长于遣，感伤之诗长于切，五言律诗百言而上长于赡，五言七言百言而下长于情，赋赞箴诫之类长于当，碑记叙事制诰长于实，启奏表状长于直，书檄词册剖判长于尽。”[3] 白居易善于顺应体裁的客观要求使得他的才能得到发挥，从而兼善诸体。刘勰《文心雕龙·明诗》篇云：“然诗有恒裁，体无定位，随性适分，鲜能通圆。”[4] 优秀的作家往往在矩度之间自由发挥，戴着脚镣自由舞蹈，创造出了优秀的文学作品。《文心雕龙·定势》云：“旧练之才，则执正以驭奇；新学之锐，则逐奇而失正。”[5] 优秀的作家往往能在奇正之间找到平衡。

从传播学的角度讲，文学创作是一种符号编码活动，而传播的编码必须要有特定的模式，才能进行传播。“文”要完成其载道的大任，要实现传播的使命，

1（明）王世贞撰，罗仲鼎校注：《艺苑卮言校注》，齐鲁书社，1992，第 41 页。
2（清）徐增：《而菴诗话》，见丁福保辑：《清诗话》，中华书局，1963，第 433 页。
3（唐）元稹：《白氏长庆集序》，见《元稹集》卷 51，中华书局，2000，第 555 页。
4（南朝梁）刘勰著，范文澜注：《文心雕龙注》卷 2《明诗》，人民文学出版社，1958，第 67—68 页。
5（南朝梁）刘勰著，范文澜注：《文心雕龙注》卷 6《定势》，人民文学出版社，1958，第 531 页。

其核心和关键就在于“以体制为先”，要形成“体”或者“体制”。因此，文必须找到一个表意的特定形式——体，不然就无法存在和传播。文学或者文章往往是通过语言的模式和文体的模式作为其传播的恒定编码的，文只有入体才能实现“载道”的传播目的，而要入体就要讲“体式”和“体制”，“体”一旦符合了“式”“制”的规范与秩序，则成为一种“格”，我们称之为“体格”。所以，“体制”作为一个文体理论范畴，专指文学艺术作品存在的形制及其特点，其是“文体”这一范畴的子范畴之一，但处于核心位置，因此，“体制”一直被视作文章学和辨体批评的核心概念，也是最基本的概念。所以，“文辞以体制为先”应该是文学创作和批评的基本规律之一。

第十三章
传统文艺批评中的“体貌”观念

“体”是中国古代文论中的一个重要范畴，古代文献中有以“体”为词根的一系列文论概念群。在古典学的语境中，“体”有一种义项是指文章或者文学的整体性存在或整体风貌，双音节词“体貌”等与这一义项相关。基于“天人合一”的大传统，“体”论包含了古人身体观的独特认知。它强调身体的整体性，认为“形与神俱”“形神合一”，同时认为天人同构，身体是一小宇宙，宇宙是一大身体，即人体作为小宇宙，与大宇宙是相通互融的。尤其汉儒讲天地人合以成体，是把人作为自然系统中的一个重要的不可缺少的要素看待，甚至将之上升到“天人相副”的高度。董仲舒认为：“人之形体，化天数而成。人之血气，化天志而仁。人之德行，化天理而义。人之好恶，化天之暖清。人之喜怒，化天之寒暑。人之受命，化天之四时。……天之副在乎人。”[1]“体”，本义是人的身体，引申为宇宙整体，这个命题形象地表现了董仲舒把整个宇宙看作为一个普遍联系的有机整体的思想。当然，在此之前，中国人在观察世界时，总是将宇宙看成一个有生命的、有机的整体，总是习惯于以人自身来加以拟附。《周易·系辞下》云：“古者包牺氏之王天下也，仰则观象于天，俯则观法于地，观鸟兽之文，与地之宜，近取诸身，远取诸物，于是始作八卦，以通

1 苏舆撰，钟哲点校：《春秋繁露义证》卷 11《为人者天》，中华书局，1992，第 318—319 页。

神明之德，以类万物之情。”所谓“近取诸身，远取诸物”，便是这种思维方式的最好概括。

为何人类社会的早期总是将对外物的认识和自身联系起来，尤其要和自己身体联系起来呢？从认识论角度看，“人是万物的尺度，是存在的事物的存在的尺度，也是不存在的事物不存在的尺度”[1]，人类并非对所有成为直观对象的事物或现象都形成认识，只是和主体相关的事物或现象才成为现实的认识对象，也就是说，认识客体是为了满足主体的需要。而主体的需要最为迫切的是对自身的认识，所以，为了认识客体就须首先回到认识主体上来，然后再以对主体的认识结果作为参照系去加深对客体的认识。因此人可以以自身为对象，去把握宇宙。西谚说：“认识你自己吧。”人体是上帝的杰作。哲人说：“人啊！请正视你的身体。”所以在古希腊艺术中，对人体美的欣赏比对自然美的欣赏还要早。中国人虽然没有像希腊人那样在艺术中充分表现身体，但是从身体出发认识事物，比附对象，却有着久远的传统。

中国固有文学批评在批评思维和用语上擅用比拟，往往以自然植物为喻、以人为喻、以生命为喻来论文。天人同构，人的身体与天地万物同构，作为人文制作的文章既与人的身体也与天地万物同构，而“一气贯通”，贯穿这一切的是生生不息之气。以人、人体为比拟来论文论艺，是中国固有文学批评的一个重要特点，体现的是我们古人“近取诸身”而认为文章结构与人的身体结构同构的基本思想。这里笔者首先从表象入手，来看看中国固有文学批评的这个特点。

第一节　以“体”论画与以“体”论书

首先是以身体比附描写对象。在传统山水画论中的评论和对画理的比拟

1 古希腊智者派的主要代表人物普罗泰戈拉提出的关于人的著名的哲学命题，参见北京大学哲学系外国哲学史教研室编译：《古希腊罗马哲学》，商务印书馆，1961，第 138 页。

中，往往现“身”说法，总是不离身体：“石者，天地之骨也。骨贵坚深而不浅露。水者，天地之血也。血贵周流而不凝滞。”[1]把石头和水比作天地的骨血，从而引起画者在将自然“迹化”为作品的同时，融入对自己身体的联想。再如荆浩《笔记法》：“凡笔合四势：谓筋、骨、肉、气。笔绝而断谓之筋，起伏成文谓之肉，生死刚正谓之骨，迹画不败谓之气。故知墨大质者生其体，色微者败正气。筋死者无肉，迹断者无筋，苟媚者无骨。”[2]韩拙《山水纯全集·论山》：“山以林木为衣，以草为毛发，以烟霞为神采，以景物为装饰，以水为血脉，以岚雾为气象。”[3]

以身体演示画理，有些画论简直就可以描绘出一个活生生的人体来。这在中国画论和绘画术语中屡见不鲜。它们把画中最精彩最传神的细部叫作“画眼”、把关键性的画面处理叫作“点睛”，把拘泥于细节而失去整体效果叫作“谨毛失貌”，等等，这背后无不藏着身体的尺度。就连画论中最为推崇的“气”“力”“势”“态”之类的概念也无不是以身体为喻象而来。南齐谢赫的“六法”，其中核心的、纲领性的内容就借助于身体喻象而展开观念阐释的。

“气韵生动”“骨法用笔”，都出于对身体状态和身体部件的联想。气与韵以及气韵，都是从人的肉体和生命现象中引申出来的感觉，转而投射于艺术作品，并进而成为品鉴标准。“骨法”是更为典型的以身体为蓝本而衍生出的审美标准，这种审美标准从本根上来说是抽象的，其言说方式是比喻、比拟性的，亦即“象喻”式的，因而给人以生动之感，并能触动人的联想。

在书法理论之中，这种情况更是普遍，如姜夔《续书谱·草书》：“草书之体，如人坐卧行立，揖逊忿争，乘舟跃马，歌舞擗踊，一切变态，非苟然

1（宋）郭熙：《林泉高致》，见潘运告：《宋人画论》，湖南美术出版社，2000，第24页。
2（五代）荆浩：《笔记法》，见何志明、潘运告：《唐五代画论》，湖南美术出版社，1997，第254页。
3（宋）韩拙：《山水纯全集·论山》，见潘运告：《宋人画论》，湖南美术出版社，2000，第68页。

者。”[1] 苏轼《论书》：“书必有神、气、骨、血、肉，五者阙一，不为书也。”[2] 米芾《海岳名言》：“字要骨格，肉须裹筋，筋须藏肉。”[3] 康有为《广艺舟双楫·余论第十九》：“书若人然，须备筋、骨、血、肉。血浓骨老，筋藏肉莹，加之姿态奇逸，可谓美矣。”[4]

古代的书法家总是视书法为一种生命的艺术，总是力求要在字里行间表现出生命体的筋骨血肉的感觉来，因此在批评书法和描绘书法性状时表现出明显的以身体、生命为喻的思维特点和话语方式，由此便形成了中国书画艺术鉴赏中的“象喻”批评、阐释传统。

如前所述，基于人类认识“近取诸身”的思维特点，从身体出发，并向人的综合素质延伸，评文论艺，认为一件艺术文本如同人的身体一样，生气贯注，强调其有机性和整体性，这也是再自然不过的事情，所以，当中国人说“画如其人”的时候，就已经从人的身体悟想、联喻出了许多东西，衍生出了许多尺度，传统书画论、诗文评的这种“象喻式”批评文体体现了中国古人的致思和话语方式。

第二节 以“体”论文与“象喻”批评

以天文地理、自然物象、人的身体来比喻文章的“象喻”批评，体现了古人“远取诸物”“近取诸身”的“立身见义”思维方式和认知路径，通过这样的“象

1（宋）姜夔：《续书谱·草书》，见华东师范大学古籍整理研究室：《历代书法论文选》，上海书画出版社，2014，第386页。

2（宋）苏轼：《论书》，见华东师范大学古籍整理研究室：《历代书法论文选》，上海书画出版社，2014，第313页。

3（宋）米芾：《海岳名言》，见华东师范大学古籍整理研究室：《历代书法论文选》，上海书画出版社，2014，第362页。

4 康有为：《广艺舟双楫·余论第十九》，见华东师范大学古籍整理研究室：《历代书法论文选》，上海书画出版社，2014，第835页。

喻”方法而感悟、阐说文章与天地万物同构的基本思想，由此而产生了传统诗文评中的“象喻”批评文体。关于以自然、植物为喻，笔者在此举例说明：

唐白居易说：“《诗》者，根情、苗言、华声、实义。”[1] 视诗如植物。

明代胡应麟将动植物联喻以言诗：“诗之筋骨，犹木之根干也；肌肉犹之叶也；色泽神韵，犹花蕊也。筋骨立于中，肤肉荣于外，色泽神韵充溢其间，而后诗之美善备，犹木根干苍然，枝叶蔚然，花蕊烂然，而后木之生意完。”[2] 视诗歌如同树木和动物，两者兼之，可见其比拟具有相通之处。

清代叶燮说：“夫天有四时，四时有春秋，春气滋生，秋气肃杀。滋生则敷荣，肃杀则衰飒。气之候不同，非气之有优劣也。使气有优劣，春与秋亦有优劣乎？故衰飒以为气，秋气也。衰杀以为声，商声也。俱天地之出于自然者，不可以为贬也。又盛唐之诗，春花也。桃李之华，牡丹芍药之妍艳，其品华美贵重，略无寒瘦俭薄之态，固足美也。晚唐之诗，秋花也。江上之芙蓉，篱边之丛菊，极幽艳晚香之韵，可不为美乎？”[3] 视迭代诗风如同四季气候转换。

以自然之物作为比拟在中国古代文学批评中可谓俯拾即是，而借助人的身体器官和形貌服饰为喻象来论文，在中国古代文学批评中更是屡见不鲜。如梁刘勰《文心雕龙·附会》：“必以情志为神明，事义为骨髓，辞采为肌肤，宫商为声气。”[4] 北齐颜之推《颜氏家训·文章》：“文章当以理致为心肾，气调为筋骨，事义为皮肤，华丽为冠冕。”[5] 唐贾岛《二南密旨》：“诗体若人之有身。人生世间，禀一元相而成体，中间或风姿峭拔，盖人伦之难。”[6] 唐徐夤《雅道机要·明题材变通》：“体者诗之象，如人之体象，须使形神丰备，不露风骨，斯为妙手。”[7]

1（唐）白居易撰，谢思炜校注：《白居易文集校注》卷8《与元九书》，中华书局，2011，第322页。

2（明）胡应麟：《诗薮·外编》卷5，上海古籍出版社，1979，第204页。

3（清）叶燮：《原诗·外篇下》，人民文学出版社，1979，第66—67页。

4（南朝梁）刘勰著，范文澜注：《文心雕龙注》卷9《附会》，人民文学出版社，1958，第650页。

5（北齐）颜之推著，王利器集解：《颜氏家训集解》（增补本），中华书局，1993，第267页。

6（唐）贾岛：《二南密旨》，见张伯伟：《全唐五代诗格汇考》，凤凰出版社，2002，第382页。

7（唐）徐夤：《雅道机要》，见张伯伟：《全唐五代诗格汇考》，凤凰出版社，2002，第436页。

宋代吴沆《环溪诗话》："诗有肌肤、有血脉、有骨骼、有精神。无肌肤则不全，无血脉则不通，无骨骸则不健，无精神则不美。四者备，然后成诗。"[1] 南宋姜夔《白石道人诗说》："大凡诗自有气象、体面、血脉、韵度。气象欲其浑厚，其失也俗；体面欲其宏大，其失也狂；血脉欲其贯串，其失也露；韵度欲其飘逸，其失也轻。"[2] 元代杨维桢《赵氏诗录序》："评诗之品，无异人品也。人有面目骨体，有情性神气；诗之丑好高下亦然。……然而面目未识，而谓得其骨骼，妄矣。骨骼未得，而谓得其情性，妄矣。情性未得，而谓得其神气，益妄矣。"[3] 明代归庄《玉山诗集序》："余尝论诗，气、格、声、华，四者缺一不可。譬之于人，气犹人之气，人所赖以生者也，一肢不贯，则成死肌，全体不贯，形神离矣；格如人五官四体，有定位，不可易，易位则非人矣；声如人之音吐及珩璜琚瑀之节；华如人之威仪及衣裳冠履之饰。"[4] 清代姚鼐《古文辞类纂·序目》："凡文之体类十三，而所以为文者八：神、理、气、味、格、律、声、色。神、理、气、味者，文之精也；格、律、声、色者，文之粗也。然苟舍其粗，则精者亦胡以寓焉？学者之于古人，必始而遇其粗，中而遇其精，终则御其精者而遗其粗者。"[5]

以上列举的言说，都是将人体的结构和文体的结构进行比附、联想和判断、推衍，表达自己对文学艺术的认识，"盖以诗章与人身体相比拟"。不过以上列举的只是中国固有文学批评以体论文的冰山一角[6]，我们可以想象，如果没有诸如"气""力""形""体""神"，"貌""肥""瘦""壮""弱""病""健""首""腹""尾""筋""骨""皮""脉""髓""魄"，"精神""神韵""气骨""风骨""血脉""皮毛""文心""诗眼""主脑""肌理"等术语，中国传统的诗文评将会

1（宋）吴沆：《环溪诗话》，见吴文治主编：《宋诗话全编》第4册，凤凰出版社，1998，第4343页。

2（宋）姜夔：《白石道人诗说》，见（清）何文焕辑：《历代诗话》下卷，中华书局，1981，第680页。

3（元）杨维桢：《赵氏诗录序》，见《东维子文集》卷7，四部丛刊影旧抄本。

4（明）归庄：《玉山诗集序》，见《归庄集》卷3，中华书局，1962，第206页。

5（清）姚鼐编选，吴孟复等评注：《古文辞类纂评注》，安徽教育出版社，2004，第18页。

6 钱锺书除了在《中国固有的文学批评的一个特点》一文中有举例外，还在《管锥编》和《谈艺录》两书中列举了诸多例证。

是什么样子。可以肯定地说，如果没有这样一些人化的理论术语或者喻象，中国古代文学批评尤其是诗文评甚至是书画理论，都将会陷入“失语”的尴尬之中。可见借体论文已经成了中国固有文学批评的一个特点。时至今日，有人还认为文体结构与人体结构相同，并运用这种方式来论文：“一种文体的基本结构，犹如人体结构，应包括从外至内依次递进的四个层次，即：(1) 体制，指文体外在的形状、面貌、构架，犹如人的外表体形；(2) 语体，指文体的语言系统、语言修辞和语言风格，犹如人的语言谈吐；(3) 体式，指文体的表现方式，犹如人的体态动作；(4) 体性，指文体的表现对象和审美精神，犹如人的心灵、性格。”[1]

这里显示的是将艺术美视为犹如人的形体、生命，重视感性生命，以生命呈现在人体自然中的力量、气质、姿容为美的审美观念和理论思维。表征人体的体“于是在漫长而复杂的思维和审美历程中移用于文学艺术论的‘体’，既用于艺术门类和表现形式的区分，又常常由整体性和主次条理的原则意义引申，指具体作品的基本构局法式和艺术表现的倾向性”[2]。

中国学者对此进行的理论概括应该从钱锺书对中西文学批评的比较说起。在他看来，中国文论的这个既具普遍性、独特性，又具有世界性的特点就是：

> 把文章通盘的人化或生命化 (animism)。《易·系辞》云：“近取诸身……以通神明之德，以类万物之情”，可以移作解释：我们把文章看成我们自己同类的活人。《文心雕龙·风骨篇》云：“辞之待骨，如体之树骸，情之含风，犹形之包气……瘠养肥词”；又《附会篇》云：“以情志为神明，事义为骨髓，辞采为肌肤”……这种例子哪里举得尽呢？我们自己喜欢乱谈诗文的人，做到批评，还会用什么“气”，“骨”，“力”，“魄”，“神”，“脉”，“髓”，“文心”，“句眼”等名词。翁方纲精思卓识，正式拈出“肌理”，

1 郭英德：《中国古代文体学论稿》，北京大学出版社，2005，第 4 页。

2 涂光社：《文心十论》，春风文艺出版社，1986，第 122 页。

为我们的文评，更添一个新颖的生命化名词。[1]

这一见解见于钱氏 1937 年 5 月 23 日写成的长文《中国固有的文学批评的一个特点》，刊载于《文学杂志》1 卷 4 期（1937 年 8 月 1 日）。其中核心的认识就是中国固有的文学批评“把文章通盘的人化或生命化”。此后钱氏陆续对此说进行补充，使之更加完善，论证更加充分。比如在《谈艺录》中说：“余尝作文论中国文评特色，谓其能近取诸身，以文拟人；以文拟人，斯形神一贯，文质相宣矣。”[2] 还从中国人认识思维的角度指出：“盖吾人观物，有二结习：一、以无生者作有生看（animism），二、以非人作人看（anthromorphism）。鉴书衡文，道一以贯。图画得其筋骨气韵，诗文何独不可。”[3] 中国传统文化，尤其是文学艺术的这种“象喻”式思维和言说特征，必然会深深地影响中国传统美学思想，并孕育出相应的富于中国传统文化特征的美学理论，其特色就是以人拟文，以人拟艺。这一特色的形成，从哲学上讲是与中国古代哲学—美学中的“天人合一”思想有关的；从文艺传统上讲，在一定程度上又不能不说是受了魏晋人物品藻的影响。

著名美学家朱光潜对此也很认同并作了补充。朱光潜在《文学杂志》“编辑后记”中说：“钱锺书先生拿中国文学批评和西方文学批评相比较，指出它的特色在‘人化’，繁征博引，头头是道。儒家论诗，以‘温柔敦厚’为理想，《乐记》论声音，举和柔直廉粗厉发散啴缓噍杀六种差别，《易 · 系辞》称‘精义入神’，都是最早的‘人化’批评。汉以后道家思想盛行，‘气’，‘神’等观念遂成为文艺理论中的重要台柱。魏晋人论诗文，很少没有受道家思想影响的。应用‘人化’观念者不仅有文学批评家，论书画者尤其显著。同时‘人化’之外，‘物化’或‘托物’也是中国文艺批评的一个特色。……司空图《诗品》

1 钱锺书：《钱锺书散文》，浙江文艺出版社，1997，第 391 页。
2 钱锺书：《谈艺录》，中华书局，1984，第 40 页。
3 钱锺书：《管锥编》第 4 册，中华书局，1979，第 1357 页。

是‘人化’与‘物化’杂糅，最足以代表‘中国固有文学批评’的一部杰作。看过钱先生的论文以后，我们想到如果用他的看法去看中国的文艺思想，可说的话还很多，希望他将来对于这问题能写一部专书。”[1]可惜我们并未看到专书的诞生。可见这一问题也正如中国文学批评的特色，只可通过喻象来形象把握和体会，而不可以充分的理论化。

中国人习惯以人体结构来看待客体，中国古代审美心理学思想中的许多范畴和命题，如气脉、气象、体面、血脉、韵度、神韵、风骨、形神等，都来自这一观念。古代文论十分关注文之“体”的生气充溢的性质，如一些文论概念：风骨、诗眼、气韵、活、肌理……都应该是“体”的性质延伸。同时，中国文学批评家喜欢把艺术与人体视为“异质同构”，喜欢用人体结构来比拟艺术结构。这可以视作与中国文论喜欢以“道”“气”等浑朴性概念把握对象相并行的把握方法，如果说用“道”“气”是以难以把握的概念去把握虚涵而难以把握的对象的话，那么，用身体概念就是以可以直观把握的概念去把握不能具相直观把握的对象，有由实及虚、由具象到抽象的认识倾向。这种启发式的理论表述，不是将理论论域封闭，而是通过比拟使得表述更形象化、生动化，构筑起一个可以感知和体悟的理论体系，从而将读者也纳入理论的生成过程中，形成开放的理论论域，增强理论的感悟性。

第三节 体貌与文相：“体”论与人物品藻

以人喻文学，是古代批评术语体系的突出特点。[2]秦汉以来，以气、以性论人的传统，尤其是东汉以来对人物的品鉴，导致六朝批评家以人为喻的术语

1 朱光潜：《编辑后记（四）》，《朱光潜全集》第 8 卷，安徽教育出版社，1993，第 563 页。

2 可参看吴承学：《生命之喻——论中国古代关于文学艺术人化的批评》，《文学评论》1994 年第 1 期，第 53 页。

成批出现。六朝文学批评大多带有品评特点，而最早以品所论的对象，便是人。品藻人物的风气影响到品画、品书、品诗，自然就带上了由品人带来的特点。中国古代批评中普遍采用的诸如“气”“骨”“肌理”“神韵”等术语都是“近取诸身”、以人为喻的产物。徐复观说：

> 把由人的活地形相而来的名词观念，转用到文学的鉴赏批评上面，正接上了文学形相的特性；所以对文学的品藻，几乎都是转用品藻人物的名词、观念；这便对文体的自觉，乃至文体论的建立，成为一个很大的助力。不仅文体之“体”，即从人“体”而来；且文体中最重要的“体貌”一词，也是先用在对人的品鉴方面。体貌，在东汉似乎是一个很流行的名词。……这种由活的人体形相之美而引起文学形相之美的自觉，为了解我国文学批评的一大关键。也为了解中国艺术的一大关键。[1]

中国的辩证的人本哲学，是以人为中心，以社会为本位来探索宇宙自然的总规律——“道”，它一直努力在人类社会和人自身中寻求着绝对和永恒。在这一传统思维模式的统摄下，中国传统上在评价人时一直注重“德”，其次才是“才”，而且把所有人的主体（个体）地位归于社会本体来定位。这种观念的代表是儒家的人学，儒家在人格上要“克己复礼”[2]，在行动上主张“用舍行藏”，就连美的问题也认为：“美的根据不在于物，而在于人；在于人，又不在人的形体、相貌，而只在人的精神、人格；在于人格，又不在任何一种人格，而只是他们所提倡的伦理人格。当这种伦理人格具有一定感性形式，给人一定的情感体验的时候，就成了美。”[3] 为此儒家把自己的审美活动称之为“比德”。受其影响，在中国文化史上，对艺术的评判也往往以社会价值和道德理想作为艺术评判的尺度，以社会理想作为艺术存在的依据，因此许多艺术论实际上是

---

1 徐复观：《〈文心雕龙〉的文体论》，见《中国文学论集》，九州出版社，2014，第 27 页。

2《论语·颜渊》：颜渊问仁，子曰：“克己复礼为仁。一日克己复礼，天下归仁焉。为仁由己，而由人乎哉？”这段话可以视为儒家人格论纲领。

3 成复旺：《中国古代的人学与美学》，中国人民大学出版社，1992，第 57 页。

一种人论，其文化实质是一种人格文化。到了汉末，曹操发布了“唯才是举”令，声言“二三子其佐我明扬仄陋，唯才是举，吾得而用之”[1]，才把“才”提到了首要地位，这里的“才”已不是清议所重视的德行和操守，而是实践的才能和才干。于是“才”成了衡量人的重要标准。曹操重才轻德的看法和做法，使士人的个性摆脱儒教的束缚而凸显出来，间接地影响了文学批评。刘劭在其《人物志》中确立了一种因性求才、肯定各有所长的人物品评观念，这对文学批评的影响是十分明显的。到了魏晋时代，由于个体意识的觉醒，导致了人们对性情、性格、个体仪容风度、个体特征的空前重视，人的价值被发现，就连个人的相貌、仪表，即所谓的“仪形”也获得了前所未有的价值。人们从形、神两方面品评人物，表现出重精神也重形貌的倾向。在魏晋时期的人物品藻中，大量使用“神”“味”“韵”“风”之类的语词，已不再是某种哲学意义上的虚幻理想，而是来自生活、来自人的真实生命存在的现实标准。随着对人的内在人格的追求，即对人的才性、品格、风貌的品鉴、思考和把握，作为“人学”的文学便发生了质的变化，真正体现抒情者个人情感、气质、理想追求的抒情诗成熟了。在美学上，出现了审美的新质。

美学观念的转型，成为中国古代文论转型的契机。人的自觉和个体感性的觉醒，导致了审美的自觉，使得这一时代成为“最富于艺术精神的一个时代”[2]，形成了“文章者，盖性情之风标，神明之律吕也”[3]的新型文学观念，性情在文章中的地位凸显了出来，成为审美理论的一个核心概念。在中国，性情的极致就是艺术，主体的魅力就是性情的魅力，它显示了艺术家独特的人格和气质，以一种独特的艺术方式显示与众不同的生命状态，具有深远的美学意味。于是人物品藻衍生出许多与人物品评有关的审美概念，如神韵、风韵、风骨、清远

1（晋）陈寿：《三国志》卷 1《魏书 · 武帝纪》，中华书局，1982，第 32 页。

2 宗白华：《论〈世说新语〉和晋人的美》，见《中国美学史论集》，安徽教育出版社，2000，第 123 页。

3（南朝梁）萧子显：《南齐书》卷 52《贾渊传》，中华书局，1972，第 907 页。

等。王瑶《中古文学史论》认为“中国文论从开始起，即和人物识鉴保持着极其密切的关系”[1]。因人物品藻而关注才性，关注体现才性的文学，以至品赏文学之美，由此形成以才性论为中心的文学批评。性情成为人学和美学相交合的生命结晶。这一现象表明，人们首先自觉意识到了个体感性的人的美，然后才认识到了文艺与其他事物的美，而这种由魏晋才性观念决定的审美意识的自觉最充分的表现就是人化批评。

在中国美学里，艺术、审美、人是一而三,三而一，既可分，又不可分的。中国艺术是生命的艺术，基于“天人合一”的基本观念，中国人总是以人化的眼光看待自然和艺术。“具有强烈的生命意识的中国古人自然地用‘生’来观照天地万物，对待文学创作，把文学也视为与人一样的生气充盈、活力弥漫，乃至是血肉完整的生命实体。”[2]按照钱锺书的说法，人化批评就是在批评中“把文章通盘的人化和生命化”。“把文章看成我们自己同类的活人”并认为这是“中国固有的文学批评的一个特点”。人化批评以人体结构、人的体态、举止、地位、遭际等人的生活经验为批评之本，批评家的立场是把艺术视作有生命的人，批评方式上是直观体验，批评的视野集中于艺术的生命构成，从而在批评方式上超越了暗喻和象征，人与审美对象发生了“生命潜移”或“生命化入”，演进为由艺术直观生命的体悟，并因文以观人，认为文学是人才性的反映。在艺术审美中，注意从整体观照中体悟、发现文章整体散发的有生命力的“神韵”和生动的活力，同时也要体悟主体之内在精神和个性气质，所以中国的审美体验往往是在味象、观气、悟道诸环节上逐层深化，最后使对象的人性化、生命化与生命的对象化融凝为一，使生命得到安顿、胸次得到陶洗、心性得到证悟。这一特点，决定了中国诗文评的言说方式具有拟人化的特点。这表明对生命的感性体验已深深切入传统审美体验的言说方式和言说结构中。感悟式批

1 王瑶：《中古文学史论》，商务印书馆，2011，第 71 页。

2 黄霖、吴建民、吴兆路：《原人论》，复旦大学出版社，2000，第 23 页。

评的灵动、范畴的感性化、审美化以及灵动性使得批评本身具有生动、审美的特点，体现了评论者的才性。“气、气象、情、志、神、意，以及文体、结构、文势、文脉、风骨等渗透着生命精神或生命形式的理论概念充分地显示了中国古代文论的民族特色，揭示了文学具有生命化的本质特征。它就是人的生命的文学化。”[1]“文气”“滋味”“格调”“风骨”，这些都是审美主体对作品进行自身体验性的表述，它们同时也是人化批评的支柱性概念，这些概念的生成无不与魏晋才性观念和人物品评有关，无不体现“近取诸身”的思维特征，由这些概念构成的中国文学批评体系也因此而具有了“人化”的特色。

下面以“气”“气韵”“风骨”等文学批评术语与人及人体的关系来作说明。

文学作品历来被我国古代学者视为有机的生命整体，是一种气积。那什么是“气”呢？“气”首先是宇宙化生之“元气”，其次即是“生气”，由“宇宙元气”而贯注天地万物尤其是人类个体生命之气，这种自然之气表现在人类个体之上时即以“自然气息”的呼发内收将“天”“人”统一在“生命之气”上。中国古代所谓的“气”，是生理和心理的统一。就生理方面而言，气乃是人的生理活动的物质基础和功能，是人的生命力的体现。由通“天”（自然）之气与个体生命存在的“血气”与“气质”相连，中国哲人和艺术理论家找到了人之“生气”的脉络，也找到了艺术生气的比拟对象。除了以气的不同性质论事物和人的美丑之外，在汉魏时代的艺术理论中，也有以气的不同性质判别艺术作品的巧拙的。先秦哲学著作中，“气”是遍溢天地、充满人身之物，《管子・心术下》云“气者，身之充也”，房玄龄注云：“气以实身，故曰身之充也。”[2]“气”作为自然界和人的生命力量的本源，秦汉时人就开始尝试将“气”运用来谈艺论文，经六朝成为一个十分通行的范畴，它贯穿于从创作心理到思维方式、文法结构各个方面，既指作者主体丰沛的生命积养，又指作品生气弥漫、意气周流的健

1 黄霖、吴建民、吴兆路：《原人论》，复旦大学出版社，2000，第 23—24 页。

2 黎翔凤校注：《管子校注》卷 13《心术下》，中华书局，2004，第 778 页。

旺征象。古代文论中的气，更多的指和哲学中的自然之气有关的人身之气，徐复观在《〈孟子〉知言养气章试释》一文中，甚至认为孟子所说的具有人格意义的“气”也是生理的综合作用，是生理作用向精神的升华，即“气”是人体内决定精神活动的一种物质性力量，是具有明显的个性特征的自然禀赋[1]。中国古代文论家用“气”来喻指人体内决定精神活动的物质，认为“文以气为主”，把文学看成是受作家禀受的物质性元气所支配的第二性的东西。“‘文以气为主’的‘文’，实指‘文体’而言；‘文以气为主’，是说文章的体貌，乃由作者的生理的生命力所决定。这句话，直接触发到了文学的最根本问题。从文学的立场来说，文体是生命力的直接表现，因而文体决定于生命力，这可以说是论文的第一义。”[2] 曹丕提出的“文以气为主”理论命题，强调了文章中“气”的重要性，目光开始由生命之气转向文学自身，使作品体现生命之道。以气释性，进而以气释文，曹丕在文学批评的发展中迈出了关键的一步，标志着文学批评视界的重大转移。“‘文以气为主’直接导源于人以气为主的思想。古代生理学认为，五脏六腑、四肢百骸、九窍，这些都是人体的构成要素，缺一不可。但单有这些东西是不行的，还必须有一种生气鼓荡于其间，充满于其间，这人才是一个活生生的、有生命的人，要不然，只是一具僵尸而已。同理，文章虽有意、有辞、有体，各个要素俱全，如果没有气鼓荡运行于其中，这篇文章充其量也不过是一篇缺乏生气的、不能感人的赝品。所以，气是主要的、决定文章艺术生命和审美价值的东西。”[3] 刘勰和钟嵘也认为气是决定诗歌艺术生命的东西，刘勰也是在自然禀赋的意义上使用“气”，气是刘勰评骘人物创作成就的一个重要尺度。钟嵘尤以气为评判作品艺术价值的主要条件，在钟嵘的审美价值中，气是主干、是根本，文采虽重要，但居第二位。比如《诗品》评刘桢就曰：“仗

1 徐复观：《〈孟子〉知言养气章试释》，见《中国思想史论集》，九州出版社，2014，第 166—182 页。

2 徐复观：《中国文学中的气的问题——〈文心雕龙·风骨〉篇疏补》，见《中国文学论集》，九州出版社，2014，第 86 页。

3 寇效信：《文心雕龙美学范畴研究》，陕西人民出版社，1997，第 269 页。

气爱奇，动多振绝。真骨凌霜，高风跨俗。但气过其文，雕润恨少。”[1]曹丕认为，文的巧拙美丑取决于气的清浊。作家主体之气的清浊表现于文章，形成文章之气的清浊，决定文章的巧拙，即艺术水平、审美价值的高低，决定文章的艺术生命。其后曹丕结合个人才性认为“王粲长于辞赋，徐幹时有齐气。……应玚和而不壮，刘桢壮而不密。孔融体气高妙，有过人者”[2]；“公幹有逸气，但未遒耳”[3]。这里面的气，实际上都以人气来论说文气，把文看作人的个性才气的一种表现。事实上，曹丕《典论·论文》所提出来的完整概念是“体气”，气是人的“生气”，是人的气质活生生的表现，“有体”即形成外见的体态风貌，“体”才可以解释为风格。“体”是用人的体态风貌来比况的，包括人的精神与形体两方面。体气是当时常用的概念。魏晋时期，体气一词，广泛使用，并且多用在身体上，诸如“丹阳旦送，吾体气极佳”[4]“体痹乏气”[5]“体气休健”[6]“衰耗之体，气用湮微”[7]之类的说法，用的就是这个意义；体气一词也有用于对人物修养与品评的，《礼记·内则》中已有“养气体而不乞言”，嵇康《养生论》“气静神虚者，心不存于矜尚；体亮心达者，情不系于所欲”[8]中的“体”用的就是这个意义；气还是人的性情的根据和条件，没有气就不会有性情。同时，气在文章中的存在类似于人和动物之气的生理性的东西，有了它，文章才有艺术生命，才能是有机体，才具感染力。如唐代李德裕《文章论》说：“气不可不

1（南朝梁）钟嵘著，陈廷杰注：《诗品注》，人民文学出版社，1961，第21页。

2（三国魏）曹丕：《典论·论文》，见（南朝梁）萧统编，（唐）李善注：《文选》卷52，上海古籍出版社，1986，第2270—2271页。

3（三国魏）曹丕：《与吴质书》，见（南朝梁）萧统编，（唐）李善注：《文选》卷42，上海古籍出版社，1986，第1897页。

4（晋）王羲之：《谢二侯》，见（清）严可均编：《全上古三代秦汉三国六朝文》，中华书局，1958，第1585页。

5（晋）王羲之：《杂贴（五）》，见（清）严可均编：《全上古三代秦汉三国六朝文》，中华书局，1958，第1608页。

6（南朝梁）沈约：《宋书》卷85《谢庄传》，中华书局，1974，第2171页。

7（南朝梁）沈约：《宋书》卷100《自序》，中华书局，1974，第2450页。

8（唐）房玄龄：《晋书》卷49《嵇康传》，中华书局，1974，第1369页。

贯，不贯则虽有英辞丽藻，如编珠缀玉，不得为全璞之宝矣。”[1] 韩愈说“气盛，则言之短长与声之高下者皆宜”[2]，一般以为韩愈的“气”，继承的是孟子的养气说，是人格之气，然而按照徐复观的理解，“‘气盛，则言之长短与声之高下者皆宜’，是因为生命的节奏直接形成文字的节奏。如此，则文采之鲜、声调之力，都显发出来了”[3]。批评家也把作品看成有生命的东西，以生命力来衡量它。这种“生生不穷”之气，在生命个体上的显现即为“气”之动物，是“生气远出”的活泼泼生命情感流动，也正是“气”的这一特性赋予华夏艺术以“动”的生命质量和活泼泼的生气。由“文气”说衍生出来的批评术语，除了气格、气势，还有“气脉”“气韵”“气象”“才气”“辞气”“骨气”等都有这种含义在里边。

从身体的实指的“气”到精神性的虚指的“气”，从具体的实指的身体的“气”再到抽象的虚指的文章（艺术）的“气”，“气”概念从身体的实指变成为文章（艺术）的虚指，将难以形器求的文章（艺术）之体形器化、形象化，让人能够借助一定的实指加以感受和把握，艺术特征这一虚化的东西通过比拟的实在表现，变得可以意会也可以言传了。中国人通过以人拟艺的方式，尤其借助身体及人身的具体范畴将虚灵的艺术实在化、可感化。这其中自然包括古人对文体问题的认知、阐说，故而“体貌”言说及其所体现的“象喻”批评方式，便成为我们考察历代文体批评及其所蕴含的文体观念的一个重要领域。

与气有关的还有“气韵”。“韵”这一概念与人物品评的关系更是密切，“韵”在魏晋时代约指风度，是由精神、情调和体态等诸多因素综合而成的，指的是从形貌上流动、飘逸而出的某种动人的意味，即生命的活力。文章的“气韵天成”及文学的“气韵高艳”皆指作家创作的艺术作品中具有一种自然天成、品

1（唐）李德裕：《文章论》，见董诰编：《全唐文》卷709，中华书局，1983，第7280页。

2（唐）韩愈：《答李翊书》，见刘真伦、岳珍校注：《韩愈文集汇校笺注》卷6，中华书局，2010，第701页。

3 徐复观：《中国文学中的气的问题——〈文心雕龙·风骨〉篇疏补》，见《中国文学论集》，九州出版社，2014，第300页。

格高雅的生命活力。后来谢赫在《古画品录》中又提出“气韵生动”的批评标准，把画与人比附，视为有生命的东西。尽管谢赫没有明确对该命题作理论上的阐释，但通过对卫协、晋明帝等作品的评析，我们发现“气韵生动”就是存在于作品中的能给人们以审美愉悦的、具有自然韵律的生命气息、生命情趣、生命活力和生命氛围。后世苏轼论书曰“字如其人”，钱选论画大讲士气，倪瓒论画大讲逸气，其核心亦在以人品比附文（艺术）的品位。黄庭坚书论云：“观魏晋间人论事，皆语少而意密，大都犹有古人之风泽，略可相见。论人物要是韵胜，为尤难得。蓄书者能以是观之，当得仿佛。”[1]此句中用意主要在“论人物要是韵胜”，即通过书法提升人格精神，以书韵论人韵。这里的“韵”反映在作品中，受支配于主体的形式感和韵味感，只要主体着意去创造，作品就会透出如主体一样的韵致。宗白华认为“气韵生动”最能体现艺术中充盈的生命精神。在中国批评家的眼中，文学艺术是呈现生命律动的浑然不分的有机整体，批评的任务不是用理性和逻辑去分析艺术，而是通过对艺术的整体直接体验去传达审美经验。从审美体验方式上来说，中国的方式主要是“悟”，通过主体的参与直达艺术的生命内核，作品被完全人化，对作品的批评成了生命与生命的对问和叩访。刘勰所说的“才有庸俊，气有刚柔”[2]，就是对才气关系的发展，它把才和气并列为文章形成不同风格的主要因素之一，强调了作家的个体因素与艺术风格的关系。“气”是宇宙之气、生命个体之气和人类艺术创作之气，有了“气”，就有了“生”，有了“生气”自然灵动而“生动”，有了“生动”之气的运转和流动、就有了“韵”的节奏和旋律。没有了“气”，也就失去了“韵”，自然也失去了“生气”，成为僵死的程式也就丧失了生命力。

此外，刘勰、钟嵘还提倡“风骨”，并把它作为文学创作和批评的重要标准。“风骨与我国古代文论的许多范畴一样，是一个表象性概念，是以体的风

1（宋）黄庭坚：《题绛本法帖》，《黄庭坚全集》正集卷 28，四川大学出版社，2001，第 750 页。
2（南朝梁）刘勰著，范文澜注：《文心雕龙注》卷 6《体性》，人民文学出版社，1958，第 505 页。

（或气）和人体骨骼喻示对文学思想内容和语言形式的基本美学要求。”[1]该概念最初用于品评人物，以后又用于品评人物画，最后移来评论文章，指骏爽的情志和端直遒劲的语言及骨干坚挺、刚健有力的美学风貌。风骨是标示艺术生命的一个美学范畴。文章有风骨，就获得了艺术生命。根据寇效信的论证，刘勰和曹丕一样，也是以气为文章的生命之所在。刘勰在讲“风骨”时也大讲文气。风骨和气，本是二而一的东西，“风骨”就是一种壮气。黄叔琳也曾说：“气是风骨之本。”[2]纪昀也说：“气即风骨，更无本末。”[3]因而像刘勰所说的“风清骨峻”也就不只是一种艺术美，王运熙指出：“以人的躯体为喻，端直劲健之词如骨骼，藻丽的语言如血肉。”[4]比如“建安风骨”，刘勰说其“梗概而多气”[5]，主要表现在其充沛的情感中蕴含了压倒一切的愤怒和正义之情，是“横槊赋诗”的人格写照以及一种人生自信。如孔融，刘勰评曰：“孔融气盛于为笔。”[6]其实就是对作者人格的肯定，也是对其文章中隐含的与作者人格一致的情感的肯定。在刘勰的心目中，建安时期的作品意气骏爽、风貌清朗的艺术特征正是来源于曹刘诸人体气高妙、骋才尚气的才性，更主要的是一种高尚的人格美在文学作品中的体现。可见在人化批评中时时刻刻投射着在人物品藻中形成的才性观念。魏晋才性观投射于人化批评，在魏晋批评中几成时尚，刘勰在《文心雕龙·风骨》中说：“结言端直，则文骨成焉；意气骏爽，则文风清焉。”[7]又在《檄移》篇中评论陈琳所写的《为袁绍檄豫州》一文，说他“壮有骨鲠”[8]。钟嵘在《诗品》中，以曹植为最有“风骨”的诗人的典范，认为“陈思为建安之杰”“文

---

1 寇效信：《文心雕龙美学范畴研究》，陕西人民出版社，1997，第 257 页。

2（南朝梁）刘勰著，（清）黄叔琳注，（清）纪昀评：《文心雕龙辑注》，中华书局，1957，第 283 页。

3（南朝梁）刘勰著，（清）黄叔琳注，（清）纪昀评：《文心雕龙辑注》，中华书局，1957，第 282 页。

4 王运熙：《文心雕龙探索》，上海古籍出版社，2014，第 91 页。

5（南朝梁）刘勰著，范文澜注：《文心雕龙注》卷 9《时序》，人民文学出版社，1958，第 674 页。

6（南朝梁）刘勰著，范文澜注：《文心雕龙注》卷 10《才略》，人民文学出版社，1958，第 699 页。

7（南朝梁）刘勰著，范文澜注：《文心雕龙注》卷 6《风骨》，人民文学出版社，1958，第 513 页。

8（南朝梁）刘勰著，范文澜注：《文心雕龙注》卷 4《檄移》，人民文学出版社，1958，第 378 页。

章之圣”，并称赞他的诗为“骨气奇高，词采华茂；情兼雅怨，体被文质”[1]。正是由于曹植诗中洋溢着强烈的悲壮之情，“雅怨”蕴于内，“骨气”显于外，因而后人称“曹子健如三河少年，风流自赏”[2]，这不仅是对其文的评价，也是对其人的评价，是对其风度、气质以及品格的赞美和褒扬。从批评史的角度看，这是“文如其人”批评思想在具体的文学批评中的体现。布封说“风格即人”，中外文论中共同的认识表明：创作主体的生活经历、生命体验、人格气质会为作品留下鲜明的个性印记，也就意味着，若要全面深入地理解一个作家，了解其人生经历、人格气质的形成与演变是有必要的。

深受人物品藻影响的中国文学批评则移植、借用、升华了古代哲学、医学用语，从而形成了与人体相关联的术语体系，形成诸如形神、筋骨、血肉、骨骼、血脉、气、味、色、面目甚至于口鼻等审美范畴，最终“把文章通盘的人化或生命化”，将艺术看成是相类于人的有着自身形貌、体格、精神的有机生命体，从而使这些从人体剥离的美学术语能充分表征中国古人所认识到的艺术的有机性和整体性，而文学（艺术）的有机的存在形态，在中国固有的文学批评中被称之为“体”。

深切把握由以人体为喻象而引申、演化来的一系列文体批评的概念、术语、范畴，以及其所体现出的中国文学批评、文体及文章体性批评固有的特征，是了解我国文学批评和美学精神的一大关键。“近取诸身，远取诸物”，文章等人文制作参天地之化育，与天地万物、人之身体等皆一气化成，故而一气贯通，异质同构，而品文之法与相人之术及对天地万物的仰观俯察之法，也道通为一。中国古代的以“体”论文及“象喻”批评等，体现了中华文化天人合一的宇宙观、人文观、生命观、价值观等，对于中华美学精神的当代建设具有积极意义，我们理应加以重视。

1（南朝梁）钟嵘著，陈廷杰注：《诗品注》，人民文学出版社，1961，第2、4页。
2（宋）敖陶孙撰，（明）程兆胤录：《诗评》，中华书局，1985，第1页。

第十四章

传统文论中的“体性”观念

中国文论中的“体性”和西方文论中的“风格”（style），均是产生于各自文化母体的标示文学整体风貌的重要范畴，与文体学有着相当密切的关联度，它们分别在中西文论的发展过程中发挥了关键词的功能与作用，并且在各自所属的文论系统的理论建构和批评实践的历史进程中形成了各自的话语体系。体性论和风格论体现了中西文论对于同一理论问题进行阐释时，在思维方式、范畴运用和逻辑推演方面的重要差异，不可轻易地比附和互用，更不可强制阐释。但是，体性与风格之间也存在着明显的可通约性，而在分析两者异同的基础上，寻找它们之间可能存在的会通点并融通之，正是中西文体论、风格化比较研究中需要特别关注的地方。本章意在对这两个指涉文学整体风貌的关键词进行必要的历史语义学层面的梳理与分析，厘清其意涵和发展过程，并且指出它们两者所存在的可通约、可融通之处，为这两个具有经典意义的中西文论范畴之间的融通做一些基础性的梳理、阐释工作。

第一节　中国传统文论中的“体性”

在中国古代汉语中，作为合成词的“体性”共有以下五种义项：一是指“身体”。这种用法如《国语·楚语上》：“且夫制城邑若体性焉，有首领股肱，至于手拇毛脉，大能掉小，故变而不勤。”唐陆龟蒙《甫里先生传》：“或寒暑得中，体性无事，时乘小舟，设篷席，赍一束书，茶灶、笔床、钓具，棹船郎而已。”[1] 二是指“禀性”。《商君书·错法》：“夫圣人之存体性，不可以易人。”宋朱淑真《青莲花》：“净土移根体性殊，笑他红白费工夫。”[2] 皆是指此意。三是指“体悟真性”。如《庄子·天地》：“体性抱神，以游世俗之间者。”这里的用法就是如此，对此成玄英疏曰：“悟真性而抱精淳，混嚣尘而游世俗者，固当江海苍生，林薮万物，鸟兽不骇，人岂惊哉！”[3]《淮南子·精神训》曰：“所谓真人，性合于道也。……体本抱神，以游于天地之樊。”在刘安看来，天性自然之质，就是本，故而此处所言的“体本抱神”与庄子所言的“体性抱神”无异。四是指中国佛教文献也常言“体性”，且常常“体性”连用，其所谓的“体性”多指本体和心性，分别而言，其“体”往往释义为“主质”，有本质、实体、自体、载体之意；其所谓的“性”与“相”相对应，指事物内在的不可改变的本质。如《大智度论》有“性名自有，不待因缘”[4] 之说。五是指刘勰《文心雕龙》中的“体性”，是一个特别的语义组合，和前面的义项均不相同，需要做特别的解释，从词语的发展史来看，体与性在此层面上的联系有一个意义发掘和联系的过程。

体性范畴是在“体”与“性”的意义承载之上形成的。作为一个因“体”与“性”彼此间存在特定意义关联，联缀在一起使用而拓展出新的意义空间和使用场域，并且成为传统文学理论批评中的一个重要关键词，为了更加充分认识“体性”这一关键词之来龙去脉及其内涵特质，有必要对其进行一番历史语义学层面的梳理与阐释。

1（唐）陆龟蒙：《甫里先生传》，见（清）董诰等编：《全唐文》卷801，中华书局，1983，第8420页。
2（宋）朱淑真撰，郑元佐注：《朱淑真集注》，浙江古籍出版社，1985，第60页。
3（清）郭庆藩撰，王孝鱼点校：《庄子集释》，中华书局，1961，第438页。
4［古印度］龙树菩萨造：《大智度论》，（后秦）鸠摩罗什译，宗教文化出版社，2014，第634页。

“體”是个形声字，从骨，豊声。《说文解字》曰：“体，总十二属也。”[1]所谓十二属，皆承之于骨，故从骨。这说明“体”最初是指由“十二属”构成的人的整体，“体”的本义是指身体，是指人的全身，是一个整体性的称谓，是指一个生气灌注的有机的整体，所以体也可以理解为将各部分合成一个有机整体。《广雅·释亲》：“体，身也。”[2]从这一原始用义可以看出，“整体”义项构成了“体”在古典汉语语境中的基本内涵。“体”的本义是指人的身体，后来引申为泛指事物之存在的实在性、基础和本根，比如《易·系辞下》所谓“阴阳合德，而刚柔有体”、《论衡·道虚》所谓“天之与地，皆体也”[3]中的“体”便是。在中国古人看来，无论人的肢体、物之形体、事之大体主体，都有一定的形态，都有一定的“体”。天地万物如此，文章也应该如此，而文评中所使用的“体”概念正是指文章由内容到形式的枢纽。中国古代文论中的“体”在很多情况下是指文章的存在形态，是指文章的整体形态。古人以“体”称文的用意之一正是为了突出“文章整体”和主次条理井然有序的有机性这层含义。徐复观认为，“文体的‘体’，始见于曹丕《典论·论文》，至陆机《文赋》而其义更显，此后即成为文学批评中的基本观念。这是由人体的体所转用的观念。人体是由五官百骸组成的，是由肉体与精神统一而成。人的风姿仪态，必由此统一体而见。所以文体的第一意义是表现作品形式的统一，表现形式与内容的统一。第二意义则是形成文学艺术性的各种因素，必融入于此统一体中而始能发挥其效用。统一的身，即是最大的艺术性。而没有语言，便没有文体，但仅称‘语言’，不能表现这种统一的意义。文学的艺术性，是以统一为基础而展开的，语言的艺术性，是在统一中，亦即是在文体的‘体’中才能决定

1（汉）许慎：《说文解字》，中华书局，1963，第86页。
2（清）王念孙：《广雅疏证》卷6下，中华书局，1983，第203页。
3（汉）王充著，黄晖校释：《论衡校释》卷7《道虚》，中华书局，1990，第319页。

的”[1]。“在古代，‘体’成为一个具有制约性的、语义覆盖范围极为广泛的符号，这一符号所指称的自然物和社会事物作为人体向外界的延伸，在古人眼中，都有了共同的基本义素：富于生气、有机统一、整体系统。后世以‘体’‘文体’指称文章、文学的组合系统及其内部构成，也正是注意到‘体’在文学、文章系统构成中的重要性和有机整体性。”[2] 在中国古人看来，人体是一个由众多部分组成的有机的生命整体，是一个和谐的有机的生命整体，文章也一样，故而有云：“文之有体，即犹人之有体也。”[3]

汉字中的“性”原意为生来本具、天真自然之心，在《说文解字》中被解释为“人之阳气”。“‘性’字虽然最早见于诗、书，但是，作为关于人性的理论问题明确地提出来，则是在春秋战国这个理性高扬的时代。”[4]“重‘性’之说成为秦汉思想文化思想之主潮”[5]，春秋战国时期产生了像《论语·阳货》的“性相近”之说，《礼记·中庸》的“天命之谓性”，《荀子》中之《性恶》《正名》的“凡性者，天之就也，不可学，不可事”“生之所以然者谓之性”“不事而自然谓之性”等论断，以及《庄子·庚桑楚》的“性者，生之质”等学说，分属儒道两家的思想家形成一个共同认识，即“性”由“天”定，属于先天因素，呈现为自然状态、本真状态，且多指人的自然质性与本能，具有生物性，《孟子·告子上》甚至认为“食色，性也”，《荀子·性恶》认为“目好色、耳好声、口好利、骨体肤理好愉佚，是皆生人之性情者”。《吕氏春秋·诚廉》认为：“性也者，所受于天，非择取而为之也。”《淮南子·览冥训》主张“全性保真”，《精

1 徐复观：《王梦鸥先生〈刘勰论文的观点试测〉一文的商讨》，见《中国文学论集续篇》，九州出版社，2014，第 155 页。

2 朱玲：《文体建构论》，海峡文艺出版社，2005，第 14 页。

3 （明）沈承：《文体》，见阿英编，晗实、玉铮标点：《晚明二十家小品》，河北人民出版社，1989，第 405 页。

4 陈竹、曾祖荫：《中国古代艺术范畴体系》，华中师范大学出版社，2003，第 135 页。

5 陈竹、曾祖荫：《中国古代艺术范畴体系》，华中师范大学出版社，2003，第 137 页。

神训》认为真人即是“性合于道”的人，《齐俗训》并认为“率性而行谓之道”[1]，《孝经·圣治》曰“天地之性人为贵”，王充在此基础上提出人之性皆“因气而生”[2]。值得注意的是汉代论者还将性情与“气”联系起来，丰富了“性”的内涵，汉代和魏晋之人又以气来论人论文。当然，从先秦儒家学说开始，尤其是关于人的内在心性之育化养成学说，性与道、义等道德伦理层面问题融通、契合在一起，进一步强化了性之本体、本质命意，问题相当纷繁复杂，这里略而不论。两汉和魏晋除了讨论“性”之外，还涉及性情、才性等问题，从人物品藻的角度探讨人与“性”的关系，儒家主张“性其情”“以性节情”，道家主张“举性而遗情”，都强调“性”对“情”的节制性和“性”的根本性。

与文章之学相联系的“性”，经历了从《尚书·尧典》“诗言志”到《毛诗序》“吟咏情性”，再到《文赋》“诗缘情”[3]，直至南朝提出的“文章者，盖性情之风标，神明之律吕”[4]等理论发展过程，其中有两个阶段直接与“性”关系紧密，与“情”相联系。可见，刘勰将作为文体和风格的“体”与“性”联系起来也是有历史渊源的。因此，徐复观有云：“曹丕以气来说明文体的根源，到了刘彦和，则以情性来说明文体的根源，所以《文心雕龙》便有《体性》篇；这是文学理论走向完成的发展。”[5]

第二节 “体性”相关范畴的发展演变

在刘勰之前，众多的文献已经或多或少地触及了文学的“体性”问题，并

1 何宁：《淮南子集释》，中华书局，1998，第447、521、759页。

2（汉）王充著，黄晖校释：《论衡校释》卷3《物势》，中华书局，1990，第144页。

3（晋）陆机著，张少康集释：《文赋集释》，人民文学出版社，2002，第99页。

4（南朝梁）萧子显：《南齐书》卷52《文学列传》，中华书局，1972，第907页。

5 徐复观：《中国文学中的气的问题——〈文心雕龙·风骨〉篇疏补》，见《中国文学论集》，九州出版社，2014，第277页。

且也初步涉及了体性与文体、文学风格的关系问题。如《易·系辞下》中关于人的言辞与心术之谈，《左传》襄公二十九年所记载季札观乐及其议论，《孟子·公孙丑上》关于通过人的言语观其内心世界和隐秘动机的说法，司马迁在《史记·屈原列传》中对屈原《离骚》的评论中所谈到的诗人人品与作品风格关系的揭示，以及东汉王逸从屈原的独特性格和遭际命运来揭示《离骚》的作品风貌，等等，均属是也。南宋陈骙在《文则》中云：“春秋之时，王道虽微，文风未殄，森罗辞翰，备括规摹，考诸《左氏》，摘其英华，别为八体，各系本文：一曰命，婉而当；二曰誓，谨而言；三曰盟，约而信；四曰祷，切而悫；五曰谏，和而直；六曰让，辨而正；七曰书，达而法，八曰对，美而敏。”[1]从中我们可以看到，中国文学、中华文脉重文体、重体性的传统，早在春秋时期就得到重视，各种文体应该讲求和具有的体性特征通过其时的文体命名便得到体现，而且这种命名同时还具有文体规范的意味。

魏晋时代是“体性”范畴达到理论自觉与成熟的时期，并且在文学批评、文体辨析中得到了广泛的运用。曹丕《典论·论文》以“文本同而末异”为理论基点，说：“奏议宜雅，书论宜理，铭诔尚实，诗赋欲丽。”[2]用雅、理、实、丽四个字，概括和描述了奏议、书论、铭诔、诗赋几类文体的体性特征，并且又通过“气”即作家的个性气质来分析之，谓“文以气为主，气之清浊有体，不可力强而致”[3]。这里的“气”，指作家的天赋气质与创作个性，强调的是作家的“才气”对于创作风格形成的重要作用，认为“才气”诉诸书写并且成为具有一定形制的文学作品，就形成了“文气”即文学体性风格。由此可见，在传统诗文评中，体性问题往往是与文气问题结合在一起讲的。徐复观指出：“曹

1（宋）陈骙、（宋）李涂著，王利器校点：《文则·文章精义》，人民文学出版社，1960，第37页。

2（三国魏）曹丕：《典论·论文》，见（南朝梁）萧统编，（唐）李善注：《文选》，上海古籍出版社，1986，第2271页。

3（三国魏）曹丕：《典论·论文》，见（南朝梁）萧统编，（唐）李善注：《文选》，上海古籍出版社，1986，第2271页。

丕最大的贡献，乃在‘气之清浊有体，不可力强而致’的两句话。成功的文学作品，必成为某种‘文体’。若追索到文体根源之地，则文体的不同，实由作者个性的不同。……气之或清或浊，各有其形体。故气由文字的媒介以表现为文学，也各有其形体。……这样，便把人与文体的根源地关系，确切地指陈出来了。”[1] 曹丕还认为作家才性的优长只能与一定的文章体式相对应，文章体性特征或曰风格特点其实是作家才性在与之相适应的文体及作品中的展现。曹丕这种将文气与文体、体性联系起来进行分析的方法，在文论史上体性范畴的理论自觉与批评实践方面，产生了巨大的推进作用，影响深远。同时代的曹植在《前录自序》中说：“故君子之作也，俨乎若高山，勃乎若浮云。质素也如秋蓬，摛藻也如春葩。汜乎洋洋，光乎皓皓，与雅颂争流可也。”[2] 意谓“君子之作”有多种特点，这种特点的形成正有体性因素作用其中，因此也可以说涉及了作家与体性的问题。陆机在《文赋》中论创作，以“体有万殊，物无一量”来言世间事物人情千差万异，无法以一种言说书写方式律之，因此文章书写便各有不同，风格相异，为其对文章体式、体性或曰风格的区分奠定了理论前提，并在此基础上对诗、赋等十种常见文体予以比较，由文体不同而引出体貌、体性之异，并对每一种文体的内容特征和形式特征进行了总结，曰：“诗缘情而绮靡，赋体物而浏亮。碑披文以相质，诔缠绵而凄怆。铭博约而温润，箴顿挫而清壮。颂优游以彬蔚，论精微而朗畅。奏平彻以闲雅，说炜晔而谲狂。”[3] 这是就体式与体性方面的风格差异进行的总结。陆云《与兄平原书》在谈及楚辞的“言亦自清美”[4] 时，指出“清”是一种源于文学作品语言省净明切而

1 徐复观：《中国文学中的气的问题——〈文心雕龙·风骨〉篇疏补》，见《中国文学论集》，九州出版社，2014，第 277 页。

2 曹植：《前录自序》，赵幼文校注：《曹植集校注》，人民文学出版社，1984，第 434 页。

3（晋）陆机著，张少康集释：《文赋集释》，人民文学出版社，2002，第 99 页。

4（晋）陆云：《与兄平原书》，见（清）严可均编：《全上古三代秦汉三国六朝文》，中华书局，1958，第 4084 页。

显示出的一种隽洁鲜秀的体性特征。挚虞《文章流别论》亦云：“若《解嘲》之弘缓优大，《应宾》之渊懿温雅，《连旨》之壮厉忼慷，《应间》之绸缪契阔，郁郁彬彬，靡有不长焉矣。”[1] 也是从体性角度来总结所提到的这些文学作品的创作特色。

魏晋以来，诗文评中谈及作家与体性之关联性的评论相当多，比如陆云评价其兄长陆机的《园葵》为“清工”[2]，李充《翰林论》评潘安“潘安仁之为文也，犹翔禽之羽毛，衣被之绡縠”[3]。也有人将文章体性与作者的才性联系起来进行论说，如葛洪《抱朴子·外篇·辞义》云：“夫才有清浊，思有修短，虽并属文，参参万品。或浩瀁而不渊潭，或得事情而辞钝，违物理而文工。盖偏长之一致，非兼通之才也。暗于自料，强欲兼之，违才易务，故不免嗤也。”[4] 指出才性不同，文章自然不同，体性也自然多样。傅玄对“连珠”一体的论述则更加详切，其《连珠序》云：“所谓连珠者，兴于汉章帝之世，班固、贾逵、傅毅三子受诏作之，而蔡邕、张华之徒又广焉。其文体辞丽而言约，不指说事情，必假喻以达其旨，而贤者微悟，合于古诗劝兴之义。欲使历历如贯珠，易观而可悦，故谓之连珠也。班固喻美辞壮，文章弘丽，最得其体。蔡邕似论，言质而辞碎，然其旨笃矣。贾逵儒而不艳，傅毅有文而不典。”[5] 其评骘结合文体的起源、发展进程和作家才性亦即个体的差异，论述了在同一文体写作中文章所呈现出的体性差异，认为就“辞丽而言约，不指说事情，必假喻以达其旨，而贤者微悟，合于古诗劝兴之义”文体风格而言，班固“喻美辞壮，文章弘丽，最得其体”，最与“连珠”的文体风格相得，其他人如蔡邕、贾逵、傅毅则有“失

1（晋）挚虞：《文章流别论》，见（清）严可均编：《全上古三代秦汉三国六朝文》，中华书局，1958，第1906页。

2（晋）陆机著，刘运好校注：《陆士衡文集校注》（上），凤凰出版社，2007，第305页。

3（晋）李充：《翰林论》，见（清）严可均编：《全上古三代秦汉三国六朝文》，中华书局，1958，第1767页。

4（晋）葛洪著，杨明照校笺：《抱朴子外篇校笺》下册，中华书局，1997，第394—395页。

5（晋）欧阳询撰，汪绍楹校：《艺文类聚》卷57，上海古籍出版社，1982，第1035页。

体”的嫌疑。刘勰在《文心雕龙》中把文章不符合或者偏离体裁规范的情况称之为“乖体”“讹体”“谬体”“异体”“变体”，而把符合体裁规范和文体风格的情况称之为“得体”“达体”“正体”“正式”“昭体”，并且认为“失体成怪”[1]。刘勰在《知音》篇中论述批评方法时，将“观位体”列为“六观”之首，认为这是文章的大体，把符合文体规范和体式要求看作是文章的基本要求，不得体便成了文章写作的根本性毛病。后人所谓“作文必先定体”“文辞以体制为先”[2]“诗有常体，工自体中”[3]等都是对这一问题的不断强化，其中的体不仅仅指体制、体式，更有体性方面的意涵。

此外，“风格”这一汉语语词虽然用来翻译作为西方文论术语的英语“style”这一词语，但是“风格”本身也是一个汉语词汇，并且在中国古代文献中已经出现。古代汉语中的“风格”一词，最早是讲人，特指人的作风、风度、品格等，后来才用于文学创作。比如葛洪《抱朴子·行品》之“士有行已高简，风格峻峭”[4]，《晋书·和峤传》之“少有风格，慕舅夏侯玄之为人，厚自崇重，有盛名于世”[5]，《世说新语·德行》之“风格秀整，高自标持”[6]等，均是魏晋时期士大夫品评人物时所用。而用“风格”来概括文学创作的特点，大约始于魏晋南北朝时期，这一时期也是中国文学理论批评史上开始形成比较系统的文体和风格理论的时期。曹丕在《典论·论文》中所讲的“气”和“体”，刘勰在《文心雕龙》中所讲的“体性”，钟嵘在《诗品》中所讲的“味”，大都与风格有关，但没有直接运用“风格”一词。南梁萧子显《南齐书·文学列传》云：“今之文章，

1（南朝梁）刘勰著，范文澜注：《文心雕龙注》卷 6《定势》，人民文学出版社，1958，第 531 页。

2（明）吴讷、徐师曾著，于北山、罗根泽校点：《文章辨体序说·文体明辨序说》，人民文学出版社，1958，第 80 页。

3（明）王世贞著，罗仲鼎校注：《艺苑卮言校注》，齐鲁书社，1992，第 40 页。

4（晋）葛洪著，杨明照校笺：《抱朴子外篇校笺》上册，中华书局，1997，第 553 页。

5（唐）房玄龄：《晋书》卷 45《和峤传》，中华书局，1974，第 1283 页。

6（南朝宋）刘义庆著，刘孝标注，余嘉锡笺疏：《世说新语笺疏》，中华书局，2007，第 7 页。

作者虽众，总而为论，略有三体。”[1] 根据其所能列举的具体情况[2]，“体”指的就是文章风格。刘勰开始正式使用“风格”一词来评论作家，他在《文心雕龙·议对》中说：“仲瑗博古，而铨贯有叙；长虞识治，而属辞枝繁；及陆机断议，亦有锋颖，而腴辞弗剪，颇累文骨：亦各有美，风格存焉。”[3] 颜之推在《颜氏家训》中言：“古人之文，宏材逸气，体度风格，去今实远，但缉缀疏朴，未为密致耳。”[4] 此后“风格”一词的使用要较之“体性”频繁。杜甫《苏端薛复筵简薛华醉歌》中写道：“坐中薛华善醉歌，歌辞自作风格老。”[5] 皮日休在《和过张祜处士丹阳故居·序》中说：“及老大，稍窥建安风格。”[6] 明代陆时雍的《诗镜总论》评隋炀帝诗“见其风格初成，精华未备”。又说：“‘寒鸟数移柯’，与隋炀‘鸟击初移树’同，而风格欲逊。”[7] 清代况周颐的《蕙风词话》评李嫃洲诗“叶韵虽新，却不坠宋人风格”。评须溪词“风格遒上似稼轩，情辞跌宕似遗山”。评凭西阁词“篇幅增于射山，而风格差逊”[8]。笔者认为，以上所引材料中出现的“风格”一词，即便以“体性”一词来替代之，其表意也基本不会有什么改变，从传统文论中的大量的批评事例来看，它们在一定程度上可以互换使用，而文论家们有时也是随机性地使用这两个批评术语，这正说明“体性”概念本身就是一个关于文学风格的批评关键词。

1（南朝梁）萧子显：《南齐书》卷 52《文学列传》，中华书局，1972，第 908 页。

2 其关于三体的表述如下：“一则启心闲绎，托辞华旷，虽存巧绮，终致迂回。宜登公宴，本非准的。而疏慢阐缓，膏肓之病，典正可采，酷不入情。此体之源，出灵运而成也。次则缉事比类，非对不发，博物可嘉，职成拘制。或全借古语，用申今情，崎岖牵引，直为偶说。唯睹事例，顿失精采。此则傅咸五经，应璩指事，虽不全似，可以类从。次则发唱惊挺，操调险急，雕藻淫艳，倾炫心魂。亦犹五色之有红紫，八音之有郑、卫。斯鲍照之遗烈也。”

3（南朝梁）刘勰著，范文澜注：《文心雕龙注》卷 5《议对》，人民文学出版社，1958，第 438 页。

4（北齐）颜之推著，王利器集解：《颜氏家训集解》（增补本），中华书局，1993，第 268 页。

5（唐）杜甫著，高仁标点：《杜甫全集》，上海古籍出版社，1996，第 17 页。

6（唐）陆龟蒙：《和过张祜处士丹阳故居》，见彭定求等编：《全唐诗》卷 626，中华书局，1960，第 7194 页。

7（明）陆时雍：《诗镜总论》，见周维德集校：《全明诗话》第 6 册，齐鲁书社，2005，第 5113、5119 页。

8（清）况周颐撰，屈兴国辑注：《蕙风词话辑注》，江西人民出版社，2000，第 102、107、230 页。

当然，通观中国古代文论史，绝大多数论者在谈到文学风格问题时，还是更多地使用“气”“体”“体性”等术语，而且是“体”的运用要多于“气”。由此可见，“体”及“体性”还是中国文论论及文学风格时比较常用和惯用的主导范畴，而唐宋以后人们谈到艺术风格的时候则更多用“格”或者“调”，以及“格调”并而用之，也有“体格”连用的，如谢赫《古画品录》评顾恺之画时有“格体精微，笔无妄下”之说，到皎然的《诗式》则多次使用，至明代则普遍使用，而极少用“体性”术语，且所论整体上偏向于体制与风格的关系及风格的外在方面，对风格与作者个性的关系则关注比较少。从这一情况看，作为艺文风格与作者个性关系概括的“体性”范畴，实际上是一次特殊思想背景和语境下的特殊遇合，除了刘勰在《文心雕龙》专设《体性》一篇外，后世专门论及者寡，这似乎与《文心雕龙》在明代前的沉寂有关[1]，也与“体”与“性”的关系难以把握相关，而到了明代《文心雕龙》虽然被世所重，但明代已是思想文化更趋多元、多样化、文学艺术雅俗共处的时代了，并且“格调”“性灵”“意趣”等批评关键词正方兴未艾，因时代精神之影响，体性这一关键词使用的偏少，也就不难理解了。

第三节　刘勰与“体性”范畴的定型

刘勰的《文心雕龙·体性》篇，在中国文论史上首次专门讨论文学“体性”问题，对文学创作中作品的体貌与作者个性的关系进行了集中论析，提出“各

1《文心雕龙》成书于齐末梁初，当时除了沈约“谓为深得文理，常陈诸几案”（《梁书·刘勰传》）的评价而外，未见有其他的评论。历陈迄隋，仅见史书著录书目，未见有评论意见。到唐、宋两代，《文心雕龙》的影响日渐扩大，但只有史学家刘知幾的《史通》提及，宋代黄庭坚等也曾提到刘勰，但从总体来说，《文心雕龙》对唐宋文学，只是潜在地起了作用，理论价值和历史地位未引起应有的重视。这种状况在元、明、清时期起了很大变化。自元至正本刊刻，明、清两代刻本甚多，足见《文心雕龙》已逐渐受重视并获得推广。至近代，才蔚为大观，成为显学。

师成心，其异如面”[1]的见解，“体性”作为一个文论范畴或曰文体及风格批评关键词，自此而形成。最先把“风格”这一概念引进文艺理论和文艺评论领域的也是刘勰，他将“风格”一词用于论述作家的创作个性和作品的艺术特色。他在《文心雕龙·议对》中说：“汉世善驳，则应劭为首。晋代能议，则傅咸为宗。然仲瑗博古，而铨贯有叙。长虞识治，而属辞枝繁。及陆机断议，亦有锋颖，而谀辞弗剪，颇累文骨，亦各有美，风格存焉。”[2]《文心雕龙》谈到风格的地方很多，但使用“风格”这一术语的地方却极少，只有这一次。至于“虽诗书雅言，风格训世，事必宜广，文亦过焉”[3]这几句话中出现的“风格”一词，指的则是文章的风范和格局，而不是指艺术风格。此外，《文心雕龙》中指风格的范畴还有“气”，《体性》篇表述为“气有刚柔”“风趣刚柔，宁或改其气”[4]，气指“气格”，即艺术风格。

在《文心雕龙》中，刘勰谈文学风格时主要使用的还是“体”范畴，有时也称为“体貌”或者“大体”。同时代的人比如钟嵘评陆机“才高词赡，举体华美”，评张协“文体华净”[5]等也常用“体”，可见“风格”一词至少在刘勰的时代还没有完全进入文学批评的术语体系，只是偶尔用之而已。在《体性》篇中，刘勰对文学风格与作者个性的关系作了较为全面而集中的论述，并用“体性”一词加以概括和命名，从而使“体性”一词成为表征作者个性与艺术风格的专有范畴。黄侃《文心雕龙札记》“体性第二十七”释“体性”曰：“体斥文章形状，性谓人性气有殊，缘性气之殊而所为之文异状。然性由天定，亦可以人力辅助之，是故慎于所习。此篇大恉在斯。”[6]《体性》篇实际上就是我国古代

1（南朝梁）刘勰著，范文澜注：《文心雕龙注》卷 6《体性》，人民文学出版社，1958，第 505 页。
2（南朝梁）刘勰著，范文澜注：《文心雕龙注》卷 5《议对》，人民文学出版社，1958，第 438 页。
3（南朝梁）刘勰著，范文澜注：《文心雕龙注》卷 5《夸饰》，人民文学出版社，1958，第 606 页。
4（南朝梁）刘勰著，范文澜注：《文心雕龙注》卷 6《体性》，人民文学出版社，1958，第 505 页。
5（南朝梁）钟嵘著，陈延杰注：《诗品注》，人民文学出版社，1961，第 24、27 页。
6 黄侃：《文心雕龙札记》，上海古籍出版社，2000，第 96 页。

文论中的第一篇风格专论。

《文心雕龙·体性》将文学风格进行了分类："若总其归涂，则数穷八体：一曰典雅，二曰远奥，二曰精约，四曰显附，五曰繁缛，六曰壮丽，七曰新奇，八曰轻靡。"[1] 并认为风格差异与创作主体的精神特点有关："若夫八体屡迁，功以学成，才力居中，肇自血气；气以实志，志以定言，吐纳英华，莫非情性。是以贾生俊发，故文洁而体清；长卿傲诞，故理侈而辞溢；子云沉寂，故志隐而味深；子政简易，故趣昭而事博；孟坚雅懿，故裁密而思靡；平子淹通，故虑周而藻密；仲宣躁锐，故颖出而才果；公幹气褊，故言壮而情骇；嗣宗俶傥，故响逸而调远；叔夜俊侠，故兴高而采烈；安仁轻敏，故锋发而韵流；士衡矜重，放情繁而辞隐。触类以推，表里必符。"[2] 高度概括地论述了作家"才""气"和风格之间的联系。在列举了例子之后，刘勰做了总结性的说明："触类以推，表里必符。岂非自然之恒资，才气之大略哉！"[3] 其中需要注意的是，"才力居中，肇自血气"这句话，在刘勰看来，文以性情为主，但性情的根本"肇自血气"，"血气"即先天的气质，也指天赋的生理基础，亦即来自于个体生理层面的生命力。这实际上是对传统"性"之本义的继承。

关于文学风格与作者个性的这种"表里必符"的规律，有很多历史证据可以佐证。明方孝孺《张彦辉文集序》的论述可谓贯通古今，兹录如下："昔称文章与政相通，举其概而言耳。要而求之，实与其人类。战国以下，自其著者言之；庄周为人，有壶视天地，囊括万物之态，故其文宏博而放肆，飘飘然若云游龙骞不可守；荀卿恭敬好礼，故其文敦厚而严正，如大儒老师，衣冠伟然，揖让进退，具有法度……由此观之，自古至今，文之不同，类乎人者，岂不然乎？虽然，不同者辞也，不可不同者道也。……人之为文岂故为尔不同哉！

1（南朝梁）刘勰著，范文澜注：《文心雕龙注》卷 6《体性》，人民文学出版社，1958，第 505 页。

2（南朝梁）刘勰著，范文澜注：《文心雕龙注》卷 6《体性》，人民文学出版社，1958，第 506 页。

3（南朝梁）刘勰著，范文澜注：《文心雕龙注》卷 6《体性》，人民文学出版社，1958，第 506 页。

其形人人殊，声音笑貌人人殊，其言固不得而强同也，而不必一拘乎同也。”[1]这其实就是对刘勰所谓“其异如面”的演绎，更是文章风格与个性之间关系的确证，因为其列举的历史例证都在说明文章“实与其人类”，“其言固不得而强同”的道理。

所谓“表里必符”，换一种说法就是“文如其为人”[2]，刘勰在《体性》篇中罗列了众多作家“文如其人”的状况来说明其所总结的“内外必符”的规律。然而，《文心雕龙》在阐述“文如其人”这一规律之时不是没有注意到“人与文异”的情况。如清代学者纪昀在评论刘勰关于人心、情性等内在因素必然与其外在表现风格相符，即“表里必符”的命题时说：“由文辞得其情性，虽并犹难之，况异代乎？如此裁鉴，于古无两。此亦约略大概言之，不必皆确，百世以下，何由得其性情，人与文绝不类者，况又不知其几耶！”[3]持有不同意见的纪昀似乎没有注意到刘勰这里立论的前提，这就是把后天的学习建立在先天的禀赋和性情之上。在《体性》篇中刘勰仍然肯定文学表现与作家禀赋的关系，断言“辞理庸俊，莫能翻其才；风趣刚柔，宁或改其气；事义浅深，未闻乖其学；体式雅郑，鲜有反其习。各师成心，其异如面”[4]。这里的才、气、学、习都是着眼于人的禀赋、修养，都落实到实处，最终都归结于人的气质和个性，即“功以学成，才力居中，肇自血气；气以实志，志以定言，吐纳英华，莫非情性”[5]。《事类》篇曰：“才自内发，学以外成。”[6]风格变化的出发点是人的才力和气质。而个人才力的不同，又源于不同的气质。为此刘勰要求“因性以练才”，也就是顺着自己的性情，学习和模仿与自己的个性比较接近的风格，这样来锻炼自

1（明）方孝孺著，徐光大点校：《张彦辉文集序》，见《方孝孺集》卷12，浙江古籍出版社，2013，第461—463页。

2（宋）苏轼：《答张文潜县丞书》，见张春林编：《苏轼全集》（下），中国文史出版社，1999，第1090页。

3（清）纪晓岚：《纪晓岚评注文心雕龙》，江苏广陵古籍刻印社，1997，第258—259页。

4（南朝梁）刘勰著，范文澜注：《文心雕龙注》卷6《体性》，人民文学出版社，1958，第505页。

5（南朝梁）刘勰著，范文澜注：《文心雕龙注》卷6《体性》，人民文学出版社，1958，第506页。

6（南朝梁）刘勰著，范文澜注：《文心雕龙注》卷8《事类》，人民文学出版社，1958，第615页。

己的才能。这样一来，“性”在《体性》篇中便被刘勰始终视为是“体”形成的核心所在，可以总结为“因情立体”—“循体而成势”—“体性”这一顺序模式。这样就符合刘勰关于“体”与“性”关系的总结，符合其“因内符外”“表里必符”的看法。可见刘勰对作者个性养成和风格形成的论述还是相当全面的，刘勰的文体论在相当程度上实际上也就是创作论、作家论，以及在创作论、作家论基础上的风格论，因为刘勰在《文心雕龙》“论文叙笔”的二十篇文体专论中，始终没有脱离作家作品论、文学通变观来谈文体生成强化问题。这样一来，风格之“格”和文体的“体”就建立起了密切而有机的联系，而且在《文心雕龙》中所用的“体”，大多具有这两个方面的所指。

至于作家个人的气质、禀赋对风格的影响，中国古代的文学理论中更是早就注意到了。曹丕所说的“文以气为主”[1]，就强调了“气”是形成风格的主要根据。在曹丕那里，“气”主要指的是人的先天禀赋，刘勰则进一步指出：“才有庸俊，气有刚柔。”[2]他在不否认“性情所铄”的同时，又注重“陶染所凝”，把“才”“气”“学”“习”作为影响风格的四大要素。这样，影响和造就作家个人风格差异的原因就更加全面了，除了先天的气质禀赋，还涉及了其身世、经历、个性、艺术修养等，并认为这是形成“笔区云谲，文苑波诡”[3]即文学风格多样的原因。除了充分论述文学风格形成的作家主体因素即主观因素之外，刘勰还论述了文学风格形成的客观因素。王元化《刘勰风格论补述》中指出：“刘勰提出体势这一概念，正是与体性相对。体性指的是风格的主观因素，体势则指的是风格的客观因素。”[4]刘勰在《体性》之外又专设《定势》一篇，互为补充，可以看出他对作家的才性与文体风格之间的关系有总体的认识。若单

1（三国魏）曹丕：《典论·论文》，见萧统编，（唐）李善注：《文选》第6册，上海古籍出版社，1986，第2271页。

2（南朝梁）刘勰著，范文澜注：《文心雕龙注》卷6《体性》，人民文学出版社，1958，第505页。

3（南朝梁）刘勰著，范文澜注：《文心雕龙注》卷6《体性》，人民文学出版社，1958，第505页。

4 王元化：《刘勰风格论补述》，见《文心雕龙创作论》，上海古籍出版社，1979，第124页。

就每一篇来看，《体性》篇论述文章风格与作家个性的关系，涉及文体风格问题；《定势》篇论述体裁与风格的关系，也包括作家性情的因素在内。《定势》篇开篇即云：“夫情致异区，文变殊术，莫不因情立体，即体成势也。”[1] 可见刘勰的文体风格论与作家的艺术个性论是联系在一起的。刘勰在《定势》篇中又指出：“模经为式者，自入典雅之懿；效《骚》命篇者，必归艳逸之华。”[2] 这又指出了文章体制对风格的制约性。仅从以上所列举的几篇来看，刘勰的风格论是复杂而全面的，《文心雕龙》“体大而虑周”[3] 也于此可见。

“体大虑周”的《文心雕龙》，体系严密，思虑周详，在风格论中的表现就是与《原道》篇中“人文”之论相联系，强调了人尤其是作家主体性灵与风格的重要关系。在刘勰看来，文学的体道，是必须经过“性灵所钟”[4] 的人来达至的。那么，文究竟是经过了人的什么而使“道”之文彰显的呢？刘勰的《体性》一篇便是试图回答这样一个关键的问题。原来文学的体道是通过作者个性或者说是性灵将自然和社会生活转化为“文”而最终呈现“道”的，“文苑波诡”的众多风格实际上就是染上个性色彩或者呈现作者性灵的“道之文”，所以人文之美不仅要从它所反映的“道”之美中去寻找根据，更要从人的性灵方面去获得解释，这样关于文的认识就获得了来自客体（“道之文”）和主体（“人之文”）两个方面的解释，所谓“体有万殊，物无一量”[5]，是文学风格多样性的现实客观因素，而“各师成心，其异如面”的作家个性差异则是文学多样风格的主体因素。这样看来，只有“体性”一词才能确切地表征文与人的关系，从而完美表达风格与人的关系，足见古人论文遣词造语之精准，堪为今人之楷式也。

1（南朝梁）刘勰著，范文澜注：《文心雕龙注》卷 6《定势》，人民文学出版社，1958，第 529 页。
2（南朝梁）刘勰著，范文澜注：《文心雕龙注》卷 6《定势》，人民文学出版社，1958，第 530 页。
3（清）章学诚著，叶瑛校注：《文史通义校注》，中华书局，1985，第 559 页。
4（南朝梁）刘勰著，范文澜注：《文心雕龙注》卷 1《原道》，人民文学出版社，1958，第 1 页。
5（晋）陆机著，张少康集释：《文赋集释》，人民文学出版社，2002，第 99 页。

《文心雕龙》不唯《体性》一篇专论风格，其他篇章也有类似之论，如《定势》说："章表奏议，则准的乎典雅；赋颂歌诗，则羽仪乎清丽；符檄书移，则楷式于明断；史论序注，则师范于覈要；箴铭碑诔，则体制于宏深；连珠七辞，则从事于巧艳。"[1] 不同体裁对于风格有不同的要求，而语言特点，则既是形成风格的重要因素，又是风格的重要外在表现。刘勰的"体有因革"[2] 之论，应该是指文体、文学风格发展中的因袭和变革两个层面。值得注意的是，刘勰也主张"因情立体"[3]，而且对情的地位认识到位，但他还是选择了"性"作为表征作者个体特征的概念，这一点值得深入探讨研究。笔者认为，刘勰选择"性"范畴是基于对此前关于"性""性情"深刻认识基础上的独特选择，遵循了以性为本、以情为末，以性为主、以情为从的传统理念，并未受到"缘情"说的绝对影响。《毛诗序》云："发乎情，民之性也。"[4] 意谓借用诗歌来表达感情，乃是人的自然本性。孔颖达在《毛诗注疏》中说："其民性不同，故各言其志也。"[5] 意思是说由于民之本性不同，故而作为"在心为志"的诗各不相同，"吟咏情性"也不同，在此意义上，"性"应该是比情、志高一级的范畴，较之"诗缘情"的情更具有涵盖性。所以在选择风格需要对应的范畴之时，刘勰没有选择他那个时代比较流行的"情"范畴，也没有选择汉代流行的"志"范畴，而是选择了"性"这一更具根本性的范畴，从而使"体"与"性"合成的"体性"范畴更具涵盖力。文学创作是性情之人见自性的活动，所以"性"对应风格更具有根本性，更具有内在性，更容易达到"表里必符"[6] 的状态。循此，我们可以寻

1（南朝梁）刘勰著，范文澜注：《文心雕龙注》卷 6《定势》，人民文学出版社，1958，第 530 页。

2（南朝梁）刘勰著，范文澜注：《文心雕龙注》卷 2《明诗》，人民文学出版社，1958，第 67 页。

3（南朝梁）刘勰著，范文澜注：《文心雕龙注》卷 6《定势》，人民文学出版社，1958，第 529 页。

4（唐）孔颖达：《毛诗正义》卷 1《诗大序》，见（清）阮元校刻：《十三经注疏》，中华书局，1980，第 272 页。

5（唐）孔颖达：《毛诗正义》卷 1《诗大序》，见（清）阮元校刻：《十三经注疏》，中华书局，1980，第 272 页。

6（南朝梁）刘勰著，范文澜注：《文心雕龙注》卷 6《体性》，人民文学出版社，1958，第 506 页。

译刘勰《文心雕龙》中涵括文体论和风格论两个层面或曰向度的“体性”概念之生成的理路轨迹，以及如何熔铸定型的。

即如中国古代文论重视文体与文学风格问题，通过“体性”“体貌”“风格”“体式”“体势”等概念来辨析、阐述文体与文学风格，并且形成了关于文体与文学风格问题的系统的理论批评话语体系一样，西方的文学理论批评也非常重视文学风格问题。“风格”（style）是西方文论中的一个重要理论范畴和批评关键词，并且在长期的发展过程中形成了西方文论中的关于文学风格问题的理论批评话语体系。“风格”一词在英语中用 style 来表示，但 style 在汉语翻译中除了指涉“风格”概念外，还对应于“文体”概念，甚至常常以“文体风格”来表示泛称[1]。由此，我们发现，越来越多的文体学（stylistics）实际上涵盖了“文体风格”，而关于“文体风格”的研究可谓历史悠久，可以直接上溯到古希腊以寻求劝说的最有效表达方式为目的的修辞学传统。

从批评史的角度看，“体性”之论是“文如其人”思想在具体的文学批评中的另一种表述，和布封的“风格即人”之论异曲同工，殊途同归，通过对中国“体性”和西方风格理论的各自梳理，我们可以发现，中外理论表述不同，循理各异，但认识有共同之处：创作主体的生活经历、生命体验、人格气质会为作品留下鲜明的个性印记，也就意味着，若要全面深入地理解一个作家，了解其人生经历、人格气质的形成与演变是有必要的。同时，两者均指涉宽泛，涉及语言修辞、文体风貌和作者个性等诸多层面，均具有标示艺文整体性的意指，中国称之为体，西方把风格看作是“一个整体的文化的某种表现”，整体上均置于文体学之下。在指涉文学风貌和作者的关系层面上，中国“体性”论与西方的“风格”论产生于有一定相似度的时代背景和理论氛围之中，“体性”论与汉代以来关于人的性情、才性的讨论以及人的渐次觉醒有关，而西方的

1　胡壮麟编著：《理论文体学》，外语教学与研究出版社，2000，第 1 页。

“风格即人”的理论产生于文艺复兴之后，也就是“人的发现”之后，是“人的发现”在文艺层面的重要发现，是浪漫主义文艺思潮推动的结果。可以说只有在“人的觉醒”和“人的发现”这一思想资源和意识背景之下，文学的风格才会与“人”这样一个复杂的主体联系起来，使文学风格的复杂性得到了应有的解释。从理论体系上讲，西方风格的概念沿用西方理性思维的传统，意义和内涵比较确定，但也呈现出复杂性；中国关于风格与个性之关系的范畴“体性”虽定型于《文心雕龙》，但后世运用并不普遍，而西方“风格即人”的说法只是众多表述中的一种，尚未定型。相较而言，中国的“体”与“性”理论更复杂，含义随语境的不同而所指有较大差异，而且除了文学体貌风格与作者个人才性的联系方面之相关论述之外，还有一条重要的理论线索，这就是“文如其人”“心声心画”的理论，这是中国风格理论解释多样性的一种重要呈现。

中国的体性论和西方的风格论体现了中西文论对于同一理论问题进行阐释时在思维方式、范畴运用和逻辑推演方面的重要差异，体现了中西文论各自的特点和特征，也呈现出自身的困境和难处，这一情况也决定了中西文论会通困局，因此简单地用西方的风格指涉中国文学作品的整体风貌不值得提倡，以西方的风格理论强制阐释中国的“体性”“风格”范畴也不可取。若强行比附，以为援手，则语义混淆，夹缠难清，实两败俱伤之途路也，在传统文体学、文体思想研究中，我们尤应警惕此。

结 语

本书所说的“文体观念”，指通过理论批评直接表达或通过创作实践、文献编纂、礼乐仪式、政治制度等间接反映的有关文体的观念性呈现或认识。以文体观念为切入点，不但可以延长时间的尺度，上溯商周时期的早期文体观念；还可以扩大研究的视野，发掘各个时期蕴藏于社会政治、历史文化、哲学观念、学术思想、文学思潮、文艺创作中的文体观念。

本书的内容结构，由“绪论”和次第展开的十四个章节组成。“绪论”对“文体观念”的含义作了说明，对中国古代文体观念的表现形式进行了论析，并对相关研究作学术史的梳理；在此基础上，对中国古代文体观念研究的内容、意义及路径加以总结与阐发。从第一章到第十四章主要从以下五个方面切入对文体观念的研究：其一，首先对“文”“体”的词义演变进行历史语义学层面的考察与辨析，并对“文体”概念的形成加以梳理和阐释；其二，分三个专题对早期文体观念进行研究，分别考察商周礼乐仪式、春秋战国经典传承、秦汉官文书体系所反映的文体观念；其三，古代文献与文体观念研究，从唐宋类书、宋人总集、古代选本等文献入手，考察古代文献所反映的文体观念；其四，分体文体观念研究，如有关赋体批评、戏曲文体交融的讨论；其五，具体文体观念的研究，涉及文体分类观念、辨体观念、体制观念、体貌观念、体性观念等。

本书是国家社科基金重大项目“中国古代文体观念文献整理与研究”（18ZDA236）的阶段性研究成果，故未着意于书写一部中国古代文体观念发展演变的通史性著作，中国古代文体观念史的书写是下一步的努力方向。在本书中，我们通过“商周礼乐仪式与早期文体观念”“春秋战国的经典传承与文体观念的发展”“秦汉的官文书体系与官文书文体观念”“汉魏六朝赋体的源流批评”“唐宋类书‘文部’体现的文体观念”“宋人总集编纂体现的文体观念”“明清戏曲文体交融体现的文体观念”等课题的考察，从中国历史各个时期的典型个案入手，在事实上串联起了文体观念的总体演变脉络，从而呈现出文体观念从生成、早期发展到不断成熟的过程。

除了纵向的梳理，本书也尝试横向拓展文体观念研究的宽广度。如从礼乐仪式入手，研究商周时期的文体分类观念、文体命名观念以及文体体式观念，探寻早期文体观念背后的制度基础与仪式性渊源；再如官文书文体向来为文体学研究者所忽视，本书结合出土秦汉简牍和秦汉的政治制度，对秦汉时期的官文书体系以及官文书文体观念加以讨论，并揭示胡广、蔡邕官文书文体辨体批评的独特价值；再如研究春秋战国时期《诗》《书》等经典、唐宋类书、宋人总集、古代选本与文体观念的互动，揭示文献编纂与流传背后的文体观念；再如从创作实践入手，考察戏曲与诗歌等文体的关系，探讨文体交融所反映的文体观念；再如从“文类”“辨体”“体制”“体貌”“体性”等传统文体观念的重要范畴概念和关键词入手，探讨体类划分、文体与风格、以“体”论文、以“体”论画以及以“体”论书等一系列传统文体观念研究中的重大理论问题，并且尽可能地揭示中国古代文体观念的内涵特征，以及文体观念与文学艺术创作之间的相互通融关系。

通过以上研究，本书提出了一些初步认识：“文”为“有心之器”，它有美善、文采、纹理、文饰、礼文、文德、文辞、文字、文籍诸义项，这些义项中有一以贯之的人文取向，“文”与“言”“辞”的结合，为“文”与“体”的联姻奠定了基础；早期文体观念受到礼乐仪式的制约，无论是文体分类、文体命名观念还是文体体式观念，都受到礼乐仪式的影响；春秋战国知识阶层对《诗》

《书》的称引及模拟，表明人们对文体的称名及体式已有较清晰的认识，并表现为“尊体”与“破体”相交织的过程；秦汉王朝在真正意义上确立了官文书文体的体系，“文书行政”所确立的规范也深化了人们对文体分类、文体命名以及文体体式的认识；唐宋类书“文部”胪列评论文体的体例在中国古代文体纂述体例上具有承前启后的独到地位，从唐宋八大类书所引古代文体书目之数量和频次分析，可以发现许多文体学嬗变规律以及唐宋人的文体观念发展变化；宋人总集编纂在中国古代文体学史上具有承上启下的重要地位，对文学史上的文学运动、文学流派和文艺思潮等都有很大影响；明清戏曲通过吸收、渗透乃至交融了诸如诗歌这样的其他文体的艺术特点并求新变，才成为一种新兴的文体，这一演进过程决定了戏曲的诗性审美特征；选本的文体批评具有多指向性、多功能性，其在文体形态、文体观念、文体分类、辨体四个批评指向方面对中国文体形态发展和文体观念演变产生了重要的影响和促进作用；中国古代的辨体观念，深受传统哲学思想的濡染滋养；深受人物品藻影响的中国文学批评则移植、借用、升华了古代哲学、医学用语，从而形成了与人体相关联的术语体系，以人为喻除了体现于文体理论批评，还体现于书论、画论等领域。

本书试图在以下几个方面有所推进：其一，注意考察文体观念与社会政治、历史文化、哲学观念、学术思想、文学思潮、文艺创作等因素的互动，尤其是创作实践、礼乐仪式、政治制度、文献编纂对文体观念的影响，以期在更广阔的视域中展现中国古代文体观念的丰富内涵；其二，注意考察文体观念的生成与早期发展，挖掘文体观念的早期存在形式及其所蕴藏的文化基因；其三，兼顾传世文献与出土文献，在讨论商周至秦汉的早期文体观念时，全面吸收甲骨卜辞、铜器铭文、简牍帛书等出土文献资料；其四，兼顾文学性文体与实用性文体，对学界相对忽视的官文书文体的价值予以揭示。

中国古代文体观念的研究，可以进一步发掘具有本土色彩、民族特色的话语资源，帮助我们进一步认识中国古代文学的传统所在以及中西文化的差异，从而为中国古代文学理论批评的当代转化奠定基础。本书主要从若干个案入手，管窥中国古代文体观念的概貌。对中国古代文体观念特征及发展演变的进一步梳理、整合、书写，尚有待更为深入、系统、综合的研究。

参考文献

一、古代典籍

1.（清）阮元校刻：《十三经注疏》，中华书局，1980。

2. 黄怀信、张懋镕、田旭东撰，李学勤审定：《逸周书汇校集注》，上海古籍出版社，1995。

3. 徐元诰撰，王树民、沈长云点校：《国语集解》，中华书局，2002。

4.（清）孙诒让著，孙以楷点校：《墨子间诂》，中华书局，2001。

5.（清）郭庆藩撰，王孝鱼点校：《庄子集释》，中华书局，1961。

6.（清）王先谦撰，沈啸寰、王星贤点校：《荀子集解》，中华书局，1988。

7.（清）王先慎撰，锺哲点校：《韩非子集解》，中华书局，1998。

8. 许维遹撰，梁运华整理：《吕氏春秋集释》，中华书局，2009。

9.（宋）洪兴祖撰，白化文等点校：《楚辞补注》，中华书局，1983。

10. 黄怀信主撰，孔德立、周海生参撰：《大戴礼记汇校集注》，三秦出版社，2005。

11. 何宁撰：《淮南子集释》，中华书局，1998。

12.（汉）司马迁：《史记》，中华书局，1959。

13. 汪荣宝撰，陈仲夫点校：《法言义疏》，中华书局，1987。

14.（汉）班固：《汉书》，中华书局，1962。

15.（汉）王充著，黄晖校释：《论衡校释》，中华书局，1990。

16.（汉）许慎：《说文解字》，中华书局，1963。

17.（汉）许慎撰，（清）段玉裁注：《说文解字注》，上海古籍出版社，1981。

18.（汉）刘熙：《释名》，中华书局，1985。

19.（汉）蔡邕：《独断》，中华书局，1985。

20.（南朝宋）范晔：《后汉书》，中华书局，1965。

21.（魏）王弼注，楼宇烈校释：《老子道德经注校释》，中华书局，2008。

22.（晋）陆机著，张少康集释：《文赋集释》，人民文学出版社，2002。

23.（晋）挚虞：《挚太常遗书》，陕西道志馆，1935。

24.（晋）葛洪著，杨明照校笺：《抱朴子外篇校笺》，中华书局，1997。

25.（唐）房玄龄：《晋书》，中华书局，1974。

26.（南朝梁）刘勰著，范文澜注：《文心雕龙注》，人民文学出版社，1958。

27.（南朝梁）刘勰著，（清）黄叔琳注，（清）纪昀评：《文心雕龙辑注》，中华书局，1957。

28.（南朝梁）钟嵘著，陈延杰注：《诗品注》，人民文学出版社，1961。

29.（南朝梁）任昉撰，（明）陈懋仁注：《文章缘起注》，中华书局，1985。

30. 王利器撰：《颜氏家训集解》（增补本），中华书局，1996。

31.（南朝梁）萧统编，（唐）李善注：《文选》，上海古籍出版社，1986。

32.（南朝梁）萧绎著，许逸民校笺：《金楼子校笺》，中华书局，2011。

33.（南朝梁）萧子显：《南齐书》，中华书局，1972。

34.（唐）姚思廉：《梁书》，中华书局，1973。

35.（清）严可均编：《全上古三代秦汉三国六朝文》，中华书局，1958。

36. 逯钦立辑校：《先秦汉魏晋南北朝诗》，中华书局，1983。

37.（唐）皎然著，李壮鹰校注：《诗式校注》，人民文学出版社，2003。

38.（唐）刘知幾撰，（清）浦起龙释：《史通通释》，上海古籍出版社，

1978。

39.（唐）虞世南撰：《北堂书钞》，学苑出版社，1998。

40.（唐）欧阳询撰，汪绍楹校：《艺文类聚》，上海古籍出版社，1982。

41.（唐）徐坚等编：《初学记》，中华书局，2004。

42.（宋）姚铉编，（清）许增校：《唐文粹》，浙江人民出版社，1986。

43.（清）董诰等编：《全唐文》，上海古籍出版社，1990。

44. 傅璇琮、陈尚君、徐俊：《唐人选唐诗新编》（增订本），中华书局，2014。

45.（宋）李昉等撰：《太平御览》，中华书局，1960。

46.（宋）李昉等撰：《文苑英华》，中华书局，1966。

47.（宋）王应麟撰，武秀成、赵庶洋校证：《玉海艺文校证》，凤凰出版社，2013。

48.（宋）晁公武编，孙猛校：《郡斋读书志校证》，上海古籍出版社，1990。

49.（宋）陈振孙撰，徐小蛮、顾美华点校：《直斋书录解题》，上海古籍出版社，2015。

50.（宋）陈骙、（宋）李涂著，王利器校点：《文则 · 文章精义》，人民文学出版社，1960。

51.（宋）严羽著，郭绍虞校释：《沧浪诗话校释》，人民文学出版社，1961。

52.（宋）吕祖谦编：《宋文鉴》，中华书局，1992。

53. 曾枣庄、刘琳主编：《全宋文》，巴蜀书社，1988。

54. 曾枣庄主编：《宋代序跋全编》，齐鲁书社，2015。

55. 吴文治主编：《宋代诗话全编》，江苏古籍出版社，1999。

56. 李修生主编：《全元文》，凤凰出版社，2004。

57.（明）吴讷、徐师曾撰，于北山、罗根泽校点：《文章辨体序说·文体明辨序说》，人民文学出版社，1962。

58.（明）许学夷撰，杜维沫点校：《诗源辩体》，人民文学出版社，1987。

59.（明）王世贞撰，罗仲鼎校注：《艺苑卮言校注》，齐鲁书社，1992。

60.（明）胡应麟：《诗薮》，上海古籍出版社，1958。

61.（明）张溥著，殷孟伦注：《汉魏六朝百三家集题辞注》，中华书局，2007。

62. 周维德编：《全明诗话》，齐鲁书社，2005。

63. 钱伯城等主编：《全明文》，上海古籍出版社，1994。

64.（清）叶燮著，霍松林校注：《原诗》，人民文学出版社，1998。

65.（清）姚鼐选纂，宋晶如、章荣注释：《古文辞类纂》，中国书店，1986。

66.（清）章学诚著，叶瑛校注：《文史通义校注》，中华书局，1985。

67.（清）金圣叹批评，傅晓航校点：《贯华堂第六才子书西厢记》，甘肃人民出版社，1985。

68.（清）冯班著，何焯评：《钝吟杂录》，中华书局，1985。

69.（清）永瑢等：《四库全书总目》，中华书局，1960。

70.（清）曾国藩纂：《经史百家杂钞》，岳麓书社，1987。

71. 王水照编：《历代文话》，复旦大学出版社，2007。

72.（清）王夫之等撰，丁福保辑录：《清诗话》，中华书局，1963。

73. 郭绍虞编选：《清诗话续编》，上海古籍出版社，1983。

74. 张寅彭编选：《清诗话三编》，上海古籍出版社，2014。

75.（清）何文焕辑：《历代诗话》，中华书局，1981。

76. 丁福保辑：《历代诗话续编》，中华书局，1983。

77. 唐圭璋：《词话丛编》，中华书局，1986。

78. 中国戏曲研究院编：《中国古典戏曲论著集成》，中国戏剧出版社，1959。

79. 吴毓华编著：《中国古代戏曲序跋集》，中国戏剧出版社，1990。

二、出土文献

1. 郭沫若主编，胡厚宣总编辑，中国社会科学院历史研究所《甲骨文合集》编辑工作组编：《甲骨文合集》，中华书局，1978—1982。

2. 中国社会科学院考古研究所编：《殷周金文集成》，中华书局，1984—1994。

3. 吴镇烽编：《商周青铜器铭文暨图像集成》，上海古籍出版社，2012。

4. 吴镇烽编著：《商周青铜器铭文暨图像集成续编》，上海古籍出版社，2016。

5. 吴镇烽编著：《商周青铜器铭文暨图像集成三编》，上海古籍出版社，2020。

6. 荆门市博物馆：《郭店楚墓竹简》，文物出版社，1998。

7. 马承源主编：《上海博物馆藏战国楚竹书》（一——九），上海古籍出版社，2001—2012。

8. 清华大学出土文献研究与保护中心编：《清华大学藏战国竹简》（壹—拾贰），中西书局，2010—2022。

9. 安徽大学汉字发展与应用研究中心编：《安徽大学藏战国竹简》（壹、贰），中西书局，2019、2022。

10. 湖北省荆沙铁路考古队：《包山楚简》，文物出版社，1991。

11. 湖北省文物考古研究所、北京大学中文系：《望山楚简》，文物出版社，1995。

12. 湖北省文物考古研究所、北京大学中文系编：《九店楚简》，中华书局，

2000。

13. 河南省文物考古研究所：《新蔡葛陵楚墓》，大象出版社，2003。

14. 睡虎地秦墓竹简整理小组编：《睡虎地秦墓竹简》，文物出版社，1977、1990。

15. 甘肃省文物考古研究所编：《天水放马滩秦简》，中华书局，2009。

16. 中国文物研究所、湖北省文物考古研究所：《龙岗秦简》，中华书局，2001。

17. 湖南省文物考古研究所：《里耶秦简》（壹、贰），文物出版社，2009、2017。

18. 朱汉民、陈松长主编：《岳麓书院藏秦简》（壹—柒），上海辞书出版社，2010—2022。

19. 陈伟主编：《秦简牍合集·释文注释修订本》，武汉大学出版社，2016。

20. 甘肃省博物馆、中国科学院考古研究所编著：《武威汉简》，文物出版社，1964。

21. 中国社会科学院考古研究所编：《居延汉简》（甲乙编），中华书局，1980。

22. 甘肃省文物考古研究所、甘肃省博物馆、文化部文献研究室、中国社会科学院历史研究所编：《居延新简——甲渠候官与第四燧》，文物出版社，1990。

23. 甘肃省文物考古研究所编：《敦煌汉简》，中华书局，1991。

24. 银雀山汉墓竹简整理小组编：《银雀山汉墓竹简》（壹、贰），文物出版社，1985、2010。

25. 张家山二四七号汉墓竹简整理小组编著：《张家山汉墓竹简〔二四七号墓〕》（释文修订本），文物出版社，2006。

26. 北京大学出土文献研究所编：《北京大学藏西汉竹书》（壹—伍），上海古籍出版社，2012—2015。

27. 裘锡圭主编，湖南省博物馆、复旦大学出土文献与古文字研究中心编纂：《长沙马王堆汉墓简帛集成》，中华书局，2014。

三、今人专著

C

1. Chen Zhi, *From Ritualization to Secularization: The Shaping of the Book of Songs*, Sankt Augustin: Monumenta Sinica Institute, 2007.

2. 曹建国：《楚简与先秦〈诗〉学研究》，武汉大学出版社，2010。

3. 陈汉平：《西周册命制度研究》，学林出版社，1986。

4. 陈梦家：《汉简缀述》，中华书局，1980。

5. 陈梦家：《尚书通论》（增订本），中华书局，1985。

6. 陈梦家：《殷虚卜辞综述》，中华书局，1988。

7.[美] 陈世骧著，张晖编：《中国文学的抒情传统：陈世骧古典文学论集》，生活·读书·新知三联书店，2015。

8. 陈致：《诗书礼乐中的传统：陈致自选集》，上海人民出版社，2012。

9. 陈竹、曾祖荫：《中国古代艺术范畴体系》，华中师范大学出版社，2003。

10. 程鹏万：《简牍帛书格式研究》，上海古籍出版社，2017。

11. 褚斌杰：《中国古代文体概论》（增订本），北京大学出版社，1990。

12. 程炳达、王卫民编著：《中国历代曲论释评》，民族出版社，2000。

13. 程浩：《有为言之：先秦“书”类文献的源与流》，中华书局，2021。

14. 程千帆：《文论十笺》，黑龙江人民出版社，1983。

15. 成复旺：《中国古代的人学与美学》，中国人民大学出版社，1992。

D

1.[日] 大庭脩:《秦汉法制史の研究》，创文社，1982。

2. 邓国光:《挚虞研究》，学衡出版社，1990。

3. 邓国光:《中国文化原点新探——以〈三礼〉的祝为中心研究》，广东人民出版社，1993。

4. 邓国光:《文章体统：中国文体学的正变与流别》，上海古籍出版社，2013。

5. 邓佩玲:《〈雅〉〈颂〉与出土文献新证》，商务印书馆，2017。

6. 邓新跃:《明代前中期诗学辨体理论研究》，上海古籍出版社，2007。

F

1. 方孝岳:《中国文学批评》，生活・读书・新知三联书店，1986。

2. 傅刚:《〈昭明文选〉研究》，中国社会科学出版社，2000。

3.[日] 冨谷至:《文書行政の漢帝国：木簡・竹簡の時代》，名古屋大学出版会，2010。

G

1. 葛晓音:《先秦汉魏六朝诗歌体式研究》，北京大学出版社，2012。

2. 葛晓音:《杜诗艺术与辨体》，北京大学出版社，2018。

3. 郭建勋:《辞赋文体研究》，中华书局，2007。

4. 郭绍虞:《照隅室古典文学论集》，上海古籍出版社，1983。

5. 郭英德:《优孟衣冠与酒神祭祀——中西戏剧文化比较研究》，河北人民出版社，1994。

6. 郭英德:《中国古代文人集团与文学风貌》，北京师范大学出版社，1998。

7. 郭英德:《明清传奇戏曲文体研究》，商务印书馆，2004。

8. 郭英德:《中国古代文体学论稿》，北京大学出版社，2005。

9. 过常宝：《制礼作乐与西周文献的生成》，中国社会科学出版社，2015。

10. 过常宝：《先秦文体与话语方式研究》，中华书局，2016。

H

1. 韩高年：《诗赋文体源流新探》，巴蜀书社，2004。

2. 韩高年：《礼俗仪式与先秦诗歌演变》，中华书局，2006。

3. 韩高年：《〈诗经〉分类辨体》，上海古籍出版社，2011。

4. 黄侃撰，周勋初导读：《文心雕龙札记》，上海古籍出版社，2000。

5. 黄霖、吴建民、吴兆路：《原人论》，复旦大学出版社，2000。

6. 胡道静：《中国古代的类书》，中华书局，1982。

7. 胡元德：《古代公文文体流变》，广陵书社，2012。

8. 胡壮麟编著：《理论文体学》，外语教学与研究出版社，2000。

J

1. 贾奋然：《文体观念与文化意蕴：中国古代文体学美学论集》，中国社会科学出版社，2016。

2. 贾海生：《周代礼乐文明实证》，中华书局，2010。

3. 贾连翔：《战国竹书形制及相关问题研究——以清华大学藏战国竹简为中心》，中西书局，2015。

4. 姜亮夫：《姜亮夫全集》，云南人民出版社，2002。

K

1. 寇效信：《文心雕龙美学范畴研究》，陕西人民出版社，1997。

L

1. 李昌集：《中国古代曲学史》，华东师范大学出版社，1997。

2. 李均明、刘军：《简牍文书学》，广西教育出版社，1999。

3. 李士彪：《魏晋南北朝文体学》，上海古籍出版社，2004。

4. 李均明：《秦汉简牍文书分类辑解》，文物出版社，2009。

5. 李零：《简帛古书与学术源流》，生活·读书·新知三联书店，2004。

6. 李南晖、伏煦、陈凌：《中国古代文体学论著集目（1900—2014）》，北京大学出版社，2016。

7. 李天虹：《居延汉简簿籍分类研究》，科学出版社，2003。

8. 刘大杰主编：《中国文学批评史》，上海古籍出版社，1979。

9. 刘光民：《古代说唱辨体析篇》，首都师范大学出版社，1996。

10. 刘师培：《中国中古文学史·论文杂记》，人民文学出版社，1959。

11. 刘师培：《刘申叔遗书》，江苏古籍出版社，1997。

12. 骆鸿凯：《文选学》，中华书局，1989。

13. 吕红光：《唐前文体观念的生成与发展》，浙江大学出版社，2014。

14. 吕静：《春秋时期盟誓研究》，上海古籍出版社，2007。

15. 吕效平：《戏曲本质论》，南京大学出版社，2003。

16. 吕逸新：《汉代文体问题研究》，齐鲁书社，2011。

17. 罗根泽：《中国文学批评史》，上海书店出版社，2003。

18. 罗宗强主编：《中国文学思想通史》，中华书局，1996。

M

1.Martin Kern, ed. *Text and Ritual in Early China*, Seattle: University of Washington Press, 2005.

2. 马建智：《中国古代文体分类研究》，中国社会科学出版社，2008。

3. 马银琴：《周秦时代诗的传播史》，中国社会科学出版社，2011。

4. 梅军：《殷商西周散文文体研究》，科学出版社，2016。

P

1. 潘莉：《〈尚书〉文体类型与成因研究》，知识产权出版社，2016。

Q

1. 钱仓水：《文体分类学》，江苏教育出版社，1992。

2. 钱锺书:《管锥编》，中华书局，1979。

3. 钱锺书:《谈艺录》，中华书局，1984。

S

1.Steven Owen, *Readings in Chinese Literary Thought*, Cambridge, Ma: Council on East Asian Studies, Harvard University, 1992.

2.Steven Owen, ed. *The Cambridge History of Chinese Literature* (*volume 1*), Cambridge: Cambridge University Press, 2011.

3. 沈立岩:《先秦语言活动之形态观念及其文学意义》，人民出版社，2005。

4. 沈文倬:《宗周礼乐文明考论》，浙江大学出版社，1999。

5. 宋亚莉:《东汉晚期士人活动与文学批评》，中国社会科学出版社，2016。

T

1. 谭德兴:《出土文献与先秦文学批评思想研究》，文物出版社，2017。

2. 谭帆:《中国雅俗文学思想论集》，中华书局，2006。

3. 童庆炳:《文体与文体的创造》，云南人民出版社，1994。

4. 涂光社:《文心十论》，春风文艺出版社，1986。

W

1. 汪桂海:《汉代官文书制度》，广西教育出版社，1999。

2. 王国维:《观堂集林》，中华书局，1959。

3. 王国维:《宋元戏曲史》，中华书局，2010。

4. 王齐洲:《中国文学观念论稿》，湖北教育出版社，2004。

5. 王齐洲:《中国古代文学观念发生史》，人民文学出版社，2014。

6. 王瑶:《中古文学史论》，商务印书馆，2011。

7. 王运熙、杨明:《魏晋南北朝文学史》，上海古籍出版社，1989。

8. 王运熙、顾易生主编：《中国文学批评通史》，上海古籍出版社，1996。

9. 王运熙：《中国古代文论管窥》，上海古籍出版社，2012。

10. 王水照主编：《宋代文学通论》，河南大学出版社，1997。

11. 隗芾、吴毓华编：《古典戏曲美学资料集》，文化艺术出版社，1992。

12. 吴承学：《中国古典文学风格学》，花城出版社，1993。

13. 吴承学：《中国古代文体学研究》，人民出版社，2011。

14. 吴承学、何诗海编：《中国文体学与文体史研究》，凤凰出版社，2011。

15. 吴承学：《中国古代文体形态研究》，北京大学出版社，2013。

16. 吴承学、何诗海编：《古代文学的文体选择与记忆》，凤凰出版社，2015。

17. 吴承学：《中国早期文体观念的发生》，三联书店（香港）有限公司，2019。

18. 吴承学：《中国古代文体学研究》（修订本），中华书局，2022。

19. 吴丽娱主编：《礼与中国古代社会》，中国社会科学出版社，2016。

X

1. 郗文倩：《中国古代文体功能研究——以汉代文体为中心》，上海三联书店，2010。

2. 郗文倩：《古代礼俗中的文体与文学》，人民出版社，2015。

3. 夏静：《礼乐文化与中国文论早期形态研究》，中华书局，2007。

4. 徐复观：《中国文学论集》，九州出版社，2013。

5. 徐复观：《中国文学论集续篇》，九州出版社，2014。

6. 徐望之：《公牍通论》，商务印书馆，1947。

7. 徐正英：《先唐文学与文学思想考论》（增补本），上海古籍出版社，2015。

8. 许并生：《古代小说与戏曲》，山西人民出版社，2005。

9. 薛凤昌：《文体论》，商务印书馆，1931。

Y

1. 颜全毅：《清代京剧文学史》，北京出版社，2005。

2. 杨明照：《文心雕龙校注拾遗》，上海古籍出版社，1982。

3. 杨东林：《汉魏六朝文体论与文体观念的演变》，科学出版社，2018。

4. 杨向奎：《宗周社会与礼乐文明》，人民出版社，1992。

5. 杨义：《中国叙事学》，人民出版社，1997。

6. 姚爱斌：《中国古代文体论思辨》，北京大学出版社，2012。

7. 姚小鸥：《诗经三颂与先秦礼乐文化》，北京广播学院出版社，2000。

8. 姚小鸥主编：《清华简与先秦经学文献研究》，生活·读书·新知三联书店，2016。

9. 叶修成：《西周礼制与〈尚书〉文体研究》，中国社会科学出版社，2016。

10. 余嘉锡：《古书通例》，上海古籍出版社，1985。

11. 余嘉锡：《目录学发微》，巴蜀书社，1991。

12. 于雪棠：《先秦两汉文体研究》，北京师范大学出版社，2012。

13. 俞志慧：《君子儒与诗教：先秦儒家文学思想考论》，生活·读书·新知三联书店，2005。

Z

1. 曾枣庄：《中国古代文体学》，上海人民出版社、上海书店出版社，2012。

2. 张伯伟：《中国古代文学批评方法研究》，中华书局，2002。

3. 张方：《中国诗学的基本观念》，东方出版社，1999。

4. 张庚：《中国戏曲大百科全书·戏曲曲艺卷》，中国大百科全书出版社，1983。

5. 张庚、郭汉城主编:《中国戏曲通论》，上海文艺出版社，1989。

6. 张树国:《乐舞与仪式——中国上古祭歌形态研究》，天津古籍出版社，2003。

7. 张智华:《南宋的诗文选本研究》，北京师范大学出版社，2002。

8. 赵辉:《先秦文学发生研究》，人民出版社，2012。

9. 钟泰:《国学概论》，中华书局，1922。

10. 周勋初:《中国文学批评小史》，复旦大学出版社，2007。

11. 周振甫:《文心雕龙今译》，中华书局，1986。

12. 周贻白:《中国戏剧发展史纲要》，上海古籍出版社，1979。

13. 朱迎平:《古典文学与文献论集》，上海财经大学出版社，1998。

14. 朱自清:《朱自清古典文学论文集》，上海古籍出版社，1981。

15. 祝尚书:《宋人总集叙录》，中华书局，2004。

四、今人论文

B

1. 卜宪群:《秦汉公文文书与官僚行政管理》，《历史研究》1997 年第 4 期。

C

1. 曹建国:《青铜编钟与〈诗经〉的四言构体》，见《中国学术》第 24 辑，商务印书馆，2007。

2. 曹锦炎:《上海博物馆藏战国竹书〈楚辞〉》，《文物》2010 年第 2 期。

3. 陈侃理:《里耶秦方与“书同文字”》，《文物》2014 年第 9 期。

4. 陈彦辉:《商周青铜铭文文体论》，《文学评论》2009 年第 4 期。

5. 程浩:《〈封许之命〉与册命“书”》，《中国典籍与文化》2016 年第 1 期。

6. 程浩:《从出土文献看〈尚书〉的体裁与分类》，《文艺评论》2017 年第 3 期。

D

1. 代国玺:《蔡邕〈独断〉考论》,《文献》2015 年第 1 期。

2. 代国玺:《汉代公文形态新探》,《中国史研究》2015 年第 2 期。

3. 代国玺:《说“制诏御史”》,《史学月刊》2017 年第 7 期。

4. 邓国光:《〈周礼〉六辞初探》,见《中华文史论丛》第 51 辑,上海古籍出版社,1993。

5. 董芬芬:《周代策命的礼仪背景及文体特点》,《南京师大学报》(社会科学版)2013 年第 1 期。

6. 董芬芬:《春秋时代的诅祝仪式与诅辞》,《文学遗产》2014 年第 3 期。

F

1. 傅刚:《论汉魏六朝文体辨析观念的产生与发展》,《文学遗产》1996 年第 6 期。

2. 傅刚:《汉魏六朝文体辨析的学术渊源》,《中国社会科学》2000 年第 2 期。

G

1.[日] 冈村繁:《蔡邕をめぐる后汉末期の文学の趋势》,《日本中国学会报》第 28 集,1976 年 10 月。

2. 葛晓音:《四言体的形成及其与辞赋的关系》,《中国社会科学》2002 年第 6 期。

3. 葛晓音:《杜甫长篇七言“歌”“行”诗的抒情节奏与辨体》,《文学遗产》2017 年第 1 期。

4. 龚鹏程:《说“文”解“字”:中国文学艺术发展的结构》,《文学评论》1989 年第 3 期。

5. 管恩好:《论编钟节奏对〈周颂〉诗体风格的影响》,《山东师范大学学报》(人文社会科学版)2007 年第 2 期。

6. 郭绍虞:《提倡一些文体分类学》,《复旦学报》(社会科学版)1981 年第

1 期。

7. 郭英德:《独白与对话——论明清传奇戏曲的抒情性》,《北京师范大学学报》(人文社会科学版)2000 年第 5 期。

8. 郭英德:《中国古代文体形态学论略》,《求索》2001 年第 5 期。

9. 郭英德:《由行为方式向文本方式的变迁——论中国古代文体分类的生成方式》,《陕西师范大学学报》(哲学社会科学版)2005 年第 1 期。

10. 郭英德:《论中国古代文体分类的生成方式》,《学术研究》2005 年第 1 期。

11. 郭英德:《中国古代文体分类学刍议》,《中山大学学报》(社会科学版)2005 年第 3 期。

12. 关鹏飞:《严羽的诗学批评方法及其原因——以辨体与以禅喻诗为中心》,《扬州大学学报》(人文社会科学版)2017 年第 1 期。

H

1. 韩高年:《〈诗经〉四言体成因蠡测》,《河北师范大学学报》(哲学社会科学版)2011 年第 6 期。

2. 何丹:《〈诗经〉四言体兴衰探论》,《浙江大学学报》(人文社会科学版)2009 年第 3 期。

3. 何诗海:《经史一体与文体谱系——郝经文体学思想初探》,《学术研究》2007 年第 8 期。

4. 何诗海:《"文体备于战国"说平议》,《文学评论》2010 年第 6 期。

5. 何诗海:《〈古赋辩体〉与明代辨体批评》,《文艺理论研究》2013 年第 1 期。

6. 何诗海、刘湘兰:《〈文心雕龙〉的文体学思想》,《江淮论坛》2005 年第 3 期。

7. 侯旭东:《胡广/蔡邕"帝之下书有四"说的"显"与"隐"》,见北京大学历史学系、北京大学中国古代史研究中心编:《祝总斌先生九十华诞颂寿论文集》，中华书局，2020。

8. 胡大雷：《“言笔之辨”与古代文体学》，《学术月刊》2013 年第 10 期。

9. 胡大雷：《先秦三大群体的“立言”与文章学》，《中南大学学报》（社会科学版）2017 年第 1 期。

10. 胡大雷：《古代文体谱系论》，《中山大学学报》（社会科学版）2018 年第 1 期。

J

1. 贾奋然：《六朝文体与儒家礼教文化》，《孔子研究》2003 年第 5 期。

2. 江林昌、孙进：《由清华简论“颂”即“容”及其文化学意义》，《中国高校社会科学》2013 年第 3 期。

3. 江林昌：《清华简与先秦诗乐舞传统》，《文艺研究》2013 年第 8 期。

4. 江林昌：《考古发现与中国古代文体学理论体系建构》，《中国高校社会科学》2018 年第 2 期。

5. 蒋寅：《中国古代文体互参中“以高行卑”的体位定势》，《中国社会科学》2008 年第 5 期。

L

1. Lothar von Falkenhausen, “Issues in Western Zhou Studies: A Review Article”, *Early China*, Vol. 18（1993）, pp.139–226.

2. 李春青：《从王官之学到诸子之学——论中国古代文艺思想发展史上第一次转折》，《人文杂志》2011 年第 5 期。

3. 李冠兰：《先秦礼学与文体批评》，《南京大学学报》（哲学・人文科学・社会科学）2015 年第 5 期。

4. 李冠兰：《论先秦的文体并称与文体观念》，《文学遗产》2017 年第 3 期。

5. 李冠兰：《论先秦文体的同体异名与异体同名现象》，《中山大学学报》（社会科学版）2017 年第 4 期。

6. 李冠兰：《君子观于铭——两周铜器铭文的阅读方式与文体观念之变》，《文学评论》2020 年第 6 期。

7. 李均明：《张家山汉简〈行书律〉考》，见《中国古代法律文献研究》第 2 辑，中国政法大学出版社，2004。

8. 李零：《从简帛发现看古书的体例与分类》，《中国典籍与文化》2001 年第 1 期。

9. 李零：《秦简的定名与分类》，见《简帛》第 6 辑，上海古籍出版社，2011。

10. 李守奎：《清华简〈周公之琴舞〉与周颂》，《文物》2012 年第 8 期。

11. 李守奎：《先秦文献中的琴瑟与〈周公之琴舞〉的成文时代》，《吉林大学社会科学学报》2014 年第 1 期。

12. 李学勤：《〈称〉篇与〈周祝〉》，见《道家文化研究》第 3 辑，上海古籍出版社，1993。

13. 李学勤：《〈尚书·金縢〉与楚简祷辞》，见《文物中的古文明》，商务印书馆，2008。

14. 李学勤：《论清华简〈周公之琴舞〉的结构》，《深圳大学学报》（人文社会科学版）2013 年第 1 期。

15. 李颖：《清华简〈周公之琴舞〉与楚辞"九体"》，见《中国诗歌研究》第 10 辑，社会科学文献出版社，2014。

16. 林甸甸：《祝告话语的核心结构及其书面形式的凝结》，《民族艺术》2022 年第 2 期。

17. 林宪亮：《〈世说新语〉文体辨析》，《北方论丛》2009 年第 1 期。

18. 刘明：《〈后汉书·文苑传〉文体史料考论》，《天中学刊》2017 年第 4 期。

19. 刘宁：《文体与形名——从作家排序之"自相矛盾"再探〈文选〉文体观》，《北京大学学报》（哲学社会科学版）2015 年第 5 期。

20. 刘青海:《论李商隐今古文创作经历及其文体观念》,《北京大学学报》(哲学社会科学版)2013 年第 5 期。

21. 刘钊:《汉简所见官文书研究》,吉林大学博士学位论文,2015。

22. 刘源:《从文邑到文神——甲骨、金文中"文"字内涵再探》,见《甲骨文与殷商史》第 6 辑(罗格斯商代与中国上古文明国际会议论文专辑),上海古籍出版社,2016。

23. 刘跃进:《"秦世不文"的历史背景及秦代文学的发展》,《文学与文化》2010 年第 2 期。

24. 罗家湘:《出土文献的文体学意义》,《郑州大学学报》(哲学社会科学版)2008 年第 2 期。

25. 罗军凤:《文本与礼仪:早期中国文化研究与礼仪理论》,《文学评论》2013 年第 3 期。

M

1. Martin Kern, "Ritual, Text, and the Formation of the Canon: Historical Transitions of *Wen* in Early China", *T'oung Pao*, vol.87, no.1–3 (2001), pp.43–91.

2. 马怡:《汉代诏书之三品》,见北京大学中国古代史研究中心编:《田余庆先生九十华诞颂寿论文集》,中华书局,2014。

N

1. 倪晋波:《出土文献与"秦世不文"论的终结》,《河北师范大学学报》(哲学社会科学版)2011 年第 1 期。

Q

1. 钱志熙:《论中国古代的文体学传统——兼论古代文学文体研究的对象与方法》,《北京大学学报》(哲学社会科学版)2004 年第 5 期。

2. 钱志熙:《再论古代文学文体学的内涵与方法》,《中山大学学报》(社会科学版)2005 年第 3 期。

3. 钱志熙：《论章学诚在文学史学上的贡献》，《文学遗产》2011 年第 1 期。

S

1. 施旭升：《剧本 · 表演 · 剧场：中西戏剧文本观比较》，《艺术百家》1997 年第 1 期。

T

1. 汤漳平：《从出土文献看〈诗〉〈骚〉之承传》，《中州学刊》2013 年第 2 期。

2. 谭帆、杨再红：《评郭英德〈明清传奇戏曲文体研究〉》，《文艺理论研究》2006 年第 1 期。

W

1. 王齐洲：《雅俗观念的演进与文学形态的发展》，《中国社会科学》2005 年第 3 期。

2. 王小盾：《中国韵文的传播方式及其体制变迁》，《中国社会科学》1996 年第 1 期。

3. 吴承学：《生命之喻——论中国古代关于文学艺术人化的批评》，《文学评论》1994 年第 1 期。

4. 吴承学、沙红兵：《中国古代文体学学科论纲》，《文学遗产》2005 年第 1 期。

5. 吴承学、陈赟：《对“文本于经”说的文体学考察》，《学术研究》2006 年第 1 期。

6. 吴承学、李冠兰：《命篇与命体——兼论中国古代文体观念的发生》，《中国社会科学》2015 年第 1 期。

7. 吴承学：《建设具有现代意义的中国文体学》，《文学评论》2015 年第 2 期。

8. 吴承学：《“九能”综释》，《文学遗产》2016 年第 3 期。

9. 吴承学、李冠兰：《文辞称引与文体观念的发生——中国早期文体观念发生研究》，《北京大学学报》（哲学社会科学版）2016 年第 4 期。

10. 吴承学:《中国早期文字与文体观念》,《文学评论》2016 年第 6 期。

11. 吴承学、李冠兰:《论中国早期文体观念的发生》,《文艺理论研究》2016 年第 6 期。

12. 吴承学、张润中:《秦汉的职官与文体》,《北京大学学报》(哲学社会科学版)2018 年第 3 期。

13. 吴承学:《中国文体学研究的百年之路》,《华东师范大学学报》(哲学社会科学版)2019 年第 4 期。

14. 吴承学:《追寻中国文体学的向上一路》,《中山大学学报》(社会科学版)2021 年第 1 期。

X

1. 郗文倩:《中国古代文体功能研究论纲》,《福建师范大学学报》(哲学社会科学版)2010 年第 6 期。

2. 夏德靠、叶修成:《论〈尚书〉文体的影响与意义》,《南昌大学学报》(人文社会科学版)2015 年第 3 期。

3. 徐正英:《甲骨刻辞中的文艺思想因素》,《甘肃社会科学》2003 年第 2 期。

4. 徐正英、马芳:《清华简〈周公之琴舞〉组诗的身份确认及其诗学史意义》,《复旦学报》(社会科学版)2014 年第 1 期。

5. 徐正英:《清华简〈周公之琴舞〉组诗对〈诗经〉原始形态的保存及被楚辞形式的接受》,《文学评论》2014 年第 4 期。

Y

1. 杨东林:《汉代文体观念论略》,《济南大学学报》(社会科学版)2016 年第 5 期。

2. 姚爱斌:《论中国古代文体论研究范式的转换》,《文学评论》2006 年第 6 期。

3. 叶国良:《礼仪与文体》,《中国文化研究》2015 年夏之卷。

4. 游逸飞：《里耶秦简 8—455 号木方选释》，见《简帛》第 6 辑，上海古籍出版社，2011。

5. 于雪棠：《〈尚书〉文体分类及行为与文本的关系》，《北方论丛》2006 年第 2 期。

6. 俞志慧：《语：一种古老的文类——以言类之语为例》，《文史哲》2007 年第 1 期。

7. 跃进：《〈独断〉与秦汉文体研究》，《文学遗产》2002 年第 5 期。

8. 跃进：《蔡邕的生平创作与汉末文风的转变》，《文学评论》2004 年第 3 期。

Z

1. 詹福瑞：《古代文论中的体类与体派》，《文艺研究》2004 年第 5 期。

2. 赵俊玲：《文体功能：刘勰辨体的重要一面》，《河南师范大学学报》（哲学社会科学版）2017 年第 6 期。

3. 赵逵夫：《中国文章分类学研究序》，《西北民族学院学报》（哲学社会科学版）2000 年第 1 期。

4. 曾枣庄：《论古代文体学研究的基础和对象》，《清华大学学报》（哲学社会科学版）2012 年第 6 期。

5. 张慕华：《20 世纪 80 年代以来的中国古代文体学研究》，《文史哲》2013 年第 4 期。

6. 赵逵夫：《先秦文体分类与古代文章分类学》，见孙以昭、陶新民主编：《中国古代散文研究》，安徽大学出版社，2001。

7. 赵敏俐：《音乐对先秦两汉诗歌形式的影响》，《社会科学战线》2002 年第 5 期。

8. 赵敏俐：《“魏晋文学自觉说”反思》，《中国社会科学》2005 年第 2 期。

9. 朱凤瀚：《北京大学藏秦简牍概述》，《文物》2012 年第 6 期。

10. 朱岩：《〈尚书〉文体研究》，扬州大学博士学位论文，2008。

11. 左东岭:《中国文学思想史研究方法的再思考》,《中国人民大学学报》2014 年第 4 期。

12. 左东岭:《中国文学思想史研究的文体意识》,《文学评论》2018 年第 2 期。

后　记

断断续续地看毕书稿重新排版之后校样的最后一页，心中除了几分释然之外，又添加了些许惴惴不安。就是说，如同每次看自己的书或论文的校样一样，逐字逐句通看的过程，实际上既是一个发现问题、检视错讹、修正补丁的过程，又是一个自观审视、自我评价的过程。坦率地讲，在这个过程中，并没有产生多少自得自赏之情，而更多的是一些自感简陋的复杂心情。对于我来讲，每一篇论文或每一本著作的书写虽然不敢掉以轻心，但是发表或出版之后再审视之，都会发现种种遗憾之处，对于即将付梓的这本书来讲，情况亦同样如此。因此，便经常用“最好的一篇论文、最好的一本书永远在自己的心中，永远在自己还在继续进行着的研读、构思和书写的过程中”来宽慰、鼓励自己。稿中存在的明显的问题、错误、缺失，可以在看校样的过程中得以补改校正，而那些涉及研究和书写过程中之学力深浅、辨析精粗、组织布局层面的问题，看校样时已是无能为力之事了。除非推倒重来，而这又是不可能的事情了。前言“遗憾”云云，此之谓也。

本书系由我担任首席专家的国家社科基金重大项目“中国古代文体观念文献整理与研究”的阶段性成果。本来，本书已列为由本人和李继凯先生主编、陕西师范大学人文科学高等研究院支持的“秦岭学术书系”之一种，由人民出版社排出校样待核校而刊行。但是，由于我退休之后受聘的陕西师范大学人文科学高等研究院和人民出版社俱有意以此书稿申报2022年度《国家哲学社会科学成果文库》，本人先是本着多一事不如少一事的心态予以推辞，可是最终难拂时任陕西师范大学人文科学高等研究院院长李继凯先生和人民出版社编辑姜虹女士之一片好意，便硬着头皮答应之。申报之后，有幸入选，但是从我的理解来讲，入选文库既是一件幸事，同时又对书稿的质量提出了更高的要求，就不敢按照原先的排样付梓刊行了，而必须对书稿再次进行深度修改和核校。所以，便根据随入选通知一起反馈回来的评审专家们所提的意见与建议，先后两次对书稿进行了重大修改、部分内容调整，以及引文核对和学术体例方面的订正统一。修改完毕之后，人民出版社又重新排出校样，我对新排校样又进行了两次通读和核校，力求把错讹减少一些。尽管这样，因于学力所限，也不敢保证没有错讹了，其中的错失恐怕仍有不少，一部分是因为学识的限制而力有不逮，一部分是由于校对过程中必有眼力疏失而未能明察之。

本书虽然是在我名下的一部围绕中国古代文体观念而展开专题性论述的著作，但是在一定程度上讲，却是我与任竞泽（陕西师范大学）、陈民镇（北京语言大学）、朱忠元（兰州城市学院）三位集体研究的成果。这是因为他们三人都是“中国古代文体观念文献整理与研究”这一项目中的三个子课题的负责人与主要承担者，项目立项后他们积极进入角色，并且除了各自承担子课题的研究之外，又积极参与和协助我对项目研究设计进行调整与优化，同时还共同讨论切磋、联合撰文发表阶段性专题研究论文，比如，我与陈民镇合作署名即将发表于《清华大学学报》的《战国时期〈诗〉〈书〉文体的模拟与破体》一文，与朱忠元合作署名发表于《贵州社会科学》的《“体”：对文章整体性和有机性的表征与理论概括》以及发表于《江海学刊》的《体性与风格》两文，与任竞泽合作署名发表于《中国文化研究》的《唐宋类书“文部”的文体文献学价值》以及发表于《江海学刊》的《论中国古代“杂文”的文体特征》两文，俱经过一定的修改而整合成为本书中的部分内容。更需要特别予以说明的是，我对出土文献和先秦文字向来缺少研究，临时抱佛脚毕竟差了太多的功夫，而陈民镇在这个领域具有研究专长，因此本书涉及这方面的内容，即书的开头前两三章，都是在民镇的协助下甚至是吸收了他的一些研究成果而完成的，实际上体现的是他的研究所得。又，书稿中关于以“辨体”批评为核心的传统文体批评、传统文体分类思想这两方面的内容，分别是任竞泽与朱忠元在该项目中所承担的子课题之研究任务，他们在这两个专题领域均研究有素，并且我们在以往多有合作研究，彼此的研究思路和观点都相互了解得相当清晰，因此书稿中涉及这两个方面的内容，亦包含了他们二人的一些研究所得，体现了他们的学术劳动。所以，如果从严格的意义上来讲，本书应该是我与任竞泽、陈民镇、朱忠元共同署名才是，但是由于文库申报和入选之后出版方面的原因，便只能由我独自署名了。我与任竞泽、陈民镇、朱忠元都有师生学术之谊，彼此相互融涵、情谊深重，他们倾力襄助我完成了本书，并且还将随我走过这个重大项目研究的全过程。因此，我对他们已经付出和即将还要付出的艰辛学术劳动，心存感念。同时，这里所言又不仅仅是对他们三人的致谢，更是向学界做一个郑重的情况说明。

生也有涯，学海却无边，泛舟其中，甘苦参半。2020 年，我在为“秦岭学术书系”所写的《总序》中曾经讲到我们的项目研究工作是为了“给新时代中国的人文学术研究带来一缕来自于秦岭的带有秦川黄土气息的微细的清风，带来几声如八百里秦川孕育而出的秦腔那般的或为粗粝喊唱、或为轻声低吟的乐调，能为新时代中国的哲学社会科学研究和学科建设添砖加瓦，以不负时代所赋予我们的文化学术使命。文律运周，日新其业。我们将倍加努力！”表明了我在当时主持这一书系以及已经开始的关于中国古代文体思想观念研究项目时的一种心迹。由于持续了三年的疫情多多少少地影响了该项目的研究进程和本书的出版进度，所以我们现在正在加快步子赶路。这本书仅仅是我们从事这一项目研究的一个阶段性成果，书中存在粗疏、缺失、错讹之处，在所难免，于此期望学界同人批评指正。而整个项目研究则正在积极地推进中，我们在后面的研究中肯定会更加努力，力求将项目研究做得更加精细、精到一些，以便使几个子课题的最终研究成果从研究创意到学术品质方面都有所新获，如斯，则于愿足矣。

最后，我要以十分真诚、郑重的心情和态度，感谢陕西师范大学人文科学高等研究院，尤其是李继凯先生五年来对我在该院所承担的研究工作和本书出版的鼎力支持，感谢人民出版社姜虹女士对本书出版所付出的辛劳。同时，我更要感谢国家哲学社会科学成果文库的评审专家们对书稿的肯定与信任，他们所提出的修改意见和建议，对于本书和这个项目的最终成果而言，确实弥足珍贵。

党圣元

2023年3月6日于京西北寓所